λίγες και μία νύχτες

ΤΟΥ ΙΔΙΟΥ

ΦΡΑΟΥΣΤ, «Νέα Σύνορα» – Α.Α. Λιβάνη, 1995, νέα έκδοση αναθεωρημένη, Εκδόσεις Πατάκη, 2010

ΑΠΟΣΠΑΣΜΑΤΑ ΑΠΟ ΤΟ ΒΙΒΛΙΟ ΤΟΥ ΩΚΕΑΝΟΥ, Εκδόσεις Πατάκη, 2000, και νέα έκδοση, Εκδόσεις Πατάκη, 2007

Η ΨΙΧΑ ΕΚΕΙΝΟΥ ΤΟΥ ΚΑΛΟΚΑΙΡΙΟΥ, Εκδόσεις Πατάκη, 2002

ΣΤΗ ΣΚΙΑ ΤΗΣ ΠΕΤΑΛΟΥΔΑΣ, Εκδόσεις Πατάκη, 2005

Η ΑΗΔΟΝΟΠΙΤΑ, Εκδόσεις Πατάκη, 2008

ΑΝΕΜΩΛΙΑ, Εκδόσεις Πατάκη, 2011

ΣΚΗΝΕΣ ΑΠΟ ΤΟΝ ΒΙΟ ΤΟΥ ΜΑΤΙΑΣ ΑΛΜΟΣΙΝΟ, Εκδόσεις Πατάκη, 2014

ΙΣΙΔΩΡΟΣ ΖΟΥΡΓΟΣ

λίγες και μία νύχτες

ΜΥΘΙΣΤΟΡΗΜΑ

ΤΕΤΑΡΤΗ ΕΚΔΟΣΗ

ΕΚΔΟΣΕΙΣ ΠΑΤΑΚΗ

Θέση υπογραφής δικαιούχου/-ων δικαιωμάτων πνευματικής ιδιοκτησίας, εφόσον η υπογραφή προβλέπεται από τη σύμβαση.

Εκδόσεις Πατάκη – Σύγχρονη ελληνική λογοτεχνία
Πεζογραφία – 405
Ισίδωρος Ζουργός, Λίγες και μία νύχτες
Υπεύθυνος έκδοσης: Κώστας Γιαννόπουλος
Διορθώσεις: Μαρία Ράμμου
Σελιδοποίηση: ΦΑΣΜΑ ΑΦΟΙ Καπένη Ο.Ε.
Φιλμ, μοντάζ: Μαρία Ποινιού-Ρένεση

Πρώτη έκδοση από τις Εκδόσεις Πατάκη, Αθήνα, Μάρτιος 2017
Ακολούθησαν οι ανατυπώσεις Ιουνίου 2017, Ιουλίου 2017
Η παρούσα είναι η τέταρτη εκτύπωση, Ιούλιος 2017
Κ.Ε.Τ. Α983 Κ.Ε.Π. 606/17
ISBN 978-960-16-7237-3

ΕΚΔΟΣΕΙΣ ΠΑΤΑΚΗ

ΠΑΝΑΓΗ ΤΣΑΛΔΑΡΗ (ΠΡΩΗΝ ΠΕΙΡΑΙΩΣ) 38, 104 37 ΑΘΗΝΑ
ΤΗΛ.: 210.36.50.000, 210.52.05.600, 801.100.2665 - FAX: 210.36.50.069
ΚΕΝΤΡΙΚΗ ΔΙΑΘΕΣΗ: ΕΜΜ. ΜΠΕΝΑΚΗ 16, 106 78 ΑΘΗΝΑ, ΤΗΛ.: 210.38.31.078
ΥΠΟΚΑΤΑΣΤΗΜΑ ΒΟΡΕΙΑΣ ΕΛΛΑΔΑΣ: ΚΟΡΥΤΣΑΣ (ΤΕΡΜΑ ΠΟΝΤΟΥ – ΠΕΡΙΟΧΗ Β΄ ΚΤΕΟ),
570 09 ΚΑΛΟΧΩΡΙ ΘΕΣΣΑΛΟΝΙΚΗΣ, Τ.Θ. 1213, ΤΗΛ.: 2310.70.63.54, 2310.70.67.15 - FAX: 2310.70.63.55
Web site: http://www.patakis.gr • e-mail: info@patakis.gr, sales@patakis.gr

του Δημήτρη Ζουργού,
που βιάστηκε να αποχαιρετήσει εμάς,
τους απαρηγόρητους

Πες σ' εκείνον, που αμέριμνα κοιμάται, πόσο γρήγορα το βέλος της Μοίρας πετά, και πόσους ο άστατος τούτος κόσμος ανεβάζει σήμερα ψηλά, για να τους γκρεμίσει αύριο... Ποιος βρήκε ποτέ το Χρόνο πάντα νέο, ή την τύχη πάντα σταθερή;

Άγνωστου Άραβα συγγραφέα, *Χίλιες και μία νύχτες*
μτφ. Κώστας Τρικογλίδης

Γύρω του ο αιώνας είχε μόλις ξεκινήσει. Θα υποστεί ένα μεγάλο μέρος του, αλλά τίποτα απ' αυτόν τον αιώνα δεν θα είναι δικό του.

Σεμπάστιαν Μπάρυ, *Η οδύσσεια του Ινίας ΜακΝάλτυ*
μτφ. Θοδωρής Τσαπακίδης

Ίσως δεν γράφω για κανέναν. Ίσως το κάνω για τον ίδιο λόγο που τα παιδιά σκαλίζουν τ' όνομά τους στο χιόνι.

Μάργκαρετ Άτγουντ, *Ο τυφλός δολοφόνος*
μτφ. Πόλυ Μοσχοπούλου

Περιεχόμενα

Ο γέρος στο βαγόνι 15
Λίγες νύχτες 48
Ρετιρέ – πρώτο στάσιμο 72
Οι κηπουροί της Σαλονίκης 80
Γέεννα 115
Ρετιρέ – δεύτερο στάσιμο 150
Το σιδερένιο τακούνι 158
Λευκός λιμός 188
Ρετιρέ – τρίτο στάσιμο 207
Το μέγαρο της Λεωφόρου Ος 213
Χρυσάννα 246
Ρετιρέ – τέταρτο στάσιμο 275
Τι φοβάσαι, Ζιρντό, μου λες; 283
Σε βλέπω και είσαι μόνος 300
Ρετιρέ – πέμπτο στάσιμο 328
Δόκανο 333
Γύρω από ένα πηγάδι 370
Ρετιρέ – έκτο στάσιμο 412
Γόρτινες νύχτες 417
Ο κάτω κόσμος του μέλιτος 453
Ρετιρέ – έβδομο στάσιμο 495
Ρίβκα 499
Επόμενη στάση... σκοτάδι 523
Μία νύχτα 556

Πηγές – Οφειλές 571

Ευχαριστίες

Στον Βασίλη Κολώνα για την πολύτιμη μελέτη του για τη συνοικία των Εξοχών, όπως και την υπομονή του σε μια σειρά από ατελείωτες δικές μου ερωτήσεις. Στον Δημήτρη Στεφανάκη για την απεικόνιση του κόσμου του Μπαζίλ Ζαχάρωφ στο μυθιστόρημά του *Φιλμ νουάρ*. Στον Βασίλη Ι. Τζανακάρη για το βιβλίο του *Ο «κόκκινος σουλτάνος»* που μας γνώρισε τις μέρες του Αβδούλ Χαμίτ στη Θεσσαλονίκη. Στον Χρήστο Αναστασόπουλο για τις ενδυματολογικές του συμβουλές. Στους γιατρούς οφθαλμιάτρους Θωμά Παπαϊωάννου και Πέτρο Ράσογλου και στον καθηγητή Κωνσταντίνο Χατζόπουλο. Στον Ζάχο Κανταρέλλη και στη Μαρία Ράμμου, τη διορθώτριά μου. Ευχαριστίες και χαιρετισμό φιλίας στον Τάσο Παπαδόπουλο για μια επίσκεψη και συνομιλία στην Αμβέρσα, αλλά κι ένα ακόμη ευχαριστώ στον Θεοδόση Κώττα, σταθερό οδηγό και βοηθό στην πλοήγηση του διαδικτύου.

Ο γέρος στο βαγόνι

Σιδηροδρομικός σταθμός, 22 Απριλίου 1909,
ευρωπαϊκή ώρα 22.45΄

ΘΗΡΙΟ μ' ένα κίτρινο μάτι μες στη νύχτα. Είναι σιδερένιο, είναι τρένο, είναι βρόμικο απ' τον καπνό και νεφελώδες απ' τους υδρατμούς που βγάζουν τα ίδια του τα σπλάχνα. Έφυγε απ' τον σταθμό του Σιρκετζί[1] στην Κωνσταντινούπολη και ταξιδεύει εδώ και είκοσι ώρες. Μέχρι στιγμής πρόλαβε ο δρόμος να του νυχτώσει δυο φορές και μια να ξημερώσει. Είναι ένα τρένο στοιχειωμένο, που κουβαλάει λίγους επιβάτες κι έναν αιμοσταγή βασιλιά.

Στο πολυτελές βαγόνι ακουμπούσε το γέρικο κεφάλι του στο τζάμι για ώρες. Ο έκπτωτος σουλτάνος Αβδούλ Χαμίτ ο Β΄ πέρασε το μεγαλύτερο μέρος της πρώτης και της δεύτερης νύχτας του ταξιδιού κοιτάζοντας έξω σιωπηλός τις ασημένιες σκιές των δέντρων και των χαμηλών σπιτιών. Χάζευε τα είδωλα που έπλαθε το φεγγαρόφωτο και προς στιγμήν τού φάνηκε πως κάπου ανέμιζε μια σημαία με σελήνη – όχι αυτή της δικής του αυτοκρατορίας αλλά της νύχτας, αυτής της επικράτειας που κρατάει για πάντα.

1. Sirkeci: σιδηροδρομικός σταθμός στο ευρωπαϊκό τμήμα της Κωνσταντινούπολης χτισμένος σε ρυθμό art nouveau· άνοιξε το 1890.

Το τρένο ετοιμάστηκε από την Επαναστατική Επιτροπή μέσα σε λίγες ώρες ειδικά γι' αυτόν, ένα τρένο έρημο για να τον στείλει μακριά απ' την Κωνσταντινούπολη, για να τον εξορίσει. Τον μονάρχη συνοδεύουν οι δυο μικροί του γιοι, τρεις απ' τις γυναίκες του, υπασπιστές, ένα τσούρμο υπηρέτες και η φρουρά που τον επιτηρεί μ' ένα σφίξιμο στο στήθος. Δεν είναι πολύς ο καιρός που ο πατισάχ δεν είναι παντοδύναμος και οι υπήκοοί του θέλουν τον χρόνο τους για να το συνηθίσουν.

Στον σιδηροδρομικό σταθμό της Σαλονίκης δεν υπάρχουν επίσημοι να τον υποδεχτούν, μόνο μια ντόπια φρουρά κι ο διοικητής της Σχολής Χωροφυλακής, ένας Ιταλός στρατηγός, ο Ντε Ρομπιλλάν, που μιλάει σπασμένα τα οθωμανικά.

Ο Ιταλός διοικητής δείχνει στον έκπτωτο μονάρχη να μπει στο αυτοκίνητό του· εκείνος αρνείται. Ο ξεδοντιασμένος από την εξουσία σουλτάνος θέλει άμαξα να τον ταξιδέψει, θέλει ν' ακούει οπλές στο λιθόστρωτο, τρίλιες από χάμουρα που κουδουνίζουν, θέλει να μυρίζει τις ανάσες των αλόγων που αχνίζουν στην υγρασία της νύχτας.

Φέρνουν μιαν άμαξα που ξεκινάει μέσα από στενούς δρόμους και σκοτεινούς. Οι εντολές του κομιτάτου «Ένωση και Πρόοδος» είναι σαφείς: η μεταφορά πρέπει να γίνει διακριτικά, αν γίνεται και μυστικά, μακριά από το θορυβώδες Κέντρο και την παραλία όπου όλα τα καφέ σαντάν είναι ακόμη ανοιχτά και οι λάμπες του φωταερίου προδίδουν την κάθε κίνηση. Πάνε δυο μέρες που η Θεσσαλονίκη, σημαιοστολισμένη και φωταγωγημένη, γιορτάζει την εκθρόνιση του σουλτάνου· άλλωστε η έδρα της Επαναστατικής Επιτροπής ήταν πάντα εδώ. Η ίδια η αιτία της χαράς της, ο εξόριστος πατισάχ, έρχεται ίσια μες στον κόρφο της, αλλά είναι ακόμη νύχτα και η πόλη δεν το ξέρει.

Ο έκπτωτος σουλτάνος Αβδούλ Χαμίτ ο Β΄ κάθε τόσο τραντάζεται στη θέση του στην άμαξα καθώς τα στενά τής Άνω

Πόλης είναι γεμάτα λακκούβες. Η μεγάλη μύτη του τρέχει από την υγρασία, κρατάει στο αριστερό χέρι ένα μαντίλι και με το άλλο γαντζώνεται γερά απ' τη χειρολαβή, γιατί οι στροφές και οι τρύπες στα καλντερίμια δεν έχουν τέλος.

Κατηφορίζουν απ' τα ανατολικά τείχη ενώ αριστερά διακρίνονται τα φώτα του Δημοτικού Νοσοκομείου Χαμιδιέ, που έχει τ' όνομά του. Η «Σκιά του Θεού επί της Γης» φρόντιζε τους υπηκόους του για τριάντα-τόσα χρόνια. Αυτοί, συλλογίζεται θλιμμένος, τον αντάμειψαν με απαγωγή και φυλάκιση σ' ένα άδειο τρένο.

Η ψυχή του πατισάχ και τα λαγόνια του κάπως γαληνεύουν όταν τσουλάνε στους κυβόλιθους της Λεωφόρου Χαμιδιέ, που έχει κι αυτή τ' όνομά του. Κάπως ηρεμεί μιας κι από κει βλέπει τη θάλασσα – ένα κομμάτι σπασμένου καθρέφτη που γυαλίζει απ' τη φωταύγεια της σελήνης. Κάτω απ' το μαρμάρινο σιντριβάνι στην αρχή της λεωφόρου ο αλμυρός αέρας του Κόλπου είναι μυρμήγκιασμα στα γένια του. Στο μεταξύ ο αμαξάς καμτσικώνει τ' άλογα, καθώς βιάζονται να περάσουν γρήγορα τον αριστοκρατικό δρόμο που 'ναι γεμάτος προξενεία, ενώ υπάρχουν πολλά μάτια πίσω απ' τις κουρτίνες και κάποια καφενεία είναι ακόμη ανοιχτά.

Η άμαξα έστριψε αριστερά για την επόμενη λεωφόρο. Ο μονάρχης άφησε απ' τα μάτια του τη θάλασσα και το βλέμμα του αιχμαλωτίστηκε στη μονοτονία των γραμμών του τραμ. Μέσα απ' αυτές τις ράγες γυρίζει πενήντα χρόνια πίσω και θυμάται που είχε επισκεφτεί αυτήν την πόλη νεαρός πρίγκιπας. Τώρα αναρωτιέται πού τον οδηγούν αυτές οι σιδερένιες γραμμές – ίσως σε κάποιο μνήμα που χάσκει ανοιχτό και τον περιμένει.

Σε αυστηρή στοίχιση προπορεύονται έφιπποι αστυνομικοί που καλπάζουν σε ζευγάρια. Έχουν μαρμάρινους λαιμούς και κοιτάζουν μόνο μπροστά. Πίσω από την άμαξά του ακολουθεί ένα μικρό καραβάνι, που σέρνει τα υπολείμματα του κόσμου του από το ανάκτορο του Γιλδίζ, που το άφησε για πάντα.

Αυτή η λεωφόρος που τώρα διασχίζουν φαίνεται εντυπωσιακή: πεζοδρόμια αριστερά και δεξιά, δεντροστοιχίες, φωτισμός, μεγαλοπρεπείς επαύλεις με πύργους και θαλερούς κήπους που ξεχωρίζουν πίσω από ψηλά κάγκελα. Ο σουλτάνος δεν πολυκοιτάζει, ενώ κάπου κάπου τα μάτια του κλείνουν – είναι γέρος πια. Χαϊδεύει μόνο την αριστερή παλάμη με τα δάχτυλα του δεξιού χεριού· φαίνεται κάτι να αναζητεί ψαύοντας τις γραμμές του χεριού του. Αν η μοίρα του είναι ανάγλυφη πάνω στο δέρμα, ο πατισάχ δε θ' αργήσει ως χειρομάντης να την ανακαλύψει.

Είχε αρχίσει να φέγγει. Η πόλη σε λίγο θα ξυπνούσε. Ο Λευτέρης, άνιφτος ακόμη, φορτώθηκε το μουσλούκι[2] και πήγε να το γεμίσει στην κοντινή δημόσια κρήνη. Η μάνα κοιμόταν. Ο ύπνος την έπαιρνε συνήθως πριν απ' τα χαράματα, όταν σταματούσε ο βήχας. Η θάλασσα, που ήταν δυο βήματα κοντά, έστελνε τη μυρωδιά από τα φύκια της ακτής και τη νοτισμένη άμμο, που περίμενε το ανέβασμα του ήλιου για να ξεράνει την πέτσα της.

Πατέρας και γιος θρυμμάτισαν ξερό ψωμί στο ζεστό γάλα κι άρχισαν να τρώνε σιωπηλοί. Από τη μέσα κάμαρη ακουγόταν βαριά η ανάσα της μάνας. Ο Λευτέρης χτύπαγε επίτηδες το κουτάλι στο εμαγιέ πιάτο, γιατί υπήρχαν στιγμές που δεν άντεχε ν' ακούει τον ρόγχο της. Ο πατέρας του έτρωγε ανέκφραστος και δεν τον πολυκοίταζε. Ο γιος του ήταν πια έντεκα χρονών, δεν είχε ανάγκη από κανακέματα.

Βγήκαν απ' το σπίτι και πήραν τον χωματόδρομο που έβγαζε στη Λεωφόρο των Εξοχών. Στάθηκαν μπροστά στο

2. Μουσλούκι: μεταλλικό βρυσάκι.

αγίασμα της Αγίας Σολομονής. Ο πατέρας σταυροκοπήθηκε, κι ύστερα, όπως κάθε πρωί, οι δρόμοι τους χώρισαν. Ο Λευτέρης τράβηξε κατά το κέντρο της πόλης, όπου ήταν τα πρακτορεία των εφημερίδων, και ο κυρ-Γιάννης ο Ζεύγος ανατολικά, στους κήπους των επαύλεων, στη βίλα του Αλλατίνι πάνω απ' τους μύλους, εκεί όπου τέλειωνε η λεωφόρος με τις επαύλεις κι άρχιζε ο δρόμος για τη Γεωργική Σχολή.

Ο Λευτέρης κοντοστάθηκε για να χαζέψει το τραμ που περνούσε. Ήταν γεμάτο κουστουμαρισμένους άντρες με κρεμ καπέλα και κολλαρισμένους γιακάδες. Οι πιο πολλοί δούλευαν στον φραγκομαχαλά και στο Λιμάνι, στις τράπεζες και στα ναυτιλιακά γραφεία. Μια φορά είχε πάρει κι αυτός το τραμ για να πάει κάτω στο πρακτορείο να φορτωθεί εφημερίδες. Ήταν γιατί την προηγουμένη είχε χωθεί ένα καρφί στην πατούσα του κι έσερνε το πόδι σβαρνώντας το χώμα απ' όπου περνούσε. «Μια φορά» λέγοντας εννοούμε με εισιτήριο, γιατί πολλές φορές αθέατος απ' τον καθρέφτη του οδηγού είχε πηδήξει κι είχε σκαλώσει στην ουρά του βαγονιού. Το έκανε συνήθως μεσημέρια στη ζέστη και στο μεγάλο στρίμωγμα ζητώντας απ' τους επιβάτες συνένοχη σιωπή. Έβαζε το δάχτυλο μπροστά στα χείλη και παρακαλούσε με το βλέμμα ασπροντυμένες καμαριέρες και γκουβερνάντες, οι οποίες κατέβαιναν κάπου στις επαύλεις του Αθ. Σωσσίδη, του Χρ. Γεωργιάδη, των Χατζημήσεφ, του Λεβή Μοδιάνο, των Άμποτ, του Περ. Χατζηλαζάρου...

Τάχυνε το βήμα γιατί ο ήλιος είχε αρχίσει να ανεβαίνει. Πέρασε έξω απ' το ζυθοπωλείο *Μικρός Κήπος* όπου είδε έναν σερβιτόρο να σκουπίζει την αυλή.

«Άργησες, Λευτεράκη, μεσημέριασε!» του φώναξε.

Άνοιξε κι άλλο το βήμα και βούτηξε ως τον αστράγαλο στο νερό που κατέβαζε ο χείμαρρος παραδίπλα. Στο καφενείο του Λευκού Πύργου είχαν κιόλας καθίσει οι πρώτοι πελάτες και ρουφούσαν τον πρωινό τους καφέ. Κατάλαβε πως η ώρα είχε περάσει για τα καλά κι άρχισε να τρέχει. Βγήκε στη Λεωφόρο Χαμιδιέ και πέρασε σφεντόνα μπροστά απ' το καφενείο *Ο Παρθενών*. Έκοψε τον δρόμο στη μέση κι έφτασε στο απέναντι πεζοδρόμιο αποφεύγοντας κάτι αλογίσιες κοπριές που άχνιζαν. Χώθηκε στα στενά της παλιάς πόλης, εκεί όπου έβλεπαν τον ήλιο μόνο το καταμεσήμερο.

Όταν ο Γιάννης Ζεύγος αντίκρισε τη βίλα από μακριά, είδε κόσμο συγκεντρωμένο έξω απ' τα κάγκελα. Πλήθος οι ένστολοι ακόμη και μες στην αυλή ως το βάθος της, εκεί όπου ξεκινούσαν τα μαρμάρινα σκαλοπάτια. Παραμέρισε κάποιους περίεργους σπρώχνοντας με τους αγκώνες αριστερά και δεξιά, ώσπου έφτασε στη θεόρατη καγκελόπορτα. Δε χρειαζόταν να ρωτήσει τι συνέβαινε· απ' τις κουβέντες του πλήθους είχε καταλάβει: ο σουλτάνος Αβδούλ Χαμίτ ήταν φυλακισμένος στην Έπαυλη Αλλατίνι.

Δύο χωροφύλακες με βλοσυρό ύφος τον σταμάτησαν στην είσοδο κι αυτός άρχισε τσάτρα πάτρα να τους εξηγεί στα οθωμανικά: δούλευε, τους είπε, κηπουρός εδώ και χρόνια στη βίλα, τις μισές μέρες της βδομάδας του εκεί τις περνούσε· ας ρωτούσαν και τον κύριο διευθυντή της Χωροφυλακής, που ίσαμε προχθές έμενε αυτός στη βίλα. Σε μια επιπλέον προσπάθεια πέρασε το δάχτυλο ανάμεσα στα κάγκελα και τους έδειξε το παράσπιτο, όπου φύλαγε τα εργαλεία του.

Ένας απ' τους χωροφύλακες του έκανε νόημα να τον ακολουθήσει. Ο κυρ-Γιάννης κράτησε στο χέρι του το καπέλο και υπάκουσε. Καθώς περπατούσε, έβλεπε γύρω του φοβισμένος αυτό που συνέβαινε. Όλη η αχανής αυλή με τους κήπους φιλοξενούσε μέσα της ένα μικρό άλσος από γυαλισμένες μπότες και ξίφη. Αξιωματικοί του στρατού και της αστυνομίας σε μικρές συντροφιές κουβέντιαζαν χαμηλόφωνα. Συνέχισε να βαδίζει πίσω απ' τον ψηλό χωροφύλακα πατώντας στο άσπρο χαλίκι με το οποίο είχε στρώσει αυτός ο ίδιος το μονοπάτι. Πάνω του τα δέντρα με τις φωλιές των πουλιών, πεύκα τα πιο πολλά και σφεντάμια, στην άκρη στα κάγκελα δάφνες και μυρτιές· τα 'ξερε όλα ένα προς ένα. Μάλιστα τους είχε δώσει και ονόματα, αλλά δεν το είχε πει σε κανέναν γιατί ντρεπόταν. Πέρασε δίπλα από τα σκαλισμένα παρτέρια του· χθες ακόμη είχε φυτέψει μέσα τους την ίδια την άνοιξη σε σπόρους. Πώς είχαν όμως έτσι αλλάξει τα πράγματα από χθες;

Στους στάβλους, μια αποθήκη με άχυρο είχε μετατραπεί σε Φρουραρχείο. Ένας αξιωματικός με τσιγκελωτό μουστάκι τού συμπλήρωσε ένα δελτίο εισόδου και το γέμισε σφραγίδες.

«Να το δείχνεις στην πόρτα», τον πρόσταξε, «πιο πολύ τις πρώτες μέρες, ώσπου να σε μάθουν οι φρουροί».

Βγήκε κρατώντας μαζί με το καπέλο κι αυτό το χαρτί. Σήκωσε προς στιγμήν τα μάτια στα παράθυρα του πρώτου ορόφου. Είχε συνηθίσει εδώ και καιρό να βλέπει την οικογένεια του διευθυντή της Χωροφυλακής, του Ρομπιλλάν πασά. Μέχρι χθες κατοικούσαν στη βίλα, αλλά αναγκάστηκαν να μετακομίσουν μέσα σε λίγες ώρες. Έβγαλαν έξω τους ανθρώπους και σε μία νύχτα τούς πήγαν αλλού. Αυτός ο σουλτάνος ήταν θεομηνία. Ήταν ήρεμοι άνθρωποι και διακριτικοί η οικογένεια του διευθυντή, κι αυτός, ο κυρ-Γιάννης ο κηπουρός τους, είχε συνηθίσει να δουλεύει μες στην ησυχία. Δύο φρουρούς είχε όλους κι όλους ο Ρομπιλλάν πασάς που εναλλάσσονταν μέρα και νύχτα, κι ο Γιάννης τούς ήξερε καλά. Τώρα ο κόσμος όλος είχε γεμίσει λοφία και καπέλα. Πώς ήρθε έτσι ο κόσμος ανάποδα; συνέχισε να αναρωτιέται. Πώς ένας σουλτάνος μπερδεύτηκε ανάμεσα στους κισσούς και στις τριανταφυλλιές του;

«Μα είναι πράγματι ο σουλτάνος;» αναρωτήθηκε φωναχτά μη μπορώντας να το πιστέψει, και κοίταξε πάλι στα μεγάλα παράθυρα του πρώτου ορόφου.

Είχε δει τους προηγούμενους μήνες κάτι σκίτσα που κυκλοφορούσαν σε ξένες εφημερίδες και σε καρτ ποστάλ. Άσχημος ήταν ο πατισάχ, κοντός, με καμπούρα, μεγάλη μύτη και λάγνο ύφος. Πολλά βράδια τούς έφερνε ο Λευτέρης στο σπίτι περιοδικά, που τα επέστρεφε στο πρακτορείο το επόμενο πρωί. Η γυναίκα του, η Ζιζέλ, τους διάβαζε και τις γαλλικές εφημερίδες. Ο ξένος Τύπος μιλούσε για ερωμένες και σκλάβες, όργια και αίμα πολύ, τον αποκαλούσε «Ο κόκκινος σουλτάνος». Απ' το μαχαίρι του είχαν περάσει χιλιάδες, έτσι έγραφαν, και χριστιανοί και μουσουλμάνοι. Στους εχθρούς του δεν έκανε διακρίσεις, ήταν σ' αυτό δημοκρατικός κι ανεξίθρησκος, γιατί τους έσκαβε τον λάκκο με τον ίδιο τρόπο. Αυτή ήταν χειροπιαστή ισότητα κι αδελφοσύνη. Γιατί άραγε οι επαναστάτες του κομιτάτου τον εχθρεύονταν;

Κούνησε το κεφάλι αριστερά δεξιά, για να διώξει τις άχρηστες σκέψεις με τον ίδιο τρόπο που κοσκίνιζε το καστανόχωμα στο ζεμπίλι, για να φύγουν όλα τα χαλίκια, ακόμη και τα πιο μικρά που ήταν σαν φακόσπυρα. Τον περίμενε πολλή δουλειά, καθώς ήταν η εποχή που οι κήποι έπρεπε να σκαφτούν και να φυτευτούν, όμως μ' όλ' αυτά τα χαρτιά και τις βούλες είχε καθυστερήσει. Αφού έχωσε το χαρτί με τις υπογραφές στον κόρφο του, κίνησε για την αποθήκη να πάρει σκαπτικά, λιπάσματα και ποταμίσια άμμο. Εκείνη την ώρα ξεφόρτωναν μπροστά στην είσοδο της βίλας, στα μαρμάρινα σκαλιά, μπαούλα και κασέλες.

Κάθε μέρα, τουλάχιστον δύο φορές διέσχιζε τη μεγάλη λεωφόρο με τα πόδια· απ' το καφενείο του Μοδιάνο, που ήταν πέρα κι απ' τη βίλα του Αλλατίνι, ως το σιντριβάνι της Χαμιδιέ κι από κει στον λαβύρινθο της παλιάς πόλης και πάλι πίσω, για να προλάβει να δώσει ένα χέρι στον πατέρα του που έσκυβε απ' τα χαράματα πάνω απ' τα χώματα.

Ξεκινούσε απ' το πρακτορείο δίπλα στην Οθωμανική Τράπεζα μ' ένα ξέχειλο καρότσι εφημερίδες και μοίραζε πρώτα τις συνδρομές: *Φάρος της Θεσσαλονίκης*, *Αλήθεια*, *Γενί Γαζέτα*, *El Avenir*, *Asir*, *Journal de Salonique* κ.ά. Ανέβαινε σκάλες, χωνόταν σε γραφεία, σε καφενεία, σε μεγάλα εμπορικά στο Λιμάνι. Όταν τέλειωναν οι συνδρομές, έπαιρνε καμιά πενηνταριά φύλλα και τα έβαζε στο τσουβάλι του, που το είχε μετατρέψει σε σακίδιο για την πλάτη κρεμώντας το απ' τους ώμους με σχοινιά. Κρατούσε ένα δυο φύλλα στο χέρι, αυτά κυρίως που είχαν τους πιο εμπρηστικούς τίτλους, κι έπαιρνε πάλι τον μεγάλο δρόμο για τις Εξοχές, που ξεκινούσε απ' το καφενείο του Λευκού Πύργου.

Κάθε τόσο ξεφώνιζε σε τέσσερις πέντε γλώσσες τις εφημερίδες και με τον καιρό είχε μάθει ποιος κατοικούσε πού. Στεκόταν έξω απ' τα αρχοντόσπιτα και φώναζε με το κεφάλι χωμένο στα κάγκελα τη γλώσσα των ενοίκων: τούρκικα, ελληνικά, λαντίνο, αρμένικα, γαλλικά, βουλγάρικα...

Τις πιο πολλές φορές, αφού ξελάφρωνε κάπως απ' το βάρος, έστριβε για το Γενί Τζαμί κι έκανε μια στάση στο σπίτι τους, να δει μήπως τον χρειαζόταν η μάνα. Το σπίτι τους ήταν μια παλιά αποθήκη δίπλα στη θάλασσα, που την είχε παραχωρήσει με συμβολικό νοίκι εκείνος ο ευεργέτης του πατέρα του, ο πρώτος και μοναδικός του καπετάνιος.

Πάνε χρόνια που ο Γιάννης ο Ζεύγος είχε μπαρκάρει ναύτης. Με δοκιμή, του είπανε, για λίγους μήνες. Έμεινε τόσο όσο να περιμένει μήπως τα μέσα του τελικά την αντέξουν τη θάλασσα. Απ' τη Σαλονίκη ως τη Μασσαλία ανέβασε κάμποσο τη στάθμη των κυμάτων ξερνοβολώντας κάθε τόσο με το κεφάλι έξω απ' την κουπαστή. Βοήθησε ο Θεός κι έπρεπε να σταθμεύσουν στη Μασσαλία λίγες βδομάδες. Εκεί έδωσε όλο του τον εαυτό στη δουλειά, έγινε σκέτος χαμάλης, δούλος σωστός, γιατί τον καπετάνιο τον ντρεπόταν και το φιλότιμο τον έκανε ν' ανεβοκατεβαίνει δυο δυο τα σκαλιά και τα φουγάρα.

Στη Μασσαλία γνώρισε τη Ζιζέλ. Δούλευε στο καπνοπωλείο του πατέρα της, ένα απ' τα πρώτα καθώς έβγαινες απ' το λιμάνι στην πόλη. Ο Γιάννης, μόλις είδε τα μελιά της μάτια, άρχισε να καπνίζει και στον ύπνο του. Πριν βγει εκείνος ο μήνας παντρεύτηκαν. Η μεταστροφή του στη δική της Εκκλησία, την καθολική, έγινε τόσο γρήγορα, που ούτε το κατάλαβε. Έμοιαζε με τσίμπημα κουνουπιού στη διάρκεια ενός μεγάλου ύπνου. Κοιτούσε τη Ζιζέλ υπνωτισμένος από έρωτα, γι' αυτό τής χάρισε τη θρησκεία των πατέρων του, κράτησε όμως την πόλη του. Φύγανε με το τρένο για τη Σαλονίκη. Αυτή ήταν η προίκα της Ζιζέλ – δυο εισιτήρια για την επικράτεια του σουλτάνου.

Πήραν την παλιά αποθήκη του καπετάνιου και την ασβέστωσαν. Έκαναν πάγκο κουζίνας κι απόπατο. Τράβηξαν λούκι απ' τη στέγη για να διώχνει τα βρόχινα νερά και κρέμασαν χοντροϋφασμένες κουρτίνες στα παράθυρα, γιατί δεν είχαν παντζούρια κι ούτε ήθελαν τα φιλιά τους να τα βλέπει η θάλασσα.

Ο Γιάννης άφησε τα καράβια της αναγούλας κι άρχισε να σκαλίζει τα χώματα, να φυτεύει, να κλαδεύει, να ξεβοτανίζει. Τον μάγευε αυτός ο άλλος μπάτης, αυτός του χώματος, που μύριζε τη σβουνιά που έριχνε για λίπασμα και το ηλιοψημένο χόρτο. Αγάπησε τη Ζιζέλ και το χώμα, κι έτσι τα μέσα του ηρέμησαν. Ναυτία τον έπιανε σπάνια πια – μόνο όταν του 'μπαινε η ιδέα ότι μπορεί κάποτε να χάσει τη Ζιζέλ.

Ο Λευτέρης γεννήθηκε στα 1898, όπως έλεγε το χριστιανικό ημερολόγιο, καταχείμωνο. Ήταν η χρονιά που ο Ποζέλλι[3] είχε ολοκληρώσει την Καθολική Εκκλησία, όμως τότε ήταν που κάηκαν η Συναγωγή Ταλμούδ Τορρά και ο παλιός μύλος του Αλλατίνι. Η Ζιζέλ, μετά τη γέννα, σταμάτησε τα μερο-

3. Vitaliano Poselli (1838-1918): Ιταλός αρχιτέκτονας που έχτισε μια σειρά από πολύ γνωστά δημόσια και ιδιωτικά κτίρια στη Θεσσαλονίκη.

κάματα στα καπνομάγαζα κι έμεινε στο σπίτι για να τον αναστήσει με τα στήθια της και με παραμύθια. Λίγα χρόνια αργότερα έπιασε πάλι δουλειά, αυτήν τη φορά σ' ένα νηματουργείο στα Καραγάτσια, όχι μακριά απ' την εκκλησία της Ανάληψης. Όταν ο βήχας της άρχισε ν' ακούγεται παράξενος, την έδιωξαν κακήν κακώς. Λίγες μέρες αργότερα ο Λευτέρης το 'σκασε απ' το σχολείο. Ύστερα από κάποιους μήνες ο πατέρας του θα τον ξανάστελνε με το ζόρι. Είχε γρήγορα μάθει να διαβάζει και να γράφει. Τα γαλλικά στο μεταξύ τα 'μαθε απ' τη μάνα του, τα ρούφηξε αβίαστα όπως το γάλα της. Σχολείο του έγιναν πιο πολύ οι εφημερίδες και τα περιοδικά. Είχε μάθει να διαβάζει τις γαζέτες στα κλεφτά ακουμπώντας τες με τα δάχτυλα τόσο απαλά, σαν να ήταν τα χέρια του πόδια της αράχνης· ύστερα έπαιρνες όρκο πως τα φύλλα ήταν ανέγγιχτα.

Εκείνη την πρώτη μέρα του σουλτάνου στην πόλη έστριψε κατά το συνήθιό του απ' τη λεωφόρο για το σπίτι τους. Από το πρωί η πλάτη του σαν να πονούσε, θαρρείς και το βάρος της πρώτης είδησης ήταν ασήκωτα τούβλα και κεραμίδια όπως αυτά που έβγαζε το εργοστάσιο του Αλλατίνι. Καθώς όμως όλα τα νέα τις τελευταίες μέρες ήταν συνταρακτικά, στο μισό της διαδρομής είχε σχεδόν ξεπουλήσει. Ήταν το καινούριο κίνημα του κομιτάτου στην πρωτεύουσα που εξουδετέρωσε την αντεπανάσταση και εκθρόνισε τον σουλτάνο, ήταν η νέα σφαγή των Αρμενίων στα Άδανα, αλλά πιο πολύ οι φήμες για τον αιχμάλωτο πια Αβδούλ Χαμίτ που τον έφερναν στη Σαλονίκη. Του έμειναν τέσσερις γαζέτες στο χέρι, δυο ελληνικές, μια εβραίικη και μια βουλγάρικη – γι' αυτήν την τελευταία, όσο και να ξελαρυγγίστηκε έξω απ' το αρχοντικό του Χατζημήσεφ, δεν του είχε ανοίξει κανείς.

ΜΕΣΟΝΥΚΤΙΟΝ Η ΜΕΤΑΦΟΡΑ ΤΟΥ ΣΟΥΛΤΑΝΟΥ ΕΝΤΑΥΘΑ[4]

Την 11ην ώραν της νυκτός μετεφέρθη ενταύθα υπό ισχυράν συνοδείαν μετά δύο εκ των γυναικών του ο εκθρονισθείς σουλτάνος Χαμίτ κλεισθείς εν τω εξοχικόν μέγαρον των αδελφών Αλλατίνη παρά τους πύργους.

Βρήκε τη μάνα του όρθια στο κουζινάκι ν' ανακατεύει το φαγητό. Όταν ήταν οι δυο τους, μιλούσαν πάντα γαλλικά. Ο αέρας μύριζε ντοματόρυζο κι απ' το παράθυρο ο ήλιος τής φώτιζε το πρόσωπο. Είχε τα μακριά μαλλιά της μαζεμένα πίσω. Την κοίταξε βιαστικά και τράβηξε το βλέμμα, γιατί ήξερε ότι το φως του μεσημεριού φανέρωνε όλη της τη χλωμάδα. Ρώτησε αν τον χρειαζόταν σε κάτι και ξαναφορτώθηκε στον ώμο τον σάκο με τις εφημερίδες.

«Πάρε το προσφάι του πατέρα σου, το ξέχασε το πρωί», του είπε και του έδειξε έναν μικρό ντορβά υφασμένο απ' το πιο χοντρό μαλλί.

Τον φόρτωσε κι αυτόν στον ώμο με τις γαζέτες, της άρπαξε το χέρι που κρατούσε την κουτάλα, το φίλησε και βγήκε απ' το σπίτι. Έβαλε την παλάμη σκέπαστρο στα μάτια για να μην τον τυφλώνει ο ήλιος κι άπλωσε το βλέμμα του σ' όλον τον Κόλπο γύρω. Ήταν γεμάτος βάρκες και καΐκια με τα πανιά φουσκωμένα που έμοιαζαν με μάγουλα. Στο βάθος ξεχώριζε το ατμόπλοιο της συγκοινωνίας, το *Χαβέρ*, που εκείνη την ώρα έβαζε πλώρη να πιάσει στον μόλο του Κερήμ εφέντη. Ήταν μια μέρα που το φως της σου κούραζε τα μάτια.

Γύρισε πίσω στο σπίτι να πάρει την τραγιάσκα του με το μεγάλο γείσο που τον φύλαγε από ήλιο και βροχή. Βρήκε τη μάνα του καθισμένη στο ντιβάνι της σάλας να κλαίει.

---

4. Εφημ. *Ο Φάρος της Θεσσαλονίκης*, 23.4.1909.

Όταν έφτασε στη Βίλα Αλλατίνι, ήταν κιόλας μεσημέρι. Πούλησε τον τελευταίο *Φάρο της Θεσσαλονίκης* σ' έναν απ' τους αργόσχολους που είχαν περικυκλώσει απ' το πρωί τον αυλόγυρο και περίμεναν να δουν κάποια στιγμή τον σουλτάνο να βγαίνει, για να έχουν να το λένε το βράδυ στο καφενείο.

Στην πόρτα τον ανέκρινε ένας αξιωματικός που τον εξέταζε καχύποπτα από πάνω ως κάτω. Ο Λευτέρης είχε μάθει πια να ξεχωρίζει τους απόφοιτους της Σχολής Ιδαδιέ[5] με το περισπούδαστο ύφος και την έπαρση στο βλέμμα. Μπροστά του στεκόταν ένας αξιωματικός καριέρας, απ' τους αυριανούς στρατηγούς της αυτοκρατορίας που πρόσεχαν γύρω τους τα πάντα, ακόμη και το πέταγμα μιας χρυσόμυγας, μην τύχει και σταθεί κάτι εμπόδιο στην ανέλιξή τους.

«Στείλε να φωνάξουν τον κηπουρό», πρόσταξε στον στρατιώτη που στεκόταν όρθιος κι ακίνητος με το όπλο παρά πόδα. «Αν είσαι όντως γιος και βοηθός του κηπουρού, να σου βγάλουν χαρτιά, αλλιώς δεν μπαίνεις!»

Ο λόγος που ο αξιωματικός δεν τον είχε εξαρχής διώξει με τις κλοτσιές έτσι όπως τον έβλεπε κακοντυμένο ήταν πως του είχε απευθυνθεί στα γαλλικά. Η περίπτωση του Λευτέρη ήταν για τον αξιωματικό το πέταγμα της χρυσόμυγας, η οποία ίσως να μπαινόβγαινε απ' το παράθυρο κάποιου προξενείου – μια συγγένεια, ας πούμε, του ατημέλητου νεαρού με κάποιον από ψηλά. Ο απόφοιτος της Σχολής Ιδαδιέ έπρεπε να προσέξει μην και του ζητούσαν ύστερα τον λόγο.

Ο Γιάννης Ζεύγος φάνηκε στην πόρτα με τα παπούτσια του λασπωμένα. Έδειξε το χαρτί του στον αξιωματικό κι εκείνος τον πρόσταξε να πάει αμέσως στο Φρουραρχείο και να

5. Σχολή Ιδαδιέ: το πρώτο αντίστοιχο σήμερα λύκειο των Οθωμανών στη Θεσσαλονίκη· οι απόφοιτοί του εντάσσονταν στη δημόσια διοίκηση και στον στρατό.

βγάλει κι ένα ακόμα για τον γιο του. Άφησαν τον Λευτέρη να περάσει χωρίς συνοδεία. Πατέρας και γιος πήραν πάλι το μονοπάτι το στρωμένο με το άσπρο χαλίκι. Αρκετοί βαθμοφόροι έστεκαν ακόμη κάτω απ' τα δέντρα, όπως και το πρωί, περιμένοντας διαταγές.

«Ν' αλλάξεις ρούχα από αύριο», του είπε, «να μη σε στραβοκοιτάζουν, να μη σε παίρνουν για χαμίνι».

«Μα έχουμε χώματα εδώ, βάζω τα ρούχα της δουλειάς».

«Ας έχουμε. Αφού περνάς πρώτα απ' το σπίτι, εκεί ν' αλλάζεις και να βάζεις τα παπούτσια σου, εκείνα με τη μικρή τρύπα που δε φαίνεται».

«Δε με χωράνε πια αυτά».

Ο κυρ-Γιάννης κοντοστάθηκε ξύνοντας το ιδρωμένο του κεφάλι.

«Να βάλεις τα παλιά τα δικά μου, που είναι κάτω απ' το ερμάρι».

«Εκείνα μού είναι μεγάλα!»

«Να βάλεις μέσα γαζέτες, να σου σταματάνε τα δάχτυλα. Βρες παλιές απ' το πρακτορείο και φέρε. Κάποιες φορές ακόμη κι οι γαζέτες κάπου χρησιμεύουν».

«Να έρχομαι ξυπόλυτος θέλω. Καλοκαιριάζει, μες στα χώματα θα 'μαι».

«Μην το ξαναπείς! Κι αν σταθεί μπροστά σου ο σουλτάνος, τι θα κάνεις; Να σε πάρει για κανέναν διακονιάρη; Έτσι σε μεγάλωσα εγώ;»

Είχαν φτάσει μπροστά στο Φρουραρχείο που έδινε τις άδειες εισόδου.

«Αυτό το χαρτί να το 'χεις στον κόρφο σου πάντα. Κι αν τύχει κι έχεις κι αλλού, Θεός φυλάξοι, μπερδέματα, να το δείχνεις, γιατί έχει τζίφρες και τα τοιαύτα. Μετράνε αυτά κι έξω απ' τη βίλα και παντού. Τον νου σου μην το χάσεις!»

Τις επόμενες ώρες η είδηση είχε διαδοθεί παντού: «Ο σουλτάνος αιχμάλωτος στην πόλη;»

Είχε ταξιδέψει σαν μυρωδιά από καμένα κι έκανε τους ανθρώπους να σηκώνουν το κεφάλι απ' τη δουλειά τους και ν' αναρωτιούνται· απ' τη Λεωφόρο των Εξοχών ως τα δυτικά, στην Μπάρα,[6] στη συνοικία Ναχμίας, στο Κιλκίς Μαχαλέ αλλά και στις ανηφόρες των χωριών Καπουτζήδες, Αρσακλί, Κερέτσκιοϊ...

«Ο σουλτάνος αιχμάλωτος στου Αλλατίνι!»

Η λαϊκή φαντασία πυρπολήθηκε κι απλώθηκε απ' τον άνεμο της καθημερινής ρουτίνας, που 'βρισκε λυτρωμό στις φήμες μιας ζωής παραμυθένιας. Το προσάναμμα το έριχναν βέβαια για μέρες, βδομάδες, οι εφημερίδες:

> Την μεσημβρίαν της Πέμπτης ο Αβδούλ Χαμίτ μεθ' όλον το παρατεθέν πλούσιον πρόγευμα, έφαγε μόνο δύο αυγά. Ύστερα εζήτησε και ολίγον γιαούρτι. Εστάλη είς αστυνόμος διά ν' αγοράση...
>
> Άνθρωπός τις εισελθών δι' υπηρεσίαν εις την διαμονήν του εκπτώτου μονάρχου μάς είπεν, ότι ούτος τας περισσοτέρας ώρας της ημέρας κάθηται εις μεγάλην πολυθρόναν σκεπτικός και παίζει με τας χονδράς χάνδρας του κεχριμπαρένιου κομβολογίου του. Παραπλεύρως αυτού ίσταται ο πιστός Άραψ ευνούχος του...[7]

Οι ανοιξιάτικοι περίπατοι στη Λεωφόρο των Εξοχών δεν ήταν πια τυχαίοι ή έρμαιο της λιακάδας και των συμπτωματικών συναντήσεων. Μπορεί οι άντρες να συνέχιζαν να καλησπερίζονται μ' ένα απλό ανασήκωμα του καπέλου και οι γυναίκες να στριφογυρίζουν χαριτωμένα τα ανοιγμένα παρασόλια τους, όμως η βόλτα τους είχε πια σκοπό και στόχο. Συντροφιές αλ-

6. Μπάρα, Κιλκίς Μαχαλέ: εξαθλιωμένες συνοικίες στα δυτικά της πόλης· η πρώτη, ιδιαίτερα, κακόφημη απ' τους οίκους ανοχής.
7. Εφημ. *Φάρος της Θεσσαλονίκης* εκείνων των ημερών.

λά και οικογένειες ολόκληρες βάδιζαν στα πεζοδρόμια τάχα αδιάφορα, όμως τελικά στρέφονταν εκεί όπου χτυπούσε η καρδιά της επιχώριας μυθολογίας. Άμαξες ξέσκεπες και λαντό ακολουθούσαν τη μυρωδιά των ιδρωμένων αλόγων τους και κάθε τόσο τραντάζονταν στο λιθόστρωτο. Τα βαγόνια του τροχιόδρομου ήταν γεμάτα ως το τέρμα, στο Ντεπό, στον τελευταίο σταθμό του τραμ.

Το πλήθος πέρα απ' το Ντεπό γινόταν πιο πυκνό και κύκλωνε όλη την περιοχή της βίλας του Αλλατίνι. Παρότι το μεγάλο οικόπεδο περιστοιχιζόταν από ψηλά κάγκελα, πλήθη φρουρών είχαν διασκορπιστεί κατά μήκος για να περιφρουρήσουν τον αιχμάλωτο σουλτάνο από περίεργα βλέμματα αλλά και από βόμβες ή σφαίρες, ποιος ξέρει; Η πόλη άλλωστε είχε παράδοση και στο ένα και στο άλλο.

Με τα πλήθη των περιέργων ήρθαν και μικροπωλητές, δημοσιογράφοι, δυο φωτογράφοι, ένας σκιτσογράφος που έλαβε θέση κάτω από μια παχιά σκιά, ανταποκριτές από εγγλέζικες γαζέτες, γαλλικές, γερμανικές...

> Η περιέργεια εξακολουθεί και θα εξακολουθή να οδηγή πολύν κόσμον προς την ρομαντικήν έπαυλη Αλλατίνη όπου διέρχεται τας ημέρας του ο έκπτωτος σουλτάνος...
>
> Και διευθύνεται προς τα εκεί ο κόσμος με την βαθυτάτην επιθυμίαν και την ελπίδα κάτι να ιδή από την μυστηριώδη ζωήν του Αβδούλ Χαμίτ και των ιδικών του, κάτι να οσφρανθή. Αλλά δε βλέπει τίποτε με όσον και αν προσπαθή το βλέμμα να διασχίση το διάστημα και τους τοίχους της επαύλεως. Μυστήριον απόλυτον περικαλύπτει τα πάντα.[8]

Κάποια απογεύματα της πρώτης βδομάδας θα μπορούσε κανείς να ξεχωρίσει μια αλλιώτικη συνάθροιση έξω απ' τα κά-

8. *Ό.π.*, σ. 29.

γκελα, σε κείνη την πλευρά της βίλας που έβλεπε στους μύλους και στη θάλασσα. Θα έβλεπε κανείς έναν δημοσιογράφο που σημείωνε σ' ένα τεφτέρι· έναν κύκλο αντρών, και πιο πολύ γυναικών, με παιδιά απ' τα αρχοντόσπιτα της συνοικίας να στέκουν γύρω από ένα παιδί καλοντυμένο, το οποίο μιλούσε αργά και καθαρά πότε στα ελληνικά και πότε στα γαλλικά. Οι κινήσεις του ήταν προσεκτικές και συγκρατημένες, ενώ τα φρύδια του κάθε τόσο κυμάτιζαν κι ακολουθούσαν τον επιτονισμό της φωνής. Ο νεαρός αυτός κύριος παρουσίαζε ένα πρόγραμμα σαν κομφερασιέ σε θεατρική παράσταση ή σε αριστοκρατικό καφέ σαντάν από αυτά γύρω από τον Λευκό Πύργο. Οι ιστορίες του φαίνεται πως κινούσαν το ενδιαφέρον, σχεδόν αιχμαλώτιζαν.

Ένας προσεκτικός παρατηρητής θα μπορούσε να αντιληφθεί τη στιγμή που ο δημοσιογράφος έκλεισε το μάτι στον νεαρό ή το γεγονός ότι ο ίδιος δημοσιογράφος έβαλε πρώτος τον οβολό του στο πιατάκι, που αίφνης παρουσιάστηκε στα μάτια της ομήγυρης όταν οι ιστορίες έλαβαν τέλος. Όλ' αυτά γινόντουσαν κάτω απ' τη σκιά μιας θεριεμένης λευκομουριάς, της οποίας το μπόι ξεπερνούσε κατά πολύ τα κάγκελα της περίφραξης κι έφτανε στο ίδιο ύψος με τον πρώτο όροφο της βίλας.

«Ας περάσουν τα παιδιά και κάποιοι κύριοι ξεχνώντας για λίγο τα κουστούμια τους! Για σας, κυρίες μου, καταλαβαίνω ότι είναι ανάρμοστον. Ας σκαρφαλώσουν όμως τα παιδιά. Ευνοϊκή τύχη μάς πρόσφερε τα κλαδιά αυτού του δέντρου να κατεβαίνουν στο ύψος των οφθαλμών μας. Ας ανέβουν τα παιδιά κι ας σκαρφαλώσουν από κλαδί σε κλαδί. Μη φοβάστε, γιατί ποτέ, κυρίες και κύριοι, μια δεντροκορφή δεν ήταν τόσο εύκολα προσβάσιμη. Από εκεί ψηλά βλέπετε απευθείας στα δώματα του πατισάχ. Μπορεί ένας να είναι ο τυχερός και κάποια κουρτίνα να έχει ξεχαστεί ανοιχτή, μπορεί και δύο οι τυχεροί. Αφήστε τα παιδιά να δοκιμάσουν. Ζώντας εγώ για πέντε ημέρες σ' αυτούς τους κήπους, τον αντίκρισα τρεις φορές, τη μία μάλιστα από πολύ κοντά. Εκείνο το βράδυ εξαιτίας του φόβου το πέρασα στην αγκαλιά της μητρός μου! Κυρίες και κύριοι, το τέρας του Γιλδίζ είναι στην πόλη μας, μπορεί να εμφανιστεί κάποια στιγμή και μπροστά σας!»

«Mesdames et messieurs...»

Το πέμπτο βράδυ απ' την άφιξη του σουλτάνου στην πόλη, ο κυρ-Γιάννης άνοιξε το στόμα του:

«Πού χάνεσαι τ' απογεύματα; Τις γαζέτες τις έχεις τελειώσει απ' το πρωί, απ' τη βίλα μάς διώχνουν νωρίς... Μου λες πού χάνεσαι;»

Ο Λευτέρης απέφυγε να του απαντήσει.

Λίγες μέρες αργότερα ήρθαν στον πατέρα του τα χαμπέρια από κάτι γνωστούς: Ο γιος σου κάθε απόγευμα δίνει παράσταση. Μαζεύει κάτι αφελείς και τους λέει ό,τι του κατέβει στο μυαλό για τη βίλα και τον σουλτάνο. Πουλάει ιστορίες και στους δημοσιογράφους, που τις βγάζει απ' το μυαλό του. Πήρανε τηλέφωνο κι από κάτι αθηναϊκές εφημερίδες και ρωτάνε.

Το ίδιο βράδυ κουβαλήθηκε στο σπίτι μες στα μαύρα σκοτάδια.

«Πού ήσουνα;»

«Αφού σου τα προλάβανε, στη βίλα ήμουνα».

«Πουλάς ψέματα;»

«Αφού όλοι ψοφάνε να τ' αγοράσουν, τι φταίω εγώ;»

«Δεν είναι πράγματα σοβαρά αυτά...»

«Κι είναι τα χώματα κι οι γαζέτες;»

Ο κυρ-Γιάννης ένιωσε το αίμα να του ανεβαίνει στο κεφάλι. Την ίδια ώρα όμως πρόσεξε το πόσο είχε χοντρύνει η φωνή του γιου του. Γενικά τού είχε εμπιστοσύνη, αυτή ήταν η αλήθεια· τρία χρόνια τώρα μόνος στους δρόμους επιβίωνε κι έφερνε λεφτά στο σπίτι. Έπρεπε όμως να συνεχίσει το σχολείο.

«Κονομάς απ' ό,τι κατάλαβα».

«Αυτοί απ' τις βίλες δεν είναι σαν κι εμάς. Πλέουν στον παρά κι οι γυναίκες στα αρχοντόσπιτα είναι άβγαλτες, αμαθες. Ό,τι τους πεις το πιστεύουνε, δεν είναι σαν τη μάνα».

«Και τι τον κάνεις τον παρά που βγάζεις;»

«Λέω, πατέρα, αύριο Κυριακή να σκάψεις μόνος σου. Μετά τις γαζέτες θα έρθω εδώ, θα βάλω καλά ρούχα και θ' αρχίσω απ' το πρωί. Θα 'χει σεριάνι από νωρίς και η γκλάβα μου κατεβάζει συνέχεια ιστορίες».

«Πού τον βάζεις τον παρά;»

Ο Λευτέρης σηκώθηκε απ' το σκαμνί όπου καθόταν κι ανασήκωσε το μαγκάλι που ήταν εδώ και βδομάδες σβηστό. Τυλιγμένα σ' ένα κομμάτι πετσί του 'δειξε γρόσια κι ευρωπαϊκά.

«Αυτά είν' όλα;»

«Θα πάρω κι απ' τους δημοσιογράφους...»

«Μη σε γελάσουν, πρόσεξε!»

«Ξέρω, πατέρα, ξέρω».

«Και τι θα τον κάνεις τον παρά;»

Ο Λευτέρης τύλιξε προσεκτικά το πετσί και το ξανάβαλε κάτω απ' το μαγκάλι.

«Δε μου απάντησες».

«Τώρα που λείπει η μάνα στη γειτονιά, θα σου πω. Να τη βάλουμε σε σανατόριο, να την πάμε στο βουνό, έτσι είπε εκείνος ο γιατρός».

«Έχει άντρα η μάνα σου να τη νοιαστεί».

«Δυο να νοιάζονται είναι καλύτερα, πατέρα».

Ακούστηκε από μακριά η σειρήνα απ' το ατμόπλοιο της συγκοινωνίας – ήταν το τελευταίο δρομολόγιο. Το *Αχμέτ*, φωτισμένο, θα έπιανε σε λίγο στη σκάλα του Κερήμ εφέντη. Ο κυρ-Γιάννης άκουσε την μπουρού και θυμήθηκε ότι ζούσανε δίπλα στη θάλασσα. Ένιωσε να τον πιάνει κάτι σαν εκείνη την παλιά ναυτία, τον ίλιγγο και τον κρύο ιδρώτα της. Είχε καιρό να το νιώσει, αλλά μάλλον δεν ήταν απ' τη θάλασσα παρά απ' τον φόβο ότι η Ζιζέλ αργά ή γρήγορα θα του έφευγε μακριά.

Λίγες μέρες ύστερα από τον εορτασμό της Πρωτομαγιάς με τα λουλούδια στα καπέλα και τα στεφάνια στα κεφάλια των κοριτσιών, έπιασαν οι πρώτες ζέστες. Σε πολλούς δρόμους της συνοικίας των Εξοχών βγήκε βόλτα το τελευταίο απόκτημα της Δημαρχίας. Τις πρώτες μέρες έτρεχαν ξοπίσω του τα παιδιά γιουχαΐζοντας και του πετούσαν πέτρες. Ένας ατμοκίνητος οδοστρωτήρας πατούσε τους χωματόδρομους που τους είχαν σγουρύνει οι ορμητικές βροχές. Συχνά τον ακολουθούσε κι ένας καταβρεχτήρας, που αυτός πράγματι ξεσήκωνε όλα τα ξυπόλυτα αγρίμια που μέναν στα χαμηλά σπίτια μακριά από τη λιθόστρωτη φωτισμένη λεωφόρο. Έβγαιναν τότε οι οδηγοί απ' τα οχήματα κι έβριζαν σ' όποια γλώσσα τούς ερχόταν στο μυαλό.

Γύρω απ' τη βίλα του Αλλατίνι συνέχιζε να υπάρχει ακόμη συγκεντρωμένο πλήθος. Στο εσωτερικό της αυλής και απόμερα είχαν στηθεί σκηνές, για να κοιμούνται οι δεκάδες στρατιώτες που φύλαγαν την έπαυλη μέρα νύχτα. Ο μικρός και ο μεγάλος κηπουρός δούλευαν ασταμάτητα, γιατί με την άφιξη του σουλτάνου οι κήποι και τα δέντρα ήταν εκτεθειμένα σε εκατοντάδες μάτια, που σχολίαζαν το καθετί.

Τον Γιάννη τον αναζήτησε κάποια στιγμή και ο ίδιος ο Νεσίπ μπέης, ο διευθυντής Γεωργίας του νομού. Τον είχε την προηγούμενη χρονιά δεξί χέρι στη μεγάλη δεντροφύτευση σ' όλο το μήκος της οδού Σέδες, η οποία περνούσε μπροστά απ' τη βίλα, το ζυθοπωλείο του Φλόκα και συνέχιζε στη Γεωργική Σχολή. Είχε έρθει να δει ο ίδιος με τα μάτια του την κατάσταση των κήπων της βίλας. Ύστερα από μια σύντομη περιήγηση, χαμογέλασε ευχαριστημένος και τον χτύπησε φιλικά στον ώμο.

«Έχεις δουλειά ακόμη, Γιάννη, αλλά ο κόπος σου φαίνεται. Θα ξανάρθω, έτσι, για τα τυπικά».

Τις επόμενες μέρες ήταν ανάγκη να δουλεύουν ως το σούρουπο – κρίνα, μοσχοϋάκινθοι, βασιλικοί, γαριφαλιές... Τα αγγούρια στη μεριά του περιβολιού είχαν φυτευτεί, οι κοπροσωροί χώνευαν δύσοσμα και η στάχτη είχε ανακατευτεί με το χώμα ως πρώτο λίπασμα.

Οι αξιωματικοί και οι στρατιώτες τούς είχαν μάθει, κι έτσι μπαινόβγαιναν χωρίς να τους ζητάνε χαρτιά. Ο Λευτέρης έκανε και πολλά θελήματα· άλλωστε ο πατέρας του δεν τον ήθελε συνέχεια στα πόδια του. Μιλούσε ακατάπαυστα και τον ρωτούσε συνέχεια για πράγματα που ο Γιάννης ο Ζεύγος δεν είχε ιδέα. Μιας και του είχε απαγορεύσει εκείνες τις παραστάσεις έξω απ' τα κάγκελα, γιατί οι φρουροί είχαν αρχίσει να τους στραβοκοιτάζουν, τον έστελνε σε αγγαρείες της δουλειάς τους. Πήγαινε και σε ξένα θελήματα, πιο πολύ για τους υπηρέτες και για τους αξιωματικούς που μπαινόβγαιναν στη βίλα.

Την πρώτη φορά που ο Λευτέρης ανέβηκε τα μαρμάρινα σκαλοπάτια και πέρασε την πανύψηλη ξυλόγλυπτη πόρτα θα τη θυμόταν σε όλη του τη ζωή. Ο προθάλαμος όπου βρέθηκε, οδηγούσε σε μια άλλη πόρτα τρίφυλλη με εγχάρακτο τζάμι. Την έσπρωξε και βρέθηκε σ' έναν μακρύ διάδρομο από γυαλισμένο ξύλο. Ένιωσε τα πόδια του να τρέμουν. Ήξερε πως είχε μπει στον χώρο των οικείων του παραμυθιών, αυτών που τα πουλούσε για λίγες δεκάρες στους περίεργους έξω απ' τα κάγκελα. Πατούσε εκεί όπου είχαν πατήσει πριν κάποιες ώρες τα πόδια του πατισάχ. Έπιανε το οστέινο χερούλι της πόρτας που το άγγιξαν τα χέρια του όταν πρωτοανέβηκε τις μαρμάρινες σκάλες καμπουριαστός και κουρασμένος απ' το μεγάλο ταξίδι.

«Τι θέλεις;» τον ρώτησε αυστηρά ένας αξιωματικός που φάνηκε στο τέλος του διαδρόμου.

Ο Λευτέρης τον κοίταζε σαστισμένος και δεν του απαντούσε, σαν να 'χε πιει το αμίλητο νερό. Άλλωστε βρισκόταν στη σπηλιά του δράκου, του αιμοσταγούς Αβδούλ Χαμίτ, και ήταν αναμενόμενο να μείνει για λίγο σαστισμένος.

«Τι ζητάς;» τον ξαναρώτησε αυτή τη φορά στα γαλλικά.

Στο μεταξύ ο Λευτέρης τον είχε πλησιάσει αρκετά· ξεχώριζε τις λεπτομέρειες της σιδερωμένης του στολής, τη γυαλισμένη ζώνη και τις μπότες. Το δέρμα του μύριζε ταμπάκο κι ένα βαρύ άρωμα τριαντάφυλλο.

Άπλωσε το χέρι και του έδειξε ένα πακέτο τυλιγμένο με σπάγκο.

«Μου παράγγειλαν να το φέρω στο μαγειρείο», του απάντησε στα γαλλικά.

Ο αξιωματικός το έπιασε στα χέρια του και το ακούμπησε σ' ένα μικρό οβάλ τραπεζάκι στον διάδρομο. Με μια γρήγορη κίνηση ελευθέρωσε την ξιφολόγχη, που την είχε κάπου περασμένη. Ο Λευτέρης πισωπάτησε τρομαγμένος. Εκείνος χαμογέλασε, και με μια επιδέξια κίνηση έκοψε τον σπάγκο που τύλιγε το πακέτο. Έβαλε την ξιφολόγχη στη θέση της και ξετύλιξε το χοντρό χαρτί.

«Μπαχάρια μού είπαν», τον πρόλαβε ο Λευτέρης, που με τον εγκλεισμό της ξιφολόγχης στη θήκη της είχε ξαναβρεί τη μιλιά του.

Ο αξιωματικός, αφού βεβαιώθηκε για το περιεχόμενο ερευνώντας με τα δάχτυλα και μυρίζοντας, το τύλιξε πρόχειρα και του το ξανάδωσε. Με το άλλο χέρι τού έδειξε στο βάθος μια σκάλα που κατηφόριζε.

«Από κει πάει στο μαγειρείο. Την άλλη φορά όμως να πας απ' την εξωτερική πόρτα στην πίσω αυλή και να μη φοβάσαι τα μαχαίρια. Κάποια ώρα όλοι σας θ' αρχίσετε να πηγαίνετε στον οθωμανικό στρατό, και χριστιανοί και Εβραίοι... Τι θα κάνεις τότε;»

Ο Λευτέρης κούνησε το κεφάλι και βουβά συμφώνησε, ενώ

έσφιξε με προσοχή το πακέτο στον κόρφο του. Όταν έφτασε στο τέλος του διαδρόμου κι άρχισε να κατηφορίζει τις σκάλες, τον έπιασε μυρωδιά από κρεμμύδι και βρασμένο γάλα με κανέλα.

«Τι θα φάει άραγε το μεσημέρι ο πατισάχ;» αναρωτήθηκε.

Καθώς οι μέρες περνούσαν κι έμπαινε το καλοκαίρι, ο Λευτέρης αλώνιζε πια μέσα κι έξω απ' τη βίλα. Τσιγάρα για τους φρουρούς, συμπληρωματικά ψώνια για τους υπηρέτες που είχαν ξεχάσει να τα βάλουν στη λίστα, ρακί στα κρυφά για τους αξιωματικούς – αυτό συνήθως μες στους σπόρους και στο λίπασμα. Επιπλέον, κάθε πρωί πουλούσε αρκετές εφημερίδες, καθότι εύστροφος και γρήγορος μ' όλες τις γλώσσες της πόλης στο στόμα του. Εχέμυθος και τυφλός στις γύρω του παρανομίες, ο Λευτέρης συνέχιζε να βγάζει παράδες κι απ' τις εκδουλεύσεις. Ο πατέρας του αυτό το προτιμούσε απ' το να είναι εκτεθειμένος σ' όλα τα μάτια, και ειδικά σ' αυτά της χωροφυλακής, λέγοντας ψεύτικες ιστορίες.

Μέχρι τα τέλη Μαΐου είχε μπει κάμποσες φορές στο ισόγειο της βίλας και στα υπόγεια. Τα κόκκινα τούβλα με τα οποία ήταν χτισμένη άρχισε να τα ονειρεύεται τα βράδια στον ύπνο του, όπως και τις μαρμάρινες σκάλες που τις έβλεπε, στριφογυρνώντας στο μαξιλάρι, να γυαλίζουν σαπουνισμένες κι αυτός πανικόβλητος να τις αποφεύγει, γιατί δεν ήθελε, έλεγε τάχα το όνειρο, να τις πατήσει έχοντας καστανόχωμα του κήπου στα παπούτσια.

Στη μεγάλη σάλα του ισογείου είχε προλάβει κάποια στιγμή να κοιτάξει ψηλά και να δει τα ζωγραφιστά ταβάνια. Ήταν φορές που είχε προσέξει μια ψηλή πορσελάνινη θερμάστρα και κάποιες λουστραρισμένες κορνίζες, που συμμάζευαν γύρω γύρω τους αχανείς καθρέφτες τους φτιαγμένους θαρρείς για γίγαντες, αλλά και τα χαλιά με τα πολύχρωμα σχέδια, που αν τα κοίταζες ζαλιζόσουν. Ο αέρας μύριζε μπαγιάτικο καπνό και υγραμένο μάλλινο. Αυτή η τελευταία μυρωδιά γεννούσε στο μυαλό του κάτι αρχέγονο, μια αίσθηση τόσο παλιά, που έφτανε ως το σγουρό μαλλί των προβάτων.

Τον έβλεπε πολύ συχνά να ανεβαίνει τα σκαλοπάτια – ένας άντρας ψηλός, καλοντυμένος πάντα, με σκούρο κουστούμι, καλοβαλμένο φέσι κι άσπρο σκληρό κολάρο. Ήταν επίσημα ντυμένος κι ατσαλάκωτος ακόμη κι αυτές τις μέρες που και τα ίδια τα τζιτζίκια ίδρωναν και τα κουκουνάρια απ' τα πεύκα άνοιγαν με θόρυβο κι έπεφταν στις πευκοβελόνες και στο άνυδρο χώμα.

Αυτόν τον άντρα τον είχε ξαναδεί στη γειτονιά του να μπαίνει κάποιες Παρασκευές στο εντυπωσιακό τέμενος των ντονμέδων,[9] στο Γενί Τζαμί. Ρώτησε τον πατέρα του γι' αυτόν από εκείνη τη μέρα που τον είδε να σέρνει τη μικρή πριγκίπισσα βιαστικά απ' το χέρι για ν' ανέβουν τα σκαλιά. Ήταν ντυμένη στ' άσπρα από την κορδέλα στα μαλλιά ως τα παπούτσια της, τα οποία έκλειναν τη λευκή ομοχρωμία τους με τα χαλίκια στο μονοπάτι, αυτό που οδηγούσε στην μπροστινή είσοδο της βίλας. Την έσερνε γιατί προφανώς βιαζόταν, ενώ εκείνη, η κόρη του, είχε αλλού τον νου της – στα πουλιά ψηλά, στα άσπρα κουκούλια απ' τις κάμπιες στα πεύκα, οπουδήποτε.

«Ποιος είν' αυτός;» ρώτησε τον πατέρα του την ώρα που εκείνος έκοβε με τον σουγιά ένα πεπόνι απ' τα πρώιμα, που έσταζε τα ζουμιά του πάνω στην ποδιά του κηπουρού. «Τον έχω δει να μπαίνει στο Γενί Τζαμί. Τον ξέρεις;»

Ο κυρ-Γιάννης του 'ριξε μια απορημένη ματιά, ενώ είχε

9. Ντονμέδες: εξισλαμισμένοι Εβραίοι της Θεσσαλονίκης· η ύπαρξή τους ανιχνεύεται από τον 17ο αιώνα, την εποχή της αίρεσης του Σαμπετάι Σεβί.

αρχίσει να ξεκοιλιάζει το πεπόνι και να πετάει τα σπόρια του στο χώμα.

«Είναι ντονμές, μεγάλος και τρανός, από τους ισμιρλί.[10] Τον έχω δει να μπαίνει καμαρωτός στην Εμπορική Σχολή τη δικιά τους, που πάνε μόνο μουσουλμάνοι. Έχει και δικό του τραπεζιτικό γραφείο, είναι νομίζω και μεσίτης σε ακριβά ακίνητα. Μιλάει πάντως τα γαλλικά φαρσί. Κάποια φορά με ρώτησε για τις τριανταφυλλιές· τον κατάλαβα ότι ρωτούσε για τον δικό του κήπο. Του 'πα κάτι μυστικά, πότε να πετάει τους ψευτοκαρπούς για να ανθίζουν πολλές φορές, πώς να τις φυλάει απ' τις παγωνιές, τέτοια... Μου 'δωσε και μπαξίς – άρχοντας! Μπανκέρης είναι κι ατζέντης, ξέρει τον παρά όπως εμείς τα λουλούδια. Βλέπει τον ίδιο τον σουλτάνο, αυτό το ξέρω σίγουρα. Οι κακές γλώσσες ψιθυρίζουν ότι τον βοηθάει να έχει κρυφό τον παρά που 'χει σκόρπιο σ' όλον τον κόσμο, αυτόν που λένε οι γαζέτες ότι θέλει να τον πάρουν οι επαναστάτες. Ένα απόγευμα τους είδα μαζί στο μεγάλο παράθυρο του πρώτου ορόφου. Μιλούσαν γαλλικά, άκουσα τις λέξεις που 'φερνε ο αέρας».

«Το κορίτσι μαζί του κόρη του είναι;»

Ο κυρ-Γιάννης σήκωσε τους ώμους αδιάφορα κι άρχισε να καθαρίζει την πεπονόφλουδα σαν να βαστούσε στα χέρια του μεγάλο μήλο.

Από κείνο το απόγευμα ο Λευτέρης παρατηρούσε ότι ο διακεκριμένος επισκέπτης έφερνε το κορίτσι πάντα μαζί του και το φώναζε «Μίρζα». Μια φορά τη συνάντησε μόνη της στον μακρύ διάδρομο του ισογείου – κρατούσε στο χέρι μια μπάλα. Τα μαλλιά της ήταν χτενισμένα όπως των κοριτσιών στις εγγλέζικες καρτ ποστάλ, αυτές που τις πουλούσαν με τα περιοδικά στο πρακτορείο. Πέρασε από μπροστά του με χαμηλωμένα τα μάτια. Το φόρεμά της θρόισε όπως τα φύλ-

10. Ισμιρλί: η ανώτερη κοινωνικά ομάδα των ντονμέδων της πόλης.

λα της έπαυλης όταν τα φυσούσε ο μπάτης απ' το Καραμπουρνού. Έμεινε να παρατηρεί την πλάτη της – ένα μικρό λευκό τοπίο που απομακρυνόταν. Ο γιος του κηπουρού κρατούσε στο χέρι του τριαντάφυλλα ροζ και κόκκινα, που του είχαν πει να τα παραδώσει στον ευνούχο έξω απ' το μεγάλο γραφείο, εκείνο που η δρύινη πόρτα του ήταν πάντα κλειστή. Καθώς την έβλεπε να φεύγει, πόνεσε εξαιτίας της για πρώτη φορά, αφού ένα μεγάλο αγκάθι τού μπήκε στο δάχτυλο και δυο σταγόνες αίμα έπεσαν στο ξύλινο πάτωμα.

Κάποια από τις επόμενες μέρες έτρεξε στον πατέρα του ασθμαίνοντας την ώρα που εκείνος, σκυμμένος, με μια σπάτουλα σοβάντιζε τον τοίχο της αποθήκης. Έστρεψε το κεφάλι και είδε το πρόσωπό του καταϊδρωμένο.

«Τι έπαθες, μωρέ;»

«Πήγα για πρώτη φορά επάνω!»

«Πού επάνω;»

«Στον πρώτο όροφο».

Ο κυρ-Γιάννης χαμογέλασε κι έπιασε το παγούρι του να πιει νερό, αφού πρώτα το σήκωσε σαν να έκανε πρόποση.

«Άντε και στο χαρεμλίκ[11] σού εύχομαι!»

«Πατέρα, μην κοροϊδεύεις, τον είδα! Τον είδα από κοντά! Έτσι αν άπλωνα το χέρι, τον ακουμπούσα!»

«Ποιον, μωρέ;»

«Τον πατισάχ, σου ορκίζομαι!»

«Μη φωνάζεις, διάολε, μη μας ανάψεις καμιά φωτιά. Μίλα πιο σιγά!»

«Τον είδα, είναι πολύ γέρος και καμπούρης», είχε χαμηλώσει τώρα τη φωνή του. «Προσπαθούσε όρθιος να βάλει τα

11. Χαρεμλίκ: ο ιδιαίτερος χώρος όπου κάθονταν οι γυναίκες στα μουσουλμανικά σπίτια· ο γυναικωνίτης (για τους άντρες αντίστοιχα *σελαμλίκ*).

πόδια του σε κάτι παντόφλες, αλλά δυσκολευόταν. Ήταν μπροστά στο άνοιγμα της πόρτας στο γραφείο που βλέπει στον κήπο. Στο ένα χέρι κρατούσε αναμμένο τσιγάρο. Έχει γένια και μεγάλη μύτη, είναι...»

«Σσσς! Πιο σιγά σού είπα. Γι' αυτούς είμαστε άπιστοι, δηλαδή παρακατιανοί, το ξέχασες;»

«Είναι άσχημος, μπαμπά, πολύ άσχημος!» είπε ψιθυριστά – ίσα που ακουγόταν.

«Σε κοίταξε; Σου μίλησε;»

«Έστριψε μόνο κάποια στιγμή το κεφάλι – τα μάτια του ήταν κόκκινα. Αράχνη στον αχερώνα να ήμουν, πιο πολλή σημασία θα 'δινε. Έστεκα μπροστά του και θαρρείς ήμουν αόρατος».

«Θα σκεφτόταν, γιε μου. Όσο πιο μεγάλος και σπουδαίος άντρας είσαι, τόσο πιο όξω του κόσμου φαίνεσαι».

«Δεν είναι μεγάλος πια, ένας φυλακισμένος είναι».

«Όσο και να πέσει ένας σουλτάνος, πάλι σουλτάνος είναι. Το κομπολόι του και μόνο αξίζει πιο πολύ απ' το σπίτι μας. Ελπίζω να τον προσκύνησες...»

Ο Λευτέρης έμεινε σιωπηλός.

«Να κατέβασες το κεφάλι τουλάχιστον...»

«Στην ταραχή μου επάνω το ξέχασα, αλλά σου είπα, δε με πρόσεξε καν...»

«Κοίτα μη μας ανάψεις καμιά φωτιά και βρεθώ άνεργος στον δρόμο κι εσύ με τον πισινό κόκκινο απ' τις ξυλιές. Πρόσεχε σου λέω... Και κάτι άλλο: να θυμάσαι τους μενεξέδες που φυτέψαμε, δεν έχει πιο ταπεινό λουλούδι απ' αυτό. Έτσι να 'σαι στη ζωή σου· το κεφάλι μην το σηκώσεις πάνω από κει που βαστάει ο λαιμός σου».

Κι αν ο λαιμός σου ψηλώνει γρήγορα σαν τ' αγριόχορτα ύστερ' απ' τη βροχή, πώς καταφέρνεις να κρυφτείς; Πώς μπορεί κανείς να φυλαχτεί απ' τα όνειρά του; Δεν είναι κεραυνός να χώσεις το κεφάλι κάτω απ' τα κεραμίδια, δεν είναι κάψα του καλοκαιριού που δίνει σημάδι απ' το πρωί ώστε να βρέξεις ένα ψάθινο καπέλο και να το φοράς κάτω απ' το λιοπύρι. Τα όνειρα έρχονται νύχτα και σε πνίγουν με καπνό. Είσαι μια εργατική μέλισσα κι αυτά σε ναρκώνουν. Η ψυχή σου είναι το μέλι που σου το κλέβουν. Πίσω απ' τη μάσκα με το τούλι του μελισσοκόμου, τα όνειρα κρύβουν το πραγματικό τους πρόσωπο. Μαθαίνεις την αλήθεια γι' αυτά όταν σε έχουν πια λεηλατήσει.

Δεν ήταν ο σουλτάνος από μόνος του όνειρο ανθηρό ούτε εφιάλτης. Όνειρο ήταν εκείνο το κορίτσι στα άσπρα με τις εγγλέζικες μπούκλες, το κορίτσι που μιλούσε γαλλικά και είχε κόκκινα μάγουλα όμοια με τις ρώσικες κούκλες. Όνειρο ήταν η βίλα του Αλλατίνι, που μπροστά της τ' άλλα σπίτια του κοσμάκη έδειχναν τρώγλες. Όνειρο ήταν τα ψηλά ζωγραφιστά ταβάνια, η σόμπα από πορσελάνη, ο ξυλόγλυπτος κούκος που χτυπούσε κάθε ώρα, τα ακριβά χαλιά που το πέλος τους σου σκέπαζε όλα τα δάχτυλα σαν να 'ταν κύμα. Όνειρο ήταν ο πλούτος και η Μίρζα. Όνειρο ήταν εκείνο το καλοκαίρι τού 1909.

Το επόμενο βράδυ ήταν αυτό που θα τον μεταστοιχείωνε σε «στήλη άλατος», όπως λένε και οι γραφές. Έγινε ένας κηπουρός από αλάτι γεμάτος λεπτούς κρυστάλλους που δεν ήταν τσίμπλες αλλά κρύσταλλοι της αγρύπνιας.

Η νύχτα τούς βρήκε να διορθώνουν τη σκεπή της αποθήκης του κήπου. Κατέβηκαν κι άρχισαν να ντύνονται.

«Η μάνα σου θ' ανησυχεί, πρέπει να γυρίσουμε».

«Τι είν' αυτό που ακούγεται;»

«Το τραμ είναι, διάολε!»

Ένιωσαν το ελαφρύ του τράνταγμα στη γη. Κοίταξαν προς τη λεωφόρο και το είδαν να περνάει δίπλα απ' τις φωτισμένες κολόνες.

«Μπαμπά, φοβάμαι πως ήταν το τελευταίο! Ξεχαστήκαμε!»

Ο κυρ-Γιάννης πέταξε με θυμό την τραγιάσκα του στα χορτάρια.

«Τώρα τι κάνουμε; Τα πόδια με πονάνε απ' το πρωί κι η δουλειά δεν τέλειωσε ακόμη, έχει μερεμέτια. Εσύ θα τα τελειώσεις, θα μείνεις εδώ. Εγώ θα φύγω να μην είναι η μάνα σου το βράδυ μονάχη».

«Πού να βολευτώ;»

«Τα παιδιά κοιμούνται όπου να 'ναι, δεν τα παρεξηγούν. Θα σου αφήσω και παράδες να πάρεις το πρωί το τραμ για να πας κάτω στο πρακτορείο στην ώρα σου».

«Θα κοιμηθώ στα χόρτα».

«Να 'σαι σε μια γωνιά προφυλαγμένος, πάρε και την κουρελού που είναι στα εργαλεία. Θα πω και στον φρουρό στην πόρτα ότι θα μείνεις εδώ, μην ξυπνήσεις με καμιά ξιφολόγχη στο μάγουλο. Έχει λίγο ψωμί ακόμη στον ντορβά κι ένα κρεμμύδι. Είδα και κάτι βύσσινα στην κάτω μάντρα που βλέπει στον γιαλό· να πας να τα κόψεις πριν σε πλακώσει η νύχτα».

«Θα πάω, πατέρα, μη σε νοιάζει».

«Είσαι άντρας πια, τα καταφέρνεις».

Έφυγε με το μπαλωμένο σακάκι στο χέρι για την μπροστινή πύλη, αυτή που έβλεπε στη λεωφόρο. Του Λευτέρη τού φάνηκε ότι κούτσαινε λίγο. Ευτυχώς θα του 'χε η μάνα ζεστό φαΐ, συλλογίστηκε. Αυτός μόνο με το ψωμί και τα βύσσινα, όμως καλύτερα εδώ, γιατί αυτό το βράδυ δε θα την ακούει να βήχει και να τυραννιέται.

Καθισμένος σ' έναν χοντρό κορμό μασούλαγε ξερό ψωμί και βύσσινα που 'ταν ακόμη άγουρα. Ήταν μόνος στο σκοτάδι και κοίταζε πέρα στο φως της πύλης. Κάποια στιγμή ένα μόνιππο έφτασε και σταμάτησε μπροστά στην καγκελόπορτα. Κατέβηκε ο αμαξάς και κάτι είπε στον αξιωματικό. Ένας στρατιώτης, με περασμένο το ντουφέκι στον ώμο, μετακινήθηκε απ' τη σκοπιά του κι άνοιξε την πύλη διάπλατα για να περάσει το μόνιππο.

Ο Λευτέρης σκούπισε γύρω απ' στόμα του το κοκκινάδι απ' τα βύσσινα και συνέχισε να χαζεύει, δε νύσταζε ακόμη. Η άμαξα απέφυγε το μονοπάτι με τα άσπρα χαλίκια κι έφτασε στα σκαλιά τσουλώντας αθόρυβα στα χόρτα. Ένας υπηρέτης βγήκε στο πλατύσκαλο κρατώντας ένα φανάρι πετρελαίου. Από τη σούστα πρώτος κατέβηκε ο Αλπερέν μπέης κι ακολούθησε η Μίρζα. Ο αμαξάς, όρθιος δίπλα στο σκαλοπάτι της καρότσας, άπλωσε το χέρι του με αβρότητα και η δεσποσύνη, συνηθισμένη προφανώς, δέχτηκε τη βοήθειά του και πάτησε απαλά στη γη.

Ήταν ένας θεατής αθέατος στην παράσταση ενός άλλου κόσμου με πριγκίπισσες, βαλέδες, ξυστρισμένα άλογα... Ένιωσε την καρδιά του κάτω απ' το βρόμικο πουκάμισο να ταράζεται. Μόνος στο σκοτάδι άκουγε καθαρά τον αντίλαλο της αγωνίας της.

Οι επισκέπτες και ο υπηρέτης μπήκαν μέσα, ενώ ο αμαξάς έκανε έναν γύρο με το μόνιππο και χάθηκε στο πίσω μέρος του μεγάρου. Ήξερε ο Λευτέρης από άλλες φορές ότι οι αμαξάδες και οι σωματοφύλακες κάθονταν πίσω στο μαγειρειό και κάπνιζαν ώσπου να τους φωνάξουν.

Βάλθηκε να παρατηρεί ξανά τη βίλα. Ήταν η πρώτη φορά που έμενε στην αυλή της βράδυ και την έβλεπε φωτισμένη. Πρόσεξε τα φώτα στα παράθυρα που άναβαν το ένα μετά το άλλο στη σειρά. Όλο το κτίριο είχε εδώ και χρόνια φωταέριο, και το άναμμα ενός σπίρτου στην ανοιχτή στρόφιγγα έδιωχνε μακριά όλα τα σκοτάδια. Αυτός πάντως ο Αλπερέν μπέης πρέπει να ήταν κάποιο σπουδαίο πρόσωπο, άνθρωπος του σουλτάνου, γιατί με την άφιξή του η βίλα όλη φωταγωγήθηκε.

Άρχισε να ψάχνει γύρω γύρω σε όλη την έπαυλη για κατάλυμα. Κάνα δυο στρατιώτες τον χαιρέτησαν, ένας τον κέρασε και τσιγάρο, αλλά ο Λευτέρης δεν άπλωσε καν το χέρι· είχε ακούσει γι' αυτόν ότι ήταν ανώμαλος. Θα ήταν καλύτερα να έμενε κρυμμένος εκεί που θα κοιμόταν.

Βολεύτηκε σ' ένα χωριστό μέρος του μεγάλου στάβλου των αλόγων, που μύριζε νωπό σοβά κι ασβέστη. Περίμεναν από μέρα σε μέρα έναν ακριβό επιβήτορα και του είχαν ετοιμάσει το γιατάκι του. Αυτό το είχε ακούσει από τον βοηθό του μάγειρα, που ήταν Ρωμιός. Πήρε δυο αγκαλιές άχυρο, το άφησε κάτω στις πλυμένες πέτρες κι έριξε από πάνω την κουβέρτα. Ήξερε οικογένειες στους λασπότοπους πέρα απ' την πύλη του Βαρδάρη που δεν τολμούσαν να ονειρευτούν τέτοια κάμαρη.

Παρ' όλη την κούραση, δεν είχε ακόμη ύπνο. Ο στάβλος του αλόγου, αυτού που άφριζε από ορμή, μπορεί να ήταν καθαρός αλλά δεν είχε αστέρια. Βγήκε πάλι έξω κι άρχισε το σεριάνι στο μισοσκόταδο της αυλής.

Λίγο αργότερα, καθισμένος στην ποτίστρα όπου ξεδιψούσαν τα υποζύγια, άκουγε το τριζόνι κι ένιωθε τα βλέφαρά του να βαραίνουν. Ξαφνικά κάτι άλλο επισκέφτηκε το αυτί του – ένας ήχος αλλιώτικος ερχόταν απ' το ανοιχτό παράθυρο του πρώτου ορόφου. Έμοιαζε μ' έναν μουσικό σκοπό απ' την Ευρώπη, κάτι σαν ψευτισμένο βαλς. Συγκεντρώθηκε και προσπάθησε να καταλάβει. Κάτι παρόμοιο είχε ακούσει τον χειμώνα στη μεγάλη αίθουσα του ζυθοπωλείου *Κρύσταλ* στην οδό Σαμπρή πασά. Δεν ήταν γραμμόφωνο, ήταν ένα από κείνα τα μεγάλα κιβώτια που έπαιζαν μουσική με τη μανιβέλα – η μάνα του τα 'λεγε «οργκανίστ».

Σηκώθηκε και πλησίασε στο παράθυρο προσέχοντας μην κάνει θόρυβο. Πέντε μέτρα κάτω απ' το άνοιγμά του κόλλησε την πλάτη στον τοίχο και κράτησε την ανάσα του. Ήταν όντως οργκανίστ, ένα μουσικό κουτί... Απ' το σαλόνι ξεχώριζαν αντρικές φωνές, λόγια, όλα στα γαλλικά, επευφημίες και τέλος χειροκροτήματα.

Μια σκιά τον πλησίασε. Ο γιος του κηπουρού αναγνώρισε στο μισόφωτο τον Τούρκο στρατιώτη που του είχε προσφέρει τσιγάρο. Ανατρίχιασε.

«Τι κάνεις εδώ;» τον ρώτησε άγρια.

Άρχισε να τρέχει και χώθηκε βαθιά στα πεύκα. Προχώρησε στο σκοτάδι άφοβα, γιατί ήξερε τον χώρο σπιθαμή προς σπιθαμή. Στάθηκε μπροστά στο πιο ψηλό σφεντάμι κι άρχισε να σκαρφαλώνει. Εκεί πάνω δεν τον έβλεπε κανείς, και η νύχτα ήταν άφεγγη ευτυχώς...

Έμεινε εκεί πάνω για ώρα, ενώ άκουγε τον διώκτη του να τριγυρνάει ανάμεσα στους κορμούς και να βαριανασαίνει. Από εκεί που ήταν σκαρφαλωμένος φαινόταν και το μισό παράθυρο απ' όπου έβγαινε η μουσική. Η μια κουρτίνα ήταν τραβηγμένη, ξεχώριζαν κάποια αντρικά κεφάλια. Το οργκανίστ συνέχισε να παίζει έχοντας αλλάξει σκοπό.

Κατέβηκε αθόρυβα σαν κεραμιδόγατος όταν βεβαιώθηκε ότι ο κίνδυνος είχε περάσει. Πήρε μια βαθιά ανάσα και τράβηξε για τον στάβλο όπου είχε στρώσει για να κοιμηθεί. Περνώντας έξω απ' το πλυσταριό, άκουσε να φωνάζουν τ' όνομά του. Ήταν μια από τις καμαριέρες της βίλας, η Παναγιώτα.

«Σ' έψαχνα, Λευτεράκη, να χαρείς!»

«Τι συμβαίνει;»

«Μου το είπανε πως έμεινες εδώ απόψε, κάνε μου μια χάρη. Επάνω έχουν βεγκέρα, παίζει το μασίνι και η μικρή του μπέη χορεύει. Ο ίδιος ο πατισάχ ζήτησε μια ανθοδέσμη από φρέσκα ρόδα απ' τον κήπο για να της προσφέρει. Επειγόντως, είπε και χτύπησε το πόδι στο πάτωμα. Έτσι μου τα είπε ο υπασπιστής του· βλέπεις, τον αφήνουν στη χάση και στη φέξη να διατάζει. Τράβα να κόψεις, Λευτεράκη, να χαρείς, και θα σου δώσω εγώ φανάρι. Να και το ψαλίδι να μην ψάχνεις, σύρε να χαρείς! Μην πάω εγώ, θα γεμίσουν τα χέρια μου αγκάθια. Τι του θυμήθηκε του γέρου, Παναγία βόηθα, ολίγα άνθη στα σκοτάδια! Έχω κι ένα βάρος εδώ στο στήθος μου απ' το πρωί...»

«Μ' έναν όρο, Παναγιώτα...»

«Τι δηλαδή;»

«Τα λουλούδια θα τα πάω εγώ».

Λίγες νύχτες

ΤΡΕΜΕΙ ΤΟ ΣΚΟΤΟΣ

Εφόσον επέρχεται η νυξ, η ψυχή του Αβδούλ Χαμίτ καταβάλλεται υπό υπερτάτης μελαγχολίας και αορίστου δέους και τρέμων το σκότος όπως τον θάνατον, ζητεί πάντοτε το άπλετον φως.[12]

ΤΟ ΕΙΧΕ ΔΙΑΒΑΣΕΙ χθες έξω απ' το πρακτορείο την ώρα που περίμενε με τ' άλλα παιδιά να φτάσουν τα πρωινά φύλλα. Για κάποιον άγνωστο λόγο το είχε αποστηθίσει. Τώρα που ο ιδρώτας κυλούσε στα πλευρά του, ένιωθε να θυμάται μία μία τις λέξεις και να τις γεύεται σαν να έλιωναν στο στόμα του μασημένα στραγάλια. Αυτή η εικόνα του φοβισμένου μονάρχη στις εφημερίδες συνόδευε τον μυϊκό του τόνο στο λαχάνιασμα.

Έτρεχε εκείνο το πρωί χωρίς να ξέρει το γιατί, δίχως να υπάρχει λόγος. Το έκανε μάλλον γιατί ήταν έντεκα χρονών και τα πόδια του, αν έμεναν λίγη ώρα ακίνητα, θα έχαναν το σφρίγος τους και θα έδειχναν σαν τα ψάρια της ιχθυόσκαλας, που όσο έμεναν απούλητα στις κάσες, μαλάκωναν. Έτρεχε κατά μήκος της Λεωφόρου των Εξοχών, δίπλα στις γραμμές του τροχιόδρομου, κάτω από τους σκίνους και τις νεραντζιές που μοσχοβολούσαν. Έτρεχε με τα παλιά παπούτσια

12. Εφημ. *Αθήναι*, 18.5.1909.

του πατέρα του, ενώ τα μικρότερα χαλίκια χώνονταν απ' τις τρύπες και του πονούσαν τα πέλματα.

Είχε ήδη ξεπουλήσει τις γαζέτες εκείνης της μέρας κι έβαλε πλώρη για τη Βίλα Αλλατίνι με το άσπρο του πουκάμισο ανοιγμένο στο στήθος να φουσκώνει σαν πανί. Ο ήλιος, καλοκαιρινός πια, του έψηνε το κρανίο. Τα μεριά του ήταν ζεστά και ίδρωναν σαν να 'ταν όλος βουτηγμένος στη χόβολη. Κάθε τόσο μια μέλισσα ή μια μύγα φωλιασμένη στα πατημένα νεράντζια του 'κοβε τον δρόμο πετώντας μπρος στα μάτια του και στη μύτη, βουίζοντας κάποτε και στ' αυτιά.

«Ο σουλτάνος φοβάται!» μονολογούσε. «Το 'γραψε η γαζέτα. Αν ήμουν σουλτάνος, τίποτα δε θα φοβόμουν, ούτε τα μνήματα τη νύχτα, ούτε το χτικιό, ούτε τις αρρώστιες της Μπάρας και του Κιλκίς Μαχαλέ».

Στο μεταξύ εδώ και μέρες έδιωχνε τον πατέρα του απ' τη βίλα νωρίς, για να είναι κοντά στη μάνα που είχε βαρύνει. Μόνος πια αυτός τα απογεύματα, κάτω απ' τα πεύκα, φανταζόταν τον Γιάννη Ζεύγο να στέκεται κατάκοπος στο μουσλούκι της αυλής τους, κι όσο είχε ακόμη φως να ρίχνει νερό στα σκονισμένα μπράτσα και στον σβέρκο. Έφερνε στον νου την εικόνα να κρατάει στο χέρι το παλιό καθρεφτάκι και να παλεύει να σιάξει τα μαλλιά του, που είχαν αρχίσει να αραιώνουν, μ' εκείνη την κοκάλινη χτένα, δώρο της Ζιζέλ στη Μασσαλία.

Καθώς έτρεχε στον ήλιο και τον νου του πλημμύριζαν όσα έγραφαν οι εφημερίδες για τη βίλα, ήθελε να τα συγκρίνει με αυτά που έβλεπε κλεφτά ο ίδιος μέρα και νύχτα.

Κάθε βράδυ η Μίρζα άκουγε για ώρα πολλή τον πατισάχ να της διηγείται τη ζωή του, κι ύστερα, ως αντίδωρο της φιλοξενίας του, του χόρευε, αφού πρωτύτερα ο Τζαφέρ αγάς, ο ευνούχος, είχε κουρδίσει το μεγάλο μουσικό κουτί, αυτό που είχε φυλαγμένες όλες τις μελωδίες της Εσπερίας.

Κάθε μέρα πριν νυχτώσει έκοβε τριαντάφυλλα, όπως του

είχαν παραγγείλει, και τα 'δινε στα χέρια του ευνούχου. Κατόπιν ο γιος του κηπουρού έκανε πως επέστρεφε πάλι στον κήπο, όμως εκείνος παραφύλαγε κρυμμένος στη μικρή αποθήκη, που μύριζε δέρματα και βερνίκι, εκεί όπου άφηνε η φρουρά της βίλας φυσιγγιοθήκες και μπότες. Όταν έπεφτε το σκοτάδι, ξεγλιστρούσε πατώντας στα νύχια με τα πόδια του να βουλιάζουν στα παχιά χαλιά και ζάρωνε πίσω απ' τις πόρτες έχοντας τ' αυτιά του σ' επιφυλακή.

Με τις μέρες οι υπηρέτριες του μεσαίου πατώματος είχαν αρχίσει να συνηθίζουν την παρουσία του μικρού κηπουρού στο σπίτι. Στο τελευταίο πάτωμα, στο χαρεμλίκ, δεν είχε βέβαια πατήσει το πόδι του. Ακόμη και ο θηριώδης άσπρος γάτος του σουλτάνου είχε αρχίσει να τον συνηθίζει, και μια δυο φορές τον ακολούθησε και τρίφτηκε στα πόδια του. Στον παπαγάλο, που είχε ταξιδέψει στο ίδιο τρένο με τον πατισάχ, έκοβε φρούτα απ' τον κήπο και του τα 'δινε κάτω απ' το αυστηρό βλέμμα του Τζαφέρ αγά, αυτού που όλοι ήξεραν πως δεν ήταν άντρας ούτε γυναίκα κι ήταν ο μόνος που μπορούσε ν' ανέβει και στον πάνω όροφο, στο χαρεμλίκ. Ο Λευτέρης είχε ακούσει κάτω στο μαγειρείο ότι εκεί στα ψηλά ξάπλωναν οι γυναίκες του σουλτάνου φλυαρώντας και μασούσαν μαστίχα με τις ώρες.

Έτρεχε τώρα στον ήλιο του μεγάλου δρόμου των Εξοχών και στα μάτια του έρχονταν οι νύχτες της βίλας. Τον έλουζε το φως κι έμοιαζε με άλλο παιδί, διαφορετικό από εκείνο που κρυφοκοίταζε στα σκοτάδια πίσω από κλειδαρότρυπες και χαραμάδες. Περνούσε τρέχοντας μπροστά από τις επαύλεις του Αρριγκόνι, του Ισμαήλ πασά, του Μ. Καπαντζή. Με τον ιδρώτα του να τρέχει ζεστός, ονειρευόταν να ζει κι αυτός σε μια βίλα σαν του Χατζηλαζάρου ή των Άμποτ. Θα ήθελε κι αυτός να φόραγε ναυτικό κουστούμι, να πήγαινε σε ακριβά σχολεία και να στεκόταν με τον πατέρα του δίπλα στον σουλτάνο χωρίς να κρύβεται και να απολαμβάνει τον χορό της.

Πόσο ωραία χόρευε η Μίρζα!

Ο άσχημος πατισάχ κάθε απόγευμα τη δέχεται στο σαλόνι και της μιλάει στα γαλλικά. Εκείνη σπάνια του απαντάει, μόνο τον ακούει και τρώει αργά απ' τα γλυκά που της έχει προσφέρει ο Τζαφέρ αγάς. Ο πατέρας της, ο Αλπερέν μπέης, είναι κάπου στη βίλα και είτε συζητάει με κάποιους με πολλά γαλόνια είτε μελετάει στοίβες χαρτιά. Ο πατισάχ δε χορταίνει να παρατηρεί την ομορφιά της Μίρζας κι όλο τής απευθύνει τον λόγο.

Καθώς πάει να νυχτώσει, ο έκπτωτος μονάρχης μελαγχολεί και καπνίζει το ένα τσιγάρο μετά το άλλο μιλώντας της συνεχώς· της λέει για τη ζωή του... Ο γιος του κηπουρού, που κρυφακούει, έχει αυτιά λαγού και ξέρει τα γαλλικά καλύτερα απ' τα ρωμαίικα, καταλαβαίνει...

Ενώ κρυφακούει, την ίδια στιγμή νιώθει παράσιτο, όπως η μελίγκρα στους ροδανθούς. Νιώθει την ταπείνωση και την παράβαση, ξέρει ότι αν τον καταλάβουν, χάθηκε... Αυτό το τελευταίο δεν τον πειράζει και τόσο, δε φοβάται και τόσο, μόνο που τη σκέφτεται συνέχεια...

Είναι ο ταχυπόρος της Λεωφόρου των Εξοχών. Πέρασε τη Συναγωγή Μπετ Σαούλ, τη Βίλα Ίντα... Έξω απ' αυτό το αρχοντόσπιτο δυο χωριάτες με φουστανέλα ξεφορτώνουν τυρί και κρέας. Ο ήλιος έχει ξεράνει πάνω τους όσο γάλα έσταξε στα πόδια και στα χέρια τους από το χάραμα. Έχουν γαλανά μάτια, μιλούν μια γλώσσα ασυνήθιστη, και μόλις τους πλησιάσεις σε πιάνει η μυρωδιά. Μυρίζουν οι πουκαμίσες τους, τα γκιούμια,[13] το σαμάρι του γαϊδάρου που είναι κι αυτό νοτισμένο απ' τον ιδρώτα τους, τα τυριά τους που 'χουν την αφάδα του διαβόλου, που κρέμονται από γάντζους μέσα σε τυλιγμένα πανιά.

Τους προσπερνάει με μεγάλες δρασκελιές – δεν κουρά-

13. Γκιούμι: μεταλλικό δοχείο με λαβή και στενό λαιμό.

ζεται γιατί είναι έντεκα χρονών. Σπεύδει, γιατί η βίλα τον φωνάζει κοντά της. Οι κόκκινοι τοίχοι της, τα λευκά σκαλιά, τα μπρούντζινα κάγκελα, ένα κορίτσι που χορεύει... όλ' αυτά γίνονται ρουφήχτρες. Το λιθόστρωτο κάτω απ' τα πόδια του τον ξέρει, γνωρίζει τη μυρωδιά των χεριών του –μελάνι και χαρτί απ' τις γαζέτες–, και είναι σαν να τον σπρώχνει να φτάσει πιο γρήγορα. Είναι ο εφημεριδοπώλης Λευτέρης Ζεύγος, ένα αντιμάμαλο της μεγάλης λεωφόρου, ένα παλινδρομούν κύμα που ξεκινάει απ' τα στενά του φραγκομαχαλά και φτάνει ως τη βίλα του Αλλατίνι, κάθε μέρα το ίδιο και το ίδιο· μια θορυβώδης άμπωτις που διαλαλεί γαζέτες σε πέντε γλώσσες, ένα κύμα του δρόμου με φλοίσβο τη φωνή του.

Σήμερα τρέχει ασταμάτητα. Ο κυρ-Γιάννης τέτοια ώρα θα 'χει διακόψει για το μεσημεριανό κολατσιό. Εκείνος, ο γιος του, πηγαίνει να τον ξεκουράσει, να τον διώξει νωρίς, γιατί συνωμοτεί με τη μοίρα του και θέλει να τον εύρει η νύχτα στη βίλα μονάχο, γιατί θέλει πάλι να κρυφακούσει τον πατισάχ να της αφηγείται τη ζωή του. Ο έκπτωτος κρατάει δίπλα του μόνο τον Τζαφέρ αγά. Διώχνει με τρόπο τον πατέρα της να πάει τάχα να 'βρει κάποιους να μιλήσουν. Ο Αλπερέν μπέης είναι τραπεζίτης. Ξέρει, λένε, τα οικονομικά και τους νόμους τους καλύτερα απ' τον καθένα. Η περιουσία του πατισάχ στην Ευρώπη είναι αμύθητη και η καινούρια κυβέρνηση θέλει να την κατάσχει, όλοι το ξέρουν αυτό, αρκεί να τη βρουν στα μπερδεμένα χαρτιά των τραπεζών.

Όταν η νύχτα πλησιάζει, ο πατισάχ αφήνει τον τραπεζίτη να ελέγχει τις καταθέσεις, τα ομόλογα, και καθώς η ψυχή του είναι μαυρισμένη απ' τα τσιγάρα και τα φονικά, θέλει πολύ να μιλήσει για τις παλιές σκιές. Οι δυο γιοι του, που μένουν μαζί του στη βίλα, είναι πολύ μικροί για να τον ακούσουν. Ο Αλπερέν μπέης πνίγεται στη δουλειά κι αποσύρεται στο διπλανό γραφείο να μελετήσει συμβόλαια και τίτλους. Τα τριαντάφυλλα του κήπου ευωδιάζουν στο κρυστάλλινο βάζο. Η

Μίρζα, με μάτια ήρεμα, σχεδόν απλανή, μασάει τα ζαχαρωτά κι ακούει χίλιες και μια ενοχές και αμαρτίες από τα τριάντα τρία χρόνια της τυραννίας του.

Ποιος ξέρει τι θα ψιθύριζαν οι γύρω του τούτες τις μέρες! Γέρασε πια ο πατισάχ, θα λέγανε, τον γονάτισαν τα βάσανα και το μυαλό του πολυχρονεμένου ξεμωράθηκε. Φταίει άραγε η πίκρα της εξορίας του; Μήπως κοντοφτάνει το τέλος του, που θα τον βρει σ' ένα σπίτι με κόκκινα τούβλα δίπλα στη θάλασσα...;

Όταν ο Λευτέρης κρυφοκοίταξε για πρώτη φορά μεσ' απ' τη χαραμάδα, ξεχώρισε μόνο την πλάτη του Αβδούλ Χαμίτ και τον λευκό του σβέρκο που 'μοιαζε με της σουπιάς το κόκαλο. Ήταν ασκεπής και είχε γυρισμένη την πλάτη στην ανοιχτή πόρτα με το κεφάλι του λίγο γερμένο. Στο γυμνωμένο του κρανίο ο γιος του κηπουρού παρατήρησε άσπρες ανασηκωμένες τρίχες – τους στήμονες των γηρατειών. Η φωνή του ήταν βραχνή, τα οθωμανικά γαλλικά του έμοιαζαν με τα βαριά μέταλλα που καθιζάνουν στο νερό.

Διηγούνταν τα παλιά χρόνια, τότε που ακολούθησε τον σουλτάνο και θείο του Αβδούλ Αζίζ στην Ευρώπη παρέα με τον αδερφό του τον Μουράτ. Της έλεγε ότι έζησε το αντίθετο απ' αυτό που έγραφαν για δεκαετίες τα μυθιστορήματα και οι γαζέτες της Ευρώπης: έζησε τον παραμυθένιο κόσμο της Δύσης ερχόμενος απ' το καμίνι της Ανατολής. Πήγε στα όνειρα ανάποδα, κι ήταν σαν να έκανε τον μαγικό περίπλου της Γης πισοπατώντας. Έζησε το Λονδίνο με τη βασίλισσα Βικτωρία, τις Βρυξέλλες με τον βασιλιά Λεοπόλδο. Στο Κόμπλεντς συνάντησαν τον Κάιζερ και στη Βιέννη τον αυτοκράτορα Φραγκίσκο Ιωσήφ.

«Το δικό μου παραμύθι, κόρη μου, ήταν εκεί στους πύργους τους, στις άμαξες, στις πλυμένες πλατείες και στους καθεδρικούς των χριστιανών με τα χρωματιστά τζάμια. Κόσμος πολύχρωμος, χωρίς όμως μυρωδιές. Αίθουσες χορού φωτισμένες, νέες γυναίκες όμορφες, φορτωμένες διαμάντια, άλογα που έκαναν παρέλαση με λοφία, κόσμος αλλιώτικος, γρήγορος. Κόσμος που χαμογελούσε κι όλο έλεγε "Ευχαριστώ", κόσμος ύπουλος, όλα μια παγίδα. Οι χριστιανοί μονάρχες έγιναν έκτοτε τα φαντάσματα των παραμυθιών μου. Όταν έγινα, Μίρζα, σουλτάνος λίγα χρόνια αργότερα, δεν τους εμπιστευόμουν πια. Αυτοί και κάποιοι άλλοι μού στοίχειωσαν τον ύπνο μου.

»Τον θείο μου τον έσφαξαν δικοί μας, συνωμότες, κι είπαν αυτοκτόνησε. Έκαναν σουλτάνο τον αδερφό μου τον Μουράτ. Τούτος ήταν νευρασθενικός, άρρωστος. Κάθε βράδυ τού κόλλαγαν βδέλλες στο κεφάλι για να του ρουφήξουν το αίμα και τη φλόγωση. Όλον αυτόν τον καιρό εγώ σκεφτόμουν και σχεδίαζα. Μια φωνή μέσα μου έλεγε πως τους ψεύτες της Ευρώπης μόνο εγώ μπορούσα να τους κάνω ζάφτι. Το 'θελε ο Αλλάχ και το όρισε για να κρατηθεί η τάξη και το ζύγιασμα του κόσμου. Στις αρχές εκείνου του μακρινού φθινοπώρου, τότε που οι συκιές ήταν φορτωμένες όπως τα βυζιά μιας λεχώνας, έγινα εγώ σουλτάνος. Θ' ακούσεις από δω και πέρα ιστορίες γεμάτες μαχαίρια και αίμα. Δεν το ξέρεις το αίμα, κόρη μου, ότι είσαι μικρή ακόμα. Νομίζεις πως είναι σαν αυτή την κόκκινη μπογιά που βάζεις στις ζωγραφιές σου. Το αίμα, όμορφη θυγατέρα του Αλπερέν μπέη, είναι σαν τον χορό: πρέπει να το σπουδάσεις. Ο δικός μου χορός τράβηξε χρόνια κάτω απ' την ίδια μουσική. Στριφογύριζα προσέχοντας το καθετί, χόρευα στον ρυθμό ενός παλιού θρόνου που έτριζε».

Ο Λευτέρης είχε ακουμπήσει το κεφάλι στο κούφωμα της πόρτας και προσπαθούσε να δει μέσα από μια ρίγα μισόφωτου τον κόσμο του σαλονιού. Η Μίρζα καθόταν σ' ένα σκαμνί διακοσμημένο με φίλντισι απέναντι απ' το ντιβάνι του πατισάχ. Η φωνή του μονάρχη ήταν αργόσυρτη. Οι λέξεις του καθυστερούσαν να ειπωθούν, λες και σκέφτονταν την κάθε τους κίνηση, λες κι έπαιζαν σκάκι.

Άναψε κι άλλο τσιγάρο καθιστός. Κοίταζε τώρα ανάμεσα απ' τα κοντά του πόδια που πατούσαν στο μεγάλο χαλί. Φορούσε παντόφλες κεντημένες με χρυσοκλωστή. Στο ντιβάνι δίπλα του ήταν παρατημένη η βελούδινη ρεντιγκότα, που την είχε πετάξει ενοχλημένος απ' τη ζέστη. Φαινόταν αμήχανος, κι αυτό θα μπορούσε να το καταλάβει ακόμη κι ένα μικρό αγόρι που κρυφοκοίταζε. Έβγαλε απ' την τσέπη ένα ρολόι Σερκισώφ και είδε την ώρα. Παράξενος που ήταν αυτός ο σουλτάνος! Περίμενε τα δευτερόλεπτα και τους δείκτες να του δείξουν πότε ήταν η ώρα ν' αρχίσει να εξομολογείται τη ζωή του. Δεν είχε συνάντηση με τους πρέσβεις των Μεγάλων Δυνάμεων, μόνο ήθελε να είναι ακριβής με τον χρόνο, με την ώρα εκείνη που θα ξεγύμνωνε τις αλήθειες και τους φόβους του. Μήπως γιατί είχε φτάσει και η ώρα τού πιο μεγάλου τρόμου, που τον είχαν βαφτίσει «Θάνατο»;

Ξεκίνησε απ' τα παιδικά του χρόνια στο ανάκτορο του Ντολμά Μπαχτσέ. Αυτό το παλάτι της μνήμης του είχε βαρύγδουπα δωμάτια, τοίχους αηδιαστικά φορτωμένους, στολίδια παντού που ήταν σκέτα βαρίδια στον ύπνο ενός φιλάσθενου αγοριού.

«Ήμουν σιωπηλός τότε», θα εξομολογηθεί στη Μίρζα απ' τα πρώτα βράδια. «Όταν πήγα χρόνια αργότερα στην όπερα για πρώτη φορά σε κείνο το ταξίδι στην Ευρώπη και τους είδα όλους σιωπηλούς να κάθονται στα βελούδινα καθίσματα και να παρακολουθούν για ώρες, θυμήθηκα εκείνον τον πρώτο μου εαυτό. Ήμουν για χρόνια θεατής στην όπερα του Ντολμά Μπαχτσέ.

»Με τ' αδέρφια μου δεν τα 'βρισκα, τους βαριόμουν, κι αυτοί ίσως και να με μισούσαν· τη μόνη που άντεχα ήταν η Τζεμιλέ, η αδερφή μου. Οι δάσκαλοι ήταν σαν κάποιους υπουργούς μου χρόνια μετά: απογοητευτικοί».

Ρούφηξε το τσιγάρο κι έβγαλε μπλε καπνό, που σκόρπισε καθώς πήγαινε ν' αγγίξει τα ζωγραφιστά ταβάνια. Είχε αρχίσει τώρα να μιλάει για την Περτεβνιγιάλ, τη γιαγιά του τη μάγισσα. Κοντά της είχε μάθει αυτά τα μυστικά που στέκονται χρήσιμα πιο πολύ στους προφήτες παρά στους βασιλιάδες: σολομωνική, αστρολογία, χειρομαντεία, τράπουλα Ταρώ, κατάρες, βελόνες, φιλίες με δαιμόνια κι αγγέλους αποστάτες κρεμασμένους ανάποδα απ' τα πόδια.

Η Μίρζα τόσην ώρα τον άκουγε προσεκτικά. Κάπου εκεί που έλεγε ο πατισάχ για τις πύλες του άλλου κόσμου, αφαιρέθηκε. Ακούμπησε στον σοφά το πιάτο με τα γλυκά και με δυο κινήσεις του λαιμού έφερε τα μακριά μαλλιά της στη σωστή θέση, να χύνονται ανεμπόδιστα προς τα πίσω, στην κοίτη τους. Ο γιος του κηπουρού μπορούσε και την έβλεπε καταπρόσωπο, εκείνη όχι, γιατί δεν είχε κανέναν λόγο να στρέψει το βλέμμα της σε σκοτεινές ρίγες.

Η «Σκιά του Θεού επί της Γης» έλεγε τώρα για τα έπιπλα, για το ξύλο, πιο πολύ για το μαόνι, που το είχε δουλέψει με τα ίδια του τα χέρια. Υπήρχε μια παράδοση στον Οίκο των Οσμάν: όλα τα μέλη της βασιλικής οικογένειας να μαθαίνουν μια τέχνη, πέρα βέβαια από την επιλογή των κατασκόπων και τις διαβολές των κλειστών δωματίων. Ο ίδιος είχε επιλέξει την τέχνη του επιπλοποιού. Ο Λευτέρης κατάλαβε πως η φωνή του πατισάχ μιλώντας για τα χάδια του ξύλου αναθάρρησε, πήρε χρώμα κι ένταση. Τον είδε που σηκώθηκε με το τσιγάρο στο χέρι και σέρνοντας τις παντόφλες προχώρησε ως την άκρη του σαλονιού.

«Κοίτα, Μίρζα, κοίτα αυτό το κομό, το δούλευα με τα χέρια μου τις πρώτες νύχτες του πολέμου με τους Ρώσους, όταν δεν είχα ύπνο κι έπρεπε να σκέφτομαι όλα εκείνα στα οποία δεν έφτανε το μυαλό των στρατηγών μου και των βουλευτάδων, που καμάρωναν εκστομίζοντας ανοησίες. Αυτό ήταν, κόρη μου, πάντα το Κοινοβούλιο των Οθωμανών: μια σύναξη ηλιθίων!»

Ο γιος του κηπουρού ένιωσε τον λαιμό του να κουράζεται. Τραβήχτηκε λίγο πίσω στο σκοτάδι κι άρχισε να τρίβει τον αυχένα του για ν' ανακουφιστεί. Ο διάδρομος πίσω του έμενε έρημος. Η βίλα μόνο το πρωί είχε κίνηση· τέτοιες ώρες ησύχαζε σαν μηρυκαστικό αναμασώντας τις μνήμες της όπως ο Αβδούλ Χαμίτ.

Δεν άργησε να ξαναπάρει τη θέση του. Αν το άνοιγμα της πόρτας ήταν πιο φαρδύ, θα ήταν η άνεσή του πιο μεγάλη, όμως ο κίνδυνος να τον εντοπίσει το βλέμμα του Τζαφέρ αγά θα ήταν ακόμη μεγαλύτερος.

Στο μεταξύ το «Καταφύγιο της Οικουμένης», όπως τον αποκαλούσε επί δεκαετίες το τυπικό του παλατιού, κάθισε πάλι στο ντιβάνι του.

«"Γιλδίζ", όπως ξέρεις, κόρη μου, σημαίνει αστέρι. Έτσι ονόμασα το παλάτι που έφτιαξα. Μισούσα τόσο πολύ το Ντολμά Μπαχτσέ, ώστε μόλις έγινα σουλτάνος, πρώτο μου σχέδιο ήταν να μείνω κάπου αλλού. Τρία χρόνια πήρε να τελειώσει το Γιλδίζ. Μετρούσα τις μέρες και τις ώρες για να φύγω, το μισούσα τόσο! Ήταν τόσο άσχημα στολισμένο, τόσες στροφές, τόσες καμπύλες παντού, τόσες κρυψώνες... Ο παράδεισος των δολοφόνων, κόρη μου. Στο Γιλδίζ όλα ήταν λιτά και ξεκάθαρα. Το έφτιαξα απλό, ασφαλές, έκανα ένα καταφύγιο για να γαληνεύει η ψυχή μου. Έξω κήποι ατελείωτοι, ζώα, ένα ολόκληρο κανάλι με ξύλινα καραβάκια, δεκάδες παπαγάλοι, θα σου άρεσε... Πιο πολύ ήταν ένα κρησφύγετο που το έζωνε γύρω γύρω τριπλός τοίχος.

»Τι είναι τα σπίτια για τους ανθρώπους, αναρωτήθηκες ποτέ; Ό,τι οι φωλιές για τις αλεπούδες – εκείνοι οι ζεστοί υπόνομοι με τις πολλές εξόδους, αν τους έχεις δει. Είναι ό,τι οι σωροί του χώματος και οι στοές για τον ασπάλακα, ό,τι τα λαβυρινθώδη λαγούμια για τους αρουραίους των αγρών: καταφύγιο.

»Στο Γιλδίζ ένιωσα καλύτερα απ' την πρώτη στιγμή, γιατί είχα εξήντα κρεβατοκάμαρες. Μόνο αυτός εδώ, ο πιστός μου Τζαφέρ, ήξερε σε ποια θα κοιμόμουν κάθε βράδυ, κι αυτός ακόμη το μάθαινε την τελευταία στιγμή και ξάπλωνε μετά τα μεσάνυχτα σαν το σκυλί έξω απ' την πόρτα, άγρυπνος, με εντολή να ξεκοιλιάσει όποιον τολμούσε να με πλησιάσει».

Είναι η μέρα του Αϊ-Γιάννη του Κλήδονα. Το χριστιανικό ημερολόγιο γράφει 24 Ιουνίου. Ο Λευτέρης τρέχει στη Λεωφόρο των Εξοχών κι αφήνει επίτηδες το πρόσωπό του ακάλυπτο στον ήλιο, γιατί στην πραγματικότητα δεν του αρέσουν τα μισόφωτα κι οι χαραμάδες. Πάνε μέρες τώρα που κρυφακούει έναν έκπτωτο σουλτάνο κι αγαπάει μυστικά μια κοπέλα. Ακολουθεί με τα μάτια μια κόρη των ντονμέδων, μια απ' αυτούς που προσεύχονται στο Γενί Τζαμί στη γειτονιά του. Ένα κορίτσι απ' τους άλλους μουσουλμάνους, οι οποίοι χρόνια πίσω ήταν Εβραίοι αλλά μετά πίστεψαν στον Προφήτη και στο Κοράνι. Λατρεύει ένα κορίτσι που φύτρωσε τυχαία σ' έναν κόσμο αλλιώτικο απ' τον δικό του. Άλλος κόσμος δεν είναι το Κοράνι αλλά ο παράς και η αριστοκρατία, κι αυτό ο γιος του κηπουρού το ξέρει. Η Μίρζα αξιώνεται έναν ολόκληρο σουλτάνο να την νταντεύει και να της διηγείται τα βράδια ιστορίες απ' τη ζωή του. Η Μίρζα δεν έχει πατήσει ξυπόλυτη στο χώμα, δεν έχει παίξει πετροπόλεμο, δε μάτωσε τα νύχια της σπάζοντας αμύγδαλα και καρύδια, η Μίρζα...

Πέρασε μπροστά απ' το στρατόπεδο του Πυροβολικού στο μικρό Καραμπουρνού. Ύστερα από μια γλυκιά ανηφόρα τον βρήκε καταπρόσωπο ο θαλασσινός και του ανακάτεψε τα μαλλιά. Ενώ είναι κάτω από τον πανηγυρικό ήλιο, αυτός τρέχει προς το μισόφωτο της βίλας, προς έναν ξεμωραμένο γερο-σουλτάνο. Οι χθεσινές όμως φωτιές στη γειτονιά του την παραμονή του Αϊ-Γιαννιού τού φάνηκαν πιο λαμπρές κι απ' αυτόν εδώ τον ήλιο, ίσως γιατί ήταν και η Μίρζα εκεί. Αυτός την έσυρε, ο γιος του κηπουρού· την έφερε στις φωτιές που πηδούσαν τα αγυιόπαιδα.[14] Ο Αϊ-Γιάννης έκανε τα στραβά μάτια.

Σε αρκετές απ' αυτές τις νύχτες της εξομολόγησης, δίπλα στον Τζαφέρ αγά έστεκε ένας φωτογραφικός τρίποδας. Ο «Αβδούλ ο Καταραμένος», όπως τον αποκαλούσαν αρκετοί Ευρωπαίοι συγγραφείς, ήταν μανιώδης του φακού. Εκείνο το σούρουπο όμως το μηχάνημα ήταν προς στιγμήν παρατημένο στην άκρη σαν βαλσαμωμένο ζώο. Η Μίρζα, έχοντας βαρεθεί να κάθεται στο σκαμνί με το φίλντισι, είχε βαλθεί να κάνει κύκλους στο μεγάλο σαλόνι. Κρατούσε στο χέρι ένα μαλακό τόπι και κάθε τόσο το πετούσε κι αυτό κυλούσε πάνω στο γυαλισμένο ξύλο. Ο Τζαφέρ αγάς είχε σταθεί όρθιος πίσω απ' τη μηχανή και καθάριζε τον φακό της. Ο Χαμίτ είχε εκδηλώσει την επιθυμία απ' το μεσημέρι πως ήθελε να φωτογραφηθεί με τη Μίρζα. Ήθελε να τον έχει, όπως του είπε, αλησμόνητο ως τα βαθιά της γεράματα. Ο Τζαφέρ αγάς ήταν έτοιμος να πραγματοποιήσει άλλη μια επιθυμία του αφέντη του.

Κάποια στιγμή το τόπι τής ξέφυγε απ' την ανοιχτή πόρτα και κύλησε έξω στον διάδρομο. Ήταν σκοτεινός, και μόνο στο βάθος μισόφεγγε ένα παράθυρο που έβαζε μέσα λίγο φως απ' τους λαμπτήρες του κήπου. Κράτησε το τόπι στο χέρι της και κίνησε μαγνητισμένη προς την αυλαία του παραθύρου. Μια σκιά που περνούσε κάθε τόσο από μπροστά τής τράβηξε την προσοχή.

Τον ένιωσε που ήταν εγκλωβισμένος στο τέρμα του διαδρόμου. Εκείνος, καθώς άκουσε τα βήματά της, φοβήθηκε πως θα τον ρωτούσε τι γύρευε στο μισοσκόταδο. Έπρεπε κάτι να βρει στα γρήγορα, κι ευτυχώς είχε δει κάποτε τους υπηρέτες πώς άναβαν το φωταέριο. Έβγαλε με πυρετώδεις κι-

14. Αγυιόπαιδα: τα παιδιά που ζούνε στους δρόμους, τα αλάνια, οι μόρτες.

νήσεις το κουτί με τα σπίρτα, που 'χε πάντα στην τσέπη του, και την ώρα που έβλεπε τη μορφή της ως σκιά να τον πλησιάζει, άναψε το πρώτο σπίρτο. Η φλόγα στο ύψος του στήθους παραμόρφωσε προς στιγμήν την εικόνα του προσώπου του και τον έδειξε απόκοσμο, με σκιερές γωνίες, σχεδόν τρομακτικό. Μετακίνησε γρήγορα το αναμμένο σπίρτο στην άκρη του σωλήνα απ' όπου ερχόταν το φωταέριο κι άνοιξε τη στρόφιγγα. Μια κίτρινη φλόγα με κόκκινες απολήξεις έστειλε το φως της στον διάδρομο.

Με το άναμμα, η Μίρζα σταμάτησε να βαδίζει προς το μέρος του. Το φωταέριο είχε διαλύσει κάθε της απορία για κείνο το πλάσμα που έβλεπε στο παράθυρο. Μπροστά της στεκόταν τώρα ένα παιδί στην ηλικία της, ένας συνηθισμένος υπηρέτης που το πρόσωπό του της ήταν γνωστό. Στα πόδια του ήταν αφημένη μια ανθοδέσμη από τριαντάφυλλα.

«Είσαι κηπουρός;»

«Ναι», της απάντησε.

Ο Τζαφέρ αγάς είχε φανεί στην άκρη του μακριού διαδρόμου και της φώναξε πως όλα ήταν έτοιμα για τη φωτογράφιση.

Ο Λευτέρης την κοίταξε ευθεία μες στις ίδιες τις κόρες των ματιών της.

«Πολύ θα 'θελα να 'ρθω κι εγώ...»

«Πού;»

«Στη φωτογραφία, εκεί μαζί σας...»

Δεν του απάντησε, γιατί από τη μια ήταν κάπως ξαφνιασμένη κι από την άλλη έδειχνε πως δεν την ένοιαζε καθόλου.

«Με φέρνει ο πατέρας μου εδώ κάθε βράδυ...», του είπε αδιάφορα, σαν να μην την ενοχλούσε ιδιαίτερα αν θα 'βγαινε απ' το θέμα της συνομιλίας τους.

«Πάρε αυτή κι είναι σαν να είμαι κι εγώ στο κάδρο», της είπε.

Η Μίρζα έδειξε πάλι να μην πολυκαταλαβαίνει. Εκείνος

έσκυψε, σήκωσε την ανθοδέσμη και της την πρόσφερε όπως είχε δει να κάνουν πολλοί κύριοι την ώρα που έμπαιναν σε σπίτια της Λεωφόρου των Εξοχών.

«Ευχαριστώ», του απάντησε, στα γαλλικά πάντα, και γύρισε πίσω να συναντήσει τον Τζαφέρ αγά.

Λίγη ώρα μετά τη φωτογράφιση είχαν πάρει τις θέσεις τους, ο πατισάχ στο ντιβάνι κι εκείνη στο σκαμνί της. Η καινούρια τέχνη της αιωνιότητας τους είχε αιχμαλωτίσει για πάντα μαζί. Εκείνος ντυμένος για την περίσταση με καλοσιδερωμένη βελούδινη ρεντιγκότα, καινούριο φέσι, αλλά ακόμη πιο παλιός από μέρα σε μέρα, ακόμη πιο γέρος, καθόταν με τις παλάμες ανοιχτές να ακουμπούν μία σε κάθε πόδι. Το γένι του ήταν βαμμένο με καραμπογιά και τα μάτια του σκούρα και μελαγχολικά. Οι κόγχες του, οι τόσο συχνά σχολιασμένες απ' τις γαζέτες της Ευρώπης, παρέμεναν βαθιές κι έμοιαζαν σαν να είχαν βουτηχτεί στη μούργα ή στη βυθολάσπη του Βοσπόρου. Εκείνη στεκόταν όρθια δίπλα του ντυμένη στ' άσπρα κι έστελνε το χαμόγελό της αόριστα προς την αιωνιότητα φορώντας παπούτσια σε δίδυμο λευκό. Ανάμεσά τους, πάνω σε μια ανθοστήλη, ήταν βαλμένα λίγα ζωηρά τριαντάφυλλα, τόσο εκφραστικά, που θα 'λεγες πως ήθελαν να μιλήσουν.

«Αγαπώ τα τηλεσκόπια και τις αστυνομικές νουβέλες», δήλωσε κάποια στιγμή γεμάτος επισημότητα. «Τα τηλεσκόπια γιατί θέλω να βλέπω πάντα μακριά –δες το αυτό και με τις δυο σημασίες του– και τις νουβέλες γιατί οι γρίφοι με δολοφόνους είναι πιο ενδιαφέροντες από πολλά άλλα, ας πούμε για παράδειγμα από το σκάκι. Ο δολοφόνος, κόρη μου, είναι ένας έξυπνος άνθρωπος που έχει ξεμείνει από επιχειρήματα».

Αυτό με τις νουβέλες το ανέφερε γιατί ήθελε να της μιλήσει για την αστυνομία του, καθώς ήταν περήφανος γι' αυτήν, και για τον λαβύρινθο των δεκάδων κατασκόπων του. Καμάρωνε για όλους αυτούς σαν να ήταν τα μπιμπελό μιας προσωπικής του συλλογής. Της είπε ακόμη και για τη βόμβα που έσκασε σ' έναν δρόμο της πρωτεύουσας πριν από μερικά χρόνια με στόχο τον ίδιο, καθώς επέστρεφε στο Γιλδίζ από την προσευχή του στο μεγάλο τζαμί της Αγίας Σοφίας.

Ύστερα ο πατισάχ άλλαξε θέμα και της μίλησε για τους πρώτους σεισμογράφους, που είχε φέρει με δική του πρωτοβουλία στην πρωτεύουσα. Ανέφερε και τα τηλέφωνα, που τα αντιπαθούσε, και μόλις τα τελευταία χρόνια τα είχε αποδεχθεί σαν κάτι απεχθές αλλά απαραίτητο, ως μία ακόμη εξάρτηση από τη χριστιανική Δύση. Της είπε και για τους δυο μικρούς γιους του, που τους είχε φέρει μαζί του εδώ στην εξορία.

Κάποια στιγμή ένιωσε δυσάρεστα με τη ρεντιγκότα και την έβγαλε.

«Η αποστολή της τελείωσε, Τζαφέρ, μπορείς να την πάρεις και να την κάψεις. Χθες το βράδυ ονειρεύτηκα πως δε θα ξαναγίνω σουλτάνος. Αυτό ήταν το κισμέτ μου, ως εδώ ήταν. Αν το καλοσκεφτείς, έμοιαζε με κείνα τα μαγικά κουτιά με τον κρυμμένο παλιάτσο. Ένας παλιάτσος που πετάχτηκε πριν τριάντα τρία χρόνια από ένα ελατήριο και αίφνης κατατρόμαξε όλους τους ράθυμους πασάδες του Ντολμά Μπαχτσέ. Το ελατήριο αυτό τώρα σκούριασε, Τζαφέρ, και το κεφάλι του παλιάτσου μαράθηκε σαν λουλούδι κι έγειρε. Πάρε αυτήν τη ρεντιγκότα και κάψ' την! Μάλλον όχι. Ο Αλλάχ βλέπει με άγρυπνο μάτι και μετράει τις καλοσύνες μας. Πάρ' την και δώσ' την σε κείνο το παιδί του κήπου, που όλο τάχα κάτι γυρεύει για να είναι όλη μέρα μες στα πόδια μας. Πες του, σου παραγγέλνει ο πατισάχ, όταν μεγαλώσεις, να τη φορέσεις, να θυμάσαι τη "Σκιά του Θεού επί της Γης"».

Η τελευταία από εκείνες τις λίγες νύχτες άρχισε όταν ο «Αβδούλ ο Καταραμένος» γονάτισε πάνω στο χαλί και κοιτάζοντας προς την Ανατολή σήκωσε ψηλά τα χέρια. Η φωνή του είπε στα τουρκικά:

Εις το όνομα του Θεού, του Πολυέλεου
και Πολυεύσπλαχνου

Ύμνο στο Θεό, τον ευεργετικό Βασιλέα, το Δημιουργό του Σύμπαντος, τον Κύριο των Τριών Κόσμων, που όρθωσε το Στερέωμα δίχως στύλους για στηρίγματα, και που άπλωσε τη γη σαν ένα κρεβάτι...[15]

Η Μίρζα έπαιζε με τη μια της κορδέλα και τον παρακολουθούσε σιωπηλή όπως και την προηγούμενη νύχτα. Ο Τζαφέρ αγάς στεκόταν ακίνητος πλάι στον φωτογραφικό τρίποδα. Κάποιες νυχτοπεταλούδες πάλευαν να μπουν στο σαλόνι γητεμένες απ' το φως, αλλά τις σταματούσε το τζάμι, κι αυτές, προσπαθώντας να εισχωρήσουν, έτρεχαν πάνω του σε κάθετες ευθείες κι έμοιαζε σαν να το γάζωναν. Ο κόσμος του σουλτάνου ήταν για όλους απαγορευτικός, ακόμη και για τις πεταλούδες. Για όλους; Όχι ακριβώς, γιατί η σκιά του μικρού κηπουρού επί της Γης είχε κρυφτεί πίσω από μια εσωτερική πόρτα. Στο χέρι κρατούσε λίγα τριαντάφυλλα από τον κήπο ως δούρειο ίππο, για να μπαίνει με δόλο στον περίκλειστο κόσμο τους.

«Μίρζα, τι σε νοιάζει εσένα η πολιτική; Είσαι κόρη του Παραδείσου εσύ! Γιατί θα πρέπει να μάθεις πώς έφτασαν τότε οι Ρώσοι έξω απ' την πρωτεύουσα; Μιλάω για κείνα τα χρόνια που 'χανε στρατοπεδεύσει στον Άγιο Στέφανο. Τι σε νοιάζει ο τότε κατάπλους του βρετανικού στόλου στα Πριγκιπόννησα; Τι σε νοιάζουν τα έργα που έκανα όλ' αυτά τα χρόνια σ' όλο το ντοβλέτι; Τα τρένα, η μεταλλική γέφυρα του Γαλατά... Σ' αυτήν την πόλη, σ' αυτήν τη σφηκοφωλιά των επαναστατών, δες το Νοσοκομείο Χαμιδιέ, το καινούριο λιμάνι, δες ένα σωρό έργα. "Δώσε στην ύαινα με το χέρι σου

15. *Χίλιες και μία νύχτες*, βιβλίο πρώτο, μτφ. Κώστα Τρικογλίδη.

φαΐ, και θα σου φάει το χέρι".[16] Μόνο για φονικά έχουν να λένε, ότι σκότωσα εχθρούς μου με τον σωρό. Οι κατάσκοποι μου τα έλεγαν όλα, αυτή είν' η αλήθεια! Ήξερα για όλους τα πάντα, δυνατούς και αδύναμους. Τον Μιντχάτ πασά[17] τον εξόντωσα σιγά σιγά βάσει σχεδίου. Ο Αρμένιος πατριάρχης με προκάλεσε ο σκύλος στέλνοντάς μου μήνυμα. Αυτούς τούς σκότωσε ο λαός μας στα σοκάκια της Πόλης. Όχλος ήταν, δε λέω, αλλά είχε αγανάκτηση, γι' αυτό τούς κυνηγούσε με μαχαίρια και ρόπαλα, τους έσπαζε τα κόκαλα, τους έγδερνε, αλήθεια είν' αυτό. Η αστυνομία μου προσπάθησε να τους προστατέψει, αν και οι άπιστοι δεν το αξίζανε. Οι Αρμένιοι μου ήταν πάντα αντιπαθείς, για τους Εβραίους αδιαφορούσα, τους Έλληνες τους εμπιστευόμουν. Οι γιατροί μου, ο φαρμακοποιός μου, ο αρχιτέκτονάς μου, πολλοί τραπεζίτες και δραγουμάνοι μου ήταν Έλληνες. Ο σουλτάνος, Μίρζα, είναι ο ισορροπιστής του κόσμου, ο κηπουρός στο περιβόλι του Αλλάχ, κι αυτός είναι που πρέπει να ξεριζώνει τα ζιζάνια δίχως οίκτο».

Την παραμονή του Αϊ-Γιάννη του Κλήδονα οι μαχαλάδες πάνω και κάτω απ' τη μεγάλη λεωφόρο βρίσκονταν σε αναβρασμό. Δεν είχε αποσώσει ακόμη η ζέστη του μεσημεριού, και στους χωμάτινους δρόμους σηκωνόταν εδώ κι εκεί σκόνη απ' τα ξερόκλαδα που έσερναν τα παιδιά και τα στοίβαζαν. Κάποια απ' αυτά ήταν κοτζάμ δέντρα πελεκημένα, που τα 'χαν αφήσει κάμποσες μέρες σ' αδειανά οικόπεδα στον ήλιο για να ξεραθούν.

Κάθε γειτονιά είχε φροντίσει για μια θημωνιά από κλαδιά

16. Ό.π.

17. Μιντχάτ πασάς (1822-1884): φιλελεύθερος πολιτικός που κατείχε τον τίτλο του «Μεγάλου Βεζίρη».

και κούτσουρα. Κάποια σύννεφα που είχαν μαζευτεί το απόγευμα τρόμαξαν για λίγο τούς πιο ένθερμους, αλλά διαλύθηκαν με τον ερχομό της νύχτας. Όσοι Ρωμιοί κατοικούσαν στ' ασβεστωμένα φτωχόσπιτα παράμερα απ' το φωτισμένο λιθόστρωτο με τις δεντροστοιχίες, είχαν μαζευτεί από νωρίς σε συντροφιές κι είχαν γεμίσει με νερό στέρνες, στάμνες, κιούπια, ό,τι είχε το κάθε σπιτικό. Ύστερα περνούσαν ένας ένας και πετούσαν μέσα δαχτυλίδια, κέρματα, ξύλινους και αργυρούς σταυρούς και χρυσά δόντια, για να τους φωτίσει ο άγιος για τα μελλούμενα.

Κάτω απ' τις κληματαριές είχαν βγει τα κεράσματα: ρακί με ζεματισμένα κουκιά στο ξίδι, κουλούρια με κανέλα, καφέδες που έβραζαν σε μεγάλα μπρίκια κι έδιναν μοσχοβολιά στις μικρές αυλές, όπου ωρίμαζαν καΐσια και αμύγδαλα. Οι Έλληνες της συνοικίας των Εξοχών γιόρταζαν τις πιο μεγάλες μέρες του θέρους, και καθώς δεν ήταν γεωργοί για να τους έχουν ολημερίς ανάγκη τα χωράφια, είχαν τον χρόνο να το ρίξουν έξω και να ξενυχτήσουν.

Οι φωτιές ψήλωσαν και φέγγισαν με το πρώτο σκοτάδι. Τα παιδιά ήταν πιο πολύ αυτά που είχαν κάνει κύκλο γύρω απ' τους φανούς και τραγουδούσαν. Γείτονες αλλόθρησκοι κάθονταν παράμερα και χάζευαν τη φωτιά, που με τον ερχομό της νύχτας μαγνητίζει δίχως διάκριση όλα τα πλάσματα.

Ο Λευτέρης έβαλε δυο δάχτυλα στο στόμα και σφύριξε μ' όλη του τη δύναμη. Κατόπιν βγήκε μπροστά από ένα μπουλούκι ξυπόλυτα αγυιόπαιδα. Ήταν όλα γειτονόπουλα που έμεναν πάνω και κάτω απ' το αγίασμα της Αγίας Σολομονής σε σπίτια ταπεινά, ή ήταν μαστορόπουλα που κοιμόντουσαν μέσα στα ίδια τα συνεργεία, σε πεταλωτήρια, ξυλουργεία, σιδεράδικα. Με το σφύριγμα, η συμμορία πειθάρχησε κι όλοι τραβήχτηκαν πίσω απ' τον Ζεύγο, που στους πιο πολλούς δρόμους τον λογάριαζαν ακόμη για αρχηγό, αν και δεν τραβιόταν πια μαζί τους, γιατί αν και πήγαινε αραιά και πού στο σχολείο, δούλευε ασταμάτητα απ' το χάραμα κι έδειχνε να 'χει πρώιμα σοβαρέψει.

Η φωτιά του μαχαλά είχε κόψει την κυκλοφορία στον χωματόδρομο και κάτι τελευταία μοσχάρια, που τα 'φερναν από μια μακρινή βοσκή, κόντεψαν να καψαλίσουν τις τρίχες τους περνώντας σύρριζα απ' τον φανό.

Ο Λευτέρης έδωσε τον πρώτο πήδο πάνω απ' τη φωτιά μέσ' από τσιρίδες ενθουσιασμού, που έφτασαν ως το Γενί Τζαμί και την προβλήτα του Κερήμ εφέντη. Πήρε βαθιά ανάσα κι έστριψε πίσω το κεφάλι για να καμαρώσει τον άθλο του. Είχε καταφέρει κι είχε περάσει πάνω απ' τη φωτιά πριν εκείνη αρχίσει ακόμη να χωνεύει και να χάνει ύψος. Μπορεί να μην ασχολιόταν πια με τα ρεσάλτα της συμμορίας του δρόμου, ήθελε όμως να τον λογίζουν ακόμη γι' αρχηγό.

Ένας γείτονας κουβάλησε ένα πανέρι κεράσια κι άρχισε να τα μοιράζει στα παιδιά.

«Και του χρόνου, μπάρμπα!» φώναζαν οι πιο πολλοί, και τα κρεμούσαν δυο δυο στ' αυτιά τους σκουλαρίκια και χαχάνιζαν ψάχνοντας κανένα καθρεφτάκι να κοιταχτούν.

Ο καπνός απ' τον φανό άλλαζε κατεύθυνση απ' το αεράκι της νύχτας κι όλος ο κύκλος των πιστών του Αϊ-Γιάννη είχε αρχίσει να μαζεύει καπνιά στα πρόσωπα και στα γυμνά πόδια. Μια άγρια φυλή γεννιόταν έτσι σιγά σιγά, με σκουλαρίκια στ' αυτιά και κάπνα στο ηλιοκαμένο δέρμα, η οποία κάθε τόσο, χάριν του καλοκαιριού, ούρλιαζε με κόκκινα χείλη από τα ειδωλόθυτα κεράσια και πηδούσε πάνω απ' τη φωτιά.

Ξαφνικά, στην αρχή του χωματόδρομου, ξεχώρισε μέσ' απ' τις ανταύγειες του φανού ένα μόνιππο.

«Δεν περνάς! Πίσω, ρε!» είχαν αρχίσει να φωνάζουν κάποιοι απ' τη φυλή.

Πίσω απ' την πλάτη του αμαξά φανερώθηκε μια λεπτή ασπροντυμένη σιλουέτα. Έμοιαζε νεράιδα που είχε χάσει τον δρόμο της κι αντί για τη λίμνη της τη γεμάτη νούφαρα είχε βρεθεί σ' έναν ξερό χωματόδρομο να την εμποδίζει μια φωτιά.

Στην αρχή ένιωσε τα πόδια του να μουδιάζουν και πήρε μια βαθιά ανάσα. Χωρίς να το καλοσκεφτεί, άφησε την παρέα και προχώρησε προς το μόνιππο. Ο αμαξάς είχε κιόλας κατέβει κι ερχόταν προς το μέρος του.

«Μήπως περνάει;» ρώτησε στα τουρκικά.

«Όχι, ξέχασέ το!» του απάντησε ο Λευτέρης.

Στάθηκε δίπλα στην άμαξα και την παρατηρούσε διακριτικά χωρίς να κάνει απότομες κινήσεις.

«Με το ζόρι σε γνώρισα», του είπε στα γαλλικά και του χαμογέλασε.

«Έλα, πάμε», της απάντησε κι άπλωσε το χέρι για να τη βοηθήσει να κατέβει.

Μόλις πάτησε στον χωματόδρομο, ο αμαξάς κόλλησε δίπλα τους.

«Εδώ θα 'μαστε, θα μας βλέπεις», του είπε πάλι σε σπασμένα τουρκικά και του 'δειξε με νοήματα προς τη μεριά του φανού.

Οι μέρες του καλοκαιριού κρατάνε περισσότερο και οι σύμμαχές τους φωτιές αντιπαλεύουν κι αυτές ανελέητα το σκοτάδι. Όσο περνούσε η ώρα, μαζεύονταν γύρω απ' τις φωτιές του Αϊ-Γιαννιού παιδιά απ' όλες τις γειτονιές, Τουρκόπουλα πιο πολύ και Εβραιόπουλα, που πηδούσαν ακούραστα πάνω απ' τις φλόγες που ήθελαν να γλείψουν τα γυμνωμένα πόδια και να καψαλίσουν τα ανέμελα μακριά μαλλιά των κοριτσιών.

«Κάνε να θυμάμαι αυτό το βράδυ», του είπε λαχανιασμένα η Μίρζα με το λευκό της φόρεμα να έχει γίνει γκρι απ' την καπνιά.

«Γυρνάω αμέσως, μη φύγεις!» της ζήτησε κι έκανε νόημα του αμαξά να την προσέχει, τρέχοντας σαν καλικάντζαρος που παραδόξως ναυάγησε στη Γη μέσα στο καλοκαίρι.

Το σπίτι του δεν ήταν μακριά· πήγε κι ήρθε περιστέρι νυχτόβιο. Επέστρεψε κι έδειχνε γαληνεμένος κρατώντας κάτι διπλωμένο. Έδειχνε σαν ό,τι διαβολικό της φωτιάς είχε αρπάξει από τη νύχτα να το είχε βγάλει σαν πουκάμισο φιδιού στον δρόμο.

«Πρέπει να ταΐσουμε τη φωτιά για να μην τελειώσει η γιορτή!» της φώναξε με όλη του τη δύναμη, καθώς οι αγριοφωνάρες και τα γέλια δίπλα τους δεν έλεγαν να κοπάσουν.

Εκείνη κούνησε το κεφάλι συμφωνώντας, κι αυτός ο διάβολος του καλοκαιριού έσκισε το χαρτί και της φανέρωσε ό,τι είχε φέρει απ' το σπίτι του.

«Το πάνω εσύ, το κάτω εγώ», είπε και της το 'δωσε να το κρατήσει στη χούφτα της.

Έκανε δυο βήματα, πλησίασε στη φωτιά και το πέταξε με άχτι στο κέντρο της.

«Κάνε κι εσύ το ίδιο!» της φώναξε.

Το βελούδινο κουστούμι του Αβδούλ Χαμίτ έγινε φαγητό για να θρέψει τις κόκκινες γλώσσες της φωτιάς που πάλευαν με τα σκοτάδια. Ο γερο-πατισάχ πίστευε στα όνειρα κι είχε καταλάβει πως τη βελούδινη ρεντιγκότα δεν τη χρειαζόταν πια, κι ίσως κάποιο άλλο όνειρο να του φανέρωνε πως ούτε ο γιος του κηπουρού την είχε ανάγκη. Στις φωτιές του Αϊ-Γιαννιού φανερώνονται τα μελλούμενα, και τα μεγάλα λόγια των βασιλιάδων ξεγυμνώνονται και γίνονται προσάναμμα της μοίρας.

Ο Λευτέρης παρατηρούσε τη Μίρζα από μια μεγάλη κλειδαρότρυπα. Τα κλειδιά αυτής της βίλας ήταν μεγάλα σαν μαχαίρια, οι τρύπες τους απ' όπου τώρα έβλεπε θύμιζαν τον φακό της φωτογραφικής μηχανής. Η κόρη του Αλπερέν μπέη ήταν λίγο νευρική, ίσως και να βαριόταν. Έπαιζε με τις κορδέλες της, παρατηρώντας τα πάντα γύρω της εκτός από τις βαθιές εναγώνιες κόγχες του πατισάχ. Ξαφνικά άπλωσε το χέρι της στον μικρό σοφά και κράτησε το κουτί με τα σπίρτα, αυτά που χρησιμοποιούσε ο αρειμάνιος καπνιστής Αβδούλ Χαμίτ για ν' ανάβει τα σιγαρέτα του. Για να διασκεδάσει την πλήξη της, ενώ προσποιούνταν πως τάχα τον πρόσεχε –έτσι ήταν όλα τα κορίτσια με ανατροφή στη Λεωφόρο των Εξοχών–, άναψε ένα σπίρτο και το έφερε μπροστά στα μάτια της.

Ο Αβδούλ Χαμίτ σηκώθηκε απότομα απ' το ντιβάνι και με απειλητικές φωνές τής άρπαξε τα σπίρτα μέσ' απ' τα χέρια. Η Μίρζα κοκκίνισε από ντροπή και κατέβασε το κεφάλι. Ο Τζαφέρ αγάς έκανε λίγα βήματα και στάθηκε δίπλα τους. Ο κόκκινος σουλτάνος είχε κοκκινίσει το ίδιο με το κορίτσι και βαριανάσαινε.

«Ποτέ σου μην το κάνεις αυτό, ποτέ! Μ' ακούς; Θα το πω και στον Αλπερέν μπέη όταν θα επιστρέψει απ' το γραφείο μου, μ' ακούς;»

Ο Τζαφέρ αγάς τον κράτησε απ' το μπράτσο και τον βοήθησε να καθίσει πάλι στο ντιβάνι.

«Αν άρπαζε κάποιος τα σπίρτα απ' τα χέρια της Ουλβιέ πριν από χρόνια, τώρα θα ζούσε! Η κόρη μου η Ουλβιέ θα πλησίαζε τώρα τα σαράντα. Θα 'χα πια κι εγγόνι απ' αυτήν και θα 'ταν εδώ μαζί μου στις μέρες της εξορίας. Η κόρη μου κάηκε από τέτοια σπίρτα όταν ήταν μικρή, λαμπάδιασε ολόκληρη, κάρβουνο έγινε. Τη φιλούσα κι έκλαιγα... Ακούς που σου λέω; Τη φιλούσα κι έκλαιγα... Το κορμάκι της ζεστό να μυρίζει καμένο κρέας... Μην τα πιάσεις ποτέ! Ποτέ! Μ' ακούς;»

Ο Τζαφέρ αγάς τού έβαλε με προσεκτικές κινήσεις λίγα μαξιλάρια στην πλάτη και του έδωσε στο χέρι το άσπρο του μαντίλι με το κεντημένο μονόγραμμα. Έξω η νύχτα ήταν ζεστή, ακούγονταν τριζόνια. Ο αέρας, που ερχόταν απ' το μεγάλο Καραμπουρνού, ανασήκωσε μια κουρτίνα σε κάποιο απ' τα πολλά παράθυρα και μια νυχτοπεταλούδα μπήκε στο μεγάλο σαλόνι. Ο πατισάχ, που είχε διαβάσει στα νιάτα του περσικούς μύθους κι αραβικά παραμύθια, ακολούθησε με τα μάτια το πέταγμα της πεταλούδας-ψυχής και για μια στιγμή δάκρυσε.

Ο Λευτέρης γλίστρησε αθόρυβα και κρατώντας στο χέρι τα τριαντάφυλλα, που δεν είχε προλάβει να παραδώσει, βγήκε στην αυλή από την πίσω σκάλα. Έξω στον κήπο μύριζε η θάλασσα, τα χόρτα, η σελήνη και κάτι καμένο από πολύ μακριά.

Έξω απ' τον σταθμό του Ντεπό κοντοστάθηκε να πάρει μιαν ανάσα. Πίσω απ' τον ψηλό τοίχο όπου είχε ακουμπήσει ήταν τα συνεργεία των βαγονιών του τροχιόδρομου. Ακούγονταν σφυριά και τόρνοι που έτρωγαν τα σίδερα. Κάτω στα πόδια του μύριζαν τα αγριοσινάπια με τα κίτρινα λουλούδια τους, που φύτρωναν στις ρίζες του μαντρότοιχου. Η βίλα του Αλλατίνι ήταν πολύ κοντά, ας καθόταν λίγο να ξεϊδρώσει και να 'βρει την ανάσα του. Οι φρουροί ήταν πάντα καχύποπτοι, κι αν τον έβλεπαν έτσι, θα τον ρωτούσαν. Γυρεύω τον πατέρα μου, θα τους έλεγε. Τι τόση βιάση; θα τον ξαναρωτούσαν. Πλημμύρισε τη ρόμπα της στο αίμα, αυτό θα έπρεπε να τους πει και δεν ήθελε.

Δεν ήθελε να λέει στους φρουρούς για το θανατικό που κύκλωνε το σπίτι, δεν ήθελε να λέει στον πατέρα του αλήθειες τέτοιες όπως αυτή: ότι σ' όλη τη μεγάλη τρεχάλα δε σκεφτόταν ο σκληρόκαρδος τη μάνα του αλλά τις νύχτες του σουλτάνου με τη Μίρζα, το πώς αυτός ο ξεμωραμένος όλο θυμόταν κι έλεγε κι αυτή η ανέκφραστη στο τέλος πάντα χόρευε δίχως να μιλά. Τη μάνα του πια την έβαζε με τους πεθαμένους, κι αυτό δεν ήθελε να το πει σε κανέναν, γιατί ντρεπόταν και να το σκέφτεται. Πιο πολύ όμως ντρεπόταν γιατί ήθελε να φύγει για πάντα απ' το καλύβι τους και να τρυπώσει σαν τον ποντικό σε μια έπαυλη των Εξοχών. Όποιος έχει ακούσει τη φωνή του σουλτάνου να τρεμοπαίζει από συγκίνηση όπως η φλόγα του λυχναριού, όποιος έχει ακούσει το θρόισμα του φουστανιού της την ώρα που χορεύει, δεν μπορεί παρά να θέλει ν' αλλάξει τη ζωή του για πάντα.

Ρετιρέ

Πρώτο στάσιμο

Λεωφόρος Βασιλίσσης Όλγας, Ιούνιος 1979

Ο ΟΡΕΣΤΗΣ άφησε στο τραπέζι του σαλονιού τη στοίβα με τις δαχτυλογραφημένες σελίδες κι ακούμπησε στην πλάτη της πολυθρόνας. Η ανοιχτή μπαλκονόπορτα έφερνε κάτω απ' τον δρόμο τον απόηχο της κυκλοφορίας. Ήταν μια ενόχληση ασυνεχής με ενδιάμεσα διαστήματα ηρεμίας. Κάθε τόσο όμως ο θόρυβος επανερχόταν εξαιτίας της αλλαγής του χρώματος στο φανάρι. Ήταν η ώρα του ανταγωνισμού, της εφόρμησης πάνω στη ζεστή άσφαλτο. Πρώτες έφευγαν οι μηχανές κι ύστερα οι κούρσες, ενώ τα καινούρια κόκκινα λεωφορεία, που ήταν σπαστά στη μέση και με διπλάσιο μήκος, αργοκυλούσαν, όπως τα κεραμιδί σκουλήκια της γης, μπροστά στις στάσεις: Ευζώνων, Ανάληψη, Ντεπό...

Ο γέρος που καθόταν απέναντι στον Ορέστη είχε στραμμένο το κεφάλι του στην μπαλκονόπορτα, που έβγαζε στην αχανή βεράντα του ρετιρέ, τη γεμάτη φυτά και έπιπλα κήπου.

«Πώς σας φαίνεται το βιβλίο; Σας βλέπω ανέκφραστο...»

Ο γέρος έμενε σιωπηλός, ίσως γιατί είχε πια βαρύνει απ' τα χρόνια.

«Γράφεις καλύτερα απ' ό,τι μιλάς», του απάντησε κάποια στιγμή, «κι αυτό είναι, ας πούμε, παρήγορο...»

Ο νεαρός απέναντί του φάνηκε να μην ενοχλείται από το σχόλιο· ίσως και να ήταν συνηθισμένος σε κάτι τέτοια.

«Κύριε Ορέστη, η πορτοκαλάδα σας», είπε η κοπέλα της υπηρεσίας κι έσκυψε αφήνοντας έναν δίσκο δίπλα στα χαρτιά του. «Με παγάκια, όπως την προτιμάτε», πρόσθεσε και του δώρισε ένα χαμόγελο.

«Στην υγειά σου, Κορίνα», της αποκρίθηκε και σήκωσε ψηλά το ποτήρι, που είχε κιόλας εμφανίσει απ' έξω τους υγροποιημένους υδρατμούς.

«Κύριε Ζιρντό, το "Κορίνα" είναι ψευδώνυμο να φανταστώ;» ρώτησε τον γέρο όταν η κοπέλα της υπηρεσίας είχε αποτραβηχτεί στα ενδότερα.

«Σ' αυτό εδώ το σπίτι, "Τασίες" και "Παγώνες" απαγορεύονται», του απάντησε ο γέρος.

Η φωνή του ήταν βαριά απ' τα χρόνια και το κάπνισμα. Παρ' όλο που η μπαλκονόπορτα ήταν ανοιχτή για ώρες, η μυρωδιά του τσιγάρου ήταν διάχυτη παντού· ήταν φανερό ότι είχε ποτίσει τα μαξιλάρια του καναπέ, τα καλύμματα, τις κουρτίνες.

Ο Ορέστης χαμογέλασε με την ασφάλεια αυτού που ξέρει ότι κάθε έκφραση στο πρόσωπό του περνάει απαρατήρητη.

«Σαν το "Ζιρντό", κάτι τέτοιο...»

«Ναι, Ορέστη, ψευδώνυμο σαν το "Ζιρντό". Εσύ ξέρεις πολλά γιατί εγώ σου το επέτρεψα, μην το ξεχνάς αυτό. Για την ακρίβεια, σου τα είπα εγώ ο ίδιος, σ' τα εξομολογήθηκα...»

«Ήμουν εξαρχής ο στόχος για de profundis[18] ομολογίες».

«Λάθος! Ο στόχος ήταν να γεννηθούν αυτές οι σελίδες που μου διαβάζεις. Όλα αποσκοπούσαν σ' αυτές. Μη νομίσεις ότι

18. De profundis (λατ.): εκ βαθέων.

ήσουν εσύ ειδικά στο σημάδι. Όποιος και να καταπιανόταν, θα ήταν μέρος του στόχου».

«Περνούσα συνεχώς εξετάσεις από εσάς τον ίδιο. Αλλιώς ξεκίνησα, κύριε Ευγένιε, πριν τρία χρόνια, μην ξεχνάτε: "Ζητείται πτυχιούχος φιλολογίας για απογευματινή απασχόληση". Έτσι ήταν γραμμένο στις αγγελίες στη *Μακεδονία* της Κυριακής».

Πρόσεξε ότι ο Ευγένιος Ζιρντό είχε βάλει ένα πουράκι στα χείλη του. Το κεφάλι του συνέχιζε να είναι στραμμένο προς την μπαλκονόπορτα, απ' όπου έμπαινε το αεράκι της νύχτας.

«Πριν σας γνωρίσω, κύριε Ευγένιε, είχα πάντα την απορία πώς καταφέρνουν οι τυφλοί κι ανάβουν το τσιγάρο τους».

«Λοιπόν, λύθηκε τώρα η απορία;»

«Νομίζω, ναι...»

Ο Ευγένιος Ζιρντό κράτησε στα χέρια του έναν ηλεκτρονικό αναπτήρα, απ' αυτούς τους αθόρυβους, τους μοντέρνους, και κατεβάζοντας τον λαιμό του, πλησίασε τη φλόγα με το πουράκι στο στόμα. Τράβηξε μερικές ρουφηξιές κι αμέσως τον κύκλωσε αρωματικός καπνός.

«Μαθαίνεις να πλησιάζεις με το τσιγάρο στο στόμα ακολουθώντας τη θερμοκρασία – τη φλόγα δεν τη βλέπεις αλλά τη νιώθεις. Άκουσα στην τηλεόραση, στην εκπομπή των Ενόπλων, ότι έβγαλαν κάτι πυραύλους που όταν τους εκτοξεύουν, αυτοί ακολουθούν τη θερμοκρασία του κινητήρα στο εχθρικό αεροπλάνο. Απ' τη στιγμή που ένας πύραυλος αρχίζει να τους ακολουθεί, πιλότος και σκάφος έχουν υπογράψει τη θανατική τους καταδίκη».

«Αισθητήρας θερμότητας».

«Το 'πες σαν καθηγητής».

«Ελπίζω όμως να μη γράφω σαν καθηγητής αλλά ως συγγραφέας. Πώς σας φάνηκε μέχρι στιγμής το βιβλίο μου, ή μάλλον το βιβλίο μας; Δε μου είπατε...»

«Σαν να γνώρισες από κοντά τον Λευτέρη Ζεύγο όταν ήταν παιδί».

«Αυτό να το εκλάβω ως φιλοφρόνηση;»

«Πάρ' το όπως θέλεις. Αν δεν ήταν μελό ένας τυφλός να κλαίει, θα είχα δακρύσει».

«Εσείς με κατευθύνατε, δεν πήγαινα στα κουτουρού...»

«Οι τυφλοί ξέρουν να οδηγούν, αρκεί να τους δείξεις εμπιστοσύνη».

«Αυτό το βιβλίο είναι η ζωή σας, κύριε Ευγένιε».

«Που όμως εσύ την ξαναφτιάχνεις».

«Όχι αυθαίρετα, θα ήθελα να πιστεύω...»

«Ας το ελπίσουμε, νεαρέ, είναι αρχή ακόμη. Δεν ξέρω τι θα πεις για τα μέσα μου, θα δούμε...»

Τράβηξε άλλη μια ρουφηξιά απ' το λεπτοκαμωμένο πούρο. Ο μυρωδάτος καπνός ταξίδευε παντού: στην οβάλ τραπεζαρία που είχε την ίδια ηλικία με τον Ζιρντό, στο πιάνο, στο παλιό ραδιόφωνο, στα χαλιά που επέμεναν να σκεπάζουν το πάτωμα παρ' όλο που ήταν μεσοκαλόκαιρο.

«Όλα ξεκίνησαν μεταξύ μας από εκείνη την αγγελία. Ήταν τόσο γενικόλογη, αν θυμάστε, και τόσο ασαφής».

«"Ζητείται πτυχιούχος φιλολογίας για απογευματινή απασχόληση". Δε θα μπορούσε να είναι αλλιώς. Τι θα μπορούσε να γράφει, διάολε; "Ζητείται αναγνώστης με ωραίαν εκφραστικήν χροιάν κ.λπ."; Δε γίνονται αυτά. Όμως έτσι που την έβαλα ήταν κοινότοπη, έμοιαζε σαν να έψαχνα καθηγητή για ιδιαίτερα μαθήματα. Θα μπορούσες να κάνεις αρχαία στην εγγονή μου τ' απογεύματα, αν είχα εγγονή...»

«Ήμουν ο πέμπτος αναγνώστης που ακούσατε, αν δεν κάνω λάθος...»

«Τόσοι ήταν πάνω κάτω. Άκουσα να μου διαβάζουν μια σελίδα από ένα μυθιστόρημα – όποιο ήθελε ο καθένας. Θυμάμαι και μια κοπέλα που μου τόνιζε κάθε τόσο ότι είχε ανάγκη να εργαστεί. Απερρίφθη. Δε θα άντεχα ν' ακούω στον

Πύργο των καταιγίδων[19] φερ' ειπείν να μιλάει ο Χίθκλιφ μέσα απ' τη φωνή μιας γυναίκας. Βέβαια ούτε κατά διάνοια να της επιτρέψω να γράψει τη ζωή μου. Φαντάσου γελοιότητα: η ζωή του Λευτέρη Ζεύγου, ή αλλιώς Ευγένιου Ζιρντό, γραμμένη από μια μυξοπαρθένα. Αηδία!»

Ρούφηξε το πούρο του νευρικά.

«Καπνίζετε, μου φαίνεται, σαν τον Αβδούλ Χαμίτ».

«Μία από τις ικανότητές σου είναι ν' αλλάζεις θέμα συζήτησης μέσα σε δευτερόλεπτα. Προφανώς, αισθηματία μου, σ' ενόχλησε ο χαρακτηρισμός μου για μια άγνωστη φοιτήτρια. Θα σκέφτηκες πως είναι αυθαίρετος, άδικος και σκληρός. Δεν τ' αντέχεις, Ορέστη, αυτά, βούτυρο είσαι. Τη ζωή μου πώς να την έχεις γράψει αναρωτιέμαι...»

«Κι εγώ αναρωτιέμαι για πολλά. Ήταν άραγε έτσι όπως τα 'βαλα στο βιβλίο; Αυτή η λεωφόρος που ακούμε τώρα τα αυτοκίνητα μοιάζει με τότε έστω και λίγο; Μύριζε εκείνη όντως όπως το γράφω; Αυτό το παιδί που πουλούσε εφημερίδες είστε πράγματι εσείς;»

«Θα τα δούμε όλ' αυτά στο τέλος. Η νύχτα είναι μεγάλη, κι είναι ακόμη νωρίς. Πριν χτυπήσεις το θυροτηλέφωνο, άκουσα τον κούκο να χτυπάει δέκα φορές, δεν πήγε ακόμη έντεκα. Πλάγιασες το μεσημέρι; Κοιμήθηκες καθόλου;»

«Σχεδόν ναρκώθηκα· δεν ήταν και κανείς να με ξυπνήσει...»

«Πού είν' η μάνα σου;»

«Στο εξοχικό της θείας μου, στη Χαλκιδική».

«Κοιμήθηκες λοιπόν, οπότε μάλλον θ' αντέξεις...»

«Εγώ σίγουρα, εσείς όμως;»

Ο Ευγένιος Ζιρντό χαμογέλασε κι άλλαξε θέση στον καναπέ όπου μισοξάπλωνε.

19. Το γνωστό μυθιστόρημα της Emily Bronte (1818-1848)· ο Χίθκλιφ είναι βασικός χαρακτήρας του μυθιστορήματος και από τις πιο γνωστές περσόνες του κακού στην παγκόσμια λογοτεχνία.

«Τρία χρόνια δίπλα μου κι ακόμα δεν έχεις μάθει ότι οι γέροι και τα σκυλιά κοιμούνται λίγο. Θυμάσαι τον δικό μου τον σκύλο πώς άκουγε τα μυθιστορήματα που μου διάβαζες κι έμενε άγρυπνος; Μοιάζουν οι γέροι με τα σκυλιά, γιατί δείχνουν ότι κάθε τόσο αφουγκράζονται σαν κάτι να περιμένουν. Για τους γέρους ξέρω σίγουρα τι περιμένουν...»

«Τέτοιες ομοιότητες; Μου ακούγεται παράδοξο...»

«Σκέψου το καλύτερα· κοιμούνται λίγο κι αφουγκράζονται μην έρθει κάποιος απρόσκλητος. Επιπλέον...»

«Ο δικός σας σκύλος, πριν τον χάσετε, ποιον νομίζετε ότι αφουγκραζόταν; Ποιον περίμενε;»

«Τους πεθαμένους φίλους μου που είχα στο καφενείο – δεν ήταν και πολλοί. Φλυαρούμε όμως. Ως το ξημέρωμα το βιβλίο σου θα πρέπει να το έχω ακούσει μέχρι το τέλος. Δε μου αρέσει ν' αφήνω δουλειές στη μέση».

«Μπορεί να φλυαρώ, αλλά πριν συνεχίσω την ανάγνωση θα το επαναλάβω: δεν το φανταζόμουν ποτέ ότι από απλός αναγνώστης ενός τυφλού άντρα θα γινόμουν και ο συγγραφέας της ζωής του».

«Μέσα στους πρώτους μήνες μού είχες εξομολογηθεί ότι ήθελες να γίνεις συγγραφέας. Μου το είπες χωρίς ντροπές, θυμάσαι; Βοήθησε κι εκείνο το μπουκάλι με το γαλλικό κονιάκ».

«Θυμάμαι, βέβαια. Ύστερα απ' αυτό άρχισαν και οι δικές σας εξομολογήσεις – να είμαστε πάντα μόνοι μας, γι' αυτό είχατε μια ιδιαίτερη αγωνία· η Κορίνα και η άλλη οικιακή βοηθός, η προηγούμενη, δε θυμάμαι τώρα τ' όνομά της, έπρεπε να είναι αποτραβηγμένες στην κουζίνα, όπως φυσικά και η κυρία Τζένη έπρεπε να είναι απούσα κι αυτή. Αλήθεια, το έχετε σκεφτεί ποτέ ότι η κυρία Τζένη είναι η τελευταία οικονόμος της Λεωφόρου των Εξοχών; Αν μας άκουγε κάποιος, θα 'βαζε τα γέλια. Οικονόμος σε πολυκατοικία; Όσο μεγάλο και να 'ναι αυτό το διαμέρισμα, δεν είναι και πύργος για να δικαιολογεί οικονόμο. Αν μου επιτρέπετε, θα 'λεγα είναι θέμα όχι μόνο λειτουργικότητας αλλά και στιλ...»

«Μα είμαι άνθρωπος μιας άλλης εποχής, είναι φανερό αυτό απ' τα έπιπλα, τις κουρτίνες...»

«Πόσο σιωπηλή είναι όμως η κυρία Τζένη! Στην αρχή νόμιζα ότι δε με πολυχώνευε και γι' αυτό δε μου απηύθυνε τον λόγο. Με τον καιρό κατάλαβα ότι και η παραμικρή κουβέντα εκ μέρους μου της ήταν αδιάφορη».

«Υπερβολές! Ξέρει απλά τη θέση της και απεχθάνεται οτιδήποτε περιττό. Να ξέρεις ότι αυτός είναι κι ο λόγος που την κρατάω».

«Θα έβαζα στοίχημα ότι σας συγκρατεί το γεγονός ότι είναι μια ηλικιωμένη γυναίκα. Μένει στην ίδια πολυκατοικία, που εκ πρώτης όψεως φαίνεται βολικό. Από την άλλη, πού θα μπορούσε να πάει ύστερ' από τόσα χρόνια δίπλα σας; Κοντολογίς, τη λυπάστε, γι' αυτό και την κρατάτε. Παίρνω το θάρρος και τα λέω αυτά γιατί θα ήθελα να ξέρετε ότι η μάσκα του σκληρού, που τόσο συχνά φοράτε, δεν είναι πάντα πιστευτή. Παίρνω το θάρρος λοιπόν...»

«Το "θράσος" θέλεις να πεις, αλλά το αποδέχομαι. Είσαι ευαίσθητος σαν βούτυρο αλλά και θρασύς – σπάνιος συνδυασμός ομολογώ. Στα νιάτα μου εγώ ήμουν μόνο θρασύς».

«Ποιο άλλο παιδί θα τολμούσε να κρυφακούει έναν σουλτάνο;»

«Cherchez la femme.[20] Πίστεψέ με, δεν ήταν τόσο δύσκολο όσο ακούγεται».

«Στο βιβλίο μου παρουσιάζεται λίγο σαν άθλος, έτσι δεν είναι;»

«Φλυαρείς και η ώρα περνάει. Μείνε συγκεντρωμένος στον σκοπό σου: συγγραφική επιβίωση, δηλαδή εντυπωσιασμός του γέρου ακροατή. Μην ξεχνάς ότι τα λεφτά τα χρειάζεσαι,

20. Cherchez la femme: αναζητήστε τη γυναίκα.

το ξέρω. Γεννήθηκες φτωχός σαν κι εμένα, Ορέστη. Εκείνα τα χρόνια εγώ πληρωνόμουν με το κάθε φύλλο της γαζέτας και με το κάθε μπουκέτο τριαντάφυλλα. Εσύ πληρώνεσαι για την κάθε ώρα ανάγνωσης. Θα πληρωθείς και για ένα βιβλίο επί παραγγελία· θα πληρωθείς για την κάθε σελίδα και το κάθε σου λεπτό για μένα. Βάλε την κλεψύδρα, νεαρέ, να μετράει τον χρόνο σου που τον αγοράζω. Η νύχτα θα είναι μακριά και ζεστή. Άκου κάτω τον δρόμο, εκεί στο κουφάρι της παλιάς λεωφόρου που έχει πεθάνει, άκου τους πώς βιάζονται όλοι. Μην αργείς, μοιάσε τους...»

Οι κηπουροί της Σαλονίκης

Λιμάνι, 27 Ιουνίου 1916

ΕΙΝΑΙ ΚΑΠΟΙΕΣ ΜΕΡΕΣ του καλοκαιριού που διαφέρουν. Εκεί που έμαθες να ζεις με τη ζέστη και το ηλιόφως να σε τυφλώνει, που έχεις συνηθίσει τον ιδρώτα να σε λιπαίνει αδιάκοπα σαν το σάλιο, ξάφνου μια μέρα ξυπνάς κι είναι αλλιώς: ο κόσμος έχει φορέσει σκούρα γυαλιά κι ο ήλιος δε σε τυφλώνει. Είναι μια απ' αυτές τις λίγες μέρες με συννεφιά και βροχή, που κάποιες φορές είναι μισές, καθότι από νωρίς το απόγευμα οι ακτίνες καίνε ξανά και τα βρόχινα νερά εξατμίζονται.

Οι στρατιώτες των συμμαχικών στρατευμάτων του Μακεδονικού Μετώπου είχαν αρχίσει να συνηθίζουν τη ζέστη του λιμανιού της Σαλονίκης και την υγρή άπνοια στα κατουρημένα σοκάκια. Εκείνη η μέρα ξημέρωσε αλλιώς – άργησε να φωτίσει εξαιτίας της βαριάς συννεφιάς.

Μια ομάδα από Γάλλους πεζικάριους στέκονταν στην πύλη του Τελωνείου και χάζευαν τον κλειστό ορίζοντα ως πέρα στο Καραμπουρνού, εκεί που τελείωνε η συνοικία των Εξοχών. Έδειχναν να νοσταλγούν τους συνοφρυωμένους ουρανούς της πατρίδας τους, που ήταν τις περισσότερες μέρες του χρόνου πρησμένοι απ' τα σύννεφα κι εκείνα έτοιμα να στάξουν βρόχινο γάλα. Το μόνο φρένο σ' αυτήν τη νοσταλγία ήταν η βεβαιότητα ότι εκεί, στη Βόρεια Γαλλία και στο Βέλγιο, εκεί στη δροσερή Ευρώπη, τη γη την έσκιζαν ατελείωτα χαρακώματα και η βροχή έπεφτε πάνω σε χιλιάδες πτώματα μισοφαγωμένα απ' τους αρουραίους.

Οι στρατιώτες είδαν κάποιον να τους πλησιάζει με γρήγορο βήμα. Τα χέρια του ήταν χωμένα στις φαρδιές τσέπες του παντελονιού του ενώ η τραγιάσκα του ήταν κατεβασμένη, για να τον προστατεύει απ' την αντηλιά και τα ύπουλα κοιτάγματα των γλάρων, που έκοβαν χιαστί τον ορίζοντα. Τους καλημέρισε στη γλώσσα τους κι εκείνοι ανταπέδωσαν με λόγια μασημένα κι άτονα.

«Με στέλνει ο Μαρκήσιος. Χθες το βράδυ είχαμε φασαρίες, τα μάθατε φαντάζομαι...»

Μιλούσε τα γαλλικά σαν να ήταν συμπατριώτης τους – η προφορά του μόλις που ξεχώριζε ότι ήταν ξενική.

«Πώς είμαστε σίγουροι ότι είσαι πράγματι απ' τον Μαρκήσιο και δεν είναι κόλπο;» τον ρώτησε ο λοχαγός που ήταν επικεφαλής της ομάδας.

«Είστε ο Πατρίκ Μαρτέν;»

Ο λοχαγός κούνησε το κεφάλι κι ο άντρας ως ανταπάντηση έβγαλε μέσα απ' τον κόρφο του ένα χρυσό ρολόι και του το έδειξε.

«Μου είπε ότι αυτή είναι η αναγνώριση, το πασπόρτ. Ανοίγει, λέει, όλη τη γαλλική στρατιά σαν ανοιχτήρι κονσέρβας!»

Οι φαντάροι πρόλαβαν την αντίδραση του λοχαγού κι έμπηξαν τα γέλια. Εκείνος έσιαξε το μακρύ του μουστάκι και χαμογέλασε. Κατόπιν έδειξε στον νεοφερμένο ένα υπόστεγο πίσω απ' το Τελωνείο.

«Πάμε προς τα εκεί, νεαρέ, γιατί ακόμη και τα ψάρια είναι καταδότες στην υπηρεσία του στρατηγού Σαράιγ[21]».

21. Moris Sarrail (1856-1929): Γάλλος αρχιστράτηγος της Στρατιάς της Ανατολής.

Στάθηκαν κάτω απ' το υπόστεγο κι ο λοχαγός έβγαλε κάτι χαρτιά, που τα ακούμπησε πάνω σ' ένα άδειο βαρέλι. Το ξύλο είχε ποτίσει από λάδια, όμως δεν είχε σημασία αφού οι σελίδες του λοχαγού ήταν απλώς παλιόχαρτα, πρόχειροι λογαριασμοί γραμμένοι όπως όπως.

«Να πεις στον Μαρκήσιο ότι ο καπνός τελειώνει. Οι άντρες του Μακεδονικού Μετώπου, όσο δεν πολεμούν, καπνίζουν δίχως σταματημό. Να του πεις ακόμα να προσέχει τι γυναίκες μάς κουβαλάει. Είχαμε δυο δικούς μας την τελευταία βδομάδα με τη γαλλική αρρώστια, τη σύφιλη, αγαπητέ μου».

«Δεν έχετε ξεπληρώσει τις σαμπάνιες, κύριε λοχαγέ».

«Δύο κιβώτια είναι, νεαρέ, το θυμάμαι. Δεν είστε φτηνοί ούτε και τα κορίτσια σας είναι τα καλύτερα. Θα 'λεγα πως το μοναδικό σας πλεονέκτημα σε σύγκριση με άλλες συμμορίες είναι ότι κρατάτε το στόμα σας κλειστό και δε μας εκβιάζετε».

«Δεν είναι και λίγο αυτό, κύριε λοχαγέ».

«Εσύ καινούριος είσαι, δε σ' έχω ξαναδεί».

«Δεν είμαι τσιράκι του Μαρκήσιου, παραγιός δηλαδή, μαθητούδι – οι Τούρκοι το λένε "τσιράκ". Καταλαβαίνετε, έτσι δεν είναι; Συνεργαζόμαστε στη χάση και στη φέξη. Δουλειά μου εμένα είναι οι κήποι και οι εφημερίδες· έχω συνεταιρικά πρακτορείο και μαθαίνω τα νέα γρήγορα. Σήμερα, επί παραδείγματι, η Ρουμανία κήρυξε τον πόλεμο στη Γερμανία, το ακούσατε αυτό;»

«Αλίμονο αν η Στρατιά της Ανατολής περίμενε να ενημερωθεί από σας. Ναι, από σήμερα η Ρουμανία βρίσκεται σε εμπόλεμη κατάσταση με τη Γερμανία. Να δούμε πότε θα το αποφασίσει κι ο δικός σας βασιλιάς...»

«Αν ενδιαφέρεστε για μια συζήτηση ευρωπαϊκής πολιτικής, σας προσκαλώ, λοχαγέ μου, για έναν καφέ στο *Splendid Palace*».

«Δε μοιάζεις με τ' άλλα παλικάρια του, εκείνα με τους

σουγιάδες. Κατ' αρχήν μιλάς υπέροχα γαλλικά! Τι διάολο έπαθε ο Μαρκήσιος; Προσλαμβάνει τώρα και καθηγητές απ' το Lycée;[22]»

Ο Λευτέρης χαμογέλασε κι έπιασε το γείσο της τραγιάσκας του σε ένδειξη χαιρετισμού.

«Αυτά τα χαρτιά θα του τα πάω, κύριε λοχαγέ, μα εκείνος περιμένει φράγκα. Τι να του πω;»

«Να του πεις ότι θα περάσω το βράδυ αυτοπροσώπως απ' το μαγαζί. Να του πεις και περαστικά, είναι πια δικός μας άνθρωπος. Έφαγε μαχαιριά πισώπλατα όπως μάθαμε...»

«Από έναν Τόμη[23] μεθυσμένο».

«Τον είδε γιατρός;»

«Έστειλε έναν του στρατού ο ίδιος ο Εγγλέζος συνταγματάρχης. Το σκάνδαλο το φοβούνται πιο πολύ κι απ' τα βουλγαρικά κανόνια».

«Να του πεις ακόμα του Μαρκήσιου να μη βάζει στο μαγαζί δικούς μας έγχρωμους. Μου είπαν προχθές ότι είδαν Ζουάβους[24] και Αναμίτες.[25] Να μην ξαναγίνει! Λέμε ότι αυτοί είναι αδέρφια μας, αλλά αυτό ισχύει μόνο για τα χαρακώματα. Συνεννοούμαστε;»

«Κατάλαβα, θα του το πω».

«Να το τηρήσει αν θέλει να προτιμάνε τα ποτά και τα κορίτσια του οι Γάλλοι αξιωματικοί. Δε βάζω εγώ το μπαστούνι μου εκεί όπου το είχε χθες ένας αράπης...»

Έπιασε ξαφνικά μια ζεστή βροχή. Στην άλλη προβλήτα οι

22. Lycée: το γαλλικό λύκειο της Θεσσαλονίκης· σήμερα το γνωστό «Γαλλικό Ινστιτούτο».

23. Τόμης: συνηθισμένο παρατσούκλι με το οποίο αποκαλούσαν οι ντόπιοι τους Βρετανούς στρατιώτες.

24. Ζουάβοι: σώμα του γαλλικού στρατού στον Α΄ Παγκόσμιο Πόλεμο· οι στρατιώτες του κατάγονταν από τη φυλή των Βερβέρων της Β. Αφρικής δυτικά της Κοιλάδας του Νείλου.

25. Αναμίτες: εκστρατευτικό σώμα του γαλλικού στρατού από την Ινδοκίνα.

βαστάζοι θορυβήθηκαν, ενώ οι γερανοί βάλθηκαν να δουλεύουν πιο γρήγορα στο φόρτωμα, καθώς βαγόνια ολόκληρα με σιτηρά έμεναν ξέσκεπα. Μύριζε η θάλασσα, το γράσο απ' τις μηχανές, ακόμη και τα σπυριά απ' το κριθάρι, που μούχλιαζαν ξεχασμένα στις ραφές της πέτρας στο λιθόστρωτο.

Τους χαιρέτησε και πήρε τον δρόμο της επιστροφής χαζεύοντας τα φορτώματα της προκυμαίας. Πέρα στο βάθος της θάλασσας τα ατμόπλοια στρατωνίζονταν αρόδο με σβησμένα φουγάρα. Θωρηκτά, αντιτορπιλικά, υποβρύχια που ανέπνεαν πάνω απ' το νερό, όλα με σημαίες των συμμάχων της Αντάντ. Πιο κοντά στον μόλο έδεναν καΐκια, φελούκες και ψαρόβαρκες. Μυρωδιά από λάδια μηχανής, πετρέλαιο κι αλατισμένα πανιά. Παντού σχοινιά κουλουριασμένα και τεντωμένα, ενώ όλη η περιοχή βρομούσε απ' τα πεταμένα εντόσθια των ψαριών που έτρεφαν τις μύγες της πόλης.

Θα περνούσε απ' του Μαρκήσιου το απόγευμα για να δει πώς πάει το τραύμα του, αλλά ως τότε ήθελε λίγο να σουλατσάρει ξένοιαστος και να δροσιστεί στη βροχή. Πέρασε μπροστά απ' το Μέγαρο Στάιν και πρόσεξε έξω σε μια γωνιά τον μικρό τους τον Εβραίο που ζάρωνε με μια αγκαλιά εφημερίδες στον κόρφο.

«Σου βράχηκαν, Μωίς;»

Ο μικρός σήκωσε το κεφάλι και τον κοίταξε με τα μεγάλα μαύρα του μάτια.

«Όχι, κύριε Λευτέρη, πρόλαβα και χώθηκα εδώ».

«Μην το κουνήσεις. Αν περάσει πολύ η ώρα, γύρνα πίσω στο πρακτορείο κι άφησέ τες εκεί. Ποιος πήγε σήμερα στις Εξοχές;»

«Ο Φερντινάντ, κύριε Λευτέρη».

«Πάω κι εγώ προς τα κει, μπορεί να τον συναντήσω στον δρόμο».

Καθώς δεν τον ένοιαζε η βροχή, άφησε τα μέγαρα και τράβηξε για τη στάση του τραμ στον Λευκό Πύργο. Στάθηκε κάτω απ' το στέγαστρο και περίμενε. Πρόσεξε στον δρόμο απέναντι δυο Σενεγαλέζους με τεράστια κόκκινα φέσια να κουβαλάνε το στρατιωτικό ταχυδρομείο. Δυο Μαροκινοί ποδηλάτες έκαναν με δύναμη πετάλ μες στη βροχή· πέρασαν από μπροστά του και χάθηκαν στα στενά πίσω απ' το θέατρο *Νέα Σκηνή*.

Τράβηξε το βλέμμα απ' τον δρόμο και ξανακοίταξε προς τη θάλασσα. Το είχε καταλάβει ότι εκείνο το πρωινό ήταν κάπως αφηρημένος. Είχε κακοξυπνήσει και τέλειωνε όλες τις δουλειές του μηχανικά. Απασχολούσε ένα μικρό μέρος του μυαλού του με τη μαύρη αγορά του Μαρκήσιου, αν κι αυτές οι βρόμικες δουλειές τού έδιναν δυο φορές πάνω απ' το ποσοστό του στο πρακτορείο. Με τη θέα του βαρύθυμου ορίζοντα και τη μουσική συνοδεία της βροχής, μοίραζε το μυαλό του, σαν να 'ταν εφημερίδες, πότε στον κήπο του Αλπερέν μπέη, που τον είχε στην επίβλεψή του, πότε στον πόλεμο που όλα έδειχναν ότι θα ξεσπούσε και πάλι. Εκείνη τη μέρα τον γυρόφερνε και η μνήμη της μάνας του, που 'ταν πεθαμένη από χρόνια.

Μόλις έφτασε το τραμ, ανέβηκε, αφού πρώτα έξυσε τις λάσπες απ' τα παπούτσια στο πέτρινο κράσπεδο της στάσης. Εξαιτίας της βροχής οι επιβάτες ήταν μετρημένοι. Βρήκε να καθίσει και κοίταζε σιωπηλός έξω απ' το παράθυρο. Το βαγόνι κουνήθηκε αργόσυρτα και σε λίγο μπήκε στη Λεωφόρο των Εξοχών. Στο ύψος της Βίλας Ίντα είδε μια ομάδα από κοκορόφτερους Ιταλούς αξιωματικούς που φορούσαν και μπέρτες. Στην επόμενη στάση ήρθαν και κάθισαν δίπλα του δυο Αυστραλοί. Ήταν ασυνήθιστο θέαμα οι σύμμαχοι να χρησιμοποιούν το τραμ των κατοίκων, γιατί οι μετακινήσεις τους γίνονταν με τα δικά τους μέσα. Έστησε αυτί και προσπαθούσε να καταλάβει τι έλεγαν. Εδώ και δέκα μήνες, από τότε που αποβιβάστηκαν στην πόλη οι πρώτοι σύμμαχοι της Στρατιάς της Ανατολής, είχε αρχίσει να μαθαίνει τα αγγλικά απ' τον δρόμο. Η πόλη ήταν γεμάτη Σκοτσέζους, Άγγλους, Ιρλανδούς, Αυστραλούς, Νεοζηλανδούς, και τα αγγλικά είχαν γίνει απαραίτητα για την επιβίωση και για μια καλή μπάζα στην αγορά. Οι δυο αξιωματικοί που κάθονταν μπροστά του μιλούσαν για την είσοδο της Ρουμανίας στον πόλεμο.

Κατέβηκε δυο στάσεις πέρα απ' το πατρικό του σπίτι. Τα πόδια του τον οδηγούσαν χωρίς να τον ρωτάνε. Πέρασε έξω απ' τη βίλα του Αχμέτ Καπαντζή και συνέχισε. Ακολουθούσε τα ασπρόμαυρα παπούτσια του σαν να ήταν σκύλος, σαν να είχαν απλώσει τα ίδια του τα βήματα ένα λουρί και τον τραβούσαν όπου ήθελαν αυτά.

Έξω απ' τη βίλα του Αλπερέν μπέη σταμάτησε. Ήθελε να βρει μια πιστευτή δικαιολογία, να βρει κάποιον λόγο που στάθηκε έξω απ' την πόρτα της. Κατέληξε πως το πρόσχημα της επίσκεψής του δεν μπορεί να είναι παρά η ανησυχία για τον κήπο εξαιτίας της ξαφνικής βροχής.

Τον είδε να έρχεται από μέσα και να πλησιάζει στην καγκελόπορτα. Ο Θόδωρος, ο Έλληνας επιστάτης και φύλακας, τον χάζευε με τα κλειδιά στο χέρι.

«Πολύ κομψός σήμερα, Λευτέρη. Δε θα 'σαι για δουλειά φαντάζομαι...».

«Γιατί κλειδώνεις συνέχεια, μωρέ Θόδωρε;»

«Διαταγή του αφέντη. Μου 'πε και το "Έξω απ' την πόρτα περνάνε όλες οι φυλές του Ισραήλ και το βράδυ μεθυσμένοι στρατιώτες τραγουδάνε και ξερνάνε τα μέσα τους όπου βρουν, γι' αυτό πάντα να κλειδώνεις". Έχει και κόρη της παντρειάς, Λευτέρη, μην το ξεχνάς».

«Άνοιξέ μου να μπω».

«Τι συμβαίνει; Γιατί ήρθες;»

«Ανησύχησα για τη βροχή. Κάτω στο Λιμάνι είχε μπόρα, θέλω να δω τα καλάμια στις τριανταφυλλιές».

«Μισμίζης[26] είσαι, Λευτέρη, και να με συγχωρείς. Δυο σταγόνες έριξε, τι να πάθουν τα λουλούδια;»

26. Μισμίζης (τούρκ.): σχολαστικός, λεπτολόγος.

«Πάνε χρόνια που αυτόν τον κήπο τον έχω παράδεισο. Ο μπέης θέλει να είναι όλα στην τρίχα. Μου έχει εμπιστοσύνη, δε θα του κάνω πασαλείμματα».

Πέρασε την πόρτα και προχώρησε στο πέτρινο μονοπάτι της αυλής, που το είχε στρώσει ο ίδιος πριν από δύο χρόνια. Τα φυλλώματα των δέντρων έσταζαν πάνω του τις τελευταίες σταγόνες της βροχής. Κατευθύνθηκε εκεί που είχε φυτεμένες τις τριανταφυλλιές κι έσκυψε πάνω από καθεμιά ξεχωριστά για να δει μήπως τις είχε τραυματίσει η πρωινή μπόρα. Χάιδεψε τα πιο εξωστρεφή του λουλούδια, αυτά που με σηκωμένο τον λαιμό τους κι ανοιγμένα τα πέταλα τον κοιτούσαν μες στα μάτια. Τα έπιασε απαλά με το χέρι κι απομάκρυνε στοργικά κάποιες βρόχινες σταγόνες, λες και είχαν κλάψει και τώρα σκούπιζε τα δάκρυά τους και τα παρηγορούσε.

Μια στιγμή τού φάνηκε ότι άκουσε τ' όνομά του. Στην αρχή νόμισε ότι είχε κάνει λάθος, αλλά αμέσως μετά ξανάκουσε να τον φωνάζουν με το μικρό του όνομα και να τον προσκαλούν στα γαλλικά.

Ανασηκώθηκε και τον είδε να τον χαιρετάει όρθιος στη βεράντα της βίλας. Φορούσε ένα άσπρο κουστούμι, όπως το συνήθιζε τους θερινούς μήνες, κι ένα βυσσινί φέσι στο κεφάλι.

«Έλα να πιούμε έναν καφέ!» του φώναξε κάνοντάς του νόημα με το δεξί του χέρι.

Ο Λευτέρης μπορεί να παραξενεύτηκε για λίγο, αλλά ένιωσε κολακευμένος. Ο Αλπερέν μπέης ήταν μια προσωπικότητα της πόλης, οικονομικός σύμβουλος σε ασφαλιστικές εταιρείες, επιχειρηματίας, χρηματιστής, στα δε τραπεζικά απ' τους καλύτερους, αλλά πάνω απ' όλα ήταν ο πατέρας της...

«Εντάξει είναι τα λουλούδια, μη νοιάζεσαι άλλο, ούτε παιδιά σου να ήτανε...», του φώναξε, στα γαλλικά πάντα, και του 'κανε άλλη μια φορά νόημα να πάει κοντά του.

Έβγαλε την τραγιάσκα και την κράτησε στα χέρια του πιο

πολύ από ένστικτο. Ακολούθησε το πέτρινο μονοπάτι που τον οδήγησε στα μαρμάρινα σκαλοπάτια της βίλας, που είχαν πλυθεί απ' τη βροχή.

«Έχω δώσει εντολή: καφές με γάλα και βουτήματα τέτοια ώρα είναι ό,τι πρέπει».

Ο Αλπερέν μπέης είχε κιόλας πάρει θέση στο τραπέζι κάτω απ' το στέγαστρο κι έδειχνε στον κηπουρό του μια άδεια πολυθρόνα. Ο Λευτέρης κάθισε έχοντας ακόμη το καπέλο του στα χέρια. Πρόλαβε μόνο να ρίξει μια ματιά στα ασπρόμαυρα δερμάτινα παπούτσια του, γιατί φοβόταν ότι ένα περίσσευμα λάσπης που θα προεξείχε απ' το πλαϊνό μέρος της σόλας θα ήταν μια εικόνα ανείπωτης χωριατιάς. Ευτυχώς το βάδισμά του στο λιθόστρωτο μονοπάτι ήταν προσεκτικό και δεν είχε λερωθεί.

Πήρε μια βαθιά ανάσα, λες και ξεκινούσε κείνη την ώρα μια δοκιμασία. Στην αυλή ο αέρας μύριζε όμορφα από τα δέντρα, το βρεγμένο χώμα. «Τι να θέλει άραγε;» πρόλαβε να σκεφτεί μια ακόμη φορά πριν ξεκουμπώσει το σακάκι του.

«Χαίρομαι που μιλάω μαζί σου, Λευτέρη. Δεν είναι μόνο η άνεσή σου στα γαλλικά αλλά και η ικανότητά σου να μένεις προσηλωμένος στο θέμα. Το μεγάλο πρόβλημα στην επικοινωνία μας με τους εργάτες είναι ότι ξεστρατίζουν την κουβέντα και σου λένε ό,τι τους κατέβει. Ο πατέρας μου είχε υφαντουργείο και ξέρω. Μπλέκουν τη δουλειά τους με τα αιτήματα, την ικανότητα με την κακοτυχία, την κλάψα με τη διαμαρτυρία, κι όλα γίνονται ένα χαρμάνι. Και πίστεψέ με, δεν είναι θέμα εθνότητας ή θρησκείας. Όλοι ίδιοι είναι, Τούρκοι, Εβραίοι, Έλληνες... Εσύ όμως με μπερδεύεις».

«Γιατί, αξιότιμε;»

«Το βλέπεις; Ένας άλλος κηπουρός θα με αποκαλούσε σκέτο "αφέντη". Εσύ είσαι αλλιώς...»

«Ασχολούμαι και με το εμπόριο, όπως σας έχω πει...»

«Δε νιώθεις εργάτης λοιπόν, επομένως μπορώ να μιλήσω

ελεύθερα. Τα τελευταία χρόνια, βλέπεις, όλοι εμείς που δεν είμαστε Έλληνες και ορθόδοξοι αρχίσαμε για πρώτη φορά ν' αναρωτιόμαστε αν μπορούμε να εκφραζόμαστε ελεύθερα. Ποιος θα το φανταζόταν, Λευτέρη, ποιος; Μια ολόκληρη πόλη χάθηκε σε λίγες ώρες σαν να παίχτηκε στα ζάρια. Μέσα σε μια νύχτα περάσαμε στο ελληνικό, το επόμενο πρωί όλες μας οι σημαίες ήταν κατεβασμένες. Ο πατέρας μου πέθανε τον επόμενο χρόνο απ' τη στενοχώρια του, το υφαντουργείο μας, που σου έλεγα, σταμάτησε να παίρνει παραγγελίες από το οθωμανικό κράτος κι έκλεισε. Δε θα πρέπει να έχετε παράπονο, ο Θεός στάθηκε δίπλα σας, κι από τότε έχω αρχίσει να πιστεύω ότι ο Μεγαλοδύναμος μιλάει όντως ελληνικά...»

Στο πρόσωπο του Αλπερέν μπέη άνθισε ένα πονηρό χαμόγελο. Ο Λευτέρης τον συμπαθούσε, γιατί ήταν ευγενής και καλλιεργημένος, όπως και οι περισσότεροι ντονμέδες που είχε γνωρίσει. Θα λυπόταν πολύ, πραγματικά, όταν θα ερχόταν εκείνη η ώρα που ο μπέης θα τον έβριζε και θα τον καταριόταν απ' τα βάθη της ψυχής του.

«Ναι, ο Θεός τελικά μιλάει ελληνικά, εξοχότατε, κι έχει και επώνυμο: τον λένε "Βενιζέλο"».

Ο Αλπερέν μπέης ξέσπασε σε γέλια.

«Oh mon Dieu! Δεν είναι χιούμορ κηπουρού αυτό, είναι κάτι περισσότερο! Μπαίνω όμως στον πειρασμό να το συνεχίσω: το μικρό όνομα του Θεού που τον λένε "Βενιζέλο" κάποιον μού θυμίζει... Απ' τα λίγα ελληνικά που ξέρω, σημαίνει κάτι σαν "ελευθερία", σωστά;»

«Σωστά, αξιότιμε».

«Πώς νιώθεις που κουβαλάς ένα τέτοιο βαρύ όνομα; Βαρύ ως ιδέα και νόημα αλλά και ίδιο με του μεγάλου σας ηγέτη, του Βενιζέλου. Αυτός ο διαβολάνθρωπος, νομίζω, σε λίγο καιρό θα μας ξανακυβερνήσει και θα συνεχίσει για πολλά χρόνια ακόμα».

«Είναι μεγάλη συζήτηση αυτή, αξιότιμε μπέη...»

«Έχεις δίκιο, όμως έχουμε ήδη ξεφύγει. Θα ήθελα αρχικά να σου εκφράσω την ικανοποίησή μου για τις υπηρεσίες σας, τις δικές σου και του πατέρα σου. Τι κάνει αλήθεια; πες μου».

«Είναι πολύ δύσκολα. Το τρέμουλο όσο περνάνε τα χρόνια δυναμώνει, πηγαίνει με το μπαστούνι το πολύ ως την αυλή κι ύστερα πάλι πίσω στο κρεβάτι γιατί κουράζεται εύκολα».

«Άτιμη αρρώστια! Φαίνεται η μοίρα τον είχε σημαδεμένο. Πες μου όμως για σένα...»

Μια υπηρέτρια ντυμένη στα λευκά ακούμπησε έναν μεγάλο ασημένιο δίσκο πάνω στο τραπέζι. Ο αέρας ευωδίασε από τη μυρωδιά του καφέ και της κανέλας.

«Η μαγείρισσά μας έχει ζήσει χρόνια στην Αλεξάνδρεια, κι όπως βλέπεις, τα βουτήματά της μυρίζουν τα μπαχάρια της Ανατολής».

Πέρασε μισό λεπτό ώσπου να βολέψει μπροστά τους τα φλιτζάνια και τα κουτάλια.

«Τι θέλετε να μάθετε;» τον ρώτησε πίνοντας την πρώτη γουλιά καφέ.

«Μιλάς με την κόρη μου απ' όταν ήσασταν παιδιά...»

Ένιωσε να τον δαγκώνει κάτι στο στήθος.

«Για την ακρίβεια, απ' τις πρώτες μέρες του σουλτάνου στου Αλλατίνι».

«Πόσο μακρινή εποχή μού φαίνεται, Λευτέρη! Πότε ήρθε ο σουλτάνος, πότε έμεινε στη βίλα τρία χρόνια, πότε τον φυγάδευσαν πριν μπει στην πόλη ο ελληνικός στρατός...; Τώρα η ζωή είναι αλλιώς, είναι αυτός ο μεγάλος πόλεμος στην Ευρώπη, κανείς δεν περίμενε να κρατήσει τόσο πολύ».

«Αλήθεια, τι κατάληξη νομίζετε ότι θα έχουμε;» τον ρώτησε, γιατί ενδόμυχα φοβόταν μήπως ήταν αυτός και η κόρη του μπέη το θέμα της συζήτησής τους.

«Κατ' αρχήν έχουμε μπλέξει μ' όλον αυτόν τον στρατό μες στα πόδια μας. Αν μετρήσεις όλα τα ξένα συντάγματα, είναι σαν να ήρθε μια ολόκληρη καινούρια Σελανίκ και να κόλλησε δίπλα στην πόλη που προϋπήρχε. Πρωτάκουστο! Διάβαζα τις προάλλες σε μια βρετανική εφημερίδα ότι είμαστε πια το πιο πυκνοκατοικημένο μέρος στον κόσμο! Τις πιο πολλές ώρες της ημέρας κάτω στην πόλη δεν μπορείς να περπατήσεις απ' το πλήθος των στρατιωτών, το ίδιο και στο Λιμάνι. Να μη μιλήσω βέβαια για την ατμόσφαιρα ακολασίας...»

«Μου είπε ο Θόδωρος ότι τώρα κλειδώνετε την εξώπορτα μέρα νύχτα».

«Φυσικά! Και τι κάνει άραγε όλος τούτος ο στρατός; Ούτε τους Σέρβους κατάφεραν να βοηθήσουν, κι έτσι οι φουκαράδες ψοφήσανε στην Κέρκυρα σαν τις μύγες απ' τις αρρώστιες και το κρύο. Στρατός σού λέει! Σκάβουν όλη μέρα γύρω απ' την πόλη κι ολοένα στήνουν πασσάλους, αντίσκηνα κι ανοίγουν τάφρους. Καλά τούς αποκάλεσε ο Κλεμανσό[27]...»

Ο Λευτέρης τον διέκοψε γελώντας:

«Διαβάζω κάθε μέρα τον γαλλικό Τύπο. Πραγματικά ο Κλεμανσό είναι πολύ ευφυής».

«Ευφυέστατος! Όταν αναφέρεται σ' αυτούς, τους ονομάζει "Οι κηπουροί της Σαλονίκης", γιατί δεν πολεμούν αλλά σκάβουν όλη μέρα...»

Είδε πρώτα τη σκιά της καθώς έκανε τον γύρο του μεγάλου σπιτιού. Είχε τα μαλλιά της μαζεμένα και στο χέρι κρατούσε ένα βιβλίο. Τίποτε πάνω της δε θύμιζε ότι ήταν μουσουλμάνα. Ο Αλπερέν μπέης και η κόρη του ντύνονταν και ζούσαν σαν να βρίσκονταν στην καρδιά της Ευρώπης.

Σηκώθηκε με αργές κινήσεις. Το μούδιασμα στα πόδια πρέπει να ήταν απ' τα παπούτσια – τα κορδόνια ήταν δεμένα σφιχτά. Αλλά όχι, ήταν ένα άλλου είδους μυρμήγκιασμα, που κρατούσε εφτά ολόκληρα χρόνια. Εφτά χρόνια με ση-

---

27. Georges Benjamin Clemenceau (1841-1929): Γάλλος πολιτικός, ηγέτης του Α΄ Παγκοσμίου Πολέμου, πολύ γνωστός και από τα ευφυή του σχόλια.

μειώματα, με όνειρα, γράμματα και τριαντάφυλλα, με φωτιά και ιδρώτα.

Έκανε μια μικρή υπόκλιση κι εκείνη άπλωσε το χέρι της για να το ασπαστεί.

«Ελπίζω, κύριε Λευτέρη, τα τριαντάφυλλά μου να μη σκόρπισαν».

«Όχι, δεσποινίς Μίρζα, ο αέρας και η βροχή απλά τα χάιδεψαν. Με την πρώτη ζέστη του ήλιου θα ευωδιάζουν περισσότερο».

«Πάω να κόψω μερικά για το μεγάλο τραπέζι της σάλας. Πατέρα, μου επιτρέπετε;»

Κατέβηκε βιαστικά τις μαρμάρινες σκάλες κι ακολούθησε το μονοπάτι του κήπου.

«"Κηπουροί της Θεσσαλονίκης" λοιπόν, αξιότιμε», πήρε τον λόγο ο Λευτέρης και ξανακάθισε.

«Λευτέρη, ας μην είμαστε αφελείς. Ο Τίγρης[28] ξέρει τι κάνει. Αύριο μεθαύριο θα γίνει αυτός πρωθυπουργός της Γαλλίας, κι ύστερα κάποια στιγμή θα δέσει τον Έλληνα βασιλιά απ' τον χαλκά και θα τον σύρει στον πόλεμο. Ό,τι τέλος και να 'χει αυτός ο πόλεμος, αργά ή γρήγορα, να μου το θυμάσαι, αυτή η πόλη θ' αλλάξει. Δες εμείς οι μουσουλμάνοι πόσοι ήμασταν πριν τέσσερα χρόνια. Φεύγουμε, δοθείσης ευκαιρίας. Βλέπεις, ο αιώνας αυτός θα είναι για όλους ένα φαΐ δύσπεπτο».

«Θέλετε κάπου να καταλήξετε;»

Ο Αλπερέν μπέης άναψε ένα τσιγάρο και σταύρωσε τα πόδια του, που φώλιαζαν μέσα σ' ένα λευκό λινό παντελόνι.

«Αυτός ο διαβολάνθρωπος, ο Βενιζέλος, θα μας βάλει στο τέλος στον πόλεμο, να μου το θυμηθείς. Τον Μάιο είχανε συγκέντρωση άνθρωποί του έξω απ' το τζαμί, την Αγια-Σοφιά που τη λέτε εσείς, και φωνάζανε συνθήματα υπέρ της Αντάντ.

---

28. Τίγρης: παρατσούκλι του Ζορζ Κλεμανσό.

Οι μάζες δε θέλουν και πολλά για να βγουν στους δρόμους και να πανηγυρίζουν για την επερχόμενη σφαγή. Θυμήσου τι έγινε στον παραλιακό δρόμο της πόλης με το κουφάρι του γερμανικού Ζέπελιν, που το έστησαν μπροστά στον Λευκό Πύργο. Η καλύτερη οπερέτα, ο πιο ακριβός θίασος, δε θα είχαν ποτέ τέτοια επιτυχία. Να φανταστείς, ακόμα πουλάνε δαχτυλίδια και σταυρουδάκια απ' το λιωμένο μέταλλο που ήταν φτιαγμένος ο σκελετός. "Ειδωλολατρία", όπως θα λέγατε κι εσείς οι χριστιανοί.

»Αυτή είναι όμως, αν το καλοσκεφτείς, και η ουσία του πολέμου απ' τη θέαση της φιλοσοφικής σκέψης: μια άγρια γιορτή της φυλής που βγάζει από μέσα μας τον πρόγονο του δάσους. Πόλεμος από την πλευρά της οικονομίας σημαίνει ανασφάλεια, πάγωμα της οικονομικής δραστηριότητας, πτωχεύσεις, μαύρη αγορά. Για κάποιους λίγους σημαίνει αστρονομικά κέρδη μέσ' απ' το σκοτάδι – εγώ δεν είμαι απ' αυτούς...

»Θα είμαι απόλυτα ειλικρινής μαζί σου, Λευτέρη. Κάποτε αυτό το σπίτι είχε δέκα ανθρώπους προσωπικό, τώρα έχει μια μαγείρισσα, μια καμαριέρα και τον Θόδωρο, έναν άντρα για όλα – φύλακα, θυρωρό, αμαξά...»

Ο Λευτέρης άναψε το τσιγάρο που έπαιζε εδώ κι αρκετή ώρα στα δάχτυλα. Ο μπέης προτιμούσε όση ώρα τού μιλούσε εμπιστευτικά να κοιτάζει ψηλά στα βρεγμένα πεύκα.

«Έχω μάτια και βλέπω, αξιότιμε», του απάντησε με απότομο τόνο.

Ο μπέης αποφάσισε να τον κοιτάξει κατάματα. Η αλλαγή του ύφους από τον κηπουρό δεν του είχε περάσει απαρατήρητη.

«Εκείνο που δεν μπορείς όμως να δεις, είναι η μελλοντική τύχη αυτής της πόλης. Αυτοί οι κηπουροί-στρατιώτες σε λίγο καιρό θα την έχουν κάνει φρούριο. Η Ελλάδα κάποια στιγμή θα μπει στον πόλεμο με το πλευρό της Αντάντ. Μπορεί εδώ να γίνει μια νέα Καλλίπολη: φωτιές, στάχτη, σκοτωμοί... Αν νικήσουν οι δυνάμεις της Αντάντ, τότε οι Οθωμανοί θα είναι με τους χαμένους, κι εμείς εδώ, οι μουσουλμάνοι αυτής της πόλης, θα είμαστε οι χαμένοι των χαμένων. Οι νικητές του Βενιζέλου δε θα μας τη χαρίσουν...»

«Νομίζω ότι υπερβάλλετε».

«Έχω μια κόρη και τούτο το σπίτι. Το έχτισα πάνω στα όνειρα της γυναίκας μου, όταν εκείνη ζούσε κι είχαμε τη Μίρζα μωρό. Αν θέλει ο Θεός, όπως τα σχεδιάζω, ως το τέλος του χρόνου η Μίρζα θα έχει παντρευτεί, αρκεί να μη μας προλάβει ο πόλεμος».

«Έχει βρεθεί ο γαμπρός;»

«Δύο περιμένουν, ο ένας πιο αξιόλογος απ' τον άλλον. Διαμένουν αμφότεροι στην Κωνσταντινούπολη. Όταν αυτή επιλέξει, πρώτα ο Θεός, θα αισθάνομαι πιο ήσυχος να πάει εκεί με τον άντρα της».

Ο Λευτέρης έσβησε με νευρικές κινήσεις το τσιγάρο του.

«Κι εσείς, αξιότιμε; Πού θα πάτε εσείς;»

«Εδώ είναι το σπίτι μου, η πόλη μου, όσο κι αν φοβάμαι ότι μια μέρα τίποτε απ' όλ' αυτά γύρω δε θα 'ναι πια δικό μου».

Έδειξε ξαφνικά τον κηπουρό του με το δάχτυλο.

«Στον πόλεμο τους ανθρώπους τούς φοβάμαι. Οι Έλληνες δεν εξαιρούνται απ' αυτόν τον κανόνα. Αν είστε νικητές, την επόμενη μέρα θα φοβάμαι ακόμη πιο πολύ...»

Ο Λευτέρης ξερόβηξε, και σκουπίζοντας με το σιδερωμένο μαντίλι το στόμα του, σκεφτόταν ότι ο Αλπερέν μπέης απείχε πολύ από εκείνον τον στιβαρό άντρα που είχε γνωρίσει πριν από χρόνια να συμβουλεύει τον Αβδούλ Χαμίτ για τις καταθέσεις του, εκείνον τον αλύγιστο αριστοκράτη με τα δυο ρολόγια στο γιλέκο, ένα για την ευρωπαϊκή ώρα κι ένα για την οθωμανική.

«Ποιος είναι ο δικός μου ρόλος σ' όλ' αυτά;»

«Είσαι ένας απ' τους κοντινούς μου Έλληνες, θα ήθελα

αυτό να το ξέρεις. Είσαι σχεδόν παιδί ακόμα και δεν έχεις καταλάβει ότι η ζωή κρατάει κλειστά τα πιο πολλά χαρτιά της τράπουλας. Θα ήθελα ακόμη, μιας κι εγώ βάρυνα πια, να έρχεσαι να μου λες τα νέα της αγοράς. Να έχεις τ' αυτιά σου τεντωμένα και δε θα βγεις χαμένος. Μπαινοβγαίνεις στη Νέα Λέσχη, εκεί που έχει μόνο Ρωμιούς, πας στο Εμπορικό Επιμελητήριο, στην Τράπεζα της Ανατολής... Μην κοιτάς εμένα, τις πιο πολλές φορές που με βλέπουν μετράνε τα λόγια τους, φοβούνται μήπως μπλεχτώ στα πόδια τους. Ο κόσμος άλλαξε κι εγώ νιώθω μέρα με τη μέρα ότι πάω στο περιθώριο, ότι γερνάω. Θέλω να κάθομαι εδώ στον κήπο και να μου φέρνεις νέα απ' τον κόσμο του εμπορίου των Ρωμιών. Είσαι έξυπνος, είσαι Έλληνας, και σύντομα θα 'χουμε πόλεμο. Στο χέρι σου είναι να βγάλεις παρά...»

«Να ξέρετε πως είμαι σε κίνηση συνεχώς».

«Το ξέρω, η πόλη μας δεν είναι ακόμη τόσο μεγάλη. Αγόραζες φρούτα και ζαρζαβάτια απ' τους χωριάτες για ένα κομμάτι ψωμί κι ύστερα τα πουλούσες στα καράβια των συμμάχων πέντε φορές πάνω. Είχες δυο τρεις σαλταδόρους που σκαρφάλωναν με το σχοινί στα αντιτορπιλικά ενώ εσύ από κάτω, απ' τη βάρκα, παζάρευες τις τιμές γαλλιστί κι έσπρωχνες τα καλάθια...»

«Αυτό γινόταν τις πρώτες βδομάδες που έφτανε ο στόλος».

«Συνεχίζεις πάντα και κάτι κάνεις, μαύρη αγορά. Μου είπανε ότι μυρίζεσαι από μακριά τους κατασκόπους, έχει γεμίσει ο κόσμος από δαύτους. Σ' αυτό να προσέχεις: το πιο φτηνό πράγμα στη Σαλονίκη είναι οι σφαίρες».

«Νιώθω ότι με παρακολουθείτε, αξιότιμε».

«Να είσαι σίγουρος γι' αυτό. Δεν είμαι πια στην ηλικία να κάνω ανοίγματα σε συνεργασίες χωρίς πρώτα να έχω πάρει πληροφορίες. Ξέρω ότι μιλάς και με σοσιαλιστές, αυτούς που θέλουν να φέρουν τον κόσμο ανάποδα».

«Από περιέργεια μόνο, σας διαβεβαιώ».

«Τους γνώρισα κι εγώ πριν από χρόνια, τον Μπεναρόγια,[29] τον Γιονά,[30] πριν ακόμη τους στείλει η κυβέρνηση στη Νάξο, στις ερημιές, για να μη βλέπουν άνθρωπο. Τότε με νοιάζανε πολύ οι εξαγωγές του καπνού αλλά και τα σωματεία του Λιμανιού, που μπλέκονταν στις δουλειές μας ανεβάζοντας τα μεροκάματα. Αχθοφόροι και μαουνιέρηδες, απ' αυτούς πρωτοάκουσα για τον σοσιαλισμό. Είναι αρρώστια, γιε μου, αυτός ο σοσιαλισμός, να πλένεις καλά τα χέρια σου όταν τους συναντάς. Είχανε και τους προηγούμενους αιώνες οι άνθρωποι παραμύθια, τις χίλιες και μία νύχτες, ακίνδυνα όμως. Αυτά των σοσιαλιστών το λένε και το πιστεύουν ότι όλοι οι άνθρωποι είναι ίσοι και μπορούν να φέρουν τον παράδεισο στη Γη».

«Είναι η καινούρια θρησκεία των φτωχών, αξιότιμε, κι εγώ, αν μου επιτρέπετε, στους φτωχούς γεννήθηκα...»

«Δε θα πεθάνεις όμως φτωχός, το βλέπω στα μάτια σου, στον ίδιο τον αέρα που σε περιβάλλει. Κοίταξέ με, δύο τρόποι υπάρχουν να βγάζεις παράδες: ο ένας το πεζοδρόμιο, που το ξέρεις καλά, και ο άλλος να είσαι πίσω από ένα γραφείο. Έχω βγάλει το γραφείο μου έξω στον κήπο και σε προσκαλώ. Βοήθα με και θα σου μάθω πολλά. Μια εύστοχη αγορά μετοχών ή μια αγορά ακινήτου μέσα σε μια νύχτα ισοδυναμεί με το ξεποδάριασμα μιας ολόκληρης ζωής. Μαζί μου θα πάρεις σπίτι εδώ κοντά, στη συνοικία των Εξοχών, εδώ που ανήκεις αλλά από ένα καπρίτσιο της μοίρας γεννήθηκες σ' ένα καλύβι δίπλα στη θάλασσα. Ξέρεις πόσα βουλγάρικα σπίτια έχει η συνοικία; Οι Βούλγαροι, αν χάσουν τον πόλεμο, αυτήν την πόλη θα την ξεχάσουν μια για πάντα. Τότε θα πρέπει να έχεις κομπόδεμα και ν' αγοράζεις».

29. Αβραάμ Μπεναρόγια (1887-1979): πρωτεργάτης του ελληνικού Εργατικού Κινήματος.

30. Γιοσέφ Γιονά: συναγωνιστής του Μπεναρόγια· εξορίστηκε για τη δράση του στη Νάξο για δυόμισι χρόνια το 1914 από την κυβέρνηση Βενιζέλου.

Ο Λευτέρης σκέφτηκε άλλη μια φορά πόσο τον συμπαθούσε και πόσο θα λυπόταν όταν θα ερχόταν εκείνη η ώρα που ο μπέης θα τον έβριζε και θα τον καταριόταν. Τότε που αυτός και η κόρη του, πιο ώριμοι κι αποφασισμένοι, θα βρίσκονταν πολύ μακριά.

Έφυγε από το αρχοντικό τους γύρω στο μεσημέρι. Τα σύννεφα είχαν σκορπίσει και η παλινόρθωση του ήλιου ήταν κιόλας βέβαιη. Κάτω απ' τις ζεστές ακτίνες του τα νερά της πρωινής βροχής εξατμίζονταν επιτείνοντας την υγρασία, που την ένιωθε πάνω του σαν μια κολλώδη ενόχληση.

Δεν πήρε τον δρόμο για το σπίτι του. Ο μπαρμπα-Γιάννης ο Ζεύγος θα έτρωγε μόνος του, ως συνήθως. Τους τελευταίους μήνες θύμιζε πιο έντονα αυτό που είχε υπάρξει πάντα: ένας ολιγόλογος άνθρωπος. Ήταν τώρα ένας γέρος που έμενε πεισματικά σιωπηλός λες κι είχε κακιώσει με τη ζωή και δεν της μιλούσε· μουτρωμένος και παρεξηγημένος, σαν να ήταν η σιωπή του και η άρνησή του οι τελευταίες πράξεις αξιοπρέπειας πριν ακουστούν οι φτυαριές πάνω στο κάλυμμα της κάσας.

Τράβηξε ανατολικά κατά του Αλλατίνι κρεμώντας στον ώμο το σακάκι, ενώ είχε ξεκουμπώσει το πουκάμισο κι είχε κατεβάσει την τραγιάσκα ως τα φρύδια. Τα ακριβά δερμάτινά του παπούτσια είχαν σκονιστεί. Βάδιζε με χάρη στο λιθόστρωτο δίπλα στις γραμμές του τραμ. Ήξερε καθένα σπίτι στη λεωφόρο, κάθε κιόσκι στις αυλές, κάθε δέντρο μέσα κι έξω απ' τους κήπους, αφού τους πιο πολλούς τούς είχε σκάψει με τον πατέρα του. Αυτό που είχε αλλάξει από εκείνες τις νύχτες του Αβδούλ Χαμίτ δεν ήταν τόσο οι οθωμανικές σημαίες, που τις είχαν υποστείλει και τις είχαν διπλώσει στα σεντούκια ή ακόμα τύλιγαν μ' αυτές σκουριασμένα εργαλεία στις αποθήκες, όσο η συνεχής παρουσία όλων των φυλών της Γης στη Στρατιά της Ανατολής. Πολλά μεγάλα αρχοντικά στη λεωφόρο είχαν επιταχτεί και είχαν γίνει διοικητήρια, στρατηγεία, υγειονομικές υπηρεσίες... Έξω απ' αυτά είχε πια κάθε δέκα μέτρα σκοπούς με διαφορετικές στολές που κοιτάζονταν λοξά και δεν ήξεραν ν' αλλάξουν μεταξύ τους ούτε μια λέξη.

Κάθε μέρα έβλεπες στους δρόμους και στο Λιμάνι πρόσωπα και στολές πρωτόγνωρες. Οι Αναμίτες, που 'χαν καπέλα σαν χωνιά, γυρνούσαν σ' όλη την πόλη και μάζευαν θρεμμένους ποντικούς απ' τις χιλιάδες φάκες και τους έβαζαν καμαρωτά σε κλουβιά με ρόδες που έσερναν πίσω τους. Λέγανε εδώ και καιρό οι ντόπιοι στα καφενεία ότι τους μάζευαν σχολαστικά κάθε μέρα, γιατί οι στρατηγοί φοβόντουσαν τις αρρώστιες, κι ότι κάπου τους πήγαιναν, μάλλον σ' ένα πρόχειρο καμίνι, και τους έκαιγαν όλους μαζί σαν νεομάρτυρες. Έβλεπες ακόμη αμερικάνικα ασθενοφόρα, Καναδές νοσοκόμες με φακίδες, Σπαχήδες καβαλάρηδες της Αλγερίας, κι επιπλέον βούιζαν και οι φήμες ότι όπου να 'ναι θα 'ρχονταν στην πόλη χιλιάδες Ρώσοι αλλά και Σέρβοι απ' την Κέρκυρα –όσοι απ' αυτούς είχαν γλιτώσει απ' τον τύφο– με επικεφαλής τον διάδοχο του σερβικού θρόνου, τον πρίγκιπα Αλέξανδρο.

Σταμάτησε για λίγο κάτω από μια δαμασκηνιά κι ερεύνησε δυο κλαδιά της που έβγαιναν φορτωμένα έξω απ' τα κάγκελα της περίφραξης. Έκοψε δυο δαμάσκηνα και τα σκούπισε στο μανίκι του. Ένα απ' τα πλεονεκτήματα της γης και των δέντρων ήταν ότι μύριζαν πιο όμορφα απ' τις εφημερίδες και τα χαρτονομίσματα. Σκεφτόταν πολύ εκείνο το πρωί, ασύντακτα, με μια χροιά ρεμβασμού.

Βάλθηκε πάλι να βάζει το ένα παπούτσι πίσω απ' τ' άλλο, να βαδίζει κοιτάζοντάς τα, όπως έκανε όταν ήταν παιδί στον ίδιο δρόμο, τις λίγες φορές που φορούσε παπούτσια... Το Ντεπό δεν ήταν μακριά κι εκείνος άλλαξε πάλι λογισμούς, έστριψε ασύντακτα, και παραδόξως δεν άρχισε να σκέφτεται τη Μίρζα αλλά τον πόλεμο. Αν ο Βενιζέλος επικρατούσε στην Αθήνα, τα πράγματα θ' άλλαζαν και η Ελλάδα θα ντυνόταν όλη στο χακί. Εκείνο που ήθελε ο ίδιος, το πρώτο απ' όλα, ήταν να μείνει όλος αυτός ο στρατός στην πόλη για καιρό. Το ίδιο ήθελε και ο Μαρκήσιος και οι νταήδες της Μπάρας και οι Αρμένισσες τραγουδίστριες και οι χορεύτριες στα καφέ σαντάν. Οι άνθρωποι της πιάτσας είχαν βρει χίλιους τρόπους να ξαφρίζουν παρά από τον στρατό, κι αυτό ήθελαν να συνεχιστεί. Ο κοσμάκης βέβαια πεινούσε, γιατί υπήρχαν προβλήματα στη διακίνηση των σιτηρών, αλλά σκέφτηκε πως έτσι γινόταν πάντα, λες και η πείνα ήταν το μοναδικό εισιτήριο για τον παράδεισο.

Τι ήταν όμως όλ' αυτά που του είπε ο Αλπερέν μπέης; Πώς μπορούσε να γίνει πλούσιος πίσω από ένα γραφείο; Δεν ήταν αυτός για γραφεία, οι δρόμοι τον καλούσαν κάθε μέρα να τους διασχίζει κι αυτός δεν μπορούσε να τους αντισταθεί. Μήπως είχε καταλάβει κάτι και τον ψάρευε; Μα αυτός ο σεισμός που ζούσε μέσα του εδώ και χρόνια δε φαινόταν, ούτε κανένας χαφιές μπορούσε να τον μαρτυρήσει. Δεν μπορείς να προδώσεις αυτό που δεν έχει ακόμη συμβεί. Η αγάπη της ίσως ήταν και φάντασμα ή ένα σύντομο όνειρο κάποιου ύπνου μεσημεριανού στην πλάτη μιας καρέκλας. Αυτό το τελευταίο το είπε μια φορά ακόμη από μέσα του με πίκρα και δάγκωσε το ένα δαμάσκηνο.

Στάθηκε απέναντι απ' τη βίλα μέρα μεσημέρι χωρίς να φυλάγεται απ' τον ήλιο που έκαιγε. Ο κήπος έδειχνε εγκαταλειμμένος. Είχε ακούσει ότι στην αρχή την έπαυλη την είχε αγοράσει το οθωμανικό κράτος, ύστερα την πήραν πάλι κάτι Ιταλοεβραίοι, μπερδεμένα πράγματα. Τα παράθυρα ήταν σφραγισμένα, οι πόρτες όλες κλειστές, φαινόταν ότι ο πύργος των θαυμάτων είχε κατεβάσει τα ρολά εδώ και καιρό. Παρατήρησε τα χωράφια δίπλα στη βίλα. Εκεί που παλιά ήταν μποστάνια και αμπέλια, τώρα έβλεπες στημένα δεκάδες στρατιωτικά αντίσκηνα στη σειρά. Κάποια φυλή απ' τη Στρατιά της Ανατολής είχε στήσει εκεί το στρατόπεδό της. Ήξερε ότι ύστερα απ' αυτήν την κατασκήνωση ακολουθούσε κι άλλη, ύστερα κι άλλη ως πέρα στο Σέδες. Το ίδιο γινόταν βόρεια της πόλης αλλά και δυτικά, στο Ζέιτενλικ. Όλη η Θεσσαλονίκη ήταν περιφραγμένη απ' τις δυνάμεις του στρατηγού Σαράιγ, απ' τους «Κηπουρούς της Σαλονίκης», που ολημερίς φύτευαν και πότιζαν τα φυλλοβόλα δέντρα του πολέμου.

Αφού χόρτασε να κοιτάζει τη βίλα, περπάτησε ως την καγκελόπορτα, όπου ήταν περασμένη μια χοντρή αλυσίδα μ' ένα μεγάλο λουκέτο. Του φάνηκε κάποια στιγμή ότι τα τζιτζίκια σταμάτησαν απότομα· ήταν, θα μου πεις, και το δυνατό ηλιόφως που του 'φερνε σύγχυση. Άκουγε τώρα και κάτι άλλο: από κάπου ερχόταν ήχος από οργκανίστ. Χωρίς να το καλοσκεφτεί, έκανε μερικά χορευτικά βήματα στο πατημένο χώμα μπρος στην πύλη. Έμοιαζε να χορεύει ανάλαφρα με κάτι αόρατο, έναν άγγελο ίσως, κάτι τέλος πάντων που δεν άφηνε καμιά σκιά στο χώμα.

Αφού έκανε μερικές χορευτικές φιγούρες, υπενθύμισε στον εαυτό του πως το βράδυ, όταν θα της έδινε το γράμμα στα κρυφά έξω απ' το θέατρο, θα της ζητούσε μια χάρη: να του φέρει να ξαναδεί εκείνη τη φωτογραφία της με τον Αβδούλ Χαμίτ και τα δικά του τα τριαντάφυλλα ανάμεσά τους.

Άνοιξε το βήμα και τράβηξε για το Σέδες. Ύστερα από λίγο έφτασε στο εξοχικό περίπτερο των αδελφών Φλόκα και σταμάτησε για να πιει κάτι να δροσιστεί. Μπορούσε να διαλέξει το πιο σκιερό τραπέζι, γιατί λόγω της ώρας του μεσημεριανού φαγητού αλλά και της ζέστης το περίπτερο δεν είχε κόσμο. Αφού κάθισε, σταύρωσε τα πόδια κι έβγαλε την τραγιάσκα, που του είχε αφήσει ένα στεφάνι από ιδρώτα στο κεφάλι. Με την άκρη του ματιού του έπιασε στην πίσω πλευρά του καφενείου να του είναι γυρισμένη μια μικροκαμωμένη πλάτη. Γνώρισε αμέσως τη λεπτή ράχη του Φερντινάντ – άλλωστε κάτω στο πάτωμα της αυλής ήταν αφημένη μια στοίβα εφημερίδες. Τα πλακάκια γύρω του είχαν κόκκινες γραμμές χαραγμένες από ένα κομμάτι κεραμίδι. Ο Φερντινάντ έπαιζε ανέμελα μόνος του κουτσό.

Ο Λευτέρης χαμογέλασε και κάθισε πιο αναπαυτικά στην καρέκλα του για να τον χαζεύει. Όταν ήρθε ο σερβιτόρος, του παρήγγειλε με δυνατή φωνή δυο λεμονάδες. Στο άκουσμα της φωνής του, ο Φερντινάντ ήρθε και στάθηκε μπροστά του πανιασμένος, τα χείλη του έτρεμαν.

«Σκατιάρη μου», του είπε, «να παρακαλάς στον Θεό των πατέρων σου στη συναγωγή... Πας στη συναγωγή, έτσι δεν είναι;»

Ο Φερντινάντ κούνησε το κεφάλι σιωπηλός. Η χλωμάδα του και το φως του ήλιου τον έκαναν να φαίνεται από πάνω ως κάτω σκέτο σάβανο.

«Να παρακαλάς να μ' αγαπάει κι εκείνη και να μη γίνει πόλεμος...»

«Κάτι άλλο, κύριε Λευτέρη;» τον κοίταζε ακόμη ταραγμένος και σαστισμένος.

«Ναι, πανάθεμά σε! Να είναι κρύες οι λεμονάδες!»

Salonique, 29 Σεπτεμβρίου 1916

Ma chérie,[31]

Πάνε δυο βδομάδες που έχω να σε αντικρίσω και πάνω από πέντε να είμαστε μόνοι μας και να μιλήσουμε. Αυτά τα πρωινά που έρχομαι στον κήπο λέω τους χαιρετισμούς μου στα λουλούδια, γιατί ξέρω ότι λίγες ώρες αργότερα, όταν θα επιστρέψεις από το σχολείο σου, πριν ακόμη μπεις στο σπίτι, θα σκύψεις από πάνω τους. Χαϊδεύω εκείνα τα πέταλα και τους μίσχους που θ' αγγίξουν κάποια ώρα τα δάχτυλά σου. Δεν ξέρω ποιος Θεός με βοη-

31. Ma chérie: γλυκιά μου.

θάει να σου γράφω όμορφα λόγια με τέτοια χοντρά δάχτυλα, φουσκωμένα από την αξίνα κι απ' τις δουλειές του ποδαριού, τέτοια που αισθάνονται αμήχανα στο κράτημα της πένας. Δε σου κρύβω ότι από προχθές άρχισα να τρίβω τις παλάμες μου με γλυκερίνη, πες γιατί ένιωσα το ίδιο μου το δέρμα να είναι τραχύ σαν τις φτηνές λαιμαριές των αλόγων, πες γιατί κάποια στιγμή πρόσεξα το συμπονετικό βλέμμα του πατέρα σου – καθώς μου υπαγόρευε επιστολές, μου φάνηκε ότι άκουσα το χέρι μου να ξύνει με τους κάλους του το ακριβό σας χαρτί. Όπως ίσως θα έχεις ακούσει, κάθομαι κάποιες ώρες στο γραφείο του τα πρωινά, τότε που λείπεις στη Σχολή Τερρεκί, στην ευυπόληπτη μουσουλμανική σχολή θηλέων. Αφού τελειώσω τη δουλειά στον κήπο, αλλάζω ρούχα και πάω στο γραφείο του. Δεν ήταν καθόλου εύκολο για μένα, πίστεψέ με.

Ο μήνας που πέρασε ήταν έτσι κι αλλιώς πολύ διαφορετικός. Στις αρχές του έθαψα τον πατέρα μου στο Κοιμητήριο της Ευαγγελίστριας, λίγο πιο πάνω απ' τον μαχαλά που γεννήθηκε. Το επόμενο βράδυ βάλθηκα να ξεκαθαρίζω πράγματα στο σπίτι. Άλλα πέταξα κι άλλα κράτησα, καθάρισα όλες τις γωνιές και τίναξα τα λίγα συρτάρια. Έμειναν μόνο οι φωνές τους να έρπουν στα χαμηλά ντουβάρια, ευδιάκριτες όπως οι σαύρες πάνω στους ασβεστωμένους τοίχους. Η μια η φωνή, η βαριά, ήταν η δική του, και τα γαλλικά η δική της. Είναι αθώες οι φωνές των πεθαμένων κι άκακες, όπως οι γουστερίτσες, φεύγουν όμως κι αυτές με το πρώτο σοβάντισμα κι έρχονται άλλες καινούριες να κλειστούν στο ερμάρι, στο τενεκεδένιο εικονοστάσι, στο φανάρι[32] που κρέμεται απ' το ταβάνι, εκεί που φυλάγαμε τα λαδερά και το γιαούρτι.

32. Φανάρι: παραδοσιακό σκεύος κρεμασμένο από κάποιο ψηλό σημείο, συνήθως από γαλβανιζέ λαμαρίνα και σήτα, όπου φυλάγονταν τα τρόφιμα.

Σκέφτομαι καμιά φορά, Μίρζα, ότι τα σπίτια μας μπορούν να γίνουν οι πλάκες του φωνόγραφου για τους πεθαμένους μας. Αν δεν τα πειράξουμε, κλειδώνουμε εκεί μέσα τις φωνές τους. Γι' αυτό κι εγώ μετακόμισα και τις άφησα για πάντα πίσω, εκεί στην αποθήκη που έγινε σπίτι δίπλα στη θάλασσα, εκεί κοντά στον μόλο του Κερήμ εφέντη. Το σπίτι αυτό δεν ήταν άλλωστε ποτέ δικό μας, ήταν μια παραχώρηση κάποιου που εκτίμησε πολύ τον Γιάννη Ζεύγο, όταν ζούσε. Άφησα εκείνο το σπίτι για να μείνουν εκεί για πάντα οι φωνές, γιατί είναι σαν κελαηδήματα από καναρίνια και φυλακίζονται.

Εκείνα τα τελευταία βράδια στο σπίτι μου, καθώς ξεχώριζα να πετάξω μπαλωμένα ασπρόρουχα και τρύπια παπούτσια πατημένα στις φτέρνες σαν παντόφλες, σε θυμήθηκα...

Ma tendre aimée,[33] ξέρω, δεν είναι έτσι τα γράμματα αυτών που αγαπάνε, είναι πιο κομψά, είναι περίτεχνα, γιατί οι προτάσεις τους φοράνε κουστούμι κι οι περισπωμένες τους μυρίζουν ανθέων αρώματα. Όμως ο κηπουρός σου είμ' εγώ, Μίρζα, τα λουλούδια μάς ενώνουν από τότε που ήμασταν παιδιά. Στα γράμματά μου δε χρειάζονται άλλα λουλούδια, μόνο η αλήθεια μου της κάθε μέρας κι εκείνη η περιέργειά μου για τις σκέψεις σου, για κείνα τ' ανείπωτα που δεν ταιριάζει να τα λέει μια κόρη στον πατέρα της αλλά σ' εκείνον τον άντρα που θα την πάει μακριά. Τα γράμματα που σου γράφω είναι μακρύ παρτέρι, όπου ζει ένας ψηλός κρίνος που είναι ο έρωτάς μου, ενώ ο χρόνος που σε βλέπω τοσοσδά, ένα φακόσπυρο. Τι να πρωτοχωρέσει σε τόσο λίγη ώρα; Μια γκριμάτσα σου; Ένα χαμόγελο; Μια βαθιά μου αναπνοή απ' το αρωματισμένο σου μαντίλι;

Σου έγραψα παραπάνω για τον μήνα που έφυγε, γι'

33. Ma tendre aimée: στοργική μου αγάπη.

αυτόν που έγιναν κι άλλα πολλά εκτός απ' τον θάνατο του γερο-κηπουρού που αγαπούσα. Άλλαξε και η σχέση μου με τον πατέρα σου, κάτι άλλο ξεκίνησε κι είναι τώρα αλλιώς. Εκείνος έκανε την αρχή, τα ξέρεις, να μη σ' τα ξαναγράφω. Θέλει να με βοηθήσει και να τον βοηθήσω. Αν απ' αυτό καταφέρω και βγάλω λεφτά, θα σ' έχω λίγο πλησιάσει. Δεν είμαι πια μόνο ο κηπουρός του, είμαι το αυτί του σε καθετί που γίνεται στην αγορά. Ο Αλπερέν μπέης τώρα έχει τις πληροφορίες του απ' τους δικούς μου φίλους, που 'ναι άνθρωποι του μεροκάματου, καφετζήδες, λούστροι, γαλατάδες. Κι όμως, απ' αυτούς μαθαίνει πώς ξυπνάει κάθε πρωί ο στρατηγός Σαράιγ και τι πρόγραμμα έχει ο στρατηγός Μιλν.[34] Η αγορά κρύβει πολλές ευκαιρίες, τα λεφτά γύρω απ' τους συμμάχους είναι πολλά.

Ο Βενιζέλος, θα το 'μαθες, ήρθε στην πόλη και συνάντησε τους ανθρώπους αυτής της οργάνωσης που τη λένε «Εθνική Άμυνα». Δεν ξέρω αν το έχεις συνειδητοποιήσει, αλλά η χώρα έχει κοπεί στα δύο. Εκεί που είχα αρχίσει να τη νιώθω δική μου πατρίδα, την έκοψαν στα δυο. Κάποιοι γνωστοί μου της Φεντερασιόν,[35] που δουλεύουν στις αποβάθρες, λένε ότι αυτά με τις πατρίδες είναι παραμύθια. Αν είν' έτσι, έχουμε μισό παραμύθι στη Σαλονίκη κι άλλο μισό στην Αθήνα. Ίσως ο Έλληνας βασιλιάς, αν τον συγκρίνεις με τον παλιό σου θαυμαστή, τον Αβδούλ Χαμίτ, να σου φαίνεται φτωχός και ασήμαντος, όμως δεν μπορείς να πεις το ίδιο για τον Βενιζέλο.

Προχθές πήγα κι εγώ και στριμώχτηκα με το πλήθος που τον περιτριγύριζε. Μέσα στο ανακάτωμα του κόσμου, κοίτα πλάκα να δεις, είδα κι έναν πορτοφολά που τον ξέ-

34. George Milne (1866-1948): αντιστράτηγος και διοικητής του βρετανικού στρατού στο Μακεδονικό Μέτωπο από τον Μάιο του 1916.

35. Φεντερασιόν: μεγάλη πολυεθνική εργατική οργάνωση της Θεσσαλονίκης με ιδρυτή και ηγέτη τον Αβραάμ Μπεναρόγια.

ρω χρόνια. Έδωσα το χέρι μου σ' αυτόν τον Βενιζέλο, γιατί ήθελα να πάρω λίγη απ' τη δύναμή του, να γίνει το κοινό μας όνομα ένα καλώδιο του τηλέγραφου, να πάρω κάτι απ' τα λόγια του που εμψυχώνουν. Αυτός, Μίρζα, λάμπει, πίστεψέ με! Αν ζούσε ο πατέρας μου, θα μου έλεγε πως τώρα αμαρτάνω να βάζω τα φωτοστέφανα των αγίων στα κεφάλια αυτών με τα ημίψηλα και τ' άσπρα γάντια. Ο κόσμος όμως το καταλαβαίνει ότι ο Κρητικός έχει ένα φως και θα αφεθεί να τον πάει όπου εκείνος θέλει.

Εγώ μόνο μαζί σου θα αφεθώ, να πάμε όπου θέλεις, αφού πρώτα στο κεμέρι μου κουδουνίσουν φράγκα. Στον πύργο που θα σου φτιάξω, θα σκουπίζουν καλά τα πόδια τους πριν μπουν και ο Αβδούλ Χαμίτ και ο Βενιζέλος.

Έχω να πιάσω το χέρι σου απ' την τελευταία Πρωτομαγιά.

Je t'embrasse,[36]
Λευτέρης

Σ' όλον τον χειμώνα του '16-'17 ο κήπος αφέθηκε στις βροχές και στα χιόνια. Αν και τα πόδια του κηπουρού περνούσαν δίπλα απ' τις βραγιές, σπάνια σταματούσαν, κι αυτό μόνο για λίγο. Κατόπιν ανέβαιναν τα μαρμάρινα σκαλοπάτια και τρίβονταν στη βούρτσα της εξώπορτας πριν μπουν στο γραφείο, όπου ο αέρας μύριζε μελάνι, αρωματικό καπνό και τσάι με κανέλα.

Τα μαλλιά του Αλπερέν μπέη όπως και το γένι του είχαν ασπρίσει κι έκαναν αντίθεση με το σκούρο χειμωνιάτικο κουστούμι. Σκούρο μελάνι ήταν και ο ουρανός απ' τις βροχές κι απ' τα πηχτά σύννεφα. Ο αέρας έξω απ' τα παράθυρα σκοτείνιαζε επιπλέον κι εξαιτίας εκείνου του βαθυπράσινου εναγκαλισμού, καθώς η βίλα ήταν κυκλωμένη από γέρικα πεύ-

36. Je t'embrasse: σε ασπάζομαι.

κα, που την έσφιγγαν κρύβοντας κι άλλο το αχαμνό χειμωνιάτικο φως.

Ο Λευτέρης τού έκανε δυο επισκέψεις τη βδομάδα, Δευτέρα και Πέμπτη. Ο μπέης, τα πρώτα λεπτά της συνάντησης, ήταν πάντα σιωπηλός, καθώς άκουγε την αναφορά του βοηθού του για τα ανάλεκτα του κόσμου της πόλης. Τα ειπωμένα και φανερά στοιβάζονταν επάνω στο μεγάλο γραφείο του σε σωρούς από εφημερίδες, όμως, όπως είναι γνωστό, τις πιο βαρύνουσες πληροφορίες δεν τις γράφουν οι εφημερίδες. Η αθέατη ενημέρωση ήταν ποιος πήρε την τροφοδοσία σε χόρτο για τον ελληνικό στρατό, ποιος συνέχιζε να πουλάει χιλιόμετρα συρματόπλεγμα στη Στρατιά της Ανατολής, ποια θα ήταν τα πρώτα δάνεια που θα χορηγούσε το καινούριο στην πόλη υποκατάστημα της Εθνικής Τράπεζας...

Τις τελευταίες βδομάδες του Φεβρουαρίου τα συμπεράσματα του Αλπερέν μπέη ύστερα από πολλές ώρες συζήτησης με τον Λευτέρη ήταν λίγο πολύ τα ίδια:

«Θαρρείς κι αυτός ο πόλεμος φτιάχτηκε για χάρη των Εβραίων της πόλης!»

Ήταν το τρίτο τσιγάρο που είχε ανάψει απ' τη στιγμή που συναντήθηκαν. Το ημερολόγιο έδειχνε 27 Φεβρουαρίου 1917.

«Χιλιάδες διψασμένοι Άγγλοι στρατιώτες πίνουν αμέτρητα βαρέλια μπίρα, που τους προμηθεύει η ζυθοποιία "Όλυμπος". Ο Φλωρεντίν πουλάει χόρτο στα ελληνικά υποζύγια. Στην Επιτροπή Επισιτισμού θαρρείς μιλάνε όλοι τους μόνο γαλλικά – πού είναι άραγε οι άλλοι σύμμαχοι; ποιοι είναι πίσω απ' αυτούς; Εγώ σου ορκίζομαι ότι όλοι τους είναι απόφοιτοι της Alliance,[37] Σαλονικιοί Εβραίοι με γαλλική υπηκοό-

37. Alliance Israelite Universelle (Παγκόσμια Ισραηλιτική Συμμαχία): ιδρύθηκε στο Παρίσι το 1860 με σκοπό την παροχή δυτικής παιδείας στους Εβραίους της Ανατολής· στη Θεσσαλονίκη ίδρυσε ένα από τα πρώτα της

τητα. Ποιοι είναι πίσω απ' το ιταλικό Εμπορικό Επιμελητήριο; Εβραίοι με ιταλική υπηκοότητα. Δεν είναι δύσκολο να το μαντέψεις: ο Γουλιέλμο Ερρέρα».

«Είναι φυσικό, αξιότιμε, αν μου επιτρέπετε. Ενόσω εσείς είστε κλεισμένος εδώ σ' αυτό το σπίτι, όλη η πόλη πάει σε χοροεσπερίδες, σε λέσχες και σε φιλανθρωπικές εκδηλώσεις. Σαλονικιοί έμποροι με καταγωγή απ' τις μεγαλύτερες εβραϊκές οικογένειες κάθε βράδυ τσουγκρίζουν κάπου τα ποτήρια τους με τους αξιωματικούς εφοδιασμού των συμμάχων...»

«Τα ξέρω, Λευτέρη, μη μου τα ξαναλές, είναι βαρετό. Δεν μπορώ ν' αλλάξω στα εξήντα μου και να γίνω κάποιος άλλος. Πάμε στη δουλειά μας τώρα... Πρώτα να σε ρωτήσω αν οι επιτάξεις των τροφίμων συνεχίζονται».

«Ναι, συνεχίζονται, αλλά εδώ και μέρες οι σύμμαχοι είναι πιο προσεκτικοί και πληρώνουν στην ώρα τους και με καλές τιμές όλους τους προμηθευτές».

«Περισσεύματα σε τροφές απ' τα στρατεύματα υπάρχουν;»

«Υπάρχουν. Τα παίρνουν συνήθως κάτι δικοί μας και τα δίνουν κοψοχρονιά στη μαύρη αγορά».

«Μεσάζοντες σε αποφάγια δηλαδή...», σχολίασε ο Αλπερέν μπέης κι έκανε έναν απαξιωτικό μορφασμό.

«Πείτε το κάπως έτσι: φρούτα και λαχανικά διαλογής, άλευρα κατώτερης ποιότητας, καπνός νοτισμένος, τέτοια...»

Ο μπέης πήρε μια βαθιά ανάσα.

«Τι εποχές είν' αυτές που ζούμε;» μουρμούρισε. «Τα ακίνητα παγωμένα, οι μεταφορές πιο δύσκολες από ποτέ, αφού για να βρεις ένα βαγόνι να το φορτώσεις πρέπει να ξέρεις τον ίδιο τον στρατηγό. Πλοία στις θάλασσες πλέουν λιγοστά, κι αυτά με τον φόβο των γερμανικών υποβρυχίων και μόνο

σχολεία το 1873 και συνέχισε για δεκαετίες με πλούσια εκπαιδευτική δράση.

κάτω από σιδερένιο βρετανικό έλεγχο. Παρ' όλ' αυτά, οι μύλοι του Αλλατίνι δουλεύουν συνεχώς. Μπορεί η κεραμοποιία να μένει άπραγη γιατί δε χτίζεται τίποτε, οι μύλοι όμως δουλεύουν. Πέρασα χθες μια βόλτα από κει με το λαντό. Ο Θόδωρος μου είπε, που έχει εκεί έναν ξάδερφο επιστάτη, ότι κάποιες μέρες οι μύλοι δεν προλαβαίνουν τις παραγγελίες. Βγάζουν τώρα εκτός από αλεύρι και ψωμί».

«Οι Γάλλοι δώσανε παραγγελίες για φτηνά υφάσματα στον στρατό· ήταν απ' τις λίγες δουλειές που πήρε μουσουλμάνος».

«Οι καιροί αλλάζουν. Εδώ ο μέγας βασιλόφρων Ρωμιός, ο Κλέων Χατζηλαζάρου, παρά τις δημόσιες εμφανίσεις του και τ' αξιώματα, να το θυμηθείς: μια μέρα θα βρεθεί στην επιχειρηματική αφάνεια».

«Οι Έλληνες πάντως, μπέη μου, αισθάνονται πιο άνετα με την ελληνική διοίκηση, γιατί έχουν υπομονή, και προπαντός έχουν βρει τρόπους με τους σχολαστικούς γραφιάδες».

«Κι εμείς, Λευτέρη, τι κάνουμε εμείς;»

«Μην είστε τόσο απαισιόδοξος, αξιότιμε. Έχετε τα σχέδια για τη μικρή ζυθοποιία, κι αν πιέσετε όσο χρειάζεται την Τράπεζα της Ανατολής, θα σας χρηματοδοτήσει».

«Κι όταν θα είμαστε έτοιμοι να ξεδιψάσουμε τα συμμαχικά στρατεύματα, ο πόλεμος τότε θα 'χει τελειώσει».

«Δε μένετε άπραγος. Να σας θυμίσω ότι συνεχίζετε να κάνετε έρευνα για τις υπηρεσίες συναλλάγματος. Κανείς δεν ξέρει τον κόσμο των τραπεζών καλύτερα από σας...»

«Δεν περιμένω πια χαρές απ' τον κόσμο των επιχειρήσεων. Ο πλούτος με βρίσκει πια γέρο και δε με πλησιάζει, πάει σ' άλλους. Μόνο απ' την κόρη μου περιμένω χαρές, εύχομαι μόνο να μην αργήσουν...»

«Βρήκα χίλιες οκάδες φτηνή παραφίνη, αξιότιμε. Μας ενδιαφέρει;»

«Αδήλωτη είναι;»

«Ναι, κοντραμπάντο από κάτι γνωστούς μου του Ιταλικού Προξενείου. Θέλουν να την ξεφορτωθούν, μπορούμε να τους παζαρέψουμε καλά».

«Καλύτερα να περιμένουμε πρώτα τις εξελίξεις απ' την Αθήνα».

«Ο νικητής φαίνεται από τα τώρα, αξιότιμε. Η αγορά ψιθυρίζει ότι είναι θέμα χρόνου να υποχωρήσει ο βασιλιάς. Δε θα περάσει καιρός που ο Βενιζέλος δε θα' ναι πια αρχηγός της Εθνικής Άμυνας αλλά πρωθυπουργός όλης της χώρας. Είναι και γείτονάς σας πια. Σας θυμίζω, αξιότιμε, ότι μένει εδώ στη συνοικία των Εξοχών, στη βίλα του Καπαντζή. Σας έλεγα προηγουμένως ότι αν φύγει ο βασιλιάς δε θα είναι αρεστό εδώ στους Έλληνες, γιατί τον Κωνσταντίνο τον έχουν στην ψυχή τους ως ελευθερωτή. Ο Βενιζέλος αυτό πρέπει να το προσέξει».

«Για να καθαρίσει η θάλασσα, έλεγε ο πατέρας μου, Λευτέρη, θέλει πρώτα μια γερή μπουκαδούρα. Η μπουκαδούρα των Ρωμιών όπου να 'ναι τελειώνει. Ο Βενιζέλος δε θα είναι πρωθυπουργός της Σαλονίκης και της Εθνικής Άμυνας αλλά όλης της Ελλάδας. Κατόπιν θα μοιράσει όπως θέλει τα χαρτιά. Θα κηρύξει κανονική επιστράτευση κι όχι σαν κι αυτήν της Άμυνας, που την πάει και τη σέρνει εδώ και μήνες γιατί οι κυβερνήσεις Γαλλίας και Βρετανίας δεν έχουν ακόμη εκταμιεύσει τα απαραίτητα ποσά. Ύστερα απ' αυτό θα πολεμήσει στο πλευρό της Αντάντ ενάντια στους Βουλγάρους. Πότε είσαι γεννημένος, Λευτέρη;»

«Το '98, αξιότιμε».

«Αν γίνει επιστράτευση, θα σε καλέσουν, εκτός... Το κράτος των Οθωμανών, που κατακτήσατε πριν τέσσερα χρόνια, όπως ξέρεις ήταν εξαιρετικά ανοργάνωτο. Ξέρω ότι στους στρατιωτικούς καταλόγους υπάρχουν τεράστια κενά, γιατί πολλές γεννήσεις δεν έχουν δηλωθεί, κι επιπλέον έχουν γίνει χιλιάδες λάθη στις αντιγραφές από μητρώο σε μητρώο. Βάλε σ' αυτά και τις μετακινήσεις των πληθυσμών και φτιάξε με τον νου σου το χάος. Χιλιάδες δικοί μας που ήταν γραμμένοι έφυγαν για την Ανατολή κι άλλοι τόσοι πρόσφυγες δικοί σας ήρθαν απ' τη Βουλγαρία και τη Θράκη. Εσένα σ' έχει άραγε δηλώσει κανονικά ο συγχωρεμένος ο κυρ-Γιάννης;»

Ο Λευτέρης σήκωσε τους ώμους.

«Άσ' το. Όταν έρθει η ώρα θα το ψάξω εγώ και θα το ταιριάξουμε. Δε θέλω όταν θα 'χουμε δέσει τις δουλειές να σε ντύσουν στο χακί. Το πιο σημαντικό τέτοιες εποχές, σου το 'χω ξαναπεί, είναι ο παράς. Προχθές απέλυσα την καμαριέρα. Ντρέπομαι που το λέω, αλλά το σπίτι μου έχει πια μία μόνο υπηρέτρια για όλα – η ίδια για το φαΐ, για την πάστρα, για συνοδεία της κόρης μου στην αγορά. Γι' αυτό σού λέω, πρέπει να βρούμε επικερδείς λύσεις πριν το καλοκαίρι».

«Μα κάνουμε πράγματα, δεν καθόμαστε με σταυρωμένα χέρια. Έχω πάει έγκυρα χαρτιά στο Επιμελητήριο, είμαι δηλωμένος, με χαιρετάνε τώρα αλλιώς, δεν τολμώ να βγω έξω με ρούχα ό,τι να 'ναι. Από κήπους μόνο τον δικό σας περιποιούμαι, το ξέρετε αυτό, δεν είμαι πια κηπουρός».

«Το αξίζεις, νεαρέ Έλληνα, κι αυτό είναι μόνο η αρχή. Χάρη σε σένα και τις γνωριμίες σου εκποίησα ένα σωρό χρυσαφικά χωρίς να υποψιαστεί κανείς από τον κύκλο μας τις ανάγκες μας. Φαντάζεσαι τι θα σκεφτόταν ο μελλοντικός σύζυγος της Μίρζας αν μάθαινε ότι ο πεθερός του ξεπουλάει κοσμήματα δύο αιώνων;»

Λεωφόρος των Εξοχών, αρ. 73
Παρασκευή 7 Μαρτίου 1917

Mon Grec,[38]

Είμαι συνηθισμένη να παίρνω τα μακροσκελή σου γράμματα κι αρκούντως κακομαθημένη να σου απαντάω μόνο

38. Mon Grec: Έλληνά μου.

με σύντομα σημειώματα. Διόλου καλή συμπεριφορά από μια κόρη καλής οικογενείας και σε λίγους μήνες τελειόφοιτη της σχολής θηλέων Τερρεκί, που στη γλώσσα μας σημαίνει «πρόοδος», «ανανέωση». Τι έπαθα όμως σήμερα και θέλω να σου μιλήσω αλλιώς; Κάθισα στο πιο παλιό σεκρετέρ της οικογένειας, που το έχω πάρει εδώ και δυο χρόνια στο δωμάτιό μου. Το έχω στήσει δίπλα στο μεγάλο παράθυρο να βλέπει στην πίσω μεριά του κήπου, εκεί που την άνοιξη τα χέρια σου κάνουν θαύματα. Μια μέρα θα σου γράψω και θα σου στείλω ένα γράμμα αφιερωμένο μόνο στα όμορφα χέρια σου.

Βρέχει απ' το πρωί, και καθώς σήμερα είναι μέρα αργίας για τους μουσουλμάνους, δεν είχαμε σχολείο, κι έτσι η μέρα μού φαίνεται ατελείωτη. Αν και πήγαμε και για την προσευχή μας στο τζαμί, η ώρα δεν περνάει. Έπαιξα πιάνο, έκανα την αντιγραφή των αγγλικών και τις ασκήσεις λογιστικής, διάβασα πενήντα σελίδες από το *Le Comte de Monte-Cristo*,[39] κι επιπλέον τακτοποίησα μία στοίβα οικογενειακές καρτ ποστάλ που χρειάζονταν ταξινόμηση. Είναι μια από τις πολλές δουλειές που μου εμπιστεύεται ο πατέρας, καθότι με θεωρεί υπεύθυνη κι όπως λέει στους συγγενείς μας «εξαιρετικά ώριμη για την ηλικία μου». Φαντάζομαι το πρόσωπό του αν ποτέ καταλάβαινε ότι αλληλογραφώ κρυφά με τον Έλληνα κηπουρό του.

Ο πατέρας λείπει απ' το μεσημέρι, κάτι πρέπει να συνέβη που του χάλασε το απογευματινό του χουζούρι. Φώναξε τον Θόδωρο και τον σήκωσε απ' το σπιτάκι του κήπου για να ετοιμάσει την άμαξά μας κι έφυγε μες στη βροχή με τη μαύρη της κουκούλα κατεβασμένη. Απ' ό,τι άκουσα, έχει γίνει κάποια πλημμύρα σ' ένα από τα μαγαζιά μας κάτω στο Κέντρο, στη Μιδάτ πασά, κοντά στο Κονά-

39. Το γνωστό μυθιστόρημα του Αλέξανδρου Δουμά (πατέρα) *Ο Κόμης Μοντεχρήστος*.

κι. Τα νοικιάζουμε σε χριστιανούς και σήμερα Παρασκευή ήταν ανοιχτά. Γράφω ελεύθερα λοιπόν, γιατί η υπηρεσία μας, μια γυναίκα μονάχη, είναι κάτω στην κουζίνα και το κλειδί της πόρτας μου είναι γυρισμένο. Ο πιθανός καταδότης μας θα πρέπει να γίνει τζίνι της Χαλιμάς και να μπει ως καπνός κάτω απ' την πόρτα του υπνοδωματίου μου, να πλησιάσει αθόρυβα πίσω απ' την πλάτη μου και να αναγνωρίσει απ' τη σελίδα ότι γράφω σε σένα. Ύστερα να τα προδώσει όλα στον πατέρα μου μέσα από ένα όνειρο. Εύκολα όλα για τα παραμύθια, όμως θα πρέπει το τζίνι να ξέρει και γαλλικά, κι αυτό δε γίνεται ούτε στις *Χίλιες και μία νύχτες*!

Γελάω, mon amour, γιατί το έχω ανάγκη. Τι άλλο κάνει κάποιος όταν έχει ένα πλάκωμα στο στήθος; Προσπαθεί να γελάσει, προσεύχεται ίσως, γράφει λυρικά ποιήματα σ' ένα όμορφο τετράδιο ή φυλλομετράει το παλιό φυτολόγιο του σχολείου για να ξεχαστεί.

Λευτέρη, ας αφήσουμε όμως τα πολλά λόγια, γιατί είναι απαραίτητο να μιλήσουμε για τα θέματά μας, δι' αλληλογραφίας αρχικά και ευκαιρίας δοθείσης καταπρόσωπο. Σε λίγους μήνες το σχολείο μου τελειώνει και ήδη κουβεντιάζουμε με κάποιες καθηγήτριες για την καθιερωμένη εκδρομή του καλοκαιριού. Πέρυσι είχε πάει σύσσωμη η τελευταία τάξη με νοικιασμένο καραβάκι απέναντι στο Λιτόχωρο, ίσως φέτος επισκεφτούμε κάποια άλλη από τις απέναντι ακτές. Όπως και να είναι όμως, το καλοκαίρι περνάει γρήγορα. Αν ήμουν άντρας, ήξερα τι θα έκανα απ' τον Σεπτέμβριο. Θα πήγαινα στο Παρίσι κι εκεί θα σπούδαζα. Εκεί οι γυναίκες είναι αλλιώς. Εδώ το μόνο που θέλουν να σπουδάσω είναι σύζυγος και να φοράω μαύρα ρούχα, όπως η μάνα μου και οι θείες μου, για μια ολόκληρη ζωή. Δεν το αρνούμαι κάποια στιγμή να παντρευτώ, αλλά είναι ακόμη πολύ νωρίς, δεν μπορώ να καταλάβω την τόση βιασύνη του μπαμπά. Είμαι σίγουρη ότι αυτό το καλοκαίρι οι επισκέψεις του Ζεκί και του Βολκάν στον κήπο μας –ποτέ και οι δυο ταυτόχρονα αλλά πάντα ο καθένας χωριστά– θα γίνουν πιο πυκνές. Γλυκέ μου Έλληνα, βλέπεις ότι ως κόρη ο χρόνος μου σιγά σιγά τελειώνει. Πού ακούστηκε κορίτσι στον κόσμο της δικιάς μας πίστης να παρακούσει τον πατέρα της; Όμως...

Τα γράμματά σου είναι γεμάτα αγωνία και αγάπη. Όσο μικρή κι αν με θεωρείς, μπορώ να διακρίνω μέσα απ' αυτά το σφιγμένο σου στόμα και τα μάτια σου, που είναι έτοιμα να βραχούν, κυρίως στα σημεία αυτά που μου γράφεις με τον τρόπο των ποιητών. Δεν έχω διαβάσει πολλούς απ' αυτούς, αλλά νομίζω ότι έτσι εκφράζονται. Η μάνα μου, όπως μου λένε, γιατί εγώ δεν έχω καμιά εικόνα της, συνήθιζε πριν κοιμηθεί να διαβάζει γαλλική ποίηση: Victor Hugo, Alphonse de Lamartine, Alfred de Musset, François-René de Chateaubriand... Λίγες γυναίκες της γενιάς της ήξεραν να διαβάζουν. Τα ιερά μας βιβλία και οι κανόνες τους ερμηνεύουν τον κόσμο για δικό μας λογαριασμό ακόμη και σήμερα χωρίς να μας ρωτήσουν.

Σου έλεγα ότι είμαι μουδιασμένη, γιατί αυτό το καλοκαίρι με ανησυχεί πολύ. Νομίζω ότι ο μπαμπάς, χωρίς να το λέει βέβαια, φοβάται ότι θα πεθάνει και σπρώχνει τον χρόνο ιδρώνοντας απ' το πρωί ως το βράδυ. Η αποκατάστασή μου, τα χρεώγραφα, ο πόλεμος, είναι οι πιο βασικές του αγωνίες. Αν με ρωτούσες τι θέλω απ' τη ζωή μου, θα απαντούσα αμέσως όπως στα διαγωνίσματα όταν είμαι καλά διαβασμένη: θέλω να είμαστε μαζί. Και πώς θα γίνει αυτό; Θα σου απαντούσα: δεν ξέρω. Αν πάλι με ρωτούσες τι είναι αυτό που με κατατρέχει όλον αυτόν τον καιρό, θα σου 'λεγα: φόβος. Από εκείνο το καλοκαίρι με τις ιστορίες του πατισάχ, τότε που μ' έσπρωξες να πηδήξουμε πάνω απ' τις φωτιές, βλέπω συχνά το ίδιο όνειρο: να είμαστε στον αέρα πιασμένοι χέρι χέρι κουνώντας πόδια και χέρια σαν τις χελώνες στο νερό, μόνο που τώρα από κάτω μας χάσκει η Γέεννα,[40] φωτιές που μας απειλούν λικνίζοντας τις γλώσσες τους σαν κόμπρες.

Αγάπη μου, αν με ξαναρωτούσες τι θα ήθελα έστω και πρόσκαιρα για να μου φύγει το πλάκωμα στο στήθος, θα σου έλεγα: χρόνο. Ας μου δώσετε χρόνο εσύ, ο πατέρας μου, οι δυο υποψήφιοι γαμπροί απ' την Πόλη. Μακάρι να μου δώσει χρόνο κι αυτό το ίδιο το καλοκαίρι και να κρατήσει πιο πολύ.

Έχω όνειρα όπως κι εσύ, φοβάμαι όμως να τα πω και πιο πολύ να σου τα γράψω. Θυμήσου μόνο την ιστορία της γειτόνισσάς μου της Αλίν Φερνάντεζ.[41] Θυμήσου το σκάνδαλο του έρωτά της με τον αξιωματικό Σπύρο Αλιμπέρτη – μια Εβραιοπούλα κι ένας χριστιανός, φαντάσου! Κι όμως κλεφτήκανε και φύγανε στην Αθήνα. Θυμάσαι σίγουρα τι γράφανε τότε οι γαζέτες, μιας κι αυτά τα κομμάτια χαρτί που μυρίζουν απαίσια είναι η δουλειά σου. Εκείνη αλλαξοπίστησε και παντρευτήκανε.

Πολλές φορές μιλάω φωναχτά μπρος στο πορτρέτο της μάνας μου κι εύχομαι να τολμήσω να κάνω ό,τι και η Αλίν. Ύστερα βάζω τα κλάματα, γιατί σκέφτομαι τον μπαμπά που θα μείνει μόνος.

Δώσε μου χρόνο.

Je t'aime,
Μίρζα

40. Γέεννα: κοιλάδα νότια της Ιερουσαλήμ όπου έκαιγε η αιώνια φωτιά· η Κόλαση κατά την ιουδαϊκή παράδοση.

41. Η ιστορία της Αλίν Φερνάντεζ και του Σπύρου Αλιμπέρτη είναι πραγματική. Συνέβη αμέσως μετά τους Βαλκανικούς Πολέμους και απασχόλησε την κοινωνία της πόλης ως η πιο ρομαντική ιστορία της συνοικίας των Εξοχών. Το ζευγάρι έζησε ως τα μέσα της δεκαετίας του '60 στην Casa Bianca, τη μνημειώδη έπαυλη της οικογένειας Φερνάντεζ, που στεγάζει σήμερα τη Δημοτική Πινακοθήκη Θεσσαλονίκης.

Γέεννα

Κυριακή 7 Αυγούστου 1917

Ο ΘΟΔΩΡΟΣ, ο αμαξάς του Αλπερέν μπέη, δε θυμόταν να είχε δει τον Λευτέρη άλλη φορά σε τέτοιο χάλι. Κόντευε έξι το απόγευμα όταν πέρασε τη σιδερένια καγκελόπορτα και προχώρησε στον κήπο. Δε φορούσε σακάκι και το πουκάμισό του ήταν γεμάτο κάπνα και χώματα. Από το ένα του παπούτσι είχε φύγει το τακούνι κι αναγκαστικά στραβοπατούσε. Ο αμαξάς δεν τόλμησε να τον ρωτήσει, ούτε καν να τον καλησπερίσει. Ήταν φανερό ότι είχε περάσει όλη τη νύχτα ξάγρυπνος. Άλλωστε ποιος είχε κοιμηθεί τέτοια νύχτα;

«Είναι μέσα ο μπέης;» τον ρώτησε καθώς έτριβε τα μάτια του που ήταν κόκκινα απ' τους καπνούς και το ξενύχτι.

«Μέσα είναι, Λευτέρη. Τι θεομηνία είναι πάλι αυτή;»

Κούνησε μόνο το κεφάλι και προχώρησε. Χωρίς αμφιβολία θα του είπαν «Καλησπέρα» τα πεύκα και τα τριαντάφυλλά του· σίγουρα θα περίμεναν ένα χάδι του καθώς περνούσε από μπροστά τους. Δεν τους μίλησε, παρά έριξε μια γρήγορη ματιά για να βεβαιωθεί ότι εκεί στη βίλα ο κόσμος παρέμενε ο ίδιος και δεν τον είχε μαυρίσει η κόλαση της φωτιάς, που από χθες το μεσημέρι κατάπινε έναν έναν τους δρόμους της πόλης, τα ξύλινα φτωχόσπιτα, τις αυλές, τα δέντρα, τα μέγαρα με τους κίονες και τις μετόπες... Ευτυχώς στον περίβολο της έπαυλης νικούσε ακόμη το πράσινο. Εκεί μαύρο ήταν μόνο το λαντό, που το είχε έτοιμο ο Θόδωρος για κάθε ενδεχόμενο, κι εκείνο το κομμάτι του ουρανού που έβλεπε προς τη Δύση και το Λιμάνι, εκεί όπου ακόμη μαινόταν η μεγάλη πυρκαγιά.

Ανέβηκε γρήγορα τα σκαλοπάτια χωρίς να σκουπίσει τα παπούτσια του και χτύπησε το ρόπτρο της λευκής εξώπορτας. Του άνοιξε η Μίρζα κι όχι η υπηρέτρια, γιατί ήταν οι ώρες τέτοιες που έμπαινε στο περιθώριο η κοινωνική εθιμοτυπία.

«Είναι στο γραφείο και νομίζω σε περιμένει», του είπε χωρίς καν να τον καλησπερίσει.

«Ευχαριστώ», μουρμούρισε μέσ' απ' τα δόντια του και προχώρησε στον διάδρομο.

«Λευτέρη!» άκουσε πάλι τη φωνή της και κοντοστάθηκε. «Ό,τι έχεις να του πεις, με τρόπο σε παρακαλώ. Δεν πλησίασε στο κρεβάτι του από χθες».

Άκουσε τα βήματά της πίσω απ' την πλάτη του.

«Θέλω να 'μαι κι εγώ μπροστά. Τι κι αν είμαι γυναίκα; Έχω νομίζω το δικαίωμα...»

Μια πνοή αέρα που κουβαλούσε η φωνή της του δρόσισε τον λαιμό.

«Κι εγώ σε θέλω εκεί μέσα», της είπε. «Ας ελπίσουμε να μην έχει αντίρρηση».

Η Μίρζα τον προσπέρασε αθόρυβα και στάθηκε στην πόρτα του γραφείου του. Χτύπησε και του έκανε νόημα να περιμένει. Την είδε να μπαίνει και ν' αφήνει πίσω της την πόρτα μισάνοιχτη. Προχώρησε προς το άνοιγμά της, κι από κει είδε το μισό γραφείο κι ένα κομμάτι απ' τη βιβλιοθήκη του. Η φωνή της ακουγόταν καθαρά, αλλά δεν πολυκαταλάβαινε γιατί μιλούσαν τούρκικα ανάκατα με λαντίνο. Αυτό που σίγουρα ήξερε ήταν πως τον ενοχλούσε πια να στέκεται πίσω από μισάνοιχτες πόρτες και να κρυφακούει. Οργίστηκε στη σκέψη ότι δεν είχε κάνει κανένα βήμα από τότε που ήταν παιδί, τότε που ο πατισάχ διηγούνταν τη ζωή του σαν παραμύθι σε μια πριγκιποπούλα κι αυτός κρυφάκουγε με τα χέρια του τρυπημένα απ' τα δικά του τριαντάφυλλα. Θύμωσε στη θέα ενός ανοίγματος που τον σταματούσε, μιας πόρτας η οποία ακόμη το σκεφτόταν αν θα του άνοιγε, μιας πόρτας που ακόμη δεν είχε αποφασίσει αν θα ήταν κι αυτός μέρος του κόσμου της ή ένα δυσάρεστο ερέθισμα που θα έπρεπε να εμποδιστεί μ' ένα αιφνίδιο κλείσιμο. Όσο το σκεφτόταν, ο θυμός του τον πύρωνε, όπως ίσως και η πυρκαγιά που εξαφάνισε μια πόλη μέσα σε λίγες ώρες.

Έσπρωξε την πόρτα ανοίγοντάς την διάπλατα και πέρασε στο μεγάλο γραφείο.

«Πείτε μου πού να καθίσω για να μη σας λερώσω, κουβαλάω όλη την κάπνα της πόλης», είπε χωρίς να μπορεί να κρύψει από τις λέξεις του μια επίγευση ειρωνείας.

Ο Αλπερέν μπέης τού έδειξε βουβά την πολυθρόνα απέναντί του, όπου ήταν και η συνηθισμένη του θέση. Η Μίρζα πήρε ένα σκαμπό από τη γωνία με την ανθοστήλη και το έβαλε δίπλα στο γραφείο του πατέρα της.

«Θέλεις τσάι;» τον ρώτησε μόλις κράτησε τη βεντάλια στα χέρια της.

Εκείνος σήκωσε ψηλά το κεφάλι κι αρνήθηκε αποκαλύπτοντας ένα μέρος του λαιμού του γεμάτο καρβουνόσκονη και ιδρώτα που είχε στεγνώσει πάνω του. Απέναντί του ο Αλπερέν μπέης δεν έδειχνε και πολύ καλύτερός του. Δε φορούσε γραβάτα ούτε σακάκι και το πουκάμισό του ήταν ανοιχτό ως την αρχή της κοιλιάς. Απ' το στήθος ξεχώριζαν πυκνές άσπρες τρίχες και το λευκό μεταξωτό ύφασμα το στιγμάτιζαν λεκέδες από καφέ και τσάι. Η Μίρζα συνέχιζε να κουνάει νευρικά τη βεντάλια της. Ήταν αυτή που έσπασε τη σιωπή ανάμεσά τους:

«Τέτοια ζέστη δε θυμάμαι ποτέ στη ζωή μου! Η φωτιά κάτω στην πόλη έχει μετατρέψει σε φούρνο όλη τη συνοικία των Εξοχών!»

«Ο πραγματικός φούρνος είναι εκεί κάτω, δεσποινίς Μίρζα, στο Κονάκι, στη Βενιζέλου, στην Πλατεία Ελευθερίας, στον φραγκομαχαλά, στις εβραϊκές γειτονιές...»

Έφτιαξε τα μαλλιά της με μια νευρική κίνηση και ξέσφιξε το κολάρο γύρω από τον λαιμό, που ήταν προέκταση του μαύρου της φορέματος.

«Ακούμε», του είπε, «από χθες χιλιάδες ανθρώπους πάνω στη λεωφόρο, σειρήνες των συμμάχων, φορτηγά, αραμπάδες...»

«Είμαι έτοιμος ν' ακούσω», τη διέκοψε ο μπέης, «τον απολογισμό της δικιάς μου καταστροφής».

«Θα μου επιτρέψετε, αξιότιμε, να ξεκινήσω πρώτα από τη δική μου καταστροφή. Από χθες το βράδυ δεν έχω σπίτι, γιατί η κάμαρη που νοίκιαζα στη Χαλκέων κάηκε μαζί με όλα μου τα ρούχα, τα χρήματα και τη μοναδική φωτογραφία της μάνας μου. Δεν έχω πρακτορείο διανομής, καθώς καρβούνιασε όλο εκείνο το τετράγωνο, δεν έχω ούτε λεφτά γιατί η Εθνική Τράπεζα κάηκε κι αυτή, και παραλίγο να μην έχει κι ο πατέρας μου τάφο! Ευτυχώς η φωτιά δεν έφτασε ως τα μνήματα της Ευαγγελίστριας να γίνουν τα κυπαρίσσια της δαδιά και κάρβουνα».

Έγινε σιωπή. Ακουγόταν μόνο η καρδερίνα τους κάτι να ψελλίζει μέσα απ' το κλουβί της, που κρεμόταν έξω απ' το σκιερό παράθυρο του γραφείου.

«Λυπάμαι, Λευτέρη», του είπε ο Αλπερέν μπέης, «είμαστε συντετριμμένοι πραγματικά, πίστεψέ με...»

«Το παρακλάδι της οικογένειας Ιπεκτσί, εσείς δηλαδή, απ' ό,τι μπόρεσα να δω μες στην κόλαση, έχασε τα τρία της καταστήματα στη Μιδάτ πασά, τις αποθήκες της πίσω απ' την Οθωμανική Τράπεζα και όλον τον όροφο με τα γραφεία πίσω απ' το *Splendid.* Αν πάρετε τώρα μια βάρκα και πάτε προς το Λιμάνι, μπορείτε να δείτε ολόκληρο το μεγαλοπρεπές ξενοδοχείο *Splendid Palace* να καίγεται σαν λαμπάδα, το ίδιο και τον κινηματογράφο *Pathé* δίπλα του».

«Έχει νεκρούς;» ρώτησε η Μίρζα.

«Μέχρι στιγμής, όπως ακούγεται, κάτι Γάλλους στρατιώτες, που θα τους έστειλε ο Σαράιγ σαν να ήταν οι φλόγες κανένα ύψωμα που το κρατούσαν οι Γερμανοί κι έπρεπε να το καταλάβουν».

«Πώς ήρθες;»

«Με τα πόδια, πώς αλλιώς; Τα πιο πολλά βαγόνια είναι καμένα, άμαξες και άλογα δεν μπορούν να πλησιάσουν γιατί θα πνιγούν απ' τους καπνούς. Τα φορτηγά των συμμάχων από σήμερα το πρωί κουβαλάνε κόσμο συνέχεια, οικογένειες ολόκληρες μόνο με τα νυχτικά τους και μια κουβέρτα στο χέρι. Τους αφήνουν στο Πεδίο του Άρεως κι επιστρέφουν για να ξαναφορτώσουν. Στους δρόμους όμως το οδήγημα, εξαιτίας του πλήθους και των ερειπίων, είναι δύσκολο. Όσοι είχαν βάρκες και καΐκια, ξανοίχτηκαν στη θάλασσα για να σωθούν και ν' αναπνεύσουν...»

«Θεέ μου, γιατί μας καταράστηκες;» ψιθύρισε η Μίρζα αναπνέοντας δύσκολα, λες κι είχε φτάσει η φωτιά μες στο σπίτι τους κι είχε λιγοστέψει ο αέρας.

«Ακούγονται και τέτοια, είναι η αλήθεια».

«Δηλαδή;» τον ρώτησε η Μίρζα.

«Ότι η φωτιά είναι η θεϊκή τιμωρία γι' αυτούς που έκαναν μαύρη αγορά και πλούτιζαν στην πλάτη του κοσμάκη. Ειλικρινά σάς το λέω, μέσ' απ' τα ερείπια βλέπεις χρηματοκιβώτια να έχουν λιώσει απ' τη λάβρα της πυρκαγιάς και να 'χουν πάρει αλλόκοτα σχήματα. Αυτά στράβωσαν και δεν ανοίγουν τώρα πια με τίποτα».

«Έχω ανάγκη ν' αναπαυτώ», είπε ο μπέης κι έτριψε τα μάτια του. «Μίρζα, φώναξε τον Θόδωρο, σε παρακαλώ, να φτιάξει κάτω το σπιτάκι. Θα φιλοξενήσουμε τον Λευτέρη για όσο χρειαστεί. Πες και στην υπηρεσία να βγάλει σεντόνια, πετσέτες, δυο πουκάμισα δικά μου, ό,τι χρειάζεται τέλος πάντων...»

«Κάτι τελευταίο», ξαναρώτησε η Μίρζα. «Έχει τελειώσει το κακό;»

«Όχι εντελώς, αλλά φαίνεται να ελέγχεται. Το Ιπποδρόμιο, το Σιντριβάνι, η Χαμιδιέ, δε φαίνεται να κινδυνεύουν. Απ' την άλλη, μη νομίζεις, δεν έμειναν και πολλά για να καούν. Σώθηκαν πιο πολύ τα πέτρινα κτίρια, όπως τα Λουτρά, το Μπεζεστένι, η Αγια-Σοφιά...»

«Ξεκουράσου. Αύριο το πρωί θα κατεβούμε με τον Θόδωρο».

«Μπορεί, αξιότιμε, οι χωροφύλακες να μη μας αφήσουν να περάσουμε».

«Αύριο, Λευτέρη, να ξημερώσει ο Θεός τη μέρα του και βλέπουμε...»

Ένιωσε ότι ήθελε να κλείσει τα μάτια και να κοιμηθεί. Θα πήγαινε κάτω στο σπιτάκι του θυρωρού, να πλυθεί πρώτα και κάτι να φάει γιατί ήταν θεονήστικος. Θα έριχνε και μια ματιά στα τριαντάφυλλά της πριν νυχτώσει. Ήξερε ότι ήταν πάλι ένας φτωχός κηπουρός.

Ξύπνησε με το πρώτο φως από έναν ήχο σύμμεικτο – χουχούτισμα των περιστεριών με το απαλό ροχαλητό του αμαξά. Ανακάθισε στα στρωσίδια που ήταν ριγμένα στο πάτωμα κι έτριψε το πρόσωπό του με τις παλάμες. Ήταν στο πρώτο λεπτό της εξορίας του απ' τον ύπνο και προσπαθούσε να ξαναθυμηθεί πού βρισκόταν και τι είχε συμβεί την προηγούμενη μέρα.

«Η φωτιά», σκέφτηκε αρχικά, «και η φτώχεια που έρχεται», συμπλήρωσε.

Άκουσε τις σούστες απ' το ντιβάνι δίπλα του να τρίζουν. Ο Θόδωρος άλλαξε πλευρό και μια μύγα ήρθε και κάθισε στο μεγάλο δάχτυλο του ποδιού του. Έξω απ' το ανοιχτό παράθυρο τα πουλιά της έπαυλης γιόρταζαν την καινούρια μέρα πάνω στα πεύκα.

Στάθηκε μπροστά στο τραπέζι και γέμισε έναν μαστραπά νερό απ' το γκιούμι. Ήταν δροσερό αλλά μύριζε γαλατίλα. Ο Θόδωρος φαίνεται ότι με το γκιούμι του νερού έφερνε και το γάλα στο μαγειρείο της βίλας.

Βγήκε έξω στον κήπο· τα πεύκα ασάλευτα, η πρωινή ώρα της άπνοιας. Στον ξύλινο περιστερώνα με την κόκκινη σκεπή τα περιστέρια της βίλας φούσκωναν και χουχούτιζαν. Ο αέρας μύριζε ρετσίνι και καμένο που ερχόταν από μακριά. Μια μέλισσα ζουζούνισε για λίγο ενοχλητικά στο αυτί του κι ύστερα τον παράτησε.

Αφού πλύθηκε και χτενίστηκε, βάλθηκε να καρφώσει το βγαλμένο τακούνι που το κουβαλούσε από τα χτες στην τσέπη. Χτύπησε δυο καρφιά ακουμπώντας το παπούτσι στον νεροχύτη του χαλέ, που ήταν δίπλα στο σπιτάκι. Μαζί με το κάρφωμα, ακουγόταν ο ήχος της πρωινής κίνησης απ' τον δρόμο.

Διέσχισε την αυλή, βγήκε στη λεωφόρο και στάθηκε για λίγο στην πόρτα μέχρι να συνηθίσει την παραζάλη της κυκλοφορίας. Παρότι ήταν ακόμη πολύ πρωί, η κίνηση ξεπερνούσε κάθε φαντασία. Τα συμμαχικά φορτηγά σε κομβόι κατευθύνονταν προς το Κέντρο. Απ' την αντίθετη πλευρά έρχονταν κάρα, μουλάρια κι άλογα φορτωμένα, χειράμαξες, ποδήλατα... Έβλεπες γυναικόπαιδα σκαρφαλωμένα πάνω σε μπόγους από ρούχα και κουβέρτες. Σ' ένα κάρο, στην κορυφή της στοίβας, μια κοπέλα έσφιγγε στην αγκαλιά τη ραπτομηχανή της. Άλλος είχε ξηλώσει ένα φύλλο της ντουλάπας του, αυτό με τον καθρέφτη· το 'χε κάτω απ' τη μασχάλη και το προστάτευε σαν να 'ταν πίνακας αξίας. Μια λεχώνα πάνω σ' ένα καρότσι που το 'σερνε ένας μεσόκοπος άντρας θήλαζε κοιτάζοντας γύρω της βουβά τους πύργους και τους εξώστες της πλούσιας συνοικίας.

Όσοι πυροπαθείς είχαν κάποιον συγγενή στα ανατολικά, στις Εξοχές, στην Καλαμαριά, στους Καπουτζήδες, στο Σέδες, είχαν φύγει απ' το Πεδίο του Άρεως και είχαν πάρει τη μεγάλη λεωφόρο. Οι πιο πολλοί ήταν Εβραίοι, γιατί η φωτιά είχε προτιμήσει τις δικές τους γειτονιές.

«Ο μπέης είπε ότι μπορούμε να ξεκινήσουμε», ακούστηκε πίσω του μια φωνή.

Ήταν ο Θόδωρος, που αγουροξυπνημένος τού έκανε νόημα. Ο Λευτέρης αποφάσισε να σταθεί εκεί και να τους περιμένει, πρώτα όμως έπρεπε να ανοίξει διάπλατα την καγκελόπορτα για να περάσει η άμαξα. Σε λίγο το λαντό πέρασε την ανοιχτή καγκελόπορτα και στάθηκε στον δρόμο. Το ζεμένο άλογο κάθε τόσο φρούμαζε ανήσυχο. Ήταν μάλλον απ' τη μυρωδιά που ερχόταν από την καμένη πόλη που ενεργοποιούσε στον νου του έναν αρχέγονο συναγερμό, αυτόν που έχουν όλα τα ζωντανά πλάσματα μπροστά στον τρόμο της φωτιάς.

«Ίσως θα χρειαστεί ν' αφήσουμε την άμαξα πολύ νωρίτερα, αξιότιμε», παρατήρησε ο Λευτέρης.

«Όσο μας πάει, ύστερα θα συνεχίσουμε με τα πόδια. Θα καθίσει ο Θόδωρος να το φυλάει και να μας περιμένει».

«Να πάρουμε μαζί μας βρεγμένα πανιά. Αν τυχόν υπάρχει ακόμα φωτιά και πλησιάσουμε, θα μας χρειαστούν».

Ο μπέης διέταξε με τα μάτια τον Θόδωρο, κι εκείνος έφυγε προς το σπίτι για να τα φέρει.

«Αξιότιμε, με όλο το θάρρος, ίσως είστε πολύ επίσημα ντυμένος για κει που πάμε».

Ο Αλπερέν μπέης ήταν καθισμένος με όρθια την πλάτη στη ράχη του καθίσματος. Οι παλάμες του, η μια πάνω στην άλλη, σκέπαζαν την κοκάλινη λαβή του μπαστουνιού του, που το είχε όρθιο ανάμεσα στα πόδια. Φορούσε μπεζ κουστούμι, άσπρο πουκάμισο και κόκκινη γραβάτα. Το κεφάλι του σκέπαζε ένα καινούριο καπέλο, γνήσιο παναμά,[42] που του σκίαζε τα δασιά άσπρα φρύδια. Τα παπούτσια του ήταν δίχρωμα, καφέ με άσπρο, χειροποίητα, φτιαγμένα από έναν Αρμένη μάστορα γνωστό για την τέχνη του.

«Ακόμη και σήμερα είμαι άρχοντας, Λευτέρη», του απάντησε χωρίς να τον κοιτάζει. «Όταν και αν σταματήσω να είμαι, αυτό θα σημαίνει ότι θα έχω πεθάνει...»

Πέρασε από μπροστά τους ένας γέρος κουρελής μ' ένα τρύπιο φέσι. Στην πλάτη του κουβαλούσε μια κομψή βιεννέζικη καρέκλα. Ήταν φανερό ότι στην πόλη είχαν ξεκινήσει οι λεηλασίες.

«Ανέβα, γιε μου», του είπε ο μπέης εξακολουθώντας ακόμη να κοιτάζει αλλού.

Έβλεπε μπροστά, στη μεγάλη λεωφόρο, καθώς εκείνη μυρμήγκιαζε απ' το πλήθος, που εξαντλημένο όδευε προς τη βίλα του Αλλατίνι και πιο πέρα, στα συμμαχικά στρατόπεδα. Από χθες ήταν κοινό μυστικό ότι όλοι οι πεινασμένοι της πόλης μπορούσαν να χορτάσουν την πείνα τους μόνο απ' τα χέρια των συμμάχων.

Ο Θόδωρος, αφού άφησε στα πόδια τους ένα χοντροϋφασμένο ταγάρι γεμάτο καθαρά πανιά, όλα βουτηγμένα σε νερό με ροδέλαιο απ' τα χέρια της Μίρζας, πήρε τη θέση του οδηγού και το λαντό άρχισε να τσουλάει αργά στο λιθόστρωτο με προσοχή, γιατί το πλήθος που ερχόταν αντίθετα κάθε τόσο τους σταματούσε.

«Διάολε!» φώναξε κάποια στιγμή ο Θόδωρος και τράβηξε τα γκέμια. «Την τύχη μου!»

42. Τα καπέλα παναμά είναι φτιαγμένα στη Λατινική Αμερική από ψάθα, και καθώς είναι ελαφριά και ευλύγιστα, έγιναν διάσημα στις αρχές του 20ού αιώνα σε όλο τον κόσμο.

«Τι συμβαίνει;» τον ρώτησε ο μπέης.

«Πρέπει να πηγαίνουμε σαν τις χελώνες, αφέντη, κοίτα τι έρχεται από κάτω!»

Καθώς το τραμ δε λειτουργούσε, το πλήθος καταλάμβανε πια όλο το πλάτος της λεωφόρου. Δεν ήταν μόνο οι άνθρωποι οι αλλόφρονες, οι ξενυχτισμένοι, οι κλαμένες μάνες, αλλά και ότι πίσω τους ακολουθούσαν ετερόκλητα υπολείμματα της παλιάς τους ζωής: ένα γαϊδούρι με καμένο τρίχωμα, σκύλοι, γάτες, κότες, πάπιες, αλλά και παιδιά ξυπόλυτα που έτρεχαν από δω κι από κει.

«Πήγαινε σιγά και μη βρίζεις! Σεβάσου τη δυστυχία τους!»

Ο Λευτέρης του 'ριξε μια πλάγια ματιά και προσπάθησε γι' άλλη μια φορά να τον χαρτογραφήσει. Ήταν ο πατέρας της, από πλούσια οικογένεια, μορφωμένος, πιο πολύ Γάλλος παρά Οθωμανός, ντονμές επιχειρηματίας, ανθρώπινος κι απόμακρος, κυνικός και φιλάνθρωπος. Πιο πολύ ήταν ο πατέρας της, ταγμένος να είναι η αρσενική γριά Μοίρα που θα καθόριζε τη ζωή της.

Κοντά στο Γ΄ Σώμα Στρατού οι χωροφύλακες έκλειναν τον δρόμο και την πρόσβαση στο Κέντρο. Ο Θόδωρος τράβηξε στην άκρη την άμαξα και κατέβηκε να τους μιλήσει. Ο Αλπερέν μπέης ατένιζε σιωπηλός μακριά, έβλεπε τους πρώτους μαυρισμένους όγκους της πόλης. Από πολλές μεριές ξεχώριζαν ασθενικοί καπνοί να υψώνονται στον ουρανό, σαν να μαγείρευαν οι Μοίρες στις κουζίνες των ερειπίων το μέλλον χιλιάδων άστεγων και πεινασμένων.

«Αφέντη, πρέπει να κατεβείτε. Μόνο με τα πόδια, μου είπανε, χωρίς αμάξι. Δε σηκώνουν και πολλά... τέτοια ώρα τέτοια λόγια! Καλύτερα να μην τους προκαλέσουμε».

«Δεν έχει νόημα να μπούμε στα ερείπια με την άμαξα. Να σταθείς εδώ και να μας περιμένεις όσο χρειαστεί».

Ο τόπος εδώ έβραζε, η μισή πόλη ήταν μια αχανής θράκα, πολλά κάρβουνά της ήταν ακόμη διάπυρα.

«Κρατήστε αυτό, αξιότιμε», του είπε και του έχωσε στο χέρι ένα από τα βρεγμένα πανιά. «Να σκουπίζετε το πρόσωπό σας όταν το νιώθετε να φλογίζεται».

Φόρεσαν τα καπέλα τους, παναμά και τραγιάσκα, και πήραν τον δρόμο για το καφενείο του Λευκού Πύργου.

«Κοίτα τι τύχη περίμενε την καινούρια κυβέρνηση των Φιλελευθέρων!» του είπε ο μπέης ύστερα από λίγο. «Ακόμα δεν καλοορκίστηκαν οι υπουργοί του Βενιζέλου, κι έγινε το κακό. Ποιος είναι άραγε ο αρμόδιος υπουργός για να συντονίσει τον κρατικό μηχανισμό;»

«Ο υπουργός Συγκοινωνίας, ο Αλέξανδρος Παπαναστασίου, αξιότιμε. Λένε ότι είναι καθ' οδόν με τον σιδηρόδρομο απ' την Αθήνα».

«Τι να κάνει ένας άνθρωπος μόνος του, μιας νέας κυβέρνησης, μιας χώρας φτωχής και τραυματισμένης;»

«Είναι και οι σύμμαχοι εδώ».

«Ξέρεις τι αισθήματα τρέφω γι' αυτούς... Πάνε δυο χρόνια τώρα που συμπεριφέρονται στον κόσμο σαν να είμαστε αποικία της Αντάντ. Αυτός ο Σαράιγ, που περπατάει φουσκωμένος σαν το παγόνι, νομίζει ότι διαφεντεύει κούληδες της Ινδοκίνας ή χαμάληδες του Μαρόκου. Άτυχε Αβδούλ Χαμίτ, αν ήσουν εσύ στον θρόνο, αυτοί δε θα 'ταν τώρα εδώ!»

Στο άκουσμα του ονόματος του πατισάχ, κάτι ρίγησε μέσα του. Δεν ήταν χαρά ούτε φόβος ή νοσταλγία, έμοιαζε σαν μια επίκληση των νεκρών μες στο μεσογειακό φως, σαν μια φωτογραφία της παιδικής του ηλικίας που ήταν κάπου χαμένη και ξαναβρέθηκε.

«Αυτές τις μέρες θα το διαπιστώσετε κι εσείς ότι η παρουσία των συμμάχων στην πόλη θα είναι για καλό. Το μόνο που τους καταλογίζουν προς το παρόν σε σχέση με την πυρκαγιά είναι ότι είχαν ρουφήξει σχεδόν όλο το νερό απ' το Κέντρο κι από προχθές, όταν η φωτιά πήρε να δυναμώνει, το νερό δεν ήταν αρκετό και γι' αυτό πρόλαβε να εξαπλωθεί. Κατά τη γνώμη μου, αυτό δε στέκει, γιατί ο Βαρδάρης ήταν τόσο δυνατός, που καμιά τουλούμπα Πυροσβεστικής και καμιά μάνικα δε θα μπορούσε να σταματήσει την καταστροφή».

«Θεέ μου, είναι δυνατόν;»

Είχαν περάσει τον Λευκό Πύργο κι έμπαιναν στον παραλιακό δρόμο. Η φωνή του Αλπερέν μπέη ακούστηκε ραγισμένη, γεμάτη αγωνία. Παρά την ηλικία του, τάχυνε το βήμα του, με το μπαστούνι του χωρίς ν' ακουμπάει στη γη, γιατί η θέα της καταστροφής τον άρπαζε και τον έσερνε κοντά της σαν πελώριος μαγνήτης.

Περπατούσαν τώρα στο λιθόστρωτο της παραλίας με κατεύθυνση το Λιμάνι. Το ένα μετά το άλλο τα λαμπρά κτίρια της πρωτεύουσας των Νεότουρκων, τεμαχισμένα, κάπνιζαν ακόμη. Τοίχοι ορφανοί έστεκαν μόνοι τους, μαύροι απ' την κόλαση της φωτιάς, τρούλοι μισοί σαν ξεδοντιασμένα κρανία, καπνισμένα μάρμαρα, γύψινα ξεκολλημένα, μπαλκόνια που κρέμονταν σαν τσαμπιά. Έξω απ' το *Pathé* σωροί από μπάζα, καθώς ένα μεγάλο μέρος από τους τοίχους του είχε καταρρεύσει. Μέσα στους σωρούς από χώμα, ένα πιάνο παρατημένο. Ένας Βρετανός στρατιώτης με την κρεμ κάσκα στο κεφάλι κάτι προσπαθούσε να παίξει πατώντας όρθιος τα πλήκτρα. Ήταν όλα μια τρέλα βουτηγμένη στους καπνούς δυο ημερών, στη μυρωδιά του κάρβουνου που είχε αρχίσει κιόλας να παλιώνει και του καμένου λίπους από κάτι αποθήκες στην πρώτη αποβάθρα.

«Λαμπάδιασαν και τα καΐκια ακόμη», σχολίασε ο Αλπερέν μπέης και του έδειξε κάτι μισοβυθισμένα κουφάρια λίγα μέτρα πέρα απ' την προκυμαία.

«Η ορμή του Βαρδάρη ήταν τέτοια, που οι φλόγες ταξίδεψαν και πάνω απ' το νερό. Σώθηκαν μόνο αυτά τα πλεούμενα που έλυσαν έγκαιρα τους κάβους κι ανοίχτηκαν προς τα αντιτορπιλικά των συμμάχων».

«Τι κάνουν όλοι εκείνοι στην άκρη, αυτοί στις βάρκες και στις δέστρες;»

Ο Λευτέρης κοίταξε δυο τρεις παρέες από χαμάληδες και μαουνιέρηδες. Κουρελήδες οι πιο πολλοί με μαντίλια δεμένα στο κεφάλι, έριχναν απ' την προκυμαία και απ' τις βάρκες σχοινιά και γάντζους μέσα στο νερό.

«Ψαρεύουν έπιπλα, αξιότιμε. Κάποια στιγμή θα τα πουλήσουν στα παζάρια, κι άντε εσύ ν' αποδείξεις ότι ήταν του σπιτιού σου, γιατί το καΐκι που νοίκιασες βούλιαξε πριν αφήσει τον μόλο».

Το ισόγειο σ' ένα μέγαρο με ναυτιλιακά γραφεία είχε γίνει γιαπί. Είχαν καεί τα αρχεία, τα έπιπλα, οι πόρτες. Μέσα εκεί στα μπάζα είχε στήσει την καρέκλα του ένας κουρέας και ξύριζε στρατιώτες και πολίτες – όσους ήθελαν να κάνουν την καινούρια αρχή, το πρώτο βήμα και να ξεχάσουν την καταστροφή.

Έστριψαν απ' την παραλία στην οδό Βενιζέλου – σκηνές Αποκάλυψης. Το καφενείο του Φλόκα κατεστραμμένο, η Νέα Λέσχη επίσης, τα ακριβά μαγαζιά, όσα ακόμα στέκονταν όρθια, είχαν τα κεπέγκια κατεβασμένα και λιωμένα, το πέρασμα της φωτιάς τα είχε παραμορφώσει. Σ' όλον τον δρόμο φαινόταν ότι μόνο το Μέγαρο Στάιν είχε σταθεί τυχερό, σαν ν' αδιαφόρησαν οι φλόγες και το προσπέρασαν.

Βγήκαν στον φραγκομαχαλά· εκεί άλλη Γέεννα: τράπεζες κατεστραμμένες, το Γαλλικό Νοσοκομείο είχε εκκενωθεί, η Σχολή Καλογραιών καμένη, η Καθολική Εκκλησία βρομισμένη απ' το φούμο του διαβόλου.

«Είναι ο άγιός σας αυτός εκεί πάνω;» ρώτησε ο μπέης και του έδειξε πάνω απ' την Εγνατία ένα μεγάλο κουφάρι φαγωμένο από πολλές μεριές.

«Ναι, αξιότιμε, εκεί ήταν ο Αϊ-Δημήτρης».

«Άλλη μια φορά μέσα στους αιώνες που δεν μπόρεσε να σας σώσει, μόνο που τώρα δεν μπόρεσε να σώσει ούτε τον εαυτό του. Ζούμε σε τέτοιες εποχές, Λευτέρη, που ο οικουμενικός νόμος είναι η φωτιά. Κοίτα τους μιναρέδες μας· μπορεί να στέκουν ακόμα λευκοί σαν λαμπάδες, αλλά οι μολυβένιες στέγες τους έχουν λιώσει. Αν ψάξεις κάτω στη βάση τους, θα βρεις καμένα τα λελέκια που είχαν στις στέγες τις φωλιές τους. Πού είναι οι άγιοι οι δικοί μας και οι δικοί σας; Φοβάμαι ότι γευματίζουν με τον στρατηγό Σαράιγ».

Στις επόμενες μέρες όλες οι συνοικίες έξω απ' το καμένο Κέντρο γέμισαν πυροπαθείς. Η ίδια η συνοικία των Εξοχών λησμόνησε για λίγο καιρό την αριστοκρατική της γαλήνη, καθώς τα σπίτια, οι κήποι, οι αυλές γέμισαν με συγγενείς που μέσα σε μια νύχτα είχαν χάσει τα πάντα και βρήκαν φιλοξενία σε ξαδέρφους, θείους, κουμπάρους...

Οι πιο φτωχοί όμως απ' τους πυροπαθείς δεν μπορούσαν καν να ονειρευτούν ένα κρεβάτι σ' έναν πύργο των Εξοχών, που θα θύμιζε τη Βόρεια Ευρώπη, ούτε καν να ονειρευτούν δυο μέτρα γη χωρίς πολυκοσμία σε μια πευκόφυτη αυλή, σ' ένα κιόσκι, σ' ένα σπίτι κηπουρού. Οι πιο πολλοί άστεγοι πάντως είχαν καταφύγει στα πρόχειρα στρατόπεδα που είχαν στήσει οι στρατιώτες της Αντάντ, αυτά με τα ίδια κι απαράλλαχτα αντίσκηνα στοιχημένα στη σειρά, με τα καζάνια γεμάτα βρασμένο γάλα και τα δελτία του ψωμιού. Υπήρχαν βέβαια κι αυτοί, οι πιο άτυχοι απ' τη φτωχολογιά, που δεν είχαν βρει μια θέση ούτε καν σε στρατόπεδο, αλλά κοιμόντουσαν στα πεζοδρόμια, στην αυλή της Αγίας Σοφίας και της Μητρόπολης ή κάτω απ' τη σκιά του μεσαιωνικού τείχους στην Άνω Πόλη.

Μες στην καρδιά του εμπορικού κέντρου, απογοητευμένοι μαγαζάτορες συνέχιζαν ν' ανακατεύουν και να ψάχνουν μες στα ζεστά ερείπια οτιδήποτε θα μπορούσε να είχε σωθεί και θα είχε κάποια αξία. Η φωτιά πάνω απ' την Εγνατία είχε σταματήσει πριν απ' την Αχειροποίητο, ενώ κάτω απ' τον φαρδύ δρόμο πρόλαβε κι έκαψε λίγο απ' το Ιπποδρόμιο, τη γειτονιά πριν απ' τη Λεωφόρο Χαμιδιέ.

Οι Αρχές ενθάρρυναν με κάθε τρόπο την κάθε λογής αναχώρηση, μόνιμη ή προσωρινή. Τα τρένα, γεμάτα, ξεκινούσαν κάθε πρωί για τη Θεσσαλία και την Αθήνα με οικογένειες ολόκληρες που έριχναν πίσω τους μαύρη πέτρα πάνω στα μαύρα χαλάσματα. Οι πιο πολλοί δε θα γυρίσουν ποτέ στη Σαλονίκη. Απ' αυτούς, οι περισσότεροι ήταν Εβραίοι που θα κατέληγαν στην Παλαιστίνη. Άλλοι, πιο τολμηροί, νοίκιαζαν τρεχαντήρια και βάρκες κι έφευγαν απ' τη θάλασσα για να μυρίζουν μόνο την ευωδιά του αχινού μακριά απ' τα καρβουνιασμένα δοκάρια και τα σπασμένα κεραμίδια, που τώρα τα κατουρούσαν άστεγοι. Τα παιδιά τους έγερναν το κεφάλι ν' αποκοιμηθούν πάνω σε κουλούρες από αλατισμένα σχοινιά με το όνειρο της Κωνσταντινούπολης, της Σμύρνης, του Πειραιά, του Βόλου, της Χαλκίδας... Έμεινε η Σαλονίκη ν' αχνίζει μέρες και νύχτες και να σφίγγει ως στενό κολάρο τον λαιμό του Αλέξανδρου Παπαναστασίου, που στις λίγες ώρες ύπνου που του αντιστοιχούσαν ονειρευόταν μια καινούρια πόλη με οικοδομικά τετράγωνα, χαραγμένους δρόμους, πεζοδρόμια, πάρκα...

Τα όνειρα φαίνεται ότι παρά τις αντιξοότητες τελικά ευδοκιμούσαν εκείνον τον Αύγουστο της πυράς. Ο Λευτέρης, για παράδειγμα, κοιμόταν μόλις είκοσι μέτρα μακριά της, ενώ κάποιες στιγμές μπορούσε να θαυμάζει ανενόχλητος τα ασπρόρουχά της να στεγνώνουν στον ήλιο. Έπινε κάποιες φορές τσάι απ' τα χέρια της, ενώ έσκυβαν μαζί πάνω από χαρτιά και σφραγίδες κι άλλαζαν κρυφά ματιές πίσω απ' την κυρτωμένη ράχη του πατέρα της.

Οι εκκρεμότητες των ασφαλιστικών συμβολαίων ήταν η δεύτερη φωτιά που ακολούθησε την πυρκαγιά της 5ης Αυγούστου. Πολλοί μιλούσαν για Αρμαγεδδώνα στην παγκόσμια ιστορία των ασφαλίσεων. Μόνο η βρετανική «North British & Mercantile Co» έπρεπε να αποζημιώσει τρεις χιλιάδες συμβόλαια. Η πόλη είχε γεμίσει εξ αυτού ασφαλιστικούς πράκτορες σταλμένους απ' τις εταιρείες για να συντάξουν εμπεριστατωμένες αναφορές. Συχνά έμοιαζαν με πρωτάρηδες δημοσιογράφους καθώς ανέκφραστοι έχωναν τη μύτη τους παντού, έβγαζαν φωτογραφίες και κρατούσαν σημειώσεις. Στον νομικό πόλεμο που είχε ξεσπάσει σχετικά με τις αποζημιώσεις, διακυβεύονταν ούτε λίγο ούτε πολύ τρία εκατομμύρια λίρες. Αν οι εταιρείες κατόρθωναν να αποδώσουν την πυρκαγιά σε εχθρική ενέργεια, δε θα καταβαλλόταν καμιά αποζημίωση. Το θέμα σύρθηκε ανάμεσα στην ελληνική κυβέρνηση, στο Φόρεϊν Όφις, στα προξενεία και στις εφημερίδες ως τον Δεκέμβρη της ίδιας χρονιάς.

Ο Λευτέρης συνέχιζε να τριγυρνάει μες στην πόλη απ' το πρωί ως το βράδυ. Η φωτιά τού είχε στερήσει το πρακτορείο, το σπίτι, τα ρούχα, τις οικονομίες του που είχε φυλαγμένες στο δωμάτιό του, αλλά, σε αντίθεση με όλ' αυτά, του είχε δώσει ένα εισιτήριο στον παράδεισο – τον είχε φέρει κοντά στο υπνοδωμάτιό της. Αφού πέρασαν οι πρώτες μέρες της καταστροφής, και της θλίψης που τη συνόδευε, κατάλαβε ότι ήταν ακόμη πολύ νέος και μπορούσε να πιάσει αυτήν την πόλη στη χούφτα του, να τη λιώσει, κι ας γέμιζε το χέρι του μαύρα ζουμιά απ' τα καμένα.

Μες στις πρώτες βδομάδες πέρασε κι απ' τον Μαρκήσιο, που ανάρρωνε στο χαγιάτι του σπιτιού του τυλιγμένος με γάζες. Είχε και πάλι μπλέξει σε καβγά και τον είχαν μαχαιρώσει σαν το προηγούμενο καλοκαίρι. Το μαγαζί του Μαρκήσιου όπως και το σπίτι του στην Άνω Πόλη είχαν μείνει αλώβητα απ' τη φωτιά. Ίσα ίσα, η κατάσταση στην πιάτσα έδειχνε ρόδινη, χωρίς να την έχουν καψαλίσει οι φλόγες, γιατί το γυναικείο κρέας έγινε ακόμα πιο φτηνό και τα παράνομα αποστακτήρια οργίαζαν, καθώς μες στην καταστροφή το τελευταίο που θα θυμόταν η χωροφυλακή και η στρατιωτική αστυνομία των συμμάχων θα ήταν το παράνομο αλκοόλ.

Ο Μαρκήσιος, όταν τον πλησίαζες έζεχνε –έτσι τον θυμόταν πάντα–, όμως τώρα η κατάσταση ήταν ανυπόφορη. Με αφορμή το τραυματισμένο του κορμί, είχε κλείσει βδομάδες άπραγος και φυσικά άνιφτος. Κάπνιζε όλη μέρα χασίς κι έβαζε μια Αρμένισσα υπηρέτρια που είχε στο σπίτι να του τραγουδάει ανατολίτικους καημούς χτυπώντας το ντέφι. Ο Λευτέρης, ύστερα από μια πολύμηνη γκρίνια και φαγωμάρα, του πήρε με το ζόρι τα χρωστούμενα λεφτά βγάζοντας στη φόρα το τελευταίο του επιχείρημα: τον σουγιά του, που δίπλωνε και χωρούσε πάντα στη μέσα τσέπη απ' το σακάκι.

Με μια χούφτα εγγλέζικες λίρες στην τσέπη, κατηφόριζε απ' τα τουρκόσπιτα της Άνω Πόλης στην πυρίκαυστο ζώνη.[43] Είχε δώσει υπόσχεση στον Μαρκήσιο ότι θα εξαφανιζόταν μια για πάντα απ' το μαγαζί του κι απ' όλον τον κόσμο της Μπάρας. Τα λόγια του Αλπερέν μπέη κουδούνιζαν ακόμη στ' αυτιά του, όπως οι χρυσές λίρες στην τσέπη του. «Έβγαλα ένα γραφείο στον κήπο μου», του είχε πει, «και σε περιμένω να έρθεις για να σου δείξω άλλους τρόπους να γίνεις πλούσιος».

Καθώς το παντελόνι του μαύριζε απ' τα καμένα χώματα, σιγοσφύριζε, γιατί προαισθανόταν ότι αυτός ο χειμώνας θα ήταν διαφορετικός. Πέρασε έξω από εκείνα τα ερείπια που ήξερε ότι μύριζαν αλλιώς, γιατί μέσα τους είχαν καεί ολόκληρα τσουβάλια με γλυκάνισο. Τι κι αν τον κύκλωνε ένας κόσμος μελανιασμένου σοβά, τι κι αν φοβόταν ότι η επερχόμενη επιστράτευση της κυβέρνησης Βενιζέλου θα τον έντυνε στο χακί, μιας κι η Ελλάδα είχε ήδη μπει στον πόλεμο; Η

43. Πυρίκαυστος ζώνη: το κομμάτι του Κέντρου της Θεσσαλονίκης που καταστράφηκε από τη μεγάλη πυρκαγιά του 1917 και σε σύντομο διάστημα αναχαράχθηκε.

ελπίδα του ν' αποφύγει τον στρατό ήταν τώρα τα καμένα Αρχεία, και φυσικά οι γνωριμίες του Αλπερέν μπέη, όπως του το είχε ο ίδιος υποσχεθεί. Η ζωή έδειχνε ωραία. Αυτός ήταν κοντά της, δίπλα της, μύριζε το δαφνόλαδο που έβαζε στα μαλλιά της και γινόταν κάθε μέρα όλο και πιο απαραίτητος στον αφέντη πατέρα της. Αύριο μάλιστα θα έφευγε για τα μέρη της Γουμένισσας να κλείσει μια αγορά σιταριού απ' την επόμενη σοδειά και να προπληρώσει στο όνομα του μπέη. Προέβλεπαν οι δυο τους και προνοούσαν, γιατί πίστευαν ότι τους επόμενους μήνες η τιμή του ψωμιού θα διπλασιαζόταν.

Τις προηγούμενες μέρες είχε αγοράσει καινούρια ρούχα και παπούτσια. Η Νέα Λέσχη Θεσσαλονίκης δε θ' αργούσε να τον κάνει μέλος της, παρότι κάποιοι απ' τους παλιότερους, κάποιοι Ναουσαίοι και Σιατιστινοί έμποροι, τον στραβοκοίταζαν. Ήταν Έλληνας, ήταν ένας μαγαζάτορας που καταστράφηκε απ' τη φωτιά, υπερβολικά νέος φυσικά, αλλά λόγω της καταστροφής, τέτοιες λεπτομέρειες τους επόμενους μήνες θα πήγαιναν στην άκρη.

Τελικά την αγάπησε την πυρκαγιά. Του θύμιζε τη δική του φλόγα, το εσώτερο δικό του καμινέτο που έκαιγε αδιάλειπτα απ' την εποχή που πουλούσε γαζέτες στους δρόμους.

Όνειρα του Αυγούστου! Είχε μάθει και να οδηγεί το λαντό. Τα χέρια του Θόδωρου του είχαν δείξει τα χάδια που καλόπιαναν τη μαύρη φοράδα, ποιες λεπτομέρειες έπρεπε να προσέξει στο γυάλισμα του ξύλου και των τροχών, το λάδωμα στα μεταλλικά αξόνια και στις σούστες. Ίσως κάποια μέρα να ζητούσε απ' τον Θόδωρο να κάνει τον άρρωστο και να την πάρει με την άμαξα να πάνε βόλτα πέρα μακριά, εκεί που δεν είχε στρατιώτες και στρατόπεδα αστέγων. Ήταν όμορφα εκεί πέρα απ' το Σέδες, στα μποστάνια και στις κληματαριές που τα εκμεταλλεύονταν ακόμα οι παλιοί γαιοκτήμονες, εκείνοι οι παλιοί αφέντες που οι άνθρωποι της

Φεντερασιόν τούς μνημόνευαν κάθε βράδυ στις κατάρες τους.

Λεωφόρος των Εξοχών, αρ. 73,
Τρίτη 27 Ιανουαρίου 1918

Ma chérie,

Κοίτα που έγραψα πάνω δεξιά και τη διεύθυνση! Θαρρείς κι αυτό το γράμμα επρόκειτο να βγει έξω απ' τα κάγκελα αυτού του κήπου. Είναι απλώς ένα εσωτερικό γράμμα του κόσμου μας, σαν κι εκείνο που σου έστειλα την προηγούμενη εβδομάδα, και το άλλο στις αρχές του μήνα, και το άλλο...

Βρέχει, γλυκιά μου, το βλέπεις κι εσύ, γιατί τα σύννεφα μέσα σε είκοσι μέτρα δε διαφέρουν – τόσα μόνο μάς χωρίζουν. Πολλές φορές βλέπω τη σκιά σου πίσω απ' την κουρτίνα. Το σούρουπο περιμένω ν' ανάψεις το φως στο δωμάτιο, να φωτιστεί όλο το παράθυρο, να γίνει ένας μπερντές, κι εγώ απέναντι να χαζεύω με τις ώρες.

Βρέχει κι ο Θόδωρος λείπει, γιατί όπως ξέρεις εδώ και δυο μέρες είναι στο χωριό του· πήγε να κλείσει τα μάτια της μάνας του. Έτσι αυτή τη φορά θα σου δώσω εγώ ο ίδιος το βιβλίο, αυτό που θα έχει μέσα τον φάκελο με το γράμμα – αυτό που υποτίθεται ότι το δανείστηκα για να το διαβάσω και τώρα σου το επιστρέφω. Έχω στείλει και τον Θόδωρο πολλές φορές να σου επιστρέψει βιβλία τάχα, έτσι για να μην κινήσουμε υποψίες στον πατέρα σου. Άλλωστε φρόντιζα να τον στέλνω και γι' άλλα θελήματα, να μην πάει κι ο δικός του νους στο πονηρό. Τον έχω για χοντροκέφαλο, αλλά ας φυλαγόμαστε καλού κακού.

Είναι μέρες χωρίς απασχόληση, βαρετές. Μετά τις γιορτές, η κίνηση στην αγορά της πόλης έχει πέσει, και οι ίδιοι οι σύμμαχοι ψωνίζουν τώρα λιγότερο και πίνουν λιγότερο. Πριν τρεις μέρες έκλεισα άλλη μια δουλειά για λογαριασμό του πατέρα σου, και η αμοιβή μου δεν ήταν διόλου ευκαταφρόνητη. Ήταν εκείνος ο μουσουλμάνος που κάνει φέσια, ο γνωστός του θείου σου με τη βιοτεχνία του κοντά στο ρώσικο νοσοκομείο. Τα μαζεύουν κι αυτοί και φεύγουν για την Τουρκία. Φοβάται, όπως μου είπε, μια νίκη της Αντάντ που θα δυσκολέψει τις συνθήκες τής εδώ παραμονής τους. Ύστερα από τρεις βδομάδες τού βρήκα αγοραστή, έναν γνωστό ράφτη απ' την Αθήνα που πήρε μια καλή προίκα κι έρχεται να την επενδύσει εδώ στις «Νέες Χώρες». Κάνω και τον μεσίτη, όπως βλέπεις, ma chérie.

Με τα χαρτιά και τα συμβόλαια νιώθω πιο άνετα από παλιά. Εκτός απ' την καθοδήγηση του πατέρα σου, με βοήθησε το ότι πριν από χρόνια έκανα κάποιους μήνες στην Εμπορική Σχολή – ύστερα τα παράτησα. Θυμάμαι τον συγχωρεμένο τον Γιάννη Ζεύγο να με παρακαλάει να μείνω. Είχε φιλήσει κατουρημένες ποδιές για να με γράψει, καθώς τα χαρτιά μου από την Αστική Σχολή δεν ήταν εντάξει. Αυτός ήμουν, Μίρζα, όσο θυμάμαι τον εαυτό μου: έφευγα κάπου στη μέση, πάντα.

Έφερα το τραπέζι απ' το κουζινάκι δίπλα στο παράθυρο και σου γράφω χαζεύοντας το σπίτι σας. Όπως σου το 'χω ξαναπεί, μας χωρίζουν μόνο λίγα μέτρα, κι αυτό χάρη στη μεγάλη φωτιά. Της χρωστάμε και κάτι άλλο, μην το ξεχνάς, αγάπη μου: αν δεν ήταν η φωτιά, ο κήπος σας όλο το καλοκαίρι θα ήταν πολυάσχολος από τις επισκέψεις των δύο γαμπρών απ' την Κωνσταντινούπολη.

Ζήτησες χρόνο απ' τη ζωή σου, κι εκείνη σ' τον έδωσε απλόχερα καίγοντας μια ολόκληρη πόλη. Τίποτε δε θα ήταν το ίδιο αν η ζωή μας δεν έπαιρνε φωτιά εκείνο το καλοκαιριάτικο μεσημέρι. Εγώ θα έμενα ακόμη στο δωμάτιο της Χαλκέων, εκεί όπου άκουγα απ' τον διπλανό τοίχο τις κραυγές απ' το καθυστερημένο παιδί που έκραζε πρωί και νύχτα σαν γλάρος. Θεέ μου, πώς αντέχανε εκείνοι οι άνθρωποι! Θα είχα το πρακτορείο και θα εφοδίαζα κάθε πρωί τους μικρούς με γαζέτες να βγούνε στον δρόμο, ενώ θα σημείωνα τις επιστροφές και τις καινούριες παραλαβές απ' τα περιοδικά. Αλήθεια, ξέχασα να σου πω πως είδα τον Φερντινάντ, έναν απ' τους μικρούς μας στο πρακτορείο, στο εγγλέζικο στρατόπεδο πυροπαθών στο Πεδίο του Άρεως. Παίζει με τα χώματα ανέμελος για ώρες δίπλα στο αντίσκηνό τους. Μεγάλη φωτιά, ας είσαι ευλογημένη από τον θεό των μικρών παιδιών! Εσύ θα μιλούσες κάποια απογεύματα με τον έναν γαμπρό, τον Βολκάν ας πούμε, και κάποια με τον Ζεκί. Θα ήταν ευγενικοί, ίσως να υπήρχαν και στιγμές αμηχανίας, και τότε ένας απ' αυτούς θα έπαιζε στο χέρι το ακριβό καινούριο φέσι του. Ντονμέδες της Κωνσταντινούπολης! Δεν ήταν κι άσχημη η σκέψη του Αλπερέν μπέη. Το μάτι του βλέπει όλο ανατολικά, γιατί πιστεύει ότι εδώ δεν έχετε μέλλον. Κάποιο απόγευμα του είχα πει ότι στην Τουρκία, όπως κι εδώ, δε θα σας θεωρούν κανονικούς μουσουλμάνους και θα σας κοιτάζουν με μισό μάτι. «Κακό χωριό είναι τα λίγα σπίτια», μου είχε απαντήσει. «Στις μεγάλες πόλεις ας με βλέπουν μ' ό,τι μάτι θέλουν».

Βρέχει, γλυκιά μου. Χαζεύω το σπίτι σας, το άσπρο του χρώμα, τα κόκκινα κεραμίδια του απ' το εργοστάσιο του Αλλατίνι, τα μεγάλα παράθυρα, τον κουκλίστικο πυργίσκο απ' όπου βλέπεις τη θάλασσα, αυτόν με το κυκλικό δώμα που άρεζε στη μάνα σου να κάθεται και να κεντάει, ενώ εσένα σου θύμιζε τα γαλλικά παραμύθια που διάβαζες μικρή. Πώς να φαίνεται άραγε το σπιτάκι μου αυτό απ' το δωμάτιό σου;

Έχω ανοίξει το παράθυρο και εισπνέω το βρεγμένο χώμα. Το έκανα πιο πολύ για ν' ακούσω λίγες νότες απ' το πιάνο σου, γιατί τώρα σε βλέπω· ναι, σε βλέπω να έχεις πάρει θέση. Τι κρίμα που 'ναι το τζάμι σου κλειστό κι ακούω μόνο τη βροχή! Κρίμα που δεν μπορώ να έρθω έξω απ' το παράθυρο σαν σπουργίτης του χειμώνα και να σου χτυπήσω. Μια μέρα όμως θα έρθω με δύναμη σαν γεράκι και δε θα μπορεί τότε ο Αλπερέν μπέης να μου αρνηθεί. Ο πατέρας μου άλλαξε την πίστη του χάριν του έρωτά του για τη μάνα μου, που ήταν Γαλλίδα και καθολική. Είναι οικογενειακή μας παράδοση, demoiselle de mon coeur,[44] να περνάμε στις απέναντι όχθες των ποταμών και να μη φοβόμαστε να βρέξουμε τα πόδια μας. Μόνο να μ' αγαπάς και να μου δώσεις χρόνο. Θέλω χρόνο, Μίρζα, να γίνω κάποιος.

Όταν παίζεις πιάνο, μη με ξεχνάς! Άνοιγε το τζάμι, γιατί εδώ κάτω στο σπίτι του κήπου δεν μπορώ να ζήσω μόνο με το γουργούρισμα της βροχής.

Λευτέρης

Δευτέρα 2 Φεβρουαρίου 1918

Μικρό, τρυφερό μου γεράκι,

Όταν σε είδα με το κεφάλι βρεγμένο να μου απλώνεις το χέρι για να μου επιστρέψεις το βιβλίο, μου ήρθε να βάλω τα γέλια. Πόσο αστείος ήσουν, αγάπη μου, με τα μαλλιά να σου κρύβουν τα μάτια και τον *Κόμη Μοντρεχρήστο* να τον έχεις φυλαγμένο μες στο πανωφόρι!

Σήμερα, καλέ μου, δε θα τσιγκουνευτώ τις λέξεις. Είχες δίκιο πάντως για την πυρκαγιά: μας άλλαξε τη ζωή γιατί καθυστέρησε τα προξενιά και σ' έφερε δίπλα μου, να παίζεις χαρτιά κάθε βράδυ με τον αμαξά και να με σκέφτεσαι. Mon amour, δεν είναι βέβαια και πολύ ρομαντική η σκηνή αυτή, αλλά δεν είμαι από κείνα τα κοριτσόπουλα που μ' ένα μπουκέτο ανεμώνες και δυο τυχάρπαστους στίχους φτιάχνουν ζαχαρένια όνειρα. Ο μπαμπάς το ξέρει αυτό, μη νομίζεις... και το φοβάται. Ίσως το προηγούμενο κα-

44. Demoiselle de mon coeur: δέσποινα της καρδιάς μου.

λοκαίρι να μη φοβήθηκε τόσο τη φωτιά αλλά εμένα την ίδια, το βλέμμα μου το απαξιωτικό στον Ζεκί και στον Βολκάν όταν τους συνάντησα για πρώτη φορά. Λίγο πολύ οι ντονμέδες των καλών οικογενειών της Σαλονίκης γνωρίζονται μεταξύ τους, και είναι γνωστό ότι εμείς είμαστε οι πιο μοντέρνοι ανάμεσά τους, για κάποιους ίσως και βλάσφημοι. Θα ήταν μεγάλο ρίσκο να βιάσει τα πράγματα, γιατί μια κουβέντα με ολίγον θράσος εκ μέρους μου, μια πρόσκαιρη άρνηση, θα σχολιαζόταν ποικιλοτρόπως στον κύκλο μας. Δεν είναι χαζός ο μπαμπάς· προτίμησε ν' αφήσει έναν χρόνο τη νύφη να σιτέψει, παρά να τη συνοδεύουν σχόλια και κουτσομπολιά που θα υποβίβαζαν την τρέχουσα τιμή της στην αγορά.

Αν με βρίσκεις κυνική, mon amour, σε διαβεβαιώ για το αντίθετο. Μου λες στα γράμματά σου για τον στρατό και στενοχωριέμαι, νιώθω σαν ν' αγόρασα το φόρεμά μου μικρότερο νούμερο με τον γιακά του να είναι αλυσίδα στον λαιμό. Ξέρεις αν έχουν επιστρατεύσει τη χρονιά που γεννήθηκες, ή φοβάσαι ακόμη και να ρωτήσεις; Θ' αναρωτιέσαι μήπως ψάχνουν να σου αφήσουν το χαρτί και δε σε βρίσκουν. Αν συμβαίνει αυτό, είσαι απλά insoumis.[45] Μην ανησυχείς, ο μπαμπάς σε νοιάζεται, γιατί σε χρειάζεται στις δουλειές του. Τα τελευταία χρόνια έχει συμβουλέψει για επενδύσεις αρκετούς ανώτατους Έλληνες αξιωματικούς, γι' αυτό νομίζω ότι στενοχωριέσαι χωρίς λόγο και βαραίνεις κι εμένα.

Θέλω ακόμη να προσέξεις και κάτι άλλο: μην ξανοίγεσαι πολύ με τον αμαξά μας, αυτός ο άνθρωπος έχει κάτι επάνω του που με φοβίζει. Όταν στέλνεις με τα βιβλία μου κάποιο γράμμα, είναι καλύτερα να τα κάνεις πρώτα πακέτο με χαρτί και σπάγκο. Ας φυλαγόμαστε, αγάπη μου, και φυσικά ας προσπαθούμε συνέχεια να κερδίζουμε χρό-

45. Insoumis: ο ανυπότακτος.

νο. Αν έχεις σκοπό να γίνεις δικός μας, ντονμές, και να 'ρχεσαι στο Γενί Τζαμί, πες το μου για ν' αρχίσω να ελπίζω. Δεν ξέρω τι είναι τελικά πιο δύσκολο στον αντρικό κόσμο: να βγάλει κάποιος λεφτά, ή να βγάλει από πάνω του την πίστη των πατέρων του;

Πες μου πως είμαι αφελής, αλλά γιατί νομίζω ότι στη Γαλλία έχουνε βρει λύση για όλ' αυτά; Αν ποτέ με κλέψεις, ας μη μείνουμε σ' αυτήν εδώ την καρβουνιασμένη πόλη με τις μύγες και τα κουνούπια κάθε καλοκαίρι. Ας πάμε κάπου μακριά, στο νησί τού Comte de Monte-Cristo, ας...

Κλείνω, γιατί άκουσα θόρυβο στην εξώπορτα.

Je t'aime

Ήταν, λέει, σε μια πόλη που ήταν στρωμένη με ερείπια· χαλάσματα, δρόμοι σκαμμένοι που έμοιαζαν με κοίτες ποταμών. Κάθε τόσο, μέσα απ' τα στενά της, έβλεπε άλογα τουμπανιασμένα· μύριζε ψοφίμι και καμένο μηχανόλαδο. Μύγες βούιζαν πάνω απ' τα πτώματα, μύγες πολλές...

Κουνούσε την παλάμη μπρος απ' τα κλειστά του μάτια τάχα για να τις διώξει. Πιο πολύ ήθελε να διώξει αυτήν την πόλη που την είχε κάψει ο πόλεμος, την πόλη που αντί να τη φωτίζουν οι αστραπές απ' τις ανοιξιάτικες βροχές, λάμψεις από κανόνια τής χάραζαν τον ορίζοντα κι αγκαθωτά συρματοπλέγματα έγδερναν το χώμα της.

«Λευτέρη, ξύπνα! Ξύπνα, σε ζητάει ο μπέης. Ξύπνα, μωρέ!»

Άνοιξε τα μάτια κι είδε στα όρια της μύτης του τον σαγρέ τοίχο. Ένα λευκό ασβεστωμένο αλώνι είχε διαδεχθεί τη μελανή πόλη με τα ερείπια.

«Ξύπνα, διάολε! Τι έπαθες σήμερα και κοιμάσαι έτσι;»

Γύρισε πλευρό και είδε τον Θόδωρο να στέκεται πάνω απ' το κεφάλι του.

«Σε ζητάει ο μπέης, πρέπει να πας!»

Ανακάθισε στο σιδερένιο κρεβάτι κι ακόμα πάλευε να βγει ολοκληρωτικά απ' το όνειρο, που είχε κάλυκες από οβίδες, αμπριά,[46] συρματοπλέγματα...

«Πάω να ετοιμάσω την άμαξα. Μου' πε να' ναι η φοράδα ξυστρισμένη και χορτάτη. Κοίταξε να νιφτείς, η μούρη σου είναι τσαλακωμένη».

Άκουσε την πόρτα να κλείνει πίσω απ' τον αμαξά. Το πρώτο πράγμα που ήθελε εκείνο το πρωί είναι να γίνει κάτι και ν' αρχίσει πια να μένει μόνος. Έκλεινε σχεδόν χρόνος που μοιραζόταν με τον Θόδωρο μια τοσηδά κάμαρα. Το δεύτερο που επιθυμούσε ήταν κάτι πιο εύκολο: να βάλει το κεφάλι του κάτω απ' το νερό.

Σε λίγη ώρα πήγε στη βίλα και χτύπησε την πόρτα του με το στόμα ακόμη στεγνό απ' τον ύπνο. Τον βρήκε καθισμένον στο γραφείο να έχει μπροστά του απλωμένες εφημερίδες.

«Πες να σου κάνουν τσάι, καφέ... Ζήτα και μερικά παξιμάδια, δε θα γευματίσουμε εδώ το μεσημέρι».

Τον βόλευε που ο μπέης ήταν αφοσιωμένος στις εφημερίδες, γιατί χρειαζόταν λίγη ώρα για να συνέλθει. Θα έφταιγε εκείνο το χθεσινό αψέντι. Όταν καμιά φορά ένιωθε μια θηλιά γύρω απ' τον λαιμό, έπαιρνε τους δρόμους μονάχος. Χθες τον βρήκε το σούρουπο έξω απ' το Λεμπέτ.[47] Βρήκε εκεί τον Σέρβο, παλιό του γνωστό απ' το λιμάνι, που είχε ένα καφενείο για τους πρόσφυγες, όλο φτιαγμένο με λαμαρίνα και σανίδια απ' τα κιβώτια της Στρατιάς της Ανατολής. Με μια οκά φασόλια, ο Σέρβος κανόνιζε να συναντήσεις κορίτσια απ' την πυρίκαυστο κι απ' τα προσφυγικά στο Ζέιτενλικ. Το αψέντι βοηθούσε την άλλη μέρα να μη θυμάσαι τίποτε.

46. Αμπρί (γαλλ.): όρυγμα, καταφύγιο όπου προστατεύονται οι στρατιώτες.

47. Λεμπέτ: προσφυγικός συνοικισμός στη Δυτική Θεσσαλονίκη, η σημερινή Σταυρούπολη.

Όρεξη που την είχε πάντως ο μπέης εκείνο το πρωί να του διαβάζει με θεατρική φωνή τους τίτλους των εφημερίδων:

Η ΣΗΜΑΣΙΑ ΤΗΣ ΕΛΛΗΝΙΚΗΣ ΝΙΚΗΣ

Η αθάνατος ελληνική λόγχη ήστραψε, και υπό το αστραποβόλημά της θέσεις οχυρώταται και σημεία στρατηγικότατα έπεσαν. Το Σκρα, το φοβερόν 1076, ηλώθη.[48]

ΕΛΛΗΝΙΚΗ ΝΙΚΗ ΕΙΣ ΤΟ ΜΕΤΩΠΟΝ ΓΕΥΓΕΛΗΣ
ΣΥΛΛΗΨΙΣ ΠΟΛΥΑΡΙΘΜΩΝ ΑΙΧΜΑΛΩΤΩΝ
ΕΠΙΣΗΜΟΝ ΑΝΑΚΟΙΝΩΘΕΝ

Το Γενικόν Στρατηγείον Στρατού Ανατολής απέστειλε το κάτωθι τηλεγράφημα:

ΘΕΣΣΑΛΟΝΙΚΗ: 17/30 Μαΐου. Ώρα 7.15΄. Αι μεραρχίαι Κρήτης και Αρχιπελάγους επετέθησαν σήμερον την πρωίαν...[49]

Ο μπέης άναψε ένα από τα κοντά του τσιγάρα, σήκωσε ψηλά ένα άλλο φύλλο και κρύφτηκε μες στο μελάνι και τους καπνούς.

Την στιγμήν που ο συμμαχικός αγών περνά από την κρισιμωτέραν του περίοδον είναι τιμητικόν για την Ελλάδα να δρα ενεργώς παρά το πλευρόν των πολιτισμένων λαών.[50]

Ο Λευτέρης ρουφούσε αχόρταγα τον καφέ του. Πάλευε να τιθασεύσει τον κεφαλόπονο, ενώ τ' αυτιά του βούιζαν απ' το ξενύχτι και το στομάχι του έκαιγε.

«Δε νιώθεις άσχημα που είσαι απών από τέτοιες στιγμές ηρωισμού και δόξας;»

«Δε σας καταλαβαίνω, αξιότιμε».

«Για τον στρατό μιλάω, που είσαι απών ενώ οι άλλοι Έλληνες είναι μπροστά στα βουλγαρικά κανόνια».

---

48. Εφημ. *Μακεδονία*, 18.5.1918.
49. Εφημ. *Εμπρός*, 18.5.1918.
50. Εφημ. *Ριζοσπάστης*, 18.5.1918.

«Δεν αρνήθηκα τη θητεία στην πατρίδα μου, αξιότιμε, απλά αυτή δε μ' έχει ακόμα καλέσει...»

Ο Αλπερέν μπέης χαμογέλασε κι έβγαλε τα γυαλιά του. Όσο γερνούσε κι άσπριζαν τα γένια του, όσο γυμνωνόταν το ευρύ μέτωπο κι όσο ο συρμάτινος σκελετός τού γινόταν απαραίτητος, τόσο θύμιζε στον Λευτέρη τον άλλο Λευτέρη, τον Βενιζέλο. Η θητεία του στον στρατό του πολέμου, η ζωή του η ίδια τελικά, εξαρτιόταν απ' αυτούς τους δυο άντρες, πού τον έπαιζαν στα ζάρια χαϊδεύοντας κάθε τόσο βαθυστόχαστα το γένι τους.

«Αν θα επιθυμούσες να πας εθελοντής, αυτό ρυθμίζεται...»

Αναρωτήθηκε τι παιχνίδι τού έπαιζε εκείνο το πρωί ο μπέης.

«Ας αφήσουμε όμως, παιδί μου, τα στρατιωτικά, οι δουλειές μας είναι εδώ και μας περιμένουν».

Προτίμησε να μην του απαντήσει, μόνο ρούφηξε όλον τον καφέ του.

«Η δουλειά που κλείσαμε πριν μερικές μέρες ήταν απ' όλες τις απόψεις συμφέρουσα. Οι Αθηναίοι πληρώνουν μετρητοίς με τον ενθουσιασμό ότι επενδύουν σε μια ιδιότυπη αποικία. Ο Έλληνας πρωθυπουργός φαίνεται ότι τους έχει παραγεμίσει το κεφάλι με το όνειρο της Μεγάλης Ελλάδας. Ο ένας συνερίζεται τον άλλον στα επενδυτικά ανοίγματα στις "Νέες Χώρες". Εγώ προσωπικά, αν ήμουν στη θέση τους, θα έβαζα τον παρά μου στο Λιμάνι του Πειραιά, γιατί το δικό μας εδώ, μέρα με τη μέρα παραγκωνίζεται. Αρκεί να σου αναφέρω ότι η ελληνική κυβέρνηση έχει προωθήσει ρύθμιση για την ελεύθερη εισαγωγή βασικών προϊόντων μόνο μέσω Πειραιά. Ξέρεις τι σημαίνει αυτό; Όλοι οι δικοί μας εισαγωγείς, Εβραίοι οι πιο πολλοί, επιβαρύνονται με έξοδα μεταφοράς και πολλά άλλα. Εκτιμώ ότι εξαιτίας αυτού και άλλων παραμέτρων το λιμάνι μας αργά ή γρήγορα θα μαραθεί. Πριν χρόνια είχε χαθεί η ευκαιρία της ανακήρυξής του σε "ελεύθερο λιμένα", κάτι που οι Έλληνες στο υπουργείο της

Αθήνας δε δέχτηκαν ούτε καν να συζητήσουν. Τέλος πάντων, το τι πιστεύω εγώ δεν έχει και πολλή σημασία για την κουβέντα μας. Εμάς αυτή η πρόσφατη τάση κάποιων νοικοκυραίων της πρωτεύουσας που μεγαλοπιάνονται μας συμφέρει, θα βγάλουμε παρά απ' αυτό. Οι Νότιοι έρχονται –κυρίως κομματικά στελέχη των Φιλελευθέρων– με όλη την έπαρση του νικητή. Όλ' αυτά που ακούγονται και γράφονται για τη νέα πόλη που φτιάχνεται μετά απ' τη φωτιά έχουν φουσκώσει τα μυαλά αρκετών...»

«Δεν είναι αβάσιμο αυτό, αξιότιμε...»

«Από την άλλη, οι δικοί μας φεύγουν. Μουσουλμάνοι και ντονμέδες σιγά σιγά ρευστοποιούν και μαζεύουν το νοικοκυριό τους. Κανείς δεν μπορεί να αισθάνεται ασφαλής μετά από μια πιθανή νίκη της Αντάντ. Άλλοι φεύγουν λοιπόν κι άλλοι θέλουν να έρθουν».

«Εμείς, απ' ό,τι αντιλαμβάνομαι, θα είμαστε η γέφυρα, μεσάζοντες και...»

«Και σύμβουλοι αποταμίευσης, ανταλλαγής νομισμάτων, και γι' αυτούς που φεύγουν ρευστοποιώντας την περιουσία τους σύμβουλοι επενδύσεων για εκεί που πάνε – Σμύρνη, Βηρυτό, Κωνσταντινούπολη...»

«Η τελευταία αγοραπωλησία μάς έδειξε ότι υπάρχει πολύς χώρος. Οι δυνατότητες...»

«Πρόκειται στην ουσία για δυο ξεχωριστούς κόσμους. Μπορείς να φανταστείς έναν μουσουλμάνο που φτιάχνει πασούμια να τα βρίσκει μ' έναν σύμβουλο αγγλικής τράπεζας απ' την Αθήνα; Αυτούς τους δυο κόσμους εγώ μπορώ να τους φέρω σ' επικοινωνία και σε αγοραπωλησίες μ' έναν τρόπο για μένα επικερδέστατο...»

«Δεν υπάρχει κανένα μυστήριο πίσω απ' όλ' αυτά, αξιότιμε. Συνεχίζουμε να διευρύνουμε αυτό που έχουμε ήδη ξεκινήσει».

«Έχω εδώ μπροστά μου μια λίστα μουσουλμάνων της Θεσσαλονίκης που επιθυμούν άμεσα ή και μακροπρόθεσμα να μετοικίσουν. Η πλήρης καταγραφή όλων των ακινήτων τους πριν από τη διερεύνηση αγοραστών είναι απαραίτητη. Ξεκινάμε από σήμερα. Είν' έτοιμος ο Θόδωρος;»

«Έτσι μού είπε».

«Θα γευματίσουμε αργούτσικα κάτω στην πόλη. Αναρωτιέμαι όμως αν μετά τη φωτιά έχει μείνει κάποιο αξιοπρεπές μέρος για να καθίσουμε...»

Την είδε να στέκεται στο άνοιγμα της πόρτας του γραφείου. Φορούσε ένα μαύρο φόρεμα που της πρόσθετε χρόνια και τη στέγνωνε – τέτοια που συνήθιζαν να φοράνε οι μουσουλμάνες γυναίκες των Εξοχών. Πήγε να την αναζητήσει με τα μάτια, αλλά εκείνη χάθηκε στα πιο μέσα δωμάτια.

«Θ' αρχίσουμε από μια μικρή κεραμοποιία στο Σέδες. Αυτός μού φάνηκε ότι βιάζεται να φύγει πιο γρήγορα απ' όλους, και σίγουρα θα κάνει πίσω απ' το ποσό που θα μας ζητήσει. Έχω έναν κανατά απ' το Μαρούσι που ενδιαφέρεται για τον γαμπρό του, πάμε και θα δούμε...»

Ήταν μια μέρα προχωρημένης άνοιξης στο κατώφλι του καλοκαιριού. Κατέβασαν την τέντα να μην τους χτυπάει ο ήλιος, γιατί όσο περνούσε η ώρα γινόταν όλο και πιο ενοχλητικός. Ανάμεσα στις επισκέψεις τους σχολίαζαν αυτά που τους έλεγαν, κι ο Λευτέρης σημείωνε στοιχεία και αριθμούς. Από την κεραμοποιία στο Σέδες σε μια σαπωνοποιία στην Καλαμαριά, κι ύστερα στροφή προς τα δυτικά. Στο ρέμα της Τούμπας επισκέφτηκαν ένα σιδεράδικο, που το είχε ένας ντονμές, μακρινός συγγενής του μπέη. Τα πουλούσε όλα: αποθήκες, εργαστήριο με όλα τα εργαλεία, σπίτι. Ενδιαφερόταν να πάει στη Σμύρνη, κι είχε αναλάβει ο μπέης να του βρει εκεί ν' αγοράσει σπίτι, μαγαζί, κτήματα. Φεύγοντας απ' το σιδηρουργείο, τράβηξαν για την πυρίκαυστο ζώνη. Άφησαν τον Θόδωρο σε μια σκιερή βρύση έξω απ' τα τείχη. Θα τους περίμενε εκεί που έκαναν πιάτσα και οι άλλοι καροτσέρηδες.

Πέρασαν απ' τον Λευκό Πύργο στο γύρισμα του μεσημεριού. Η συνηθισμένη κίνηση είχε κάπως κοπάσει, άλλωστε ήταν Σάββατο και οι εβραϊκές επιχειρήσεις ήταν κλειστές. Βάδιζαν με αργό βήμα στην προκυμαία δίπλα στις γραμμές του τρένου, που τις είχαν περάσει οι σύμμαχοι για να ενώσουν το ανατολικό μέρος με το λιμάνι. Στο αριστερό τους χέρι, πάνω απ' το κύμα, έστεκαν τα καλοβαμμένα γκισέ με τα όμορφα καπελάκια-τρούλους της αποβάθρας των επιβατηγών πλοίων, της escalier de marbre, εκεί όπου γινόταν ο έλεγχος των διαβατηρίων στους ταξιδιώτες των πλοίων που έπιαναν σκάλα στην πόλη.

«Έχουμε για πούλημα γραφεία κι ένα σπίτι στο Κέντρο», του είπε ο μπέης καθώς περπατούσε αργά κουνώντας με τον ρυθμό των ποδιών το ακριβό μπαστούνι του από γυαλισμένο ξύλο. «Είμαστε φυσικά σε μεταβατική φάση, γιατί η πόλη ξαναφτιάχνεται. Προς το παρόν βέβαια τα πιο πολλά μέγαρα είναι στον γύψο. Κοίτα!»

Σήκωσε το μπαστούνι και του 'δειξε κάποια κτίρια που έβλεπαν στη θάλασσα. Είχαν σκαλωσιές, απλωμένη λινάτσα, κι ακουγόταν φασαρία απ' τους εργάτες που δούλευαν. Κάθε τόσο έβλεπες άδεια οικόπεδα που είχαν καθαριστεί απ' τα ερείπια και τώρα περίμεναν στον προθάλαμο της ιστορίας της πόλης για να ξαναγεννηθούν ως κατασκευές μοντέρνες, δρόμοι ή πλατείες, ό,τι θα όριζαν τα σχέδια, οι νόμοι ή οι παραβάσεις τους.

«Μεγάλο ενδιαφέρον παρουσιάζει η Άνω Πόλη, όπου έχουμε πολλά μουσουλμανικά σπίτια. Βέβαια εκεί πάνω είναι μπαΐρια[51] και βράχια, ποιος αστός θα ενδιαφερόταν σοβαρά; Αναμένουμε όμως, γιατί η θέα της θάλασσας αρέσει, ποτέ δεν ξέρεις...»

Σ' όλη τη διαδρομή απ' το πρωί ο Λευτέρης τον άκουγε και του απαντούσε ολιγόλογα. Την περισσότερη ώρα σημείω-

51. Μπαΐρι (τούρκ.): πλαγιά λόφου, ανηφόρα, άγονος τόπος.

νε μ' ένα μαλακό μολύβι σ' ένα σημειωματάριο. Ήταν ενοχλημένος, γιατί εκείνο το Σάββατο ο μπέης ήταν λίγο παράξενος και κάποιες φορές διακριτικά αγενής.

«Μας ενδιαφέρει ακόμη η τροφοδοσία των συμμάχων. Οι προμηθευτές αλλάζουν κάθε τόσο, και το στρίμωγμά τους μπροστά στα γραφεία των αξιωματικών του εφοδιασμού δεν έχει τέλος. Μην ξεχνάς και τον ελληνικό στρατό, που αυτήν την ώρα πολεμάει. Έχει κι αυτός προμηθευτές – του κόμματος φυσικά...»

Στον Λευτέρη φάνηκε ότι στην αναφορά του στον ελληνικό στρατό ο τόνος της φωνής του άλλαξε.

«Νομίζω, αξιότιμε, ότι το χοντρό ψάρι εξακολουθεί και είναι η ανοικοδόμηση. Είναι σημαντικό να μελετήσει κανείς τις καινούριες οδικές αρτηρίες... την Τσιμισκή για παράδειγμα· εκεί θα έχουμε ριζικά καινούριες αξίες ακινήτων σε λίγα χρόνια».

«Φτάσαμε», τον έκοψε ο Αλπερέν μπέης κι έβγαλε το καπέλο του μπροστά σε μια πολυτελή είσοδο. «Θα μου επιτρέψεις, Λευτέρη, να σου κάνω το τραπέζι».

Εκείνη τη μέρα θα προτιμούσε να γυρίσει στη μικρή κάμαρη και να ξαπλώσει στο σιδερένιο του κρεβάτι χωρίς να μιλάει σε κανέναν, αλλά...

«Τιμή μου, αξιότιμε, σας ευχαριστώ».

Οι σερβιτόροι είχαν κάτι απ' τη γνωστή ραθυμία της Ανατολής ανάκατη με αδιαφορία. Δεν μπορούσε να τους επανακινήσει ούτε η προσδοκία ενός γενναίου φιλοδωρήματος από δυο καλοντυμένους κυρίους – προφανώς αφεντικό και υπάλληλος, αλλά κυρίους, κι ενώ μάλιστα ο γηραιότερος ήταν εξαιρετικά κομψός. Παρήγγειλαν αρνί με ρύζι και ήπιαν αριάνι και λίγη παγωμένη ρακή. Το τραπέζι τους έβλεπε λοξά στη θάλασσα, το μισό όμως παράθυρο το έκοβαν κοντές κουρτίνες. Τσούγκρισαν τα ποτήρια τους κι άφησαν να κυλήσει μέσα τους η παγωμένη ρακή.

«Ποιος ξέρει τι θα μας φέρει αυτό το καλοκαίρι;» αναρωτήθηκε φωναχτά ο Αλπερέν μπέης.

«Το προηγούμενο έφερε την πυρκαγιά, φέτος να δούμε. Η πιο καλή είδηση θα είναι ο τερματισμός του πολέμου».

«Μην το πολυελπίζεις, Λευτέρη, γιατί και οι δυο αντίπαλοι κρατάνε δυνάμεις. Η αποχώρηση της Ρωσίας έδωσε ανάσα στη Γερμανία, γιατί εξοικονόμησε δυνάμεις από το Ανατολικό Μέτωπο τότε που η Αντάντ νόμιζε ότι θα τέλειωνε μαζί τους μια και καλή. Αυτόν τον Αύγουστο ο πόλεμος κλείνει τέσσερα χρόνια, ποιος το περίμενε ότι θα τραβούσε τόσο;

Ο Λευτέρης τράβηξε λίγο το κουρτινάκι κι έριξε ματιές έξω στον δρόμο.

«Αξιότιμε», είπε παίρνοντας μια βαθιά ανάσα, «νομίζω ότι ήρθε ο καιρός να σας αφήσω».

Ο Αλπερέν μπέης σήκωσε τα μάτια του απ' το πιάτο.

«Εννοώ να φύγω απ' το σπιτάκι του Θόδωρου. Κερδίζω από σας κάποια χρήματα και θα φροντίσω να νοικιάσω κάπου ένα δωμάτιο. Άκουσα ότι μια οικογένεια καπνεμπόρων που μένει στις Εξοχές, ύστερα απ' την περσινή φωτιά δυσκολεύεται να τα βγάλει πέρα γι' αυτό νοικιάζει όλα τα δωμάτια του ισογείου. Λέω να πιάσω ένα, δεν είναι μακριά από σας...»

«Κάνε όπως νομίζεις», του απάντησε ξερά κι έβαλε μια μπουκιά αρνί στο στόμα. «Να βάλουμε κι ένα τέλος στα κουτσομπολιά της γειτονιάς», πρόσθεσε ύστερα από λίγο αφού κατάπιε και ήπιε μια γουλιά απ' το κρύο αριάνι.

«Ποια κουτσομπολιά, αξιότιμε;»

«Λόγια του αέρα που ακούγονται από δω κι από κει. Έτσι που μπαινοβγαίνεις κάθε μέρα στο σπίτι, πολλοί αναρωτιούνται αν ήσουν γαμπρός μου ή συνεταίρος».

Ο Λευτέρης σταύρωσε μαχαίρι και πιρούνι πάνω απ' το μισογεμάτο πιάτο.

«Θα μπορούσατε, νομίζω, να πείτε ότι είμαι ένας πολύτιμος βοηθός σας, ένας συνεργάτης αναντικατάστατος...»

«Σ' όλη μου τη ζωή βάδισα χωρίς ψέματα, γιατί να το κάνω τώρα; Σε εκπαίδευσα όπως θα έκανα με τον καθέναν, κι αν ποτέ χρειαστεί, θα το επαναλάβω με κάποιον άλλον».

Ο Λευτέρης είχε τώρα κοκκινίσει· άναψε τσιγάρο και τράβηξε πέρα ως πέρα το κουρτινάκι για να βλέπει έξω στον δρόμο.

«Θέλω, Λευτέρη, να δεις τις καινούριες χαράξεις στο νέο ρυμοτομικό σχέδιο του Hébrard.[52] Θέλω να τις δεις με προσοχή, όταν θα έχουμε πρόσβαση. Έχω πάρει την υπόσχεση ότι θα είμαστε απ' τους πρώτους που θα δούνε τα καινούρια σχέδια. Η τιμή των οικοπέδων θα καθοριστεί αποκλειστικά απ' αυτά».

«Ποτέ δεν μπόρεσα να καταλάβω τι ήμουν πραγματικά για σας στο οργανόγραμμα της ζωής και των επιχειρήσεών σας – πού πραγματικά βρισκόμουν όλους αυτούς τους μήνες».

«Έλα τώρα, δεν είναι κουβέντες αντρικές αυτές. Τα εσώψυχά τους τα λένε μόνο οι γυναίκες του λαού στη βρύση κι έξω στα κατώφλια», του απάντησε και χτύπησε παλαμάκια για να του φέρουν τον λογαριασμό.

Βάδιζαν αργά πέρα απ' τη Λεωφόρο Χαμιδιέ, που τώρα οι πινακίδες την έγραφαν «Εθνικής Αμύνης». Κατευθύνονταν προς τη βρύση όπου είχε σταθμεύσει ο Θόδωρος. Τον βρήκαν να έχει βάλει πέτρες για φρένο στην άμαξα και να λαγοκοιμάται καθισμένος στο χώμα με την πλάτη ακουμπισμένη στον ένα τροχό.

Ξεκίνησαν με τη φοράδα να ιδρώνει κάτω απ' τον ήλιο. Η Λεωφόρος των Εξοχών έδειχνε ήσυχη και όμορφη στο απομεσήμερο. Πέρασαν μπροστά απ' τη βίλα του ιατρού Κ. Ασλανιάν, του δικηγόρου Εμ. Σαλέμ, της Ερσίλια Μισραχή και το

52. Ernest Hébrard (1875-1933): Γάλλος αρχιτέκτονας και πολεοδόμος· εκπόνησε τα σχέδια για την ανοικοδόμηση της Θεσσαλονίκης ύστερα από την πυρκαγιά του 1917.

Κυβερνείο. Ύστερα απ' τη συζήτηση στο εστιατόριο, η οποία ήταν γεμάτη χαράδρες, δεν ξαναμίλησαν. Ήταν και ο Θόδωρος σιωπηλός, αν κι αυτός συνήθως φλυαρούσε. Τα πρόσωπά τους έδειχναν πως κάτι υπόγειο κόχλαζε που ίσως πεταγόταν έξω στον αέρα με χλαπαταγή.

Ο Λευτέρης είχε γείρει πίσω στην πλάτη του καθίσματος, χάζευε τα σπίτια, τους κήπους, και σκεφτόταν ότι δεν ήταν διόλου απίθανο πια να ξεκινούσε από αύριο την παλιά του ζωή – κηπουρός σαν τον πατέρα του, χωρίς κουστούμι και γραβάτα, χωρίς όνειρα.

«Έχουμε επισκέψεις!» είπε ξαφνικά ο Θόδωρος και τράβηξε το χαλινάρι καθώς έφταναν στην καγκελόπορτα της βίλας του Αλπερέν μπέη.

Δύο άντρες στέκονταν έξω απ' το σπίτι μπροστά στα κάγκελα και φαινόταν ότι τους περίμεναν.

«Κατέβα!» πρόσταξε ο μπέης τον Λευτέρη, κι ήταν αυτή η φωνή του μια έκπληξη, σαν να 'βγαινε από ένα άλλο στόμα, στόμα ξένο με δόντια κοφτερά.

Τους πλησίασαν· ήταν Έλληνες στρατιώτες, ο ένας είχε στο μπράτσο τα διακριτικά του δεκανέα.

«Εσύ είσαι ο Λευτέρης Ζεύγος;» τον ρώτησε.

Δεν μπορούσε να αισθανθεί λύπη ή αγωνία, ούτε να σκεφτεί, ούτε να κάνει δυο βήματα και να τους πλησιάσει.

«Εγώ είμαι», απάντησε ήσυχα.

«Η πατρίδα, Λευτέρη Ζεύγο, σε καλεί!» του είπε, κι απλώνοντας το χέρι τού έδωσε το χαρτί κατάταξης.

«Μισό λεπτό να πάρω δυο πράγματα».

«Δεν είναι απαραίτητο να μας ακολουθήσεις τώρα αμέσως· μπορείς να παρουσιαστείς κι αύριο εκεί που γράφει».

«Το προτιμώ να έρθω τώρα μαζί σας», τους απάντησε ρίχνοντας μια περιφρονητική ματιά στον Αλπερέν μπέη.

Ο Θόδωρος είχε στο μεταξύ ανοίξει διάπλατα την καγκελόπορτα για να βάλει μέσα την άμαξα. Ο Λευτέρης τον ακολούθησε και βάδισε προς το σπιτάκι. Μπήκε στην κάμαρη και πήρε λίγα ρούχα, μόνο αυτά που είχε αγοράσει ο ίδιος κι όχι εκείνα που του 'χε κάνει δώρο ο μπέης τις μέρες της φωτιάς.

Βγήκε στον κήπο με τη μικρή βαλίτσα κλεισμένη πρόχειρα – τα λουριά της ήταν σφιγμένα σε λάθος τρύπες. Ο δεκανέας είχε ανάψει τσιγάρο έξω στον δρόμο και τον περίμενε. Ο Αλπερέν μπέης είχε μπει στην αυλή και βάδιζε στο μονοπάτι με τα άσπρα χαλίκια.

«Ευχαριστώ, αξιότιμε!» του φώναξε από μακριά γεμάτος ειρωνεία.

Ο Αλπερέν μπέης γύρισε και τον κοίταξε. Κάτι είχε στο χέρι του κι άρχισε να του το ανεμίζει από μακριά. Ο Λευτέρης αναγνώρισε ένα από τα γράμματά του στη Μίρζα.

Πριν ακολουθήσει τον δεκανέα στο στρατιωτικό φορτηγό, άκουσε το πιάνο απ' το δωμάτιό της. Ήταν προχωρημένη άνοιξη, και μέσ' απ' τ' ανοιγμένα παράθυρα ο αέρας ανέμιζε τις κουρτίνες. Ήταν Σάββατο 19 Μαΐου του 1918.

Ρετιρέ

Δεύτερο στάσιμο

Ο ΟΡΕΣΤΗΣ άπλωσε το χέρι και πήρε το ποτήρι με το νερό.

«Στέγνωσε το στόμα μου απ' το διάβασμα», είπε στον Ζιρντό κι άρχισε να πίνει.

Την ώρα που κατάπινε τις τελευταίες γουλιές κι είχε το γυάλινο ποτήρι ψηλά, του έριξε μέσ' απ' αυτό μια κλεφτή ματιά, γιατί αναζητούσε μια έκφραση στο πρόσωπό του, κάτι στη γλώσσα του σώματος δηλωτικό της αποδοχής του για το βιβλίο που είχε γράψει για τη ζωή του.

«Λοιπόν;» τον ρώτησε ακουμπώντας το άδειο ποτήρι στο τραπέζι του σαλονιού που έστεκε ανάμεσά τους. «Είναι σημαντικό να έχω μια πρώτη γνώμη, μια αίσθηση για το πώς σας φάνηκε μέχρι στιγμής η ζωή σας μες στο βιβλίο».

«Σημαντικό για σένα ίσως, απαραίτητο όμως όχι!»

«Δεν είδα ούτε μία σύσπαση στο πρόσωπό σας, μια εκδήλωση ευαρέσκειας ή δυσαρέσκειας...»

«Έχω μάθει από μικρός να κρύβω αυτό που αισθάνομαι. Το γράφεις και στο βιβλίο: ο Λευτέρης Ζεύγος που ήθελε να πει τόσα πολλά αλλά κρυφοκοίταζε βουβά πίσω απ' τις πόρτες, που ονειρευόταν αλλά τα όνειρα τα κράταγε για τον εαυτό του. Μόνο στα γράμματα σ' εκείνην η ψυχή του φτερούγιζε, αλλά αυτά τον κατέστρεψαν. Εσύ ο ίδιος τα γράφεις».

«Πρέπει να ήταν πολύ οδυνηρό τότε που φύγατε για τον στρατό».

«Δεν ήταν τόσο ο στρατός όσο η μυρωδιά της προδοσίας, που ήταν επάνω μου διάχυτη σαν τη βρόμα στον θάλαμο νεοσυλλέκτων».

«Προδοσία από έναν γέρο με λεφτά...»

«Τότε δεν ήμουν σίγουρος αν η προδοσία ήταν μόνο απ' τον μπέη. Φοβόμουν και θύμωνα ταυτόχρονα με την πιθανότητα η Μίρζα να βολευόταν σ' αυτήν την κατάσταση – με το φευγιό μου εννοώ».

«Ήσασταν τόσο καχύποπτος λοιπόν;»

«Έβαζα τα πάντα με τον νου μου. Πώς είχε άραγε βρεθεί γράμμα μου στα χέρια του Αλπερέν ενώ τα τελευταία γράμματα της τα είχα δώσει εγώ ο ίδιος; Είμαι σίγουρος ότι μόλις ο γέρος κατάλαβε τι γινόταν στο σπίτι του, έπραξε και τα ανάλογα. Δεν μπορώ να φανταστώ τον Αλπερέν, έτσι όπως τον φέρνω ακόμα και τώρα στον νου μου, να μπορεί έστω και για λίγες μέρες να υποκριθεί ότι δεν ήξερε· δεν ήταν τέτοιος ο χαρακτήρας του».

«Επομένως πιστεύετε ότι τα έμαθε όλα μόλις την προηγουμένη, στις 18 Μαΐου».

«Νομίζω ναι. Μην ξεχνάς ότι για να στρέψει τον μηχανισμό επιστράτευσης μέσα από το χάος των αρχείων στο πρόσωπό μου θα του ήταν αρκετό μόνο ένα τηλεφώνημα. Η Μίρζα πίστευε πάντα ότι αν ήθελε, θα μπορούσε να με κρύβει απ' τον στρατό για χρόνια. Έγιναν πολλά τέτοια εκείνα τα χρόνια...»

«Αν η Μίρζα ήταν αθώα τελικά, πιστεύετε πως θα της το είχε πει νωρίτερα, πριν έρθουν οι στρατιώτες, ότι είχε ανακαλύψει αυτό το γράμμα;»

«Εκείνη τη μέρα ήταν αμίλητη απ' το πρωί, ίσως αποβραδίς να την είχε τρομοκρατήσει. Έπρεπε, Ορέστη, ν' ακούσεις εκείνο το παίξιμο του πιάνου τη στιγμή που έφευγα – λυγμός, που θα 'λεγες κι εσύ ο συγγραφέας. Δεν ξέρω τι διάολο κομμάτι ήταν, άλλωστε αυτά μόνο οι μουσικοί τα ξέρουν, ήταν όμως σίγουρα αποχαιρετισμός, αυτό ήταν ξεκάθαρο».

Τον είδε που άναψε κι άλλο τσιγάρο με τον τρόπο των τυφλών, αυτόν που ο Ορέστης παρατηρούσε εδώ και καιρό.

«Έχετε ταραχή;»

«Τι σε κάνει να το λες;»

«Τελικά ήταν συμπαιγνία; Μήπως ο μπέης ήξερε γιατί του το είχε η ίδια μαρτυρήσει;»

«Αυτή η υποψία με είχε δηλητηριάσει στα χαρακώματα για μήνες».

«Να πούμε για τα περαιτέρω; Πού πήγατε εκείνο το Σάββατο κι αργότερα, ώσπου να έρθει η ώρα της εκστρατείας;»

«Για την εκστρατεία γράφεις παρακάτω;»

«Φυσικά».

«Θα σου πω. Το κέντρο εκπαίδευσης νεοσυλλέκτων ήταν κάπου έξω απ' τη Σαλονίκη, δε θυμάμαι πού ακριβώς. Ήμουν εκεί σχεδόν όλο το καλοκαίρι. Έχει χαραχτεί στον νου μου ότι έμενα σιωπηλός μέρες ολόκληρες – ο αμίλητος τυφεκιοφόρος. Είχε και μερικούς άλλους τέτοιους σαν και μένα, απροσάρμοστους. Καθυστέρησα πάντως να πάω στο Μέτωπο, αυτό το θυμάμαι. Μέσα Αυγούστου με κράτησαν να φτιάξω τον κήπο του Στρατηγείου· δούλευα εκεί ώρες πολλές, εγώ και τα λουλούδια...»

«Θα ήταν πολύ ωραία εικόνα στο βιβλίο, δυστυχώς όμως τα παραλείπω όλ' αυτά, όπως θ' ακούσετε, και πάω κατευθείαν στην εκστρατεία. Πάντως τα λουλούδια τ' αγαπούσατε πραγματικά, δεν ήταν μόνο η βιοπάλη».

«Ναι, αλλά ήταν και κάτι παραπάνω: τα ένιωθα όπως ένας μοναχικός άνθρωπος καταλαβαίνει μέσα απ' την ανάσα του σκύλου του τι κρύβει η ψυχή του ζώου. Δες έξω στη βεράντα μου, είναι γεμάτη φυτά. Ίσως θα πεις ότι είναι περιττή πολυτέλεια για έναν γέρο τυφλό. Δεν τα βλέπω, Ορέστη, όμως τα μυρίζω, τα νιώθω. Μου είναι αρκετό κάθε πρωί να κουνάω την περπατούρα μπροστά στις γλάστρες και να σκύβω καμιά φορά με τη βοήθεια της Κορίνας ή της Ολυμπίας και να τ' ακουμπάω».

«Η Ολυμπία είναι η νοσοκόμα που έρχεται τα πρωινά;»

«Ναι, η νοσοκόμα. Εσύ έρχεσαι απογεύματα, γι' αυτό δεν την έχεις συναντήσει».

«Τι σκεφτόσασταν εκεί στον κήπο του Στρατηγείου; Δεν έχει πολύ νόημα τώρα βέβαια, γιατί το βιβλίο έχει γραφτεί».

«Κοίταζα κάθε τόσο ανατολικά, στη Λεωφόρο των Εξοχών, στο σπίτι της. Οι Εξοχές δεν ήταν ποτέ για μένα απλά μια συνοικία, ήταν ένας άλλος πλανήτης, όπου ήθελα να ζήσω σαν αυτούς, αν κι εγώ δεν ήμουν δικός τους. Δεν ήθελα να γυρίσω στη Χαλκέων ούτε κάπου αλλού στην πυρίκαυστο, στη φτωχολογιά. Κάποιες φορές στο Στρατηγείο, όταν σκάλιζα στις άκρες του κήπου κοντά στον δρόμο, έριχνα κλεφτές ματιές σε ό,τι λαντό περνούσε έξω απ' την πύλη. Αν και είχαν γίνει τόσα στη βίλα τους, είχα λαχτάρα να την ξαναδώ να κάθεται με τον πατέρα της στην άμαξα, ντυμένη στ' άσπρα και να κρατάει το παρασόλι πάνω απ' το κεφάλι της».

«Δεν ήταν και πολύ συχνό να βλέπεις μουσουλμάνα στ' άσπρα».

«Εγώ έτσι τη φανταζόμουνα».

«Μέχρι πότε μείνατε στον κήπο του Στρατηγείου;»

«Τον Σεπτέμβριο του '18 μ' έστειλαν στο Α΄ Σώμα Στρατού. Οι ανάγκες για έμψυχο υλικό ήταν τεράστιες. Ο πόλεμος είναι σαν τα μεγάλα φορτηγά που καταπίνουν βενζίνη με τη σέσουλα· οι άνθρωποι είναι τα καύσιμα του πολέμου».

«Πολύ ωραίο αυτό».

«Να το βάλεις! Στο κάτω κάτω, είναι και δικό μου το βιβλίο...»

«Είναι όμως; Δε μου το έχετε ακόμη επιβεβαιώσει».

Ο Ευγένιος Ζιρντό χαμογέλασε κι έριξε τη γόπα στο δικό του σταχτοδοχείο, αυτό που είχε νερό.

«Ο τυφλός πρέπει ν' ακούει το τσιρτσίρισμα απ' το σβήσιμο στο νερό για να είναι σίγουρος ότι δε θα βάλει καμιά φωτιά. Τώρα, για την επιβεβαίωση που μου είπες, μου έλεγε μια ερωμένη που είχα κάποτε στο Παρίσι: "Όλοι μας, mon amour, έχουμε ανάγκη την αποδοχή. Θέλω να ξέρω ότι όταν είσαι μέσα μου λιγώνεσαι, κι εσύ να ξέρεις ότι είσαι ο καλύτερος εραστής που είχα ποτέ". Νεαρέ μου, έτσι είσαι κι εσύ τώρα: θέλεις ν' ακούσεις ότι πηδάς καλά».

Ο Ορέστης έβαλε τα γέλια.

«Δηλαδή ότι γράφεις καλά, αυτό περιμένεις ν' ακούσεις. Για να σε βγάλω απ' την περιέργεια, δύο ώρες τώρα που σ' ακούω να μου διαβάζεις προσπαθώ να νιώσω αν αυτός ο Λευτέρης Ζεύγος για τον οποίο γράφεις είμ' εγώ. Δεν είμαι ακόμα σίγουρος. Όταν τέλειωνες νωρίτερα το κεφάλαιο, εκεί με τον μπέη που μου έδειξε το γράμμα από μακριά, ένιωσα ένα τσίμπημα στο στήθος. Δεν έγιναν τότε έτσι ακριβώς τα πράγματα, όμως εγώ ένιωσα τώρα και πάλι εκείνη τη στενοχώρια, κάτι να με θυμώνει και να μου ανεβάζει τους παλμούς της καρδιάς».

«Αυτό που μου λέτε είναι για μένα ενθαρρυντικό· δείχνει ότι το μυθιστόρημα λειτουργεί στον αναγνώστη συγκινησιακά, ότι...»

«Δεν ξέρω όμως ποιος απ' τους δυο στάθηκε τότε πιο δυστυχισμένος, εκείνος ο Λευτέρης ο δικός σου, ή εγώ ο Ευγένιος Ζιρντό;»

«Όταν το βιβλίο εκδοθεί, οι αναγνώστες θα μάθουν για κείνον τον Λευτέρη – μόνο εκείνον θα ξέρουν. Λυπάμαι, έτσι γίνεται πάντα...»

«Αν στις επόμενες σελίδες δε μου μοιάσει όσο περιμένω, το βιβλίο δε θα βγει ποτέ. Όσο ζω... αργότερα πράξε όπως νομίζεις».

«Πάμε τώρα, κύριε Ευγένιε, στο Α΄ Σώμα Στρατού».

«Φύγαμε για το Μέτωπο του Στρυμόνα. Οι πιο πολλοί δίπλα μου ήταν ψημένοι στρατιώτες, στις μακρινές οβίδες ούτε καν έσκυβαν το κεφάλι. Πόλεμο, να σου πω, τότε δεν πολυκατάλαβα. Οι οβίδες δεν ήταν συχνές, κι ήταν σαν να 'πεφταν τυχαία απ' το πουθενά, σαν κεραυνοί που τους γεννά τυχαία η καταιγίδα. Βουλγάρους να πολεμάνε απέναντί μας δεν είδα, αργότερα μόνο κάτι αξύριστους, που ήταν αιχμάλωτοι και μας ζητούσαν τσιγάρα. Πιο πολύ θυμάμαι τους κάλους απ' τις αρβύλες και τη μυρωδιά του χώματος στο όρυγμα. Μα την πίστη μου, εκεί μύριζε τάφο συνέχεια, και σ' το λέει αυτό ένας κηπουρός που έσκαβε το χώμα από μικρό παιδί».

«Προσαρμοστήκατε πάντως».

«Όπως το δει κανείς. Εκείνους τους μήνες ήμουν σαν υπνωτισμένος. Καμιά φορά νόμιζα ότι εκείνος ο στρατιώτης Πεζικού που περπατούσε φορτωμένος με τουφέκι, μάσκα αερίων, ψαλίδα για το συρματόπλεγμα, καραβάνα και παγούρι, που χτυπούσαν το ένα το άλλο, ήταν κάποιος άλλος. Μια μέρα μάλιστα σ' ένα προσκλητήριο, όταν φώναξαν τ' όνομά μου, το άκουσα αλλά περίμενα ν' απαντήσει άλλος. Καμιά φορά νόμιζα ότι ήμουν ο δίδυμος αδερφός του τυφεκιοφόρου Λευτέρη Ζεύγου που πολεμούσε στον Στρυμόνα».

«Στην Καβάλα πότε ήσασταν;»

«Όταν απελευθερώθηκε η Ανατολική Μακεδονία και μεταφέρθηκε εκεί η διοίκηση του Α΄ Σώματος».

«Τον Νοέμβριο τελείωσε άλλωστε κι επίσημα ο πόλεμος. Η Γερμανία παραδόθηκε».

«Ναι, το θυμάμαι αυτό, γιατί κάναμε μια μεγάλη γιορτή στο Διοικητήριο. Με είχαν βάλει εκεί να φτιάξω και πάλι τον κήπο, γιατί κάποιος απ' τη Θεσσαλονίκη τούς είχε ψιθυρίσει ότι στο Στρατηγείο είχα κάνει καλή δουλειά. Άλλοι μέσα στον θάλαμο ψιθύριζαν ότι είχα μεγάλο μέσον, γιατί την ώρα που εγώ φρόντιζα τα λουλούδια μου, εκείνοι ξεφόρτωναν κιβώτια κάτω από βροχή. Τι μέσον να είχα εγώ; Ήμουν μόνο αυτό που κλότσησε ο Αλπερέν μπέης ένα μεσημέρι κάποιου Σαββάτου. Δεν είχα τότε, Ορέστη, επίγνωση της μικρότητας του κόσμου, αν και ζούσα στο πεζοδρόμιο από μικρό παιδί. Άλλαξα λίγους μήνες αργότερα κι έγινα άλλος άνθρωπος στην εκστρατεία. Ότι ήμουν μέσα στα λουλούδια και πάλι μου άρεσε, όμως ο νους μου ήταν πάντα εκεί πίσω. Μ' έκαιγε να μάθω αν με είχε προδώσει, αν είχε υποταχτεί ή συμφώνησε να παντρευτεί εκείνον τον Βολκάν ή τον άλλον τον Ζεκί. Δεν είναι τρομερό ότι μετά από εξήντα χρόνια θυμάμαι ακόμα τα ονόματά τους;»

«Κάποιο λάθος κάνετε, κύριε Ευγένιε. Αυτά τα ονόματα τα επινόησα εγώ μόνο και μόνο για το βιβλίο».

«Μπορείς να με λες "αξιότιμε" σε παρακαλώ; Θα με υποχρέωνες...»

Ο Ορέστης ανατρίχιασε, αν και κατάλαβε τι είχε συμβεί, γιατί ήταν άβολη και σκληρή αυτή η εικόνα της σύγχυσης. Του είχε τύχει κάποιο απόγευμα, όταν του διάβαζε, να δει τον Ζιρντό να χάνεται. Ήταν τα χρόνια του περασμένα, κι επιπλέον η τυφλότητα τον έσπρωχνε ακόμη πιο βαθιά, σε στοές αδιερεύνητες.

Φώναξε την Κορίνα για να τον βοηθήσουν να σηκωθεί. Όταν έκανε μερικά βήματα με την περπατούρα, αυτό συνήθως τον βοηθούσε.

«Θέλετε να πάτε στην τουαλέτα;» τον ρώτησε η Κορίνα.

«Ναι, παρακαλώ», απάντησε.

Ο Ορέστης βγήκε για λίγο στη βεράντα για ν' αλλάξει τον αέρα του. Ο ουρανός ήταν γεμάτος αστέρια – νύχτα ασυννέφιαστη, καλοκαιρινή. Ελάχιστα απ' τ' απέναντι μπαλκόνια είχαν φως, γιατί ο πιο πολύς κόσμος έλειπε στα εξοχικά του. Ο Ορέστης σκέφτηκε μειδιώντας ότι κάποτε αυτή η περιοχή ήταν τα εξοχικά των ανθρώπων αυτής της πόλης· τώρα, για λίγο πράσινο και δροσιά, έπρεπε να τρέχεις στη Χαλκιδική ή στην Ασπροβάλτα, σε δρόμους χειρότερους απ' αυτούς της εποχής της Αντάντ. Κοίταξε το ρολόι του· κόντευε δώδεκα. Αναρωτιόταν πόσο θα άντεχε ακόμα ο Ζιρντό να τον ακούει να διαβάζει.

«Ψήσε καφέ!» ακούστηκε η φωνή του μέσ' απ' το σαλόνι να προστάζει την Κορίνα.

«Είστε έτοιμος, αξιότιμε;» τον ρώτησε με χαμόγελο, βάζοντας το κεφάλι του μέσ' απ' την κουρτίνα.

«Δεν είμαι ο Αλπερέν μπέης, νεαρέ, ούτε αξιότιμος, και σε τέτοιες εξυπνάδες είμαι αλλεργικός!»

«Επιστρέψατε, κύριε Ευγένιε;»

«Δεν είχα φύγει ποτέ, εκτός κι αν ένα κατούρημα εξαιτίας του γεροντικού προστάτη το θεωρείς απόδραση. Κάθισε στη θέση σου να συνεχίσουμε».

«Μα είστε έτοιμος στ' αλήθεια;»

«Ποτέ δεν ένιωθα καλύτερα. Τι θα μου διαβάσεις τώρα;»

«Την εκστρατεία στην Ουκρανία. Θυμάστε γιατί έγινε;»

«Γιατί ο άλλος Λευτέρης της ζωής μου, ο Βενιζέλος, δεν ήθελε να χαλάσει χατίρι στους Αγγλογάλλους και μας έστειλε στις αρχές του '19 να πολεμήσουμε τους μπολσεβίκους, εμάς, το Α΄ Σώμα Στρατού, την Ι, τη ΙΙ και τη XIII Μεραρχία. Έλληνες στρατιώτες να πεθαίνουν στον εμφύλιο μιας άλλης χώρας, ντροπή!»

«Τα έχετε όλα στο μυαλό σας πολύ καλά. Νομίζω ότι δε χρειάζεται κι άλλη εισαγωγή, μπορώ να ξεκινήσω».

«Στη ζωή τη δική μου, εισαγωγή; Ψελλίζεις ανοησίες, το καταλαβαίνεις;»

Το σιδερένιο τακούνι

Σταυρός, στον Στρυμονικό Κόλπο, 24 Δεκεμβρίου 1918

ΤΑ ΣΥΝΝΕΦΑ ήταν κατεβασμένα, κι ένα γλαυκό αμάλγαμα, κάτι ανάμεσα σε ομίχλη και χαμηλή νέφωση, σκέπαζε την κορυφή της δασωμένης πλαγιάς. Αυτή κατέβαινε κάπως απότομα ως την ακτή, εκεί στα πλατάνια που από πάνω τα έβρεχαν τα ρυάκια του βουνού κι από κάτω τα έγλειφαν τα κύματα. Η παραλία του Σταυρού είχε όλο κι όλο ένα κτίριο, διώροφο, που έμοιαζε με παλιό τελωνείο ή φυλάκιο των Οθωμανών. Τα υπόλοιπα ήταν παράγκες, σκέπαστρα για τις βάρκες και χαμηλές αποθήκες με δίχτυα κι όλα τα σκουριάρικα των καραβιών – πίρους, άγκυρες...

Είχαν ξεκινήσει στοιχισμένοι απ' το χωριό Βρασνά, και απ' την ακτή του βάδιζαν δίπλα στη θάλασσα για το Λιμάνι του Σταυρού. Ένας ολόκληρος κόσμος σε μετακίνηση, το 34ο Σύνταγμα Πεζικού με την πυροβολαρχία του, τα μουλάρια, τα φορτώματα και τους άντρες σιωπηλούς κάτω απ' τη βροχή. Παραμονή Χριστουγέννων του 1918 με το φως του χειμώνα να είναι λιγοστό. Απ' το πρωί ψιλόβρεχε και το κρύο του βουνού, ανάκατο με την αλμύρα της ακτής, κοκκίνιζε τα ξυρισμένα μάγουλα των αντρών.

Όσο πλησίαζαν στον Σταυρό, η δασωμένη πλαγιά ερχόταν κι αυτή πιο κοντά, όπως κι άλλες παρόμοιες πίσω απ' αυτήν, συνεχόμενες, φύλλα δασωμένου βουνού το ένα πίσω απ' τ' άλλο. Στο μέσο της πρώτης πλαγιάς ξεχώριζαν λίγα σπίτια, ένας πέτρινος τρούλος εκκλησίας, δίπλα του το καμπαναριό, κι αυτό απ' την ίδια πέτρα, που ήταν σαν φάρος στο βουνό. Ένας δρόμος όλος κι όλος ξεκινούσε ανηφορίζοντας απ' τη θάλασσα, διέσχιζε το χωριό κι έφτανε ως τα τελευταία σπίτια στην κορυφή.

Όσο πλησίαζαν απ' τα Βρασνά στο φυσικό λιμάνι του Σταυρού, η βροχή δυνάμωνε, και αίφνης η εικόνα του μικρού χωριού που σκαρφάλωνε στην πλαγιά έγινε πιο αμυδρή, θάμπωσε, σαν να είχε πρόθεση αυτός ο μικρός οικισμός, σύσσωμος, σύψυχος, με το καμπαναριό, τις πέτρινες στέρνες, τους μαυροντυμένους χωρικούς, τα γελάδια, να αναληφθεί και να χαθεί στα σύννεφα.

«Κρατάτε βήμα, ρε!» ακούστηκε η φωνή ενός λοχία έξω απ' τον σχηματισμό. «Άντε, λεβέντες μου, να δείξουμε στους Τζόνηδες ότι είμαστε κι εμείς στρατός κι ας έχουν εκείνοι τις λίρες. Εμπρός, ρε, το κεφάλι ψηλά! Κι η βροχούλα καλή είναι, θα σας γυαλίσει το κράνος!»

Βάδιζαν πάνω στις λάσπες του παραλιακού χωματόδρομου που ένωνε τα δυο χωριά. Κάποια στιγμή οι στοιχισμένοι άντρες περνούσαν μέσα από γυμνωμένα πλατάνια. Οι αρβύλες βούλιαζαν στα λιωμένα φύλλα και οι ανάσες τους έβγαιναν σε μικρές τολύπες, έτσι τουλάχιστον φαίνονταν στα μάτια του Λευτέρη Ζεύγου, που ήταν στρατιώτης και κηπουρός κι ήξερε μόνο από τουλίπες, τα λουλούδια που ήταν ανέκαθεν σύμβολο της απόλυτης αγάπης. Οι τολύπες απ' τα χνότα τους γρήγορα χάνονταν στην πρωινή υγρασία, όπως άλλωστε και οι αγάπες αυτές που είχαν το παρατσούκλι «απόλυτες».

«Πού είναι οι Εγγλέζοι, λοχία;» ακούστηκε μια φωνή μέσα απ' τις σειρές.

«Μας βλέπουν με τα κιάλια. Προχωράτε!»

Η αγγλική Επιμελητεία είχε κατασκηνώσει στην περιοχή

εδώ και μήνες, κι εκατοντάδες στρατιώτες είχαν ξεκαλοκαιριάσει ανάμεσα στα δύο χωριά μόνο με το κοντό παντελόνι, αφήνοντας έκθετα τα ροδαλά μπράτσα και τα στήθη τους στον σαρκοβόρο ήλιο του ελληνικού καλοκαιριού. Κολυμπούσαν στα ρέματα του βουνού και στη θάλασσα. Έβγαζαν φωτογραφίες σκαρφαλωμένοι πάνω σε ήρεμα βουβάλια της μακεδονικής ενδοχώρας. Πολλοί έγραψαν δεκάδες γράμματα κάτω απ' τη σκιά των γιγάντιων δέντρων σε μια Μαίρη ή σε κάποια Έβελιν, που ζούσε σε μια κάμαρη κάποιου σπιτιού με κόκκινα τούβλα, που δούλευε δώδεκα ώρες σ' ένα εργοστάσιο κι έφτιαχνε βλήματα για τα κανόνια. Κάποιοι άλλοι Τζόνηδες ζωγράφιζαν με στημένα καβαλέτα πάνω στο χωριό ή στο πλατανόδασος με το παλιό χάνι, που ξεδίπλωνε όλο του το κορμί με τα εκατοντάδες δέντρα πέρα απ' το παλιό τελωνείο. Σ' αυτό το δάσος η οργιώδης του βλάστηση και η συμφωνική των εντόμων θύμιζε σε κάποιους αξιωματικούς τής Αυτού Μεγαλειότητος τόπους της Ινδίας που είχαν κάποτε εκπολιτίσει...

Με το που έφτασαν οι πρώτοι άντρες του 34ου Συντάγματος στο κτίριο του Τελωνείου, ένας ψηλόλιγνος λοχαγός της βρετανικής αποστολής βγήκε έξω στη βροχή κουμπώνοντας βιαστικά το πανωφόρι του. Στήθηκε μπροστά στον επικεφαλής Έλληνα αξιωματικό και χαιρέτισε με όλους τους τύπους.

Ήταν γνωστό σε όλους τους Έλληνες, αξιωματικούς κι οπλίτες, ότι η αγγλική Επιμελητεία, πριν επιβιβαστούν στα πλοία για την Ουκρανία, θα τους τροφοδοτούσε επιμελώς με ιματισμό, υπόδηση, πυρομαχικά, κι όπως κάποιοι ψιθύριζαν, και με κατανόηση και συμπάθεια. Ο μεγάλος πόλεμος, μολονότι πριν ενάμιση μήνα οι Γερμανοί είχαν υπογράψει παράδοση κι ανακωχή, δεν είχε, από ένα καπρίτσιο της μοίρας, για όλους τελειώσει.

Σε δύο ώρες όλο το σύνταγμα είχε προχωρήσει στη δημιουργία ενός πρόχειρου καταυλισμού με σκηνές και μεγάλες τέντες που θα προστάτευαν τους άντρες απ' τη βροχή. Επιπλέον υπήρχε η διευκρίνιση απ' τον διοικητή τους ότι μπορούσαν να χρησιμοποιήσουν ό,τι κατάλυμα τους προσφερόταν από τους ντόπιους ή απ' τους Εγγλέζους συμμάχους.

Η διμοιρία του Λευτέρη κατάφερε να εντοπίσει πριν το μεσημέρι μια χαμηλή καρβουναποθήκη, πνιγμένη στα βάτα και στ' αναρριχητικά, τα οποία, καθώς θέριευαν απ' την υγρασία, είχαν σκεπάσει σχεδόν τη μισή σκεπή. Η αποθήκη φαινόταν εγκαταλειμμένη απ' την αρχή του πολέμου, χωρίς πόρτα και παράθυρα. Οι αέρηδες, τέσσερα χρόνια τώρα, την είχαν καθαρίσει μέσα κι έξω απ' την καρβουνόσκονη· της είχαν απομείνει μόνο κάτι παλιά τσουβάλια μαυρισμένα και τρύπια. Στο πάτωμά της, που ήταν από χώμα, είχαν πολλές φορές φυτρώσει και ξεραθεί αγριόχορτα.

«Συνάδελφοι, αυτό είναι ό,τι βρήκαμε. Κι ευχαριστώ να λέτε!» μουρμούρισε ο Τριανταφύλλου και ξεφόρτωσε καταμεσής στην αποθήκη τον γυλιό που κουβαλούσε στην πλάτη του απ' τα Βρασνά.

«Το κεφάλι μου βαράει στο ταβάνι, κυρ-δεκανέα», ακούστηκε μια άλλη φωνή.

«Τέτοιο που 'ναι, καλά να πάθει», του απάντησε ο δεκανέας, κι ούτε που γύρισε να τον κοιτάξει, καθώς εκείνη τη στιγμή εξερευνούσε τις αραχνιασμένες γωνιές της αποθήκης.

Γέλια ακούστηκαν για το σχόλιο του δεκανέα και οι άντρες άρχισαν να ξεφορτώνουν τα σαμάρια τους, τον «φόρτο μάχης», όπως τον αποκαλούσαν οι αξιωματικοί, που είχε βραχεί και βαρύνει απ' την πρωινή πορεία μες στη βροχή.

«Ζεύγος!»

Ο Λευτέρης έκανε δυο βήματα και στάθηκε μπροστά στον δεκανέα.

«Να πας στον λοχαγό και να του δώσεις ραπόρτο για το πού θα περάσουμε τη νύχτα. Δεκατέσσερις άντρες θα είμαστε εδώ, να το ξέρει».

Ο Λευτέρης χώθηκε πάλι στην κοσμοσυρροή του λιμανιού

με τα πυροβόλα, τα κάρα, τα εγγλέζικα φορτηγά και τα μουλάρια, και βρήκε τον λοχαγό για να του δώσει αναφορά. Εκείνος κούνησε μόνο το κεφάλι και δεν του πολυέδωσε σημασία, γιατί είχε ένα σωρό σκοτούρες.

Απαλλαγμένος απ' το βάρος που είχε αφήσει στην αποθήκη, περιπλανήθηκε στη γύρω περιοχή. Ύστερα απ' το Τελωνείο υπήρχε ένα παρατημένο χάνι κι ένα ακόμη δάσος με πλατάνια που συνέχιζε ως το τέλος του κόλπου. Τα ρέματα που κατέβαιναν απ' τις πυκνόφυτες πλαγιές ήταν γεμάτα νερό. Ευτυχώς οι Βρετανοί είχαν προνοήσει κι είχαν τοποθετήσει πλατιές πέτρες τη μια δίπλα στην άλλη για να μπορούν να περνάνε από πάνω χωρίς να βρέχουν τις γκέτες τους. Σ' ένα ρέμα που ήταν πολύ πιο βαθύ κι ορμητικό, είχαν χτίσει ένα ξύλινο γεφύρι.

Ένιωθε την επιθυμία να μείνει μόνος. Είχε βαρεθεί τις τελευταίες βδομάδες τον συγχρωτισμό, τα αστεία του θαλάμου, την ανάσα του άλλου που ερχόταν απρόσκλητη πάνω στο ίδιο του το μούτρο. Προχώρησε στο πλατανόδασος χωρίς ν' απομακρύνεται απ' τα βράχια της ακτής. Κάθε τόσο συναντούσε ροδομάγουλους στρατιώτες. Ήταν Βρετανοί σε υπηρεσία, οι οποίοι έκαναν περίπολα ή κρατούσαν στο χέρι και μετέφεραν φακέλους, τηλεγραφήματα...

Στάθηκε σε μιαν άκρη του δάσους πατώντας πάνω σε βράχια και άμμο. Ατένισε τον Κόλπο του Στρυμόνα· στο βάθος του ξεχώρισε τα δύο γαλλικά ατμόπλοια που είχαν φουντάρει με στραμμένα τα φουγάρα τους στα βλέμματα του στρατού στο λιμάνι. Δεν μπορούσε να διαβάσει από μακριά τα ονόματά τους, αλλά τα είχε ακούσει προχθές σε μια κουβέντα ανάμεσα στον συνταγματάρχη τους και σ' έναν Γάλλο επιτελικό. Ήταν τα ατμόπλοια *Normandie* και *Tigre* που περίμεναν να φορτώσουν το σύνταγμά τους και να βάλουν ρότα για τα Στενά κι από κει για τη Μαύρη Θάλασσα. Ο Λευτέρης είχε ακούσει ότι αυτοί θα ήταν οι πρώτοι που θα κατέβαιναν τη σκάλα του πλοίου και θα πατούσαν στο Λιμάνι της Οδησσού.

Έβγαλε ένα τσιγάρο απ' την ταμπακιέρα και το άναψε χαζεύοντας τα δυο πλοία. Τα νερά του κόλπου έδειχναν σκούρα, γιατί αντανακλούσαν τον σκυθρωπό ορίζοντα. Αύριο ξημέρωναν Χριστούγεννα, αλλά ο παγανιστής ουρανός, με τα δασωμένα σύννεφα και τα μαυρόφυλλα δέντρα της βροχής που έσφιγγε μέσα του, δε θα άλλαζε στο τόσο την παλέτα με τα σκούρα χρώματα. Ο κόσμος όλος φαινόταν στουμπωμένος βαθιά μες στο πηγάδι του χειμώνα βυζαίνοντας το λίγο ατροφικό φως.

Πάτησε με μανία την αρβύλα και κομμάτιασε κελύφη από μύδια που ήταν φερμένα στην ακτή απ' τα κύματα. Είχε επίγνωση ότι δεν ήξερε ποιος πραγματικά ήταν, πού πάει, γιατί πάει, αν θα γυρίσει πίσω κι αν κάποιος τον αγαπούσε ακόμη για να τον περιμένει. Σκέφτηκε με μια δόση τοξικού αυτοσαρκασμού ότι αν έπιανε στο χέρι μολύβι και χαρτί κι έγραφε ένα γράμμα, όπως έκαναν όλοι οι συνάδελφοί του, το μόνο πρόσωπο που είχε διαθέσιμο να του απευθυνθεί ήταν ο Μαρκήσιος.

Άκουσε βήματα πίσω του και γύρισε.

«Τι σκέφτεσαι, ρε Σαλονικιέ;»

Ήταν ο Μιχάλης ο Τριανταφύλλου απ' τη διμοιρία του, αρτεργάτης απ' την Παλιά Ελλάδα, άντρας σοβαρός και ψημένος στη φωτιά.

«Τι να σκέφτομαι, ρε Μιχάλη; Πού μας σέρνουν, αυτό σκέφτομαι».

Ο Μιχάλης έστριψε νευρικά το κεφάλι αριστερά δεξιά για να βεβαιωθεί ότι δεν τους άκουγε κανείς.

«Κέρνα με ένα τσιγάρο και πες μου τι σ' απασχολεί».

«Ο πόλεμος στην Ευρώπη τελείωσε. Εμείς πού πάμε, διάολε;»

Ο Τριανταφύλλου πήρε μια βαθιά ρουφηξιά και βάλθηκε κι εκείνος να χαζεύει πέρα στα γαλλικά ατμόπλοια.

«Θα σου μιλήσω, Σαλονικιέ, έξω απ' τα δόντια», του είπε κάποια στιγμή ρουφώντας ακόμα πιο νευρικά το τσιγάρο, «γιατί νομίζω ότι έχεις τιμή και κρατάς το στόμα σου κλειστό. Πάμε εκεί που δείχνει η γαλλική πολιτική γιατί επείγεται να προστατεύσει τα συμφέροντα των Γάλλων κεφαλαιούχων στη Ρωσία. Είναι τόσο απλό και απαίσιο μαζί. Εκεί στην Ουκρανία που θα περπατάς, ίσως σε κομματιάσει καμιά οβίδα μόνο και μόνο για να μην υπάρξει αταξία στη μεγάλη εισαγωγή σε χαβιάρι και γούνες που κάνει το Παρίσι. Μπορεί, συνάδελφε, να χυθούν τα δικά σου μυαλά στο χώμα για να μη μείνει ασυνόδευτη από χαβιάρι μια ακριβή σαμπάνια, για να μην την πιει κάποιος μπουρζουάς ξεροσφύρι, κατάλαβες;»

Ο Λευτέρης τον Τριανταφύλλου τον ήξερε, μάλιστα κάποιο απόγευμα είχαν βγει παρέα στην Καβάλα κι έκαναν βόλτες μασώντας πασατέμπο. Στην αρχή έλεγαν ιστορίες για γυναίκες, αλλά καθώς περνούσαν δίπλα απ' τα καπνομάγαζα, η συζήτηση γρήγορα πήρε άλλον δρόμο. Τον είχε διαβάσει τότε απ' τα λεγόμενά του ότι ήταν σοσιαλιστής, ότι είχε αυτήν την «αρρώστια», όπως την έλεγε ο Αλπερέν μπέης. Και μόνο η απέχθεια που προκαλούσε ο σοσιαλισμός στον μπέη ήταν σοβαρός λόγος για τον Λευτέρη ν' ακούσει τον συνάδελφό του με προσοχή.

Δεν του είπε και πολλά γιατί έπρεπε να γυρίσουν νωρίς στο στρατόπεδο. Πιο πολύ τού μίλησε για ένα βιβλίο για το οποίο κουβέντιαζαν συχνά μ' έναν συνάδελφό του που ήξερε γράμματα κι ήταν τεχνίτης αρτοποιός σε φούρνο. Εκεί στη Λαμία δούλευε κι ο Μιχάλης ο Τριανταφύλλου πριν τον ντύσουν στο χακί. Αυτός ο συνάδελφός του είχε ζήσει χρόνια στην Αμερική, και στις μεγάλες απεργίες είχε κάνει και φυλακή. Εκεί, στη ζέστη του φούρνου, ο Τριανταφύλλου συζητούσε με πάθος μες στα βαθιά μεσάνυχτα για εκείνο το μυθιστόρημα, το *Σιδερένιο τακούνι*, του Τζακ Λόντον. Του είχε κάνει πολύ μεγάλη εντύπωση πρώτα ο τίτλος κι ύστερα όλ' αυτά που έλεγε για το μέλλον της ανθρωπότητας. Καθώς τα χέρια τους δούλευαν ασταμάτητα το ζυμάρι κι ήταν τα φρύδια τους ασπρισμένα απ' το αλεύρι, μιλούσαν για εκείνη την κοινωνία του μυθιστορήματος, όταν οι καπιταλιστές θα είχαν πάει περίπατο, όταν κανείς εργάτης δε θα δούλευε ανασφάλιστος. Μέχρι όμως να γίνει τ' όνειρο πραγματικότητα, θα χρειάζονταν απεργίες και θα ξυπνούσαν επαναστάσεις, ενώ την ίδια ώρα το σιδερένιο τακούνι του μεγάλου κεφαλαίου θα κυνηγούσε όσους σήκωναν κεφάλι για να τους λιώσει σαν κατσαρίδες στο κρύο πάτωμα της κουζίνας. Το *Σιδερένιο τακούνι* δεν ήταν ένα μυθιστόρημα για λευκοντυμένες κυρίες και δεσποινίδες που έπιναν το τσάι τους σερβιρισμένο από τα μαύρα δάχτυλα μιας υπηρέτριας. Ήταν ένα ευαγγέλιο που ταξίδευε από στόμα σε στόμα και είχε ανοίξει τα μάτια σε χιλιάδες Αμερικανούς εργάτες. Ήταν ένα βιβλίο γι' αυτούς που ήθελαν ν' αναποδογυρίσουν το στρωμένο τραπέζι του κόσμου και να σπάσουν όλα τα παλιά ραγισμένα σερβίτσια.

«Όμως, συνάδελφε, εδώ στο στόμα το 'χω και δεν μπορώ να μη σ' το ρωτήσω: Αφού όλα πια είναι όπως τα λες και για κάποιους μεγάλους και για τα πορτοφόλια τους μας κουβαλάνε στην άκρη του κόσμου, γιατί δέχτηκες να έρθεις; Μας έβαλαν όλους και υπογράψαμε πρώτα. Αν δεν ήθελες, δεν ερχόσουν στη Ρωσία».

«Για τον ίδιο λόγο που 'ρθαν οι πιο πολλοί: για τα "ημερήσια επιμίσθια", για τα φράγκα. Έχουν αφήσει πίσω τους χωράφια ακαλλιέργητα, μωρά, γέρους, χρέη... κι η παραμικρή δραχμή είναι απαραίτητη».

«Τις χίλιες δραχμές, συνάδελφε, εσύ τις είχες τόση ανάγκη;»

«Τα 'στειλα όλα κάτω στη μάνα· η γυναίκα μου είναι λεχώνα κι αυτή κάνει τώρα κουμάντο. Τις τελευταίες μέρες που πολεμούσαμε στον Στρυμόνα γεννήθηκε ο γιος μου. Τα μουλάρια μας τα επιτάξανε όταν μπήκαμε στον πόλεμο, κάτω στο χωριό τρώνε βελανίδια και χαρούπια. Για μένα κράτησα μόνο πενήντα δραχμές για τσιγάρα και καμιά ρακή. Εσύ;»

«Τι εγώ;»

«Γιατί υπέγραψες;»

«Ας πούμε γιατί δεν είχα πού αλλού να πάω».

«Μπερδεμένα μού τα λες. Τα φράγκα τα 'στειλες όλα στη φαμίλια;»

«Ας πούμε έτσι, τι σημασία έχει; Αυτό που φοβάμαι τώρα είναι ότι πάνω στη Ρωσία θα μπλέξουμε».

«Τι περίμενες δηλαδή, χάρισμα έτσι για το τίποτε; Τέτοιο κράτος χουβαρντάς δεν έχει υπάρξει στο ρωμαίικο. Σαλονικιέ, τώρα ό,τι έγινε έγινε. Κοίτα μόνο εκεί πάνω να φυλάς καλά το τομάρι σου».

«Αυτοί οι μπολσεβίκοι, σοσιαλιστές δεν είναι κι αυτοί; Πώς θα πας να σκοτώσεις τους δικούς σου; Αυτούς που κάτι θα 'χουν ακούσει για το *Σιδερένιο τακούνι*;»

Ο Μιχάλης ξαναφόρεσε στο κεφάλι του το κράνος.

«Εκεί που πάμε, δεν είναι της πατρίδας δουλειά. Θα πυροβολώ, συνάδελφε, στα σύννεφα;»

Του έστριψε την πλάτη κι έφυγε για την καπναποθήκη. Ο Λευτέρης τον ακολουθούσε με το βλέμμα του όσο ξεμάκραινε. Σκέφτηκε ότι ο Τριανταφύλλου δεν τα 'λεγε κι άσχημα κι ότι του 'δειχνε εμπιστοσύνη, όμως τα χνότα τους δεν ταίριαζαν. Κάποιες φορές τον εκνεύριζε η χροιά της φωνής του, ο τρόπος που μάσαγε· με τα αστεία του δεν είχε γελάσει ποτέ.

Άφησε τη θάλασσα και τις δυο γαλλικές σημαίες που κυμάτιζαν μεσοπέλαγα κι άρχισε ν' ατενίζει προς την πλευρά του χωριού, αυτήν της δασωμένης πλαγιάς. Ο πενθηφορών ουρανός είχε κατεβάσει τώρα πιο κάτω τα σύννεφα και τα πρώτα σπίτια καλύφτηκαν από ένα περίσσευμα λευκού. Είχε αρχίσει πάλι να ψιχαλίζει, και με τις πρώτες σταγόνες τα σπίτια άσπρισαν σαν να 'ταν βουτηγμένα στο ούζο.

Μπορούσε να χαζεύει εκείνη την πλαγιά για ώρες, την

μπροστινή και τις άλλες, τις ντροπαλές, που έστεκαν πίσω της ομοίως κατάφυτες και συννεφιασμένες. Ήταν διαδοχικές πίσω και δίπλα της πλαγιάς του χωριού, που κάποτε έστριβαν κι έδιναν μια στρογγυλάδα στη ράχη όλου του βουνού. Του φάνηκαν σαν πέταλα λουλουδιών που φτιάχνουν κοχλία και δίνουν τρυφερή σάρκα σε όλα τα μπουμπούκια. Υποσχέθηκε ότι αύριο το πρωί θα προσπαθούσε ν' ανέβει στα ψηλά του χωριού, γιατί ήθελε να δει τον κόλπο της υπερπόντιας εκστρατείας από ψηλά.

Οι μέρες που ακολούθησαν έφεραν αναποδιές. Αποδείχτηκε ότι ήταν ανέφικτο να φορτωθεί η πυροβολαρχία στα πλοία από εκείνο το λιμάνι, ομοίως και τα υποζύγια και ο υπόλοιπος βαρύς οπλισμός. Οι βάρκες που πηγαινοέρχονταν απ' τα ατμόπλοια στον ξύλινο μόλο αποδείχτηκαν ακατάλληλες. Η επιβίβαση των κανονιών και του βαρέος οπλισμού έπρεπε να γίνει σ' ένα βαθύ, καλά εξοπλισμένο λιμάνι. Μόνο μία λύση υπήρχε: να φύγει η πυροβολαρχία για τη Θεσσαλονίκη κι εκεί να την περιμένουν τα δύο ατμόπλοια για να τη φορτώσουν. Ύστερα θα ξανάρχονταν τα πλοία εδώ στον Σταυρό και θα επιβιβάζονταν οι πεζικάριοι με τους γυλιούς τους.

Ο Λευτέρης άκουγε φωνές και γκρίνιες απ' το πρόχειρο Διοικητήριο. Αυτό που κάποιοι το έλεγαν «αναποδιά», άλλοι το βάφτιζαν «ανοργανωσιά». Οι Άγγλοι χαμογελούσαν ειρωνικά και σώπαιναν. Η κεντρική διοίκηση, που ήταν γαλλική, επιτάχυνε όλη τη μετακόμιση για να μη χαθεί επιπλέον χρόνος. Τρεις ολόκληρες μέρες χρειάστηκαν μέσα σε λάσπη και βρυχή για να μετακομίσει η πυροβολαρχία στο Λιμάνι της Θεσσαλονίκης και ν' αρχίσει η επιβίβαση. Πλησίαζε Πρωτοχρονιά.

Στην καρβουναποθήκη δεν περνούσαν οι ώρες. Οι στρατιώτες είχαν προμηθευτεί απ' τους Εγγλέζους χοντρές μάλλινες στολές, και τώρα κοίταζε ο ένας τον άλλον και κορόιδευαν για τα «βαφτιστικά» τους, όπως τα έλεγαν. Όταν δεν έβρεχε, τους συγκέντρωναν μπροστά στο λιμάνι με πλήρη εξάρτυση και κάποιοι εύγλωττοι αξιωματικοί έβγαζαν λόγους. Κάθε ομιλία για την εκστρατεία στη Μεσημβρινή Ρωσία περιείχε απαραίτητα τον μύθο του χρυσόμαλλου δέρατος και της Αργοναυτικής Εκστρατείας, την αιώνια πολεμική αρετή της φυλής και το ιερό χρέος να βοηθήσουν οι Έλληνες τον ομόδοξο τσάρο να ξανασταθεί περήφανος στον θρόνο του.

Ο Λευτέρης εκείνες τις μέρες ήταν λιγομίλητος όσο ποτέ. Είχε ζητήσει άδεια απ' τον δεκανέα να περπατάει γύρω γύρω σ' όλη την περιοχή, μιας και δεν είχε γράμματα να γράψει και η τράπουλα πάνω στην κουβέρτα τού έφερνε νύστα.

«Να μη χάνεσαι μόνο», του παρήγγειλε εκείνος και δεν έδωσε περισσότερη σημασία, γιατί ήξερε ότι μπορούσε να τον εμπιστεύεται, όμως είχε και την αίσθηση ότι ο κηπουρός ήταν άνθρωπος μονόχνοτος και φορές περίεργος. Αν τον έβλεπε να διαβάζει ή να γράφει σε κανένα τετράδιο, ο δεκανέας θα 'παιρνε όρκο ότι ήταν ποιητής.

Κάποια στιγμή ο Λευτέρης στις περιπλανήσεις του συνάντησε έναν Εγγλέζο γιατρό που μιλούσε φαρσί τα γαλλικά και τον ρώτησε αν είχε πέσει ποτέ στην αντίληψή του κάποιο βιβλίο που λεγόταν *Το σιδερένιο τακούνι*. Ο γιατρός τού απάντησε πως πρώτη φορά το άκουγε. Τον παράτησε σύξυλο έξω απ' την πόρτα του ιατρείου και πήρε τον ανηφορικό δρόμο που διέσχιζε το χωριό κι έβγαζε επάνω στην κορυφή της πλαγιάς. Όλο το λιθόστρωτο μύριζε την κοπριά απ' τα χοιροστάσια, βρεγμένο πουρνάρι και την κάπνα απ' τα τζάκια. Πάνω απ' τον περίβολο της εκκλησίας βρήκε ένα πλάτωμα μες στα δέντρα και σκαρφάλωσε, για να βλέπει κάτω όλον τον κόλπο. Έφευγε σε λίγες μέρες – δεν ήταν ακριβώς λυπημένος μόνο ανήσυχος. Άφηνε πίσω του μια πόλη καμένη, μια αγάπη ανεξιχνίαστη κι έναν γέρο μουσουλμάνο Ιούδα. Ζούσε σε μια πατρίδα που δεν είχε προλάβει να την καλοχωνέψει, που άλλαζε κάθε τόσο τα σύνορά της όπως οι ηθοποιοί στολές. Αυτήν την πατρίδα την αγαπούσε και την καταλάβαινε πιο πολύ μέσα απ' τα παιδιά της, τους συντρόφους του κάτω στην καρβουναποθήκη. Τους λυπόταν, και πρώτα τον εαυτό του, που τους στέλνανε εκεί πάνω για να φέρουν, όπως το λέγανε, μια «μαγική προβιά». Τελικά, αφού θα έθαβαν τους σκοτωμένους τους, θα την έφερναν πεσκέσι στον Βενιζέλο όχι με χρυσές τρίχες αλλά με αίματα.

«Λες να 'χει δίκιο ο Τριανταφύλλου», αναρωτήθηκε, «ότι οι προλετάριοι δεν έχουνε πατρίδα;»

Σήκωσε τον γιακά της χλαίνης του κι άναψε τσιγάρο.

«Εγώ όμως έχω πατρίδα», είπε κι ατένισε από εκεί ψηλά τον κόσμο όλον, τα μοβ βουνά, τα ανάγλυφα κύματα της θάλασσας και το κίτρινο σιρίτι της άμμου που στεφάνωνε τον κόλπο γύρω γύρω.

«Πάντως για τη μάνα μου πατρίδα της έγινε ο πατέρας μου αφότου τον γνώρισε», συλλογίστηκε πάλι.

Τους θυμήθηκε και τους δυο κι έβαλε τα κλάματα.

Ύστερα από λίγο, αφού σκούπισε τα μάτια, κατέβηκε στο λιθόστρωτο του χωριού και πήρε να κατηφορίζει. Από ένα σπίτι του 'ρθε μια μυρωδιά που την είχε νοσταλγήσει: κάπου μαγείρευαν λάχανο μαζί με τα κόκαλα και την ψυχή του σφαγμένου γουρουνιού των Χριστουγέννων.

Ατμόπλοιο Normandie, *1 Ιανουαρίου 1919*

Ma chérie,

Σήμερα για τους Έλληνες είναι Πρωτοχρονιά. Οι Γάλλοι ναύτες του *Normandie* έχουν μια καθημερινή μέρα – για τους Αγγλογάλλους σήμερα έχουμε 14 Ιανουαρίου– μ' ένα συνηθισμένο γεύμα, κονσέρβες, μοσχάρι και κουνέλι, πάντα με πολύ αλάτι, που το καταλαβαίνεις το απόγευμα όταν αναζητάς νερό κάθε τόσο. Ούτε και για σας τους μουσουλμάνους όμως είναι κάτι ιδιαίτερο τούτη η μέρα, ωστόσο εγώ ανοίγω αυτό το τελευταίο μου γράμμα με τη γιορταστική ευχή: σου εύχομαι καλή χρονιά!

Γράφω με μαλακό μολύβι που το δανείστηκα από έναν συνάδελφο – το χαρτί μάς το δίνει ο στρατός. Καταλαβαίνεις πως αυτό το γράμμα θα είναι πολύ διαφορετικό από τ' άλλα που σου έχω γράψει. Τώρα ανάμεσά μας υπάρχει και η λογοκρισία του στρατού. Την ώρα που σου γράφω, φαντάζομαι το βαριεστημένο βλέμμα του αξιωματικού ασφαλείας που θα χτενίζει το γράμμα από πάνω ως κάτω. Είναι σίγουρο ότι το δικό μου γράμμα θα διαβαστεί εξονυχιστικά, γιατί δεν είναι συνηθισμένο να γράφει ένας Έλληνας στρατιώτης στα γαλλικά. Γι' αυτό σού λέω, γλυκιά μου, παλιότερα ο τρίτος αδιάκριτος ανάμεσά μας ήταν ο πατέρας σου, τώρα θα είναι κάποιος αξιωματικός. Πίστεψέ με, νιώθω πολύ πιο άνετα μ' αυτόν τον γαλλομαθή συνάδελφο της λογοκρισίας παρά με τον γερο-Αλπερέν.

Αφήσαμε πίσω μας τη Θάσο και τη Λήμνο και πλέουμε για την Κωνσταντινούπολη. Στο βάθος του ορίζοντα ίσα που φαίνεται η Σαμοθράκη, γιατί ο καιρός είναι μουντός, χειμωνιάτικος και μας κουνάει κάθε τόσο αρκετά. Μπροστά μου έχω ένα τζάμι γεμάτο αλάτια, κι έτσι ο έξω κόσμος φαίνεται ακόμη πιο θαμπός και σκούρος. Όπως σου έγραψα πιο πάνω, αυτό είναι το τελευταίο γράμμα που λαμβάνεις από μένα. Φεύγω απ' την πατρίδα, και η τελευταία μου εικόνα είναι το Λιμάνι του Σταυρού στις εκβολές του Στρυμόνα. Μας συγκέντρωσαν στην αποβάθρα, και πριν αρχίσει η επιβίβαση, τραγουδήσαμε όλοι τον Εθνικό Ύμνο. Στο τέλος ζητωκραυγάσαμε πολλές φορές με τα όπλα ψηλά, γιατί επιτέλους φεύγαμε για την εκστρατεία. Το χωριό με τα πέτρινα σπίτια στη δασωμένη πλαγιά πίσω μας έμοιαζε σαν να ήταν οι Μυκήνες ή κάποιος άλλος αρχαίος τόπος. Βλέπεις πως κάτι θυμάμαι απ' τους μήνες που κάθισα στα θρανία της Αστικής Σχολής. Όλα μας τα ντουφέκια, με περασμένη την ξιφολόγχη, ήταν υψωμένα σαν ένα δάσος από δόρατα. Είχα αυτήν την εικόνα στον νου μου κι από ένα γαλλικό βιβλίο που το είχα μια φορά κατεβάσει απ' τη βιβλιοθήκη σου και το είχα ξεφυλλίσει. Ήταν ελληνικό, απ' τους αρχαίους, κι έλεγε για κάποια κοπέλα που τη θυσίασαν για να φυσήξει ο άνεμος και να ξεκινήσει μια εκστρατεία. Έτσι, μου φάνηκε το Λιμάνι του Σταυρού σαν την Αυλίδα –αν θυμάμαι καλά το όνομα εκείνου του αρχαίου τόπου–, γιατί περιμέναμε τόσες μέρες άπραγοι.

Μόλις οι αρβύλες μου άφησαν το χώμα και μπήκα στη βάρκα που θα μας πήγαινε στο ατμόπλοιο, ένιωσα μια παράξενη αίσθηση, σαν ν' αποχαιρετούσα για πάντα το χώμα της πατρίδας. Μπορεί στη Ρωσία που πάμε να σκοτωθώ, ίσως γι' αυτό το ένιωσα και θέλησα να σου στείλω ένα τελευταίο γράμμα. Βέβαια δεν ξέρω αν το λάβεις ποτέ, γιατί είναι τόσα πολλά αυτά που παρεμβάλλονται ανάμεσά μας – η θάλασσα, ο στρατός, ο πατέρας σου... Αναρωτήθηκα αν φεύγοντας ήταν τυχαίο που ένιωσα τον κόμπο που αισθάνονται στον λαιμό οι χωριάτες όταν σαλπάρουν για την Αμέρικα και νιώθουν να τους ξεριζώνονται τα σπλάχνα την ώρα που αφήνουν το χώμα του χωριού τους. Μπορεί λοιπόν να μην ξανάρθω στην πατρίδα γρήγορα, ίσως καθόλου, ίσως σκοτωθώ, ίσως πάω με τους μπολσεβίκους... (συγνώμη, κύριε αξιωματικέ, αστειεύομαι).

Προαισθάνομαι λοιπόν ότι δε θα γυρίσω, κι ακόμη δεν έχω απαντήσει ξεκάθαρα στο μεγάλο ερώτημα: Ήξερες ναι ή όχι όταν ήρθαν εκείνο το μεσημέρι κι άφησαν το χαρτί της επιστράτευσης; Αν ήξερες, προσπάθησες να τον εμποδίσεις, ή είδες στον θυμό του την ανακούφιση στο δικό σου αδιέξοδο; Του είπες ότι σ' αγαπώ χρόνια, από μικρό κορίτσι, ότι σε σεβάστηκα, ότι έγινα τσιράκι του μόνο και μόνο για να έχω την πολυτέλεια να σε βλέπω κάθε μέρα;

Η στάση σου βέβαια από κείνο το μεσημέρι και μετά αφήνει αμφιβολίες. Έμεινα τόσους μήνες στη Σαλονίκη, κι αν ήθελες μπορούσες να με δεις, να στείλεις κάποιο μήνυμα με τον Θόδωρο, την υπηρέτριά σας εν ανάγκη. Ô enivrante amie![53] Μάλλον δεν είχες αυτό το θάρρος της Αλίν, που άφησε στην άκρη ένα βαρύ οικογενειακό όνομα, μια καταγωγή, μια θρησκεία, και παντρεύτηκε τον Σπύρο Αλιμπέρτη. Εσύ η ίδια μού έχεις αναφέρει αυτήν την ιστορία, που είναι η πιο ρομαντική στη συνοικία των Εξοχών. Μάλλον δεν είχες ούτε τη μισή θέληση απ' αυτήν του πατέρα μου, που έγινε καθολικός για χάρη της Ζιζέλ, της γυναίκας του. Δεν έμοιασες στο τόσο ούτε σε κείνη την αμόρφωτη Γαλλιδούλα που τα παράτησε όλα για χάρη του και πήγε σε μιαν άγνωστη πόλη να πεθάνει απ' το χτικιό σ' ένα καλύβι δίπλα στη θάλασσα. Επειδή δεν ήσουν ούτε η Αλίν, ούτε η Ζιζέλ, ούτε όλ' αυτά που ονειρεύτηκα, σε θυσίασα σαν την Ιφιγένεια. Το μαχαίρι που κρατάω στο χέρι μου το λένε «λησμονιά». Ακριβή μου, ίσως κάποτε, ύστερα από χρόνια, να σε ξαναθυμηθώ και να έρθω ξαφνικά και να σου ζητήσω εξηγήσεις. Αν γίνει ποτέ αυτό, να ξέρεις ότι δε θα είμαι πια ο κηπουρός, ούτε το δεξί χέρι ενός ντονμέ μεσίτη. Θα έρθω μόνο αν ο γερο-Αλπερέν σκύψει το κεφάλι δουλικά και καθαρίσει μ' ένα πανί την πολυθρόνα που θα καθίσω.

Έως τότε να είσαι ευτυχισμένη.

Ο στρατός τελικά επιβιβάστηκε, τα καράβια έφυγαν, η εκστρατεία ξεκίνησε.

Σε ασπάζομαι,
στρατιώτης Λευτέρης Ζεύγος,
2η Μεραρχία, 34ο Σύνταγμα Πεζικού, 2ο Τάγμα

53. Ô enivrante amie!: ω, μεθυστικό μου κορίτσι!

Ανήμερα των Φώτων, πρωί ακόμα, έπιασαν σκάλα στο Λιμάνι της Οδησσού. Οι πρώτες εικόνες που αντίκρισαν οι άντρες του συντάγματος ήταν ο βαρύς ρωσικός ουρανός και πλήθη κόσμου που τους υποδέχονταν στις αποβάθρες. Κρατούσαν ελληνικές και ρωσικές σημαίες και κάθε τόσο τις ανέμιζαν μες στο πρωινό ψύχος. Πάνω στο κατάστρωμα ετοιμάστηκαν για μια γρήγορη επιθεώρηση πριν συνταχθούν κι αρχίσουν να κατεβαίνουν απ' την πλάγια σκάλα. Ανάμεσά τους, όπως και στην προκυμαία, επικρατούσε εορταστική ατμόσφαιρα ύστερα από τόσες μέρες θορυβώδους εγκλεισμού μέσα στις λαμαρίνες. Κάποιοι, που τους πείραζε η θάλασσα κι είχαν ταλαιπωρηθεί, ύστερα από ένα καλό ξύρισμα και λίγες φρυγανιές στο στομάχι, ξεγελούσαν τώρα με την εμφάνισή τους.

Στους δρόμους της πόλης έκαναν παρέλαση. Αφού ανέβηκαν τα εντυπωσιακά σκαλιά μετά απ' το λιμάνι, βγήκαν σε μια ευρωπαϊκή πόλη μ' εντυπωσιακό δημαρχείο, όπερα, πάρκα. Οι δρόμοι, πραγματικά μπουλβάρ, είχαν δεντροστοιχίες με αγριοκαστανιές και ακακίες. Η Γκρετσέσκαγια, ο βασικός δρόμος της ελληνικής παροικίας, ήταν γεμάτη επιβλητικά αρχοντικά. Απ' τα μπαλκόνια και τα παράθυρα κρέμονταν άνθρωποι με λάβαρα και ζητωκραύγαζαν το 34ο Σύνταγμα που παρήλαυνε στοιχισμένο σε τετράδες φορώντας ζεστά εσώρουχα και καινούρια μάλλινα χιτώνια της αγγλικής Επιμελητείας.

Ήταν ένας ανάμεσα στους πολλούς, ένας σιωπηλός κηπουρός ανάμεσα σε αγρότες, εργάτες, τεχνίτες, παιδιά απλοϊκά που πρώτη τους φορά περπατούσαν σε τέτοιες λεωφόρους. Ήταν άντρες τους οποίους πρώτη φορά ζητωκραύγαζαν απ' τα μπαλκόνια γυναίκες με βαριά κοσμήματα και μανίκια γεμάτα δαντέλα, αγόρια με ναυτικά ρούχα που πήγαιναν σε προσεγμένα λύκεια και μάθαιναν τρεις γλώσσες και ξιφασκία. Ήταν η πρώτη φορά που άντρες του Μακεδονικού Μετώπου, βυθισμένοι για μήνες στη λάσπη και στα κουνούπια του Στρυμόνα, περνούσαν κάτω απ' τα χειροκροτήματα εμπόρων με σκληρό άσπρο κολάρο, που κέρδιζαν εδώ και χρόνια χιλιάδες ρούβλια απ' τα φορτώματα των σιτηρών απ' την Ανατολή στη Δύση, με τα ποταμόπλοια του Δούναβη και τις αντιπροσωπείες τους στην Μπραΐλα και στο Γκαλάτσι.

Ήταν ένας ανάμεσα στους πολλούς, ένας ανάμεσα σ' αυτούς που δε θα γνώριζαν ποτέ από κοντά τα σημαίνοντα πρόσωπα της γραικικής παροικίας, που δε θα τους καλούσανε ποτέ σε ένα après-souper[54] ν' ακούσουν την πιο μεγάλη κόρη της οικογένειας να παίζει Σοπέν στο μεγάλο σαλόνι. Ήταν ένας απ' αυτούς που δε θα έτρωγαν μπορς σε πορσελάνινο πιάτο, δε θα μιλούσαν κρατώντας ένα ποτήρι κονιάκ με ασφαλιστές και προξένους σε ιδιωτικές λέσχες, ούτε θα χάιδευαν με μια γλυκιά ραθυμία το βελούδινο κάθισμα στα θεωρεία της όπερας.

Όσοι απ' αυτούς τους άντρες θα έβγαιναν ζωντανοί απ' τις μάχες με τους μπολσεβίκους, θα διηγιόντουσαν χρόνια μετά στη θερμάστρα του καφενείου στο χωριό τους πώς ζούσαν εκείνοι οι Έλληνες στην Οδησσό, πόσο ψηλά ήταν τα άλογά τους, που το ξυστρισμένο τρίχωμά τους λαμποκοπούσε, πόσα ελβετικά ρολόγια είχαν στα ψηλά σπίτια τους και πόσο αγαπούσαν τότε, στην αρχή, τον Βενιζέλο όταν έφερε τον ελληνικό στρατό κάτω απ' τα μπαλκόνια τους.

Ήταν ένας ανάμεσα στους πολλούς – άκουγε, έβλεπε και σιωπούσε. Τσάπιζε καθημερινά το χώμα του και το αέριζε για να φυτέψει, όταν έρθει η ώρα, καινούρια όνειρα, γιατί τα παλιά είχαν πιάσει μελίγκρα κι έστεκαν αρρωστιάρικα στη συνοικία μιας πόλης που δεν τον τραβούσε πια. Μαζί με τη Μίρζα θυσίασε και τη συνοικία των Εξοχών και την ίδια τη Σαλονίκη, τις κάρφωσε με το ίδιο μαχαίρι εκεί, στον Κόλπο του Σταυρού, μέσα στις ιαχές των συντρόφων του που

54. Après-souper: (συνάντηση) μετά το δείπνο.

έμπαιναν στις βάρκες για να πάνε στα πλοία. Αγάπη, συνοικία και πόλη, τους είχε κουνήσει για πάντα το μαντίλι στέλνοντας ένα τελευταίο γράμμα απ' το *Normandie*, που το παρέλαβε στην Κωνσταντινούπολη το στρατιωτικό ταχυδρομείο του θωρηκτού *Αβέρωφ*. Μπαίνοντας στη Μαύρη Θάλασσα, είχε όλος μέσα του αδειάσει και καθαρίσει. Ήταν άσπιλος πια, ξασπρότερος κι απ' τα χιόνια που επρόκειτο να συναντήσει.

Βόρεια της Οδησσού, Μάρτιος 1919

Ό,τι απλωνόταν από το χωριό Κερμίδοφκα ως το Μπολ Μπουγιαλίκ, και πιο ψηλά, στη Σέρμπκα, την Μπερεζόφκα και το Βασιλίνοβο, το ονόμαζαν «Βορειοδυτικό Μέτωπο». Στην πραγματικότητα ήταν ένα αχανές αλώνι που το μαστίγωναν οι χιονοθύελλες με τη θερμοκρασία να κυμαίνεται συνήθως ανάμεσα στους μείον 20 με μείον 30 βαθμούς.

Η μεταφορά των συμμάχων, Ελλήνων και Γάλλων, γινόταν κυρίως με τρένο, και ήταν κάθε τέτοια μετακίνηση μια ολόκληρη οδύσσεια. Στις περισσότερες περιπτώσεις υπήρχε καθυστέρηση πολλών ωρών, έως και ημερών. Οι ατμομηχανές, μυστηριωδώς, κάθε τόσο χαλούσαν, και οι μηχανικοί έσκυβαν πάνω τους για να τις επιδιορθώσουν χωρίς να βιάζονται. Ήταν κοινό μυστικό ότι όλοι οι σιδηροδρομικοί συνεργάζονταν με τους Κόκκινους. Ύστερα από αρκετές ολιγωρίες, τα πιο πολλά δρομολόγια πραγματοποιούνταν με τους ίδιους τους αξιωματικούς μέσα στην ατμομηχανή και με το περίστροφό τους γεμάτο να σημαδεύουν τους μηχανοδηγούς. Κάποιοι απ' τους μηχανοδηγούς έμεναν κρεμασμένοι ανάποδα στα δέντρα μια ολόκληρη μέρα για παραδειγματισμό. Κάποιους απ' αυτούς, που είχαν παραδεχτεί τις δολιοφθορές, τους εκτέλεσαν χωρίς να τους ξεκρεμάσουν. Οι άνδρες του 34ου Συντάγματος συνάντησαν κάποιες φορές τέτοια κουφάρια κρεμασμένων, που τα πήγαινε πέρα δώθε ο παγωμένος αέρας που ξύριζε την πεδιάδα.

Όλοι οι στρατιώτες, Έλληνες και Γάλλοι, της 156ης Μεραρχίας λαγοκοιμόντουσαν, γιατί υπήρχε ο φόβος ότι το πρωί δε θα ξυπνούσαν εξαιτίας του κρύου. Αφού επιζούσαν απ' την παγωμένη νύχτα, το πρωί δεν μπορούσαν ούτε να πλυθούν, γιατί τα παγούρια τους παρέμεναν ένα κομμάτι πάγος. Έτρωγαν χιόνι για να ξεδιψάσουν, και κάποιες φορές, αν δεν τους έσπρωχναν οι βόμβες να χωθούν βιαστικά στη γη σαν τους αρουραίους, κατάφερναν να πιουν ένα φλιτζάνι τσάι. Γύρω απ' τα μάγουλα και το κεφάλι είχαν τυλιγμένα πανιά για να προστατεύονται απ' το κρύο, κι έμοιαζαν όλοι με τραυματίες. Είχαν φρύδια με κρυστάλλους και γένια γεμάτα ψείρες, που τους περπατούσαν στον λαιμό, στο μέτωπο, στα απόκρυφα κάτω απ' τα εγγλέζικα σώβρακα, που στον παγετό της ουκρανικής στέπας τα 'νιωθαν τώρα λιγότερο μάλλινα.

Όλος ο κόσμος ήταν ένα λευκό αλώνι κι αυτοί σπυριά μόνα τους και σκόρπια. Κάθε τόσο ο πόλεμος, ένα αργόσυρτο βόδι δεμένο απ' τον πάσσαλο, γυρνούσε γύρω γύρω, περνούσε από πάνω τους και τους τσαλαπατούσε. Όλος ο κόσμος ένα αλώνι, όπου ο παγωμένος αέρας λίχνιζε τις ψυχές των σκοτωμένων και τις σκόρπιζε στον ουρανό.

Οι μπολσεβίκοι συνέχιζαν να έρχονται χιλιάδες. Κάποιες φορές τούς είδαν από κοντά, πότε καβαλάρηδες πότε πυροβολητές πάνω από κάποια τατσάνκα – άμαξα από κείνες με τα στημένα βαριά πυροβόλα. Πολύ συχνά οι καθυστερήσεις των τρένων τούς φαίνονταν ευλογία, κάτι που ψιθύριζαν μεταξύ τους μακριά απ' τους αξιωματικούς. Ήταν προτιμότερο να βλέπεις πίσω απ' το παράθυρο τον αέρα να λυσσομανάει στον άσπρο κάμπο και να σκορπά νιφάδες σαν πούπουλα από ντουφεκισμένες πάπιες, παρά να είσαι έξω και να μην ξέρεις πού να προχωρήσεις και κάθε τόσο ν' αφουγκράζεσαι απειλητικούς καλπασμούς απ' το ιππικό του Αταμάνου Γκριγκόριεφ.[55] Ας αργούσε όσο ήθελε η αποστολή τους, ας άλλαζε κάποιος άλλος εκείνους τους δύστυχους που πολεμούσαν στο πρώτο συρματόπλεγμα του Μετώπου, ας πεθαίνανε κάποιοι άλλοι αντί γι' αυτούς. Στο κάτω κάτω της γραφής, ο πόλεμος είναι μια λοταρία, μια ρουλέτα με την μπίλια της να είναι ίδια με τα σκάγια των ντουφεκιών. Αν σε βρει, για να μην υποφέρεις, παρακαλάς τριάντα έξι ολόκληρες φορές να πεθάνεις.

Όλοι οι σύντροφοί του του χιονιού παρακαλούσαν τον Λευτέρη να μιλάει μ' όποιους Γάλλους συναντούσαν. Ήθελαν ν' ακούνε κι από κείνους λόγια δυσαρέσκειας κι αγανάκτησης. Οι φήμες κυκλοφορούσαν σ' όλα τα συμμαχικά στρατεύματα: οι στρατιώτες δεν ήθελαν πια να πολεμούν. Τα νέα κυκλοφορούσαν εδώ και δυο μήνες απ' τις πρώτες μάχες στη Χερσώνα και στο Νικολάγιεφ. Κάποια γεγονότα η διοίκηση δεν μπορούσε να τ' αποκρύψει. Ψιθυριζόταν ότι αρκετοί από αυτούς που είχαν δηλωθεί σκοτωμένοι ήταν απλά εξαφανισμένοι. Στα γαλλικά τάγματα έρχονταν πληροφορίες ότι οι φυλακές της Οδησσού, που τις είχε επιτάξει η γαλλική διοίκηση, δε χωρούσαν πια τους απείθαρχους και τους λιποτάκτες.

Ήταν εκείνες τις μέρες που ο Μιχάλης Τριανταφύλλου εξαφανίστηκε λες και τον είχε αρπάξει κάποιος πονηρός δαίμονας της στέπας. Δε βρέθηκαν αίματα ούτε κουφάρι μισοχωμένο στα χιόνια. Ο λοχαγός προτίμησε στις μεταξύ τους συζητήσεις να μη δώσει έκταση στο γεγονός· τον δήλωσε εξαφανισθέντα και δεν το ξανασχολίασε. Κλειστό κράτησε το στόμα του κι ο Λευτέρης για ό,τι είχε συμβεί το προηγούμενο βράδυ. Οι δυο τους ήταν υπηρεσία σ' ένα παρατηρη-

55. Αταμάνος Νικιφόρ Γκριγκόριεφ (1885-1919): παραστρατιωτικός ηγέτης που αρχικά στήριξε τη σοβιετική εξουσία αλλά αργότερα στράφηκε εναντίον της.

τήριο και μοιράζονταν λίγο κρασί από ένα μικρό μπουκάλι για να ζεσταθούν. Κάποια στιγμή ο Μιχάλης χαλάρωσε το κασκόλ με το οποίο είχε σαβανωμένο τον λαιμό του, έχωσε μέσα δυο δάχτυλα κι έβγαλε μια αλυσίδα μ' ένα χρυσό σταυρουδάκι.

«Είσαι μπεσαλής, το ξέρω», του είπε, και με μια κίνηση έβγαλε την αλυσίδα απ' τον λαιμό.

«Τι κάνεις;» τον ρώτησε ο Λευτέρης.

«Όταν τελειώσει τούτο το κακό, να πας κάτω στο χωριό και να ζητήσεις τη Χρυσάννα, τη χήρα μου, και να της δώσεις αυτό να το περάσει στην κούνια του γιου μου να με θυμάται. Εγώ μπούχτισα με τους σταυρούς σ' αυτόν τον πόλεμο. Κάθε βράδυ, πριν κλείσω τα μάτια μου, νιώθω να σέρνω πίσω μου ένα τσούρμο πεθαμένους. Αύριο μη με κλάψεις, να ξέρεις ότι θα έχω γλιτώσει απ' το σιδερένιο τακούνι και θα είμαι ζωντανός, θα είμαι με τους Κόκκινους. Είναι καλύτερο όμως να με δηλώσουν σκοτωμένο για να έχει η Χρυσάννα μια σύνταξη, μια αποζημίωση, κάτι... Συνεννοηθήκαμε;»

Τον κοίταξε διερευνητικά.

«Είσαι σίγουρος;» τον ρώτησε κι άπλωσε το χέρι του πάνω στα φρύδια του για να του σκουπίσει τον πάγο – συνηθισμένη κίνηση τρυφερότητας ανάμεσα στους συμπολεμιστές.

«Είμαι, Σαλονικιέ! Εσύ θέλεις να 'ρθεις;»

«Αντέχω ακόμη, εδώ μαθαίνω άλλωστε...»

«Είσαι ο μόνος που θα ξέρει πού θα είμαι αύριο. Πάρ' το!»

Ο Λευτέρης άνοιξε τη χούφτα και πήρε την αλυσίδα που ήταν ακόμη ζεστή απ' τον λαιμό του.

«Στον γιο σου θα πω τα καλύτερα, σ' το υπόσχομαι».

«Να σ' έχει ο Θεός καλά», του είπε ο Τριανταφύλλου και ξανάσφιξε στον λαιμό του το κασκόλ. «Να ξέρεις, ο Θεός είναι με το δίκιο, δεν είναι πόλεμος της πατρίδας αυτός!»

Τις επόμενες μέρες απουσίαζε απ' το πρωινό προσκλητήριο. Σημειώθηκε αρχικά ως αδικαιολογήτως απών και ύστερα ως εξαφανισθείς.

Εκείνη τη βδομάδα, στα μέσα του Μαρτίου, η χιονόπτωση είχε παραλύσει όλους τους δρόμους και τις σιδηροδρομικές γραμμές. Έλληνες και Γάλλοι δεν μπορούσαν να διαχειριστούν το σφοδρό κύμα της κακοκαιρίας και κούρνιαζαν όπου έβρισκαν. Οι μπολσεβίκοι όμως, γιοι του χειμώνα, προχωρούσαν. Στο μεταξύ, οι ειδήσεις για καινούριες λιποταξίες πλήθαιναν. Κάποιος υπαξιωματικός Παπαδόπουλος του 9ου Λόχου είχε αυτομολήσει με αρκετούς άντρες του στους Κόκκινους. Τον Κονδύλη, τον συνταγματάρχη, λέγανε ότι σε κάποια αναφορά τάγματος τον γιουχάρανε. Το πιο σοβαρό όμως περιστατικό έγινε σ' αυτούς στα βορειοδυτικά, όταν οι Γάλλοι εγκατέλειψαν το Μέτωπο κι άρχισαν να γυρνάνε προς την Οδησσό. Ήρθε τότε σήμα απ' τη διοίκηση στον 2ο Λόχο του 34ου Συντάγματος να πάνε να χτυπήσουν τους Γάλλους που υποχωρούσαν. Αρνήθηκαν. Τις επόμενες ώρες άρχισαν και οι ίδιοι να υποχωρούν συντεταγμένα.

Ούτε κι αυτός ο ίδιος κατάλαβε πώς έγινε τελικά. Σαν να έστριψε κάποιος ένα κέρμα ψηλά στον μολυβί ουρανό κι αυτό, όταν έπεσε στους πάγους, έδειξε τη φυγή. Ήταν ένα νόμισμα-πυξίδα που έδειχνε πάντα τον Βορρά, το Βασιλίνοβο, τη φυγή. Τον είχαν στείλει απ' το τάγμα να βρει μια ομάδα από Γάλλους που οπισθοχωρούσαν για να τους κοινοποιήσει την απόφαση του λοχαγού τους να αγνοήσουν τις διαταγές και να μην τους πειράξουν.

Βάδιζε κουκουλωμένος, όταν ξαφνικά τον βρήκε καινούρια θύελλα. Άρχισε να προχωρά στα τυφλά, ενώ ο άνεμος τον βίτσιζε με νιφάδες και τον πονούσε στο πρόσωπο και στο στήθος. Κατάλαβε ότι πλησίαζε σε μια μεγάλη λακκούβα. Έπεσε στα γόνατα κι άρχισε να μπουσουλάει προς τα εκεί με όλες του τις δυνάμεις για ν' αποφύγει όσο μπορούσε τη μανία του ανέμου. Έφτασε μπροστά σ' έναν μεγάλο κρατήρα που 'χε τρία μέτρα βάθος. Σύρθηκε ως το χείλος του κι άφησε το κορμί του να κυλήσει. Ήταν φανερό ότι τον κρατήρα τον είχε ανοίξει μια μεγάλη οβίδα. Χάρη σ' αυτόν ξαναβρήκε την ανάσα του κι έμεινε προφυλαγμένος απ' τη μανία του ανέμου. Καθώς ήταν σκυφτός κι άκουγε μόνο το ουρλιαχτό της θύελλας, την ίδια στιγμή, με την άκρη του ματιού του, ερευνούσε γύρω του. Η κρυψώνα που τον είχε σώσει έμοιαζε με ομαδικό τάφο: είχε εδώ κι εκεί σκόρπια πόδια και χέρια, και ήταν τόσο παγωμένα, που δεν είχαν καταφέρει ούτε το χιόνι να λερώσουν – κρέας που είχε μπλαβίσει, με λίγα κομμάτια κουρελιασμένο πανί που ήταν κάποτε μανίκι ή μπατζάκι από παντελόνι.

Πήρε μια βαθιά ανάσα σαν να 'θελε να βεβαιωθεί κι ο ίδιος ότι ήταν ακόμη ζωντανός.

«Ως πότε θα το ανέχομαι αυτό;» αναρωτήθηκε, και πάλεψε να ηρεμήσει το στήθος του που ανεβοκατέβαινε.

Δεν ήταν φόβος, ήταν κορεσμός και αηδία. Ήταν η πλημμυρίδα του πολτού της παράνοιας, ο κορεσμός της κολλώδους φρίκης, η τρέλα τής κάθε μέρας, η κραυγή, η λύσσα να σηκωθεί όρθιος κρατώντας το χέρι που 'χε βρει στον λάκκο, που ήταν κομμένο απ' το μπράτσο, και να ουρλιάξει, να χουγιάξει τον άνεμο, να τρομάξει τις μοίρες και τον θάνατο, να σώσει την αξιοπρέπεια του ανθρώπου.

Σκυμμένος στο πιο βαθύ σημείο του κρατήρα κι απορροφημένος απ' το ίδιο του το ουρλιαχτό στη χιονοθύελλα, νόμισε ότι άκουσε το γέλιο του Αλπερέν μπέη. Ήταν η πρώτη φορά που φοβήθηκε – όχι τον πόλεμο και τον θάνατο, αλλά την τρέλα. Τις φοβόταν αυτές τις φωνές, τις αθέατες, τις κίβδηλες, που τυραννάνε μαστιγωμένες ψυχές. Μετά το τέλος της καταιγίδας θα έφευγε. Μακάρι να είχε ακολουθήσει τον Μιχάλη, όχι στους μπολσεβίκους απαραίτητα, αλλά μόνο μακριά από δω, μακριά απ' το σφαγείο, σ' ένα νησί, σ' ένα άστρο, αλλού. Ίσως ο Τριανταφύλλου ν' άκουγε μικρός, όπως κι αυτός, το ίδιο παραμύθι με τον Κοντορεβιθούλη, που έβρισκε τα χαλίκια κι ακολουθούσε τον δρόμο που έπρεπε για να μη χαθεί στο δάσος. Μπορεί ο Τριανταφύλλου ν' άφησε πίσω του δόντια από σκοτωμένους – σημάδια για να μπορεί να τον βρει ο φίλος του ο Λευτέρης στη στέπα.

Κύρτωσε κι άλλο και τυλίχτηκε γύρω απ' τον εαυτό του. Κάποια στιγμή, χωρίς να έχει αίσθηση πόση ώρα είχε περάσει, δεν άκουγε πια το βουητό της χιονοθύελλας. Τα πνευμόνια του δαίμονα της στέπας είχαν τώρα αδειάσει κι επικρατούσε άπνοια, άπνοια και σιωπή. Οι λίγες νιφάδες που έπεφταν εδώ κι εκεί ήταν απλά για να δείχνουν ότι και μέσα σε τέτοια σιγή ο χρόνος συνέχιζε να κυλά.

Σκαρφάλωσε στο χείλος του κρατήρα και κοίταξε ολόγυρα. Προσανατολίστηκε όπως μπορούσε κι άρχισε να βαδίζει. Υπολόγιζε ότι αν ζούσε μια δυο μέρες θα έφτανε στο Βασιλίνοβο. Ήξερε ότι εκεί είχε ένα τάγμα Ζουάβων και μια μονάδα τεθωρακισμένων. Αν δεν είχαν ακόμη λιποτακτήσει, θα τους συναντούσε. Δεν ήξερε όταν θα έφτανε τι θα τους έλεγε, άλλωστε δεν είχε και κάτι να πει.

Έσκυψε, πήρε μια χούφτα καθαρό χιόνι και το έβαλε στο στόμα του, γιατί διψούσε και πεινούσε. Στη μέσα τσέπη της χλαίνης του είχαν μείνει λίγες σταφίδες. Έχωνε κάθε τόσο εκεί τα δάχτυλα και τις συνέλεγε μία μία. Στην τελευταία, όταν την κράτησε στα δάχτυλά του, πρόσεξε ότι μαζί της είχε πιάσει και μια ψείρα.

Προχωρούσε αργά σβαρνώντας τα πόδια στο χιόνι. Έπρεπε, αν ήθελε να επιβιώσει, να βρει κάποιο κατάλυμα. Ευτυχώς, πριν τον βρει η νύχτα, ανακάλυψε ένα συμμαχικό φορτηγό κομμένο στα δύο. Κάποια οβίδα προφανώς είχε διαλύσει την καμπίνα του οδηγού, τους άξονες και τις τρεις ρόδες. Έγερνε τώρα στο πλάι, με τη ρόδα που του είχε απομείνει να είναι βυθισμένη στο χιόνι. Η τέντα της καρότσας του όμως φαινόταν γερή. Έκανε πρώτα μια ενδελεχή αναγνώριση γύρω γύρω μη τυχόν είχε μέσα ή από κάτω κομματιασμένα πτώματα. Ό,τι είχε απομείνει απ' το φορτηγό, ήταν καθαρό από σάρκα· φαίνεται ότι το είχαν εγκαταλείψει στην αρχή της επιδρομής, πριν παντρευτούν τα κρέατα τις λαμαρίνες.

Επάνω στην καρότσα, σε κάποιες γωνιές που δεν τις έπιανε ο άνεμος, ξεχώρισε υπολείμματα από σιτάρι. Ήταν φορτηγό του εφοδιασμού· τώρα ήταν μισός σκελετός και μισή τέντα από καραβόπανο που την τράνταζε ο αέρας. Χώθηκε κάτω απ' την τέντα κι έκλεισε πίσω του με κορδόνια δύο κομμάτια της που ανέμιζαν. Όλη η καρότσα ήταν ένα κεκλιμένο επίπεδο. Στις γωνιές της κατηφόρας βρήκε κι άλλα χυμένα σπυριά από σιτάρι κι άρχισε να τα τρώει με βουλιμία, όπως τα περιστέρια. Ξεγέλασε έτσι την πείνα του, και κράτησε στο χέρι ένα μικρό στρωσίδι, που το κουβαλούσε πίσω στην πλάτη του στον γυλιό. Το άπλωσε στην καρότσα και ξάπλωσε με το κεφάλι στην ανηφόρα και τα πόδια προς τα κάτω. Το ξύλο της καρότσας ήταν κρύο βέβαια, αλλά ήταν καλύτερο απ' το να 'ναι μέταλλο· η τέντα έκοβε τον αέρα και τον προφύλαγε.

Χαμογέλασε λίγο κι έσφιξε επάνω του τη χλαίνη.

«Δραπέτης είναι καλύτερα», συλλογίστηκε, «μόνος είναι καλύτερα».

Ο μόνος ήχος που άκουγε όλη την νύχτα ήταν το τεντωμένο καραβόπανο της τέντας που χτυπιόταν απ' τον άνεμο όπως οι μεμβράνες στα τύμπανα. Ούτε τη φωνή του Αλπερέν μπέη ξανάκουσε ούτε καμιά άλλη, μόνο το καραβόπανο που το κυμάτιζε η καταιγίδα που 'χε μες στη νύχτα ξαναρχίσει. Κάπου εκεί, στα τελειώματα της νύχτας, είδε στον ύπνο του τον Αβδούλ Χαμίτ να καπνίζει. Ο πατισάχ δε μιλούσε, φαινόταν σκεφτικός και δεν του έδωσε καμιά σημασία.

Στις επόμενες δυο μέρες σιγουρεύτηκε ότι είχε απομακρυνθεί απ' τη σιδηροδρομική γραμμή που ένωνε την Μπερεζόφκα με το Βασιλίνοβο. Είχε περάσει επίσης, νύχτα, πάνω απ' την παράκαμψη της γραμμής που έστριβε νοτιοανατολικά προς το Νικολάγιεφ. Αφήνοντας πίσω τις γραμμές του τρένου και τον βασικό δρόμο, που ήταν κι αυτός στρωμένος με πάγο, ακολουθούσε από ένστικτο κι επιπολαιότητα όποιον επαρχιακό δρόμο έβρισκε μπροστά του, όπου δε βούλιαζε και μπορούσε να τον πατήσει.

Περνούσε σε απόσταση από αγροικίες, αποθήκες, έρημα υποστατικά και κάποιους οικισμούς, όπου δεν έβλεπες ούτε μια στήλη καπνού να υψώνεται στον αέρα. Πολλοί αγρότες είχαν φύγει από τον φόβο των μαχών, άλλοι είχαν ακολουθήσει τον στρατό του Μάχνο[56] ή τους μπολσεβίκους του Αταμάνου Γκριγκόριεφ. Τις πιο πολλές φορές τον αντιλαμβάνονταν μόνο τα σκυλιά, που αλυχτούσαν από απόσταση, αλλά κι αυτά γρήγορα σταματούσαν, γιατί ήταν νηστικά εδώ και βδομάδες. Χειμώνας και πόλεμος, παγωμένα κοτσύφια, σκελετοί από αγρίμια, αλλά και κατοικίδια που είχαν σκορπίσει απ' τις μάντρες ύστερα από κανονιοβολισμούς. Όσο απομακρυνόταν απ' τα πεδία των συγκρούσεων, δεν έβλεπε πια ανθρώπινα πτώματα, ούτε τάφρους με συρματόπλεγμα και τσουβάλια με άμμο. Η στέπα απλωνόταν μπροστά του αγνή στη μόνωση και στη νάρκη του χειμώνα.

Τη δεύτερη μέρα συνάντησε κάποιους χωρικούς που έγδερναν ένα γουρούνι κρεμασμένο από ένα γυμνό δέντρο. Κάτω απ' το κεφάλι του είχαν βάλει έναν κουβά που μάζευε το αίμα που στράγγιζε. Το σκίσιμο στην κοιλιά, που έκανε τα σπλάχνα να χυθούν, άχνιζε στην παγωνιά.

Κάθισε σε μια διπλανή στέρνα, όπου το καλοκαίρι οι αγρό-

56. Νέστωρ Ιβάνοβιτς Μάχνο (1888-1934): Ουκρανός αναρχικός ηγέτης με σημαντική δράση στον ρωσικό εμφύλιο πόλεμο.

τες πότιζαν τα ζώα τους κάτω απ' τη σκιά των δέντρων, όμως τώρα ήταν στεγνή κι απ' τον σωλήνα κρεμόταν ασχημάτιστος πάγος, που στον Λευτέρη φάνηκε ότι έμοιαζε με τα έντερα του σφαγμένου γουρουνιού.

Οι χωρικοί που έγδερναν το σφάγιο ήταν ένας άντρας και μια γυναίκα, ντυμένοι με προβιές, κάτι λερά κομμάτια γούνας και παλιόρουχα, που τους είχε κληροδοτήσει κάποιο μπαούλο του χειμώνα. Ξεχώριζαν μόνο τα πρόσωπά τους – ο άντρας με μια μακριά μαύρη γενειάδα και η γυναίκα στρογγυλοπρόσωπη, ανοιχτόχρωμη με φακίδες. Στα πόδια είχαν τυλιγμένα πανιά δεμένα με σχοινιά, που κατέληγαν σε χειροποίητα τσαρούχια.

Στην αρχή προτίμησαν να μην του δώσουν σημασία. Του γύρισαν την πλάτη και δούλευαν πάνω στο σφαχτό με δυο μακριά μαχαίρια· ίσως η παρουσία του και να τους φόβιζε. Αυτός ακουμπούσε στην παγωμένη βρύση, γιατί το βρήκε ξεκούραστο να τους χαζεύει, κι αυτό γιατί είχε βαρεθεί να είναι μόνο με τις σκέψεις του τρεις μέρες τώρα κι ήθελε κάτι για να ξελασκάρει ο νους του. Τα ρούχα του δεν είχαν πάνω τους διακριτικά που να φανερώνουν ότι ήταν Έλληνας. Ήταν μόνο στρατιώτης, Γάλλος, Πολωνός, Ρώσος των Λευκών ή Κόκκινος, απλά ένας στρατιώτης κακοπαθημένος απ' τον πόλεμο και την αγριάδα της στέπας.

Καμιά διακοσαριά μέτρα απ' το δέντρο ξεχώριζε μια ίζμπα, το συνηθισμένο χωριατόσπιτο της ουκρανικής πεδιάδας. Για κάποιον λόγο το ζευγάρι πάστρευε το γουρούνι μακριά απ' το σπίτι του, ίσως για να 'ναι μακριά απ' τα σκυλιά τους, που πρέπει να τα είχαν κάπου κλεισμένα, καθώς είχαν μυρίσει το αίμα κι αλυχτούσαν λυσσασμένα.

Ο άντρας, όταν τέλειωσε το γδάρσιμο, προσπάθησε κάτι να του πει που να έχει μέσα του κι ελάχιστα γαλλικά. Ο Λευτέρης σαν ν' αναθάρρησε και τον ρώτησε απευθείας στα γαλλικά. Εκείνος κάτι προσπάθησε να του απαντήσει επιστρατεύοντας κυρίως νοήματα με τα χέρια του, που δεν έλεγαν ν' αφήσουν το μαχαίρι. Ο Λευτέρης τον ρώτησε αν υπήρχαν εκεί κοντά μπολσεβίκοι, κι εκείνος απάντησε με δυο λέξεις και με το δεξί του χέρι, που το κουνούσε πέρα δώθε στον ορίζοντα θέλοντας να του δείξει ότι οι μπολσεβίκοι υπάρχουν παντού. Τον ρώτησε ύστερα αν πέρασαν από κει κι άλλοι στρατιώτες, και τότε ο άντρας σήκωσε το ένα του χέρι και του 'δειξε προς τον δρόμο. Όταν ο Λευτέρης τού ζήτησε ψωμί, εκείνος του 'δειξε μόνο το σφαγμένο γουρούνι και σήκωσε τους ώμους – σημάδι αδυναμίας να του προσφέρει αυτό που του ζητούσε. Αναρωτήθηκε μήπως, αν κρατούσε το όπλο του και δεν το είχε πετάξει, ο χωριάτης θα ήταν πιο φιλόξενος και συνεργάσιμος. Του ξαναζήτησε ψωμί, και το μόνο που έκανε ο άντρας ήταν να του δείξει τον κουβά με το στραγγισμένο αίμα. Του ήρθε να βγάλει τα σπλάχνα του.

«Καλύτερα να φάω τις ψείρες που κουβαλάω», του πέταξε τις λέξεις σαν χαλίκια κι έφυγε χωρίς να τους χαιρετήσει.

Οι καλημέρες και οι καλησπέρες ταιριάζουν στις πόλεις και στα χωριά, εκεί που οι άνθρωποι τρώνε και πλένονται. Στον κάμπο, ανατολικά απ' το Βασιλίνοβο, ζεις σαν το αγρίμι, και πρέπει τα βράδια να εξασκείς την κραυγή σου μήπως την ξεχάσεις κάποτε κι αυτήν.

Βάδιζε συνέχεια και παρατηρούσε ότι σε κάποια μέρη το χιόνι είχε αρχίσει να γίνεται λάσπη, ενώ αλλού ήταν πάγος σκληρός σαν πέτρα, που του έτρωγε τα άρβυλα. Συνέχισε να περπατάει σιωπηλός σ' αυτό που έμοιαζε με δρόμο, ενώ αριστερά και δεξιά είχε δέντρα στη σειρά, ξεραμένα, με φωλιές πουλιών έρημες, που ξεχώριζαν ανάμεσα στα γυμνά κλαδιά.

Κάποια στιγμή συνάντησε μια βοϊδάμαξα που την οδηγούσε ένας γέρος με πελώρια μουστάκια κι ένα γούνινο καπέλο διπλάσιο απ' το κεφάλι του. Ο Λευτέρης του 'κανε νόημα με το χέρι μπροστά στο στόμα για φαΐ. Ο γέρος δε σταμάτησε, μόνο έβαλε το χέρι σ' ένα καλάθι και του πέταξε δυο κάστανα στον δρόμο. Τα σήκωσε απ' το βρόμικο χιόνι και τα σκούπισε στα ρούχα του· ήταν δυο μεγάλα ωμά κάστανα που έμοιαζαν με τα μάτια του Χριστού στις αγιογραφίες. Τα καταβρόχθισε.

Συνέχισε να βαδίζει, κι ύστερα από ώρες τού μπήκε για τα καλά η ιδέα ότι πιθανώς τρελαινόταν. Δεν είχε κάποιο σχέδιο για να επιβιώσει, δεν είχε προορισμό, ένιωθε μόνο έναν διακαή πόθο να φεύγει μακριά, να μη στέκεται αλλά να περπατάει ασταμάτητα με όσες δυνάμεις είχε το σώμα του χωρίς να σκέφτεται. Ήξερε κάτι τέτοιους τρελούς στη Σαλονίκη, που περπατούσαν χωρίς σκοπό απ' το Λεμπέτ ως την Καλαμαριά, που τους έτρεφαν μόνο τα βήματα και τα παραμιλητά τους.

Αυτό που τράβηξε αρχικά την προσοχή του ήταν ένα σμήνος μαυροπούλια που ήταν συγκεντρωμένα στην άκρη του δρόμου. Σκέφτηκε ότι αν έπιανε ένα με τα χέρια του θα το έτρωγε όποια γεύση και να 'χε, γιατί το τέρας της πείνας τού δάγκωνε τα σπλάχνα και είχε αρχίσει να μετανιώνει που αρνήθηκε από αλαζονεία και ψωροπερηφάνια πριν μερικές ώρες το φρέσκο γουρουνίσιο αίμα.

Πλησίασε, κι αυτά έμεναν εκεί χωρίς να ταράζονται· ήταν φανερό πια ότι στη στέπα ούτε οι λιποτάκτες τρόμαζαν τα πουλιά. Ξεχώρισε τα περισσότερα να είναι μαζεμένα πάνω σε κάτι. Όσο πλησίαζε, η εικόνα γινόταν ολοένα και πιο καθαρή. Ένας άνθρωπος ήταν δεμένος πισθάγκωνα στο δέντρο, που τώρα τα πουλιά τον έτρωγαν. Το κορμί δεν ήταν πια όρθιο, είχε γλιστρήσει κάτω, και το κεφάλι έμενε γυρτό πάνω απ' τα πόδια που ήταν ανοιγμένα στο χιόνι. Τα πιο πολλά μαυροπούλια ήταν σκαρφαλωμένα πάνω στο κεφάλι και μ' επιδέξιες κινήσεις τού τσιμπολογούσαν το πρόσωπο. Άλλα δυο τραβούσαν απ' την πληγή στο στήθος, που έχασκε ανοιχτή.

Έβγαλε μια κραυγή κι αυτά τρόμαξαν και πέταξαν ψηλά. Άρχισε να κουνάει το ραβδί που είχε για τον δρόμο κι ύστερα να το περιστρέφει σε μεγάλους κύκλους στον αέρα. Έβγαζε το ουρλιαχτό της αγωνίας του θηλαστικού που έβλεπε να τρώνε τους ομοίους του. Τα μαυροπούλια πέταξαν ακόμη πιο ψηλά και στάθηκαν στα κλαδιά του γυμνού δέντρου όπου ήταν δεμένο το κουφάρι.

Ήταν κάτι παραπάνω από φανερό ότι τον είχαν εκτελέσει δεμένο πισθάγκωνα στο δέντρο. Πεσμένο δίπλα του στο χιόνι ήταν αφημένο ένα δίκοχο. Ο Λευτέρης, όταν το σήκωσε και το κράτησε στο χέρι του, ανατρίχιασε. Το ελληνικό εθνόσημο ήταν αφάγωτο απ' τα κοράκια. Έπιασε το κεφάλι απ' τα μαλλιά και το ανασήκωσε. Στα μάτια του νεκρού μπροστά υπήρχε ένα υπόλειμμα πανιού να σκεπάζει τις άδειες κόγχες. Τα μάγουλα ήταν κι αυτά μισοφαγωμένα, όπως κι ένα μέρος απ' τα μαλακά του λαιμού.

Από κείνο το σφραγισμένο στόμα, που το αναγνώρισε, άκουγε εδώ και μήνες τόσες ιστορίες για το δίκιο των φτωχών του κόσμου, για τον αγώνα των εργατών και την ισότητα. Άκουσε και για το σιδερένιο τακούνι των τυράννων, που κυνηγάει να πατήσει όλους τους εξεγερμένους. Το στόμα του Μιχάλη ήταν τώρα σφραγισμένο απ' τον θάνατο. Ο λαιμός του στεγνός και μισοφαγωμένος, χωρίς σταυρό, γιατί τον φορούσε ο Λευτέρης.

Του 'ρθε να βάλει τα κλάματα, αλλά δεν του έβγαιναν δάκρυα, μόνο απορίες κι ερωτηματικά. Ένα μεγάλο γιατί: γιατί τον σκότωσαν;

«Δεν τους είπες την ιστορία με το σιδερένιο τακούνι;» τον ρώτησε.

Έβγαλε το δικό του δίκοχο και το κράτησε στο χέρι με σεβασμό. Κι όμως θυμήθηκε ότι ήταν καλός στα λόγια ο Μιχάλης. Σίγουρα θα τους είπε την περιπέτειά του όχι μόνο με νοήματα, αλλά και με λέξεις της καρδιάς των εργατών· θα τους είχε πει και για το σιδερένιο τακούνι που σε όλη του τη ζωή τον κυνηγούσε κι ότι είχε έρθει σ' αυτούς για να είναι μαζί τους και να τον βοηθήσουν να γλιτώσει.

Δεν τον πίστεψαν.

Λευκός λιμός

Μεσημβρινή Ρωσία, τόποι αχαρτογράφητοι, Μάρτιος 1919

ΠΑΝΩ ΑΠΟ ΤΟ ΒΑΣΙΛΙΝΟΒΟ δεν υπήρχαν ονόματα ούτε χρώματα. Ό,τι συναντούσε, ήταν στον χάρτη αόρατο –ίσως πάλι να ήταν εκεί αλλά αυτός να μην το θυμόταν–, ενώ ό,τι έβλεπαν τα μάτια του ήταν μόνο λευκό. Έσερνε τα πόδια και κάθε τόσο σήκωνε τα χέρια για να προστατέψει το πρόσωπό του απ' τη χιονοθύελλα, όπως οι μελλοθάνατοι στο απόσπασμα – νιφάδες κατά βούληση στο κεφάλι, στο μέτωπο, στο σώμα. Περπατούσε αργά και είχε τα χέρια σηκωμένα στο πρόσωπο για να κρύβεται απ' τη μανία του λευκού κι απ' τον σαδιστικό συριγμό του ανέμου, που βάτευε σαν ακόλαστο θηρίο τον κάμπο.

Χρόνια αργότερα ο Λευτέρης Ζεύγος θ' αναρωτηθεί πολλές φορές πώς επέζησε εκείνων των ημερών, ποιος άγγελος με μαύρα φτερά τα είχε απλώσει προστατευτικά και τον είχε γλιτώσει απ' τα εγκλήματα του λευκού, του χιονιού που ήταν βαρύ σαν χαλίκι, του χιονόλευκου ορίζοντα, του ίδιου του ήλιου πίσω απ' τα σύννεφα που είχε χάσει το χρώμα του εγκαταλείποντας το περήφανο κίτρινο και τώρα τον αντίκριζες κατάματα χωρίς να φοβάσαι, ένα ασπριδερό ταψί άκακο σαν πρόβατο.

Χρόνια αργότερα ο Λευτέρης Ζεύγος θα προσπαθούσε να

θυμηθεί πώς του είχε πρωτοφανεί εκείνη η μικρόσωμη σιλουέτα που περπατούσε εκατό μέτρα μπροστά του, καθώς αυτός, ως πιο δυνατός, με περίσσευμα ορμής, σιγά σιγά την έφτανε και θα την προσπερνούσε σπρωγμένος απ' τη λαχτάρα για επιβίωση.

Ο άγνωστος φορούσε μια στολή που θύμιζε το γαλλικό Πεζικό, η οποία είχε βέβαια ασπρίσει απ' το χιόνι, όπως και το πανί που είχε τυλιγμένο γύρω απ' το κεφάλι του. Το καπέλο, το όπλο, ο γυλιός, όλα ήταν κάπου παρατημένα. Ήταν ένας κοντός στρατιώτης που βάδιζε στο χιόνι, το οποίο κάποιες στιγμές τού έφτανε ως το στήθος, και τότε, σπρωγμένος απ' τον πανικό, πηδούσε για να κερδίσει ύψος, να ξεθαφτεί. Θύμιζε τ' άλογα της Επιμελητείας τα οποία, όταν έσπαγε ο πάγος κάποιας λίμνης και βούλιαζαν στα παγωμένα νερά, τινάζονταν να γλιτώσουν απ' τον φόβο του υγρού τέλους, καθώς ο θάνατος έφτανε ως τον λαιμό έτοιμος να εισβάλει μέσ' απ' τα ρουθούνια τους που ανοιγόκλειναν με αγωνία.

Το πρώτο πράγμα που σκέφτηκε όταν τον είδε ήταν να φωνάξει. Δεν ήξερε ακόμη με σιγουριά αν η στολή του ήταν κλεμμένη, αν ήταν Ουκρανός μπολσεβίκος, Ρώσος Κόκκινος ή Λευκός, ή απλά ήταν μόνο ένας πλάνης του χιονιού που βάδιζε ολομόναχος στη θύελλα. Ο Λευτέρης, πλησιάζοντάς τον αρκετά, κι αφού ο άνεμος σκόρπισε απ' το παλτό του όσο χιόνι είχε μαζευτεί, βεβαιώθηκε πως ήταν η στολή του γαλλικού Πεζικού. Μέχρι να καλύψει την απόσταση που τους χώριζε, έβγαλε απ' την εσωτερική τσέπη τον σουγιά που είχε κρυμμένο και τον κράτησε στη χούφτα. Ξαφνικά τον είδε να κοντοστέκεται· ίσως αφουγκραζόταν γιατί ένιωσε την παρουσία του.

Προτίμησε να βγάλει μια κραυγή από κείνες που στερούνται ιθαγένειας, μια κραυγή που θα μπορούσε να είχε βγει απ' το στόμα οποιουδήποτε. Μόλις θα ήταν απαραίτητο, είχε έτοιμες για να του πει και τις πρώτες λέξεις, όμως γι' αρχή έφτανε μια κραυγή – το διαβατήριο της στέπας που δε λήγει ποτέ. Τον είδε να γυρνάει και να τον παρατηρεί. Δεν έκανε κάποια απότομη κίνηση, όπως να βγάλει κανένα σιδερικό απ' την τσέπη του, γι' αυτό προτίμησε κι ο ίδιος να κρύψει τον σουγιά.

Ήρθε η ώρα ν' ακούσει και την απάντηση στη δική του κραυγή. Η ένταση και το χρώμα της του έδωσαν την αίσθηση ότι αυτό το τυλιγμένο στα πανιά ζώο που ήταν μπροστά του ήταν πιθανώς χτυπημένο ή τρομαγμένο, σίγουρα πάντως ασθενέστερο. Σε απάντηση, ο γιος του κηπουρού έβγαλε μια κραυγή ακόμη πιο δυνατή, για να του επιβληθεί εξαρχής, για να είναι σίγουρος.

Ο στρατιώτης του γαλλικού Πεζικού δεν απάντησε με κάτι αντίστοιχο, μόνο κούνησε το χέρι – σημάδι χαιρετισμού, πρόθεση φιλίας, άρα υποταγής, γιατί σε κείνον τον άγριο κόσμο αυτά τα δύο ήταν ακριβώς το ίδιο.

Έφτασαν σε απόσταση λίγων μέτρων και ο Λευτέρης κοντοστάθηκε. Ο Γάλλος είχε αναγνωρίσει τη στολή του ελληνικού στρατού και κάτι προσπαθούσε να του πει με νοήματα. Ο Λευτέρης άρχισε να του μιλάει στα γαλλικά, κι εκείνος κατέβασε τα χέρια του αφήνοντας την παντομίμα στη μέση. Έδειχνε αμήχανος.

«Γιατί με κοιτάς σαν φάντασμα, δεν καταλαβαίνεις γαλλικά; Αφού δεν είσαι Ζουάβος, διάολε, τι δεν καταλαβαίνεις;»

«Είσαι Γάλλος;» ακούστηκε για πρώτη φορά η φωνή του.

«Όχι, Έλληνας».

«Σε κυνηγάνε;»

«Δεν ξέρω, απλά έφυγα, δεν είμαι κι ο μόνος... Εσύ;»

«Κι εγώ έφυγα».

«Πού πας τώρα;»

«Απ' ό,τι μπορώ να καταλάβω, στον διάολο. Ο αβάς στην ενορία μου, όταν μας μιλούσε για την κόλαση, έλεγε πάντα για φωτιές και πίσσες. Για χιόνι ο μπάσταρδος δε μας είπε ποτέ κουβέντα».

«Μη λες πολλά, κράτα δυνάμεις. Θα μιλήσεις όσο θες όταν θα βρούμε καταφύγιο, κατάλαβες;»

«Πολύ σίγουρο σ' ακούω ότι αυτό θα γίνει...»

«Αν δεν το πιστεύεις, καλύτερα πέσε τώρα δα και ψόφα!»

Δεν του απάντησε, παρά ασυναίσθητα του έκανε χώρο να περάσει μπροστά. Φαινόταν ότι ήθελε κάποιον μπροστάρη, τον χρειαζόταν. Ας πήγαινε λοιπόν πρώτος στη θύελλα αυτός ο Έλληνας κι εκείνος ας τον ακολουθούσε πατώντας στο αυλάκι του χιονιού που θ' άνοιγαν τα δικά του πόδια.

Στις επόμενες ώρες η κοινή τους μοίρα τούς φίλεψε στην ερημιά μια έκπληξη: βρέθηκαν χωρίς να το περιμένουν σ' ένα εγκαταλειμμένο χωριό. Είχε λίγα σπίτια έτσι κι αλλιώς, και τώρα τα πιο πολλά έστεκαν με καρφωμένα τα μικρά παράθυρα και τις χαμηλές πόρτες. Αυτές ξεπρόβαλλαν ελάχιστα πάνω απ' το έδαφος και το χιόνι κόντευε πια να τις σκεπάσει, γιατί κανένας δεν το φτυάριζε. Σε πολλές περιπτώσεις το χιόνι είχε ξεπεράσει σε ύψος τις χαμηλές στέγες και είχε φράξει εντελώς τα στενά δρομάκια. Ανοίγοντας διάδρομο μες στο χιόνι, πέρασαν μπροστά από έρημους στάβλους και μισογκρεμισμένους αχυρώνες. Κάποια στιγμή ξεχώρισαν σε δυο μεριές καπνό· άρα δεν είχαν φύγει όλοι οι χωρικοί, κάποιοι είχαν μείνει. Οι δύο στρατιώτες μπορούσαν από τώρα να φανταστούν ποιοι είχαν παραμείνει: οι ανήμποροι που δεν μπορούσαν να φύγουν μακριά, οι γέροι και οι άρρωστοι.

Παράξενα που ήταν εκείνα τα σπίτια στη Μεσημβρινή Ρωσία! Ο Λευτέρης θα τα θυμόταν για χρόνια μετά. Πρώτ' απ' όλα ήταν κυριολεκτικά βυθισμένα στη γη. Έμπαινες, κι ύστερα από λίγα μέτρα υπήρχαν καμιά δεκαριά σκαλιά που σε οδηγούσαν κάτω απ' το έδαφος. Εκεί έβρισκες ανέλπιστα ζέστη, καθώς υπήρχε ένας μεγάλος φούρνος σε ξεχωριστό δωμάτιο που έκαιγε συνέχεια. Η γη κρατούσε τη θερμότητα και ξεγελούσε τον χειμώνα στην επιφάνεια, που έσερνε τον χορό του θανάτου. Τέτοιο ήταν το σπίτι της γριάς Γιορντάνκα: μια ζεστή τρύπα της γης. Πολλές φορές το 'λεγε τραγουδιστά ότι το σπίτι της ήταν μια ζεστή τρύπα, όμοια μ' αυτήν που 'χε ανάμεσα στα πόδια της, μια τρύπα απ' όπου έφερε στον ζεστό της κόσμο πέντε αγόρια, αλλά η απάνω γη, η στέπα με τα καμώματα του ανέμου και τον πόλεμο, της τα πήρε όλα. Δύο ήταν με τους καβαλάρηδες του Αταμάνου Γκριγκόριεφ κι άλλοι τρεις με τους αναρχικούς του Μαχνό, αυτούς που είχαν τις μαυροκόκκινες σημαίες. Έμεινε έτσι η Γιορντάνκα, η χήρα, μόνη στην τρύπα της να ταΐζει με το χέρι τα ποντίκια σαν να 'ταν εγγόνια της.

Την πρωτοείδαν να στέκεται τυλιγμένη στα μαύρα έξω απ' τη μικρή εκκλησία, που της έλειπε η πόρτα γιατί είχε γίνει καυσόξυλα. Στα παράθυρα δεν υπήρχε κανένα τζάμι και ο μπρούντζινος σταυρός της οροφής είχε λιώσει εδώ και καιρό στα χυτήρια της Επανάστασης. Η γριά, με το ένα χέρι έσερνε ένα δεμάτι ξύλα και με τ' άλλο σταυροκοπιόταν μπρος σε μια μισοσβησμένη αγιογραφία, εκεί που κάποτε ήταν το υπέρθυρο. Κάθισαν λίγο και τη χάζεψαν. Έμοιαζε μ' ένα μαυροπούλι στο χιόνι που δεν μπορούσε να πετάξει παρά έκανε νευρικές κινήσεις σέρνοντας μια πληγωμένη φτερούγα γύρω απ' τη λεηλατημένη εκκλησία. Ύστερα από λίγο την είδαν να περνάει από μπροστά τους σέρνοντας το χοντρό δεμάτι. Ξαφνικά στάθηκε λίγα μέτρα μακριά τους, μπροστά σε μια χαμηλή πόρτα από κείνες που έμπαζαν στα περίεργα σπίτια που οδηγούσαν κάτω στη γη. Κάτι τους είπε και τους έκανε νόημα. Την πλησίασαν μουδιασμένοι απ' την παγωνιά και την εξάντληση. Άνοιξε την πόρτα και τους έδειξε κάτι σκαλιά. Κάτω εκεί ξεχώριζε ένα φως. Τράβηξε μπροστά, αφού πρώτα τούς έκανε νόημα να κλείσουν την πόρτα πίσω τους. Πολύ γρήγορα μύρισαν καμένο ξύλο και χώμα. Ο Λευτέρης γρήγορα αναγνώρισε και μιαν άλλη μυρωδιά κρυμμένη: μπαγιάτικο λιβάνι.

«Ο κάτω κόσμος», μουρμούρισε ο Γάλλος κι έδειξε στον Λευτέρη να πάει μπροστά.

Μια εκκεντρική μοίρα τούς είχε φέρει κοντά, δυο λιποτάκτες και μια γριά που ο νους της γειτόνευε με τα ουράνια. Ο Νατόν κι ο Λευτέρης μιλούσαν μεταξύ τους γαλλικά, με τη Γιορντάνκα όμως δε μιλούσαν τίποτε. Η Γιορντάνκα είχε άλλους κώδικες επικοινωνίας. Τα λόγια τα είχε πιο πολύ για να τραγουδάει, να ψέλνει, να μονολογεί μπροστά στα πράγματα που είχαν αφήσει οι γιοι της φεύγοντας για τον πόλεμο. Ο Λευτέρης δεν άργησε να καταλάβει ότι κι αν ακόμη μιλούσαν τη γλώσσα της, λίγα πράγματα θ' άλλαζαν στη φιλοξενία της. Ο νους της έδειχνε να δραπετεύει κάθε τόσο πάνω απ' τη στέπα, ενώ είχε κινήσεις κι έναν εκφραστικό ειρμό που ήταν κατανοητά μόνο από τη φτερωτή ουράνια ιεραρχία.

«Η γυναίκα είναι τρελή!» του είπε ο Νατόν ορθά κοφτά απ' το πρώτο βράδυ.

Ήταν σκεπασμένοι με μάλλινα στρωσίδια και κουβέντιαζαν οι δυο τους χαμηλόφωνα.

«Αν θέλεις, πες την "αγία τρελή", πάντως τετρακόσια δεν τα 'χει», συμπλήρωσε ο Γάλλος.

Ο Λευτέρης εκείνο το πρώτο βράδυ δεν πολυενδιαφερόταν να μιλήσουν για τη Γιορντάνκα. Ήταν η κόπωσή τους, η πείνα που δεν έλεγε να κοπάσει, αλλά πιο πολύ η ανάγκη να γνωρίσει τον μικρόσωμο Γάλλο που είχε τολμήσει να κάνει ακριβώς το ίδιο μ' εκείνον: να παρατήσει τη μονάδα του παίζοντας κορόνα γράμματα το κεφάλι του και να χαθεί στο χιόνι. Ποιος ήταν εκείνος ο μικρόσωμος λοχίας με τα κοκκινωπά γένια, μ' αυτό το πρόσωπο που αν και τριχωτό έδειχνε σαν παιδικό; Ποιος ήταν αυτός ο Νατόν που διάβαζε μ' ένα ζευγάρι συρμάτινα γυαλιά κι έδειχνε να φοβάται και τον ίσκιο του;

«Γιατί μας έβαλε λες στο σπίτι της;» τον ρώτησε ο Λευτέρης.

Ο Νατόν σήκωσε τους ώμους.

«Μπορεί να μας πέρασε για τους γιους της, αν έχει γιους...», του απάντησε ύστερα από λίγο.

«Έχει. Δεν πρόσεξες τη φωτογραφία στο εικονοστάσι;»

Ο Νατόν ξανασήκωσε τους ώμους με τον ίδιο τρόπο.

«Αν μας είχε περάσει για τους γιους της, δε θα μας αγκάλιαζε;» τον ξαναρώτησε ο Λευτέρης.

«Η ψείρα που είχαμε πάνω μας μπορούσε να χωρίσει και νιόπαντρους», σχολίασε ο Γάλλος κι έξυσε άλλη μια φορά το κεφάλι του.

Ο Λευτέρης ξέσπασε στα γέλια ύστερα από μέρες, βδομάδες ίσως... Είχε καταλάβει ότι ο Γάλλος ήταν ευχάριστος άνθρωπος, ζεστός στην παγωνιά του χιονιού και φωτεινός στην πρώτη σκοτεινή νύχτα εκεί στην τρύπα της Γιορντάνκα.

«Καθαρίσαμε όμως. Τόσα βραστά νερά και πετρέλαιο...»

«Ας είναι καλά η τρελόγρια...»

«Μην τη λες έτσι, δε μ' αρέσει».

«Χαϊδευτικά το λέω· άλλωστε μου θυμίζει τη γιαγιά μου, μόνο που εκείνη...»

«Τι εκείνη;»

«Εκείνη τότε μας τάιζε κιόλας, ενώ εδώ...»

«Η Ρωσία λιμοκτονεί, αγαπητέ μου μαρκήσιε, δεν το 'χεις καταλάβει;»

Ο Νατόν σήκωσε προς τα πάνω την άκρη της γενειάδας του και τη μύρισε· του άρεσε που μοσχοβολούσε σαπούνι.

«Ευτυχώς που η Μεσημβρινή Ρωσία έχει νερό και σαπούνι».

«Και προπαντός φωτιά, το σπίτι της είναι ζεστό».

«Έχω να ζεσταθώ έτσι απ' τον χειμώνα του '14».

«Πολεμάς κοντά πέντε χρόνια;»

«Τέσσερα και μισό για την ακρίβεια. Έχω κοιμηθεί σε

αμπριά περισσότερο καιρό απ' ό,τι στους κοιτώνες του πανεπιστημίου...»

Εμφανίστηκε ξαφνικά μπροστά τους χωρίς μαντίλα, με τα άσπρα της μαλλιά να πέφτουν στους ώμους. Κοπανούσε με ρυθμό ένα ξύλινο γουδί, ενώ τους παρατηρούσε ως κάτι αξιοπερίεργο. Ο Νατόν βάλθηκε να την κοιτά κι αυτός αντικρούοντας τη ματιά της. Η γριά ψέλλισε κάτι αλλά δεν κατάλαβαν αν απευθυνόταν σ' αυτούς ή στους φευγάτους γιους της ή στη σελήνη, στον Μαχνό ή στον Λένιν. Τους γύρισε την πλάτη και χάθηκε στο διπλανό δωμάτιο.

«Τη μεγάλη θερμάστρα την πρόσεξες; Αυτήν που είναι και φούρνος, την πρόσεξες;»

«Την πρόσεξα».

«Είδες τι έκαιγε πριν από λίγη ώρα;»

Ο Νατόν ξανασήκωσε τους ώμους με τον γνώριμο τρόπο. Είχε αρχίσει να θυμίζει στον Λευτέρη τα μικρά παιδιά που είχε στη δούλεψή του στο πρακτορείο, αυτά που πουλούσαν στους δρόμους εφημερίδες.

«Έκαψε τις στολές μας μαζί με πολλές χιλιάδες ψείρες».

«Η καημένη η Αντάντ χάθηκε στις φλόγες!»

«Δεν είναι για γέλια, μωρέ, είμαστε ξεβράκωτοι...»

«Κι αυτές οι κουβέρτες;»

«Κουβέρτες είναι, δεν είναι ρούχα!»

«Θα σου λείψει η στολή σου, Έλληνα;»

Αποφάσισε να μην του απαντήσει. Μέχρι εκείνη τη στιγμή ήταν βέβαιος μόνο για το ότι είχε βραδιάσει σ' ένα άγνωστο μέρος και θα περνούσε πόσον καιρό άραγε παρέα μ' έναν έφηβο και μια γριά, η οποία ίσως να μιλούσε και με πνεύματα.

Στο σπίτι της Γιορντάνκα καταλάβαινες αν ήταν μέρα ή νύχτα μόνο αν ανέβαινες μερικά σκαλοπάτια κι έβλεπες έξω από κείνον τον χώρο πριν την εξώπορτα. Παρατηρώντας κανείς κάτι σαραβαλιασμένα έπιπλα που υπήρχαν εκεί, θα μπορούσε να υποθέσει ότι ήταν κάποτε σάλα υποδοχής. Τα μικρά παράθυρα αυτής της σάλας είχαν να καθαριστούν μήνες, ίσως και χρόνια.

Το σπίτι της ήταν, όπως και να το 'βλεπες, ένα ιδιαίτερο μέρος. Μύριζε ξύλο, μαλλί, και μια ανακωχή οσμής ανάμεσα σε τυρί και γιαούρτι. Ήταν ζεστό, γεμάτο στρωσίδια στο πάτωμα και λουλακί υφαντά στους τοίχους. Οι λάμπες του είχαν πετρέλαιο και στο εικονοστάσι το καντήλι ήταν πάντα αναμμένο. Στο χωριάτικο σπιτικό ξεχώριζαν και κάποια στολίδια και μικροέπιπλα που φανερά δεν είχαν σχέση με τον υπόλοιπο μικρόκοσμο του σπιτιού. Κάποιος απ' τους γιους ήταν ίσως έμπορος, ή ο άντρας της που είχε πεθάνει και κουβαλούσε απ' την Οδησσό ή απ' το Κίεβο αναμνηστικά απ' τον κόσμο των σαλονιών των Λευκών, του στρατηγού Ντενίκιν:[57] ένα ρολόι τοίχου, μια βιεννέζικη καρέκλα μονάχη της, μια ανθοστήλη από όνυχα, ένα πρες παπιέ που ήταν αφημένο στον πάγκο της κουζίνας, άχρηστο εντελώς αφού απ' το σπίτι έλειπε το χαρτί εκτός από μια παλιά Βίβλο, που την είχαν από καιρό επισκεφτεί κάποια ευλαβή τρωκτικά.

«Είναι αμπρί, άνθρωπέ μου, ναι, αμπρί! Είναι η τύχη μου αυτή, απ' τα χαρακώματα της Καλλίπολης σ' αυτά της Σαλονίκης κι από κει στα Μπίτολα και στα ορύγματα των Ζουάβων στο Βασιλίνοβο. Να 'μαι κι εδώ! Λιποτάκτης είμαι, γαμώτο, αλλά το αμπρί αμπρί!»

Ο Λευτέρης, στην τρίτη ήδη μέρα ανάπαυσης, τον απολάμβανε. Ο Νατόν φορούσε τώρα χοντρές ριγωτές πουκαμίσες και κάτι σαλβάρια που τους είχε δώσει η Γιορντάνκα ανοίγοντας ένα παλιό σεντούκι, που μύριζε αιχμαλωτισμένα βαμβακερά και κάποιο χυμένο γυναικείο άρωμα. Μέσα εκεί εί-

57. Αντόν Ιβάνοβιτς Ντενίκιν (1872-1947): στρατηγός των Λευκών αντεπαναστατών και πρωταγωνιστής στον ρωσικό εμφύλιο πόλεμο.

χε έναν μπόγο πολύχρωμα υπόλοιπα υφασμάτων, που ταίριαζαν πιο πολύ σε θέατρο παρά σε αγροτόσπιτο. Τις επόμενες βδομάδες η Γιορντάνκα θα ένωνε ράβοντας αταίριαστα περισσεύματα για να ντύσει τους καινούριους γιους της, κι αυτοί, κάτι ανάμεσα σε χωρικούς και ακροβάτες, θα τα φορούσαν γελώντας που ήταν ακόμη ζωντανοί.

«Αμπρί, αγαπητέ μου κηπουρέ. Είμαι πάλι κάτω απ' το χώμα! Όταν πεθάνω και με παραχώσουν, θα αισθάνομαι σαν στο σπίτι μου, να το ξέρεις».

«Μήπως προτιμάς έξω;» τον ρώτησε δείχνοντας με το δάχτυλο στην οροφή, στον επάνω κόσμο που ήταν όλα λευκά.

«Μα αν δεν γκρινιάξω σε σένα, σε ποιον να γκρινιάξω, στη γιαγιά Γιορντάνκα; Μα την πίστη μου, συνάδελφέ μου λιποτάκτη, φοβάμαι μην κάποιο βράδυ μέσα στη φέτα απ' το ψωμί που μας δίνει μας ρίξει και κανένα δηλητήριο· την έχω ικανή...»

Ο Λευτέρης ξανάκλεισε τα μάτια. Απ' ό,τι υπολόγιζε, στον επάνω κόσμο θα πρέπει να είχε νυχτώσει. Απ' το πρωί είχε αρχίσει να κάνει τα πρώτα σχέδια φυγής με τον ερχομό της άνοιξης, τότε που μακριά από δω θα τους περίμενε ένας ωκεανός ατελείωτης λάσπης είτε βάδιζαν προς το Κίεβο είτε στη Σεβαστούπολη. Ρούχα κι όχι στολές, μαλλιά μακριά, γένια, πρόσφυγες κι αυτοί τάχα μες στους χιλιάδες.

«Από αύριο θα βγαίνουμε κυνήγι, κατάλαβες, Νατόν; Το σιτάρι της γριάς τελειώνει, και φοβάμαι ότι αν δεν κάνουμε κάτι, στο τέλος εμείς οι ίδιοι θα παρακαλάμε για δηλητήριο, γιατί ο θάνατος από πείνα είναι φρικτός!»

Άνοιξε διάπλατα τα γαλανά του μάτια.

«Λες να πεθάνουμε, Λευτέρη;»

«Λέω ότι θα ζήσουμε μάλλον...»

«Έχω σπουδάσει αρχαιολόγος, θα ζήσω στη Λυών, έτσι δεν είναι; Μη μου πεις όχι, εκεί θα ζήσω».

«Αν δε σε τουφεκίσουν στα σύνορα...»

Έτριψε τα μάτια του με αγωνία, σαν να 'θελε να περιμαζέψει κάποιο δάκρυ που ξέφευγε και θα τον ντρόπιαζε.

Ήταν ο Νατόν Λεφέβρ, είκοσι πέντε ετών, γεννημένος σε μια κωμόπολη της Νότιας Γαλλίας με πολλά ρωμαϊκά μνημεία, στη Vaison la Romaine. Είχε σπουδάσει αρχαιολογία στο Καθολικό Πανεπιστήμιο της Λυών. Επιστρατεύτηκε στο Τάγμα της Μασσαλίας και κατόπιν στην 156η Μεραρχία, η μοίρα της οποίας συνδέθηκε με την Ανατολή και το Μακεδονικό Μέτωπο.

«Ξέρεις τι είναι, σύντροφε λιποτάκτη, να έχεις γλιτώσει απ' τις τουρκικές οβίδες στην Καλλίπολη; Να είσαι μήνες ολόκληρους με το κεφάλι κάτω στο χώμα φορώντας κράνος μέρα νύχτα, κι όταν γυρίσεις στην πατρίδα να σε τουφεκίζουν;»

«Είσαι λιποτάκτης, αγαπητέ, τι περιμένεις να σου κάνουν;»

«Και στο Μοναστήρι, εκεί να δεις, με τους Βουλγάρους και τους Γερμανούς, και πιο πέρα, στην Οχρίδα, στο Λέσκοβατς...»

Ο Λευτέρης θα πλήρωνε όσο όσο για ένα τσιγάρο, για μια ρουφηξιά λήθης. Κατά βάθος το ίδιο και ο Νατόν, αν κι εκείνη τη μέρα τον είχε πιάσει μια μανία να μιλάει συνέχεια γι' αυτά που έζησε στον πόλεμο.

«Αμπρί, ποντίκια, χώμα, βρόμα, χέρια κομμένα, μυαλά χυμένα...»

«Τι σ' έπιασε σήμερα, μου λες;»

«Οι νέοι χέζονταν πάνω τους, βρομούσε το όρυγμα, έβαζαν τα κλάματα και δεν μπορούσαν να δουν τους παλιούς στα μάτια, γιατί ήταν η ντροπή τους χειρότερη κι απ' τη λερωμένη στολή».

«Άντεξες όμως τέσσερα χρόνια».

«Άντεξα, Έλληνα, ως...»

«Ώσπου φτάσαμε εδώ».

«Σ' αυτήν τη φάρσα, σ' αυτήν την απάτη! Ο πόλεμος, τους

έλεγα όπου βρισκόμουν, τέλειωσε τον Νοέμβριο. Τι θέλουμε εμείς εδώ; φώναζα. Είσαι μπολσεβίκος, με κατηγορούσαν».

«Ώσπου;»

«Ώσπου βγήκαμε στο χιόνι έξω απ' την Οδησσό και πήραμε τον δρόμο με το τρένο για το Βασιλίνοβο. Άσπρο παντού, δεν είχα πια δυνάμεις, ένιωθα ότι δεν μπορούσα να πάρω ανάσα. Αρχίσαμε τις πορείες μες στο χιόνι, γιατί στον σιδηρόδρομο γίνονταν δολιοφθορές. Σιωπή και άσπρο παντού. Τα βράδια βαριανάσαινα, δεν μπορούσα να κοιμηθώ. Το κρασί που μας μοίραζαν δε μου έφτανε για να με ηρεμήσει. Ώσπου...»

Έδειχνε ότι δεν ήταν απόλυτα σίγουρος να συνεχίσει.

«Ώσπου ένα βράδυ που ήμουν περίπολο, είδαμε κάτι αγριόσκυλα να μασάνε τα σπλάχνα από έναν νεαρό δεκανέα που 'χε μόνο μια βδομάδα στον λόχο. Τον είχαν χτυπήσει με μυδράλιο οι μπολσεβίκοι. Είχε μάλλον ξεκόψει απ' τη διμοιρία και γι' αυτό τον φάγανε, ποιος να ξέρει... Το χιόνι τού είχε στραγγίξει όλο το αίμα ενώ συνέχιζαν να πέφτουν πάνω του νιφάδες. Δε θέλω να πεθάνω στο χιόνι, τους είπα και τους άφησα. Ήμασταν τέσσερις, και με κοιτούσαν αποσβολωμένοι. Θα πάω στην πατρίδα μου, φώναξα, στη Vaison la Romaine, να σκάψω τη γη, να βρω ρωμαϊκά αρχαία. Γύρνα πίσω, παλάβωσες, μου έλεγαν».

Ο Λευτέρης τον παρακολουθούσε που είχε σηκωθεί όρθιος, κι όλα αυτά τώρα τα έπαιζε με κινήσεις θεάτρου, με μάτι γυάλινο να μένει καρφωμένο ψηλά στο ταβάνι απ' το αμπρί της Γιορντάνκα.

«Τα σκυλιά τού είχαν σκίσει το παντελόνι και τον έτρωγαν εδώ μπροστά...»

Η γριά Γιορντάνκα είχε αφήσει την κουζίνα και στεκόταν τώρα καταμεσής στο δωμάτιο κοιτάζοντάς τον.

«Του τα τρώγανε, Έλληνα, καταλαβαίνεις;»

Είχε απλώσει τώρα τα χέρια προς τον Λευτέρη σαν να τον ικέτευε να μη χάσει ούτε λέξη.

«Καταλαβαίνεις;»

Η γριά πέταξε το πανί που είχε στα χέρια της και τον πλησίασε. Ο Νατόν είχε πέσει τώρα στα γόνατα κι είχε κατεβάσει το κεφάλι.

«Αν δεν ήταν το χιόνι, ίσως να το άντεχα κι αυτό. Έριχνε ο Θεός νιφάδες, κι άλλες... Ήθελε να το κρύψει αυτό το αίσχος, ήθελε να μη δει κανείς δυο σκυλιά να του ξεριζώνουν τ' αρχίδια, τον...»

Η Γιορντάνκα τον αγκάλιασε χωρίς καν να τον ρωτήσει με το βλέμμα, κι εκείνος σαν να ήταν από ώρα έτοιμος άνοιξε τα χέρια του.

«Κυρία, σας ορκίζομαι», της είπε, «αν δεν ήταν το χιόνι που ήθελε όλ' αυτά να τα κρύψει, θα το άντεχα».

Πήρε το κεφάλι του στο στήθος της κι άρχισε να το χαϊδεύει. Ο Νατόν έκλαιγε τώρα και την τράνταζε ολόκληρη. Εκείνη έκλεισε τα μάτια της κι άρχισε ένα νανούρισμα. Πέρασε έτσι ένα λεπτό. Τα μάτια της γριάς ξανάνοιξαν, ενώ τα χέρια της συνέχιζαν να του χαϊδεύουν το κεφάλι και τα γένια. Ξαφνικά η δεξιά της παλάμη ακούμπησε στο στέρνο κι άρχισε σιγά σιγά να ξεκουμπώνει τα κουμπιά της ρόμπας της. Ο Νατόν είχε κλειστά τα μάτια και νανουριζόταν. Η γριά Γιορντάνκα έβαλε την παλάμη μέσ' από τη ρόμπα αναζητώντας το στήθος της. Το έβγαλε έξω, λευκό και λιπόσαρκο, την ώρα που η γενειάδα του Νατόν ακουμπούσε στην κοιλιά της.

Ο Λευτέρης σηκώθηκε και με μια γρήγορη κίνηση σταμάτησε το χέρι της γριάς που κρατούσε το ίδιο το στήθος της και το έδινε, σπρωγμένη από το πιο τυφλό ένστικτο, να ταΐσει ένα αγόρι που υπέφερε.

«Όχι, κυρία», της είπε ο Λευτέρης, «είναι καλά τώρα!» και τράβηξε απαλά τον Νατόν απ' την αγκαλιά της.

Εκείνη, αφού τον κοίταξε με άδειο βλέμμα, άρχισε να κουμπώνεται. Ήταν η πρώτη φορά που ο Λευτέρης την είχε αποκαλέσει «κυρία», κι αυτό το χρωστούσε στον Νατόν, που ήταν τώρα διπλωμένος στην ψάθα στο πάτωμα, μικροκαμωμένος και ήσυχος σαν έμβρυο.

Η διαφορά της πείνας απ' το χιόνι είναι ότι αυτό κάποτε λιώνει και χάνεται, εκείνη όχι. Συνήθως μεγαλώνει με τους πάγους και θεριεύει με τη λάσπη της άνοιξης.

Έβγαιναν έξω στα δέντρα, που άρχισαν να πρασινίζουν, και στα λασποχώραφα, ψάχνοντας για μαλακές ρίζες και αρουραίους. Κρατούσαν στο χέρι ένα πανάρχαιο ντουφέκι της γριάς και σήκωναν το κεφάλι στις κορυφές των ψηλών δέντρων και στον ουρανό για να χτυπήσουν οτιδήποτε πετούσε. Έψαχναν να τουφεκίσουν καμιά αγριόχηνα ή κανέναν κύκνο έχοντας όνειρο να γίνουν οι κανίβαλοι της ομορφιάς του, να τον κρατήσουν στο χέρι απ' τον μακρύ του λαιμό, να κρέμεται σαν σφαχτάρι και να στάζει αίματα.

Δε φορούσαν πια παπούτσια παρά σέρνονταν ξυπόλυτοι μέσα σε μιαν αχανή θάλασσα λάσπης. Ήταν άνοιξη, και κάποια δέντρα το είχαν καταλάβει. Στο μικροσκοπικό χωριό της Γιορντάνκα έμεναν ακόμη δύο γέροι, που τους είχαν συνηθίσει και δεν έδιναν καμιά σημασία. Αν όμως κάποιος ήταν σε επικοινωνία με τους μπολσεβίκους, θα μπορούσε να τους πει ότι δυο ξένοι, δυο φαντάροι από τους εισβολείς, είχαν έρθει με τα χιόνια κι έμεναν στο σπίτι εκείνης της γριάς που είχε γιους στον πόλεμο κι αγορασμένο οικόπεδο κάπου ψηλά, εκεί όπου μένουν οι άγιοι με τους αγγέλους.

Προσπαθούσαν να μάθουν νέα απ' τον πόλεμο, αλλά αυτό ήταν πιο δύσκολο κι απ' την ανεύρεση τροφής. Έξω απ' το χωριό περνούσαν κάποιες φορές ένοπλες ομάδες. Ο Λευτέρης και ο Νατόν υπέθεταν ότι πήγαιναν να ενωθούν με τον στρατό του Αταμάνου Γκριγκόριεφ. Δεν τους πλησίαζαν γιατί φοβόντουσαν. Μπορεί στην εμφάνιση να θύμιζαν τώρα χωρικούς, αλλά όταν οι ένοπλοι θα καταλάβαιναν ότι δε μιλούσαν ουκρανικά ούτε ρωσικά, πιθανώς και να τους εκτελούσαν. Καμιά φορά περνούσαν και σώματα Πολωνών με άλλες σημαίες, όπως κι άλλα σώματα ατάκτων, που στο μυαλό τους παρέμεναν αταξινόμητα. Έτσι κι αλλιώς ο ρωσικός εμφύλιος τους φαινόταν δυσερμήνευτος.

Κάπου στα μέσα Απριλίου, έχοντας την πείνα καθημερινό τους τύραννο, αποφάσισαν ότι θα έπρεπε σύντομα να πάρουν τον δρόμο της επιστροφής. Είχαν ακούσει από έναν μεσόκοπο έμπορο που είχε περάσει για λίγες ώρες απ' το χωριό ότι οι στρατιώτες της Αντάντ έφευγαν. Στα λιμάνια της Οδησσού, της Χερσώνας και της Σεβαστούπολης, μεγάλα πλοία πήγαιναν κι έρχονταν φορτωμένα αξιωματικούς του Ντενίκιν αλλά και πλήθος κόσμου της παλιάς Ρωσίας· μέσα σ' αυτούς και πολλοί Έλληνες, που άφηναν πίσω τους τους εργάτες των σοβιέτ να πανηγυρίζουν. Ο ελληνικός στρατός, όπως του είχε πει με τα λίγα γαλλικά του, είχε πάρει μέσω Ρουμανίας τον δρόμο της επιστροφής. Αυτά λέγονταν τουλάχιστον στις στάσεις των καραβανιών και στους σταθμούς των τρένων.

Οι μέρες περνούσαν και δεν έλεγαν να καταλήξουν στο ποια θα ήταν η κατάλληλη στιγμή. Θα έφευγαν συντροφιά, αυτό ήταν το πρώτο που είχαν αποφασίσει· το δεύτερο ότι θα έπρεπε να ξεχάσουν μια και καλή τα παλιά τους ονόματα. Είχαν ακόμη συμφωνήσει να κατηφορίσουν στον Νότο και να μην ανηφορίσουν στο Κίεβο – όλα αυτά βέβαια έπρεπε να γίνουν πριν τους βρει το φθινόπωρο. Στα λιμάνια της Μαύρης Θάλασσας μαζεύονταν χιλιάδες πρόσφυγες· εκεί θα μπορούσαν να φάνε απ' τα σκουπίδια τους, και είχαν επιπλέον την ελπίδα ότι στις αποβάθρες δε θα επιμένανε πολύ για χαρτιά και διαβατήρια.

Όταν οι μέρες άρχισαν να γλυκαίνουν, η Γιορντάνκα όλο και πιο συχνά έβγαζε ένα σκαμνί έξω απ' την πόρτα της και καθόταν στον δρόμο πλέκοντας ή καρικώνοντας τα ρετάλια απ' τα πολύχρωμα υφάσματα που έκρυβε το μπαούλο της. Οι λάσπες είχαν πια στεγνώσει και το χωριό ήταν κυκλωμένο από χορτάρια και στενούς χωματόδρομους που σήκωναν σκόνη. Η γριά κάθε τόσο τους μιλούσε χωρίς να περιμένει απάντηση. Ο Λευτέρης διαισθανόταν ότι τώρα ήταν πιο χαρούμενη απ' ό,τι τον χειμώνα – ίσως να καθόταν στο κατώφλι γιατί περίμενε κάποιον απ' τους γιους της να φανεί. Καμιά φορά έπιανε κουβέντα και με τους δυο γέρους που έμεναν στο χωριό – αυτές ήταν οι τρεις ψυχές που είχαν απομείνει. Ήταν φανερό ότι αυτοί οι γέροι κρατούσαν τη Γιορντάνκα σε μια απόσταση, από σεβασμό ή και λίγο φόβο. Δεν ήταν εξαιτίας των αγγέλων της Γιορντάνκα που τους ένιωθες να κυκλώνουν το κεφάλι της σαν φωτοστέφανο. Το μυστήριο του σεβασμού στο πρόσωπό της λύθηκε τις τελευταίες μέρες εκείνου του Απριλίου.

Ήταν περασμένο απόγευμα, και κάτω στο σπίτι της ήταν οι τρεις τους και ξεδιάλεγαν τους καρπούς και τις ρίζες που είχαν μαζέψει απ' το πρωί τριγυρνώντας ώρες ολόκληρες. Κάτι σκάγια που είχαν ρίξει σ' ένα κοπάδι γερανούς, δεν είχαν φέρει αποτέλεσμα. Ξαφνικά ένιωσαν τη γη, που ήταν οροφή πάνω από τα κεφάλια τους, να τραντάζεται.

«Άλογα», είπε ο Νατόν και παράτησε ό,τι κρατούσε στο χέρι του.

«Είναι πολλά, ίσως ολόκληρη ίλη Ιππικού. Τι συμβαίνει;»

Πρόσεξαν τη Γιορντάνκα που είχε τεντώσει τ' αυτιά της και κοίταζε ψηλά στο ταβάνι.

«Έρχονται προς τα δω, διάολε, να κάνουν τι;» γκρίνιαξε ο Νατόν.

Η γριά έβγαλε από πάνω της την ποδιά κι άρχισε ν' ανεβαίνει βιαστικά τα σκαλιά. Εκείνοι την ακολούθησαν χωρίς δεύτερη κουβέντα. Έξω απ' το σπίτι, στον δρόμο, είχε σηκωθεί ολόκληρος κουρνιαχτός. Πριν τους καλοειδούν μες στη σκόνη, τους χτύπησε στη μύτη η αλογίλα. Πρέπει να ήταν πάνω από είκοσι καβαλάρηδες, ενώ τα άλογα που έσερναν ήταν πιο πολλά – τα είχαν φαίνεται αρπάξει ως λάφυρα. Είδαν τη Γιορντάνκα να χώνεται ανάμεσα στα ψηλά πόδια των αλόγων.

«Μητερούλα, τον νου σου!» φώναξε ο Νατόν και την πήρε από πίσω, γιατί φοβήθηκε μην την τσαλαπατήσουν.

Ο Λευτέρης τον ακινητοποίησε σφίγγοντάς του το μπράτσο.

«Μην κάνεις απότομες κινήσεις!» τον πρόσταξε.

Ήταν πια κυκλωμένοι από βλοσυρούς καβαλάρηδες με ψηλούς γούνινους σκούφους, γιλέκα από προβιά, τσόχινα παλτά και καπέλα. Μπροστά στα στήθη τους είχαν περασμένες σταυρωτά τις σφαίρες, ενώ τα μακριά ντουφέκια τους προεξείχαν απ' τις πλάτες τους ως ρομφαίες. Μέσα στα χάμουρα και τη σκόνη ανέμιζαν δυο μαυροκόκκινες σημαίες.

Ο Νατόν ήξερε καλύτερα απ' τον Λευτέρη την κατάσταση στην Ουκρανία τους τελευταίους μήνες. Στον γαλλικό στρατό υπήρχε μεγαλύτερη πληροφόρηση για το είδος του ανταρτοπόλεμου που όργωνε τη χώρα ολόκληρη. Τα πιο πολλά τού τα είχε εξηγήσει τις μεγάλες νύχτες στην τρύπα της Γιορντάνκα. Ήξεραν και οι δυο για τους εθνικιστές του Πετλιούρα,[58] για τον Αταμάνο Γκριγκόριεφ, για τους αναρχικούς του Μαχνό με τις μαυροκόκκινες σημαίες που είχαν συμμαχήσει πρόσφατα με τους μπολσεβίκους ενάντια στους λακέδες των γαιοκτημόνων, που πολεμούσαν στο πλευρό του στρατηγού Ντενίκιν.

Δεν άργησαν να καταλάβουν ότι ήταν κυκλωμένοι από αναρχικούς γεωργούς που είχαν βγει στον πόλεμο για την αναδιανομή της γης, ζητώντας ανεξάρτητες κοινότητες και την εξολόθρευση των γαιοκτημόνων, οι οποίοι ρουφούσαν το αίμα των αγροτών για αιώνες.

«Είμαστε μέσα στον στρατό του Μαχνό!» του είπε τρέμοντας ο Νατόν.

58. Σιμόν Πετλιούρα (1879-1926): Ουκρανός πολιτικός και πολεμιστής· αμφισβητούμενη προσωπικότητα που αγωνίστηκε για την ανεξαρτησία της χώρας του.

«Μην κάνεις απότομες κινήσεις κι όλα θα πάνε καλά. Τι δηλαδή, προτιμούσες τους τσαρικούς αυλικούς του Ντενίκιν ή τα δικά μας στρατοδικεία;»

Ο Νατόν δεν του απάντησε. Είχε πραγματική έγνοια για την κυρά τους, που είχε χαθεί μέσα σ' ένα δάσος από θυσανωτές ουρές κι αλογοπόδαρα ντυμένη στα μαύρα με μια κόκκινη μαντίλα ριγμένη στον λαιμό σαν να φορούσε κατάσαρκα τις σημαίες των αντρών του Νέστωρ Μαχνό.

Ξαφνικά, μέσα απ' τα χλιμιντρίσματα και τα φρουμάσματα, άκουσαν φωνές και γέλια. Την είδαν να ανασηκώνεται απ' το έδαφος σαν να είχε έρθει η στιγμή της επιβεβαίωσης ότι αυτή η κυρά πετάει όποτε θέλει στους ουρανούς κι έχει τα βράδια για προσκεφάλι φωτοστέφανο. Η Γιορντάνκα μόλις είχε ανασηκωθεί βαστηγμένη σαν κούκλα από δυνατά χέρια, που την είχαν καθίσει πάνω σε μια λευκή φοράδα. Ήταν σαν μια μπάμπουσκα που χαμογελούσε στην αγκαλιά ενός πολεμιστή με μάλλινο ψηλό καπέλο και μακριά μουστάκια. Ο Νατόν κατάφερε κι αναγνώρισε αμέσως έναν απ' τους πέντε γιους της φωτογραφίας. Οι υπόλοιποι άντρες είχαν βγάλει τα καπέλα τους σε ένδειξη τιμής και σεβασμού στη μάνα του αρχηγού τους.

Το μυστήριο του δέους και του φόβου των δυο γερόντων στο πρόσωπό της είχε λυθεί: η Γιορντάνκα έδινε τους γιους της στην Επανάσταση το ίδιο απλόχερα με τα στρωσίδια της στον κάθε φυγάδα.

Εκείνο το βράδυ κοιμήθηκαν έξω στη μεγάλη φωτιά που είχαν ανάψει οι άντρες του γιου της. Αυτός και η μάνα του πήγαν κάτω στο σπίτι τους, ενώ οι δύο λιποτάκτες, χωρίς να τους το πει κανείς, αποσύρθηκαν διακριτικά· άλλωστε στους άντρες του Μαχνό βρήκαν εκτός από ψωμί και παστό κρέας κι έναν γραμματιζούμενο καθοδηγητή που μιλούσε γαλλικά. Διηγήθηκαν την ιστορία τους στον Πέτρο, που είχε γυαλιά όμοια στη στρογγυλάδα μ' αυτά του Νατόν. Του είπαν τις περιπέτειές τους, γιατί είχαν την προσμονή ότι ως λιποτάκτες του ιμπεριαλιστικού στρατού θα τους φαίνονταν τουλάχιστον συμπαθείς. Μια στιγμή αμηχανίας ήταν όταν ο Πέτρο τούς ρώτησε απερίφραστα αν θα ήθελαν να έχουν μια πιο ενεργή συμμετοχή στον αγώνα ενάντια στον διεθνή ιμπεριαλισμό. Δεν ήταν και πολύ εύκολο να ομολογήσουν σε έναν μύστη του αναρχισμού, σ' έναν επαναστάτη, ότι το μόνο που ήθελαν κατά βάθος ήταν μια ζωή ήσυχη, μακριά απ' τους στρατούς και τον πόλεμο.

Ο Λευτέρης ξεκόλλησε πρώτος από το αδιέξοδο και με διπλωματικό τρόπο τού υπενθύμισε τη μεγάλη ανάγκη της ανάπτυξης του Εργατικού Κινήματος στις πατρίδες τους. Ναι, αυτό ήταν, θα ήθελαν να γυρίσουν στην πατρίδα τους. Ν' αλλάξουν τα ονόματά τους και να συνεχίσουν εκεί τον αγώνα. Ο Πέτρο έκανε αναφορά και στην Κομιντέρν,[59] που είχε οργανωθεί απ' τον Λένιν πριν λίγο καιρό, και τόνισε τις διαφωνίες τους με την τακτική των μπολσεβίκων. Ύστερα από την άρνησή τους να πολεμήσουν στο πλευρό του Μαχνό, ο Πέτρο τούς έδωσε μια εκτεταμένη πληροφόρηση για το πώς μπορούσαν απ' τις πατρίδες τους να είναι σε μια συνεχή επικοινωνία με το διεθνές Αναρχικό Κίνημα.

Ένιωθαν ότι θα τη γλίτωναν τελικά, γιατί είχαν την ελπίδα ότι θα τους έπαιρναν μαζί τους στην πορεία για τον Νότο και θα τους άφηναν στο πιο κοντινό από τα μεγάλα λιμάνια. Είχαν βεβαιωθεί ότι δεν τους είχαν για αντιδραστικούς, για ταξικούς εχθρούς. Ήταν όμως πάνω απ' όλα αισιόδοξοι, γιατί πίστευαν πολύ στην αγάπη της γριάς, η οποία αυτήν την ώρα στο σπίτι, λούζοντας τρυφερά τον γιο της, θα του ζητούσε να προστατέψει κι αυτά τα δυο ορφανά της, αυτά τα δυο παιδιά του χειμώνα, τους σπουργίτες της.

59. Κομιντέρν: η τρίτη διεθνής ένωση των εθνικών κομμουνιστικών κομμάτων.

Ρετιρέ

Τρίτο στάσιμο

Ο ΑΝΕΜΙΣΤΗΡΑΣ στο ταβάνι γύριζε αθόρυβα στην πρώτη σκάλα. Ο Ορέστης άφησε στο τραπέζι τα φύλλα, έβαλε πάνω τους ένα πρες παπιέ που απεικόνιζε τη γαλλική δημοκρατία ως κοπέλα, κι άναψε τσιγάρο. Έριξε μια ματιά να δει πώς είναι ο γέροντας, γιατί απ' την αρχή της βραδιάς είχε έναν ενδόμυχο φόβο ότι σε κάποιο σημείο του βιβλίου θα τον έπαιρνε ο ύπνος.

«Κύριε Ευγένιε, αυτά τα δύο κεφάλαια του πολέμου και της Ουκρανίας με δυσκόλεψαν ιδιαίτερα».

Ήπιε μια γουλιά απ' την πορτοκαλάδα του, που είχε ζεσταθεί.

«Για όποιον δεν έχει πολεμήσει», συνέχισε, «είναι δύσκολο να γράψει για πόλεμο. Και το χιόνι επίσης δεν είναι εύκολο θέμα, βρίθει συμβολισμών...»

«Φαντάρος πήγες όμως, έτσι δεν είναι;» – η φωνή του ακουγόταν βαριά, γιατί είχε πολλή ώρα αμίλητος.

«Ναι, κύριε Ευγένιε, πήγα. Ευτυχώς ήταν μόνο δώδεκα μήνες, ήμουν προστάτης».

«Τι προστάτευες δηλαδή;»

«Τη μάνα μου. Είμαι μοναχογιός κι εκείνη χήρα, το ξεχάσατε;»

«Τη φωνή της μάνας σου είναι αδύνατον να την ξεχάσω, είναι τόσο πιο άλλη από τις άλλες! Οι τυφλοί βλέπουν τους ήχους όπως δεν μπορείς να φανταστείς. Η φωνή της μάνας σου για έναν τυφλό άντρα δύναται ν' αποτελέσει αιτία έρωτος. Θα ήθελα κάποια στιγμή να σε ξεκουράσει απ' τα αναγνωστικά σου καθήκοντα και να μου διαβάσει εκείνη ένα βιβλίο, ας πούμε τον *Κόμη Μοντεχρήστο*. Θα ήθελα πολύ να τον ακούσω απ' τη φωνή της· άλλωστε τον έχω διαβάσει μόνο στα γαλλικά, τότε που το αίσθημα της εκδίκησης ήταν το δεύτερο στην ιεραρχία αμέσως μετά το πρωτεύον».

«Και ποιο ήταν το πρωτεύον, αν μου επιτρέπετε;»

«Εκτίμησα ότι δεν ήταν ανάγκη να το αναφέρω γιατί όφειλες να το είχες φανταστεί».

«Δε νομίζω ότι είναι δύσκολο: το χρήμα».

«Exactement.[60] Αν το παίζαμε σαν ένα απ' τα χαζοπαίχνιδα που ακούω στην τηλεόραση, θα ρωτούσα: Τι ήταν αυτό που ένωσε τόσους ανθρώπους διαφορετικής φυλής και θρησκευτικής πίστης στη Λεωφόρο των Εξοχών; Το χρήμα. Τι ήταν αυτό που έκανε αυτήν τη συνοικία τόσο όμορφη, τόσο διαφορετική; Το χρήμα. Τι έλειπε τότε σε μένα κι αναγκαζόμουν να ζήσω σαν το ποντίκι στα κελάρια της; – γιατί τέτοια ήταν η ζωή μου τότε στις Εξοχές. Το χρήμα μού έλειπε, Ορέστη. Το χρήμα είναι η ίδια απάντηση σ' αυτές τις ερωτήσεις και σ' άλλες τόσες. Μα τι διάολο έχουν πάθει οι ποιητές και δεν το δοξάζουν όπως θα 'πρεπε; Ανειλικρίνεια: η ενδημική ασθένεια των μορφωμένων, των "διανοουμένων", όπως τους λένε σήμερα οι κομμουνιστές. Εσένα το χρήμα δε σου αρέσει;»

Ο Ορέστης στάθηκε όρθιος στο σαλόνι για να ξεμουδιάσει, και κατευθύνθηκε με αργά βήματα στο μεγάλο τραπέζι. Άπλωσε το χέρι και πήρε ένα φρουί γλασέ απ' τη μεγάλη φο-

60. Exactement: ακριβώς.

ντανιέρα. Άρχισε να το μασάει αργά, χωρίς να βιάζεται. Όταν είδε την Κορίνα, τη βραδινή υπηρεσία του Ζιρντό, να μπαίνει απ' την άλλη πλευρά του σαλονιού, της ζήτησε νερό και καφέ. Έκανε έναν γύρο στον καναπέ όπου μισοξάπλωνε ο γέρος και ξανακάθισε απέναντί του.

«Αισθάνομαι ότι αυτή η ερώτηση έγινε για να με παγιδεύσει, όπως και η προηγούμενή σας αναφορά στους κομμουνιστές. Βλέπω ότι θα σας ενδιέφερε να έχετε την ξεκάθαρη θέση μου και στα δύο αυτά ζητήματα. Αν όμως αρνηθώ τη σημασία του χρήματος με τον τρόπο που εσείς την τονίζετε, τότε πλησιάζω πολύ στην παραδοχή μιας ιδεολογίας που αμφισβητεί τη συσσώρευσή του, δηλαδή το κεφάλαιο. Κοντός ψαλμός αλληλούια, κύριε Ζιρντό: ή κυνηγός του πλούτου, ή κομμουνιστής. Θέλετε να με οδηγήσετε να πάρω θέση σ' αυτό το δίλημμα».

«Exactement, αγαπητέ μου Ορέστη».

«Και τι σημασία έχει τι πιστεύω εγώ;»

«Μα έκανες τη ζωή μου μυθιστόρημα...»

«Αν έπρεπε να ερευνήσετε προς αυτήν την κατεύθυνση, θα έπρεπε να το έχετε κάνει εξαρχής, τώρα είναι αργά. Γιατί βέβαια κανένας συγγραφέας δε θα δεχόταν να υπακούσει σε εντολές και ν' αλλάξει κάτι στο βιβλίο του».

«Είναι η αλήθεια ότι θα ήθελα να τα έψελνες λίγο παραπάνω στους μπολσεβίκους και στους λοιπούς επαναστάτες στην Ουκρανία. Κοντέψαμε ν' αφήσουμε τα κόκαλά μας εκεί πάνω».

«Το προτιμώ που ξαναγυρίσαμε στο βιβλίο. Λοιπόν;»

«Τι λοιπόν; Τα πράγματα δεν έγιναν όπως τα περιγράφεις».

«Δεν είναι αυτός ο ύψιστος στόχος, κύριε Ευγένιε, αυτά τα είπαμε απ' την αρχή».

«Δε σε κατηγορώ για παράβαση των όρων τού μεταξύ μας συμβολαίου, συζήτηση κάνουμε. Αυτό που άκουσα ήταν πολύ μυθιστόρημα, στη ζωή είναι αλλιώς...»

«Δεν υπάρχουν όμως στιγμές στη ζωή που είναι όπως ακριβώς στα μυθιστορήματα;»

Ο Ζιρντό άναψε τσιγάρο με τον τρόπο όλων των τυφλών στη Γη, αλλά κι αυτών που προσπαθούν να κερδίσουν χρόνο σε μια δύσκολη ερώτηση.

«Αυτό άσ' το για το τέλος», απάντησε ύστερα από λίγο. «Πάντως εκείνη τη γριά που μας έσωσε τότε, δε θυμάμαι πώς τη λέγανε, εσύ της έβαλες ένα όνομα αλλά εμένα μου ακούγεται πιο πολύ βουλγάρικο. Εκείνη τη γριά, λέω, την παρουσιάζεις με μια αίσθηση και μια τεχνική που ταιριάζει σε ώριμο πεζογράφο. Μπράβο σου!»

«Ευχαριστώ...»

«Μη βιάζεσαι να μ' ευχαριστήσεις. Όσο για την αναμονή σε κείνο το χωριό, στον Σταυρό, που το φέρνεις να θυμίζει την Αυλίδα και την αναμονή των Αχαιών, πολύ ωραίο κι εκείνο. Τον Τριανταφύλλου, που στην πραγματικότητα τον λέγανε Παναγιωτίδη, τον περνάς όμως πολύ βιαστικά...»

«Για λόγους συγγραφικής οικονομίας».

«Φαντάζομαι ότι σε κάθε αρνητικό σχόλιο θα μου απαντάς κάπως έτσι – προφάσεις εν αμαρτίαις, για να το πούμε και λίγο καθαρευουσιάνικα. Όσο για τον Παναγιωτίδη, ήταν ένας κομμουνιστής που έμοιαζε πολύ με άλλους ομοίους του που γνώρισα τα επόμενα χρόνια. Μου άρεσε πολύ αυτό που έγραψες, ότι ο Ζεύγος δεν είχε γελάσει ποτέ με κανένα αστείο του. Πράγματι, έτσι ήταν ο Παναγιωτίδης: εκτός από κομμουνιστής, ήταν και βαρετός τύπος».

«Περιττό να σας επαναλάβω ότι ως συγγραφέας δε θεωρώ επιτυχία μόνο ό,τι ταιριάζει στις αναμνήσεις σας. Το βιβλίο μου βάζει ένα σωρό στοιχήματα...»

«Όπως;»

«Σας ταξιδεύει; Η γλώσσα έχει κραδασμούς ή κοιμάται όρθια; Η φύση μυρίζει μέσα απ' τις σελίδες του; Οι έρωτές του ιδρώνουν ή είναι αποστειρωμένοι;»

«Έρωτα μέχρι στιγμής κανονικό, με κορμιά και βογκητά, δεν είδαμε, μόνο πλάγιες αναφορές. Η ζωή μου εμένα ήταν γεμάτη γυναίκες και κρεβατώματα, δεν ξέρω πραγματικά αν θα πεις κάτι για όλ' αυτά. Να σου πω κιόλας, δεν είμαι σίγουρος κι αν το θέλω. Είμαι της παλιάς σχολής, Ορέστη, δεν είναι όλα για το φως. Τα συμφέροντα και οι έρωτες πρέπει να μένουν στο μισοσκόταδο, δεν είναι να τα ξεγυμνώνουν τα μυθιστορήματα».

«Όσο περνάει η ώρα, αντιλαμβάνομαι ότι έχετε γνώμη, άποψη, για το μυθιστόρημα. Τι νομίζετε για τα αφηγηματικά κενά που παρεμβάλλονται ύστερα από πρόθεση του ίδιου του συγγραφέα; Για παράδειγμα, δεν έχω γράψει τίποτε για την επιβίβαση τη δική σας και του Νατόν στο καράβι. Μπορεί να έγινε στην Οδησσό μαζί με χιλιάδες Έλληνες ομογενείς, μπορεί στη Σεβαστούπολη με πολλές αριστοκράτισσες φορτωμένες κοσμήματα και χρεώγραφα που δεν άξιζαν πια ούτ' ένα ρούβλι. Δε γράφω τίποτε γι' αυτά. Μήπως είναι απογοητευτικό;»

Ο Ευγένιος Ζιρντό ανασήκωσε τους ώμους αδιάφορα.

«Και ναι και όχι. Έτσι κι αλλιώς, η ζωή μου ήταν άλλη απ' αυτήν που γράφεις. Δεν παραπονιέμαι, γιατί κατά βάθος το περίμενα».

Τους διέκοψε το κουδούνισμα του τηλεφώνου, που βρισκόταν πάνω στον μπουφέ με τον μεγάλο καθρέφτη. Ξαφνιάστηκαν και οι δυο τους, γιατί η ώρα ήταν περασμένη. Ακούστηκε η δροσερή φωνή της Κορίνας που απάντησε· την άκουσαν που έδινε εξηγήσεις.

«Ποιος είναι, Κορίνα;» ρώτησε ο Ζιρντό.

«Η κυρία Τζένη. Είδε απ' τον δρόμο φως και ανησύχησε, γι' αυτό τηλεφώνησε».

«Πες της, αν δε νυστάζει, μπορεί ν' ανέβει, γιατί απόψε η βραδιά είναι ξεχωριστή. Η ζωή μου μέσα σ' ένα βιβλίο ή έξω από αυτό, θα το δούμε...»

Η Κορίνα τούς γύρισε την πλάτη και συνέχισε να μιλάει με την οικονόμο στο τηλέφωνο.

«Έχει σήμερα κάτι σαν ρεπό. Όπως ξέρεις, μένει εδώ, στην ίδια πολυκατοικία, στον δεύτερο. Σήμερα θα πήγαινε να δει τον εγγονό της. Ο γιος της μένει εδώ στη Βασιλίσσης Όλγας, δυο στάσεις παρακάτω».

Ακούστηκε το ακουστικό που μπήκε στη θέση του. Η Κορίνα γύρισε με ζωηρά βήματα πίσω στην κουζίνα.

«Τον καφέ μην ξεχάσεις!» της φώναξε ο Ορέστης.

«Για τόσο ξεχασιάρα μ' έχετε;» ακούστηκε η φωνή της γαργαλιστική, θιγμένη τάχα.

«Τι διαβολοθήλυκο είν' αυτό, κύριε Ευγένιε;» τον ρώτησε ψιθυριστά.

«Έχεις αίμα μέσα σου λοιπόν. Δε σ' το κρύβω ότι πολλές φορές είχα την εντύπωση πως δεν έχεις ούτε σταγόνα!»

Ο Ορέστης ξανάπιασε χαμογελώντας τις δαχτυλογραφημένες σελίδες. Ήξερε ότι δεν μπορούσε να τον δει, κι αυτό έκανε το χαμόγελό του ακόμη πιο απολαυστικό. Είχε καταλάβει εδώ και καιρό ότι ο Ζιρντό ήταν ένας από εκείνα τα παλιά αφεντικά που ήθελαν την εξοικείωση με τους υπαλλήλους τους, αλλά όχι και πολλά πολλά. Όταν ο υπάλληλος έπαιρνε περισσότερο θάρρος από τα όρια που ο ίδιος είχε ορίσει, αυτό τον έκανε θηρίο. Ο Ορέστης ήθελε τον Ζιρντό εξημερωμένο, να τον συμπαθεί και να τον αναζητεί, για να του διαβάζει και να του γράφει βιβλία, γιατί τα λεφτά του τα χρειαζόταν για να ζήσει, κι επιπλέον είχε και όνειρα.

Το μέγαρο της Λεωφόρου Ος

Παρίσι, Δεκέμβριος 1919

ΕΝΑ ΚΟΚΚΙΝΟ ΣΙΤΡΟΕΝ πέρασε με ταχύτητα πάνω απ' τη λακκούβα στέλνοντας τα νερά του στο πεζοδρόμιο. Ο Νατόν πήγε να τραβήξει τον Λευτέρη αλλά δεν πρόλαβε, και το παντελόνι του κηπουρού μούσκεψε.

«Άι σιχτίρ!» φώναξε ο Σαλονικιός, κι αν δεν είχε την ομπρέλα, θα είχε σηκώσει το χέρι ψηλά σε μια μεγαλόπρεπη μούντζα σαν κι αυτές που έριχναν οι αγωγιάτες στην πιάτσα του Μπαρούτ Χανέ.

«Ξέχνα το», είπε ο Νατόν και συνέχισε να βαδίζει κρατώντας κι αυτός την ομπρέλα στα χέρια του.

«Είναι μακριά ακόμη;» τον ρώτησε ο Λευτέρης και συνέχισε να τον ακολουθεί.

«Φτάνουμε».

Στο Παρίσι τον χειμώνα βρέχει συχνά, κι όπως σε όλον τον κόσμο, βραδιάζει νωρίτερα. Έχει λιθόστρωτους δρόμους και λακκούβες, που τις βροχερές μέρες μαζεύουν νερά. Έχει και κάποιους οδηγούς, όπως σε όλον τον κόσμο, που δεν τους νοιάζει αν σε βρέξουν από την κορυφή ως τα νύχια. Ένας γεροδεμένος νεαρός, πρώην υπήκοος της οθωμανικής αυτοκρατορίας, φυγόδικος απ' τη στρατιωτική δικαιοσύνη, ακολουθεί έναν κοντό Γάλλο και βρίζει αυτόν με το αυτοκίνητο που πέρασε χωρίς να νοιάζεται αν υπάρχει άνθρωπος δίπλα του.

«Νοσταλγώ εκείνες τις μέρες, τότε που είχα πρωί βράδυ πάνω μου μια ξιφολόγχη. Νατόν, σου μιλάω, μ' ακούς;»

Η βροχή έπεφτε με θόρυβο κι ο Νατόν βάδιζε όσο πιο γρήγορα μπορούσε, γιατί ήθελε να φτάσουν στην ώρα τους, καθώς πίστευε ότι σε μια συνάντηση η πρώτη εντύπωση έχει τη μεγαλύτερη σημασία.

«Μ' ακούς;»

«Φτάσαμε», του είπε κι ακούμπησε το μπαστούνι της ομπρέλας του στον ώμο.

Ο Λευτέρης έδειξε με το αριστερό του χέρι την ταμπέλα πάνω στο γωνιακό κτίριο.

«Αυτόν τον δρόμο σού είπανε;»

«Αυτόν».

Δεν είχαν κλείσει στο Παρίσι ούτε μια βδομάδα. Ήταν ο τελικός προορισμός ενός μεγάλου ταξιδιού. Από το Βασιλίνοβο στο Νικολάγιεφ και από κει στη Σεβαστούπολη, στο μεγάλο λιμάνι απ' όπου η Σοβιετία έκανε εμετό όλες τις χαλασμένες τροφές της χώρας, τα βακτήρια του παλιού καθεστώτος. Από εκεί έφευγαν οι περισσότεροι απ' τους τρομαγμένους του εμφυλίου που μαινόταν στις πεδιάδες: γαιοκτήμονες, αυλικοί, πολιτευτές της Δούμας, κηφήνες αριστοκράτες, κουλάκοι, επίσκοποι, Έλληνες κι Αρμένιοι έμποροι, ποινικοί κατάδικοι, αστυνόμοι του τσάρου κι αξιωματικοί του στρατού, που μέσα σε μια νύχτα είχαν εγκαταλείψει τον στρατηγό Ντενίκιν.

Ο Λευτέρης με τον Νατόν χρειάστηκε να περιμένουν κοντά μια βδομάδα για να βρουν καράβι. Κοιμόντουσαν στα υπόστεγα του λιμανιού, στα πάρκα της πόλης, και μερικές βροχερές νύχτες κάτω από γέφυρες. Τα λεφτά που είχαν επάνω τους ήταν μετρημένα, κι έφταναν ίσα για να περάσουν λίγες μέρες στ' αμπάρια κάποιου καραβιού.

Στη Σεβαστούπολη, όσο περίμεναν το καράβι, έκαναν δουλειές του ποδαριού και θελήματα σε τρομαγμένες οικογένειες ευγενών που κρύβονταν. Συχνά ο πατέρας ήταν άφαντος και τα μικρά αγόρια ντυμένα ακόμη με τα ναυτικά, οι σύζυγοι φορτωμένες κοσμήματα και μαντίλια με ξεθυμασμένα αρώματα, που τα μούσκευαν στα δάκρυα. Οι δυο λιποτάκτες έλεγαν ότι ήταν Γάλλοι υπάλληλοι ενός εμπορικού οίκου, όταν τους πρόλαβε η επανάσταση και τους εγκλώβισε στη χώρα. Έπειθαν όσους απ' τους φυγάδες κάθονταν να τους ακούσουν ότι οι μπολσεβίκοι τούς είχαν αρπάξει τις οικονομίες τους, τα ταξιδιωτικά τους χαρτιά, κι ότι λίγο έλειψε να χάσουν και την ίδια τους τη ζωή.

Το Λιμάνι της Σεβαστούπολης ήταν το νέο μαιευτήριο όπου ως εκ θαύματος ξαναγεννήθηκαν. Ο πρώτος, ο γεροδεμένος Έλληνας, έγινε ο Ευγένιος Ζιρντό. Ο δεύτερος, ο πιο κοντός και μόνιμα χαμογελαστός με την προφορά της Γαλλίας του Νότου, έγινε ο Σεμπαστιάν Μπυβέ. Καθώς γυρνούσαν πάνω κάτω όλη την πόλη απ' το πρωί και μ' αυτά τα ρούχα που είχαν επάνω τους, έδειχναν αξιοθρήνητοι. Φορούσαν τις ίδιες ιδρωμένες χωριάτικες πουκαμίσες και κάτι άλλα φανταχτερά κουρέλια της γριάς Γιορντάνκα, που είχαν κουβαλήσει μαζί τους από το Βασιλίνοβο, τότε που ο λιγομίλητος γιος της γριάς τούς συνόδευε για μεγαλύτερη ασφάλεια απ' τον Βορρά προς τα λιμάνια της Μαύρης Θάλασσας. Κατά τ' άλλα, είχαν μια πρόχειρη κρυψώνα όπου φύλαγαν μιαν αλλαξιά καθαρά ρούχα. Όταν θα ερχόταν η ώρα, θα πλένονταν στο ποτάμι και θα τα φορούσαν πριν επιβιβαστούν στο πλοίο.

Ο Νατόν, Σεμπαστιάν Μπυβέ πια, προχωρούσε στον παρισινό δρόμο μες στη βροχή εκείνο το σκοτεινό απόγευμα του Δεκεμβρίου. Οι λάμπες ίσα που κατάφερναν να διαπεράσουν τη βροχή και το σκοτάδι. Στάθηκαν μπροστά στην είσοδο ενός διώροφου αρχοντικού που είχε όλα του τα παράθυρα φωτισμένα. Κοιτάχτηκαν με κάποια ανησυχία κάτω απ' το φως της εξώπορτας. Οι ομπρέλες τους έτρεχαν ασταμάτητα απ' όλες τις πλευρές, και θύμιζαν τις κουρτίνες ενός μικρού καταρράχτη. Σκούπισαν τα πόδια τους και χτύπησαν το κουδούνι.

Στα τέλη της άνοιξης του 1919, στη Σεβαστούπολη, το δράμα της Μεγάλης Ρωσίας βρισκόταν στο τέλος του. Είχε περάσει πια ένας χρόνος και κάτι που απ' το Λιμάνι της Σεβαστούπολης η αυτοκρατορία αιμορραγούσε. Μέσα σε λίγους μήνες δεκάδες πλοία με διάφορες σημαίες πηγαινοέρχονταν στη Μαύρη Θάλασσα φορτωμένα πλήθη κόσμου και πλημμύριζαν την Ευρώπη εμιγκρέδες. Σ' εκείνο το πολύβουο λιμάνι ο Λευτέρης συνάντησε και πολλούς Έλληνες. Οι περισσότεροι απ' αυτούς ήταν καλοστεκούμενοι αστοί, που έπαιρναν τον δρόμο για την Κωνσταντινούπολη και από κει για τον Πειραιά ή τη Σαλονίκη. Κάθε φορά που άκουγε το όνομα της πόλης του, κάτι τον τσιμπούσε στο στήθος σαν ανοιγμένη παραμάνα, γιατί έβλεπε με τη φαντασία του δυο χορταριασμένους τάφους κι έναν κήπο με τριαντάφυλλα που τους θώπευαν ξένα χέρια.

Κάνοντας παρέα με τους Έλληνες της προσφυγιάς και συζητώντας τις ατελείωτες ώρες της αναμονής τους για τα πλοία, έλεγε κάθε φορά κι ένα διαφορετικό ψέμα για το πώς είχε βρεθεί στη γη της Ρωσίας. Έριχνε και καμιά ματιά σε ελληνικές εφημερίδες, ξεχασμένες στα χέρια τους, ενώ άκουγε απ' το στόμα τους νέα και φήμες για την τύχη του Ελληνισμού. Μ' αυτούς συντροφιά διάβασε για το 34ο Σύνταγμα Πεζικού, που είχε πάρει την άνοιξη τον δρόμο της επιστροφής μέσα από τη Ρουμανία και χωρίς διακοπή από το Γκαλάτσι επιβιβάστηκε στο πλοίο για τη Μικρά Ασία. Ήταν οι ίδιοι άντρες που ύστερα από τη γεμάτη αμηχανία παρέλαση στους δρόμους της Οδησσού είχαν τώρα παρελάσει μήνα Μάιο στην προκυμαία της Σμύρνης πνιγμένοι στις γαλανόλευκες σημαίες και τις ζητωκραυγές.

Θα μπορούσε να είναι κι αυτός εκεί, θα μπορούσε να κάνει βόλτες στην προκυμαία και να πίνει παγωμένη ρακή με πεπόνι στους καφενέδες της μεγάλης πόλης. Θα μπορούσε τότε να γυρίσει, όταν θα ερχόταν η ώρα, πίσω χωρίς να κρύβεται. Θα μπορούσε να περπατήσει στους καινούριους δρόμους της πόλης του, αυτούς που χαράχτηκαν πάνω στα γκρεμίσματα απ' τα καμένα, και να μπαινοβγαίνει στα μοντέρνα κτίρια, που έβαζαν τη Σαλονίκη στη βιτρίνα μιας νέας εποχής.

Θα μπορούσε όμως να ήταν κι αλλού, εκεί στα κοκαλωμένα κουφάρια που θάφτηκαν βιαστικά στην Ουκρανία, να είναι ανάμεσα στα ονόματα που διαβάστηκαν κάτω από μια γαλανόλευκη που κυμάτιζε, να είναι στα φέρετρα που σφραγίστηκαν και φωτογραφήθηκαν πριν τα παραχώσουν.

Θα μπορούσε κάλλιστα να ήταν ακόμα στη Σαλονίκη, βοηθός του Αλπερέν μπέη, αν δεν είχε ρίξει τα μάτια πάνω στην κόρη του. Θα μπορούσε να ήταν θαμώνας στο καφενείο του Λευκού Πύργου, φυγόστρατος, καλοντυμένος, με λίγα παραπάνω κιλά κι αρκετά χαρτονομίσματα στο πορτοφόλι.

Θα μπορούσε να ήταν αυτά και πολλά άλλα. Τώρα επιβίωνε άστεγος στη Σεβαστούπολη, με διαφορετικό όνομα, με άλλο αίμα και όνειρα, με πόθο γι' άλλες γυναίκες. Στο πλοίο της φυγής θα γνώριζε την Καλίνα Αλεξέγιεβνα, χήρα συνταγματάρχη, και θα της χάριζε όλη τη ζωτική ορμή που ανέμενε απ' αυτόν ο στρατός και οι μάχες. Ο κόρφος της ώριμης γυναίκας είχε το άρωμα αποσταγμένου τριαντάφυλλου. Τελείωνε πάντα μέσα της, γιατί αυτή η ευωδιά, συντροφιά με τη μνήμη, τον παρέλυαν.

Το υπόστεγο της εξώπορτας τους προφύλασσε τώρα απ' τη δυνατή βροχή, κι έτσι κατάφεραν να κλείσουν τις ομπρέλες και να κρατήσουν τα καπέλα τους στο χέρι. Τα τελευταία χρήματα του Νατόν είχαν ξοδευτεί σε κατάστημα που είχε ρούχα από δεύτερο χέρι. Εκεί αγόρασαν τα πανωφόρια και τα καπέλα τους. Πουκάμισα και παντελόνια είχαν προμηθευτεί στη Νότια Γαλλία από μια διανομή που έκανε κάποια Επισκοπή για τους πρόσφυγες. Άνοιξε την εξώπορτα μια μελαψή υπηρέτρια. Ο Λευτέρης παρουσίασε τον εαυτό του με θαρραλέα φωνή, κι ήταν αυτό μια ηχηρή υπενθύμιση στον ίδιο ότι το όνομά του ήταν πια Ευγένιος Ζιρντό, Γάλλος της Διασποράς με ελληνικές ρίζες από τη Μαύρη Θάλασσα. Σκούπισαν προσεκτικά τα παπούτσια τους και μπήκαν στο σπίτι.

Ο αέρας στο μεγάλο σαλόνι μύριζε κάρβουνο της σόμπας ανάμεικτο με βανίλια που ερχόταν από κάποια αθέατη κουζίνα. Όλοι οι τοίχοι ήταν σκεπασμένοι από μια ζαχαρί ταπετσαρία πλουμισμένη με μικρά άνθη. Ένα πιάνο, μια τραπεζαρία, ανθοστήλες, ένας μεγάλος καθρέφτης κυκλωμένος από μια ογκώδη κορνίζα σε χρώμα χρυσαφί γεμάτη από ανάγλυφα φύλλα. Δίπλα στον διθέσιο καναπέ με τα λεπτά πόδια υπήρχε ένα κοντό τραπέζι με αμπαζούρ και γυναικεία περιοδικά.

Εμφανίστηκε στο σαλόνι από την άλλη πλευρά του σπιτιού με σκούρο κουστούμι και σκληρό κολάρο. Είχε άσπρα μαλλιά, γένια, και στο μάτι ένα πες νε· έδειχνε να έχει περάσει τα εβδομήντα.

«Ο γιατρός Κουζνέτσοφ;» ρώτησε ο Λευτέρης.

«Αυτοπροσώπως», απάντησε ο καλοντυμένος άντρας – η ρωσική προφορά ήταν εμφανής από την πρώτη του κιόλας λέξη.

«Κύριε, ερχόμαστε εκ μέρους της Καλίνας Αλεξέγιεβνα...»

«Έχω ήδη ενημερωθεί από την ανιψιά μου. Καθίστε παρακαλώ!»

Παρά την περασμένη του ηλικία, ο Ντοροφέι Αντρέγιεβιτς Κουζνέτσοφ είχε νεανική κίνηση στις χειραψίες και στο πώς κάθισε απέναντί τους· ένας γέρος μάλλον νευρικός, όμως εμφανώς ικανός να λύνει μικρά και μεγάλα ζητήματα σε σύντομο χρόνο.

«Ποιος είναι αυτός που έχει ελληνική καταγωγή;»

«Εγώ, κύριε», του απάντησε ο Λευτέρης, ο οποίος θα προτιμούσε να μην είχε βγάλει το πανωφόρι του, γιατί το πουκάμισό του ήταν τριμμένο και στενό επάνω του – η Επισκοπή που τα μοίραζε δεν έμενε σε λεπτομέρειες.

«Έχει σημασία αυτό που ρωτάω, σε λίγο θα καταλάβετε το γιατί. Είστε απ' ό,τι βλέπω νέα παιδιά που γλιτώσατε απ' του χάρου τα δόντια. Ήταν θέλημα Θεού, δε λέω, αλλά η αλήθεια είναι ότι έπρεπε να είχατε φύγει νωρίτερα. Βλέπετε αυτό το σπίτι; Το έστησα με τις κόρες μου πριν από δεκαπέντε μήνες. Είναι σημαντικό να διαβλέπει κανείς τις μεγάλες θύελλες που πλησιάζουν και να μην καθυστερεί να παίρνει τα μέτρα του. Κι εγώ εμιγκρές είμαι, αγαπητοί μου, πρόλαβα όμως να φύγω χωρίς να νιώσω το μαχαίρι στην πλάτη μου. Ήρθα εδώ στο Παρίσι με όλα μου τα χαρτιά και τα χρήματα ύστερα από μια γρήγορη εκποίηση της περιουσίας μου. Αν σήμερα ζούμε ανθρωπινά, το χρωστάμε σ' αυτήν την προνοητικότητα. Η ανιψιά μου δε με άκουσε· πίστευε μέχρι τελευταία στιγμή ότι η Δυναστεία των Ρομανώφ θα βασίλευε για πάντα στα χώματα της Ρωσίας. Λάθος! Γλίτωσε όμως η ίδια. Ας είναι, κάποιοι δεν κατάφεραν ούτε αυτό».

«Από κάποια στιγμή κι ύστερα», άνοιξε το στόμα του ο Νατόν για πρώτη φορά, «καταλάβαμε, γιατρέ, ότι δεν υπήρχε ελπίδα. Ήταν όμως αργά γιατί ήμασταν ήδη εγκλωβισμένοι, έτσι χάσαμε τα χρήματά μας, τα χαρτιά μας...»

Ο νευρικός γέρος τον διέκοψε ρίχνοντάς του μια διερευνητική ματιά, σιάζοντας την ίδια στιγμή το γιλέκο του, το οποίο έδειχνε φιλόδοξα στενό και κομψό για την ηλικία του.

«Το θέμα των χαρτιών τακτοποιείται, δεν είστε ούτε οι πρώτοι ούτε οι τελευταίοι που ήρθαν στο Παρίσι χωρίς καν ένα επίσημο χαρτί που ν' αποδεικνύει ποιος είναι ποιος. Τα έχουν αυτά οι πόλεμοι. Στη δική σας περίπτωση ομολογώ ότι δεν έχω πολυκαταλάβει πώς βρεθήκατε στην Οντέσσα αρχικά και ύστερα στη Σεβαστούπολη, όπως μου είπε η Καλίνα. Δεν είναι όμως δικιά μου δουλειά, τ' ομολογώ. Έχω υποσχεθεί στην ανιψιά μου να σας βοηθήσω όπως μπορώ, και μα τα άγια χώματα που άφησα πίσω μου, θα το κάνω με τον καλύτερο τρόπο. Μου 'πε ότι γνωρίζετε από κηπουρική, κύριε Ζιρντό».

«Είναι το πάθος μου, γιατρέ. Αν και δούλευα στη Μόσχα σε ασφαλιστική εταιρεία, θα μπορούσα, σας τ' ορκίζομαι, να κερδίζω αν ήθελα το ψωμί μου ως φροντιστής κήπων. Ας όψεται το κοινωνικό προφίλ του κηπουρού, που στη Ρωσία ήταν ιδιαίτερα χαμηλό. Τώρα όμως στην εξορία η επιβίωση είναι πάνω απ' όλα. Ναι, είμαι κηπουρός».

«Με ελληνική καταγωγή;»

«Ναι, που πάει πίσω δυο γενιές».

«Μιλάτε ελληνικά;»

«Τα καταφέρνω».

«Σας το ρωτώ γιατί θα σας στείλω στον πιο πλούσιο άνθρωπο της Γαλλίας, που τυχαίνει, όπως λένε, να έχει ελληνική καταγωγή. Αν δει ότι είστε Έλληνας, εκτιμώ ότι θα είναι πιο εύκολο να δουλέψετε σ' αυτόν».

«Θα σας ήμουν ευγνώμων, γιατρέ».

«Ξεκίνησα με τη θεραπεία του αρχιθαλαμηπόλου του και κατέληξα να είμαι ο προσωπικός γιατρός της Μαρίας Πιλάρ, θέση αξιοζήλευτη από κάθε άποψη».

«Ποια είναι η Μαρία Πιλάρ, αν μου επιτρέπετε;»

«Μια Ισπανίδα αριστοκράτισσα πολύ κοντά στη βασιλική οικογένεια, όμως στην περίπτωσή μας ούτε κι εγώ ξέρω καλά καλά· κάτι μεταξύ χρόνιου έρωτα και παραλίγο συζύγου του μεσιέ Μπαζίλ. Το σίγουρο είναι ότι η Μαρία Πιλάρ είναι ό,τι πολυτιμότερο υπάρχει στη Γη για τον πιο ισχυρό άντρα της Γαλλίας, τον Βασίλειο Ζαχάρωφ. Τον έχετε μήπως ακουστά;»

Κούνησαν κι οι δυο τους το κεφάλι αρνητικά.

«Νομίζω ότι αν σας έβλεπε αυτή τη στιγμή θα ήταν πολύ ευχαριστημένος, γιατί φροντίζει όσο τίποτε άλλο να παραμένει αθέατος αν και είναι πανίσχυρος. Λοιπόν, αγαπητέ μου

Ζιρντό, τι θα 'λεγες για μια δοκιμή εργασίας στο μεγαλειώδες μέγαρο της Λεωφόρου Ος; Είναι ένα επιβλητικό κτίριο πέντε ορόφων γεμάτο κρεμαστές ζαρντινιέρες στα παράθυρα και στα μπαλκόνια και εσωτερικά φυτά σε κάθε γωνιά. Το μέγαρο ανήκει εξολοκλήρου στον Ζαχάρωφ, όμως υπάρχει κι ένας πύργος στο Μπαλανκούρ με αχανείς κήπους, όπως και η γαλάζια βίλα του στη Νίκαια. Κάπου θα βρεις να φας ένα κομμάτι ψωμί. Εσύ, νεαρέ, τι ξέρεις να κάνεις;»

Ο Νατόν ξεροκατάπιε.

«Έχω σπουδάσει αρχαιολογία, αλλά μπορώ να κάνω οτιδήποτε· να είμαι γραμματέας, αμαξάς, φύλακας...»

Στην τελευταία λέξη, ο Ντοροφέι Αντρέγιεβιτς Κουζνέτσοφ χαμογέλασε. Η σιλουέτα του Νατόν σίγουρα δεν ενέπνεε για την πρόσληψή του ως σωματοφύλακα, ούτε καν θυρωρού.

«Είμαι της γνώμης», τον διέκοψε ο γιατρός, «ότι μπορείτε να πάτε και οι δυο στο μέγαρο της Λεωφόρου Ος. Θα σας ετοιμάσω ένα σημείωμα και θα το δείξετε στον αρχιθαλαμηπόλο, που ελέγχει εξονυχιστικά ποιος μπαίνει και ποιος βγαίνει. Είναι Σκοτσέζος και μου είναι ευγνώμων, γιατί τον έχω θεραπεύσει από κοιλιακά άλγη που τον ταλαιπωρούσαν χρόνια. Εκτιμώ λοιπόν ότι θα φροντίσει να βρείτε μια δουλειά. Δεν είναι άσχημη ιδέα, αγαπητέ μου Σεμπαστιάν, να μάθεις την κηπουρική δίπλα στον Ευγένιο. Αυτό το επάγγελμα θα σας δίνει τίμιο ψωμί για πάντα».

Η μελαψή υπηρέτρια είχε σταθεί δίπλα τους κρατώντας έναν δίσκο με αχνιστή σοκολάτα.

«Ώσπου να πιείτε αυτό το τονωτικό ρόφημα, πηγαίνω στο γραφείο μου να ετοιμάσω την επιστολή».

Ο γιατρός Κουζνέτσοφ βγήκε από το σαλόνι και τον άκουσαν που ανέβαινε τη σκάλα για τον επάνω όροφο. Έμειναν οι δυο τους να κοιτάζουν σιωπηλοί τα δυο φλιτζάνια που άχνιζαν.

«Λες να το κατάλαβε;» ψιθύρισε κάποια στιγμή ο Νατόν.

«Ποιο;»

«Ότι είμαστε λιποτάκτες».

«Μάλλον, αλλά δεν τον νοιάζει. Η Καλίνα μού είπε ότι της έχει αδυναμία· είναι αδερφός της μάνας της που έχει πεθάνει».

Μίλησαν για λίγο ακόμα χαμηλόφωνα μέχρι να κρυώσει η σοκολάτα, ώστε να μπορούν να τη φέρουν στα χείλη τους.

«Της είπες ότι την αγαπάς;» ρώτησε ο Νατόν κοιτάζοντάς τον με τα μεγάλα αθώα μάτια του.

«Είσαι χαζός; Φυσικά και το είπα, πώς αλλιώς θα ήμασταν εδώ;»

Ο Νατόν βάλθηκε να περιεργάζεται το σαλόνι σιωπηλός. Αν και ήταν περίπου τέσσερα χρόνια πιο μεγάλος απ' τον Λευτέρη, ο Έλληνας ήταν εξαρχής ο μεγάλος του αδερφός απ' την τρύπα της Γιορντάνκα ως τη Σεβαστούπολη κι απ' την Κωνσταντινούπολη ως τη Μασσαλία... Έτσι και τώρα, ο Λευτέρης πήγαινε μπροστά κι αυτός ακολουθούσε. Ήθελε μόνο να περάσουν λίγα χρόνια κι ύστερα να γυρίσει πίσω στην κωμόπολή του, στη Vaison la Romaine. Θα έβρισκε εκεί να πει καινούρια ψέματα για το πώς, αν και τον είχαν πεθαμένο εδώ και καιρό, ξαναγύρισε σαν άλλος Λάζαρος.

Ο θείος Ντοροφέι εμφανίστηκε και πάλι κρατώντας έναν κλειστό φάκελο. Βλέποντάς τον να τους πλησιάζει, σηκώθηκαν από σεβασμό.

«Το μόνο που σας εύχομαι είναι καλή τύχη, και μην ξεχνάτε ότι την υπόληψη που τρέφουν στο πρόσωπό μου σε κείνο το μέγαρο τη χρειάζομαι· είμαι κι εγώ, νεαροί μου, ένας εμιγκρές. Ελπίζω αυτά τα επαινετικά που γράφω στην επιστολή μου να επιβεβαιωθούν από τη συμπεριφορά σας και στην πράξη. Έχουμε μια καινούρια πατρίδα, και είναι σημαντικό εδώ να στεριώσουμε. Μην έχετε ψευδαισθήσεις για κάποιου είδους επιστροφή. Η μεγάλη νύχτα των μπολσεβίκων θ' αργήσει να περάσει».

Την ώρα που βάδιζαν προς την πόρτα, ο Λευτέρης ένιωσε το χέρι του γιατρού να τον πιάνει από το μπράτσο και να τον κρατά. Ήταν φανερό ότι τον ήθελε να μείνει λίγο πιο πίσω.

«Είχα την ελπίδα, αγαπητέ Ζιρντό», του ψιθύρισε, «ότι θα ήσασταν καμιά δέκα χρόνια μεγαλύτερος. Θα μπορούσα τότε να τρέφω ελπίδες για την αποκατάσταση της Καλίνας. Ομολογώ ότι σήμερα βεβαιώθηκα ότι αυτό δεν μπορεί να γίνει. Ας είναι όμως, να έχει τουλάχιστον έναν προστάτη· όχι σύζυγο απαραίτητα, αλλά προστάτη. Ο Θεός μαζί σας!»

Βγήκαν στο λιθόστρωτο και πήραν τον δρόμο της επιστροφής. Καθώς η βροχή είχε σταματήσει, είχαν τις ομπρέλες τους κλειστές. Είχαν πάνω από μία ώρα περπάτημα ως τις υποβαθμισμένες γειτονιές, εκεί όπου πανδοχεία γεμάτα τύφο έδιναν ένα κρεβάτι κι ένα πιάτο σούπα για ελάχιστα φράγκα.

«Γιατί δεν πας να κοιμηθείς στην πανσιόν που μένει η Καλίνα;» τον ρώτησε.

«Για να συνηθίζει σιγά σιγά».

«Τι να συνηθίζει, Ευγένιε;»

«Μη με λες έτσι όταν είμαστε οι δυο μας. Λευτέρη να με λες! "Να συνηθίζει" σημαίνει να προετοιμάζεται. Δε θα μείνω για όλη μου τη ζωή μαζί της».

«Πότε λοιπόν θα την εγκαταλείψεις;»

«Σου αρέσουν μου φαίνεται τα μελοδραματικά. Θα φύγω όταν θα έχω αγοράσει τα πρώτα καλά μου ρούχα. Στη στέπα, για να επιβιώσουμε, χρειαζόμασταν μια ξιφολόγχη κρυμμένη κάτω απ' τη χλαίνη· εδώ έχουμε ανάγκη τα καλά κουστούμια. Το έχεις καταλάβει αυτό;»

Το μέγαρο της Λεωφόρου Ος, στην καρδιά του Παρισιού, θα μπορούσε να στεγάζει κάποια εταιρεία, μια τράπεζα, ή και εύπορες πολυμελείς οικογένειες. Είχε όμως αγοραστεί πριν χρόνια από τον εργένη Μπαζίλ Ζαχάρωφ, που το χρησιμοποιούσε αποκλειστικά ως κατοικία του. Οι δυο φτωχοδιάβολοι φρόντισαν πριν τον επισκεφτούν να ενημερωθούν, όσο ήταν αυτό δυνατό, για τον μυστηριώδη και αινιγματικό ιδιοκτήτη του. Ο Ζαχάρωφ ήταν ένας μεγαλέμπορος όπλων που συναντούσε όποτε ήθελε τους πρωθυπουργούς των μεγάλων ευρωπαϊκών κρατών· ένας επιχειρηματίας με δαιδαλώδεις προεκτάσεις μέσω των επιχειρήσεών του σε όλη τη Γη – όπλα, καράβια, υποβρύχια, πετρέλαιο, ακίνητα, εφημερίδες... Παρότι ο ίδιος δεν το επιδίωκε, πολλές φορές τ' όνομά του ήταν πρωτοσέλιδο στον ευρωπαϊκό Τύπο. Κάποιες φορές μάλιστα φωτογραφήθηκε παρασημοφορημένος απ' τις μεγάλες αποικιακές δυνάμεις. Το τέλος του πολέμου τον είχε βρει γι' άλλη μια φορά κερδισμένο, καθώς εξαρχής είχε ταχθεί με τις δυνάμεις της Αντάντ.

Ο φύλακας στην πόρτα τούς συνόδεψε ως το γραφείο του ισογείου, όπου βρισκόταν μια μικρή αίθουσα αναμονής και σε περίοπτη θέση το βιβλίο των επισκεπτών. Ο φάκελος του γιατρού Κουζνέτσοφ προοριζόταν για τον Τόμας Χολ, τον Σκοτσέζο αρχιθαλαμηπόλο. Κάθισαν και τον περίμεναν κρατώντας το καπέλο τους στο χέρι. Είχαν φροντίσει να έρθουν λουσμένοι και ξυρισμένοι, γιατί υπήρχε πάντα ο φόβος μήπως τους πετάξουν έξω πριν προλάβουν καν να δείξουν την επιστολή του γιατρού. Σε λίγο εμφανίστηκε ένας ψηλός ξερακιανός άντρας με άσπρα γάντια, που άνοιξε με τη βοήθεια ενός χαρτοκόπτη τον φάκελο που έγραφε τ' όνομά του. Διάβασε την επιστολή χωρίς να αλλάξει στο ελάχιστο την παγερή έκφραση στο πρόσωπό του.

«Σ' αυτό το μέγαρο ο γιατρός Κουζνέτσοφ είναι σεβαστός και ευπρόσδεκτος», είπε με εμφανώς ξενική προφορά. «Έχω τη δικαιοδοσία από τον ίδιο τον μεσιέ Μπαζίλ να προσλαμβάνω εγώ δοκιμαστικά το προσωπικό. Ύστερα από κάποιον καιρό, δίνει εκείνος την τελική έγκριση μετά τη δική μου εισήγηση, την οποία πάντα υιοθετεί. Αυτό το κτίριο είναι γεμάτο ζαρντινιέρες στα μπαλκόνια και στα παράθυρα. Εξυπακούεται ότι τα άνθη που θα φυτευτούν και ο χρωματικός τους συνδυασμός θα πρέπει να εγκριθούν από εμένα προσωπικώς. Προτρέχω όμως, αυτά θα τα δούμε. Καθότι η δουλειά του κηπουρού στο μέγαρο είναι εκ των πραγμάτων περιορισμένη, θα χρειαστεί να περνάτε αρκετές μέρες, ίσως και βδομάδες, στον πύργο του μεσιέ Μπαζίλ στο Μπαλανκούρ, πενήντα χιλιόμετρα από το Παρίσι. Εκεί οι κήποι είναι αχανείς και η δουλειά δεν τελειώνει ποτέ. Εκεί χρειάζονται μπράτσα, εδώ στο μέγαρο διακριτικότητα, ανάλαφρο βάδισμα και κλειστά αυτιά και μάτια. Εξυπακούεται ότι προσλαμβάνεστε με δοκιμή κι ότι η εργατικότητα και η συμπεριφορά σας θα αξιολογούνται καθημερινά».

Ήταν ένας αυστηρός υπηρέτης, απ' αυτούς που αφού τους συναντήσεις κι ύστερα γνωρίσεις τον αφέντη, εκείνος, σε σύγκριση μ' αυτούς, φαίνεται ανοιχτόκαρδος και ευγενής. Όσην ώρα τούς μιλούσε ο Τόμας Χολ, τα μάτια του τους περιεργάζονταν αδιάκριτα.

«Το γεγονός ότι πέρα απ' την επιστολή του γιατρού έχετε υπάρξει θύματα των μπολσεβίκων», συνέχισε, «σας καθιστά αρχικά συμπαθείς. Ευγένιε Ζιρντό, στη συστατική επιστολή του γιατρού αναφέρεται ότι έχεις ελληνική καταγωγή. Οφείλω να σε προειδοποιήσω ότι εξαιτίας αυτού, ή μάλλον χάρη σ' αυτό, κάποια στιγμή ο μεσιέ Μπαζίλ θα θελήσει να μιλήσει για λίγο μαζί σου. Δεν υπάρχει κάτι απ' την Ελλάδα που να τον αφήνει ασυγκίνητο».

Ο Λευτέρης ξεροκατάπιε. Μπορούσε να φανταστεί ότι ο τελευταίος άνθρωπος που θα μπορούσε να ξεγελάσει με τα ψέματα που αράδιαζε εδώ και μήνες ήταν ο Ζαχάρωφ.

«Μεγάλη μου τιμή, αν με καταδεχτεί», του απάντησε κι έγειρε ταπεινά το κεφάλι.

«Αυτή η ανατολική δουλοπρέπεια δεν είναι απαραίτητη σ' αυτό το μέγαρο, οπότε δε χρειάζεται να την επαναλάβεις. Τις λεπτομέρειες θα τις μάθετε σε λίγο που θα σας στείλω τον βοηθό μου. Καλημέρα σας!»

Από κείνη τη στιγμή και για πολλούς μήνες ένα όνειρο θα έτρεφε τον Λευτέρη την ώρα που σκαρφαλωμένος πάνω απ' το κενό θα φρόντιζε τις ζαρντινιέρες: το όνειρο να εκπαραθυρώσει κάποτε τον Τόμας Χολ μέσα από κάποια απ' τις μεγάλες τζαμαρίες του πέμπτου ορόφου.

Οι επόμενες μέρες ήταν μέρες προσαρμογής και εκπαίδευσης. Στο μεταξύ είχαν νοικιάσει από κοινού ένα μικρό δωμάτιο στη σοφίτα μιας ταπεινής πανσιόν μία ώρα με τα πόδια από το μέγαρο της Λεωφόρου Ος. Ανεβοκατεβαίνοντας αθόρυβα το πολυτελές μέγαρο, μπορούσαν ν' ακούνε σκόρπιες κουβέντες απ' το προσωπικό. Ο ίδιος ο μεσιέ Μπαζίλ έλειπε στο εξωτερικό, γι' αυτό τα σχόλια και οι φλυαρίες έδιναν κι έπαιρναν.

«Έχεις καταλάβει για ποιον δουλεύουμε;» τον ρώτησε κάποια στιγμή ο Νατόν την ώρα που έβαζαν λίπασμα σ' ένα απ' τα μεγάλα πιθάρια που ήταν στα εντυπωσιακά πλατύσκαλα μεταξύ των ορόφων.

«Μέρα με τη μέρα καταλαβαίνω όλο και πιο πολλά. Εσύ το άλλο το ξέρεις;»

«Ποιο;»

«Αν τύχει και τον δούμε από κοντά, να μην είσαι σίγουρος για τίποτα».

«Δηλαδή;»

«Άκουσα ότι χρησιμοποιεί σωσίες· μπορεί αυτός που θα δεις να μην είναι ο πραγματικός Ζαχάρωφ. Έχει σωσίες γιατί φοβάται μην τον σκοτώσουν. Λένε ότι κι εκείνος έχει φάει αρκετούς. Οι κακές γλώσσες μιλάνε για τη συμπάθειά σου, εκείνον ντε, τον σοσιαλιστή, τον Ζορές,[61] που τον σκότωσαν πριν ξεκινήσει ο πόλεμος. Λένε ότι ο μεσιέ Μπαζίλ το σχεδία-

61. Jean Jaurès (1859-1914): Γάλλος πολιτικός, σοσιαλιστής και φιλειρηνιστής, που δολοφονήθηκε τις παραμονές του Α΄ Παγκοσμίου Πολέμου.

σε κι έδωσε την εντολή της δολοφονίας, γιατί με τα φιλειρηνικά του κηρύγματα ίσως του χάλαγε τη δουλειά – τον πόλεμο δηλαδή».

Έκοψαν την κουβέντα γιατί άκουσαν βήματα στη σκάλα. Την ανέβαιναν κάποιοι κομψοί άντρες που κρατούσαν στο χέρι χαρτοφύλακες. Οι δυο κηπουροί είχαν ήδη δει αυτές τις μέρες κάποια στελέχη της «Vickers Sons & Maxim Ltd» ν' ανεβαίνουν συχνά στον δεύτερο όροφο αναζητώντας τον Βασίλειο. Άφηναν στα χέρια των γραμματέων φακέλους και κατέβαιναν κροτώντας με τα τακούνια πάνω στο γυαλισμένο μάρμαρο.

«Μη χασομεράς», του είπε ο Νατόν. «Τελείωνε από δω, γιατί μας φόρτωσαν αγγαρεία και τον στολισμό των Χριστουγέννων».

Ο Λευτέρης δεν έλεγε να τραβήξει το βλέμμα του απ' τα στελέχη της εταιρείας, οι οποίοι κατηφόριζαν ακολουθώντας τον κοχλία που σχημάτιζαν τα μαρμάρινα σκαλοπάτια, το εντυπωσιακό κλιμακοστάσιο του μεγάρου.

«Τι τους κοιτάς;» τον ρώτησε ο Νατόν.

«Τι έχουν αυτοί παραπάνω από μας, μου λες;»

Ο Νατόν σήκωσε αδιάφορα τους ώμους.

«Τι μου 'λεγες για τον στολισμό;»

«Μας τον φόρτωσε ο Σκοτσέζος, Λευτέρη. Είπε να στολίσουμε με γιρλάντες και χάρτινα λουλούδια όλες τις γλάστρες και τις ζαρντινιέρες. Χριστούγεννα και Πρωτοχρονιά θα έρθει ο ίδιος ο Ζαχάρωφ, κουνήσου!»

Ο Λευτέρης έκανε ένα τελευταίο ανακάτωμα στο χώμα στο μεγάλο πιθάρι προσέχοντας μη λερώσει το γυαλισμένο πάτωμα, κι άρχισε να μαζεύει τα σύνεργά του και τα υπολείμματα απ' το λίπασμα.

«Λες να ζητήσει να με δει;» ρώτησε τον Νατόν όταν άρχισαν να κατεβαίνουν τα σκαλιά πηγαίνοντας για την αποθήκη.

«Μου φαίνεται ότι το θέλεις τελικά...»

«Τι έχω να χάσω, μου λες;»

«Κι αν μας καταλάβει ότι είμαστε λιποτάκτες;»

«Δεν ασχολούνται αυτοί με ψείρες, Νατόν».

«Αν μας καταλάβει και μας διώξει, τι θα γίνει; Οι εργάτες ζητιανεύουν στους δρόμους μαζί με τους ανάπηρους απ' το Μέτωπο. Τώρα που ο πόλεμος τελείωσε, έμεινε ξεσκέπαστη η φτώχεια και η δυστυχία χωρίς καμιά δικαιολογία».

«Ένα να παρακαλάς, Νατόν: να μη μας στείλουν μες στις γιορτές στον πύργο του Μπαλανκούρ. Θέλω να είμ' εδώ όταν θα έρθει, να δω από τι είδους κρέας είναι φτιαγμένοι αυτοί οι άνθρωποι».

«Εμένα μ' αναγουλιάζει η ιδέα ότι δουλεύω για έναν έμπορο όπλων. Το πολυβόλο Maxim το πουλάει εδώ και χρόνια, κι αυτό έχει κομματιάσει χιλιάδες σαν και σένα και μένα. Τι δουλειά έχει με τα λουλούδια και την ομορφιά ένα τέτοιο κτήνος;»

«Νατόν αδερφέ μου, σοσιαλίζεις επικίνδυνα. Ο Ζορές είναι εδώ και πέντε χρόνια νεκρός, δεν μπορείς πια να δουλέψεις γι' αυτόν».

«Αναρωτιέμαι πράγματι τι είδους περιέργεια είναι αυτή να δεις από κοντά τον Ζαχάρωφ. Εγώ το μόνο που θέλω είναι να παίρνω το μεροκάματό μου ει δυνατόν σε κέρματα, για να τα πλένω πρώτα καλά στη βρύση».

Έκοψαν τη συζήτηση γιατί συναντήθηκαν με δυο καμαριέρες που ήταν φορτωμένες κολλαρισμένα σεντόνια.

«Περιμένουμε κόσμο, κορίτσια;» ρώτησε ο Νατόν την ξανθιά φράζοντάς της παιχνιδιάρικα τον δρόμο.

«Οι κηπουροί να γυρίσουν πίσω στα χώματα», απάντησε εκείνη αναψοκοκκινισμένη και τον έσπρωξε στην άκρη για να περάσει.

Ο Νατόν τής απάντησε με μια τρυφερή γκριμάτσα. Είχε βάλει στο μάτι την ξανθιά καμαριέρα και δεν έχανε ευκαιρία να την πειράζει και να της χαρίζει λουλούδια όσο ο μεγάλος του αδερφός έμενε σκεφτικός κι ονειρευόταν μια χειραψία μ' εκείνο το χέρι που είχε υπογράψει τόσα συμβόλαια θανάτου.

Οι μέρες ως τα Χριστούγεννα πέρασαν γρήγορα, σαν να γλίστρησαν μες στα χιόνια και στους πάγους. Η Καλίνα Αλεξέγιεβνα τους κάλεσε σε δείπνο αμέσως μόλις νοίκιασε ένα επιπλωμένο διαμέρισμα στο κέντρο του Παρισιού, όχι πολύ μακριά απ' το μέγαρο της Λεωφόρου Ος. Πήγε μόνο ο Νατόν, δασκαλεμένος απ' τον μεγάλο του αδερφό να πει ότι τάχα ο Λευτέρης είχε γίνει απαραίτητος στο μέγαρο και τον απασχολούσαν πολλές ώρες ακόμη και τα βράδια.

Η Καλίνα Αλεξέγιεβνα στράβωσε το ωραίο της στόμα την ώρα που ο Νατόν τής είπε εκείνο το ψέμα.

«Να του πεις ότι δε θα τον ξαναενοχλήσω, δε μου χρωστά τίποτε, έτσι να του πεις!»

Ο Νατόν δεν μπορούσε να κρύψει την ταραχή απ' το πρόσωπό του· ήταν φανερό ότι η υποκριτική δεν ήταν το δυνατό του χαρτί.

«Δε θα χρειαστεί να μου στείλει διά αλληλογραφίας παιδαριώδεις δικαιολογίες, έτσι να του πεις. Στο κάτω κάτω της γραφής...»

Ο Νατόν σταμάτησε το μάσημα του μισοφημένου φιλέτου που είχε στο στόμα και περίμενε να τελειώσει τη φράση της.

«Στο κάτω κάτω της γραφής, ήταν μόνο ένας καλός επιβήτορας· όχι απ' τους καλύτερους, αλλά στην προσφυγιά ο καθένας χαμηλώνει τις απαιτήσεις του».

Ο Νατόν κατέβασε την μπουκιά του με τη βοήθεια μιας γερής γουλιάς κρασιού.

«Εσύ εξακολουθείς να μου είσαι συμπαθής, μπορείς να έρχεσαι όποτε θέλεις...»

Το ίδιο βράδυ ο Νατόν τον βρήκε άυπνο να καπνίζει στη μικρή σοφίτα και να έχει γεμίσει το δωμάτιό τους καπνό.

«Δεν έχεις ύπνο;» τον ρώτησε.

«Πώς πήγε;»

«Πώς να πάει; Δε θέλει να σε ξαναδεί μπροστά της, δεν το περίμενες;»

«Όχι τόσο γρήγορα ομολογώ. Καλύτερα όμως έτσι, γιατί δε θέλω δεσμεύσεις, ούτε τα μάτια της θέλω να τα ρίχνει στο μέγαρο με την κάθε ευκαιρία».

«Ο θείος της μας έμπασε εκεί, μην το ξεχνάς».

«Νατόν, κάνε τσιγάρο κι άκου! Σήμερα τον είδα...»

Ο ψευτο-Σεμπαστιάν πλησίασε στη μικρή θερμάστρα κι άπλωσε πάνω της τα χέρια του, που ήταν κόκκινα απ' το κρύο.

«Λοιπόν;»

«Είναι πολύ ψηλός, με μάτια κρύα, γαλανά. Έχει ψαλιδισμένο άσπρο γένι στο πιγούνι και περπατάει μάλλον αργά. Δίπλα του η Μαρία Πιλάρ μια πραγματική καλλονή. Πίσω τους ακολουθούσαν δυο υπηρέτες που κουβαλούσαν βαλίτσες και μπαούλα».

«Ήρθε ο αφέντης λοιπόν».

«Μπήκαμε όλο το προσωπικό στη σειρά για να τον υποδεχθούμε, όπως κάναμε στο σύνταγμα όταν είχαμε επιθεώρηση. Εκείνος έδειχνε κεφάτος. Να φανταστείς, τον θυρωρό τον τσίμπησε στο μάγουλο. Είναι παράξενο, Νατόν, ένας άνθρωπος τόσο φωτεινός, τόσο ξέγνοιαστος, λες και πουλούσε σ' όλη του τη ζωή παιχνίδια και ζαχαρωτά».

«Η Καλίνα Αλεξέγιεβνα μου 'λεγε απόψε πως είναι ένας άνθρωπος-αίνιγμα. Αυτή η γυναίκα είναι στο Παρίσι τρεις βδομάδες όλες κι όλες και γνώρισε τόσον κόσμο! Αφού έμαθε την πρωτοβουλία του θείου της να μας στείλει στον Ζαχάρωφ, ρώτησε κι αυτή κι έμαθε. Μας νοιάζεται, Λευτέρη, παρ' όλη την πίκρα που έβγαλε απόψε».

«Πέρασε από μπροστά μου και κοντοστάθηκε. Τον πρόφτασε ο Τόμας Χολ και κάτι του ψιθύρισε στο αυτί την ώρα που με παρατηρούσε. Τα μάτια του είναι κλειστό βιβλίο, δεν μπορείς να διαβάσεις τίποτε μέσα τους. Με καλησπέρισε στα ελληνικά και με ρώτησε από πού είμαι. Η λέξη "Σαλονίκη" δεν έδειξε να τον συγκινεί, κούνησε απλά το κεφάλι, προσπέρασε κι άρχισε ν' ανεβαίνει τα σκαλοπάτια. Η Μαρία Πιλάρ ούτε που με πρόσεξε. Έδειχνε απασχολημένη με την γκουβερνάντα των παιδιών που έσερνε μαζί της».

«Πώς το βλέπεις, θα μας κρατήσει ο μεσιέ Μπαζίλ;»

«Δεν είναι αυτό το θέμα», του απάντησε φυσώντας τον καπνό προς το επικλινές ταβάνι. «Θέλω να μάθω τι είδους άνθρωποι είναι αυτοί που τα καταφέρνουν. Θέλω να το μάθω αυτό απ' τον Ζαχάρωφ, μιας και η τύχη με πέταξε στα πόδια του».

«Φούσκωσαν τα μυαλά σου μου φαίνεται. Ένας κηπουρός είσαι, Λευτέρη, ξεκαβαλίκεψε απ' το άλογο σε παρακαλώ!»

Ο Ευγένιος Ζιρντό τον κοίταξε με θυμό.

«Μια φορά να μου το πεις ακόμη αυτό, και μεταξύ μας τελειώσαμε!»

Ο Νατόν τον κοίταξε πανικόβλητος.

«Αν ήταν να τσαπίζω λουλούδια σ' όλη μου τη ζωή, καθόμουν και στη Σαλονίκη, το κατάλαβες;»

«Ανησυχώ για σένα, εσύ αυτό το κατάλαβες;»

«Μα τίποτε δε σου 'μαθε επιτέλους η Ουκρανία; Όλος ο κόσμος είναι μια στέπα· για να σώσεις το τομάρι σου, πρέπει να γίνεις λύκος. Παράτησες τον στρατό κι αποχαιρέτησες τη νομιμότητα για να φυτεύεις λουλούδια μ' άλλο όνομα και σ' άλλον τόπο για όλη σου τη ζωή; Δε βράζουν τα μέσα σου; Γίνε λύκος για να ζήσεις, πόσες φορές πρέπει να σ' το πω;»

Ο Νατόν χλώμιασε ακόμη πιο πολύ.

«Έφυγα απ' τον στρατό για να γλιτώσω απ' το αίμα, κι εσύ τώρα μου ζητάς να γίνω λύκος;»

«Σου ζητάω να ζήσεις, μωρέ, γιατί σ' αγαπάω. Δεν είναι ζωή αυτή να τσαπίζεις όλη μέρα».

«Είμαι αρχαιολόγος, Λευτέρη, μην...»

«Σκατά, ένας εργάτης είσαι! Κι αν γυρνούσες πίσω στο χωριό σαν αρχαιολόγος, κι εκεί πάλι θα 'σκαβες, όχι για να φυτεύεις λουλούδια αλλά για να ξεχώνεις μάρμαρα. Τι παραπάνω έχουν αυτοί σαν τον Ζαχάρωφ, σαν τον Αλπερέν...»

Εκείνη τη στιγμή σταμάτησε απότομα και τα μάτια του τρεμόπαιξαν, όπως η φλόγα του καντηλιού σε αεράκι απρόσμενο. Προς στιγμήν φαινόταν να έχει χάσει την πυξίδα της μνήμης, σαν να είχε μαγνητιστεί από κάτι κι έδειχνε άλλα σημεία του Ορίζοντα. Έσβησε με αργές κινήσεις το τσιγάρο στο σταχτοδοχείο που ήταν στο πάτωμα δίπλα στο κρεβάτι.

«Ποιος είν' αυτός ο Αλπερέν;»

«Ξέχνα το και πέσε, γιατί η ώρα είναι περασμένη».

Ο Νατόν άπλωσε με προσεκτικές κινήσεις τα ρούχα του στην καρέκλα, που ήταν βαλμένη δίπλα στη θερμάστρα, και μπήκε με τα εσώρουχα κάτω απ' τις κουβέρτες. Ο Λευτέρης έβλεπε τώρα το πίσω μέρος του κεφαλιού του και λίγο απ' τη στενή του πλάτη.

Αυτό το κομμάτι από τα μέσα του που δεν είχε γίνει ακόμη Ευγένιος Ζιρντό, αισθανόταν άσχημα που του είχε υψώσει τη φωνή. Δεν ήθελε όμως να τον βλέπει να φοβάται ακόμη και να έχει επιθυμίες. Το κομμάτι του Λευτέρη μέσα του τον αγαπούσε. Αν ήταν φτιαγμένος από λεφτά σαν τον Ζαχάρωφ, θα του χάριζε ένα σπίτι στο δάσος γεμάτο βιβλία κι αρχαία νομίσματα να κάθεται εκεί να μελετάει ώσπου να γεράσει. Το κομμάτι του Λευτέρη μέσα του που δεν είχε γίνει ακόμα Ευγένιος Ζιρντό τον αγαπούσε κι ας του φώναζε, κι ας τον έστελνε να ξεπλένει τ' απόνερα απ' τις ερωμένες του, όπως στο αποψινό δείπνο της Καλίνας Αλεξέγιεβνα. Όμως το κομμάτι του Λευτέρη Ζεύγου μέσα του του έπαιζε και περίεργα παιχνίδια, γιατί φαίνεται ότι δεν είχε ακόμη ξεχάσει τον Αλπερέν μπέη.

«Νατόν αδερφέ μου, δεν ήθελα να σου υψώσω τη φωνή, να το ξέρεις αυτό».

«Δεν είναι κακό, Λευτέρη, να θέλεις να ζήσεις μια ήσυχη ζωή», του απάντησε έχοντας ακόμη γυρισμένη την πλάτη.

Εκείνο το βράδυ δεν ξαναμίλησε.

Κάποια απ' τις τελευταίες μέρες του Μαρτίου της νέας χρονιάς τούς ειδοποίησαν να ετοιμάζονται γιατί θα έφευγαν για μέρες, ίσως και βδομάδες, στον πύργο του Μπαλανκούρ. Το τρένο θα τους κατέβαζε σε κάποιον κοντινό σταθμό, κι από κει θα τους έπαιρνε το φορτηγό του πύργου που έκανε τις προμήθειες απ' τη γύρω περιοχή. Είχε μπει η άνοιξη και οι δουλειές στους κήπους του πύργου έπρεπε να ξεκινήσουν.

Οι τρεις μήνες του χειμώνα είχαν περάσει ήσυχα. Μέσα σε λίγο καιρό είχαν μάθει όλες τις λεπτομέρειες της ζωής στο μέγαρο της Λεωφόρου Ος. Ο ίδιος ο Ζαχάρωφ, μετά την Πρωτοχρονιά, άρχισε πάλι τα ταξίδια, αφήνοντας τη Μαρία Πιλάρ μόνη με τα παιδιά της, έωλη στον εκνευρισμό και στη σκοτεινιά που κλείνουν μέσα τους.

Ο Ευγένιος και ο Σεμπαστιάν τέτοιους μήνες δεν ήταν μόνο κηπουροί αλλά και εργάτες γενικών καθηκόντων: καθαριστές, αχθοφόροι, τεχνίτες για τις απλές επιδιορθώσεις, συνοδοί της Μαρίας Πιλάρ – εννοείται από κάποια απόσταση. Αφού πέρασαν οι πρώτες εβδομάδες, ο Τόμας Χολ τούς εμπιστευόταν να κάνουν θελήματα αρχικά στους κοντινούς δρόμους κι ύστερα σ' ολόκληρο το Παρίσι: ψώνια, μικροδέματα και επιστολές, συνοδεία επισκεπτών στον σιδηροδρομικό σταθμό, μια απρόσμενη βοήθεια στους δύο σοφέρ του μεγάρου, που ένα βράδυ, μεθυσμένοι, τα 'καναν σ' ένα χαμαιτυπείο γης μαδιάμ. Οι γροθιές τους εξουδετέρωσαν κάτι μαχαιροβγάλτες. Αυτή τη συμπλοκή ο Τόμας Χολ δεν έπρεπε να τη μάθει επ' ουδενί. Απ' τη στιγμή που κράτησαν το στόμα τους κλειστό, ο περίκλειστος κόσμος του μεγάρου τούς αγκάλιασε σφιχτά. Ο θυρωρός έπινε νερό στ' όνομά τους, οι οδηγοί και ο σοφέρ του αφεντικού τούς θεωρούσαν συντρόφους, η μαγείρισσα άρχισε πια να τους ρωτά αν είχαν επιθυμία για κάποιο φαγητό, και η ξανθιά καμαριέρα άνοιξε αχόρταγα τα χείλη της μες στο στόμα του Νατόν κάτω στη μισοσκότεινη αποθήκη με τα αλεύρια και τα τυριά.

Έτυχε δύο φορές στον Λευτέρη να συνοδεύσει τον Ζαχάρωφ σε κάποιο ραντεβού μαζί με τον προσωπικό του σωματοφύλακα. Οι οδηγίες ήταν σαφείς: καλοντυμένοι, έπρεπε να παρακολουθούν διακριτικά κι από απόσταση. Την ώρα εκείνη που ο Λευτέρης ένιωθε το πιστόλι κάτω απ' την καμπαρντίνα να του βαραίνει γλυκά την κοιλιά, ένιωσε πως η ζωή του άλλαζε και οι κάλυκες των ποικιλμένων ανθέων θα μεταμορφώνονταν κάποια στιγμή σε κάλυκες πιστολιών, που ευωδιάζουν αντρικό μέταλλο.

Την τελευταία βδομάδα του Μαρτίου ξενοίκιασαν τη σοφίτα και μετέφεραν τα λιγοστά τους πράγματα σ' ένα δωμάτιο στο ισόγειο του μεγάρου. Θα έλειπαν στην Πικαρδία, στον πύργο, αρκετές βδομάδες, ίσως και μήνες, ως τα μέσα του καλοκαιριού. Στο μέγαρο ακουγόταν πως το καλοκαίρι ο Ζαχάρωφ θα έδινε εκεί μια δεξίωση στους κήπους, κι επιπλέον είχε προγραμματισμένες πολλές συναντήσεις. Τα κακοπαθημένα απ' τον χειμώνα τετράγωνα της γης έπρεπε να σπαρθούν και ως τα μέσα της άνοιξης να έχει αλλάξει ο περιβάλλων χώρος, που ήταν αχανής.

Ήταν ένα από κείνα τα τελευταία βράδια πριν απ' την αναχώρηση για τον πύργο. Ο Νατόν είχε βγει στην πόλη και συνόδευε την ξανθιά καμαριέρα στον κινηματογράφο. Ο Λευτέρης χρησιμοποιούσε ένα απ' τα δωμάτια των υπηρετών, που είχε μείνει άδειο, γιατί το δεξί χέρι του Σκοτσέζου, ο βοηθός του, είχε πεθάνει στα ξαφνικά χωρίς να προλάβει ο γιατρός Κουζνέτσοφ να του προσφέρει κάποια βοήθεια. Ξαπλωμένος τώρα στο σιδερένιο κρεβάτι του πεθαμένου, ξεφύλλιζε ένα κοσμικό περιοδικό που είχε ξεχάσει κάποια κυρία στην αίθουσα αναμονής στο θυρωρείο.

Το χτύπημα στην πόρτα ακούστηκε ανυπόμονο. Παραξενεύτηκε, γιατί η ώρα ήταν περασμένη κι ό,τι δουλειές τού είχαν αναθέσει απ' το πρωί τις είχε τελειώσει. Σηκώθηκε βαριεστημένα, κι ούτε έδειξε να βιάζεται ακόμη κι όταν το χτύπημα ξανακούστηκε ακόμη πιο επίμονο. Στο άνοιγμα της πόρτας είδε τον Τόμας Χολ να βγάζει εκείνη τη στιγμή τα άσπρα γάντια απ' τα χέρια του – έδειχνε κουρασμένος.

«Δεν κοιμηθήκατε ακόμη;»

«Πριν από λίγο πήρα εντολή ν' αποσυρθώ, και σου μεταφέρω την επιθυμία του. Ο μεσιέ Μπαζίλ σε περιμένει στο γραφείο του στον δεύτερο όροφο».

Η καρδιά του Λευτέρη άρχισε να χτυπάει δυνατά.

«Μπορώ να χρησιμοποιήσω το λουτρό στο ισόγειο;» τον ρώτησε.

«Φυσικά, είναι για όλο το προσωπικό».

«Πόσην ώρα έχω;»

«Από τώρα είκοσι πέντε λεπτά», είπε και ξανάβαλε το ρολόι με την αλυσίδα στην τσέπη του γιλέκου.

«Ευχαριστώ».

«Σε είχα ενημερώσει, θυμάσαι;»

«Είναι στα κέφια του;»

«Ο μεσιέ Μπαζίλ απέναντι στο προσωπικό είναι πάντα ο ίδιος. Καληνύχτα!»

Άρχισε ν' ανεβαίνει τις σκάλες. Τα βήματα πρόδιδαν την κούρασή του. Άλλωστε ο Τόμας Χολ είχε τουλάχιστον τα διπλάσια χρόνια του Λευτέρη.

Ξυρίστηκε με αργές κινήσεις κάτω από τη χαμηλή λάμπα του μπάνιου. Η λάμα του ξυραφιού ανέβηκε και κατέβηκε αποφασιστικά κάποιες φορές λειαίνοντας τον λαιμό και τα μάγουλα. Στο τέλος, την ώρα που έβαζε κολόνια, παρατήρησε για λίγο το πρόσωπό του στον καθρέφτη. Το ξύρισμα ήταν το πρόσχημα για να δει για τελευταία φορά τον Λευτέρη Ζεύγο στον καθρέφτη.

Έβγαλε καθαρό πουκάμισο και παντελόνι, απ' αυτά που είχε διπλωμένα στη βαλίτσα και θα έπαιρνε μαζί του στον πύργο. Επιθεώρησε τα νύχια του κι έβαψε το δεύτερο ζευγάρι παπούτσια, που το χρησιμοποιούσε στις εξωτερικές δουλειές της πόλης.

Την ώρα που άρχισε ν' ανεβαίνει με αργά βήματα τη σκάλα –στους υπηρέτες απαγορευόταν να χρησιμοποιούν το ασανσέρ–, του ήρθε απρόσκλητη στον νου μια εικόνα του Αλπερέν μπέη. Τον ένιωθε τώρα ξεχασμένο πέρα βαθιά στους μαχαλάδες της παιδικής του ηλικίας. Φαντάστηκε τον Αλπερέν σαν να ήταν τάχα ένα απ' τα δυνατά παιδιά της γειτονιάς του που τον είχε δείρει στη σκόνη του χωματόδρομου και τον ταπείνωσε. Όλ' αυτά είχαν γίνει τάχα πολύ παλιά, τότε που τα μεγέθη και η κλίμακα του κόσμου ήταν αλλιώς, πριν ακόμη κατανοήσει ο ίδιος ότι στη μεγάλη μακέτα του κόσμου η Λεωφόρος των Εξοχών ήταν απλά ένας παράδρομος της Λεωφόρου Ος.

Χτύπησε με θάρρος την ψηλή καρυδένια πόρτα. Αυτό ήταν σκηνοθετημένο εξαρχής. Όλα έπρεπε να καθοδηγούνται από μια πνοή τόλμης, το βλέμμα να μη χαμηλώνει, η φωνή να έχει ένταση, να μην τραυλίζει, και κυρίως να υπενθυμίζει συνεχώς στον Ευγένιο Ζιρντό, στον εαυτό του, ότι στο κάτω κάτω δεν έχει να χάσει τίποτε σημαντικό – ίσως μόνο τις αλυσίδες του, όμως μ' έναν άλλον τρόπο από αυτόν που όριζε εκείνο το παλιό σιδερένιο τακούνι.

Το γραφείο ήταν μεγάλο σαν σαλόνι και μύριζε μελανωμένο χαρτί και μυρωδάτο καπνό. Ο μεσιέ Μπαζίλ καθόταν σε μια πολυθρόνα δίπλα σ' ένα μεγάλο αμπαζούρ και κάπνιζε το πούρο του. Σ' ένα χαμηλό τραπέζι δίπλα του ήταν ακουμπισμένα ποτήρια, φλιτζάνια κι ένα σταχτοδοχείο. Είχε τα πόδια του πάνω σ' ένα βελούδινο σκαμνί, χωρίς παπούτσια, μόνο με τις κάλτσες του – μαύρες.

Πλησίασε με αργά βήματα προς το μέρος του. Θεωρούσε ότι το «Εμπρός» στο χτύπημα της πόρτας ήταν αρκετό για να του δώσει το δικαίωμα να τον πλησιάσει τόσο κοντά. Κοντοστάθηκε δύο μέτρα απ' το σκαμνί που ξεκούραζε τα πόδια του.

Ο Βασίλειος Ζαχάρωφ σήκωσε τα μάτια απ' την εφημερίδα και τον κοίταξε προσεκτικά. Επικρατούσε σιωπή. Αναμετρήθηκαν για λίγο με το βλέμμα χωρίς να μιλάει κανείς.

«Δεν τα κατεβάζεις τα μάτια, Ευγένιε Ζιρντό;» ακούστηκε η φωνή του.

«Όταν χρειάζεται, κύριε, μόνο τότε».

«Κλείσε σε παρακαλώ καλά την πόρτα, έξω στον διάδρομο έχει φονικό ψύχος».

Στέλνοντάς τον πίσω να κλείσει την πόρτα, ο Ζαχάρωφ είχε αριστουργηματικά επιβεβαιώσει τους ρόλους του καθενός σε περίπτωση που από κάποιον δεν ήταν επαρκώς διακριτοί.

«Μπορείς να καθίσεις, Ευγένιε», του είπε δείχνοντάς του μιαν άλλη πολυθρόνα απέναντί του. «Για έναν άνθρωπο της ηλικίας μου δεν είναι δύσκολο να κατανοήσει πόσο σημαντικό πρόβλημα είναι ένα ζευγάρι κουρασμένα πόδια. Είσαι όρθιος απ' το πρωί φαντάζομαι...»

Ο Λευτέρης κάθισε σιωπηλός, έχοντας πια σαφή επίγνωση των ρόλων. Ο Ζαχάρωφ θα έλεγε ό,τι του κατέβαινε στο κεφάλι κι εκείνος θα συμφωνούσε. Ο μεσιέ Μπαζίλ θα σήκωνε όποτε ήθελε το χέρι προς την έξοδο κι εκείνος θα πήγαινε να κλείσει την πόρτα που θα του υποδείκνυε το δάχτυλο του αφεντικού του.

«Αν ήταν πρωινή ώρα, Ευγένιε, θα στεκόσουν φυσικά όρθιος όση ώρα χρειαζόταν».

«Ίσως να το προτιμώ έτσι, κύριε, γιατί το να είμαι καθιστός απέναντί σας, μου είναι απίστευτα άβολο».

Ο Ζαχάρωφ χαμογέλασε.

«Και μένα το ίδιο κατά μία έννοια, αλλά ας προσαρμοστούμε. Πες μου για σένα».

«Τι θέλετε να μάθετε, κύριε;»

«Θα έλεγα τα πάντα, αλλά η ώρα είναι περασμένη. Είσαι απ' τη Σαλονίκη;»

«Ναι, γεννήθηκα και μεγάλωσα εκεί. Η μάνα μου ήταν Γαλλίδα, και μιλάω αυτήν τη γλώσσα από παιδί όπως τα ελληνικά».

«Το πρόσεξα ότι η προφορά σου δεν διαφέρει ιδιαίτερα απ' αυτήν των Παριζιάνων. Φυσικά και θα εξακολουθούμε να μιλάμε στα γαλλικά, το προτιμώ. Κηπουρός λοιπόν;»

«Μάλιστα, κηπουρός».

«Και πώς βρέθηκες στη Ρωσία χειμωνιάτικα; Μη μου πεις για να φυτέψεις λουλούδια στο Μέτωπο;»

Ο Λευτέρης τον παρατηρούσε χωρίς πια κανέναν δισταγμό. Τα λιγοστά άσπρα του μαλλιά ήταν αχτένιστα και το γένι του σβαρνισμένο κι ανάκατο απ' την παλάμη του, η οποία δεν το άφηνε σε ησυχία. Κατάλαβε ότι τα μάτια του ήταν όπως την πρώτη φορά που τον είχε συναντήσει: δεν έλεγαν τίποτα, δυο παγωμένες λίμνες που έκρυβαν τα πάντα κάτω απ' τον πάγο· μόνο τα βλέφαρά του έδειχναν να έχουν κάποια ζωή καθώς άνοιγαν κι έκλειναν σαν βαριές βελούδινες κουρτίνες.

«Θα προτιμούσα, κύριε, να σας τα πω όλα χωρίς να κρύψω τίποτα. Αν προσπαθούσα να σας ξεγελάσω όπως τους υπόλοιπους, θα σας υποτιμούσα. Θα σας πω λοιπόν όλη την αλήθεια κι ας μου βγει και σε κακό».

«Αυτήν περιμένω αργά το βράδυ περασμένες δέκα. Όποιος μπαίνει σ' αυτό το κτίριο, πρέπει να μάθει ν' αφήνει τα ψέματα και τα παραμύθια στο θυρωρείο. Εδώ το άσπρο είναι άσπρο και το μαύρο μαύρο. Σε ακούω λοιπόν, γιατί η ιστορία που ξεφουρνίσατε μπάζει νερά από δέκα μεριές. Πώς βρεθήκατε στη Ρωσία εσύ κι ο άλλος ο Γάλλος, ο Σεμπαστιάν;»

«Είναι πολύ απλό, μεσιέ Μπαζίλ: μας πήγε ο στρατός. Κάποια στιγμή, μες στην τρέλα του χιονιού και της μάχης, αποφασίσαμε να ζήσουμε. Ρίξαμε κάτω το όπλο και χαθήκαμε στη στέπα. Ανταμωθήκαμε τυχαία εκεί για πρώτη φορά. Είμαστε λιποτάκτες, μεσιέ Μπαζίλ, αυτός της γαλλικής δημοκρατίας κι εγώ του Βενιζέλου».

«Δε θα ήθελα στην κουβέντα μας ν' αναμειγνύονται ονόματα φίλων μου. Πες μου τώρα, το επάγγελμα κηπουρός είναι αλήθεια;»

«Η μισή μόνο, γιατί στη ζωή μου έκανα κι άλλα πολλά από παιδί: πουλούσα εφημερίδες, δούλευα σε πονηρά μέρη, έκανα μαύρη αγορά, ήμουν μεσίτης... Τι άλλο θέλετε να σας πω; Όπως βλέπετε, δε σας κρύβω τίποτε».

«Μια μέρα έλεγα στον Κλεμανσό τι δουλειές έχω κάνει στην Πόλη όταν ήμουν νέος. Θυμάμαι ότι είχε γουρλώσει τα μάτια του από έκπληξη».

«Να τολμήσω να ρωτήσω κι εγώ, κύριε;»

«Ό,τι κι εσύ πάνω κάτω, βρέθηκα όμως να έχω προστάτες από νωρίς».

«Εγώ είμαι μόνος, κύριε».

«Το φαντάζομαι, δε στέκονται όλοι τυχεροί σ' αυτό. Πες μου όμως κάτι ακόμη: και τα ονόματά σας ψεύτικα θα είναι...»

«Πώς το καταλάβατε, κύριε;»

«Πρώτον, λογική συνεπαγωγή, κι επιπλέον δυο τρεις φορές που επέμενα να σε αποκαλώ με τ' όνομά σου διέκρινα στα μάτια σου αυτήν την ελάχιστη αγωνία να το εντάξεις μέσα σου, σαν να φοράς καινούριο ρούχο που δεν το 'χεις καλοσυνηθίσει και νιώθεις άβολα στην κάθε κίνηση. Πώς αλλιώς να σου το πω; Αν σπάσεις το πόδι σου και ξαναπερπατήσεις, για πολύν καιρό πατάς αλλιώς· έτσι γίνεται και με σένα· στο "Ευγένιος" γυρνάς αλλιώς, είσαι άβολα και με την ίδια σου την ανάσα».

«Μου προκαλείτε έκπληξη και θαυμασμό, κύριε».

«Σ' το λέω εξαρχής ότι δε με νοιάζει με τι όνομα σας βάφτισαν. Ευγένιος Ζιρντό μού είπες, έτσι και θα παραμείνεις. Το ίδιο κι ο άλλος, ο Σεμπαστιάν. Στο κράτος δηλώθηκες με το καινούριο όνομα;»

«Έκανα αίτηση στις αρμόδιες υπηρεσίες και περιμένω, κύριε».

«Μιλούσα χθες με τον σωματοφύλακά μου, αυτόν που ήσασταν μαζί σε κείνο το ραντεβού που είχα στο ξενοδοχείο *Ritz*».

«Τον Κιρκάν;»

«Ναι, τον Κιρκάν. Είχε έρθει στο Παρίσι το '15 με τις σφαγές των Αρμενίων, κι από τότε τον έχω δίπλα μου. Τον ρώτησα πώς σε αισθάνθηκε τόσην ώρα που καθόσασταν ο ένας δίπλα στον άλλον. Μου είπε πως έδειχνες να το απολαμβάνεις. Είναι αλήθεια αυτό;»

«Μου αρέσουν, κύριε, τα μέρη που ο κόσμος είναι καλοντυμένος. Αν τα πράγματα ερχόντουσαν αλλιώς, θα ήμουν τώρα στη Σαλονίκη μέλος της Νέας Λέσχης, θα σύχναζα στις εκδηλώσεις του Lycée, θα...»

«Μου αρέσει όταν οι άνθρωποι δεν κρύβουν τις επιθυμίες τους, σε αντίθεση με τους ψευτοταπεινούς και τις μωροπαρθένες. Σου αρέσει η καλή ζωή, Ευγένιε, η πολυτέλεια;»

Ο Λευτέρης τον κοίταξε γι' άλλη μια φορά καταπρόσωπο. Θα ήθελε να έχει τη δύναμη να σπάσει τον χοντρό πάγο που είχαν τα μάτια του. Πού το πήγαινε ο γέρος; Τι ήθελε απ' αυτόν νυχτιάτικα; Τι είδους οικειότητα ήταν αυτή, ώστε τον υποδεχόταν με τις κάλτσες, ενώ με τα λόγια τον μαστίγωνε να μένει υπάκουος στο χαραγμένο μονοπάτι του μουλαριού;

«Ναι, κύριε, μου αρέσει αυτή η ζωή. Αν χρειαστεί να ζήσω απλά και μόνο ως εργάτης, θα πεθάνω με την αίσθηση της αποτυχίας – νωρίς φυσικά, από θλίψη».

«Κι αν όλοι οι εργάτες ενωμένοι διεκδικήσουν μια καλύτερη ζωή;» τον ρώτησε χωρίς να μπορέσει να κρύψει ένα ειρωνικό μειδίαμα.

«Κατάγεστε από την Ανατολή, μεσιέ Μπαζίλ, έτσι μου έχουν πει...»

«Είναι αλήθεια αυτό».

«Θα γνωρίζετε τότε εκείνα τα παραμύθια που λένε οι Άραβες και οι Τούρκοι. Χίλιες και μία νύχτες παραμύθια δεμένα το ένα με το άλλο σαν κομπολόι ή κομποσκοίνι – ροζάριο, αν έτσι το προτιμάτε. Αυτά τα όνειρα των εργατών και των αγροτών είναι παραμύθια που τα έφτιαξαν κάποιοι ευφάνταστοι Εβραίοι και τα σερβίρουν στον κοσμάκη. Μεσιέ Μπαζίλ, έχω υπάρξει φτωχός, κι ακόμα είμαι, ποτέ όμως κοσμάκης».

«Μου αρέσεις, νεαρέ».

«Στον αγώνα της ζωής μου είμαι μόνος, κι αυτό μού το έμαθε η χιονισμένη στέπα».

«Όλ' αυτά που μου λες με ωθούν να ξεκλειδώσω τις σκέψεις μου. Πρώτα όμως θα βάλεις δύο μπράντι, γιατί είναι αργά να ξυπνήσουμε τον Τόμας, γερνάει κι αυτός. Εκεί θα βρεις τα σχετικά».

Του έδειξε ένα μεγάλο έπιπλο γεμάτο κλειστά ντουλάπια με καθρέφτες, μπουκάλια και γυάλινα ράφια. Όσην ώρα γέμιζε τα ποτήρια τους, ο σερ Μπαζίλ Ζαχάρωφ τον παρατηρούσε. Οι κινήσεις του ήταν ανδροπρεπείς, σταθερές, με αναπτυγμένη τη λεπτή κινητικότητα καθώς άνοιγε κι έκλεινε το μπουκάλι κομψά και τα ποτήρια τα γέμιζε με την πρέπουσα ροή. Είχε καιρό να δει έναν άντρα γεμάτο σφρίγος, αλλά και με αρμονία ταυτόχρονα, στις κινήσεις των δαχτύλων, είχε καιρό να δει έναν πιανίστα χεροδύναμο. Θα 'παιρνε όρκο ότι και στο περίστροφο θα είχε ένα εξίσου ικανοποιητικό στιλ.

Ο μεσιέ Μπαζίλ χούφτωσε το ποτήρι και ήπιε μια βαθιά γουλιά. Ο Λευτέρης φρόντισε να τον ακολουθεί σε κάθε κίνηση χωρίς να παίρνει πρωτοβουλίες – ένδειξη σεβασμού κι ελπίδα παρακαταθήκης. Ο Ζαχάρωφ θα έπρεπε από απόψε να μην τον ξεχνά, αλλά και κάτι περισσότερο: απόψε να τον εγκρίνει. Για ποια δουλειά όμως; Ο μεσιέ Μπαζίλ πάντα ξέρει· αυτός ως υπηρέτης όφειλε απλά να περιμένει.

«Εδώ και μέρες έχω στο μυαλό μου να σε στείλω στην Ελλάδα».

Η φράση του γέρου τον βρήκε με το ποτήρι του μπράντι υψωμένο.

«Τι εννοείτε ακριβώς;» τον ρώτησε ακουμπώντας το ποτήρι όπου βρήκε.

«Δεν είναι απλό το θέμα, και η αλήθεια είναι ότι κι εγώ δεν τα έχω ακόμη ξεκαθαρίσει. Ευγένιε Ζιρντό, ας πούμε ότι είσαι μια μετοχή που σε αγοράζει κάποιος αστόχαστα, σχεδόν παρορμητικά. Της εμπιστεύεται χρόνο, κεφάλαιο, και περιμένει να δει την πορεία της. Σκέφτομαι λοιπόν να επενδύσω πάνω σου ζητώντας τήν εκ του σύνεγγυς πληροφόρηση μιας σοβαρής υπόθεσης. Χρειάζομαι κάποιον τολμηρό νέο, Έλληνα μαζί και Γάλλο, κάποιον εχέμυθο κοσμοπολίτη, κάποιον δικό μου άνθρωπο. Το πρόβλημα είναι ότι δεν είσαι απόλυτα δικός μου, προς το παρόν τουλάχιστον...»

«Εσείς προηγουμένως είπατε ότι στα νιάτα σας είχατε προστάτες».

«Είναι αλήθεια αυτό, και δε διστάζω να σου ονομάσω τον πιο σημαντικό απ' αυτούς, έναν πολιτικό παλιάς γενιάς, τον Στέφανο Σκουλούδη[62]».

«Κι εγώ σας είχα απαντήσει ότι είμαι μόνος. Αν λοιπόν εσείς έχετε σκοπό να μου προσφέρετε προστασία και κάποιου είδους προοπτικές, ποιος ο λόγος να μη γίνω απόλυτα δικός σας; Μα, μεσιέ Μπαζίλ, δεν έχω να διαλέξω ανάμεσα σε δύο προσφορές. Εσείς μου δίνετε μια ευκαιρία υπονοώντας σαφώς αυτό το γνωστό που λένε οι Εγγλέζοι: take it or leave it. Αν αρνηθώ, τον επόμενο μήνα θα φυτεύω με

62. Στέφανος Σκουλούδης (1838-1928): πολιτικός και τραπεζίτης· διετέλεσε πρωθυπουργός στο διάστημα 1915-1916.

τον Σεμπαστιάν τις τριανταφυλλιές σας τη μια δίπλα στην άλλη».

«Μου αρέσει που το δόλωμά μου το σέβεσαι. Αυτή είναι μια άλλη ηθική που δεν τη συλλαμβάνει εύκολα ο καθένας. Να συνεχίσω λοιπόν;»

Ο Λευτέρης κούνησε το κεφάλι του βουβά και συνέχιζε να τον κοιτάζει καταπρόσωπο χωρίς ενδοιασμούς. Αυτή η νύχτα είχε κάτι από κείνες τις παλιές νύχτες που είχε ζήσει στη Βίλα Αλλατίνι με τον Αβδούλ Χαμίτ, μόνο που τώρα δεν κοίταζε από μια κλειδαρότρυπα όρθιος αλλά ήταν μέσα σε σαλόνι καθιστός.

«Με τον πρωθυπουργό της Ελλάδας με συνδέει βαθιά εκτίμηση και φιλία. Εκτιμώ ότι είναι μεγάλη τύχη που κρατάει το τιμόνι της χώρας. Συχνά κουβεντιάζουμε για το μέλλον της Ευρώπης, της Ελλάδας που μεγαλώνει, για το γκρέμισμα των Οθωμανών. Οι έμποροι όπλων, πριν από οτιδήποτε, πρέπει να ενημερώνονται συνέχεια σε θέματα πολιτικής και διπλωματίας, περισσότερο μάλιστα απ' τους ίδιους τους πολιτικούς, γιατί κάθε τόσο μιλάνε και με τις αντίθετες όχθες και μελετούν την τρέχουσα κατάσταση κι απ' την πίσω όψη του καθρέφτη. Ρώτησε και τον Γκούσταβ Κρουπ,[63] αν ποτέ τον συναντήσεις – η οικογένειά του πουλάει όπλα στην υφήλιο εδώ και δεκαετίες. Έλεγα λοιπόν ότι ο Βενιζέλος βρίσκεται στην πιο καλή του ώρα, θριαμβευτής με την πλευρά της Αντάντ, μια προσωπική δικαίωση απέναντι σ' έναν απράγμονα βασιλιά. Όμως...»

«Όμως;»

«Ως πού μπορεί να φτάσει η επιτυχία του; Θα αποδειχθεί τελικά ο Κρητικός επαρκώς φιλόδοξος σε ό,τι κελεύει η ιστορική συγκυρία;»

---

63. Gustav Krupp (1870-1950): ο επικεφαλής του ομίλου «Friedrich Krupp AG» από το 1909 μέχρι το 1941.

«Νομίζω, κύριε, ότι είναι πολύ δύσκολο ν' απαντηθεί τώρα αυτό».

«Σωστά. Η ανθρώπινη ψυχή αποτελεί ένα μυστήριο· ακόμη κι αυτός ο ντόκτορ Φρόυντ απ' τη Βιέννη θα σήκωνε τα χέρια. Ερχόμαστε όμως σε σένα, για να μην πελαγοδρομούμε. Στην Ελλάδα η πολιτική κατάσταση εγκυμονεί εξελίξεις. Ο Βενιζέλος δεν είναι μόνος του, γιατί εκτός απ' τους συμμάχους υπάρχει το Κόμμα των Φιλελευθέρων, οι Τούρκοι, αλλά και οι βασιλόφρονες, που ακόμα δεν έχουν καταπιεί την ήττα. Η Μικρά Ασία και το Αιγαίο σ' αυτήν τη συγκυρία με ενδιαφέρουν, δεν μπορώ να τα παρακολουθώ όλ' αυτά καθισμένος στη Λεωφόρο Ος διαβάζοντας εφημερίδες. Κάποιος πρέπει να γίνει τα μάτια και τ' αυτιά μου εκεί κάτω – στην Αθήνα, στη Σμύρνη, στο Κόμμα των Φιλελευθέρων, στα υπουργεία, στο χρηματιστήριο, όπου είναι δυνατόν να δεις και ν' ακούσεις. Μπορείς άραγε;»

«Το μόνο σίγουρο είναι ότι το θέλω, μεσιέ Μπαζίλ».

«Άρα μπορείς. Αν θέλεις πραγματικά, τότε μπορείς. Είναι πάντως δουλειά πολυτελείας, πίστεψέ με. Θα είσαι άγνωστος μεταξύ αγνώστων, ουσιαστικά ανεξέλεγκτος· ακούς, παρατηρείς και μ' ενημερώνεις. Δεν μπορώ να σε παρακολουθώ κατά πόδας, ας τ' ομολογήσουμε αυτό εξαρχής, απλώς επενδύω μέσω εσού σε μία λέξη: εμπιστοσύνη».

«Μ' ενδιαφέρει πολύ αυτή η ιστορία, μεσιέ Μπαζίλ. Έχει εναλλαγές, ποικιλία, πιο πολλά χρώματα κι απ' τους κήπους».

«Δε θα φύγεις ακόμη, γιατί υπάρχουν αρκετά που πρέπει να μάθεις δίπλα μου· ίσως το καλοκαίρι, θα εξαρτηθεί από τις εξελίξεις. Θα ήθελες να έχεις μαζί σου τον φίλο σου;»

«Ο Σεμπαστιάν ήταν μια τυχαία συνάντηση της στέπας, μεσιέ Μπαζίλ. Δεν τον έλκουν οι κίνδυνοι ούτε η πολυτέλεια. Προτιμά μια ήσυχη ζωή, μου το έχει πει ξεκάθαρα. Άλλωστε...»

«Άλλωστε;»

Ο ψευτο-Ζιρντό φάνηκε προς στιγμήν να διστάζει.

«Άλλωστε πιστεύει στα σοσιαλιστικά παραμύθια. Νομίζει ότι μπορεί η Γη να γίνει ένας ανθόκηπος μ' όλους τους ανθρώπους ενωμένους. Αφήστε τον στον πύργο, μεσιέ Μπαζίλ, δεν υπάρχει άνθρωπος που θα φροντίσει καλύτερα τα λουλούδια σας».

«Εντάξει, Ζιρντό, κατάλαβα. Άσ' τον να φύγει μόνος του αύριο, θα βρει στο Μπαλανκούρ έναν έμπειρο κηπουρό που θα του μάθει πολλά. Εσύ θα μείνεις εδώ στο μέγαρο. Θα μιλάμε καθημερινά, θα 'ρχεσαι μαζί μου και σε κάποιες συναντήσεις, γιατί πρέπει ν' ανοίξουν τα μάτια σου. Κάθε μέρα ακόμη επιβάλλεται να ξεκοκαλίζεις όλες τις εφημερίδες».

«Αν κατάλαβα καλά, η ζωή μου απόψε αλλάζει».

«Άλλαξε κιόλας, αλλά οφείλω να σου πω ότι απόψε πέρασες και μία ακόμη δοκιμασία».

Ο Λευτέρης τον κοίταξε παραξενεμένος.

«Τι εννοείτε;»

«Το ποτό σου ίσα που το άγγιξες. Δε θα εμπιστευόμουν ποτέ έναν άνθρωπο που δε θα μπορούσε να συγκρατηθεί στη μυρωδιά ενός ακριβού μπράντι. Εγώ μπορώ πια να αφήνομαι, εσύ όχι. Από δω κι εμπρός όλος ο κόσμος γύρω σου θα είναι δαίμονες που κάτι θα θέλουν να σου αρπάξουν, κι εσύ αναγκαστικά Κέρβερος. Ένας σκύλος με τρία κεφάλια είναι επίφοβος μόνο όταν είναι νηφάλιος. Η ζωή είναι στέπα, όπως το είπες, κι επιβιώνει μόνον αυτός που δε ματώνει, γιατί η μυρωδιά του αίματος τραβάει τους λύκους».

Χρυσάννα

Πειραιάς, φθινόπωρο του 1920

ΠΡΙΝ ΑΠΟ ΕΙΚΟΣΙ ΠΕΝΤΕ ΧΡΟΝΙΑ ένας άλλος Ζεύγος, ο Γιάννης, έκανε το παρθενικό του ταξίδι στη θάλασσα στη διαδρομή Θεσσαλονίκη-Πειραιάς-Μασσαλία. Ήταν ένας νέος και φιλότιμος άντρας που ποτέ δεν επρόκειτο να γίνει ναυτικός. Ο Γιάννης Ζεύγος παράτησε το πλοίο του στη Μασσαλία, γιατί σ' ένα καπνοπωλείο πρωτόειδε τα μελιά της μάτια. Την τρίτη φορά που αγόρασε καπνό απ' τα χέρια της, της κράτησε την παλάμη και δεν έλεγε να την αφήσει. Λίγες μέρες αργότερα έφυγε μαζί της με το τρένο για τη Σαλονίκη, κουνώντας μαντίλι σ' εκείνο το ατμόπλοιο που του έφερνε ναυτία.

Ένας ευφάνταστος αφηγητής θα μπορούσε να υποστηρίξει ότι από διαβολική σύμπτωση ο γιος του Γιάννη Ζεύγου ολοκλήρωσε εκείνο το κολοβό ταξίδι ανεβαίνοντας στο ίδιο πλοίο κάνοντας τη διαδρομή Μασσαλία-Πειραιάς. Παραμύθια. Δε θα μπορούσε να είναι το ίδιο πλοίο, η θάλασσα τα γερνάει γρήγορα, όπως ο πόλεμος τους ανθρώπους. Μ' ένα άλλο σκαρί λοιπόν ο Λευτέρης Ζεύγος, ήθελα να πω ο Ευγένιος Ζιρντό, έφτασε απ' τη Μασσαλία στον Πειραιά. Ήταν είκοσι τριών χρονών αλλά έμοιαζε για τριάντα. Ο πόλεμος γερνάει ακόμη κι αυτούς που τον αρνήθηκαν, τους λιποτάκτες.

Ο γιος εκείνου τού παρ' ολίγον ναυτικού πάτησε στο πρώτο λιμάνι της χώρας με γαλλικό διαβατήριο, τρία κουστούμια, ένα παχύ μουστάκι κι έναν λογαριασμό κατάθεσης στ' όνομά του απ' τον οποίο μπορούσε να καλύπτει τις ανάγκες του και αρκετές επιθυμίες του.

Ταχτοποιήθηκε σ' ένα αξιοπρεπές ξενοδοχείο στον Πειραιά – ούτε κι ο ίδιος ήξερε γιατί εκεί κι όχι στην Αθήνα. Ίσως γιατί ως λιμάνι τού θύμιζε τη Θεσσαλονίκη, ίσως γιατί πολλές φορές τη μέρα αναζητούσε τη θάλασσα με τα μάτια. Ίσως πάλι να 'ταν και η ασφάλεια της ανωνυμίας μες στο πολύβουο πλήθος με τους χιλιάδες ταξιδιώτες, εργάτες, ναυτικούς πράκτορες, εμπόρους, χαμάληδες, μ' όλο εκείνο το πολύχρωμο πλήθος που κάθε πρωί το έβλεπε απ' το στενό μπαλκόνι του ξενοδοχείου να σέρνεται σαν γιγάντιο ερπετό κάτω απ' τον ήλιο.

Τις πρώτες μέρες έμαθε να προσανατολίζεται με τους βασικούς οδοδείκτες, το Δημοτικό Θέατρο, την Καστέλα, τις μικρές και μεγάλες αποβάθρες. Περπατούσε πολλές ώρες τη μέρα. Όταν ο καιρός ήταν καλός, φορούσε ένα κρεμ κουστούμι με κόκκινη γραβάτα κι ένα καπέλο γνήσιο παναμά. Τις συννεφιασμένες μέρες έβαζε κάτι πιο σκούρο, γκρι με μπλε γραβάτα και σκιερή ρεπούμπλικα με μαύρα παπούτσια. Στο δωμάτιό του είχε πολλά ρούχα, αδιάβροχο πανωφόρι ως τα γόνατα, τραγιάσκες, άσπρα σιδερωμένα πουκάμισα. Το προσωπικό του ξενοδοχείου ανέλαβε εξαρχής να του παίρνει τα άπλυτα και να τα πηγαίνει σε δικές του πλύστρες, οι οποίες τα επέστρεφαν σιδερωμένα και να μοσχοβολάνε μ' ένα ξερό κλαδάκι λεβάντας.

Συστηνόταν ως Ευγένιος Ζιρντό, Ελληνογάλλος επιχειρηματίας εκ Παρισίων με επενδυτικό ενδιαφέρον από την περιοχή της πρωτεύουσας ως πέρα μακριά, στην άλλη ακτή του Αιγαίου, στη Σμύρνη, εκεί που δημιουργούνταν η καινούρια Ελλάδα. Το παχύ μουστάκι, το βαμμένο με καραμπογιά μαλλί και τα παραπανίσια κιλά, προφύλασσαν τον Γάλλο επιχειρηματία από κάποια δυσάρεστη αναγνώριση. Για κάθε ενδεχόμενο, απέφευγε συστηματικά εκείνα τα καφενεία της πρωτεύουσας και του λιμανιού στα οποία είχε ακούσει ότι σύχναζαν Μακεδόνες. Μα κι αν ακόμη ερχόταν η κακιά η ώρα και κάποιος αναγνώριζε τον γιο του κηπουρού των Εξοχών ή τον στρατιώτη του 34ου Συντάγματος Πεζικού, τα επίσημα χαρτιά της γαλλικής δημοκρατίας βούλωναν κάθε στόμα.

Είχε συνεννοηθεί με τον Ζαχάρωφ να αλληλογραφούν με ποστ ρεστάντ,[64] μιας και τα ξενοδοχεία του κάθε τόσο πιθανώς και να άλλαζαν ενώ η πόλη που έμενε ήταν δεδομένη. Αν για κάποιον λόγο άλλαζε και πόλη, ο πρώτος που θα έπρεπε να ενημερωθεί ήταν ο μεσιέ Μπαζίλ. Τα δικά του γράμματα θα πήγαιναν κατευθείαν στη διεύθυνση της Λεωφόρου Ος, αποστολέας Ευγένιος Ζιρντό και παραλήπτης ο Τόμας Χολ. Το όνομα «Ζαχάρωφ» ήταν καλό να μην ήταν γραμμένο σ' έναν φάκελο που θα τον έπιαναν τόσα χέρια, καθώς βρισκόταν όλο και πιο συχνά στα πρωτοσέλιδα, ιδιαίτερα μετά από μια επερώτηση στο Αγγλικό Κοινοβούλιο.

Πέρασε τις βδομάδες εκείνου του φθινοπώρου κρυφακούγοντας κι ανοίγοντας κουβέντα με τον οποιονδήποτε. Οι καλοστεκούμενοι περασμένης ηλικίας ήταν οι καλύτερες πηγές του, γιατί έλεγαν πολλά για να γεμίσουν τον αργόσυρτο χρόνο τους. Άκουγε, συνέκρινε, απέρριπτε τις υπερβολές και τις φαντασιώσεις και κατέγραφε.

Η διαίσθηση που είχε εδώ και μήνες ο Ζαχάρωφ αποδείχτηκε σωστή. Ο Βενιζέλος έκανε το λάθος και παρά τις γνώμες των συμβούλων και των συνεργατών του προκήρυξε εκλογές τον Οκτώβριο. Ο θριαμβευτής, ο άνθρωπος που έφερε τον ελληνικό στρατό στη Σμύρνη, έχασε την εκλογική μάχη. Ο

64. Post restante: τρόπος αλληλογραφίας κατά τον οποίο η παραλαβή του γράμματος γίνεται από το ταχυδρομείο.

ίδιος δε βγήκε ούτε καν βουλευτής, δήλωσε ότι αποσύρεται από την πολιτική κι έφυγε για το Παρίσι.

Όλες τις βδομάδες πριν απ' τις εκλογές ο Λευτέρης ανεβοκατέβαινε στα κεντρικά γραφεία των Φιλελευθέρων. Είχε γραφτεί στο κόμμα και παρεισέφρεε στα πηγαδάκια των γύρω καφενείων όπου σύχναζαν κυρίως μεσαία στελέχη. Ήταν αλήθεια ότι κάποιοι τον κοίταζαν με την άκρη του ματιού τους, γιατί έτρεφαν μιαν αντιπάθεια για κείνους τους όψιμους υποστηρικτές του κόμματος που αναζητούσαν κέρδη απ' τις σχέσεις τους με ανθρώπους της κυβέρνησης.

Δε χρειάστηκε να περιμένει το αποτέλεσμα. Γυρνώντας όλη μέρα εδώ κι εκεί και κουβεντιάζοντας με τόσο κόσμο, είχε ακλόνητη την αίσθηση ότι ο Βενιζέλος θα ήταν ο μεγάλος χαμένος. Έστειλε έγκαιρα γράμμα στον Ζαχάρωφ, όπου του ανέφερε την εκτίμησή του για το πώς θα εξελισσόταν η κατάσταση.

Τα χρήματά του, την υλική αποτίμηση της γενναιοδωρίας του μεσιέ Μπαζίλ, τα είχε στην Τράπεζα Εμπορικών Παροχών, το υποκατάστημα της οποίας ήταν πολύ κοντά στο ξενοδοχείο του. Έκανε ανάληψη λίγα χρήματα κάθε φορά και ξόδευε με μέτρο, γιατί προτιμούσε να πηγαίνει συχνά και να έχει την ευκαιρία να μπαινοβγαίνει στην τράπεζα. Αφού γνώρισε τους υπαλλήλους στα γκισέ, ανέβηκε και στους ορόφους με το πρόσχημα ότι θα τον ενδιέφερε να επενδύσει κάπου χρήματα, σε μια αντιπροσωπεία, στα ναυτιλιακά, στην αγορά της Σμύρνης ίσως... Ο διευθυντής ήταν μαζί του πολύ φιλικός· άλλωστε κολακευόταν που ένας καλοντυμένος κύριος που γνώριζε το Παρίσι καλύτερα απ' ό,τι ο ίδιος τις εργατικές χαμοκέλες του λιμανιού ζητούσε τις συμβουλές του.

Συχνά κουβέντιαζε και μ' έναν υπάλληλο στον ίδιο όροφο που ήταν εμιγκρές απ' τη Ρωσία, όπως κι εκείνος, κι είχε πάρει τον δρόμο της ξενιτιάς απ' το Λιμάνι της Οδησσού. Ήταν αξιωματικός των Λευκών και είχε κάποιους μήνες που είχε ριζώσει στην Ελλάδα· τον έλεγαν Βασίλι. Μιλούσαν στα γαλλικά· άλλωστε η γλωσσομάθεια του Βασίλι ήταν και ο λόγος που τον είχαν προσλάβει στην τράπεζα – για να μεταφράζει έγγραφα. Ο Λευτέρης δεν τραβούσε σε μάκρος τις συζητήσεις για τη Ρωσία, γιατί δεν ήθελαν και πολύ τα έξυπνα μικρά μάτια του Βασίλι να καταλάβουν ότι πίσω απ' τα κομψά ρούχα του κυρίου Ζιρντό κρύβονταν μεγάλα ερωτηματικά σαν δρεπάνια.

Αρκετά βράδια άφηνε στην άκρη τα σιδερωμένα κουστούμια και ντυμένος πιο απλά έβγαινε κι ανακατωνόταν με τους ναυτικούς στα σπίτια της χαράς που ήταν γύρω απ' το λιμάνι. Γνώρισε την Τρούμπα και το καμπαρέ *Ιντερνασιονάλ*, όπου άρχισε να συχνάζει. Έβρισκε τις γυναίκες της αμαρτίας πολύ δοτικές, γι' αυτό και διεγερτικές. Ένα βράδυ είδε και τον Βασίλι αγκαλιά με μια απ' αυτές και χαιρετήθηκαν μ' ένα διακριτικό χαμόγελο.

Βοηθούσαν και τα ποτά να νιώθει ότι κάποια βράδια ήταν ο τίποτα, ο ελεύθερος κανείς, μακριά απ' τον Ζαχάρωφ, τον στρατό, τον Νατόν με την κλαψιάρικη ηθικολογία του, μακριά κι από κείνη την κόρη των Εξοχών που εδώ και καιρό ούτε καν τη θυμόταν, που λυτρωμένος πια την είχε λησμονήσει. Ένιωθε ελεύθερος να γυρνάει όποτε θέλει, να βρυχάται πάνω απ' όποιο κορμί πλήρωνε, ελεύθερος κι απ' την ταφική φροντίδα των γονιών του, ελεύθερος δηλαδή απ' την ηθική της θλίψης. Ήταν άπολις, λυτρωμένος απ' το παλιό του όνομα, απ' το παρελθόν του, απ' την ανάγκη φίλων και συγγενών.

Υπήρχαν όμως και κάποια βράδια που γυρνούσε στο ξενοδοχείο αλλά δεν του κολλούσε ύπνος. Άνοιγε τότε το μικρό κουτί, που ήταν ντυμένο με βελούδο, όπου είχε φυλαγμένο το δαχτυλίδι του πατέρα του και μια καρφίτσα της μάνας του, που τα είχε μαζί του και στο Μέτωπο. Εκεί μέσα λοιπόν στα βελούδα έβαζε να ξαπλώνει κι εκείνο. Θυμόταν καθαρά την πρώτη φορά που το είχε πιάσει στα χέρια του. Ήταν εκείνη την παγωμένη νύχτα στην Ουκρανία, στο περίπολο που έκανε με τον Τριανταφύλλου. Ήταν δυο μέρες πριν το σκάσει ο Μιχάλης απ' τη μονάδα και πάρει τον δρόμο για να συναντήσει τους μπολσεβίκους.

Κρατούσε τον σταυρό που του είχε βάλει στο χέρι ο συμπολεμιστής του, και τώρα τον έβαζε κάτω απ' το πορτατίφ για να τον παρατηρήσει γι' άλλη μια φορά. Θυμόταν το όνομα του ορεινού χωριού, της γυναίκας του, που τη λέγανε Χρυσάννα, και τα τελευταία λόγια του Μιχάλη: «Να το πας στον γιο μου».

Στις αρχές της καινούριας χρονιάς είχε ήδη στείλει τρεις έγγραφες αναφορές στον Ζαχάρωφ. Καταλάβαινε πολύ καλά ότι η Μικρασία ήταν για τον μεσιέ Μπαζίλ μια πολύ σημαντική επένδυση. Ήξερε πόσα χρήματα είχε χορηγήσει στο Κόμμα των Φιλελευθέρων και πόσο είχε στηρίξει την απόβαση του στρατού στη Σμύρνη. Αυτός τελικά μπορούσε να φανταστεί τι περίμενε να κερδίσει η γριά αλεπού στο τέλος αυτής της διαδρομής. Τα πετρέλαια της Μοσούλης δεν ήταν από κει μακριά. Μετά τον φονικό μεγάλο πόλεμο, δεν ήταν πολλές αυτές οι κυβερνήσεις που ήταν πρόθυμες να ξοδέψουν χρήματα σε αγορές καινούριων όπλων. Η Ευρώπη περνούσε ένα μετατραυματικό σοκ και δεν ήθελε ν' ακούσει καμιά προσφορά και καμιά έκπτωση στις μηχανές του ολέθρου. Ο Ζαχάρωφ ήξερε εδώ και καιρό ότι αυτός ο αιώνας θα ήταν ο αιώνας του πετρελαίου.

«Μεσιέ Μπαζίλ», του έγραφε απ' τον Πειραιά, «η καινούρια κυβέρνηση ξηλώνει απ' το κράτος όλον τον βενιζελικό μηχανισμό. Το βιαστικό δημοψήφισμα για την επιστροφή του βασιλιά είναι μόνο η κορυφή του παγόβουνου. Στο Μέτωπο αντικαθίστανται όλοι οι επιτελικοί αξιωματικοί χωρίς να εξετάζει κανείς αν ήταν ικανοί ή όχι. Εκείνο που τώρα μετράει πάνω απ' όλα είναι η προσήλωση στο καινούριο καθεστώς. Πώς μπορούν άραγε να νικήσουν άκαπνοι αξιωματικοί; Προχθές μέθυσα έναν μεσόκοπο διπλωμάτη για να τον ψαρέψω, και ξέρετε τι μου είπε; Αν ήταν πληροφορημένος ο Κεμάλ για το πόσο διάτρητοι είμαστε, θα είχε ήδη ξεκινήσει την αντεπίθεση. Μεσιέ Μπαζίλ, εκτιμώ ότι είναι απαραίτητο μόλις φτιάξει λίγο ακόμα ο καιρός να πάω στη Σμύρνη και να εξετάσω την κατάσταση ιδίοις όμμασι. Αναμένω εκ μέρους σας γραπτή επικύρωση-άδεια για την αναχώρησή μου».

Είχε μπει ο Μάρτης όταν το πήρε τελικά απόφαση να πάει στο χωριό του Μιχάλη, κι αυτό έγινε ύστερ' απ' τον εφιάλτη. Είδε στον ύπνο του πάλι εκείνο το καταραμένο γυμνό δέντρο στη στέπα όπου είχαν δέσει πισθάγκωνα κι είχαν τουφεκίσει τον Μιχάλη. Τον είδε στον ύπνο του να είναι καθιστός στο χιόνι με τα χέρια δεμένα πίσω στον κορμό και να έχει γερμένο κάτω το κεφάλι. Ο Λευτέρης είχε την αίσθηση ότι στεκόταν για ώρα όρθιος μπροστά του ενώ ακουγόταν μόνο ο αέρας. Ξαφνικά ο Μιχάλης σήκωσε το κεφάλι, κι έμοιαζε σαν να τον κοίταζε, όμως δεν τον έβλεπε πραγματικά γιατί τα μάτια του τα είχαν φάει τα πουλιά.

«Γιατί το καθυστερείς;» τον ρώτησε ο πεθαμένος.

Ξύπνησε μες στη νύχτα κι έβγαλε τη φανέλα του, που ήταν μούσκεμα στον ιδρώτα. Σηκώθηκε με αργά βήματα κι άνοιξε την μπαλκονόπορτα, που έπαιρνε φως απ' την κολόνα του δρόμου. Έξω, τσίκιρ τσίκιρ, ψιλόβρεχε. Άναψε τσιγάρο γυμνός απ' τη μέση και πάνω για να συνέλθει. Δεν είχε ακόμη ξημερώσει· τα πιο πολλά φώτα ήταν απ' τα πλοία που περίμεναν αρόδο να πάρουν άδεια για να πιάσουν στο λιμάνι. Σκέφτηκε ότι η απάντηση του μεσιέ Μπαζίλ θα έκανε μέρες να έρθει. Έπρεπε να τηρήσει εκείνη την παλιά υπόσχεση, γιατί δεν ήθελε να κουβαλάει τον πεθαμένο στον ύπνο του ακόμα και στη Σμύρνη. Άναψε το φως κι άρχισε να ετοιμάζει τη βαλίτσα του.

Πήρε το πρωινό τρένο για τη Λαμία. Το προτιμούσε έτσι, να πάει εκεί να μείνει μια δυο νύχτες για να ετοιμάσει την ανάβασή του στα βουνά. Απ' ό,τι είχε κοιτάξει στον χάρτη, το χωριό του Μιχάλη και της Χρυσάννας ήταν σκαρφαλωμένο ψηλά στις αετοφωλιές. Δεν είχε δρόμο κανονικό· όποιος ήθελε να φτάσει εκεί, έπρεπε να καλοπιάσει τα μουλάρια.

Την ώρα που το τρένο τρέκλιζε στις πλαγιές του Παρνασσού, το μάτι του χανόταν στα χιονισμένα διάσελα των βουνών. Στην ορεινή Ρούμελη είχε ακόμη χιόνια, κι έπρεπε ν' ανέβει προετοιμασμένος. Αν τον έβλεπαν με ρούχα σαλονιού και ξυλιασμένο απ' το κρύο, θα τον υποδέχονταν με χάχανα. Καθώς τον λίκνιζε το τρένο, χάιδευε τον σταυρό του Μιχάλη, που τον είχε περασμένο στον λαιμό. Τον έφερνε συχνά στο μυαλό του, όπως ήταν ζωντανός, όπως του μιλούσε για τη μεγάλη επανάσταση και για το σιδερένιο τακούνι.

«Αν παραδώσω τον σταυρό, θα μ' αφήσεις ήσυχο; Θα γυρίσεις πίσω στις σκιές;»

Κατάλαβε ότι για κάποιον λόγο τού φαινόταν πια φυσικό να ρωτάει τους πεθαμένους.

Έφτασε στη Λαμία μεσημέρι με χιονόβροχο. Έπιασε δωμάτιο στο πρώτο κεντρικό ξενοδοχείο που βρήκε. Τα δωμάτια ήταν μικρά, με ξυλόσομπα κι ένα λαβομάνο. Ένα κοινό αποχωρητήριο υπήρχε σε κάθε όροφο, ενώ τα σιδερένια κρεβάτια μύριζαν πετρέλαιο, γιατί τα άλειφαν κάθε τόσο για να διώχνουν τους ψύλλους. Όσο για ζεστό νερό, ούτε συζήτηση.

Οι πιο πολλοί πελάτες ήταν ζωέμποροι απ' την Αθήνα ή τη Λάρισα. Αρκετοί απ' αυτούς φορούσαν τραγιάσκα, ήταν αξύριστοι και σκυθρωποί, ενώ αρκετοί κάθε τόσο έβηχαν ζητώντας από έναν αργοκίνητο ξενοδόχο να τους ετοιμάσει τίλιο ή χαμομήλι. Η σάλα του ξενοδοχείου ήταν μικρή, με τοίχους ξεφλουδισμένους απ' την υγρασία, ενώ σ' έπνιγε η μυρωδιά από καμένο ξύλο και τσιγάρο. Όταν ο Λευτέρης πλησίαζε τους θαμώνες, οσφραινόταν αμέσως τα υγρά μάλλινα που είχαν πάνω τους – πλεχτά φτιαγμένα στο χέρι για το βουνό. Μόνο ο ίδιος ήταν ντυμένος σαν λιμοκοντόρος.

Βγήκε στο παζάρι να ψωνίσει, για να μπορέσει να τους μοιάσει, να φάει μια σούπα να στυλωθεί και να ρωτήσει πού θα μπορούσε να βρει ένα ταξί για αρχή κι ύστερα μουλαράδες για το βουνό.

Πάντα υπάρχει η πρώτη φορά ακόμη και για τα βουνά. Όταν στα παιδικά του χρόνια στη Λεωφόρο των Εξοχών έλεγαν «βουνό», εννοούσαν στην πιο ακραία περίπτωση κάτι σαν τον Χορτιάτη, που τον χάζευαν όλες τις εποχές ν' αλλάζει χρώματα παίζοντας με το ξημέρωμα του ήλιου. Είχε πάει εκεί κάποιες φορές με τους γονείς του κι έναν δανεικό γάιδαρο για να μαζέψουν ξύλα και κάστανα. Ο Χορτιάτης ήταν από πάντα ένα βουνό εξημερωμένο, που γειτόνευε με τις ακτές της πόλης, όχι πολύ ψηλό ούτε άγρια δασωμένο, ένα βουνό οικόσιτο, που αν έκανες να το χαϊδέψεις, σου έδινε τη μουσούδα του.

Η ζωή του αργότερα τον φύλαξε απ' τα βουνά – στρατιώτης στην πεδιάδα των Σερρών και στην ουκρανική στέπα, ύστερα πολίτης στο Παρίσι.

Βάδιζε τώρα προς το τέλος του κόσμου, εκεί που η ομίχλη είναι το χρώμα τής κάθε μέρας, εκεί που αναρωτιέσαι αν αυτό το μονοπάτι σύρριζα στον γκρεμό θα υπάρχει κι αύριο ή κάποιος χείμαρρος θα το ξεσήκωνε συθέμελα και θα το σκόρπιζε στα βάραθρα. Καβαλίκευε στα ορεινά της Ρούμελης, πέρ' απ' τον Μπράλο, οδεύοντας για την Γκιώνα, εκεί που οι χάρτες κλείνουν από μόνοι τους και σηκώνουν αδιάφορα τους ώμους.

Ο αγωγιάτης ήταν ένας λιγομίλητος άντρας γύρω στα τριάντα. Είχε το άλλο μουλάρι, όπου είχε δέσει τη βαλίτσα του πελάτη με τριχιές, και πήγαινε πάντα μπροστά. Καμιά φορά φώναζε κάτι λέξεις δίπλα στο χάος των γκρεμών που ο Λευτέρης δεν τις καταλάβαινε. Όταν κάποια στιγμή αντιλήφθηκε ότι απευθυνόταν στα μουλάρια κι όχι σ' αυτόν, γέλασε με την ψυχή του.

Η πρώτη στάση τους ύστερα απ' τη Λαμία ήταν στο χάνι του Καρανάσιου. Η νύχτα τούς βρήκε ώρες αργότερα σ' ένα άλλο χάνι πολύ μικρό που 'μοιαζε με σπίτι. Είχε όλα κι όλα δύο δωμάτια, ένα για τους άντρες κι ένα για τις γυναίκες. Ο γέρος που το δούλευε παινευόταν ότι τα παλιά χρόνια είχε κοιμίσει σ' αυτά τα δωμάτια ακόμη και νύφες στολισμένες με φλουριά. Με τον οδηγό κοιμήθηκαν σε διπλανά κρεβάτια. Εκείνος, στρίβοντας τσιγάρο δίπλα στο τζάκι, του 'πε μέσες άκρες τη ζωή του. Είχε εφτά παιδιά, και χάρη σ' αυτά είχε γλιτώσει το Μέτωπο της Μικρασίας. Ψήφιζε βασιλιά, γιατί κάποια στιγμή πριν χρόνια τον είχε δει στην αγορά της Λαμίας να περπατάει καμαρωτός με τις μαύρες μπότες του, που του έφταναν ως το γόνα.

Αν όλα πήγαιναν κατ' ευχήν, την επόμενη μέρα θα έφταναν στο χωριό του Τριανταφύλλου, που ήταν μια σταλιά τόπος κοντά στην κορυφή, μια ώρα δρόμο μετά την Κουκουβίστα, που το 'χαν σαν κεφαλοχώρι. Μόλις θα έφταναν στο χωριό, ο οδηγός θα ζητούσε απ' τον παπά να του ανοίξει την εκκλησία για να κοιμηθεί, ώστε να πάρει την επομένη τον δρόμο της επιστροφής. Όσο για τον ξένο απ' την Αθήνα, αφού σε κάποιον πήγαινε, σ' αυτό το σπίτι του χωριού θα ήταν μουσαφίρης. Του Λευτέρη τού άρεσε που ο αγωγιάτης ήταν λιγομίλητος, γιατί δεν είχε και πολλά να του πει για την επίσκεψή του στο χωριό, κι ούτε άλλωστε το 'θελε.

Το χωριό του Μιχάλη φάνηκε μετά την τελευταία ανηφόρα. Ήταν χτισμένο στη ρίζα μιας πλαγιάς προφυλαγμένο απ' τους αέρηδες. Ακόμη κουβαλούσε πάνω του τα χιόνια του χειμώνα, κι όσο για τις ομίχλες, αυτές ανέβαιναν και κατέβαιναν ανάλογα με την ώρα της μέρας. Στα μαντριά τούς υποδέχτηκαν αλυχτίσματα από τσομπανόσκυλα. Η παρουσία τους, ξένη στη μύτη των σκυλιών, είχε κιόλας προκαλέσει αναστάτωση στο χωριό.

«Λες να μας χιμήξουν;» τον ρώτησε.

«Μη φοβάσαι, κυρ-Ευγένιε, σπιτίσια είναι, θα μας τρίξουν λίγο τα δόντια και θα περάσουμε».

Η χωμάτινη κατηφόρα, που ήταν χιονισμένη, τέλειωσε, και τώρα άκουγαν τα πέταλα απ' τα υποζύγια να χτυπάνε στο λιθόστρωτο, που ήταν κρυμμένο κάτω απ' το χιόνι. Κάποιες πόρτες μισάνοιξαν από περιέργεια και πρόσωπα φάνηκαν τυλιγμένα σε τσεμπέρια.

Δεν άργησαν να φτάσουν σ' ένα άνοιγμα όπου ήταν η εκκλησία και δίπλα το σχολείο, μια σταλιά κτίσματα και τα δυο. Ήταν κλειστά γιατί σουρούπωνε, πολύ αργά για Εσπερινό αλλά και για τα απογευματινά μαθήματα. Μια πόρτα άνοιξε στην πλατεία και δυο τρεις χωριάτες βγήκαν έξω και τους χάζευαν.

Ο γηραιότερος τους πλησίασε.

«Καλώς ήρθες, Ντούκουνα, ποιον μας φέρνεις;» φώναξε στον αγωγιάτη.

«Έναν κύριο απ' την Αθήνα. Ψάχνει, λέει, τη Χρυσάννα Τριανταφύλλου, εγώ δεν την ξέρω».

Ο Λευτέρης κατέβηκε απ' το μουλάρι κι έσιαξε τη χωριάτικη κάπα, που τον προστάτευε απ' την παγωνιά σ' όλον τον δρόμο.

«Υπάρχει πρόεδρος, αστυνόμος, κάποια εξουσία τέλος πάντων;» ρώτησε με υψωμένη τη φωνή.

Ο ηλικιωμένος άντρας ήρθε πιο κοντά.

«Καλώς ήρθατε στο χωριό μας! Ποιος καλός άνεμος σας φέρνει, κύριε;»

«Έρχομαι απ' την Αθήνα για να συναντήσω τη Χρυσάννα Τριανταφύλλου. Τρεις μέρες δρόμος, αγαπητέ μου».

«Ελπίζω να μην της κουβαλάς μπελάδες, γιατί είναι πολύ τυραγνισμένη γυναίκα. Την έχει ο χάρος σημαδεμένη και δε λέει ν' αφήσει κάτω το ντουφέκι».

«Τι εννοείς;» τον ρώτησε ο Λευτέρης και τον πλησίασε.

Το κτίριο απέναντι ήταν καφενείο, μπακάλικο, ταχυδρομείο, ιατρείο καμιά φορά, ήταν όλα. Στη σόμπα, που μπουμπούνιζε, έβραζε νερό σ' ένα μεταλλικό λαγήνι. Κάθισαν κοντά της για να ζεσταίνονται, κι ο γέρος, που ήταν ο πρόεδρος του χωριού, ζήτησε να τους φέρουν μια ρακή για τον ξένο, που φαινόταν ολωσδιόλου άμαθος στις κακουχίες του βουνού.

«Πρώτα, κύριε Ευγένιε», είπε μετά από λίγο, «ήρθαν τα νέα απ' τον άντρα της: εξαφανισθείς του Μετώπου, αγνοούμενος. Τον αγαπούσα, ξέρεις, γιατί ήταν καθαρό παιδί ο Μιχάλης, μόνο που είχε μπλέξει με τους σοσιαλιστές κι η ζωή του δεν ήταν εύκολη γιατί τους είχαν βάλει στο μάτι. Η Χρυσάννα είναι μοναχοπαίδι, ο πατέρας της δικός μας, η μάνα της Κρητικιά, γι' αυτό τής έδωσαν και τούτο τ' όνομα, δεν έχουμε εμείς Χρυσάννες στα μέρη μας».

Ο Λευτέρης κατέβασε μονορούφι τη ρακή, αλλά παρότι η σόμπα έκαιγε, το κρύο που είχε μαζέψει δυο μέρες πάνω στο μουλάρι δεν έλεγε να τον αφήσει.

«Και μόνο που ήταν η μάνα της Κρητικιά, εδώ την είχαν ότι ήταν με τον Βενιζέλο. Κόκκινος ο Μιχάλης, βενιζελικιά αυτή, δύσκολα άνοιγαν οι πόρτες στο χωριό. Όλη η περιοχή εδώ, αναντάμ παπαντάμ,[65] αγαπούσε τον βασιλιά, τον Κωνσταντίνο πιο πολύ και φυσικά τούτη εδώ την κυβέρνηση...»

«Λοιπόν, πού την ξαναβρήκε ο χάρος;»

«Της πήρε το παιδί, κύριε Ευγένιε».

Ο Λευτέρης ανατρίχιασε.

«Πέθανε το αγόρι;»

«Πέθανε, κύριε Ευγένιε... Αν είχαμε εδώ γιατρό, ίσως το σώζαμε. Σφάδαζε στην κηδεία η κακομοίρα, τρεις γυναίκες χρειάστηκαν να τη σηκώσουν απ' τον λάκκο. Ευτυχώς το 'χαν βαφτισμένο, πάει πια ένας χρόνος... Προχθές ακόμη κάναμε τα σαράντα της μάνας του Μιχάλη· έσβησε κι η κακομοίρα η Σπιθούραινα, έχασε γιο κι αγγόνι σ' έναν χρόνο. Μόνο που τη λυ-

---

65. Αναντάμ παπαντάμ (τούρκ.): από γενιά σε γενιά, πάππου προς πάππου.

πήθηκε ο Θεός και της έδωσε καλή νύφη, εκείνη τής έκλεισε τα μάτια, τι τα θες... Έμεινε που λες η Χρυσάννα, η "ψυχοπαίδα του Βενιζέλου", όπως τη λένε κάτι γριές φαρμακόστομες στο χωριό, μονάχη της. Μη σκας όμως· μιας κι ήσουν φίλος και συστρατιώτης του Μιχάλη, μπορώ να σου πω και δυο κουβέντες παραπάνω. Άρχισαν κιόλας να 'ρχονται τα προξενιά απ' τα γύρω χωριά, μιας και η χήρα είναι Παναγία σωστή, κούκλα. Νομίζεις ότι είναι σαν ψεύτικη απ' τις βιτρίνες στα Λονδίνα και στα Παρίσια, γιατί εγώ διαβάζω εφημερίδες και τα βλέπω από κει. Κρίμα όμως, άτυχη κοπέλα, την έκανε ο χάρος πεδίο βολής».

Όλη αυτήν την ώρα ο Λευτέρης είχε το μικρό βελούδινο κουτί στα χέρια του. Είχε καταλήξει στο ότι έπρεπε να δείξει τον σταυρό του Μιχάλη στον πρόεδρο και να του εξηγήσει τον λόγο του ερχομού του, μη τυχόν και σπιλώσει το όνομα της Χρυσάννας, γιατί σε κείνο το χωριό, όπως είχε καταλάβει, ευκαιρία έψαχναν.

Δεν μπορούσαν πάντως να ολιγωρήσουν γιατί νύχτωνε. Ο πρόεδρος προνόησε ευτυχώς να στείλει νωρίτερα ένα παιδί της γειτονιάς να ειδοποιήσει τη χήρα ότι είχε μουσαφίρη απ' την Αθήνα.

«Δεν είναι σόι πράμα να σε βάλει σπίτι της ξένον άντρα. Στο σπιτικό μου, να με συγχωρνάς, είμαστε δέκα στόματα. Άμα στρώνουμε το βράδυ, δε βρίσκεις σανίδι να πατήσεις, δε θα βολευτείς. Θ' ανοίξω την εκκλησιά έτσι κι αλλιώς για τον Ντούκουνα· είναι ζεστά εκεί γιατί έχει στρωμένα χαλιά και κιλίμια, θα σας φέρω κι ένα μαγκάλι».

Σε λίγο φάνηκε το παιδί και στάθηκε μπροστά στη σόμπα· τα μάγουλά του ήταν κατακόκκινα απ' τον χιονιά. Είπε στον πρόεδρο ότι η χήρα είχε ταραχτεί κι ότι δεν μπορούσε να το πιστέψει ότι είχε έρθει ένας φίλος του άντρα της απ' το Μέτωπο και της έφερνε τον σταυρό του πεθαμένου. Μήνυσε στον πρόεδρο ότι θα έστρωνε του ξένου στο ισόγειο, στον παλιό στάβλο.

«Σωστά», έκοψε το παιδί ο πρόεδρος, «ο στάβλος για τα

μουλάρια είναι άδειος εδώ και χρόνια. Μας επιτάξαν, κύριε Ευγένιε, όλα τα υποζύγια για τον πόλεμο».

Έξω στην πλατεία έστεκε ο Ντούκουνας και περίμενε να πάρει το κλειδί της εκκλησίας.

«Να σε περιμένω αύριο;» ρώτησε τον Λευτέρη.

«Δεν ξέρω ακόμα, μη φύγεις όμως αν δε συνεννοηθούμε. Πότε θα ξανάρθεις;»

«Σε μια βδομάδα, γιατί φέρνω και το ταχυδρομείο. Ντύσαν τον ταχυδρόμο στο χακί κι είναι τώρα στη Μικρασία, έτσι κάνω εγώ την υπηρεσία του».

«Μη φύγεις αν δε συνεννοηθούμε. Θα σε πληρώσω αύριο, μη τυχόν και με ξεχάσεις».

Ο αγωγιάτης κούνησε το κεφάλι και τον καληνύχτισε.

Έπεφτε το σκοτάδι. Στην άκρη της πλατείας τον περίμενε το παιδί για να τον πάει στο σπίτι της χήρας. Ήταν λεπτοκόκαλο, με το κεφάλι κουρεμένο με την ψιλή για να μην του κάνουν παρέα οι ψείρες.

«Πώς σε λένε;» τον ρώτησε καθώς βάδιζαν μαζί στο σκοτεινό σοκάκι.

«Αποστόλη, κύριε».

«Είσαι συγγενής της χήρας;»

«Όχι, κύριε, γειτονιά είμαστε».

«Είναι καλή γυναίκα η χήρα, Αποστόλη;»

«Η μάνα μου λέει ότι είναι φτυστή η Παναγία, αλλά δεν το λένε όλοι αυτό».

«Τι λένε οι άλλοι;»

«Ότι είναι παστρικιά και δούλα του αντίχριστου».

«Ποιος είναι ο αντίχριστος, Αποστόλη;»

«Ο Βενιζέλος».

Όλο το βράδυ ακουγόταν ο αέρας, καθώς ένας φεγγίτης ψηλά είχε σπασμένο τζάμι. Δεν κοιμήθηκε καλά, αλλά έτσι ήταν τις τελευταίες βδομάδες, δύσκολος στον ύπνο. Ο στάβλος ήταν πάντως καθαρός, έμοιαζε πιο πολύ με αποθήκη, γιατί ήταν άδειος απ' τα δυο μουλάρια του εδώ και τέσσερα χρόνια, απ' το καλοκαίρι του '17 που η Ελλάδα μπήκε επίσημα στον πόλεμο και οι υπηρεσίες επίταξης του στρατού μάζευαν υποζύγια από κάθε χωριό.

Θα τα ήθελε μαζί του εκείνο το βράδυ, να ήταν εδώ στο σπίτι τους, να μύριζε το δέρμα τους, να τ' άκουγε να ξεφυσάνε διώχνοντας πέρα απ' τα ρουθούνια τους τρίμματα από άχυρο. Σκεφτόταν ότι ίσως τώρα που ξάπλωνε δίπλα στο άδειο παχνί αυτά να είχαν ήδη σκοτωθεί, να είχαν ξεκοιλιαστεί από καμιά οβίδα ή να είχαν σπάσει κανένα πόδι σε κάποιον λάκκο κουβαλώντας στη ράχη ένα πολυβόλο Maxim, απ' αυτά που πουλούσε ο Ζαχάρωφ. Ίσως πάλι να τα είχε συναντήσει κάποτε στο Μέτωπο του Στρυμόνα και να μην το 'ξερε, πιθανόν να είχε σύρει κάποιο απ' αυτά κρατώντας το απ' το χαλινάρι για να περάσουν μέσα από όχθες γεμάτες λάσπη. Ενδεχομένως να τα είχε χαϊδέψει σε κάποια ανύποπτη στιγμή στο Μέτωπο, όταν θα ένιωσε μέσα του ένα ανάβρυσμα τρυφερότητας την οποία δεν ήξερε πού να τη στρέψει.

Στο πιο μεγάλο μέρος της νύχτας έπαιζε κρυφτό, πότε ύπνο πότε ξύπνο, κι άλλοτε κάτι ενδιάμεσο, κάτι σαν λογικό όνειρο. Προσπαθούσε να νανουριστεί απ' το πρόσωπό της· μια Παναγιά χήρα, λεπτή, με δέρμα σταρένιο και μέση δαχτυλίδι. Το πρόσωπό της πράγματι έμοιαζε με τις κούκλες της βιτρίνας, το όνομά της απόκοσμο, Χρύσα και Άννα, δυο γυναίκες σε μία, αγία και ερωμένη, σοβαρή και ξένοιαστη, του Μιχάλη και κανενός.

Άλλαξε πλευρό αρκετές φορές, ο αέρας συνέχεια παρών. Άλλος αέρας αυτός, όχι όπως εκείνος της θάλασσας στο σπίτι που γεννήθηκε. Όταν αγκομαχούσε ο Θερμαϊκός και τον ξυπνούσε, τον έπαιρνε η μάνα του στην αγκαλιά της και τον νανούριζε με λόγια γλυκά της Μασσαλίας, της θάλασσας λόγια και πάλι. Εδώ όμως ήταν τα κράκουρα των βουνών και ήταν μόνος. Νωρίτερα άκουγε από πάνω του τουλάχιστον τα βήματά της, που έκαναν την ξύλινη μεσωροφή να τρίζει. Εδώ κι αρκετή ώρα αφότου πλάγιασε η Χρυσάννα, ακουγόταν μόνο ο αέρας. Αν αυτός ήταν λέξη θηλυκή, θα μπορούσε να την πλάσει με τη φαντασία του σαν μια μάντισσα που προσπαθεί να του ψιθυρίσει το μέλλον του μέσα από ένα σπασμένο τζάμι. Ο αέρας ήταν όμως πάντα αρσενικός, ο αδερφός του ο άνεμος το ίδιο· τους ζήλευε, γιατί κάθε βράδυ σ' αυτό το σπίτι πότε ο ένας και πότε ο άλλος ζευγάρωναν με τη Χρυσάννα.

Όταν άνοιξε τα μάτια στο πρώτο φως, οι αέρηδες είχαν κοπάσει. Κάθισε στη βελέντζα σε σύγχυση ακόμη και αδυναμία να βρει την αρχή και το τέλος, το πάνω και το κάτω, σ' ένα ξένο σεντόνι. Πάλευε να θυμηθεί πού βρισκόταν και γιατί – αοριστία του πρωινού, το πάθαινε κάποιες φορές. Άκουσε τα βήματά της πάνω απ' το κεφάλι του στο ξύλινο μεσοπάτωμα. Κάτω απ' τα γυμνά της πέλματα, τα σφουγγαρισμένα σανίδια τού πάνω ορόφου έμοιαζαν κάτι να λένε, να τριζολογούν απ' τη γλύκα. Άκουσε έπειτα την αρμονική αλληλουχία των τριγμών να αλλάζει, τον ήχο του ξύλου να χοντραίνει – τραγισμός.[66] Κατάλαβε ότι η χήρα είχε βγει στην εξωτερική σκάλα και κατέβαινε στην αυλή.

Πέταξε τα σκεπάσματα, σηκώθηκε κι έβαλε τις μπότες του. Αφού συγύρισε λίγο το μέρος που είχε κοιμηθεί, πήγε πίσω απ' την πόρτα του στάβλου και κρυφοκοίταξε. Οι κάθετες σανίδες της πόρτας ήταν στραβοβαλμένες, αφήνοντας ανάμεσά τους διάκενα. Την είδε που στεκόταν μπροστά στο σύρμα απ' το κοτέτσι και πετούσε σιτάρι στις κότες. Φορούσε ένα μαύρο πανωφόρι, που ήταν εμφανώς μεταποιημένο· παλιά ήταν αντρικό αμπέχονο, του Μιχάλη ίσως.

66. Τραγισμός: η εκτράχυνση της φωνής στην εφηβική ηλικία.

Βγήκε στην αυλή κι έβαλε την παλάμη στα μάτια. Η μέρα προοιωνιζόταν ασυννέφιαστη και φωτεινή. Η Χρυσάννα γύρισε και τον κοίταξε.

«Σας ξύπνησα; Καλημέρα! Συγνώμη, το πάτωμα ακούγεται πολύ, αυτό θα σας ξύπνησε. Όταν το κατάλαβα, κατέβηκα στην αυλή, αλλά φοβάμαι πως ήταν πια αργά...»

Του χαμογελούσε, και δεν το περίμενε. Οι όμορφες γυναίκες που είχε γνωρίσει κοστολογούσαν το χαμόγελό τους ακριβά και το 'διναν με το δράμι σαν να ήταν κανέλα ή κινίνο.

«Μην ανησυχείς, ήταν η ώρα μου».

«Πάω να σας ετοιμάσω ένα γάλα», είπε κι ανέβηκε γρήγορα την έξω σκάλα.

Επάνω στο σπίτι έκαιγε το τζάκι. Ο Λευτέρης κάθισε στο τραπέζι της σάλας και περίμενε υπομονετικά.

«Θα πιείτε και καφέ;» άκουσε τη φωνή της μέσ' απ' το κουζινάκι.

«Ναι, αν σου είναι εύκολο».

Ξεκίνησε να παρατηρεί γύρω του, αυτήν τη φορά με το φως της μέρας. Χθες το μοναδικό φως ερχόταν από μια λάμπα πετρελαίου που ήταν κρεμασμένη από ένα καρφί στον τοίχο. Άλλωστε παρατηρούσε πιο πολύ τα δάχτυλά της την ώρα που έπιαναν στα χέρια τον σταυρό του Μιχάλη και τα δάκρυά της, που κάθε τόσο τα σκούπιζε με την παλάμη της αντεστραμμένη δείχνοντάς του τη φλεβίτσα πάνω απ' τον καρπό.

Όλο το σπίτι μύριζε πάστρα: τα κιλίμια κάτω στα σανίδια, τα υφαντά στον τοίχο, οι ασπρισμένοι τοίχοι, το ξύλο στα έπιπλα που γυάλιζε, η φρουτιέρα στο τραπέζι. Ο αέρας ο ίδιος λες κι είχε πλυθεί κι αυτός.

Ήρθε κρατώντας έναν δίσκο μ' έναν μαστραπά βρασμένο γάλα, λίγες φέτες ψωμί σ' ένα εμαγιέ πιάτο και τυρί φρέσκο σαν λευκές μωρουδίσιες γροθιές.

«Φάτε εσείς, εγώ πάω να ψήσω τον καφέ».

Ρούφηξε το ζεστό γάλα κι άρχισε να τρώει το ψωμί με το τυρί, που ήταν σχεδόν αγίνωτο. Ζούσε μια από κείνες τις ασυνήθιστες ώρες, όταν καταλαβαίνει κάποιος ότι η περιστροφή της Γης ανεβάζει ταχύτητα, όταν ο χρόνος αρχίζει να κυλάει γρηγορότερα, όταν νυχτώνει και ξημερώνει με επιταχυνόμενους ρυθμούς. Είναι τότε που πρέπει ν' αποφασίσεις για κάτι στη στιγμή, γιατί το άλογο της μοίρας φρουμάζει από ανησυχία έτοιμο να καλπάσει. Εκείνη τη στιγμή εσύ πρέπει ν' ανέβεις και να το δαμάσεις, αλλιώς θα σε ρίξει κάτω και μπορεί η μπότα σου να μπλεχτεί με το χαλινάρι και να σε σύρει ταπεινωμένον εκατοντάδες μέτρα μακριά.

«Γαμώτο, τι γίνεται;» μουρμούρισε όταν απόφαγε βιαστικά. «Τι κάνω τώρα, μάνα, μου λες; Πες το στα γαλλικά... δε με νοιάζει πώς θα το πεις, πες όμως κάτι...»

Η μυρωδιά του ζεστού καφέ έφτασε απ' το κουζινάκι ως το τραπέζι της σάλας όπου καθόταν. Άκουσε φλιτζάνια και ποτήρια να ακουμπάνε μεταξύ τους με θόρυβο, και την είδε να έρχεται με τον ίδιο δίσκο. Αυτή τη φορά κάθισε κι αυτή στην απέναντι άκρη του τραπεζιού. Ήταν η ώρα που το φως της μέρας αποκάλυπτε στα μάτια του κάθε λεπτομέρεια. Είχε μελιά μάτια σαν της μάνας του, για γυναίκα ήταν κάπως ψηλή, τα μαλλιά της πυκνά, δυνατά, ανάβλυζαν πλούσια από το καλοφτιαγμένο κεφάλι με τα μικρά αυτιά.

«Ελπίζω να μη φύγετε σήμερα».

Την κοίταξε όλο περιέργεια κι αμηχανία.

«Μα ο λόγος της επίσκεψής μου τελείωσε...»

«Θα ήταν προσβολή στη μνήμη του, κύριε Ζιρντό. Όποιος ξένος ερχόταν σ' αυτό το σπίτι, έπρεπε ο ίδιος να τον περιποιηθεί με τον καλύτερο τρόπο. Ο Μιχάλης ήθελε η πόρτα μας να είναι πάντα ανοιχτή, το ίδιο και η πεθερά μου, Θεός σχωρέσ' τους!»

«Μα με φιλοξένησες, Χρυσάννα, έφαγα χθες το βράδυ, κοιμήθηκα...»

«Είναι τόσα αυτά που θέλω να σας ρωτήσω... Σας παρακαλώ, αν δε σας είναι δυσάρεστο, καθίστε. Δεν υπάρχει άλλος άνθρωπος να μου πει για τον Μιχάλη, για τους τελευταίους μήνες του, για τις τελευταίες ώρες... Εσείς μόνο τα ξέρετε».

Ρουφώντας την πρώτη γουλιά καφέ, άναψε τσιγάρο. Έπρεπε να πάει να βρει τον Ντούκουνα στην εκκλησία, να τον πληρώσει και να του παραγγείλει ότι τον περιμένει εξάπαντος την άλλη βδομάδα να έρθει με τα μουλάρια του.

Για τον Ευγένιο Ζιρντό εκείνο το πρωινό με το αγίνωτο τυρί και τον καφέ ήταν η αρχή της εβδομάδας. Για τους χριστιανούς αρχή της εβδομάδας είναι η Κυριακή, για τον κόσμο της αγοράς η Δευτέρα, για τον Ζιρντό ήταν μια Τετάρτη σ' ένα ορεινό χωριό που τον βρήκε να μιλάει με μια χήρα για τον σκοτωμένο της άντρα, που για την πατρίδα χάθηκε μες στην εθνική ντροπή και για το παγκόσμιο Εργατικό Κίνημα άδοξα, ένα ατύχημα μεταξύ συντρόφων. Η κάθε Τετάρτη της ζωής του θα ήταν πια η καινούρια βδομάδα, το δοξαστικόν της καινούριας του ζωής, η υπενθύμιση της αιχμαλωσίας του απ' το βλέμμα της.

Εκείνο το πρωινό τής είπε τα πάντα για τον σκοτωμένο Τριανταφύλλου, δεν έκρυψε τίποτε, έσκαψε μέσα του κι έβγαλε στο φως και το πιο μικρό φακόσπυρο μνήμης αφήνοντάς το στο τραπέζι δίπλα στη φρουτιέρα. Της αποκάλυψε όλ' αυτά που είχε ζήσει με τον σκοτωμένο της σύζυγο, εκτός από ένα, ασήμαντο ίσως εκ πρώτης όψεως: ότι η τύχη και μόνον αυτή τούς είχε φέρει κοντά εκείνον και τον Μιχάλη, ότι κατά βάθος τον έβρισκε βαρετό, ότι μια παρωνυχίδα της μοίρας τούς έφερε να κάνουν μαζί περίπολο εκείνο το παγωμένο βράδυ, όταν του εμπιστεύτηκε τον σταυρό για να τον πάει μια μέρα πίσω στον γιο του.

«Η αλήθεια είναι ότι στα γράμματά του δε μου ανέφερε ποτέ τ' όνομά σας, κύριε Ευγένιε. Θα το θυμόμουν».

Σηκώθηκε και πήγε ν' ανοίξει μια κασέλα στη μέσα κάμαρη. Επέστρεψε κρατώντας ένα μάτσο φακέλους δεμένους με σπάγκο.

«Εδώ τα έχω όλα», του είπε και πήγε να κόψει τον σπάγκο με το ψαλίδι.

«Μη, σε παρακαλώ!» είπε και της έπιασε το χέρι. «Δεν το θέλω αυτό. Να το κάνεις όταν είσαι μόνη σου, δε θέλω να θυμάμαι το Μέτωπο...»

Τον κοίταξε σαστισμένη. Αυτός ο άντρας που ερχόταν από μακριά, απ' τον κόσμο των πόλεων, την μπέρδευε. Κάθε τρεις και λίγο τής ερχόταν να του ζητάει συγνώμη, σαν να είχε πει κάτι άπρεπο ή κάτι που τον είχε στενοχωρήσει. Ένιωθε ότι στα κοινωνικά ήταν άπειρη, μια απλή γυναίκα του χωριού.

Κράτησε το χέρι της μες στην παλάμη του· ήταν ζεστό σαν κοιλιά περιστεριού.

«Έχετε δίκιο», του είπε ύστερα από λίγο. «Με συγχωρείτε, πέφτω συνέχεια σε γκάφες», συμπλήρωσε και τράβηξε το χέρι της.

Έμειναν καθισμένοι σε κείνο το τραπέζι σχεδόν όλη μέρα. Είχε προνοήσει να στείλει απ' το πρωί στον Ντούκουνα την αμοιβή του με τον Αποστόλη. Κατά το απόγευμα μόνο πήγε ο ίδιος στο μπακάλικο να ψωνίσει κατιτί, γιατί, όπως είπε στους χωριάτες που ήταν μαζεμένοι, ήταν άπρεπο που πήγε μ' άδεια χέρια σ' ένα σπίτι που το 'χαν χτυπήσει ο θάνατος και η κόρη του, η φτώχεια. Αυτό το τελευταίο άρεσε πολύ στον πρόεδρο, γιατί τον κοίταξε με μάτια γεμάτα θαυμασμό.

«Σωστά, κύριε Ευγένιε, είστε πραγματικός κύριος και φιλάνθρωπος!»

Αφού ψώνισε διάφορα τρόφιμα, πήρε μαζί του και τον Αποστόλη να κουβαλήσει κι αυτός, να 'χει και μια δικαιολογία να του δώσει στο τέλος ένα τάλιρο, γιατί πολύ τον είχε συμπαθήσει. Ήταν σίγουρος ότι αν αυτό το παιδί ζούσε στη Σαλονίκη, θα πουλούσε τις πιο πολλές γαζέτες. Ο ίδιος ο Ευγένιος Ζιρντό πήγαινε μπροστά, έχοντας αλλάξει τη χωριάτικη τραγιάσκα με την οποία είχε ταξιδέψει στο μουλάρι με μια καλοφτιαγμένη ρεπούμπλικα, που την έκρυβε στα πράγματά του. Περπατούσαν οι δυο τους και οι κουρτίνες σ' όλα τα σπίτια κουνιόντουσαν πότε ανοίγοντας από περιέργεια και πότε κλείνοντας με θυμό. Ένας ξένος στο σπίτι της χήρας! Τα έργα και οι ημέρες της ψυχοκόρης του Βενιζέλου ταξίδευαν στο χωριό από στόμα σε στόμα.

Πριν χωρίσει με τον Αποστόλη, του ζήτησε να τον περιμένει έξω απ' τον στάβλο της Χρυσάννας, όπου μπήκε σκυφτός με όλα τα τρόφιμα κι άρχισε να ψάχνει στη βαλίτσα του.

Σε λίγο εμφανίστηκε και πλησίασε το παιδί στο μισόφωτο του σούρουπου κρατώντας ένα μεγάλο πακέτο.

«Αυτό ήταν για τον γιο της Χρυσάννας – παιχνίδια και βιβλία για όταν θα μεγάλωνε. Είναι δικά σου. Είναι καλύτερα εκείνη να μην τα δει· αρκετά έκλαψε απ' το πρωί και δε χρειάζεται να τη βασανίσουμε κι άλλο».

Ο Αποστόλης τον αγκάλιασε σφιχτά γύρω απ' τη μέση, με τη μια παλάμη του ανοιχτή να του χαϊδεύει το παλτό και με την άλλη κλειστή χούφτα που έσφιγγε το τάλιρο.

Ο Ζιρντό βρήκε πάνω στη σάλα αναμμένες δύο λάμπες, αυτήν τη φορά τη μία απέναντι απ' την άλλη. Μύριζε σούπα και κανέλα με ζάχαρη. Την είδε να του χαμογελάει απ' το κουζινάκι τυλιγμένη στους αχνούς μιας κατσαρόλας.

«Γαμώτο!» μουρμούρισε πάλι από μέσα του και κατέβηκε στον πάλαι ποτέ στάβλο για ν' αλλάξει.

Εκείνο το βράδυ της Τετάρτης ήταν το μοναδικό σπίτι στο χωριό που τα παράθυρά του είχαν φως ως τα μεσάνυχτα. Αυτό το δεύτερο βράδυ ήταν η σειρά της να μιλήσει για τον εαυτό της. Την πίεσε να πιει κι ένα ποτήρι απ' το κρασί που είχε βάλει η ίδια στο τραπέζι. Έκλαψε δύο φορές, τη μία όταν θυμήθηκε τον γιο της που τον επιστράτευσε ο χάρος από νωρίς κι έγινε κι αυτός κληρωτός σαν τον πατέρα του, την άλλη έκλαψε αναίτια, καθώς μια λέξη εκ πρώτης όψεως αθώα φάνηκε ότι ήταν η θρυαλλίδα και γι' άλλα δάκρυα. Δεν ήταν το όνομα του Μιχάλη αλλά η λέξη «θάλασσα», ως απολογισμός τής μέχρι τώρα ζωής της και ως ματαιωμένο όνειρο. Στο τέλος κάποιας επόμενης βραδιάς ο Λευτέρης θα καταλάβαινε.

Του είπε για τη ζωή της, για τη μάνα της που είχε έρθει απ' το Ρέθυμνο νύφη δεκάξι χρονών εδώ στην άκρη του κόσμου. Πέθανε στη γέννα κι ο πατέρας της δεν ξαναπαντρεύτηκε. Πέθανε κι εκείνος νωρίς, καθώς μια καταιγίδα στο βουνό τον μούσκεψε ως το κόκαλο κι ο παγωμένος αέρας τον έριξε στο στρώμα με πυρετό. Ξεψύχησε ύστερα από κάποιες μέρες· πνευμονία είπε ο δάσκαλος, που κάτεχε κάτι παραπάνω.

Ο Μιχάλης την αγάπησε από μικρή κι ας ανεβοκατέβαινε απ' το χωριό στη Λαμία, όπου δούλευε σε φούρνο, ή έτρεχε ως την Άμφισσα στους ελαιώνες, όταν το φθινόπωρο μάζευαν τον καρπό και ζήταγαν εργάτες. Δούλευε και μελετούσε ο Μιχάλης, όπως μπορούσε. Πήγαινε πολλά βράδια και στο συνδικάτο, κι όλ' αυτά τα χρόνια την περίμενε σαν την επανάσταση, να ξεπεταχτεί, να δέσει λίγο ο βλαστός της και να ζήσει για πάντα μαζί της.

Η Χρυσάννα λάτρευε το σχολείο, και γι' αυτό πήγε δύο χρονιές στην τελευταία τάξη, για να είναι εκεί, αφού δεν μπορούσε να είναι στο γυμνάσιο, να το χορτάσει και να βοηθάει τον δάσκαλό της να μαθαίνουν στα μικρά τσομπανόπουλα γράμματα. Ήταν τότε κάτι χρονιές που το σχολείο ξεχείλιζε από παιδιά. Η Χρυσάννα είχε διαβάσει σχεδόν όλα τα βιβλία του σχολείου, που ήταν αγορασμένα στην Αθήνα από μια δωρεά που 'ρθε πριν χρόνια απ' την Αμερική. Όσο μεγάλωνε και το μυαλό της μέστωνε, μιλούσε λες κι ήταν κι αυτή δασκάλα, κι ήταν ο Μιχάλης πολύ περήφανος γι' αυτό, γιατί αν και ήταν εργάτης, είχε καταλάβει, όπως έλεγε, ότι ο κόσμος θα σωθεί από τον σοσιαλισμό και τα βιβλία.

Έλεγε κι έλεγε χωρίς να πάρει ανάσα – πού τα 'χε φυλαγμένα όλ' αυτά τόσον καιρό; Του 'πε για την πεθερά της, που την είχε σαν δεύτερη μάνα. Θυμήθηκε τη στιγμή που είχαν έρθει τα λεφτά που είχε στείλει ο Μιχάλης και τους είχαν σώσει απ' τον λιμό – εννιακόσιες πενήντα δραχμές, τα αργύρια της Ουκρανίας, έτσι της είχε γράψει σ' ένα γράμμα του χωρίς να φοβάται ο δόλιος τη λογοκρισία.

Την άκουγε θαμπωμένος. Δεν ήταν τόσο τα ίδια της τα λόγια, που έρχονταν σε δεύτερη μοίρα, το χρώμα της φωνής, τα δάχτυλά της που τα κουνούσε για να δίνει μορφή στο νόημα της κάθε λέξης. Ήταν θαμπωμένος από το ελευθέριο σιάξιμο μιας τούφας απ' τα μαλλιά της που είχε αποδράσει απ' το μαντίλι του κεφαλιού, απ' τα μελιά μάτια, απ' το αλώνι του γυμνού λαιμού της που μύριζε σιτάρι, απ' τα μήλα στήθη της. Έπειτα ήταν και το λίκνισμά της καθώς πηγαινοερχόταν στην κουζίνα, λιτό, θηλυκό, απόμακρο, ίδιο με μιας ιέρειας παρθένας. Η Χρυσάννα δεν ήταν παρθένα, γιατί ανάμεσα απ' τα σκέλια της είχε κάποτε γεννηθεί η ζωή η ίδια, κι αυτό την έκανε πιο λευκοφόρα κι απ' τις αμόλυντες.

«Γαμώτο!» ξαναείπε μέσα του την ώρα που πήγαινε να του φέρει το γλυκό απ' την κουζίνα. «Πώς να γίνεις πλούσιος αν σέρνεις πίσω σου μια νεράιδα;»

Εκείνος έκανε από μέσα του τα δικά του σχέδια, αν όμως αυτή δεν τον ήθελε; Αυτό το τελευταίο τού τσεκούρωσε για δεύτερη βραδιά τον ύπνο κάτω στον στάβλο. Αν τον απέρριπτε; Δεν ήταν ο άνεμος τώρα ο φταίχτης που δεν τον έπιανε ο ύπνος, ήταν ο φόβος μην και το κορμί του το είχαν ποθήσει μόνο πόρνες ή κάποιες έκφυλες χήρες στρατιωτικών σαν την Καλίνα Αλεξέγιεβνα.

Άρχισε να μετράει με τα δάχτυλα τις μέρες της δικής του

βδομάδας, που είχε ξεκινήσει από σήμερα. Την επόμενη Τρίτη το αργότερο θα έπρεπε όλα να έχουν τελειώσει ή να έχουν αρχίσει.

Μέχρι να τελειώσει η δική του βδομάδα, έλιωσαν όλα τα χιόνια στο χωριό και στις γύρω πλαγιές. Το βράδυ του Σαββάτου έπιασε μια ανοιξιάτικη καταιγίδα με τέτοιες βροντές κι αστραπές, που του θύμισαν το Μέτωπο. Έβρεχε δυνατά, με το νερό να πέφτει σε χοντρές σταγόνες και να κροτά στα κεραμίδια και στις λαμαρίνες.

Ήταν ξαπλωμένος με τα μάτια ανοιχτά και το ένα χέρι προσκεφάλι και κάπνιζε χαζεύοντας τον φεγγίτη με το ραγισμένο τζάμι που κάθε τόσο φωτιζόταν απ' τις αστραπές. Παρατηρούσε ένα μικρό ρυάκι που κυλούσε απ' το σπασμένο τζάμι κι έγλειφε τον τοίχο ως κάτω στο παχνί, που τώρα φιλοξενούσε τα πράγματά του. Κάθε τόσο άκουγε τους τριγμούς στο μεσοπάτωμα απ' τα πόδια της, που διέσχιζαν όλο το σπίτι – προφανώς δεν είχε ύπνο κι εκείνη. Σκέφτηκε ότι αυτήν την ώρα θα ήταν φαντασμαγορία να έστεκε στο μεγάλο παράθυρο της σάλας και να 'μενε μαρμαρωμένος μπρος στις αστραπές.

Πέταξε το τσιγάρο έξω στη βροχή κι ανέβηκε απ' την εξωτερική σκάλα. Άνοιξε την πόρτα της χωρίς να χτυπήσει. Όλο το σπίτι φωτιζόταν κάθε τόσο από τις αστραπές. Προχώρησε στην κάμαρά της, αλλά κάτι τον σταμάτησε μπροστά στην ανοιγμένη πόρτα· κάποιος δισταγμός από το λιγοστό υπόλοιπο του πολιτισμένου άντρα που έκρυβε μέσα του. Την είδε που στεκόταν όρθια μπροστά στο στενό παράθυρο της κάμαρας κοιτώντας έξω.

«Δε φοβάσαι;» τη ρώτησε.

«Τι να φοβηθώ;» του απάντησε χωρίς να γυρίσει. «Έτσι βροντάει εδώ στα βουνά».

Την πλησίασε και στάθηκε πίσω απ' την πλάτη της.

«Εννοώ αν φοβάσαι εμένα», της είπε.

Γύρισε απότομα και τον κοίταξε.

«Και σήμερα κάτω θα κοιμηθείς!» του τόνισε αυστηρά.

«Άναψε τη λάμπα, θέλω να σε βλέπω».

«Κατέβα κάτω, νυστάζω!»

«Τώρα πια είναι αργά, Χρυσάννα, σε γνώρισα, είναι αργά πια...»

Μια καινούρια αστραπή φώτισε ξαφνικά την κάμαρα. Την ώρα που ακούστηκε η βροντή που την ακολούθησε, άρπαξε τη Χρυσάννα στην αγκαλιά του.

«Άσε με!» του είπε μόλις έσβησε ο ήχος της βροντής.

Μύριζε γυναίκα, δεν μπορούσε πια να συγκρατηθεί. Έτσι είχε φανταστεί τη μυρωδιά της εδώ και μέρες. Ένιωσε τα μηνίγγια του να χτυπάνε απ' τον πόθο. Άρπαξε τα χείλη της μες στα δικά του.

«Άσε με!» ξανάπε και τραβήχτηκε σπρώχνοντάς τον με δύναμη.

«Σε θέλω!»

«Να φύγεις!» του φώναξε.

Ήταν κάτι πέρα απ' τις δυνάμεις του. Αν δεν έμπαινε μέσα της εκείνο το βράδυ, θα έμενε σε όλη του τη ζωή ένας άντρας ανάπηρος, ακίνδυνος για κάθε γυναίκα.

«Είναι αργά πια, δεν το καταλαβαίνεις;» της φώναξε.

Την πέταξε στο κρεβάτι της και ξεκούμπωσε το παντελόνι.

«Είσαι κτήνος!» του φώναξε, αλλά η κραυγή της πνίγηκε μέσα σε καινούριες βροντές.

Έπεσε πάνω της κι άρχισε να της ρουφάει τον λαιμό. Τα χέρια του, με μια κίνηση, της έσκισαν το άσπρο νυχτικό.

«Είσαι δικιά μου τώρα!» της ψιθύρισε στο αυτί, και την ίδια στιγμή ένιωσε τα νύχια της στο πρόσωπό του.

«Είμαι δική του, ακούς; Δική του για πάντα!»

«Ψέματα, Χρυσάννα! Ζεις στα ψέματα!»

«Έτσι μ' αρέσει!»

Έπεσε πάνω της μ' όλο του το βάρος προσέχοντας μην την πονέσει. Έβαλε το χέρι του, που έτρεμε απ' την επιθυμία, ανάμεσα στα πόδια της, κι ένιωσε με έκπληξη τα δάχτυλά του να γλιστρούν μέσα στα υγρά της, που ανάβλυζαν απ' τη σχισμή που δεν την είχε δει ακόμη. Η κάμαρα μύρισε γυναικείο μόσχο, ακατάσχετο – τον ήθελε κι αυτή τελικά. Όταν το κατάλαβε, βόγκηξε από ικανοποίηση και μπήκε μέσα της επιβήτορας, αρσενικός του πόθου, άντρας-κτήνος έτοιμος να της προσφέρει όλον τον κόσμο στα πόδια της.

«Είσαι δική μου! Ακούς;»

Έμπαινε κι έβγαινε μέσα της με ορμή και τέχνη.

«Είναι πεθαμένος, μ' ακούς; Πεθαμένος!»

«Λες ψέματα», του είπε ξεψυχισμένα, κι ένιωσε τα δάκρυά της πάνω στο πρόσωπό του.

«Είναι πεθαμένος, πεθαμένος!» της ξανάπε βλάσφημα ενώ την κούρσευε δίχως έλεος.

Ένιωσε τα δάχτυλά της, τα υπέροχα δάχτυλά της, να του τυλίγουν την πλάτη και να τον σφίγγουν με λύσσα.

«Είσαι δικιά μου, δικιά μου!»

«Ναι, είμαι!» του απάντησε τυλίγοντάς τον τώρα και με τα πόδια.

«Σ' αγαπώ!» της φώναξε, κι άρχισε κι αυτός να ρίχνει τα υγρά της ζωής μέσα στα δικά της.

«Αν μ' αγαπάς, να μου φέρεις τη θάλασσα!»

«Εκεί θα σε πάω, στη θάλασσα», της απάντησε βογκώντας, κι άδειασε από μέσα του ό,τι αρμυρό σπέρμα τού είχε απομείνει.

Έμειναν εκεί ξαπλωμένοι ένα κουβάρι σώματα. Κάθε τόσο οι αστραπές φώτιζαν την κάμαρη κι ακολουθούσαν σαν ουρές οι βροντές τους, πότε μακρινές πότε τόσο κοντινές σαν να 'ταν οι υπηρέτριες του πεθαμένου που βαρούσαν την πόρτα με μανία για να μπουν και να τους σύρουν κι αυτούς στα σκοτεινά βασίλεια.

Ύστερα από μια βδομάδα βρέθηκαν μόνοι τους στο κουπέ του τρένου, που είχε φύγει απ' το Λειανοκλάδι κι έτρεχε για την Αθήνα ξερνώντας άφθονο καπνό. Κάθε τόσο της έδειχνε από το τζάμι εκείνο το σημείο του ορίζοντα απ' όπου περίμενε από στιγμή σε στιγμή να φανεί το θαύμα. Άλλωστε, της το 'χε τάξει απ' το πρώτο βράδυ που μπήκε μέσα της: «Μαζί μου θα δεις και θα πιάσεις τη θάλασσα. Το 'βαλα όρκο η πρώτη σου φορά που θα τη δεις να 'ναι μαζί μου». Ανεβαίνοντας στο τρένο, της είχε ζαλίζει το κεφάλι για το πότε θα τη δούνε από μακριά και για τη στιγμή όταν οι γραμμές θα την πλησιάσουν τόσο ώστε να έχουν πάνω τους το αλάτι της.

Η Χρυσάννα κοιτούσε αθώα πότε το πρόσωπό του και πότε έξω απ' το παράθυρο. Από τότε που θυμόταν τον κόσμο, ήθελε να δει τη θάλασσα, να την πιάσει, να πιει μια γουλιά της, να κάνει έτσι μνημόσυνο στην ψυχή της Κρητικιάς μάνας της που για χάρη ενός έρωτα την απαρνήθηκε κι έφυγε για πάντα εκεί στα κράκουρα των βουνών.

«Πες μου ότι δε μου λες ψέματα, πες μου ότι δεν είναι άλλο ένα απ' τ' αστεία σου. Θα δούμε τη θάλασσα; Πες μου!»

Της κράτησε το πρόσωπο με τις παλάμες, κι αφού της έδωσε ένα μακρόσυρτο φιλί, το έστρεψε αργά προς το παράθυρο. Ο απριλιάτικος ήλιος έκανε τα κύματα του Μαλιακού Κόλπου να χρυσίζουν.

«Να σου συστήσω τη θάλασσα», της είπε. «Δίπλα της γεννήθηκα».

Το απόγευμα της ίδιας μέρας πήραν τον ηλεκτρικό και κατέβηκαν στον Πειραιά. Σταμάτησαν ένα ταξί, φόρτωσαν τις βαλίτσες και τράβηξαν για το ξενοδοχείο. Σ' όλη τη διαδρομή η Χρυσάννα κοίταζε σαν χαμένη αριστερά δεξιά. Η πρωτεύουσα, ο Πειραιάς, κόσμος, αυτοκίνητα... Αυτά τα ήξερε μόνο απ' τα βιβλία κι απ' τις λιγοστές φωτογραφίες τους.

Το βράδυ πήγαν στο Τουρκολίμανο, σ' ένα ήσυχο ταβερνάκι δίπλα στο κύμα. Ο αέρας μύριζε ξεραμένα φύκια και την αλμύρα της άμμου. Φάγανε μαρίδες τηγανητές, σαλάτα και ήπιαν ρετσίνα. Εκείνη δε μιλούσε πολύ, κοίταζε τη σκοτεινή απεραντοσύνη του νερού και κάθε τόσο του έσφιγγε το χέρι.

«Η μάνα μου, που της μοιάζω όπως λένε, γιατί εγώ δε τη γνώρισα, είχε στο σπίτι φυλαγμένο ένα μικρό κουτί. Εκεί κρατούσε μερικά κοχύλια φερμένα απ' την Κρήτη, το φαντάζεσαι;»

«Πού είναι τώρα αυτά τα κοχύλια;» την ρώτησε.

«Στη βαλίτσα μου, Ευγένιε, στο ξενοδοχείο. Δεν έχω κάτι άλλο δικό της, ούτε μια φωτογραφία της. Κάποια ρούχα της τα δώσαμε για λίγο αλεύρι τον καιρό του πολέμου».

«Μια μέρα θα σε πάω στην Κρήτη, όταν το επιτρέψουν οι δουλειές».

«Πες μου για τις δουλειές σου, αγάπη μου, κι ας μην καταλάβω πολλά, μια χωριάτισσα είμαι».

«Όλα στην ώρα τους, Χρυσάννα...»

«Αγάπη μου, κάποιος κύριος έχει σηκώσει το χέρι από εκείνο εκεί το τραπέζι και σου κάνει νόημα».

Ο Ευγένιος γύρισε και κοίταξε προς το τελευταίο τραπέζι της ταβέρνας, που ίσα φωτιζόταν απ' τη λάμπα ασετυλίνης που ήταν κρεμασμένη από μιαν αχαμνή κληματαριά.

«Μα είναι ο Βασίλι, ο Ρώσος», είπε και του 'κανε νόημα να έρθει στο τραπέζι.

Από εκείνη τη μέρα θα το έκανε πολλές φορές αυτό στην πρωτεύουσα – να φωνάζει κοντά του γνωστούς για να τους συστήνει τη Χρυσάννα, να επιδεικνύει φιλάρεσκα την ομορφιά της.

Εκείνη πρόσεξε τον καλοντυμένο άντρα να τους πλησιάζει με τη συνοδεία μιας γυναίκας με πολύ κοντό μαλλί φορτωμένη κοσμήματα.

«Δε θέλαμε να σας ενοχλήσουμε».

«Τι ενόχληση, Βασίλι; Χαρά μας».

Η Χρυσάννα ένιωσε εκείνον τον άντρα να τη γδύνει με τα μάτια του.

«Αγάπη μου, να σου συστήσω έναν πολύ καλό φίλο κι ένα άξιο στέλεχος της Τράπεζας Εμπορικών Παροχών. Από δω ο Βασίλι Κάρλοβιτς Γιούγκερμαν».

Ρετιρέ

Τέταρτο στάσιμο

ΤΟΝ ΑΚΟΥΣΕ να γελάει. Σήκωσε τα μάτια απ' το χαρτί και τον είδε που είχε ακουμπήσει το κεφάλι πίσω στον καναπέ και ατένιζε στο ταβάνι, στο πουθενά. Ήταν μετρημένες οι φορές που είχε δει τον γερο-Ζιρντό να γελάει. Ήταν ένας γέρος ιδιότροπος, επιθετικός, που δεν είχε συγχωρέσει τη φύση και τους νόμους της για το γεγονός ότι είχε τυφλωθεί και γεράσει.

«Διασκεδάζετε βλέπω, κύριε Ευγένιε...»

«Μα την πίστη μου, δε θυμάμαι στη ζωή μου να έχω συναντήσει φαντάσματα. Αυτός ο Γιούγκερμαν δεν ήταν που τον είχε πριν λίγο καιρό η τηλεόραση;[67] Θυμάμαι τη φωνή του Αλεξανδράκη, ναι, αυτός ήταν ο Γιούγκερμαν. Η υπηρεσία που είχα τότε εδώ στο σπίτι, δύο αδερφές από τον Βόλο, δεν έχαναν επεισόδιο. Το βιβλίο με τον Γιούγκερμαν δε μου το έχεις διαβάσει ποτέ· ποιανού είπαμε πως είναι;»

«Του Καραγάτση, κύριε Ευγένιε».

---

67. Η πρώτη τηλεοπτική μεταφορά του μυθιστορήματος *Γιούγκερμαν* του Μ. Καραγάτση με πρωταγωνιστή τον Αλέκο Αλεξανδράκη· ξεκίνησε να προβάλλεται στο κανάλι της ΥΕΝΕΔ τον Μάρτιο του 1976 και ολοκληρώθηκε τον Αύγουστο του 1977.

«Πώς σου ήρθε, διάολε, να με βάλεις να κάνω παρέα μ' αυτόν τον Γιούγκερμαν; Τι κόλπα είν' αυτά;»

«Είναι κάτι πολύ πιο μοντέρνο απ' τον Αλέξανδρο Δουμά, αν μου επιτρέπετε...»

«Και πιο σαχλό, αν μου επιτρέπεις κι εμένα. Βάλε με αν θέλεις να συναντάω τον Βενιζέλο, τον Μεταξά, όχι όμως φαντάσματα. Άκου Γιούγκερμαν! Πώς το σκέφτηκες;»

«Ζήσατε κι εσείς τότε στον Πειραιά, στον Μεσοπόλεμο».

«Και λοιπόν;»

«Δεν μπορώ να φανταστώ τον Πειραιά εκείνης της εποχής χωρίς τον Γιούγκερμαν».

«Κι η ζωή μου, νεαρέ, τι σου χρωστάει η ζωή μου; Έχω ήδη ανεχθεί πολλές ακροβασίες της φαντασίας σου, αυτό όμως...»

Ο Ορέστης κάθισε πιο αναπαυτικά στην πολυθρόνα. Ήξερε τι να κάνει όταν μουλάρωνε ο Ζιρντό· δε θα ήταν η πρώτη φορά που θα τον πήγαινε εκεί που ήθελε.

«Ήταν τόσο όμορφη πραγματικά η Χρυσάννα;»

«Για τον Γιούγκερμαν δε λέγαμε;»

«Το κεφάλαιο ονομάζεται "Χρυσάννα"».

«Αυτό με τον Γιούγκερμαν να το βγάλεις».

«Την αγαπήσατε παράφορα, έτσι γράφω, το ακούσατε...»

«Είσαι πολύ μικρός ακόμα να μιλάς για έρωτα, δεν μπορείς να υποψιαστείς καν τι πράγμα είναι...»

«Δεν έγραψα άλλα γι' αυτόν τον έρωτα, μόνο αυτά που ακούσατε. Τα θεώρησα αρκετά».

«Στην πραγματικότητα, ποτέ δεν είναι αρκετά. Στον έρωτα η αίσθηση του χρόνου φουσκώνει και ξεφουσκώνει σαν σωσίβιο. Δε βρίσκω καλύτερη παρομοίωση... Σκέψου εσύ και γράψε κάτι καλύτερο, εσύ είσαι άλλωστε ο συγγραφέας».

«Δε ζήσατε όμως μαζί της. Το τέλος εκείνης της δεκαετίας σάς βρίσκει πάλι στη Γαλλία, σωστά;»

«Σωστά».

«Είστε μόνος, έτσι δεν είναι;»

«Ολομόναχος. Ακόμη κι ο Ζαχάρωφ το είχε τότε παρατηρήσει και κάτι είχε σχολιάσει».

«Συνεχίσατε να δουλεύετε για κείνον;»

«Όχι στα όπλα αλλά σε κάτι δικά του πλοία-φορτηγά. Ήμουν υπεύθυνος στις φορτοεκφορτώσεις, κι αυτός που μιλούσε με τα συνδικάτα των λιμενεργατών. Ο Ζαχάρωφ πίστευε ότι είχα το κατάλληλο πρόσωπο που θα μπορούσε να μιλάει με τους εργάτες, γιατί τους έμοιαζα αρκετά αλλά ταυτόχρονα εξέπεμπα, έλεγε, και μια ανωτερότητα γι' αυτούς άπιαστη. Φυσικά ο Ζαχάρωφ είχε πια γεράσει. Έκανε τον γάμο του με τη Μαρία Πιλάρ σε στενό κύκλο – δεν πήγα. Βέβαια δε θυμάμαι αν ήμουν καλεσμένος, όμως βρισκόμουν στη Μασσαλία, γιατί είχαμε κάποιο πρόβλημα με τους γερανούς και τους χειριστές τους. Θυμάμαι ότι ανησυχούσαμε ιδιαίτερα για τους Ιταλούς εργάτες, γιατί το μικρόβιο της μαφίας, φερμένο απ' τη Σικελία κι απ' τα συνδικάτα της Νέας Υόρκης, είχε εισχωρήσει για τα καλά. Στις αποβάθρες της κουμάντο έκανε τότε, χωρίς να φαίνεται, ο Λουτσιάνο[68]».

«Με τη Χρυσάννα γιατί δεν ήσασταν μαζί; Ποτέ δε μου είπατε τον λόγο».

«Πάντως όχι γιατί την κατέκτησε ο Γιούγκερμαν», κάγχασε συνεχίζοντας να έχει το πρόσωπο στραμμένο στο ταβάνι.

«Σ' αυτό το σημείο το βιβλίο έχει ένα κενό. Έβαλα κάτι, αλλά φοβάμαι ότι παραείναι τραγικό. Το έχω κάπου παράμερα γραμμένο σε σημειώσεις. Κύριε Ευγένιε, ένα καλό μυθιστόρημα πρέπει να προσέχει ιδιαίτερα τις δοσολογίες. Τα συναισθήματα, ας πούμε, πρέπει να είναι...»

«Σαν τα μπαχαρικά: με αυστηρό μέτρο. Αυτό δεν εννοείς;»

«Αυτό ακριβώς! Συγχαρητήρια! Αν δε σας ενδιέφεραν στη

68. Charles "Lucky" Luciano (1897-1962): Σικελός μαφιόζος· θεωρείται ο πατέρας του σύγχρονου οργανωμένου εγκλήματος.

ζωή σας τόσο τα χρήματα, θα μπορούσατε να γίνετε συγγραφέας. Άλλωστε δε σας έλειψαν τα ταξίδια ούτε οι εμπειρίες».

«Τι έγραψες για τη Χρυσάννα που λες ότι παραείναι τραγικό;»

«Σκέφτηκα το όμορφο κορμί της να επιπλέει στα κύματα με το πρόσωπο στραμμένο στον βυθό και τα μαλλιά της να λικνίζονται στην επιφάνεια σαν πλοκάμια χταποδιού. Πέρα στο βάθος να είναι ο ουρανός κόκκινος και μαύρος, ενώ εσείς να πηγαίνετε με μια βάρκα προς ένα γαλλικό ατμόπλοιο που είναι αγκυροβολημένο ανοιχτά της Σμύρνης».

«Μα δεν πήγαμε στη Σμύρνη...»

«Γιατί δεν πήγατε;»

«Περίμενα μήνες να πάρω άδεια απ' τον Ζαχάρωφ, την οποία δεν έστειλε ποτέ. Σε κάθε γράμμα που παραλάμβανα απ' το ταχυδρομείο του Πειραιά μού τόνιζε: Βλέπεις, ακούς, περιμένεις. Νομίζω ότι η γριά αλεπού είχε μυριστεί το φιάσκο της επιχείρησης και δεν ήθελε καμιά εμπλοκή μ' αυτό που ερχόταν. Αλλιώς τα είχε σχεδιάσει – μια Σμύρνη κάτω απ' τον κρατικό μηχανισμό του Βενιζέλου κι οι άνθρωποί του να αλωνίζουν κοιτώντας πάντα ανατολικά, στα πετρέλαια. Αυτό νομίζω εγώ απ' το λίγο που τον έζησα. Δεν ήταν κι εύκολο, να ξέρεις, γιατί οι δουλειές του ήταν έτσι κι αλλιώς βυθισμένες στο σκοτάδι».

«Φαντάστηκα τη Χρυσάννα νεκρή να επιπλέει στα νερά του λιμανιού της Σμύρνης κι εσείς να δραπετεύετε κάνοντας χρήση του γαλλικού σας διαβατηρίου».

«Δε με κολακεύεις κι ιδιαίτερα σ' αυτό το κωλοβιβλίο».

«Δεν είστε εσείς αυτός για τον οποίο γράφω, τα 'χουμε ξαναπεί αυτά. Πείτε μου όμως τώρα, γιατί δεν ήταν πια η Χρυσάννα στη ζωή σας;»

«Γιατί ρωτάς αφού φαντάστηκες ένα σωρό πράγματα, και μάλιστα τραγικά όπως είπες;»

«Δεν τα 'γραψα ακόμη, μόνο σκέψεις είναι σε πρόχειρες σημειώσεις. Τώρα όμως ζητάω από σας την αλήθεια».

«Τι να την κάνεις αφού είσαι συγγραφέας και φτιάχνεις μόνος σου όσες αλήθειες θέλεις;»

«Είμαι όμως κι ένας άνθρωπος της καθημερινότητάς σας. Νομίζω ότι έχω το δικαίωμα να ξέρω κι ας μη γράψω τίποτε γι' αυτό».

«Το δικαίωμα είναι μια λέξη για να δικαιολογεί το "μπάτε σκύλοι αλέστε", εγώ αυτό ξέρω».

«Εγώ θα περιμένω, κύριε Ευγένιε, έχω υπομονή...»

Τον τράνταξε ο γνωστός τσιγαρόβηχας· ήταν κοινή διαπίστωση ότι στην ηλικία του έπρεπε να είχε σταματήσει από καιρό να καπνίζει. Έβγαλε το μαντίλι του μέσα απ' το μανίκι της πιτζάμας, το άνοιξε κι έφτυσε μέσα. Αφού καθάρισε ο λαιμός του, συνέχισε:

«Κάποια στιγμή έγραφες κάτι που ήταν αλήθεια για τη ζωή μου και ταιριάζει και με το βιβλίο σου. Γράφεις ότι ο Ζιρντό του βιβλίου ανέφερε κάποια στιγμή: "Γαμώτο, πώς να γίνεις πλούσιος αν σέρνεις πίσω σου μια νεράιδα;"».

«Σας ήταν βάρος λοιπόν;»

«Αν σου πω ναι, μετά θα πρέπει να ντρέπομαι, έτσι δεν είναι;»

«Όμως της γνωρίσατε τη θάλασσα, την πήρατε απ' τη φυλακή του βουνού και τη βάλατε στην πόλη».

«Είν' αλήθεια αυτό, όμως...»

«Όμως;»

«Ύστερ' από λίγους μήνες ήταν βάρος, ρωτούσε και πολλά, δεν μπορούσα πια να την ξεγελάσω. Είχε αρχίσει να υποψιάζεται ότι οι δουλειές μου ήταν στο σκοτάδι, είχε κι εκείνη την αντίληψη της ηθικής καθαρότητας του Τριανταφύλλου, πίστευε και στα παραμύθια που έλεγαν οι Κόκκινοι...»

«Λοιπόν;»

«Δεν έχει λοιπόν. Ένα βράδυ, Μάιος ήταν, το θυμάμαι,

Μάιος του '22, πριν ακόμη πλακώσει η πολλή προσφυγιά στον Πειραιά, μάζεψα αθόρυβα τα πράγματά μου κι εξαφανίστηκα. Είχα γράψει προηγουμένως στον Ζαχάρωφ για την ποστ ρεστάντ αλληλογραφία μας και του ζητούσα να μου στέλνει τα γράμματα όχι στον Πειραιά αλλά στο Κεντρικό Ταχυδρομείο Αθηνών. Πήγα κι έμεινα για λίγο στο κέντρο της Αθήνας, στη *Μεγάλη Βρετανία*, όχι γιατί ήθελα πολυτέλειες, αλλά γιατί έτσι θα ήμουν πιο ασφαλής. Όπου υπήρχε πλούτος, τη φόβιζε και δεν πλησίαζε· δε θα τολμούσε ποτέ να με αναζητήσει εκεί».

«Της αφήσατε χρήματα;»

«Φυσικά».

«Κάποιο σημείωμα;»

«Ένα σύντομο, αν θυμάμαι καλά...»

«Πόσον καιρό μείνατε στην Αθήνα;»

«Λίγες βδομάδες μόνο, γιατί το επόμενο γράμμα του Ζαχάρωφ με καλούσε πίσω στο Παρίσι. Είχε πολλές εκκρεμότητες στη Μασσαλία, καθώς το ενδιαφέρον των επιχειρήσεών του είχε στραφεί πια στα πλοία».

«Τι θα σας πείραζε αν ήταν κι η Χρυσάννα μαζί;»

Ο γερο-Ζιρντό εδώ και ώρα μασούσε τα χείλη του κι έμπλεκε συνεχώς τα δάχτυλα μεταξύ τους.

«Ήταν βάρος, δεν το καταλαβαίνεις; Και με χειροπέδες μπορεί κανείς να τρέξει, όμως δεν είναι το ίδιο».

«Να φανταστώ ότι δεν την ξαναείδατε ποτέ».

«Ποτέ».

«Σε αντίθεση με τη Μίρζα...»

Αναζήτησε και πάλι τα τσιγάρα του.

«Θα έλεγα να μην καπνίσετε άλλο».

«Θα έλεγα να κοιτάς τη δουλειά σου!»

«Δε θα σας ρωτήσω για τη Μίρζα, ίσως εκείνη την ξαναβρούμε στο βιβλίο».

«Μη μου λες τίποτε γι' αυτήν».

«Κάτι ακόμα: ο Ζαχάρωφ, όσο περνάνε τα χρόνια, σας αφήνει και τον αφήνετε, όπως έχω καταλάβει».

«Ναι, είναι αλήθεια αυτό, ένα διαζύγιο κοινή συναινέσει. Είχα κάποτε όνειρο να γίνω το δεξί του χέρι, όμως δεν ήμουν κατάλληλος για το χοντρό παιχνίδι που έπαιζε· τώρα που γέρασα, μπορώ να λέω στον εαυτό μου την ωμή αλήθεια. Άλλωστε, τότε ο μεσιέ Μπαζίλ είχε κι αυτός γεράσει. Τα τελευταία χρόνια της ζωής του τα πέρασε σε αναπηρικό καροτσάκι, και το πιο σημαντικό, δεν είχε διάδοχο – μια αυτοκρατορία στο έλεος του ανέμου, όπως θα λέγατε κι εσείς οι λογοτέχνες».

«Με τα χρόνια λοιπόν απομακρυνθήκατε».

«Το είπαμε αυτό, δεν ήμουν καλός ούτε για μπράβος ούτε για οικονομικός σύμβουλος. Ήμουν πολύ μαλακός για το πρώτο κι αστοιχείωτος για το δεύτερο».

«Έτσι κάνατε δική σας δουλειά».

«Ναι, λάδια, όπως ξέρεις. Στο Λιμάνι της Μασσαλίας είχα γνωρίσει κάποιους μεγαλέμπορους που έκαναν φορτωτικές με τα πλοία του Ζαχάρωφ. Τι άλλο θα μπορούσε να κάνει ένας Έλληνας στη Μασσαλία παρά να φέρνει λάδια απ' τα νησιά και να 'χει σχέση με τις σαπωνοποιίες της περιοχής; Δεν έχω παράπονο, έβγαλα λεφτά. Όχι τόσα όσα αν έμενα δίπλα στον Ζαχάρωφ, αλλά πάντως είχα τη δική μου Πακάρ,[69] οδηγό, μια μικρή έπαυλη. Είχα και πολλές ερωμένες...»

«Αν γυρνούσατε πίσω στον χρόνο, θα ξανακάνατε πάλι τα ίδια;»

«Τι εννοείς;»

«Θα την εγκαταλείπατε και πάλι σ' ένα ξενοδοχείο του Πειραιά με μια δεσμίδα γαλλικά φράγκα κι ένα σημείωμα; Ήταν σωστό αυτό;»

«Ούτε ακριβώς και λάθος!»

69. Πολυτελές αυτοκίνητο κλειστού τύπου κατασκευασμένο στις ΗΠΑ.

«Τι ήταν, κύριε Ευγένιε;»

«Ήταν αμαρτία...»

Ο Ορέστης δεν τον ρώτησε κάτι άλλο γι' αρκετή ώρα, μόνο τον παρατηρούσε πώς κάπνιζε κι έστελνε τον καπνό ψηλά στο ταβάνι. Σε λίγο θα συνέχιζε την ανάγνωση του μυθιστορήματός του. Ο άλλος Ζιρντό, αυτός του βιβλίου, τους περίμενε μέσα στις σελίδες – ίσως να κάπνιζε κι αυτός. Η Βασιλίσσης Όλγας, εφτά ορόφους κάτω απ' τα πόδια τους, είχε πια ησυχάσει, ενώ η ώρα κόντευε δύο τα ξημερώματα.

Τι φοβάσαι, Ζιρντό, μου λες;

Μασσαλία, προάστια, 10 Μαρτίου 1933

ΑΦΗΣΕ ΤΟ ΤΗΛΕΦΩΝΟ στη βάση του ξεφυσώντας με ανακούφιση, όμως το πρόσωπο της γυναίκας απέναντί του έδειχνε ανυπόμονο.

«Με συγχωρείς που σ' έκανα να περιμένεις, αλλά το τελωνείο είναι σαν την οικογένεια της συζύγου σου: δεν ξεμπερδεύεις εύκολα».

«Εσύ πάντως δεν έχεις σύζυγο».

«Έχω όμως κάθε μέρα τελωνείο. Στα ελληνικά, που δεν τα γνωρίζεις, έχουμε μια πολύ ωραία φράση: "Του έβγαλε το λάδι". Αυτό ακριβώς συμβαίνει· για να φέρω λάδια σ' αυτό το λιμάνι, πρέπει να μου βγει το λάδι».

Γέλασε με το ευφυολόγημά του χωρίς να περιμένει εκ μέρους της κάποια επιδοκιμασία ούτε κάποιο της χαμόγελο. Κάποιες βραδιές όπως αυτή η Κατρίν ήταν πιο δύσκολη κι απαιτητική κι απ' το τελωνείο ακόμη.

Έσφιξε στη μέση του τη ζώνη της ρομπ ντε σαμπρ και σηκώθηκε απ' το γραφείο. Με τη λαβίδα στο χέρι προσπάθησε ν' αναποδογυρίσει ένα πυρωμένο κούτσουρο στο τζάκι για να καεί καλύτερα.

«Ευγένιε», ακούστηκε η φωνή της, «πρέπει να μιλήσουμε».

«Σου το 'χω αρνηθεί αυτό ποτέ, ma chérie; Έχω την εντύπωση ότι απόψε διεκδικείς βραβείο ακεφιάς. Πρόσεξέ με, ζούμε σ' έναν άστατο κόσμο γεμάτο αναταραχές και φτώχεια. Τις προάλλες στην πατρίδα μου έγινε άλλο ένα αποτυχημένο πραξικόπημα. Ένας αξιωματικός[70] που έχαιρε εκτίμησης στον μεσαίο χώρο της πολιτικής, προσπάθησε ν' αρπάξει την εξουσία. Πλήρης αποτυχία δική του αλλά και όλου του συστήματος. Ο Αδόλφος Χίτλερ στο Βερολίνο είναι θέμα χρόνου να θέσει εκτός νόμου τα εργατικά συνδικάτα. Στην Ινδία, ένας δικηγόρος που τον έχουν ονομάσει "Μεγάλη Ψυχή", έχει αποφασίσει να αναμετρηθεί για τα καλά με τους στρατηγούς τής Αυτού Μεγαλειότητος, κι εσύ, μικρή Κατρίν, απλά δεν έχεις κέφια».

Του έριξε άλλη μια άγρια ματιά. Για κάποιον λόγο δεν τον είχε ακόμη διακόψει, θαρρείς και διασκέδαζε ν' ακούει αυτόν τον φλύαρο μονόλογο. Ύστερα από τόσους μήνες τον ήξερε καλά: όταν ξεμπέρδευε με το τελωνείο, ήταν ο πιο ευδιάθετος άνθρωπος του κόσμου. Εκείνη τη βραδιά ήταν όμως στο χέρι της να τον κάνει ακόμη πιο ευτυχισμένο, και βιαζόταν γι' αυτό.

«Δες, μικρή μου Κατρίν, τον κόσμο στον οποίο ζεις και πες ένα μεγάλο "Ευχαριστώ" στον Πανάγαθο την Κυριακή που μας έρχεται στη Νοτρ Νταμ ντε λα Γκαρντ. Είσαι η μοναχοκόρη ενός ισχυρού άντρα ο οποίος, παρά την ηλικία του, εξακολουθεί να είναι ένας από τους πιο σημαίνοντες δικηγόρους της Μασσαλίας. Χάρη στις υπηρεσίες του έχω γλιτώσει από κακοτοπιές των γαλλικών νόμων για τα λιμάνια· επιπλέον, χάρη σ' αυτόν σε γνώρισα. Περνάς πολλές ώρες τους τελευταίους μήνες στο σπίτι μου, στο "κουκλόσπιτο" όπως το λες, σ' αυτήν τη μικρή έπαυλη που χτίστηκε πάνω απ' τον γκρεμό κι είναι γύρω γύρω πνιγμένη στα πεύκα. Η διακόσμηση

70. Πρόκειται για τον Νικόλαο Πλαστήρα και το αποτυχημένο κίνημα στις 6 Μαρτίου 1933.

εντός του έγινε από πραγματικούς καλλιτέχνες "αρ ντεκό",[71] όπως το λένε οι φίλοι σου στα σαλόνια. Γλυκιά μου Κατρίν, αυτό το κουκλόσπιτο σχεδιάστηκε και χτίστηκε από έναν νέο αρχιτέκτονα, που τον πλήρωσε ένας Έλληνας λαδέμπορος λαϊκής καταγωγής ξοδεύοντας όλες του τις οικονομίες. Ο κόσμος του πατέρα σου και του εραστή σου, γλυκιά μου Κατρίν, είναι καλαίσθητος και ασφαλής».

Άναψε τσιγάρο και συνέχισε να τον παρακολουθεί μουτρωμένη.

«Τον προηγούμενο Σεπτέμβρη χρειάστηκε να πάω ως τον Πειραιά για να ξεμπερδέψω ένα κουβάρι της γραφειοκρατίας τού εκεί τελωνείου. Έχω ζήσει τον Πειραιά και το ξέρεις. Όλη η πόλη είναι πλημμυρισμένη από πρόσφυγες. Αν και πέρασαν κοντά δέκα χρόνια απ' την Καταστροφή, χιλιάδες άνθρωποι μένουν ακόμη σε καλύβες με πισσόχαρτα και σε τρώγλες. Πρόσεξε και μια λεπτομέρεια, μικρή μου Κατρίν: κάποιοι απ' αυτούς στη Μικρασία ήταν πιο εύποροι απ' ό,τι είμαι σήμερα εγώ. Είμαστε, γλυκιά μου, βυθισμένοι στη μεγάλη κλεψύδρα του χρόνου. Μπορεί κάποιος μια στιγμή να τη γυρίσει αιφνιδιαστικά και να βρεθούμε απ' τα πάνω στα κάτω κουνώντας απελπισμένα τα χέρια μες στην άμμο».

«Τα βιβλία που διαβάζεις μετά μανίας τελευταία σ' έχουν βελτιώσει, αγάπη μου. Μιλάς σαν διανοούμενος, σαν ποιητής...»

«Με ειρωνεύεσαι, μικρή μου Κατρίν, αλλά δε σκοπεύω να χαλάσω τη διάθεσή μου. Συνήθως είσαι δηκτική στην "ατροφική κοινωνικότητά" μου, όπως την αποκαλείς. Δεν έχεις αποδεχθεί ότι βαριέμαι πια αυτές τις σαχλές συναναστροφές στα σαλόνια που θέλεις να πηγαίνουμε κι ότι προτιμώ τα βιβλία μου, το τζάκι κι ένα κονιάκ του Μαρτέλ».

71. Art déco (διακοσμητική τέχνη): διεθνές καλλιτεχνικό κίνημα από το 1925 μέχρι τη δεκαετία του 1940.

«Όλ' αυτά διορθώνονται, τα δικά μου εννοώ, αν...»

«Αν;»

«Αν η ζωή μου αλλάξει ριζικά. Τότε θα έρθει και θα προσαράξει δίπλα στη δική σου όπως ακριβώς τα φορτηγά που νοικιάζεις απ' την Ελλάδα και την Αλγερία για να κουβαλάνε τα λάδια σου».

«Είσαι μυστήρια απόψε».

«Απόψε, Ευγένιε, είμαι έγκυος!»

Σταμάτησε απότομα ν' ανακατεύει τη θράκα στο τζάκι.

«Τι είπες;»

«Είπα πως είμαι έγκυος».

«Πώς είναι δυνατόν; Προσέχουμε τόσο!»

«Αποδείχθηκε ότι δεν ήταν αρκετό».

Την πλησίασε και την έπιασε απ' τους ώμους.

«Είσαι σίγουρη;»

«Απόλυτα. Μόνο μη με ρωτήσεις αυτό που φοβάμαι, γιατί θα κάψω το κουκλόσπιτό σου απ' άκρη σ' άκρη. Είμαι έγκυος και το παιδί είναι δικό σου, απολύτως δικό σου!»

«Ηρέμησε, σε παρακαλώ! Δεν αμφισβήτησα ούτε λεπτό την ηθική σου».

«Ευγένιε, είσαι πια τριάντα πέντε χρονών. Άλλοι απόψε στη θέση σου θ' άνοιγαν την πιο ακριβή σαμπάνια γιατί θα βεβαιώνονταν ότι το σπέρμα τους είναι ακόμη ζωντανό, ενώ εσύ...»

«Τι εγώ;»

«Εσύ με κοιτάς σαν να σ' έκαψε κεραυνός, και φαίνεσαι τόσο μα τόσο δυστυχισμένος!»

«Δεν είναι τόσο απλό, για όνομα του Θεού! Δώσε μου λίγο χρόνο να το συνειδητοποιήσω».

Η Κατρίν ξεφύσησε κι άλλαξε σταυροπόδι. Ο Ζιρντό έκανε μια βόλτα γύρω στο σαλόνι με τα χέρια χωμένα στις τσέπες της ρόμπας του και ξανακάθισε στο γραφείο.

«Θεέ μου!» ψιθύρισε κι έβγαλε ένα απ' τα αιγυπτιακά

τσιγάρα απ' την πορσελάνινη θήκη που ήταν δίπλα στις πένες και το μελάνι.

Ακούστηκε το ρολόι του τοίχου να χτυπάει εννιά φορές. Απ' την άλλη γωνιά του σαλονιού ίσα που ερχόταν ο ρόχθος απ' τα παράσιτα που έβγαζε το ανοιχτό ραδιόφωνο. Έξω η καταιγίδα, που είχε δυναμώσει, είχε διακόψει την αναμετάδοση ενός κουαρτέτου εγχόρδων την οποία μετέδιδε απευθείας ο ραδιοφωνικός σταθμός του Παρισιού.

«Δεν είναι ότι δε με θέλεις, το νιώθω, μόνο που είσαι έτοιμος να διαμαρτυρηθείς ότι ένα μωρό σε ξεβολεύει, σε βγάζει απ' την εθελουσία μοναξιά σου, παραδέξου το!»

«Πειράζει που δεν έχω καμιά φιλοδοξία να διαιωνίσω το όνομα των Ζιρντό;»

«Το "Ζεύγος" όμως;»

Ήταν η τελευταία κουβέντα που περίμενε ν' ακούσει απ' το στόμα της εκείνο το βράδυ.

«Σου τα εξομολογήθηκα όλα κάποια νύχτα σε μια στιγμή αδυναμίας και την επομένη σού ζήτησα να τα ξεχάσεις».

«Δεν ήταν στιγμή αδυναμίας, δεν το θυμάσαι καλά, Ευγένιε. Ήταν στιγμή μεγάλου έρωτα. Καμιά φορά νομίζω ότι τη μνήμη σου τη φοβάσαι».

«Τέλος πάντων, τι θέλεις;»

«Τι εννοείς τι θέλω; Πρώτα απ' όλα περίμενα να χαρείς, τα υπόλοιπα έπονται. Σου το 'πα και προηγουμένως: έρχομαι να πλευρίσω τα είκοσι τέσσερά μου χρόνια στον ρυθμό της δικής σου ζωής. Αν δε θέλεις να συχνάζω στα σαχλά après-midi, όπως τα λες, κάνε μου παιδιά. Για χάρη τους θα μένω εδώ μαζί σου στο κουκλόσπιτο».

«Το παιδί έγινε κιόλας "παιδιά";»

«Τι φοβάσαι τελικά, Ζιρντό, μου λες;»

«Όποιος έχει παιδιά, φοβάται τα εμπορικά ρίσκα. Το κέρδος είναι συνάρτηση του ρίσκου. Δεν είσαι επιχειρηματίας και δεν μπορείς να καταλάβεις».

«Πόσα ονόματα θέλεις να σου αραδιάσω ζάπλουτων ανθρώπων που είχαν μια ντουζίνα παιδιά;»

Προσπαθούσε ν' αποφύγει το βλέμμα της. Αν χτυπούσε το τηλέφωνο που θα τον ενημέρωνε για τον βραδινό έλεγχο του τελωνείου, ίσως αυτό να βοηθούσε για μια πρόσκαιρη ανακωχή.

Ήταν ένα μικρό λιμάνι στο χωριό που το έλεγαν Εστάκ, ένας μικρός κόσμος σ' απόσταση αναπνοής απ' τη Μασσαλία. Έδωσε εντολή στον σοφέρ να μην αφήσει την Πακάρ πολύ κοντά στην αποβάθρα. Βάδισε για λίγο με τα πόδια, παρότι ήταν μέρα βροχερή απ' το πρωί χωρίς ήλιου ελπίδα. Όλη η Προβηγκία ζούσε την αρχή μιας πρώιμης άνοιξης άγουρης και δειλής, που την ψυχανεμιζόσουν πιο πολύ ως προσδοκία, αν και τα ημερολόγια επέμεναν ότι σήμερα 12 Μαρτίου ο χειμώνας ήταν πια παρελθόν.

Κάθισε πίσω απ' τα τζάμια τού πιο μεγάλου καφενείου, που έβλεπε σ' όλο το Λιμάνι του Εστάκ. Η μεγάλη τζαμαρία χωριζόταν σε πολλά τετράγωνα κομμάτια. Καθόταν μ' ένα παστίς[72] στο χέρι και χάζευε τη θρυμματισμένη θέα της αποβάθρας. Κάποια τετράγωνα στο τζάμι είχαν μαζέψει απ' τον αέρα περισσότερο αλάτι κι έδειχναν έναν κόσμο πιο θαμπό κι απ' αυτόν της βροχής, που δεν έλεγε να κοπάσει.

Κάθε τόσο έπαιρνε τα μάτια του απ' τη σκακιέρα της τζαμαρίας και τα περιέφερε στον χώρο του καφενείου. Στον αέρα του μύριζε κάπνα, καφέ και σπίρτο, καθώς δεν ήταν λίγοι οι ναυτικοί που έπιναν απ' το πρωί. Το ραντεβού του αργούσε, ενώ στο πακέτο του είχαν μείνει μόνο δυο τσιγάρα.

«Τι φοβάσαι, Ζιρντό, μου λες;»

72. Pastis: αλκοολούχο ποτό με γλυκάνισο, ιδιαίτερα δημοφιλές στη Νότια Γαλλία.

Κατάλαβε ότι όσο ο άνθρωπος που περίμενε αργούσε, τόσο η χθεσινή φράση της Κατρίν δε θα τον άφηνε σε ησυχία.

«Τι φοβάσαι, Λευτέρη;» αναρωτήθηκε.

Παρήγγειλε άλλο ένα παστίς και κοίταξε ανόρεχτα έξω στη μουντή αποβάθρα. Εδώ ξεφόρτωναν τα τελευταία χρόνια τα πλοία που νοίκιαζε· τα περισσότερα ήταν σκουριασμένα κουφάρια που δεν τα ασφάλιζε καμιά εταιρεία. Το μισό τσούρμο τους ήταν φυγόδικοι, αλλά αυτό δεν ήταν δική του δουλειά. Δουλειά του ήταν να προσεύχεται κάθε φορά που είχε μια τέτοια μεταφορά απ' τα λιμάνια της Ελλάδας και της Αφρικής να μη συνέβαινε κάτι στη θάλασσα, γιατί η ζημιά θα ήταν τέτοια που δε θα μπορούσε να ρεφάρει για χρόνια. Οι άνθρωποί τους πάντως στα τελωνεία των λιμανιών, και πιο πολύ εδώ στη Μασσαλία, έκαναν ότι δεν έβλεπαν. Προτιμούσαν να χαϊδεύουν τις δεσμίδες που τους έβαζαν διακριτικά στις τσέπες παρά να ρίξουν τα μάτια τους στα δικά του φορτία. Τα μπάρκα τα συμφωνούσε μ' έναν Ναπολιτάνο, που όλοι ήξεραν στο λιμάνι πως ήταν άνθρωπος του Καρμπόν[73] και του Σπιριτό,[74] οι οποίοι είχαν απλωμένα τα προστατευτικά φτερά τους πάνω από κάθε ταξίδι.

Αυτά τα τελευταία χρόνια ήταν σχετικά ήσυχος. Στη θάλασσα τα καράβια δεν τα βούλιαζαν συνήθως οι φουρτούνες αλλά οι ανταγωνισμοί. Άνθρωποι του Καρμπόν τού είχαν κάνει πριν τρία χρόνια την προσφορά να βάλουν δίπλα στο δικό του cargo τα δικά τους. Μέσα σε μερικές χιλιάδες ντενεκέδες λάδι μπορείς τόσα να κρύψεις... αλευρόσκονη, πιστόλια-παιχνίδια, ρίγανη που μύριζε αλλιώς... Πρότειναν να φέρνει και το πιο πολύ λάδι του λαθραίο. Είχαν ανθρώπους να

73. Paul Carbone (1894-1943): Κορσικανός, από τους ιδρυτές του οργανωμένου εγκλήματος στη Μασσαλία, ανακατεμένος σε λαθρεμπόριο, οίκους ανοχής, ναρκωτικά.

74. François Spirito (1900-1967): φίλος και συνεργάτης του Carbone στο οργανωμένο έγκλημα.

το σπρώξουν στη Βόρεια Γαλλία απ' αυτούς που δε θα κολλούσαν σε χαρτιά, σφραγίδες και τα τοιαύτα. Δέχτηκε γιατί το κέρδος ήταν χοντρό για όλους, αρκεί να είχε μαζί του τα κύματα, γιατί αν έπιανε καιρός και βούλιαζε κάποιο σαπιοκάραβο, τότε θα βούλιαζαν κι όλα στη λήθη χωρίς τη ναυτιλιακή ασφάλεια. Θα έπρεπε τότε να εξοφλήσει σε λίγους μήνες τους προμηθευτές του σε δέκα λιμάνια, κι ύστερα με τη σειρά του θα βούλιαζε κι ο ίδιος στα χρέη.

Είδε τον Ναπολιτάνο που μπήκε με αργές κινήσεις στο καφενείο – τραγιάσκα και σηκωμένοι γιακάδες της καμπαρντίνας, τυπική εικόνα του Σαλβατόρε. Ο Ναπολιτάνος τον εντόπισε εξαρχής και κίνησε προς το τραπέζι του.

«Βρέχει ακόμη;» τον ρώτησε ο Ζιρντό.

«Σκατόκαιρος! Ρίχνει ψιλό ψιλό, ίσα για να χρειάζεται να τα βγάζεις κάθε τόσο και να τα σκουπίζεις», του απάντησε και κράτησε στο χέρι τα γυαλιά του, που είχαν ξαναγίνει χάλια απ' τη βροχή.

«Τι νέα, Σαλβατόρε;»

«Είναι καλό εδώ το παστίς;» ρώτησε.

Σε απάντηση, ο Ζιρντό σήκωσε το χέρι κι έκανε νόημα στον σερβιτόρο.

«Ας το δοκιμάσουμε λοιπόν», συνέχισε ο Σαλβατόρε κι έβαλε τα σκουπισμένα γυαλιά του.

«Τι κάνει ο Καρμπόν;»

«Είναι πνιγμένος στις υποχρεώσεις».

«Η Μασσαλία, Σαλβατόρε, είναι ένα ανοιχτό στόμα και φωνάζει με τα χέρια σε χωνί, ξέρεις κατά πού;»

«Στη Νέα Υόρκη, Ζιρντό, αυτό το ξέρουν κι οι πέτρες. Αυτό που αλλάζει όμως κι οι πέτρες δεν το 'χουν πολυκαταλάβει είναι ότι τα πολλά λεφτά βρίσκονται πιο κάτω – Ρίο, Μπουένος Άιρες, Σαντιάγκο, εκεί που οι πιο πολλοί μιλάνε τα σπανιόλικα και πηδιούνται μεταξύ τους όλες οι ράτσες της Γης. Εκεί θα πάω κι εγώ μια μέρα, να μου το θυμηθείς:

Μαρσίγια και γραμμή για Μπουένος Άιρες. Κατάλαβες, Ζιρντό; Γιατί άνθρωπος είμαι κι εγώ και καμιά φορά σκιάζομαι για το τομάρι μου!»

«Σε ζορίζει ο Καρμπόν;»

«Κάποιοι ζορίζουν αυτόν και τον Σπιριτό κι εκείνοι όλους εμάς· στην πόλη υπάρχει φαγωμάρα που δε θα βγάλει σε καλό. Τι σ' τα λέω όμως; Εσύ δεν είσαι πολύ χωμένος σ' αυτά, εσύ απλά φέρνεις λάδια, κι απ' ό,τι φαίνεται, από σήμερα θα τα φέρνεις μόνος σου πληρώνοντας έναν κώλο λεφτά σε ασφάλειες και φόρους, αυτό ήρθα να σου πω. Η συνεργασία μας δε μας συμφέρει πια. Ο Καρμπόν σ' ευχαριστεί και σου στέλνει μήνυμα ότι θα είσαι πάντα μια ωραία ανάμνηση».

«Το περίμενα κάποια ώρα ότι θα φτάναμε εδώ. Καλύτερα τώρα να κλείσει ο κύκλος, πριν βρομίσει η πιάτσα».

«Έχουμε κι άλλους δρόμους αυτόν τον καιρό, αλλά δεν πρέπει να λέω και πολλά. Ένα μόνο θα σου πω: έχει γεμίσει η Μαρσίγια Ιταλιάνους, γιατί ο Ντούτσε είναι σκληρός και φεύγουν συνεχώς από κει πολλοί. Όλοι αυτοί θυμούνται την πατρίδα και τα φαγιά της, μοτσαρέλα και ζυμαρικά. Υπάρχει η πληροφορία ότι ο Ντούτσε ετοιμάζεται να μπει στην Αιθιοπία, μπορείς να φανταστείς;»

Ο Ζιρντό χαμογέλασε με νόημα.

«Μπορείς να φανταστείς την αντίδραση της Γαλλίας; Δεν μπορούν να το αφήσουν να περάσει έτσι».

«Εμπάργκο, ίσως... ε, Σαλβατόρε;»

«Ζιρντό, το μυαλό σου κόβει ξυράφι. Θα φέρνουμε τότε λαθραία όλο το τυρί. Εγώ είπα του Καρμπόν να μη σ' αφήσουμε απ' έξω, αλλά απ' ό,τι κατάλαβα, αυτήν τη δουλειά θέλει να την κάνει μόνος του. Το μόνο που δέχτηκε, αν θέλεις λέει, να παίρνουμε λάδια μόνο από σένα – μισοτιμής φυσικά. Αν τα φέρνεις με το γράμμα του νόμου, δε θα σε συμφέρει. Εμείς αγοράζουμε πάντα αδήλωτα και πουλάμε σε κανονικές τιμές. Αν θέλεις να φέρνεις λάδια μόνος σου, κάν' το.

Αν δε θέλεις, ο Καρμπόν σού στέλνει γι' αποχαιρετιστήριο δώρο –έτσι είπε να σου πω– μια πληροφορία».

«Να μου την πεις, γιατί χωρίς τις δικές του πλάτες, λαθραία δε φέρνω».

«Να ψάξεις, λέει, στην Αμβέρσα, στο Βέλγιο. Εκεί οι Αφρικάνερς και οι Εβραίοι έχουν στήσει την πιο μεγάλη αγορά διαμαντιών. Τα διαμάντια δεν έχουν βάρος και δε λεκιάζουν τις τσέπες, αυτό μού είπε να σου πω. Μεταξύ μας, Ζιρντό, αφού κατάφερνες να περνάς καΐκια με λάδια κάτω απ' τη μύτη του τελωνείου, δεν μπορεί να μην τα καταφέρεις με τα διαμάντια. Βάλ' τα στον κώλο σου εν ανάγκη».

Ο Ζιρντό έβαλε τα γέλια και κατέβασε μονορούφι το ποτήρι με το παστίς.

«Τέλος καλό, όλα καλά, Σαλβατόρε. Πες στον Καρμπόν ότι ίσως πάω στην Αμβέρσα να βρω την τύχη μου. Ίσως να θέλω να σβήσω κι από δω τα ίχνη μου – γυναίκα να του πεις. Πες του ακόμα να 'χει τον νου του σε κάποιους βουλευτές. Ακούγονται πολλά, να προσέχει. Τα ποτά δικά μου, Σαλβατόρε».

Ο Ναπολιτάνος σηκώθηκε και κράτησε την τραγιάσκα στο χέρι.

«Έχε γεια, Ζιρντό, κι αυτά που σου είπα για την Αργεντινή κράτα τα για τον εαυτό σου, δεν είναι ανάγκη να τα ξέρει ο πάσα είς. Με σένα, μη βλέπεις, είναι αλλιώς. Τρία χρόνια τώρα μεταξύ μας δεν άνοιξε ρουθούνι. Λένε ότι έχεις ελληνική φύτρα· εκεί κάτω στην Αρτζεντίνα είναι ο τόπος γεμάτος δικούς σου, πατριώτες σου. Έχε γεια, Ζιρντό!»

Όταν τον είδε να χάνεται έξω στη βροχή, παρήγγειλε ένα ακόμα παστίς και υποσχέθηκε στον εαυτό του ότι αυτό θα ήταν το τελευταίο, ως το μεσημέρι τουλάχιστον.

Το βράδυ ήταν μόνος στο σπίτι. Ήταν η δεύτερη νύχτα αφότου η Κατρίν μάζεψε τα λιγοστά πράγματά της κι έφυγε.

Του έδωσε διορία μιας βδομάδας, μ' ένα πρωινό σημείωμα γραμμένο νευρικά, που το είχε αφήσει δίπλα στο φλιτζάνι του καφέ. Η ίδια είχε ξυπνήσει χαράματα κι είχε γίνει άφαντη.

Η βροχή σταμάτησε γύρω στις εφτά, την ώρα που σουρούπωνε. Ο Ζιρντό, καθισμένος μπρος στην τζαμαρία του σαλονιού, ατένιζε πέρα στον ορίζοντα της Μεσογείου το τελευταίο φως να βρέχεται και να σβήνει στα μολυβί νερά. Δεν είχε πολλή όρεξη για παρέα και κουβέντες, όμως το βράδυ είχε μια κανονισμένη συνάντηση με κάποιον που του είχε τηλεφωνήσει το μεσημέρι και τον είχε προσκαλέσει στο σπίτι του για ένα ποτό. Ήταν ο κοσμηματοπώλης απ' τον οποίο ψώνιζε αποκλειστικά τα τελευταία χρόνια. Το είχε συνήθεια σε κάθε ερωμένη αξιώσεων, και σε μερικές πόρνες που τον είχαν ευχαριστήσει ιδιαίτερα, να χαρίζει ένα κόσμημα – ποτέ λουλούδια, ήταν θέμα αρχής, και κυρίως μνήμης, μια υποθήκη για το μέλλον. Τηλεφωνώντας στον κύριο Λερού να περάσει απ' το σπίτι, ολοκλήρωνε μ' αυτόν τον τρόπο μια συμπάθεια χρόνων. Ο κοσμηματοπώλης δέχτηκε χωρίς δεύτερη κουβέντα, γιατί δεν ήθελε να προσβάλει έναν απ' τους πιο σταθερούς του πελάτες. Άλλωστε, «ο Ζιρντό ήταν, πέρ' απ' τις αγορές του, ένας ενδιαφέρων άνθρωπος», όπως τόνιζε σε κάθε ευκαιρία δεξιά κι αριστερά.

Η γυναίκα που φρόντιζε το σπίτι του σχολούσε πριν νυχτώσει κι έφευγε με τον σοφέρ. Ο Ζιρντό έβρισκε πάντα ζεστό φαγητό κι έπαιρνε τα κλειδιά της Πακάρ στο χέρι. Οι γυναίκες που έμπαιναν βράδυ στο σπίτι του δεν είχαν καμιά δουλειά στην κουζίνα· πήγαιναν απευθείας στην κρεβατοκάμαρα.

Ο κύριος Λερού ήρθε με τον γιο του, έναν ψηλόλιγνο νεαρό με φακίδες.

«Τα βράδια δεν εμπιστεύομαι τον εαυτό μου στην οδήγηση. Ο γιος μου, πέρ' απ' την ικανότητά του στο τιμόνι, βλέπει και καλύτερα· επιπλέον, ως πολύ νέος ακόμη, δεν έχει αποκτήσει κοινωνική δεξιότητα στις συναναστροφές. Η συζήτηση μαζί σας είναι κάτι παραπάνω από σίγουρο ότι θα τον ωφελήσει».

Μιλούσε εκ μέρους του γιου του χωρίς να του δίνει τον λόγο. Ο Ζιρντό προτίμησε να κοιτάζει τον νεαρό όσην ώρα ο κύριος Λερού φλυαρούσε. Προσπέρασε τις περιττές φιλοφρονήσεις μ' ένα λιτό χαμόγελο και τους οδήγησε στο σαλόνι κοντά στο μαρμάρινο τζάκι, όπου έκαιγαν τα κούτσουρα ρουφώντας ευεργετικά την υγρασία. Καθισμένοι σ' αναπαυτικές πολυθρόνες μ' ένα ακριβό μπράντι στο χέρι, ξόδεψαν τα πρώτα λεπτά σε γενικολογίες. Ο νεαρός είχε πια εγκατασταθεί στο μαγαζί του πατέρα του φροντίζοντας να μάθει τα μυστικά της δουλειάς το γρηγορότερο. Καθότι η ανία τσάκιζε τον Ζιρντό περισσότερο από την οποιαδήποτε κόπωση, δεν άργησε να μπει στο θέμα:

«Θέλω πληροφορίες τις οποίες φαντάζομαι ότι εσείς θα μπορέσετε να μου δώσετε. Πόσα χρόνια είστε κοσμηματοπώλης, κύριε Λερού;»

«Είμαι δεύτερη γενιά και ο γιος μου από δω η τρίτη. Απ' το κατάστημά μας έχουν ψωνίσει προσωπικότητες... αρκεί να σας πω ότι ένα απ' τα καλύτερα κομμάτια μας στόλιζε τον λαιμό της Σάρας Μπερνάρ...»

«Θέλω να μου πείτε για την Αμβέρσα».

Ο κύριος Λερού τον κοίταξε με απορία.

«Τι ακριβώς θέλετε να μάθετε για την Αμβέρσα;»

«Για την αγορά του χρυσού, και πιο πολύ γι' αυτήν των διαμαντιών».

«Η Αμβέρσα και τα διαμάντια της είναι ένας ολόκληρος κόσμος, κύριε Ζιρντό, με δικούς του κανόνες, χρηματιστήρια, φύλαξη. Μην ξεχνάτε ότι είναι η παλαιότερη αγορά της Ευρώπης. Το λιμάνι της έχει δεχτεί τόσα φορτία διαμαντιών, ώστε θα μπορούσε να ντύσει μια ολόκληρη αποβάθρα».

Ο Ζιρντό χαμογέλασε ανόρεχτα. Είχε μάθει με τα χρόνια ότι μία από τις πιο αποδοτικές φιλοφρονήσεις ήταν ο προσποιητός θαυμασμός για το χιούμορ του συνομιλητή σου.

«Το ήξερα ότι μια συζήτηση μαζί σας είναι πάντα διανθισμένη από ευχάριστες παρενθέσεις. Μια διαμαντένια αποβάθρα λοιπόν; Αναρωτιέμαι αν όλα τα διαμάντια που θα τη σκέπαζαν θα ήταν δηλωμένα, νόμιμα».

«Δε σας καταλαβαίνω, κύριε Ζιρντό».

«Πίσω απ' το φως, αδήλωτα, λαθραία... Γίνομαι αδιάκριτος μήπως; Ίσως ενοχλητικός, κύριε Λερού;»

Η έκφραση του κοσμηματοπώλη είχε αλλάξει άρδην και είχε αποβάλει κάθε μασκάρεμα καθωσπρεπισμού.

«Ενδιαφέρεστε για τέτοιες δουλειές;»

«Θέλω να μάθω πόσοι απ' τους συναδέλφους σας τολμούν κι έχουν δοσοληψίες με το παράνομο χονδρεμπόριο».

«Μα πραγματικά πιστεύετε ότι κι αν ακόμα ήξερα κάτι θα σας το έλεγα;»

«Εννοείται πως όχι. Δε ζητάω τη δική σας ομολογία ούτε κάποιου άλλου την ενοχή. Η ερώτησή μου είναι γενική και θα μπορούσε να απευθύνεται στον οποιονδήποτε: έχει η λιανική αγορά στις πόλεις της Γαλλίας σήραγγα επικοινωνίας με το λαθρεμπόριο;»

«Στο λάδι που βάζετε στο μαγείρεμα είστε σίγουρος ότι όλοι έχουν πληρώσει τους φόρους που προβλέπει ο νόμος;»

«Μου αρέσει, κύριε Λερού, που δε μασάτε τα λόγια σας. Θα σας απαντήσω ως λαδέμπορος: προφανώς και δεν είμαι σίγουρος!»

«Όπως σε όλα τα πράγματα σ' αυτόν τον κόσμο. Αλήθεια, έχετε ακούσει ποτέ, κύριε Ζιρντό, για αφορολόγητο βωξίτη ή σίδερο ή ορυκτό άνθρακα;»

«Όχι, δεν έτυχε».

«Δεν έτυχε γιατί τέτοιοι όγκοι είναι τεράστιοι. Το προϊόν είναι φτηνό και δεν κρύβεται, καθώς περνάνε ολόκληρα τρένα φορτωμένα. Πόσο μικρά όμως είναι τα διαμάντια; Θυμηθείτε, κύριε Ζιρντό...»

«Τόσο μικρά, κύριε Λερού, που δεν είναι δα κι ακατόρθωτο να γίνουν αόρατα».

«Είναι ευχάριστο να συνομιλεί κανείς μ' έναν ευφυή άνθρωπο».

«Ίσως χρειαστεί κάποια στιγμή να γνωρίσω μερικούς συνεργάτες σας. Μ' ενδιαφέρουν ιδιαίτερα όσοι δεν αφήνουν αυτές τις θαυμαστές πέτρες έκθετες στα μάτια του καθενός».

«Αν νιώσω ασφαλής, κύριε Ζιρντό, θα μπορούσα ίσως να σας δώσω κάποια ονόματα στην Αμβέρσα, αφού εννοείται διασφαλιστώ από κάθε άποψη».

«Δε θα βγείτε ζημιωμένος, κύριε Λερού. Αυτό σάς το έχει αποδείξει και η μέχρι τώρα συνεργασία μας».

«Είμαι σίγουρος γι' αυτό. Αλήθεια όμως τώρα, σας έχω δει στο κατάστημά μου να συνοδεύετε τις πιο όμορφες πόρνες της Μασσαλίας. Κάποιος σάς τις διάλεγε...»

«Ο Σπιριτό, κύριε Λερού, αυτό δεν είναι μυστικό».

«Πάντως, αγαπητέ μου, τα διαμάντια δεν κρατάνε μόνο μια νύχτα. Δεν είναι σαν τα αρώματα που το πρωί έχουν εξαφανιστεί κι απ' τον πιο όμορφο λαιμό. Θα έλεγα ότι τα διαμάντια έχουν μια ψευδαίσθηση αθανασίας. Άλλωστε τη δικαιούνται, γιατί δεν υπάρχει κάτι που να ζει περισσότερο απ' αυτά».

«Αγαπητέ μου κύριε Λερού, μιλάτε σαν φιλόσοφος».

«Αν έχετε σκοπό ν' ασχοληθείτε μαζί τους, οφείλετε αρχικά να διαλογιστείτε πάνω στο μυστηριακό της ύπαρξής τους και ύστερα, όρος απαράβατος, να τα ερωτευτείτε. Αυτό που συντηρεί το λαθρεμπόριό τους και το κάνει ακατανίκητο έναντι του νόμου είναι κυρίως αυτός ο ανομολόγητος έρωτας των σκοτεινών εμπόρων για τα διαμάντια. Στους νομικούς κώδικες δεν υπάρχει έρωτας, κύριε Ζιρντό, ενώ στην ανθρώπινη απληστία κάποιες φορές ευδοκιμεί».

«Πιστεύετε ότι η Αμβέρσα είναι ο κατάλληλος τόπος για έναν τέτοιον έρωτα;»

«Τουλάχιστον ο πιο κοντινός σε μας. Δε θα απέκλεια και την Ινδία αν δεν ήταν τόσο μακριά».

«Πότε μπορώ να περάσω απ' το κατάστημά σας να πάρω αυτήν τη λίστα με τα ονόματα όχι μόνο για την Αμβέρσα αλλά κι όπου αλλού βρίσκονται τα κατάλληλα πρόσωπα; Τα ταξίδια, ξέρετε, δε με φοβίζουν».

«Εκκρεμούν θέματα διάθεσης, ποσοστών... Αν τελικά ασχοληθείτε, μη μας ξεχάσετε, γιατί υπάρχει εδώ και καιρό η σκέψη ν' ανοίξουμε ένα δεύτερο κατάστημα στην Τουλόν κι ένας έμπιστος προμηθευτής πάντα χρειάζεται».

«Μπορούμε να το δούμε κι αυτό αύριο το μεσημέρι».

Εκείνο το βράδυ δεν είχε πολλή υπομονή, και γι' αυτές τις δουλειές χρειαζόταν να είναι ήρεμος και ξεκούραστος. Οδήγησε τους επισκέπτες ως την έξοδο και στάθηκε στην εξώπορτα μέχρι το αυτοκίνητό τους να πάρει τη στροφή και να φωτίσει τα πεύκα του δρόμου. Ήταν μια σκοτεινή νύχτα, αφέγγαρη, κι είχε αρχίσει πάλι να ψιλοβρέχει.

Έκλεισε την πόρτα πίσω του, χαμήλωσε τα πιο πολλά φώτα, άνοιξε μια φιάλη πινό νουάρ[75] και κάθισε μπροστά στην τζαμαρία. Στη θάλασσα της Μασσαλίας, καράβια φωτισμένα περίμεναν αρόδο το σήμα για να πιάσουν κάποια αποβάθρα ή για να χαθούν στο σκοτάδι.

Κρύωνε. Γέμισε ένα δεύτερο ποτήρι κρασί και βυθίστηκε στις σκέψεις του. Θυμήθηκε ότι ήταν τριάντα πέντε χρονών, σχεδόν Έλληνας, σχεδόν πλούσιος και μόνος. Άρχισε να ανακαλεί πρόσωπα, φωνές και γέλια που είχε ακούσει χρόνια πριν.

«Τι φοβάσαι, Ζιρντό, μου λες;»

Φοβόταν ένα δύσμορφο έμβρυο, αυτό ήταν το γλύφανο

75. Pinot noir: τύπος εκλεκτού κρασιού της Βουργουνδίας αρχικά, το οποίο εξαπλώθηκε σε όλο τον κόσμο.

που σκάλιζε και μορφοποιούσε το άγαλμα του τρόμου του. Αυτός, η Κατρίν και το μωρό, ενωμένοι για πάντα!

Δεν την αγαπούσε, δεν ήθελε να ζήσει την υπόλοιπη ζωή του μαζί της. Το γέλιο της Κατρίν τού θύμιζε αλυσίδες σε απομίμηση αρ ντεκό, καλαίσθητες φυσικά, που καθώς σέρνονται, βγάζουν κι αυτές τον ίδιο ήχο όπως σε πάτωμα φυλακής.

Άρχισε να σκέφτεται άλλα σώματα για να γλιτώσει απ' τον κατατρεγμό αυτού του οδυνηρού μέλλοντος. Θυμήθηκε τις νύχτες που είχε περάσει με θεσπέσια αγάλματα της σάρκας, που είχαν εκπαιδευτεί ν' αναστενάζουν και να λένε στο στρώμα όσα δεν τολμούσαν να πουν οι άλλες γυναίκες. Ο Σπιριτό είχε γούστο και τον τιμούσε, γι' αυτό τού έστελνε τον αφρό της θάλασσας.

Δεν ήταν μόνο η Κατρίν και οι πόρνες που δεν τις αγάπησε ποτέ, μα ούτε και τις άλλες θυμόταν πια, τη Χρυσάννα, τη Μίρζα, έρωτες πραγματικούς. Είχε ξεχάσει και τη μάνα του την ίδια. Βιρτουόζος της λήθης, ένιωθε κάθε μέρα κι ένα πρόσωπο απ' το παρελθόν, μια γνωριμία, μια συνάντηση παλιά, να χάνεται κι όλα να γλιστράνε σαν βρόχινο νερό στον υπόνομο.

Έβαλε τη βαριά συσκευή του τηλεφώνου στα πόδια του. Σχημάτισε τον αριθμό του ανθρώπου που ενεργούσε κάτω απ' τις εντολές του και του τέλειωνε τις περισσότερες δουλειές – μεταβιβάσεις, συμβόλαια, μετοχές...

«Τρελάθηκες, Ευγένιε, μες στη νύχτα;» ακούστηκε μια φωνή να βρυχάται.

«Όλα ρευστοποίηση – σπίτι, αυτοκίνητο, μετοχές...»

«Σε κυνηγάνε;»

«Είμαι πιο καθαρός από ποτέ, απλά θα φύγω».

«Για πού;»

«Δεν έχει σημασία».

«Μην είσαι μεθυσμένος;»

«Θα σου τηλεφωνήσω κι αύριο το μεσημέρι για να βεβαιωθείς ότι εννοώ την κάθε λέξη. Στο μεταξύ, απ' το πρωί ξεκινάς. Ως το καλοκαίρι το πολύ τα θέλω όλα πουλημένα και τα χρήματα σε φράγκα και στερλίνες σε περισσότερους από έναν λογαριασμούς».

«Πουλάς και τα κουστούμια σου, Ευγένιε;»

«Αυτά μόνο τα χαρίζω. Αν χάσεις μερικά κιλά, μπορεί και να βολευτείς...»

Ακούστηκε ένα βραχνό γέλιο απ' την άλλη μεριά.

«Περιμένω επιβεβαίωση αύριο το μεσημέρι», είπε ύστερα από λίγο η φωνή, «γιατί το πρωί θα νομίζω ότι αυτό το τηλεφώνημα τ' ονειρεύτηκα».

«Θα την έχεις. Καληνύχτα!»

Γέμισε για τρίτη φορά το κρυστάλλινο ποτήρι με κρασί, που είχε χρώμα ρουμπινί. Σηκώθηκε, έβαλε ραδιόφωνο και σκάλισε λίγο τη θράκα στο τζάκι. Με τα βραχέα κύματα έφτανε απ' το Παρίσι μια αντρική φωνή που σχολίαζε την πολιτική κατάσταση την τελευταία εβδομάδα στη Γερμανία.

Σκέφτηκε ότι αν ο Ζαχάρωφ δεν ήταν γέρος κι ανήμπορος, θα πήγαινε να τον συναντήσει για να του τονίσει ότι έρχονται καλύτερες εποχές για τα εμπόρια του πολέμου. Ο μεσιέ Μπαζίλ ήταν όμως πολύ γέρος για οτιδήποτε, και τον Λευτέρη Ζεύγο είχαν αρχίσει να τον έλκουν εκείνες οι μικροσκοπικές πέτρες του πεπρωμένου, οι τέλειοι κρυσταλλικοί άνθρακες σε χρώμα υπόλευκο και κιτρινωπό. Είχε δίκιο ο μεσιέ Λερού ότι για να πλουτίσεις απ' τα διαμάντια έπρεπε πρώτα να τα ερωτευτείς. Τέτοιοι έρωτες δεν τον φόβιζαν, γιατί τους έβαζε όποτε ήθελε σε μια βελούδινη θήκη και τους ξεχνούσε στο συρτάρι.

Σε βλέπω και είσαι μόνος

Αμβέρσα, λιμάνι, Απρίλιος 1933

ΕΝΙΩΘΕ ΕΛΑΦΡΥΣ ΚΙ ΕΥΔΙΑΘΕΤΟΣ, αλλά μ' ένα μούδιασμα στα πόδια. Ήξερε ότι αυτό ήταν ο μακρινός αντίλαλος απ' τη ναυτία που τον είχε ταλαιπωρήσει όσο διέσχιζαν τη Βόρεια Θάλασσα. Απ' τη στιγμή που μπήκαν στις δαιδαλώδεις εκβολές του ποταμού Σχέλντε, το ταρακούνημα σταμάτησε. Ένιωθε ελαφρύς, παρ' όλο που το μάλλινο κασκόλ τον πίεζε στον λαιμό και η ζώνη της τρενς κόουτ ήταν αρκετά σφιχτή γύρω απ' τη μέση του.

Αφού πέρασαν και τον τελευταίο λιμενοβραχίονα, ο αέρας κόπασε. Τα καραβόσκοινα πέρασαν θηλιά στις δέστρες, και το ποστάλι έστριψε πλάγια κι ακούμπησε στην αποβάθρα για να ρίξει τη γέφυρα. Ο άντρας με την τρενς κόουτ ακούμπησε τις δυο βαλίτσες σε μια γωνιά του τελευταίου καταστρώματος, απέφυγε να στηριχτεί στα κάγκελα που ήταν μούσκεμα κι άναψε τσιγάρο. Δε βιαζόταν, ας έφευγε με τους τελευταίους. Αδημονούν μόνον αυτοί που έχουν κάποιον να τους περιμένει.

Χάζευε το λιμάνι αριστερά, με τους γερανούς να προεξέχουν σαν γκρίζοι λαιμοί από γιγάντιους κύκνους. Ατένιζε την παραλιακή λεωφόρο με τα μεγαλόπρεπα εμπορικά κτίρια και τους κάθετους δρόμους προς τη θάλασσα, οι οποίοι φανέρωναν μυστικά απ' τον κόρφο της πολιτείας, κάποιες πλατείες της, αγάλματα, σιντριβάνια. Έχοντας πανοραμική θέα απ' το κατάστρωμα, βεβαιώθηκε ότι ήταν μια πλούσια πόλη ενώ το λιμάνι της έδειχνε αχανές. Θυμήθηκε τότε, στον πόλεμο, όταν διάβαζε τις εφημερίδες που τύπωναν οι σύμμαχοι στη Θεσσαλονίκη, αυτά που έγραφαν για την Αμβέρσα και τους ανελέητους βομβαρδισμούς στη διάρκεια της πολιορκίας της το 1914, για την κατάληψη και την κατοχή της απ' τους Γερμανούς ως το τέλος του πολέμου. Τώρα η πόλη έσφυζε από οικονομική ζωή χάρη στο λιμάνι και στα διαμάντια, τα οποία ήταν πάνω από έναν αιώνα το εμπορικό πεπρωμένο της.

Χάιδεψε την τρενς κόουτ στο ύψος του στήθους για να βεβαιωθεί ότι το πορτοφόλι του ήταν εκεί, στην ασφαλή εσωτερική τσέπη, ότι η λίστα του κυρίου Λερού με τα ονόματα ήταν εκεί, διπλωμένη ανάμεσα σε χαρτονομίσματα των πεντακοσίων φράγκων. Μια λίστα με ονόματα που φιλοδοξούσαν να στήσουν μια καινούρια μπίζνα και μια άλλη ζωή, που θα αναπλήρωνε την επιπλωμένη έπαυλη, την Πακάρ, μετοχές, ρούχα, έργα τέχνης... Όσα είχε αποκτήσει σε δέκα χρόνια στη Γαλλία, είχαν πουληθεί μέσα σε δυο βδομάδες κι έγιναν καταθέσεις σε μια τράπεζα της Γενεύης.

Ένιωθε ελαφρύς. Η Μασσαλία ήταν πια παρελθόν, όπως και το Παρίσι, ο Πειραιάς, κυψέλες που είχε τρυγήσει όλο τους το μέλι και τις παράτησε. Άφηνε πίσω του άδειες κυψέλες αναμνήσεων μ' ένα ξεχωριστό κελί στην καθεμιά όπου είχε παρατήσει στη μοναξιά της και από μία βασίλισσα – την Καλίνα Αλεξέγιεβνα στο Παρίσι, τη Χρυσάννα στον Πειραιά, την Κατρίν στη Μασσαλία...

Με την Κατρίν χώρισαν απ' το τηλέφωνο. Τρεις ολόκληρες μέρες ανακάτευε μέσα του τις λέξεις του χωρισμού για να τις ταιριάξει όσο μπορούσε καλύτερα: «Ξανασκέψου το, μα είσαι μικρή, νιώθω ασφυξία, δεν είμαι έτοιμος ακόμα, φυσικά και δεν είμαι γυναίκα όμως καταλαβαίνω, υπάρχουν γιατροί...»

Του έκλεισε το τηλέφωνο και δεν του απάντησε όσες φορές κι αν την ξανακάλεσε. Αυτός έφυγε σε λίγες μέρες για τη Λισαβόνα, γιατί ένιωθε ότι πνιγόταν, κι ανέβηκε σ' αυτό εδώ το ποστάλι να τον νανουρίζει το λίκνισμα του Ατλαντικού. Ένιωθε ελεύθερος, που πρακτικά σημαίνει ελαφρύς.

Πέταξε το αποτσίγαρο στα νερά του λιμανιού δίπλα σε μια πετρελαιοκηλίδα, που ανέλυε το φως και ιρίδιζε σαν να είχε πέσει το ουράνιο τόξο στη θάλασσα. Κράτησε στο χέρι του τα ταξιδιωτικά του έγγραφα για τον έλεγχο και συνέχισε να χαζεύει ράθυμα τη σκάλα στα πλαϊνά του πλοίου. Οι περισσότεροι επιβάτες είχαν πια κατέβει κι είχαν ανακατωθεί μ' ένα πολύβουο πλήθος γεμάτο από σφυρίγματα, κορναρίσματα και φωνές.

«Μεσιέ!» ακούστηκε μια φωνή πίσω του.

Γύρισε και είδε έναν νεαρό ντυμένο με στολή καμαρότου.

«Μεσιέ Ζιρντό, εσείς δεν είστε αυτός;»

Τον κοίταξε λίγο καχύποπτα.

«Τι θέλεις;»

«Αυτό το γράμμα μού το έδωσαν για σας».

«Ποιος;» τον ρώτησε.

«Μια κυρία που με παρακάλεσε να σας το δώσω αφότου θα έχει κατέβει απ' το πλοίο».

Έσμιξε τα φρύδια του προβληματισμένος, γιατί δεν του άρεσαν όλ' αυτά. Ποιος τον αναγνώρισε; Γιατί δεν τον πλησίασε ο ίδιος και τι διάολο γράμμα ήταν αυτό; Ένιωσε τη σκιά της Κατρίν και το έμβρυο μέσα της να τον έχουν πάρει στο κατόπι. Είχε πάντα τον φόβο ότι απ' αυτήν δε θα ξεμπέρδευε τόσο εύκολα.

Το κράτησε στο χέρι και πρόσεξε ότι ο καμαρότος δεν έφευγε.

«Δίνε του», του είπε αυστηρά. «Να σου δώσουν πουρμπουάρ αυτοί που σε στείλανε!»

Είχε εκνευριστεί. Ένας φάκελος χωρίς αποστολέα ήταν έτοιμος να του κρεμάσει βαρίδια σε κάθε τσέπη. Εκείνη η μέθεξη ελευθερίας και πρωτόγνωρης ευεξίας που ένιωθε σ' όλο το ταξίδι, τώρα κινδύνευε.

Έσκισε τον φάκελο με νευρικές κινήσεις και ξεδίπλωσε τρεις σελίδες γραμμένες επιμελώς από γυναικείο χέρι. Όταν άρχισε να τις διαβάζει, ξαναχλώμιασε, σαν η ναυτία της Βόρειας Θάλασσας να είχε γίνει στεριανή ξαφνικά και να τον έπιασε απ' τον λαιμό.

Αφού τελείωσε, δίπλωσε πρόχειρα το γράμμα και το 'χωσε στην πλαϊνή τσέπη της τρενς κόουτ. Εκείνη τη στιγμή ακούστηκε η μπουρού του καραβιού να σφυρίζει. Αυτός ο ρωμαλέος ήχος τού θύμισε τον επίλογο του ταξιδιού ή την αρχή της πρώτης πράξης ενός δράματος, που ξεκινούσε στην παραλιακή λεωφόρο αυτής της πόλης που οι Φλαμανδοί κάτοικοί της την ονομάζουν «Antwerpen».

Το γράμμα που διάβασε ήταν σαν πρόγραμμα θεάτρου που μοιράζεται πριν από την παράσταση. Έμοιαζε με εισαγωγή σ' ένα δράμα που μόλις άρχιζε και ήταν όλα διακριτά, οι ηθοποιοί, τα κοστούμια...

Στην αρχή δεν ήμουν σίγουρη, mon chéri, είπα θα παραγνώρισα απ' την κούραση του ταξιδιού Μαδρίτη-Πόρτο με το τρένο. Ανεβήκαμε στο καράβι την τελευταία στιγμή. Το ίδιο βράδυ σε είδα στο δείπνο της πρώτης θέσης και βεβαιώθηκα· οι φαρδιές πλάτες, εκείνο το κούνημα του κεφαλιού όπως μασούσες, ακόμη και το πώς έσκυβες πάνω απ' το πιάτο... Τα μάτια σου αναλλοίωτα, όπως τα θυμόμουν, διερευνητικά σ' όλο το σαλόνι, περίεργα να μάθουν, να αναγνωρίσουν έγκαιρα τον κάθε πιθανό κίνδυνο. Ακόμα κάτι φοβάσαι, Λευτέρη Ζεύγο. Από μένα δεν μπορείς να κρυφτείς.

Καθόμουν αρκετά μακριά και μόνο για μια στιγμή πέρασα κοντά απ' το τραπέζι σου. Ο άντρας μου δεν κατάλαβε τίποτε, ούτε κι εσύ με πρόσεξες, γι' αυτό είμαι σίγουρη. Αφότου βεβαιώθηκα ότι δε μ' αναγνώρισες, δε σ' έχασα απ' τα μάτια μου. Έμαθα τον αριθμό της καμπίνας σου, σε είδα στο μπαρ να παραγγέλνεις ακριβό μπράντι, στην αίθουσα του μπιλιάρδου να βγάζεις το τουίντ σακάκι, να μένεις με το γιλέκο και να σκύβεις πάνω απ' το τραπέζι με την πράσινη τσόχα.

Ταξιδεύεις μόνος, γιατί; Είσαι άραγε τόσο μόνος και στη ζωή; Ας μην τα γράφω όμως έτσι τραγικά. Είσαι ζωντανός, αυτό είναι που μετράει, και το πιο σημαντικό, ότι ο στρατός δεν ξέρει ότι ζεις. Τώρα είσαι άλλος, το έμαθα την επόμενη μέρα δίνοντας γενναία φιλοδωρήματα στο προσωπικό του πλοίου. Είσαι ο Ευγένιος Ζιρντό, επιχειρηματίας που ανέβηκε στη Λισαβόνα ερχόμενος από Μασσαλία. Ταξιδεύεις μόνος στην πρώτη θέση, δίνεις γερά φιλοδωρήματα κι αναζητάς κουβέντα. Είναι φανερό, όπως μου είπαν, ότι δεν είσαι αυτό που λέμε «κλειστός τύπος». Τη δεύτερη μέρα του ταξιδιού αναζήτησες κάποια πόρνη για να περάσεις το βράδυ σου μαζί της. Ατύχησες, mon Grec, η εταιρεία είναι πολύ προσεκτική. Άλλωστε ταξιδεύουν δίπλα σου τόσες οικογένειες, δεν ντράπηκες, mon chéri;

Εκείνη τη βραδιά που είχαμε κινηματογράφο στο σαλόνι της πρώτης θέσης έφερα τον άντρα μου και καθίσαμε πίσω σου. Δεν μπορείς να φανταστείς πόσο κοντά σου βρέθηκα. Καμιά φορά ο κίνδυνος έχει κάτι το αφροδισιακό... Μην εκπλήσσεσαι που μιλάω έτσι, δεν είμαι πια η παρθένα της Λεωφόρου των Εξοχών, μπορώ επιτέλους να μιλάω αλλιώς, ξέρω πια. Προς το τέλος της ταινίας προφασίστηκα πονοκέφαλο κι αποσυρθήκαμε πριν ανάψουν τα φώτα· δεν το ήθελα επ' ουδενί να μ' αναγνωρίσεις.

Όλη την ώρα της προβολής πρόσεχα αυτό το κεφάλι που τόσες φορές το είχα κρατήσει στα χέρια μου. Παρατηρούσα από το πλάι τις εκφράσεις που έπαιρνε το πρόσωπό σου καθώς οι σκηνές περνούσαν η μια μετά την άλλη. Μας δείχνανε Ταρζάν, θυμάσαι; Λίγο αφελές, αγάπη μου, όμως τι να προβάλουν βαθιά νύχτα στον Ατλαντικό; Μια περιπέτεια στη ζούγκλα με τους κινδύνους της σε κάνει να ξεχνάς τα μαύρα κύματα. Παρατηρούσα το πρόσωπό σου πολλή ώρα. Πόσο εκφραστικό μού φάνηκε, σχεδόν παιδικό, σαν να μην είχαν περάσει τα χρόνια. Μου θύμισε τον Λευτέρη Ζεύγο με μια αγκαλιά τριαντάφυλλα ν' ακούει στη μέση ενός έρημου διαδρόμου έναν σουλτάνο που διηγείται τη ζωή του σαν παραμύθι. Το πρόσωπό σου έκτοτε δεν άλλαξε, δείχνει πάντα πρόθυμο ν' ακούσει, δείχνει αθώο σ' ό,τι παραμύθια φέρνουν στα πόδια σου τα ρέματα της ζωής. Εύπιστος στα παραμύθια, στις περιπέτειες, στα όνειρα. Ήσουν πάντα, αγάπη μου, το αντίθετο απ' τα λουλούδια σου: εκείνα άνθιζαν ριζωμένα, ενώ εσύ από παιδί έτρεχες πότε με τις γαζέτες στο χέρι και πότε να εκτελείς τις εντολές του πατέρα μου.

Είσαι πλούσιος άραγε; Λίγο θα είσαι σίγουρα, αφού ταξιδεύεις στην πρώτη θέση κι είσαι εξαιρετικά καλοντυμένος. Μέτρησα αυτές τις μέρες πάνω από πέντε κουστούμια, σταυροκούμπωτα, μονόχρωμα, τουίντ και ψαροκόκαλα, και φυσικά πάντα φουλάρι ποσέ.[76] Το ήθελες πάντα αυτό, έτσι δεν είναι; Ο πατέρας μου πίστευε σε σένα, ήθελε να σου μάθει πώς να κερδίζεις χρήματα καθισμένος σ' ένα γραφείο μ' ένα τηλέφωνο. Τα κατάφερες μάλλον, γιατί τίποτε επάνω σου δε δείχνει ότι πουλάς εφημερίδες ή σκάβεις κήπους για να ζήσεις. Τους θυμάσαι άραγε τους κήπους εκεί στη Λεωφόρο των Εξοχών; Τις φωτιές του Αϊ-Γιαννιού τις θυμάσαι;

Ας μη γίνομαι μελό. Σε πρόσεξα ιδιαίτερα την ώρα που ο Ταρζάν βούτηξε στο ποτάμι με το μαχαίρι στο στόμα για να σκοτώσει τον κροκόδειλο. Είχες, Λευτέρη Ζεύγο, μια αδημονία, ένα πάθος. Γύρισες το κεφάλι σου αριστε-

76. Ποσέ: μαντιλάκι ασορτί με το κουστούμι.

ρά δεξιά σαν να 'ψαχνες κάποιον να μιλήσεις, δεν είχες όμως συντροφιά, δεν είχες κάποιον να του πεις πόσο σου αρέσει ο Τζόνι Βαϊσμίλερ[77] κι ότι έτσι έπρεπε να γίνει στην ταινία, εκείνος ο κροκόδειλος να μαχαιρωθεί πάραυτα, γιατί έτσι το απαιτεί η ηθική τάξη του κόσμου. Δεν είχες όμως, αγάπη μου, άνθρωπο δίπλα σου να του το πεις.

Το βράδυ είχα την εικόνα αυτή συνέχεια μπροστά μου, να αναζητείς κάποιον δίπλα σου για μια κουβέντα, ένα σχόλιο, ένα χαμόγελο... Πολλά είναι, ξέρεις, τα γιατί. Γιατί ταξιδεύεις μόνος; Γιατί ήρθες στην Αμβέρσα; Γιατί έκανες τον ψόφιο κοριό στον στρατό; Γιατί μ' αγριοκοίταξες έξω απ' το σπίτι μου εκείνη τη μέρα που ήρθαν οι στρατιώτες και σου 'δωσαν το χαρτί της επιστράτευσης;

Αναρωτήθηκες ποτέ μήπως τελικά δεν έφταιγα; Αναρωτήθηκες γιατί ήρθα κι εγώ στην Αμβέρσα; Αναρωτήθηκες αν τελικά είναι όλ' αυτά συμπτώσεις ή απλά μοίρα;

Ποιος να ξέρει, πρώτη μου αγάπη;

Μίρζα

Υ.Γ. Το επώνυμο που πήρα από τον άντρα μου δε χρειάζεται να το μάθεις.

Είχε κλείσει δωμάτιο στο *Grand Hôtel*, πολύ γνωστό ως *Weber Hôtel* τα προηγούμενα χρόνια, στο κέντρο της πόλης, δυο βήματα από τον σιδηροδρομικό σταθμό και το Λυρικό Θέατρο της Φλάνδρας. Θαυμάζοντας το ξενοδοχείο από κάποια απόσταση, έβλεπες να δεσπόζει ο πύργος του πάνω από τις δυο λεωφόρους, ο οποίος θύμιζε στους κοσμογυρισμένους το Βερολίνο. Κάτω απ' τα παράθυρά του είχε δεντροστοιχίες, που ανάμεσά τους περνούσαν οι γραμμές του τραμ.

Την πρώτη βραδιά τον πήρε ο ύπνος ξημερώματα με τις τρεις σελίδες να έχουν σκορπίσει στο διπλανό μαξιλάρι. Όλη

77. Johnny Weissmuller (1904-1984): Αμερικανός ολυμπιονίκης της κολύμβησης και ηθοποιός· στον κινηματογράφο ταυτίστηκε με τον ρόλο του Ταρζάν.

την ώρα περνούσαν απ' το μυαλό του οι ίδιες σκέψεις, σαν το νερό στα σιντριβάνια που δε φεύγει, που δε χάνεται, παρά ανεβαίνει πάλι απ' τους σωλήνες με τον ίδιο βορβορυγμό στο φως κι εκτοξεύεται σε πανομοιότυπους πίδακες. Ποια απ' τις δεκάδες γυναίκες που χάζευε τρεις μέρες στο πλοίο ήταν η Μίρζα; Έσπαγε το κεφάλι του να θυμηθεί, χωρίς αποτέλεσμα. Πώς ήταν δυνατόν να είχε γίνει η σκιά του κι αυτός ο ανόητος να μην καταλάβει τίποτε; Πόσο αφελής ήταν που ενώ ήθελε να κάνει δουλειές με διαμάντια δεν είχε κατορθώσει ν' αντιληφθεί ούτε μια τοσηδά λάμψη της; Μήπως είχε γεράσει, μήπως είχε κουραστεί;

Πέρασε τις επόμενες μέρες στην πόλη, με το γράμμα της πάνω του, δίπλα του, μπροστά και πίσω, σαν να 'χε βγάλει πόδια και τον ακολουθούσε, σαν να 'χε φωνή στεντόρεια και κάθε τόσο απήγγελλε την κάθε λέξη. Αναζητούσε τη σκιά της. Πολύ συχνά, περπατώντας στις πλατιές λεωφόρους, έστρεφε το κεφάλι αιφνιδιαστικά μήπως και διακρίνει κάποια να τον ακολουθεί, ίσως κάποιον υπηρέτη, οποιονδήποτε με ένοχο βάδισμα που θ' ακολουθούσε τα ίχνη του. Ένιωθε συνεχώς ότι ήταν εκτεθειμένος στα μάτια της, ότι κάποια στιγμή θα έπρεπε να της δώσει λογαριασμό – γιατί έφαγε και ήπιε εκείνο; γιατί το άλλο; τι ζητούσε σε κείνη τη γειτονιά; Άρχισε να φοβάται ότι του είχε γίνει έμμονη ιδέα.

Τις επόμενες μέρες κατάλαβε ότι μόνο η δουλειά θα μπορούσε να τον συνεφέρει. Είχε πια χαραγμένη στο μυαλό του την τοπογραφία της πόλης και μπορούσε να κινείται άνετα χωρίς να δείχνει καινουριοφερμένος. Ξεκίνησε απ' την Diamantkwartier, τη συνοικία των διαμαντιών, χωρίς ν' αναζητήσει εξαρχής τα ονόματα που του είχε σημειώσει ο κύριος Λερού. Άρχισε να γνωρίζει καλύτερα τα εμπορεύματα ως υποψήφιος αγοραστής, ως επισκέπτης, ως περαστικός απ' την πόλη που περίμενε το πλοίο του ή το τρένο για ν' αναχωρήσει.

Ένα μεγάλο μέρος του εμπορίου των διαμαντιών ήταν σε

εβραϊκά χέρια. Πολλοί απ' τους εμπόρους ήταν χασσιδιστές με μαύρα παλτά, πλατύγυρα καπέλα, γένια και μπούκλες. Υπήρχαν όμως και πολλοί κοσμικοί Εβραίοι με μεταξωτά πουκάμισα και μοντέρνες γραβάτες, οι οποίοι απέπνεαν τον αέρα μιας οικογενειακής παράδοσης που πήγαινε αρκετές γενιές πίσω. Ο ίδιος ένιωθε ότι είχε ακόμη τη μυρωδιά από το χώμα που είχε εισχωρήσει στα νύχια του από σκάψιμο χρόνων δικό του και του πατέρα του. Πείσμωσε. Έβλεπε όλους εκείνους τους καλοξυρισμένους νεαρούς, που είχαν τελειώσει τα καλύτερα σχολεία, που συνήθως είχαν μεγάλη μύτη, κόκκινα μαλλιά και φακίδες, και πείσμωνε. Είχε αρχίσει να νιώθει κοντινός μ' όλους εκείνους στη Γαλλία που τα τελευταία χρόνια, όταν έβλεπαν Εβραίους στον δρόμο, γυρνούσαν το κεφάλι.

Η συνεννόηση με τους εμπόρους γινόταν στα γαλλικά, κι όποτε χρειαζόταν, έβγαζαν στο τραπέζι φλαμανδικά ή και αγγλικά, ανάλογα με το πόσα καράτια ήταν το εμπόρευμα. Παρατήρησε ακόμη δοσοληψίες και με Ινδούς, και ήταν τότε που τα αγγλικά παραμέριζαν τις άλλες γλώσσες, όπως συχνά οι στερλίνες τα φράγκα και τα γερμανικά μάρκα.

Ένα από κείνα τα βράδια που επέστρεφε απ' την αγορά των διαμαντιών τον περίμενε μια ευχάριστη έκπληξη. Όντας μόνος για μέρες στην Αμβέρσα, συνήθιζε να μιλάει αρκετά με το προσωπικό και είχε γνωριστεί ακόμη και με τον διευθυντή. Όσο περνούσαν οι μέρες, γινόταν κομμάτι της καθημερινής ζωής του ξενοδοχείου. Είχε πια δικό του τραπέζι στο καφέ, όπου τον περίμεναν κάθε πρωί διπλωμένες οι πρωινές εφημερίδες. Πολλές φορές παρατηρούσε ποιος έμπαινε, ποιος έβγαινε. Αρκετοί ήταν επώνυμοι, με τα ονόματά τους να υπάρχουν με μεγάλα γράμματα στις εφημερίδες, ηθοποιοί, πολιτικοί, καλλιτέχνες κι επιχειρηματίες. Καμιά φορά, για να καταπολεμήσει την ανία του και τη μοναξιά του, κρυφάκουγε κιόλας. Έτσι είχε μάθει ότι ένα πλήθος που είχε καταλύσει εδώ και μέρες ήταν Βέλγοι εθνικιστές που είχαν συνάντηση – επικεφαλής κάποιος Λεόν Ντεγκρέλ,[78] τον οποίο φάνηκε ότι τον γνώριζαν οι περισσότεροι. Η έκπληξη που τον περίμενε εκείνο το βράδυ είχε να κάνει με ένα πλάγιο αίτημα, που είχε ψιθυρίσει στον πιο προσηνή υπάλληλο της ρεσεψιόν, για κάποια διακριτική γυναικεία συντροφιά. Ήξεραν εκείνοι να ευχαριστούν τους πελάτες τους με πρόσωπα που δεν ήταν κραυγαλέα, που περνούσαν σχεδόν απαρατήρητα μέσ' απ' τις κυρίες των μεγάλων σαλονιών και τις γκουβερνάντες.

Γύρω στις έξι το απόγευμα τη βρήκε να τον περιμένει στη σάλα του ξενοδοχείου. Ήταν όμορφη και καλοντυμένη, με υποσχόμενη χυδαιότητα – ό,τι χρειαζόταν η ψυχή του, που 'χε συρθεί μέρες τώρα στα χώματα και στα χαλίκια.

Πριν ανέβουν στο δωμάτιό του, τη σεριάνισε για ώρες σ' όλες τις πλατείες και τα μαγαζιά. Της αγόρασε ρούχα και αρώματα, την κέρασε παγωτό, γεύμα στο πιο ακριβό ρεστοράν, ύστερα κοκτέιλ ως τις μικρές ώρες. Η Σάνε στην αρχή τον κοίταζε αμήχανη, ίσως και λίγο φοβισμένη. Η εμπειρία της της είχε δείξει ότι τα πολλά κεράσματα στο τέλος απαιτούσαν ακραία γούστα στο κρεβάτι. Κατάφερε να την ηρεμήσει κάπως με το ποτό, ενώ της μιλούσε αργά για να καταλαβαίνει, καθώς τα γαλλικά δεν ήταν η μητρική της γλώσσα. Ρώτησε τι σημαίνει το όνομά της στα φλαμανδικά, κι εκείνη τού απάντησε «κρίνος». Άρχισε τότε να της μιλάει για όσα είδη κρίνων γνώριζε, για κάποιες ιδιοτροπίες τους και μερικά μυστικά για τη φροντίδα τους ώστε σ' έναν κήπο να μπορέσουν ν' αναδείξουν όλη την ομορφιά τους. Η Σάνε είχε εκπλαγεί ευχάριστα, γιατί στις βόλτες τους δε φαινόταν να ντρέπεται καθόλου να κυκλοφορεί μαζί της – ήταν πραγματικός τζέντλεμαν. Θα 'λεγε κανείς ότι σχεδόν την επιδείκνυε

78. Léon Degrelle (1906-1994): Βέλγος δημοσιογράφος και πολιτικός, συνεργάτης των ναζί και μέλος των Waffen SS.

χωρίς να τον νοιάζουν οι ματιές και τα ειρωνικά χαμόγελα του καλοντυμένου κόσμου.

«Με ξεποδάριασες», του είπε κάποια στιγμή περασμένα μεσάνυχτα και κάθισε αποκαμωμένη σ' ένα σιντριβάνι που είχε σταματήσει να ξεβράζει το νερό απ' τα μέσα του.

Την κοίταξε σχεδόν τρυφερά.

«Είναι ώρα να πάμε να ξαπλώσουμε».

Στον δρόμο για το ξενοδοχείο, ο Κρίνος λίγο κούτσαινε, γιατί την είχαν χτυπήσει τα παπούτσια. Εκείνη η ματιά του την ώρα που καθόταν στο σιντριβάνι τής έδωσε το θάρρος να τον κρατάει συντροφικά απ' το μπράτσο.

Όταν ξεντύθηκαν στο μεγάλο δωμάτιο, έπιασε δυνατή βροχή, που την άκουγαν απ' το μισάνοιχτο παράθυρο. Την περίμενε μισόγυμνος στο κρεβάτι ώσπου να φρεσκαριστεί, ενώ στο χέρι του κρατούσε μια εφημερίδα.

«Τι διαβάζεις;» τον ρώτησε απ' το μπάνιο, γιατί η Σάνε είχε μάθει εδώ και καιρό ότι στους πελάτες δεν αρέσουν τα διαστήματα σιωπής.

«Τους κινηματογράφους. Θέλεις να πάμε αύριο;»

«Αύριο; Με κλείνεις και γι' αύριο;»

«Σε κλείνω, ma chérie».

«Και τι θα δούμε;» τον ρώτησε βγάζοντας το πρόσωπό της έξω απ' το λουτρό.

«*Tarzan the Ape Man*[79]».

«Τι πάει να πει αυτό;»

«Είναι καλό, θα δεις...»

Μπήκε μέσα της μ' όλη του την ορμή. Σκεφτόταν καθώς τον τύλιγαν οι αναθυμιάσεις του αλκοόλ ότι αυτός, ο γιος του κηπουρού, ήταν ακόμη ζωντανός, άντρας που δεν τον ξεχνούσαν αλλά τον ενοχλούσαν με ραβασάκια δεκαπέντε χρόνια μετά. Σκεφτόταν ακόμη ότι αύριο θα ξεκινούσε να κάνει χρή-

---

79. *Ταρζάν, ο άνθρωπος-πίθηκος*: ήταν παραγωγή της MGM του 1932.

ση της λίστας του κυρίου Λερού, κι ας είχε τα μάτια της καρφωμένα επάνω του αυτή, ίσως κι ο άντρας της.

Όταν έγειρε ανάσκελα στο κρεβάτι εξουθενωμένος, αποφάσισε ότι η Σάνε τού άρεσε. Θα την κρατούσε μια βδομάδα.

«Εκτιμώ», του έλεγε ο συνομιλητής απέναντί του, «ότι δεν πρέπει να χάσετε τον χρόνο σας με τους ορθόδοξους Εβραίους. Δεν είστε δικός τους, δε θα σας ακούσουν καν».

«Δεν το είχα σκοπό να μπλέξω με φανατικούς, κύριε Μορέλ».

«Σ' αυτή τη γειτονιά να ξέρετε ότι γενικότερα δε σπαταλούμε χρόνο σε περιττές κουβέντες. Με τον κύριο Λερού έχω μια συνεργασία χρόνων, κι αυτός είναι ο λόγος που κάθομαι τώρα μαζί σας στο γραφείο μου κι όχι μπροστά στο πωλητήριο».

«Το έχω αντιληφθεί».

«Τελικά τι είστε διατεθειμένος να κάνετε; Μήπως δουλειές του δρόμου; Δε θα τολμούσα να σας το προτείνω. Μήπως νόμιμη εισαγωγή απ' την Αφρική; Μιλήστε μου τότε για τα κεφάλαιά σας. Η πραγματικότητα της αγοράς είναι πολύ διαφορετική από αυτό που έχετε στο μυαλό σας. Θα πρέπει να λάβετε υπόψη σας και την πιθανότητα ο κύριος Λερού ν' αποδειχτεί απέναντί σας καλοπροαίρετος βέβαια, αλλά όχι απαραίτητα αποτελεσματικός».

Οι περισσότερες συζητήσεις του που έκανε τις επόμενες δύο μέρες με τους συνεργάτες του κυρίου Λερού ήταν πάνω κάτω στο ίδιο μήκος κύματος. Η αγορά των διαμαντιών ήταν κορεσμένη, κλειστή, περιφρουρούμενη, και μπορούσε να συνεχίσει να υπάρχει χωρίς αυτόν. Ύστερα από την πέμπτη συνάντηση στην Pelikaanstraat, το τοπίο είχε ξεκαθαρίσει: αδιέξοδο. Ο κύριος Γκαρνιέ, τελευταίος στη λίστα, είχε την ευγένεια να τον συνοδέψει ως την πόρτα.

«Δεν μπορείτε να υπερκεράσετε όλους αυτούς που παίζουν τα διαμάντια στα χέρια τους από παιδιά, πιστέψτε με».

Βγήκε έξω στην Pelikaanstraat κι άναψε ένα τσιγάρο. Είχε φτάσει απόγευμα. Οι εργάτες απ' τα εργαστήρια κοπής κι επεξεργασίας σχολούσαν, ενώ τα κεντρικά κοσμηματοπωλεία αποχαιρετούσαν τους τελευταίους πελάτες κι έκαναν ταμείο. Αυτός μονολογούσε:

«Ζιρντό, πρέπει να το ομολογήσεις: φιάσκο! Τι νόμισες; Ότι θα συναντούσες κάποιον Ζαχάρωφ των διαμαντιών που θα σ' έκανε αμέσως δεξί του χέρι; Ηλίθιε!»

Περπατούσε δίχως προορισμό. Ήθελε μόνο να καθαρίσει το μυαλό του, που το 'χε τρεις μέρες κουράσει σε μισοφωτισμένα εργαστήρια, σε γραφεία που μπαινόβγαινε πλήθος, σε πρόσωπα ανέκφραστα που φρόντιζαν γρήγορα να τον ξεφορτώνονται.

«Ηλίθιε!» ξαναείπε και τράβηξε στην ανοιχτωσιά μπροστά του, στην Grote Markt, για να τον φρεσκάρει ο αέρας.

Κάποιο βράδυ στη Μασσαλία είχε βγει με τους φιλότεχνους φίλους της Κατρίν και είχε ακούσει να λένε για το τρίπτυχο της *Αποκαθήλωσης* του Ρούμπενς, ένα πραγματικό αριστούργημα, στον καθεδρικό ναό της Αμβέρσας.

Είχε καιρό να πάει σε εκκλησία. Όποτε το έκανε, ήταν για την ψυχή της μάνας του, που ήταν πιστή καθολική ως το τέλος της ζωής της. Ο πατέρας του, ως το τέλος της δικής του ζωής, ήταν πιστός κατά γράμμα στις συμβουλές της γυναίκας του ταυτόχρονα με μια γόνιμη αδιαφορία για τις δογματικές διενέξεις. Ο γιος του, που τώρα τον έλεγαν «Ζιρντό», αναζητούσε τις εκκλησίες συνήθως όταν αισθανόταν ταπεινωμένος. Εκείνο το σούρουπο ο καθεδρικός της Παναγίας στην Grote Markt τού έμοιαζε με καταφύγιο, καθώς τον κυνηγούσε ανελέητα ο ίδιος του ο εαυτός.

Πέρασε κάτω απ' την επιβλητική είσοδο και μπήκε στο μισοσκόταδο. Ο καθεδρικός της Παναγίας ήταν πανύψηλος· για την ακρίβεια, είχε δικό του ουρανό, που ήταν πιο αλαζονικός απ' αυτόν εκεί έξω, ο οποίος ετοιμαζόταν για βροχή. Ρώτησε κάποιον της εκκλησίας εκεί στα κεριά πού ακριβώς ήταν το τρίπτυχο της *Αποκαθήλωσης* του Ρούμπενς και προχώρησε. Η ώρα ήταν περασμένη κι ο ναός σε λίγο θα έκλεινε. Άκουγε τα βήματά του μέσα σ' έναν ευωδιαστό αντίλαλο. Πάντα είχε την απορία τι κόλπα σκαρώνουν οι παπάδες όλων των δογμάτων και κάνουν τα μαγαζιά τους να μοσχοβολάνε.

«Μάνα, είμαι αδιόρθωτος, συγχώρα με, γιατί θετικές σκέψεις έχω πια μετρημένες», είπε στα ελληνικά και στάθηκε μπροστά στην εικόνα της *Αποκαθήλωσης*.

Κάποιοι πιστοί παραδίπλα τού έριξαν μια λοξή ματιά ενοχλημένοι. Δεν υπήρχε προφανώς λόγος να μιλάει δυνατά.

«Ρούμπενς!» είπε ευτυχώς από μέσα του. «Πού είσαι, Κατρίν, να με δεις; Ίσως τότε και να γινόσουν περήφανη για μένα. Κοίτα, Κατρίν, η αποκαθήλωση, η περίπτωσή μου, όμως φοβάμαι χωρίς ελπίδα ανάστασης...»

Ξαφνικά άκουσε ένα θρόισμα από ρούχο στ' αριστερά του ιερού, εκεί στο μισόφωτο, κάτω από ένα βιτρό παράθυρο που δεν έφερνε πια φως γιατί έξω νύχτωνε. Παράτησε τον Ρούμπενς και κοίταξε να ξεχωρίσει το πρόσωπο πάνω στο ανοιχτόχρωμο ταγιέρ που έστεκε κάτω απ' το παράθυρο. Ένιωσε την καρδιά του να χτυπάει δυνατά. Την είδε να σηκώνεται και ν' απομακρύνεται με γρήγορο βήμα – τα τακούνια της ακούγονταν τώρα νευρικά, ίσως και φοβισμένα, να οδεύουν στην έξοδο. Η ταραχή του δεν έλεγε να περάσει. Χωρίς να το πολυσκεφτεί, την ακολούθησε ανοίγοντας το βήμα. Δυο γριές τον κοίταξαν αυστηρά, γιατί ήταν εξαιρετικά άπρεπο να δείχνει ότι σχεδόν τρέχει μες στην εκκλησία. Έκοψε λίγο και στάθηκε ν' αφουγκραστεί, γιατί την είχε χάσει απ' τα μάτια του. Βγήκε στο κεντρικό κλίτος και είδε την πλάτη της την ώρα που έφτανε στην έξοδο. Άνοιξε πιο πολύ το βήμα χωρίς να τον νοιάζει αν τον κοιτούσαν ή όχι. Βγαίνοντας έξω, την είδε που πήγαινε να μπει σ' ένα μπορντό Φορντ. Έτρεξε πίσω της, και χωρίς κανέναν δισταγμό την έπιασε απ' το μπράτσο. Η γυναίκα τσίριξε και γύρισε τρομαγμένη να δει ποιος της είχε επιτεθεί.

«Désolé, Madame, je me suis trompé![80]»

Απ' το αυτοκίνητο βγήκε ένας άντρας που τον αγριοκοίταξε. Συνέχιζε να ζητάει συγνώμη με κατεβασμένο το κεφάλι, ώσπου τους είδε να μπαίνουν στο αυτοκίνητο, που ξεκίνησε τσιρίζοντας.

Στάθηκε στη μέση της μεγάλης πλατείας· ένιωθε άσχημα, είχε νεύρα, πεινούσε.

«Ηλίθιε! Η Μίρζα είναι μουσουλμάνα, τι δουλειά θα είχε στον καθεδρικό;»

Πήρε τον δρόμο για το ξενοδοχείο καπνίζοντας νευρικά. Η ρεπούμπλικα ήταν στραβοβαλμένη και η τρενς κόουτ ανέμιζε ξεκούμπωτη. Στη ρεσεψιόν ο υπάλληλος του έκανε νόημα.

«Μεσιέ Ζιρντό, σας ζητάνε».

«Περιμένουν στο σαλόνι;»

«Όχι, μεσιέ, ο άνθρωπος αυτός δεν ήταν δυνατό να περιμένει εδώ. Αν τον έβλεπε ο διευθυντής, θα έχανα τη δουλειά μου αύριο το πρωί».

«Κακοντυμένος;»

«Μυρίζει καταγώγι, αν με καταλαβαίνετε...»

«Τέλος πάντων, πού είναι τώρα;»

«Στον πίσω δρόμο, στην πόρτα των μαγειρείων. Θα τον δείτε, είναι ψηλός με καφέ σακάκι και τραγιάσκα. Αν θέλετε, καλού κακού να σας συνοδεύσει και κάποιος απ' το ξενοδοχείο, μπορώ να το ταχτοποιήσω».

«Δεν έχω κάτι να φοβηθώ, αγαπητέ μου. Ευχαριστώ!»

Βγήκε απ' την κεντρική πόρτα του ξενοδοχείου κι έκανε

80. Désolé, Madame, je me suis trompé: συγνώμη, κυρία, έκανα λάθος.

τον γύρο όλου του κτιρίου. Τον εντόπισε να καπνίζει όρθιος πίσω απ' τα μαγειρεία στους τενεκέδες με τ' αποφάγια.

«Εσύ με ζήτησες;»

Πριν του απαντήσει, έβγαλε την τραγιάσκα και την κράτησε στο χέρι.

«Συγνώμη, στο δικό σας δωμάτιο κοιμάται η Σάνε;»

Έσμιξε τα φρύδια του. Θα ήθελε να έχει μαζί του εκείνον τον σουγιά, που κρατούσε πάνω του τότε που δούλευε για τον Μαρκήσιο στη Σαλονίκη.

«Ποιος είσαι;»

«Τη ζητήσατε για μια βδομάδα;»

«Και λοιπόν;»

«Ήρθα να ταχτοποιήσουμε το οικονομικό».

Του 'ριξε μία ακόμη ματιά. Εάν είχε την περιέργεια να γνωρίσει πώς ήταν άραγε οι νταβατζήδες στην Αμβέρσα, θα είχε τώρα ικανοποιηθεί.

«Μπορώ να το κανονίσω και μαζί της».

«Μη δυσκολεύετε την κατάσταση, μεσιέ, υπάρχουν κανόνες».

«Άμα σε πληρώσω τώρα δα, μπορείς να εξαφανιστείς από μπροστά της μια για πάντα;»

«Λίγο δύσκολο, μεσιέ, γιατί...»

«Γιατί;»

«Γιατί είμαι αδερφός της».

Το χαμαιτυπείο του Μαρκήσιου του 'χε μάθει τα χρόνια εκείνα να κρατάει την ψυχραιμία του. Είχε συνηθίσει να μη βγάζει σουγιά για το παραμικρό, να καταπίνει τις κοροϊδίες απ' τους μεθυσμένους αξιωματικούς της Αντάντ, να κρατάει το πρόσωπό του κέρινο για να μη βλέπει ο άλλος τον θυμό που έβραζε μέσα του.

«Πού τα μάθατε τα γαλλικά εσύ κι η αδερφή σου;» τον ρώτησε και πρόσφερε το πακέτο του ανοιχτό για ένα τσιγάρο.

«Στον Νότο, μεσιέ, πού αλλού; Εκείνη στις καλόγριες κι

εγώ σ' ένα σιδεράδικο. Βλέπεις, τα ορφανά αγόρια δεν τα ήθελαν για αγγέλους του Θεού. Χυτήριο, μεσιέ, από παιδί, αν με καταλαβαίνεις...»

«Η αδερφή σου είναι όμορφη και υπάκουη· θα γινόταν καλή καλόγρια, γιατί δεν έμεινε;»

«Ρωτάς πολλά, μεσιέ, και το πας μακριά. Αν θέλεις να γράψεις κανένα δακρύβρεχτο βιβλίο, έχω να σου πω πολλά, αλλά υπάρχει έξτρα χρέωση».

Τον παρακολουθούσε πώς φυσούσε τον καπνό απ' το τσιγάρο που τον είχε κεράσει. Άλλοτε τον κοίταζε στα μάτια κι άλλοτε δείλιαζε και τα κατέβαζε. Έβγαλε το συμπέρασμα ότι δεν πρέπει να ήταν και πολλά χρόνια στον δρόμο· το σίδερο μέσα του απ' το παλιό χυτήριο δεν είχε γίνει ακόμα αρκετά σκληρό.

«Κλείσε την αδερφή σου για έναν μήνα μόνο για πάρτη μου, μ' έναν όρο: να εξαφανιστείς. Θα με χαλούσε να εμφανίζεσαι κάθε τόσο».

«Εκατό στερλίνες, μεσιέ».

«Βγες μπροστά στην πιάτσα στα ταξί και περίμενέ με».

«Σου την αφήνω, γιατί μαζί σου είναι χαρούμενη, περνάει καλά. Αλλιώς, να το ξέρεις, δε θα τη χαράμιζα».

Κούνησε το κεφάλι του και του έδειξε την μπροστινή πλευρά του μεγάρου.

«Και την πονάω, μεσιέ, αν θέλεις το πιστεύεις».

Του γύρισε την πλάτη και βάδισε στην μπροστινή είσοδο.

Στο κομοδίνο δίπλα στο κρεβάτι φύλαγε χώρια τις λίρες απ' τα φράγκα. Έβαλε τα χρήματα σ' έναν φάκελο και κατέβηκε τις σκάλες με τους φίκους και το κόκκινο χαλί. Στη σάλα πρόσεξε τη Σάνε να κάθεται και να πίνει μια ζεστή σοκολάτα. Στα χέρια της κρατούσε ένα περιοδικό και το ξεφύλλιζε. Της έκανε νόημα ότι θα ερχόταν σε λίγο.

Η πιάτσα των ταξί ήταν εκατό μέτρα πλάι απ' το ξενοδοχείο. Είδε που τον περίμενε καμπουριασμένος με κουμπωμένο μόνο το ένα κουμπί απ' το σακάκι. Αν δεν είχε προηγηθεί η συνομιλία τους, θα τον έπαιρνε για κάποιον αγαθό χωριάτη που στη μεγάλη πόλη είχε χάσει και τα τέσσερα σημεία του Ορίζοντα.

Άπλωσε το χέρι και του έδωσε τον φάκελο.

«Σίγουρα είστε αδέρφια;»

«Δε μοιάζουμε, μεσιέ;»

«Ούτε στο τόσο!»

Του γύρισε την πλάτη κι επέστρεψε στο ξενοδοχείο.

Ήταν μέρες αχαρακτήριστες. Από τη μια η αίσθηση της αποτυχίας στον εμπορικό δρόμο των διαμαντιών, από την άλλη η ανεστιότητα της ζωής του με κείνον κλεισμένο μέσα σε λίγες βαλίτσες και σε τραπεζικούς λογαριασμούς· μία πόρνη που τον γαλήνευε και στο μυαλό του να υπάρχει υποψία ότι η πρώτη του αγάπη τον παρακολουθεί ίσως κρυμμένη πίσω απ' τα βαγόνια των τρένων ή τις τροχαλίες των γερανών.

Ήταν μέρες αχαρακτήριστες. Αν η ζωή του όλη ήταν μια κινηματογραφική ταινία, στην Αμβέρσα ζούσε το ενδιάμεσο διάλειμμα. Ήταν τριάντα πέντε χρονών και δεν ήξερε αν το υπόλοιπο μισό της ταινίας θα ήταν το ίδιο ενδιαφέρον με το πρώτο.

Κάθε βράδυ έκανε έρωτα στη Σάνε, πότε παθιασμένα, σαν να 'θελε να ρεφάρει τις εκατό στερλίνες, πότε βουβά και τρυφερά, λες κι ήταν σύζυγοι από χρόνια και είχαν αναστήσει μαζί παιδιά, που τώρα είχαν ανοίξει τα φτερά τους κι είχαν φύγει μακριά. Τη μύριζε κάθε βράδυ – το δέρμα της είχε κάτι μαυλιστικό που τον έσπρωχνε να χάνεται σ' έναν πόθο καθαρμού. Ήθελε κάποιες φορές να της το εξηγήσει, όμως ήταν δύσκολο. Εκείνη τον άφηνε να τη μυρίζει και γελούσε χωρίς δεύτερη σκέψη. Γελούσε αβίαστα, σαν να 'τρεχε σ' ένα χωράφι με μαλακό χώμα χωρίς πέτρες, δίχως να σκέφτεται το αύριο ή να νοιάζεται αν θα βρει μπροστά της πασσάλους κι όλη της η ξενοιασιά χαθεί. Γελούσε κι εκείνος με τη φλαμανδική προφορά της, με τα διαστρέμματα και τα κατάγματα που επιφύλασσε στη γαλλική γλώσσα, καθώς από τη μια δεν ήταν η μητρική της κι από την άλλη δεν είχε πάει ποτέ της κανονικό σχολείο.

Κάποια βράδια που τον επισκέφτηκαν οι παλιές αϋπνίες την παρατηρούσε καθώς κοιμόταν. Αν ήταν επιτυχημένος όπως θα ήθελε, πλούσιος και δυνατός όπως είχε ονειρευτεί, αν μπορούσε να κάνει θαύματα με την επιρροή της ισχύος του, θα ήταν η Μαγδαληνή του. Κι ας μην είχε λόγια λύτρωσης να πει στα πλήθη παρά μόνο το χάρισμα να είναι άντρας σωστός μπροστά σ' όλες τις πόρνες του κόσμου.

Η μόνη γυναίκα που δεν την είχε ποτέ χαρεί δίπλα του, που δεν την είχε χαζέψει ενώ κοιμόταν εξαντλημένη απ' τον έρωτα, ήταν αυτή που τον απασχόλησε όσο καμιά άλλη στη ζωή του. Ήταν άραγε ακόμα στην Αμβέρσα; Είχε παιδιά; Ο γερο-Αλπερέν ζούσε; Έμεναν ακόμα στη Θεσσαλονίκη; Αυτό ήταν κάπως δύσκολο, γιατί ύστερα απ' τα χρόνια της Μικρασίας, με την ανταλλαγή, όλοι οι μουσουλμάνοι είχαν φύγει στην Τουρκία.

Κάποια στιγμή βαρέθηκε αυτήν την οδύνη της απουσίας της κι άρχισε να βρίσκει διασκεδαστικό το να είναι κάπου αόρατη και πιθανώς να τον παρακολουθεί. Ήταν μόνη εδώ στην Αμβέρσα; Να είχε άραγε άνθρωπο σταλμένο πίσω απ' τα βήματά του; Κάποιον που να της δίνει λογαριασμό με το νι και με το σίγμα για μια γυναίκα ελαφρών ηθών με την οποία ο Έλληνας μοιράζεται τις μέρες και τις νύχτες του; Ίσως μέσα του να είχαν όλα ξεκινήσει από κείνη την αγεφύρωτη ερημιά που είχε αρχίσει απ' την αδυναμία του σουλτάνου στο πρόσωπό της κι έφτανε ως τη Λεωφόρο των Εξοχών, στο νούμερο 73, στο αρχοντικό της, εκεί που έσκαβε το χώμα της τόσον καιρό σαν υπηρέτης.

Με τη Σάνε έβγαιναν για δείπνο γύρω στις εφτά, καλοντυμένοι πάντα. Αυτός ρεντιγκότα, κι εκείνη με ανανεωμένη γκαρνταρόμπα χάρη στη γενναιοδωρία του· τα μαλλιά της κομμένα αλά γκαρσόν, κλος καπέλα, μακρόταλα, στην τσάντα της υπήρχε πάντα το άρωμα Νο 5 της Κοκό Σανέλ. Είχαν κλεισμένο τραπέζι σε κάποιο αριστοκρατικό ρεστοράν, με σερβιτόρους που έστεκαν όρθιοι και πρόθυμοι στο κάθε τους νεύμα. Ο Λευτέρης διασκέδαζε αφάνταστα όταν η Σάνε, ύστερ' απ' το πρώτο ποτήρι κρασί, γελούσε γάργαρα τραβώντας τά γύρω βλέμματα. Τότε της μιλούσε εξίσου δυνατά ελληνικά κι εκείνη ξαναγελούσε, γιατί διαπίστωνε ότι ο μεταξύ τους φωτεινός κόσμος δεν έδινε σε κανέναν λογαριασμό. Τα φιλοδωρήματα του Ζιρντό στο τέλος της βραδιάς δεν άφηναν κανένα περιθώριο για παράπονα ή υπαινιγμούς εκ μέρους της διεύθυνσης και του προσωπικού. Οι πελάτες που τους στραβοκοίταζαν ήταν αφάνταστα σφιχτοί και βαρετοί.

Ήταν ένα από εκείνα τα βράδια που γελούσαν σαν μικρά παιδιά –πόσο όμορφη ήταν εκείνη την ώρα η Σάνε!–, όταν ένας σερβιτόρος στάθηκε διακριτικά δίπλα του και του άφησε στο τραπέζι μια καρτ βιζίτ. Ύστερα έσκυψε και κάτι του ψιθύρισε στο αυτί. Η Σάνε βρήκε ευκαιρία να σκουπίσει τα δάκρυα απ' τα γέλια της, αλλά δεν πρόσεξε και οι βαφές απλώθηκαν γύρω απ' τα μάτια.

«Ma chérie, νομίζω ότι πρέπει να πας σ' έναν καθρέφτη», παρατήρησε ευγενικά. «Η ομορφιά σου αίφνης έγινε γκροτέσκ».

Εκείνη κούνησε το κεφάλι, σηκώθηκε αθόρυβα, όπως το συνήθιζε, και γλίστρησε προς τις τουαλέτες. Ο Ζιρντό στράφηκε προς τον σερβιτόρο.

«Αν κατάλαβα καλά, μας προσκαλεί στο τραπέζι του».

«Μάλιστα, μεσιέ, κι αυτό είναι το επισκεπτήριό του».

Κράτησε στο χέρι του την κομψή καρτ βιζίτ· ήταν γραμμένη πρώτα στα ελληνικά κι από κάτω στα γαλλικά.

«Αυτό μοιάζει με θαύμα!» αναφώνησε.

Ο σερβιτόρος περίμενε υπομονετικά την απάντησή του.

«Πού είναι το τραπέζι του, αγαπητέ;»

Ο σερβιτόρος τού έδειξε με μια κίνηση των ματιών στην άκρη της μεγάλης σάλας.

«Φέρε το σερβίτσιο το δικό μου και της δεσποινίδας, μετακομίζουμε. Και παρακαλώ, όταν επιστρέψει, να την οδηγήσετε στο άλλο τραπέζι».

Άφησε βιαστικά την πετσέτα του διπλωμένη στο τραπέζι δίπλα στην καρτ βιζίτ. Η Σάνε, που θα ερχόταν σε λίγο, θα προσπαθούσε να κατανοήσει το ανερμήνευτο.

Βασίλι Κάρλοβιτς Γιούγκερμαν, διευθύνων σύμβουλος της κλωστοϋφαντουργίας «Γόρτυς Α.Ε.».

Η σχέση του με τον Φινλανδό τραπεζικό δεν έκρυβε κάποια μακροχρόνια συναναστροφή. Είχε γεννηθεί από μιαν αμοιβαία συμπάθεια και την κοινή τους προτίμηση για τη νυχτερινή ζωή του Πειραιά. Ο Ζιρντό έμεινε στον Πειραιά κοντά εννιά μήνες, ύστερα τον είχε καλέσει ο Ζαχάρωφ να επιστρέψει στο Παρίσι. Αναχώρησε χωρίς καν να χαιρετηθούν· άλλωστε έφυγε σαν κλέφτης, παρατώντας σύξυλη τη Χρυσάννα.

Οι δυο άντρες αγκαλιάστηκαν σφιχτά από ένστικτο, όπως θα το ερμήνευε χρόνια αργότερα ο Ζιρντό. Βρήκε τον Γιούγκερμαν κάπως γερασμένο, με άσπρους κροτάφους και ψαρό μουστάκι. Ο Βάσια είχε περάσει τα σαράντα.

«Νομίζω, αγαπητέ Ζιρντό, ότι αυτό το ρεστοράν πρέπει να μείνει ανοιχτό μέχρι πρωίας. Ίσα που προλαβαίνουμε να τα πούμε όλα σε μια νύχτα».

Κοιτάχτηκαν λίγο ακόμη, άλλαξαν τις πρώτες κουβέντες, έπιασε άλλη μια φορά ο ένας τον ώμο του άλλου, ώσπου ήρθε η Σάνε και κάθισε σεμνά δίπλα τους. Τα μάτια του Βασίλι Κάρλοβιτς φρόντισαν να πάρουν μια πρώτη εκτίμηση απ' το κορμί της – φευγαλέα ευτυχώς και διακριτική.

«Τι κάνεις στην Αμβέρσα, Βάσια;»

«Όπως είδες και στην καρτ βιζίτ, δεν είμαι πια μεταφραστής στην τράπεζα αλλά διευθυντής σε κλωστοϋφαντουργία. Κάθε χρόνο γίνεται ένα συνέδριο του κλάδου· πέρυσι ήμασταν στη Βουδαπέστη, φέτος εδώ. Είναι ευκαιρία ν' αλλάζουμε τον αέρα μας. Εσύ;»

Δεν είχε σκοπό να υποβάλει τη Σάνε στο μαρτύριο της παθητικής ακρόασης και απραξίας. Σηκώθηκαν πολύ γρήγορα απ' το τραπέζι και κανόνισαν να πάνε να πιουν στο μπαρ του ξενοδοχείου αφήνοντας τη Σάνε στο δωμάτιο – ήταν η καλύτερη λύση. Το ξενοδοχείο μπορούσε να τους εξυπηρετεί ως το πρωί.

Όταν μπήκαν, η πανύψηλη αίθουσα, επιπλωμένη σε στιλ Λουδοβίκου ΙΕ΄, ήταν μισογεμάτη, ενώ στο πιάνο ένας ψηλός με μπριγιαντίνη και ρεντιγκότα έπαιζε γνωστές μελωδίες. Δύο ζευγάρια έκαναν μερικές σβούρες στη μικρή πίστα. Κάθισαν σ' ένα ακριανό τραπέζι δίπλα στις αχανείς βελούδινες κουρτίνες κι άρχισαν να πίνουν και να κουβεντιάζουν.

Η ζωή του Βάσια είχε αλλάξει στο καλύτερο. Μέσα από έναν περίεργο τραπεζικό διακανονισμό, είχε γίνει διευθυντής της χρεοκοπημένης «Γόρτυς Α.Ε.» των αδελφών Σκλαβογιάννη. Ήταν το μάτι της τράπεζας σε τρία εργοστάσια: στον Πειραιά, στη Θεσσαλονίκη και στην Καλαμάτα. Είχε φύγει απ' το σπίτι της Καστέλας και τώρα είχε δική του έπαυλη, αυτοκίνητο, ενώ σύχναζε στα σαλόνια μόνο αν ήταν απαραίτητο για τις δημόσιες σχέσεις της κλωστοϋφαντουργίας. Έμενε ανύπαντρος, χωρίς να έχει καμιά διάθεση να εξηγήσει στον καθένα το γιατί. Όποτε μπορούσε, ταξίδευε για να ξεδίνει. Ακούγοντάς τον ο Ζιρντό, μόλις που καταλάβαινε απ' την προφορά του ότι δεν ήταν Έλληνας. Ο Γιούγκερμαν, ζώντας τόσα χρόνια συνεχώς στην Ελλάδα, ακουγόταν πιο Έλληνας κι απ' τον ίδιο, που σπάνια είχε την ευκαιρία να μιλάει ελληνικά.

Η δικιά του αφήγηση ξόδεψε το μεγαλύτερο μέρος της νύχτας. Καθότι πιωμένος αρκετά, είχε την έγνοια μην ξεστρατίσει σε περιοχές απαγορευμένες με διπλά ονόματα, λιποταξίες, κάποιον Ζαχάρωφ του οποίου το όνομα και μόνο προκαλούσε ακόμα δέος.

«Άκουσε, Ευγένιε», του είπε κάποια στιγμή ο Βάσια, «δεν μπορώ στα σαράντα δύο μου να ξενυχτάω ακούγοντας μισές ιστορίες».

Το έξυπνο βλέμμα του Φινλανδού σαν να τον έσπρωξε ν' ακουμπήσει πίσω στη ράχη της καρέκλας.

«Εννοώ ότι σε συμπαθώ αρκετά για να υποκρίνομαι. Η ιστορία της ζωής σου είναι τρύπια. Αν φοβάσαι να μου την πεις ολόκληρη, ας καληνυχτιστούμε σαν δυο καλοί γνωστοί, ειδάλλως ν' ανοίξουμε τώρα την καρδιά μας. Τι φοβάσαι αλήθεια, Ζιρντό;»

Αυτήν την τελευταία φράση την είχε ακούσει πολλές φορές τον τελευταίο καιρό. Σήκωσε το χέρι και παρήγγειλε άλλον έναν γύρο κοκτέιλ. Ο Φινλανδός απέναντί του έδινε τα εχέγγυα ότι μπορούσε να πίνει όλη νύχτα δίχως να παρανοήσει λέξη.

«Τι δουλειά έκανες στον Πειραιά; Κατάσκοπος ήσουν; Την Ουκρανία δεν μπορεί να την έμαθες απ' τα βιβλία. Μια δυο φορές σε ψάρεψα και κατάλαβα ότι τα χώματά της τα έχεις περπατήσει».

«Ήμουν λιποτάκτης, Βάσια».

«Κι εσύ;» απάντησε ο Γιούγκερμαν κι έβαλε τα γέλια. «Όταν μας πήραν φαλάγγι οι Κόκκινοι, παράτησα γαλόνια και στρατιώτες κι έτρεξα να σώσω το τομάρι μου στην Οντέσσα. Εσύ;»

«Εγώ στη Σεβαστούπολη», του απάντησε ο Ζιρντό γελώντας κι εκείνος.

Ήταν η αρχή. Λύθηκε η γλώσσα του, σαν να περίμενε αυτόν τον δαιμόνιο άντρα για ν' ακούσει κι ο ίδιος τη δική του φωνή να μιλάει για τη ζωή του.

«Με ρώτησες, Βάσια, προηγουμένως τι φοβάμαι. Τη φτώχεια φοβόμουν πάντα. Έτσι άρχισαν όλα, από ένα αρχοντόσπιτο που φροντίζαμε τον κήπο του κι έναν σουλτάνο. Κρυφάκουγα, ξέρεις, κάποιες νύχτες. Δεν είναι για να το περηφανεύομαι... ήθελα όμως να γίνω σαν αυτούς».

Τα πρωινά της άνοιξης στην Αμβέρσα έχουν κάτι από κείνη την επαρχιακή καταχνιά του Βελγίου, κάτι από εκείνο το παχύ αναραίωτο φως που στέκει πάνω απ' τις πόλεις και τα χωριά, καθώς πιο κάτω τα υδατώδη μετέωρα συνωμοτούν και δεν το αφήνουν να εισχωρήσει.

Σ' όλη τη σάλα ακουγόταν ο θόρυβος απ' τα πιάτα και τα φλιτζάνια για την προετοιμασία του πρωινού. Οι δυο τους κάπνιζαν το τελευταίο τσιγάρο, όπως το είχαν συμφωνήσει, πριν πάνε για ύπνο. Είχαν τραβηγμένη μπροστά τους την κουρτίνα και χάζευαν έξω το σταυροδρόμι της λεωφόρου και στη γειτονική πλατεία τους εργάτες του δήμου που σκούπιζαν το λιθόστρωτο.

«Όμως οι πεταλούδες της νύχτας, οι γυναίκες της πληρωμής εννοώ, εξακολουθούν να σου αρέσουν», του είπε κάποια στιγμή χαμογελώντας κάτω απ' το μουστάκι του.

Γύρισε και τον κοίταξε. Ένιωθε βέβαια ευεργετημένος που του είχε ανοίξει την ψυχή του, αλλά καθώς έβλεπε ότι η συζήτηση πήγαινε στη Σάνε, ένιωσε κάτι να τον ενοχλεί· ούτε κι ο ίδιος ήξερε το γιατί.

«Άλλο ήθελα, Βάσια, να σε ρωτήσω», άλλαξε κατευθείαν τη συζήτηση. «Μήπως ξαναείδες εκείνη την όμορφη γυναίκα που συνόδευα τότε στο Τουρκολίμανο;»

«Τη Χρυσάννα εννοείς;»

«Θυμάσαι τ' όνομά της από τότε;»

«Μην είσαι αφελής, Ευγένιε. Δε θυμάται κανείς ύστερα από τόσα χρόνια, αλλού είναι η εξήγηση».

«Εννοείς ότι την ξαναείδες;»

«Τη βλέπω συχνά».

Παρ' όλη την εξάντληση της νύχτας, είχε ακόμα λίγο περιθώριο να ταραχτεί.

«Τι εννοείς;»

«Δε φέρθηκες αντρίκεια, Ζιρντό, ας λέμε τα πράγματα με τ' όνομά τους».

«Είναι καλά;»

«Δουλεύει στη "Γόρτυς" εδώ και χρόνια, την προσέλαβα εργάτρια. Παντρεύτηκε έναν λογιστή απ' την εταιρεία φωταερίου, έχει και δυο παιδιά».

«Κοιμήθηκες μαζί της;»

«Γιατί ρωτάς; Εσύ έφυγες νύχτα σαν τον κλέφτη».

«Έτσι ρωτάω και θέλω να μου πεις!»

«Κοιμήθηκα, ναι. Όχι τότε που την πήρα στη δουλειά, αλλά πολύ αργότερα. Μη φανταστείς ότι είμαι τόσο φτηνός – "Πάρε ένα κομμάτι ψωμί και πέρνα απ' το κρεβάτι μου"».

Ο Γιούγκερμαν πρόσεξε ότι ο Ζιρντό δάγκωνε νευρικά τα χείλη του.

«Αφότου την παράτησες κι έφυγες, σύντομα έπεσε μεγάλη φτώχεια και δυστυχία. Τα πλοία έφταναν απ' τη Μικρασία φορτωμένα χιλιάδες δυστυχισμένους. Ο κοσμάκης κοιμόταν στους δρόμους, στις εκκλησίες, στα δημόσια κτίρια. Να φανταστείς ότι το ίδιο το Δημοτικό Θέατρο γέμισε πάνω στα βελούδα κουβέρτες κι άπλυτα. Οι γυναίκες, μάνες οι πιο πολλές, πορνεύονταν για έναν τέντζερη γάλα κι ένα καρβέλι ψωμί. Στην αρχή χαιρετιόμασταν στον δρόμο, καταλάβαινα ότι ήθελε να μου μιλήσει αλλά ντρεπόταν. Παρατήρησα ότι ήταν πάντα μόνη. Κάποιο απόγευμα κοντοστάθηκα και πιάσαμε την κουβέντα. Ρωτούσε αν σε είχα δει, αν ήξερα πού βρίσκεσαι. Την επομένη που συναντηθήκαμε είπαμε και μερικές κουβέντες παραπάνω, δεν μπορούσε να κρύψει την ανάγκη που είχε για μεροκάματο. Την πήρα στην τράπεζα για να καθαρίζει. Τα χρήματα που της άφησες της έφτασαν για κάποιους μήνες».

«Δε σκεφτόταν να γυρίσει στο χωριό;»

«Επ' ουδενί, αυτό μού το τόνιζε συνέχεια. Εκείνο που μας έφερε πιο κοντά, αν θέλεις το πιστεύεις, ήταν ότι ήμουν ο μοναδικός άνθρωπος που σε γνώριζε. Μπήκες στη ζωή της σαν πνεύμα, την άρπαξες απ' το σπίτι της, την έφερες στη μεγάλη πολιτεία, της χάρισες έρωτα κι ύστερα χάθηκες. Μερικές φορές η Χρυσάννα σκεφτόταν μήπως όλ' αυτά τα είχε απλώς φανταστεί. Για να μη σου μείνει καμιά απορία, κοιμήθηκα μαζί της ένα βράδυ όταν ήρθε στο σπίτι μου να μου μιλήσει για κάτι προβλήματα στο εργοστάσιο. Δεν την είχα αφήσει καθαρίστρια για πολύ, γιατί λυπήθηκα τα ωραία χέρια της και την προσέλαβα στο υφαντουργείο της "Γόρτυς" στον Πειραιά. Είναι όμορφη πολύ, το ξέρεις, αλλά κρύα στο κρεβάτι – με μένα τουλάχιστον. Χάιδεψα το όμορφο σώμα της για μια νύχτα, μου έφτασε. Ύστερα από δυο μήνες παντρεύτηκε με προξενιό».

«Δεν μπορούσα να φανταστώ τη ζωή μου μαζί της, Βάσια».

«Εκείνη μπορούσε. Ήρθε μαζί μου γιατί μ' έβλεπε σαν μια πετονιά που στο τέλος της υπήρχε κάπου στον κόσμο ένα αγκίστρι, εκεί όπου βρισκόσουν εσύ. Μ' άλλα λόγια, πίστευε ότι γαντζωμένη σε μένα μπορούσε κάποτε να σε συναντήσει».

«Άλλαξε κουβέντα».

«Άκουσε, Ζιρντό, είμαι ο τελευταίος σ' αυτόν τον κόσμο που θα σου κάνει κήρυγμα. Έχω υπάρξει ο ελεεινότερος ανάμεσα στους ελεεινούς, πίστεψέ με. Άνθρωπος χωρίς λάθη δεν υπάρχει, η ζωή η ίδια είναι ένα λάθος. Θέλουμε να περπατήσουμε για να μη μας τσιμπάνε τα αγκάθια της, αλλά τα παπούτσια που μας δίνει είναι πάντα λάθος νούμερο. Απόψε το βράδυ ανοίξαμε την ψυχή μας, όμως αυτά στο φως της μέρας χάνουν τη σημασία τους. Κοίταξε έξω, μας έχουν τραβήξει τις κουρτίνες κι είμαστε στη διασταύρωση δύο μεγάλων δρόμων. Σε λίγο θ' αρχίσει η κίνηση, η ζωή τής κάθε μέρας, βιοπάλη, δουλειές, το κυνήγι του χρήματος... Έχω να σου πω πολλά τέτοια, κουβέντες της μέρας, όχι ερωτηματικά της ψυχής και τα τοιαύτα. Μπορείς να με ακούσεις;»

«Δε νυστάζω, Βάσια· άλλωστε είναι η ώρα του καφέ», είπε και σήκωσε το χέρι στον νεαρό που ετοίμαζε τη σάλα του πρωινού.

«Θα το πω ευθέως και χωρίς κορδέλες, οι λεπτομέρειες μετά. Θέλω έναν διευθυντή, δικό μου άνθρωπο, για το εργοστάσιο της Θεσσαλονίκης. Ο παλιός διευθυντής ήταν φίλος μου, ο Μιχάλης Καραμάνος, που μου δήλωσε παραίτηση γιατί όπως φαίνεται αρρώστησε, άσε που πάντα γκρίνιαζε για το κλίμα της πόλης – η Θεσσαλονίκη δεν του κόλλησε ποτέ. Για μένα, Ευγένιε, ή μάλλον Λευτέρη, έχει σημασία αυτός που είναι εκεί πάνω να είναι δικός μου άνθρωπος, γιατί τους Σκλαβογιάννηδες δεν τους εμπιστεύομαι. Είσαι Σαλονικιός, ξέρεις την πόλη, κι εγώ ξέρω πια τη ζωή σου και τη σκέψη σου. Είσαι καπάτσος, έμπειρος στα εμπόρια και στους ανθρώπους, κι επιπλέον έχεις περάσει και μέσα απ' τη φωτιά, το πετσί σου έχει σκληρύνει. Θέλεις να έρθεις; Απ' όσα μου είπες, κατάλαβα πως επαγγελματικά είσαι στον αέρα».

«Δεν έχω τίποτε μπροστά μου. Τα διαμάντια, όπως σου είπα, τζίφος. Όσο για τον Ζαχάρωφ, περιμένει τον αρχάγγελο να 'ρθει να τον πάρει».

«Αυτά είναι ψηλά ράφια, Ζιρντό, δεν τα φτάνουμε όλοι, πώς να το κάνουμε; Διαμάντια και όπλα είναι για άλλους, πλούτος όμως υπάρχει κι αλλού. Γίνε διευθυντής στη "Γόρτυς" και κάνε ό,τι άλλες επενδύσεις θέλεις».

Την είδαν που είχε ξυπνήσει πρωί και πήγαινε προς τον σερβιτόρο να του ζητήσει να της ετοιμάσει πρωινό. Ένα κορίτσι απ' τη Φλάνδρα με άσπρο φόρεμα και παπούτσια μπαρέτες για χορό, λίγο απλοϊκό στους λογισμούς, με σταρένια επιδερμίδα, ατροφικά γαλλικά κι έναν αδερφό νταβατζή· ένα λουλούδι στον υπόνομο. Την έβλεπαν που έστεκε υπομονετικά και περίμενε για ένα φλιτζάνι καφέ. Τους είχε δει, αλλά δεν ήθελε να τους διακόψει.

Ο Γιούγκερμαν άρχισε να τη χαζεύει με μάτια που γλάρωναν σιγά σιγά απ' το ξενύχτι.

«Σ' το ξαναρώτησα νομίζω: σ' αρέσουν ακόμα οι πεταλουδίτσες της νύχτας;»

Ένιωσε πάλι την ίδια ενόχληση όπως στο ξεκίνημα της βραδιάς, όταν του είχε ξεκινήσει την ίδια κουβέντα.

«Εδώ σφάλλεις, Βάσια, και μου φαίνεται περίεργο. Είσαι άνθρωπος του κόσμου και το μάτι σου κόβει. Η Σάνε θα γίνει μνηστή μου και θα έρθει μαζί μου στη Σαλονίκη».

Ρετιρέ

Πέμπτο στάσιμο

ΟΡΕΣΤΗΣ περίμενε ότι ο γέρος θ' άρχιζε πάλι την γκρίνια, γιατί στις σελίδες του βιβλίου μπερδευόταν και πάλι ο Γιούγκερμαν στη ζωή του. Ο γέρος όμως φαινόταν να έχει ξεχάσει όλ' αυτά για τα οποία του παραπονιόταν πριν από μία ώρα. Ήταν κι αυτό ένα από τα αναμενόμενα συμπτώματα της αρρώστιας του: να ξεχνάει τα πολύ πρόσφατα και να κάνει τις ίδιες ερωτήσεις πάλι και πάλι.

«Γιατί σταμάτησες;»

«Τέλειωσε κι αυτό το κεφάλαιο, κύριε Ευγένιε».

«Α, τέλειωσε;»

«Δε νυστάξατε ακόμη;»

«Καθόλου. Δε θα συνεχίσεις;»

«Σε λίγο. Να πιω κάτι και ξαναρχίζω».

«Σωστά. Να πιεις κονιάκ μήπως; Έχω νομίζω του Μαρτέλ».

«Είναι ζεστή η νύχτα για κονιάκ, κύριε Ευγένιε, δεν είμαστε στη Γαλλία. Έξω η άσφαλτος είναι ακόμη ζεστή απ' τον χθεσινό ήλιο. Θέλω να σας πω ότι αυτά τα τελευταία που γράφω έγιναν έτσι ακριβώς. Αλήθεια, το '33 δεν ήταν που ήρθατε στη Θεσσαλονίκη;»

«Ναι, το '33».

«Δεν είστε περίεργος να μάθετε τι κάνατε τότε σύμφωνα με το βιβλίο;»

«Ναι, γιατί ομολογώ ότι πραγματικά δεν πολυθυμάμαι τι δουλειές πρωτοέκανα».

«Βλέπετε, η αλήθεια του μυθιστορήματος είναι αυτή που μένει, αυτή που κρατάει την αξία της».

«Όμως τι γίνεται όταν μου καταπίνει τη δικιά μου τη ζωή, την πραγματική;»

«Δεν υπάρχει πραγματική ζωή, κύριε Ευγένιε, υπάρχει απλά η δική σας, ο δικός σας τρόπος που θυμάστε αυτά που ζήσατε τότε».

«Άλλο και τούτο πάλι. Τι εννοείς δεν υπάρχει πραγματική;»

«Κάποιος άλλος που σας έζησε, στη δουλειά σας ας πούμε, κι έχει μείνει στην ίδια πόλη, έχει τη δική του "αληθινή ιστορία"».

«Μπερδεμένα μού τα λες και η ώρα είναι περασμένη. Έχω ζήσει μια ζωή πραγματική, μία μόνο, όμως τώρα την ξεχνάω σιγά σιγά... Είναι φρικτό αυτό. Δεν υπάρχει Θεός, είναι...»

«Είναι η λησμονιά, κύριε Ευγένιε».

«Ναι, αυτή η καταραμένη, που 'ναι πιο δυνατή ακόμα κι απ' αυτό που 'χουν στην Αμερική, τη ραδιενέργεια».

«Να πάμε σε κάτι άλλο;»

Ο γερο-Ζιρντό άλλαξε στάση στον καναπέ.

«Πες να βάλει τους ανεμιστήρες της οροφής, δε ζεσταίνεσαι εσύ; Κορίνα! Κορίνα!»

Η φωνή έβγαινε βραχνή κι εξασθενημένη. Δεν μπόρεσε να φωνάξει τρίτη φορά γιατί τον έκοψε ο βήχας.

Πολύ σύντομα ένιωσαν κι οι δυο τους ένα δροσερό ρεύμα αέρα. Ο Ορέστης συμμάζεψε τις σελίδες του για να μη σκορπίσουν.

«Όταν ήρθε ο Μεταξάς στα πράγματα, τι θυμάστε;»

«Τι να θυμάμαι από κείνον τον ζουμπά; Όταν ερχόταν στη Σαλονίκη, κάτι γλείφτες που τους ήξερα στριμώχνονταν από δίπλα για να βγουν μαζί του φωτογραφίες. Παρελάσεις και παχιά λόγια! Ο πόλεμος ήταν αυτός που ασβέστωσε τη μνήμη του και τον θυμούνται οι νεότεροι αλλιώς... Ευτυχώς όμως ήταν πάντα ανάχωμα στους κομμουνιστές».

«Πού μένατε τότε, θυμάστε;»

«Στη Λεωφόρο των Εξοχών, πού αλλού; Είχα νοικιάσει ένα σπίτι απέναντι απ' το δικό τους, όχι κάτι φοβερό».

«Η βίλα τους ήταν κλειστή;»

«Θεόκλειστη για χρόνια. Την κύκλωναν από παντού δέντρα παλιά και καινούρια και χορτάρια που 'χαν θεριέψει. Ήταν σαν τη ζούγκλα του Ταρζάν που γράφεις. Έτσι το βρήκα εγώ το '33».

«Πώς ήταν, εννοώ μέσα σας, όταν την ξαναείδατε;»

«Άσε με τώρα μ' αυτά! Πες να μας φέρει καμιά πορτοκαλάδα. Κορίνα! Κορίνα, διάολε!»

Κάτω απ' τον δρόμο ακούστηκε ο θόρυβος μιας μηχανής. Κάποιος μες στην ερημιά της περασμένης ώρας πάσχιζε να διασχίσει πάνω σε δυο ρόδες και μέσα σ' ένα λεπτό την κόρη της Λεωφόρου των Εξοχών, την οδό Βασιλίσσης Όλγας.

«Να ψοφήσεις, τσόγλανε, βραδιάτικα!» μουρμούρισε ο Ζιρντό.

Ο Ορέστης χαμογέλασε. Ο γέρος ήταν σκληρό καρύδι. Αν είχε τα μάτια του, θα παραφύλαγε κάποιο βράδυ για να πιάσει κάποιον απ' αυτούς που του χάλαγαν τον ύπνο. Τον είχε ακούσει να λέει ότι αν έβλεπε, θα πήγαινε να ρίξει λάδι στον δρόμο για να γλιστρήσει και να σκοτωθεί κάποιο από κείνα τα τσογλάνια με τις μηχανές.

«Όταν μπήκαν οι Γερμανοί, πού ήσασταν; Θυμάστε μήπως;»

«Δε θυμάμαι, όμως εκείνο που μου μένει στο μυαλό είναι κάποιους μήνες πριν, όταν το ράδιο είπε ότι οι Γερμανοί μπήκαν στο Παρίσι. Θυμάμαι την ψυχή μου που σφίχτηκε. Έλεγα τότε ότι αφού η Γαλλία δεν κατάφερε να τους αντισταθεί, ο νικητής ήταν σίγουρος από τα πριν. Να ξέρεις βέβαια ότι τότε δεν ήταν όλοι αντίθετοι στους ναζί. Λέγανε στα σαλόνια ότι ο Χίτλερ ήταν φιλέλλην και τα τοιαύτα. Δεν ασχολιόμουν με την πολιτική ούτε και τότε, μόνο αγόραζα χωράφια από αφελείς και τα πουλούσα ύστερ' από λίγο καιρό για οικόπεδα. Είχα όμως το πένθος μου...»

«Ναι, η Σάνε...»

«Πέθανε πριν απ' τον πόλεμο της Αλβανίας, τριάντα ενός χρόνων. Συντριβή, Ορέστη. Όμως είχα και μια παρηγοριά, πως μαζί της ήμουν καθαρός. Μπορούσα να τη θυμάμαι χωρίς να ιδρώνω από ενοχές. Έχεις προσέξει τις φωτογραφίες της πάνω στον μπουφέ; Εκεί που στεκόμαστε μαζί χειμώνα μπροστά στο Διοικητήριο ή την άλλη κάποιες Αποκριές στη *Ρέμβη*;»

«Είχε καρκίνο;»

«Ναι, στο αίμα».

«Ήσασταν παντρεμένοι;»

«Έχεις μια μανία να ρωτάς τα επουσιώδη. Τι σημασία έχει;»

«Γράφω σε μια γραμμή ότι στην Αμβέρσα είχατε ξεκινήσει ν' αντιπαθείτε τους Εβραίους».

«Κοίτα, ήταν μόδα τότε αυτό, ρώτα και θα δεις ότι έχω δίκιο. Έπρεπε να γίνει το μεγάλο κακό στο Άουσβιτς για να ξυπνήσει ο κόσμος. Τότε ούτε που ξέραμε ότι αυτό που νιώθαμε λέγεται "αντισημιτισμός". Έλεγαν τότε οι δικοί μας, οι εθνικόφρονες εννοώ, ότι πίσω απ' τους Κόκκινους ήταν οι Εβραίοι. Μπούρδες, επικίνδυνες όμως... Όταν ήρθα στη Σαλονίκη μετά την Αμβέρσα, είχαν περάσει κιόλας δυο χρόνια απ' το Κάμπελ.[81] Οι εφημερίδες εδώ έριχναν τότε λάδι στη φωτιά. Εγώ, να σου πω με το χέρι στην καρδιά, είχα τον δι-

81. Στο Κάμπελ, εβραϊκή φτωχογειτονιά της Θεσσαλονίκης, στις 29 Ιουνίου 1931 σημειώθηκαν βιαιοπραγίες από ακραία εθνικιστικά στοιχεία.

κό μου καημό, τώρα που πέρασαν τα χρόνια μπορώ να τ' ομολογήσω. Οι ντονμέδες ήταν Εβραίοι, και η Μίρζα Εβραία ήταν παρά τον φερετζέ. Είχα αρχίσει να μισώ οτιδήποτε σχετιζόταν μ' αυτήν».

«Δεν μπορώ να σας πιστέψω».

«Να με πιστέψεις».

«Γι' αυτό δεν παντρευτήκατε τη Σάνε; Γιατί ελπίζατε ότι κάποτε θα συναντήσετε τη Μίρζα κι ότι ακόμα δε θα ήταν πολύ αργά;»

«Είσαι ανάγωγος!»

«Συγγραφέας είμαι και το μυαλό μου είναι ελεύθερο να σκέφτεται το οτιδήποτε».

«Μην τολμήσεις να το γράψεις αυτό. Δεν ήμουν μέσα στα φουστάνια καμιάς Μίρζας, καμιάς γυναίκας ποτέ!»

«Εντάξει, σας πιστεύω. Πείτε μου τώρα για την 3Ε[82]».

Ξεφυσούσε με αγανάκτηση. Ξαναθυμήθηκε την Κορίνα κι άρχισε να φωνάζει.

«Σιγά, κύριε Ευγένιε, θα ξυπνήστε τον κόσμο», του είπε η Κορίνα μπαίνοντας στο σαλόνι.

Τα μαλλιά της ήταν αχτένιστα. Είχε γείρει πρόχειρα στον καναπέ της κουζίνας και τώρα τον μάλωνε.

«Όλη η πολυκατοικία είναι δική μου και θα φωνάζω όσο θέλω, καταλάβατε όλοι σας; Όποιου δεν του αρέσει, να πάρει τα μπογαλάκια του και να του δίνει!»

Ο Ορέστης τής έκανε νόημα να γυρίσει στην κουζίνα. Ύστερα πήρε ένα απ' τα τσιγάρα του γέρου, το άναψε και του το έβαλε ανάμεσα στα δάχτυλα. Τον είδε να ρουφάει τον καπνό με βουλιμία. Αυτό το πάθος ίσως να το είχε πάρει από εκείνον τον άλλο ιδιότροπο γέρο, εκείνον που κάπνιζε εξήντα τσιγάρα τη μέρα ως το τέλος της ζωής του, τον Αβδούλ Χαμίτ.

---

82. Εθνική Ένωσις «Ελλάς» ή 3Ε: η πιο σημαντική αντισημιτική και παραφασιστική οργάνωση στη Βόρεια Ελλάδα στη διάρκεια του Μεσοπολέμου.

Δόκανο

Λεωφόρος των Εξοχών, αρ. 72
29 Σεπτεμβρίου 1938

Αγαπητέ μου, Βάσια.

Μπορώ να φανταστώ την έκπληξη στο έξυπνο μούτρο σου: «Τι δουλειά έχει ο διευθυντής της “Γόρτυς Α.Ε.” παραρτήματος Θεσσαλονίκης να στέλνει ιδιωτική επιστολή στο σπίτι μου, σαν να μην έφταναν τα έγγραφα, τα τηλεγραφήματα, τα τηλεφωνήματα...;»

Όμως, αγαπητέ μου Βάσια, εκτός από τους ρόλους, υπάρχουν και οι άνθρωποι. Είναι κάποιες ώρες που χωρίς δεύτερη σκέψη, όπως όταν ανάβουμε ένα τσιγάρο, παίρνουμε έναν κονδυλοφόρο και κάποια νύχτα με αϋπνία γράφουμε σ' ένα πρόσωπο αγαπητό. Ένα τέτοιο πρόσωπο είσαι κι εσύ, φίλτατέ μου διευθυντά.

Συναντηθήκαμε τελευταία φορά πριν από δύο μήνες, όταν είχες τη μεγαλοψυχία να πάρεις το αεροπλάνο απ' την Αθήνα κι αυτό να σε κατεβάσει στη Μίκρα για να είσαι εδώ λίγες ώρες πριν βάλουμε το λιωμένο απ' την αρρώστια κορμί της στο χώμα. Η Σάνε έφυγε ήσυχα, ύστερα από ταλαιπωρία τριών μηνών, από μια αρρώστια απρόβλεπτη, άδικη. Δεν προκάλεσε την τύχη της, δεν πήγε από αδιαφορία για την υγεία της, από καταχρήσεις ή άλλο. Έφυγε αναίτια, γρήγορα και ήσυχα. Όπως ακριβώς μπήκε στη ζωή μου, έτσι κι έφυγε. Πέντε χρόνια κοινής ζωής πλάι μου, αθόρυβη ούσα, χωρίς απαιτήσεις, σ' έναν τόπο ξένο που δεν τον διάλεξε εκείνη, όπου μιλάνε μια γλώσσα δύσκολη, που την προσπαθούσε σχεδόν μάταια κι ήταν σαν να παρακολουθείς μια μεσόκοπη να προσπαθεί να μάθει ποδήλατο. Δεν ήταν γιατί την είχαν πάρει τα χρόνια, ήταν ακόμη πολύ νέα, αλλά το βάρος των ελληνικών ήταν γι' αυτήν ασήκωτο. Βλέπεις, δε σου μοιάζουν όλοι, που μέσα σε λίγα χρόνια κατάφερες όταν μιλάς να μην ξεχωρίζεις απ' τους ντόπιους.

Ύστερ' απ' τον θάνατό της μου είπες αρκετές φορές στο τηλέφωνο ότι με ακούς καλά, ότι στέκομαι στα πόδια μου, και νομίζω πως έτσι είναι. Η Σάνε δεν ήταν σύζυγός μου, ήταν μια σπιτωμένη γυναίκα με παρελθόν. Μπορώ πια να το λέω και να το γράφω χωρίς δισταγμό· άλλωστε εσύ το είχες καταλάβει εξαρχής στην Αμβέρσα αλλά δε μου έκανες καμιά αναφορά εδώ στην Ελλάδα γι' αυτό. Απέφυγα να κάνω μαζί της παιδί, αν και το ήθελε, όπως φρόντιζα να μην τη σέρνω πίσω μου στις βαρετές κοσμικές συγκεντρώσεις στις οποίες συχνά η θέση μου με υποχρέωνε να παρευρίσκομαι – δε μου το ζητούσε εξάλλου. Προτιμούσε μια βόλτα με το καραβάκι Κυριακή πρωί στον Κόλπο και μετά φρέσκο ψάρι στο Καραμπουρνάκι. Αναμφιβόλως η μεγαλύτερη αγάπη της ήταν ο κήπος στο σπίτι μου που βλέπει στη θάλασσα. Αυτόν τον κήπο, που λες, η Σάνε πολύ τον αγαπούσε, ήταν το παιδί της. Της έδειξα αρκετά απ' αυτά που είχα μάθει απ' τον κυρ-Γιάννη τον Ζεύγο, όμως εκείνη ζητούσε επιστημονική γνώση, συστήματα ευρωπαϊκά. Απ' τους πρώτους μήνες τής παρήγγειλα βιβλία απ' τον Μόλχο[83] στα ολλανδικά, που έγραφαν

83. Το ιστορικό βιβλιοπωλείο «Μόλχο» άνοιξε το 1888 κι έκλεισε το 2008· η λειτουργία του είναι συνυφασμένη με την ιστορία της Θεσσαλονίκης στον 20ό αιώνα.

για καινούριες ποικιλίες και μεθόδους στις τουλίπες, στα τριαντάφυλλα και στα γαρίφαλα.

Τελικά ζητούσε τόσο λίγα, Βάσια! Δίσταζε ακόμη και να νιώσει ότι στη ζωή μου ήταν κάτι σημαντικό. Όποτε καταλάβαινε ότι ίσως την αγαπούσα, δάκρυζε και μου ψιθύριζε κάτι ακατάληπτα φλαμανδικά. Ύστερα αποτραβιόταν και πάλι, γιατί δεν ήθελε να νομίζω ότι θα εκμεταλλευόταν μια στιγμή συναισθηματικής μου αδυναμίας για να δέσει τον γάιδαρό της. Ήθελε να είμαι βέβαιος ότι κάθε ώρα και στιγμή ήταν έτοιμη, αν χρειαζόταν, αν της το ζητούσα, να ετοιμάσει τις βαλίτσες της.

Το σπίτι που νοίκιασα όταν ξαναπάτησα το πόδι μου σ' αυτήν την πόλη είναι στην κάτω πλευρά της λεωφόρου, σ' αυτήν που βλέπει στη θάλασσα, όπου είναι τα ζυγά νούμερα. Θα 'ναι γύρω στο χιλιόμετρο απόσταση απ' το σπίτι που γεννήθηκα – ήταν κι αυτό δίπλα στο κύμα. Αυτό δεν υπάρχει πια, το αγόρασαν οι γείτονες, κάτι παραλήδες πρόσφυγες απ' την Προύσα, και το ένωσαν με το δικό τους για να χτίσουν ένα μοντέρνο διώροφο. Τα απογεύματα, ξέρεις, όταν ο καιρός το επιτρέπει, πίνω τον καφέ μου όχι απ' την πλευρά του κήπου αλλά μπροστά, στον δρόμο των Εξοχών, και χαζεύω τις γερασμένες δεντροστοιχίες. Ο δρόμος έγινε με τα χρόνια πολύβουος, με τα βαγόνια του τραμ να περνάνε όλο και πιο συχνά και τ' αυτοκίνητα ένα σωρό, θαρρείς πια και υπάρχει κρυμμένη κάπου μια σιδερένια κουνέλα που τα γεννά χωρίς σταματημό.

Καθισμένος λοιπόν κάθε απόγευμα στο υπόστεγο της μπροστινής αυλής, κατάλαβα για τα καλά ότι σαράντισα, ότι μπήκα σε καινούρια δεκαετία. Στην πίσω πλευρά του σπιτιού τα λουλούδια, και η Σάνε να τα φροντίζει όταν ζούσε, να σκύβει κάθε μέρα πάνω τους, στην μπροστινή εγώ με τα σαράντα μου, και διαγώνια απέναντι η βίλα τους, έρημη και χορταριασμένη. Εσύ την ιστορία μου την ξέρεις, δεν υπάρχει άλλος στον κόσμο που να τη γνωρίζει παρά μόνο εσύ κι ένας παλιός φίλος, ο Νατόν, κηπουρός εδώ και χρόνια σ' έναν πύργο του Ζαχάρωφ. Ξέρεις πώς βρέθηκα στον πόλεμο, πώς στη Γαλλία... Έτυχε βλέπεις και φλυαρήσαμε πολλές φορές στο τηλέφωνο, βράδια ιδιαίτερα, όταν ήμουν μόνος στο γραφείο με μόνη συντροφιά τον θόρυβο απ' τις μηχανές που δούλευαν για τη νυχτερινή βάρδια.

Σε μια από εκείνες τις συνομιλίες σού είπα και για τους φόβους μου τους πρώτους μήνες, όταν ήρθα εδώ. Ειδικά όταν πήγαινα στο Βιομηχανικό Επιμελητήριο ή στο *Όλυμπος Νάουσα* σε γεύματα με πελάτες. Είχα έγνοια μην κάποιος με αναγνωρίσει ακόμη κι όταν πήγαινα για ένα ποτό στη σάλα του *Μεντιτερανέ*, εκεί που ερχόμουν να σε συναντήσω όταν επισκεπτόσουν τη Θεσσαλονίκη. Φοβόμουν, Βάσια, γιατί δεν είναι και πολλά τα χρόνια που έχουν περάσει από τότε που άφησα αυτήν την πόλη. Έφυγα στην επιστράτευση του '17 και γύρισα το '33, δεκάξι χρόνια αφότου ο Λευτέρης Ζεύγος χάθηκε άταφος στα χιόνια της Ουκρανίας. Έχω βάλει κιλά είναι η αλήθεια, άφησα παχύ μουστάκι, έκανα λίγη φαλάκρα, και η προφορά μου, πίστεψέ με, χωρίς να το επιδιώκω, παραμένει ελαφρώς γαλλική.

Κάποιοι, φοβάμαι, με αναγνώρισαν, αλλά τελικά κοίταξαν τη δουλειά τους και δε μίλησαν. Φοράω πολύ ακριβά κασμίρια για να δέχομαι αδιάκριτες ερωτήσεις, απ' αυτές που είμαι σίγουρος ότι υπήρχαν έτοιμες στο μυαλό αρκετών. Αυτός ήταν ο λόγος που απέφευγα τις επαγγελματικές συναντήσεις μ' εκείνους που έπιναν αρκετά, γιατί ήξερα ότι θα ήταν μεγάλος ο πειρασμός να μου πει κάποιος μέσα απ' τις αναθυμιάσεις του κονιάκ: «Εσύ δεν ήσουν αυτός με τις γαζέτες και το πρακτορείο στην πυρίκαυστο;»

Σου εξομολογούμαι ότι κάποιο βράδυ συνέβη. Σ' ένα αποκριάτικο γλέντι, θυμάμαι, στη *Ρέμβη*, όπου χορεύαμε με τη Σάνε, ένας δικηγόρος που παραπατούσε απ' τα βερμούτ μού το πέταξε. Το πιο ενδιαφέρον βέβαια σημείο της ιστορίας είναι το πόσο έτοιμος ήμουν να υπερασπιστώ τη γαλλική μου ταυτότητα ως Ζιρντό και πόσο αγανακτισμένος αισθάνθηκα γιατί κάποιος παραγνώρισε χωρίς να ζητήσει συγνώμη. Είναι μυστήρια η ψυχή του ανθρώπου, Βάσια. Είναι ένας μαγνήτης που τραβάει τα μέταλλα να κολλήσουν πάνω της και τα υπόλοιπα τ' αφήνει να πέσουν και να χαθούν. Αναρωτήθηκα πολλές φορές τι κακό είχε κάνει ο Λευτέρης Ζεύγος και τον πέταξα έτσι στο αχρήστων, μπορείς να μου πεις; Όμως να που ο Λευτέρης είναι ζωντανός και πίνει κάθε απόγευμα τον καφέ του αγναντεύοντας το χορταριασμένο τους κάστρο. Είναι ο Λευτέρης αυτός που θυμάται και όχι ο Ζιρντό.

Ρώτησα, ξέρεις, γι' αυτούς και τη βίλα τους απ' τις πρώτες μέρες. Έμαθα ότι φύγανε τον Νοέμβριο του '22 πιθανότατα για τη Σμύρνη. Δε μου κάνει εντύπωση, γιατί οι πιο πολλοί ντονμέδες εδώ και χρόνια πήγαιναν προς τα κει. Όλη τους η περιουσία έγινε ανταλλάξιμη εκτός από τη βίλα. Πολλούς μήνες πριν αναχωρήσουν, το θέμα είχε τακτοποιηθεί καθώς το σπίτι είχε μεταβιβαστεί σ' έναν Έλληνα, άνθρωπο δικό τους, κι έτσι εξαιρέθηκε απ' τη γραφειοκρατία. Θα υπέθετε κανείς ότι η Μίρζα και ο γέρος το 'χαν ίσως σκοπό να ξαναγυρίσουν, γι' αυτό βρήκαν αγοραστή που ήξεραν ότι θα τους το πουλήσει αν του το ξαναζητούσαν. Ακούγεται ασυνήθιστο αλλά δε βρίσκω άλλη εξήγηση, γενικά όμως δεν υπάρχουν εκκρεμείς περιουσίες ύστερα από την ανταλλαγή.

Αν πάλι σκέφτεται να εγκατασταθεί κάποια στιγμή εδώ με τον άντρα της και τα παιδιά της, θα γίνουμε γείτονες. Δε σου κρύβω ότι νοίκιασα επ' αόριστον αυτό το σπίτι που μένω για να είμαι δίπλα και να βλέπω, να παρακολουθώ μήπως και κάποιος εμφανιστεί. Έστησα δόκανο, Βάσια, όταν εξαρχής έκανα προσπάθειες να αγοράσω τη βίλα του Αλπερέν μπέη αλλά απέτυχα. Σήμερα ζούνε μόνο κάποιοι κληρονόμοι εκείνου του παλιού τους γνωστού στον οποίον έγινε η μεταβίβαση και οι οποίοι έκοψαν κάθε συζήτηση για πώληση απ' την πρώτη στιγμή. Την υπόθεση την παρακολούθησε πολύ στενά και με εχεμύθεια ο νομικός μας σύμβουλος στο εργοστάσιο. Έτσι, από κάποιο καπρίτσιο της μοίρας η βίλα μένει ακατοίκητη, και κάθε μέρα όλο και χάνεται, όλο και βυθίζεται στην αγκαλιά μιας ξέφρενης βλάστησης, όλο και ξεχνιέται.

Στο σπιτάκι δίπλα στον δρόμο, όπου έμενα με τον Θόδωρο τον αμαξά, ζουν τώρα φίδια – τα είδα κάμποσες φορές να μπαινοβγαίνουν απ' τα σπασμένα τζάμια. Τα παιδιά της συνοικίας έχουν κάνει εδώ και χρόνια επάνω τους εξάσκηση στον πετροπόλεμο. Η βίλα παραμέσα φαίνεται απαραβίαστη, έτσι όπως είναι με καρφωμένα σανίδια σε όλα τα παράθυρα. Τα αναρριχητικά βέβαια κοντεύουν να καλύψουν όλους τους τοίχους, ενώ τα άναρχα κλαδιά των δέντρων τους σπρώχνουν και ξύνουν τους σοβάδες τους. Δε σ' το κρύβω ότι πολλές φορές θέλω να σηκωθώ, να πάρω τσάπα και ψαλίδια και να πηδήξω πάνω απ' τα κάγκελα. Θέλω να ξαναπάω εκεί και να κάνω και πάλι τον κηπουρό σαν να μην πέρασαν τα χρόνια, σαν να είναι όλα όπως τότε, που έκαναν βόλτα έξω απ' την καγκελόπορτα οι Οθωμανοί χωροφύλακες με τα φέσια κι ένα χιλιόμετρο μακριά ο Αβδούλ Χαμίτ να καπνίζει σέρτικα τσιγάρα στον δεύτερο όροφο της Βίλας Αλλατίνι. Μόνο η λογική με συγκρατεί και ο ρόλος που μου έδωσες, θέση υπεύθυνη να προστατεύω μεγάλα κεφάλαια και τα μεροκάματα δεκάδων φουκαράδων. Θα έπρεπε μάλλον να πω εργατών, γιατί κι εγώ τέτοιος φουκαράς ήμουν, αφού για να γλιτώσω απ' τη φτώχεια και να μπορέσω να δραπετεύσω απ' τις αλυσίδες της πούλησα τόσες φορές την ψυχή μου στον διάβολο.

Μιας και είπα για τον ρόλο μου στο εργοστάσιο, να ξέρεις ότι έχω βάλει δικό μου άνθρωπο στο υφαντουργείο του Τουρπάλη, που βρίσκεται, αν θυμάσαι, όχι μακριά από δω, στα Καραγάτσια, να μου λέει πώς και τι. Ξέρεις πολύ καλά ότι είναι ο μεγαλύτερος ανταγωνιστής μας, και θέλω να ξέρω επακριβώς τι γίνεται εκεί μέσα. Με νοιάζει και για τους εργάτες του. Μια πιθανή διάχυτη δυσαρέσκειά τους θα μ' ενδιέφερε, γιατί γνωρίζεις ότι μπορεί τα πράγματα επιφανειακά να έχουν από πρόπερσι ηρεμήσει, όμως ο κίνδυνος μιας απεργίας με συγκρούσεις υπάρχει πάντα. Βέβαια τώρα κυβερνάει η σιδερένια γροθιά του Μεταξά, ενώ το άλλο του χέρι δίνει ασφαλιστικές παροχές και άλλου είδους διευκολύνσεις. Η θράκα όμως απ' τα γεγονότα του '36 είναι ακόμη ζεστή, και πρέπει πάντα να προσέχουμε. Τότε ήταν οι καπνεργάτες, αύριο μπορεί οι δικοί μας στην υφαντουργία ή οι άλλοι πέρα στους μύλους του Αλλατίνι.

Οι εργάτες μας –και νομίζω πως συμφωνούμε– δε θα πρέπει να είναι ασύδοτοι ούτε εξαθλιωμένοι. Είναι αλήθεια ότι τις επιχειρήσεις το προσφυγικό τις βοήθησε. Πού θα βρίσκαμε τόσους άντρες και γυναίκες να ξέρουν τη δουλειά και να πληρώνονται με τόσο χαμηλά μεροκάματα; Ας όψεται η προσφυγιά κι οι παράγκες. Την ίδια βοήθεια και μεγαλύτερη πήραν και οι ταπητουργίες. Βλέπεις, οι εξ Ανατολών Έλληνες γνώριζαν την τέχνη πολύ καλύτερα απ' τους ντόπιους.

Υπάρχει όμως ένας αστάθμητος παράγοντας, μια σκιά στον ορίζοντα: η Γερμανία. Όσο περνάει ο καιρός, οι ανησυχίες ότι πάμε σε καινούρια σύγκρουση πληθαίνουν. Ποια είναι η μοίρα μιας υφαντουργίας σ' έναν πόλεμο; Θα μου πεις, οι στρατιώτες και οι στολές τους είναι χιλιάδες, όμως θα σου απαντούσα ότι η προμήθεια του στρατού είναι ένα θέμα έτσι κι αλλιώς πολύπλοκο και είναι στα χέρια σας, γιατί τα υπουργεία που κάνουν τις αναθέσεις και τους διαγωνισμούς, εμάς μας πέφτουν μακριά. Πριν χρόνια οι Ναουσαίοι υφαντουργοί έπαιρναν δουλειές απ' τους Οθωμανούς, όπως και οι Εβραίοι το ίδιο. Εσύ το ξέρεις πως οι κρατικές παραγγελίες της «Γόρτυς» δεν είναι ικανοποιητικές. Σε περίπτωση που ο πόλεμος μας πλησιάσει, η πρόβλεψη μιας επιστράτευσης θα γεμίσει τις αποθήκες του στρατού χλαίνες, αμπέχονα, εσώρουχα, τα πάντα. Αν έρθει όμως η ώρα του πολέμου και τ' αεροπλάνα αρχίσουν να βομβαρδίζουν, θα θυμάσαι ότι το εργοστάσιό μας είναι πολύ κοντά στο λιμάνι κι οι αποβάθρες του θα είναι απ' τους πρώτους στόχους. Μήπως είναι άραγε η ώρα, Βάσια, να δούμε το θέμα της μετατροπής κάποιων κεφαλαίων σε κάτι πιο ανθεκτικό από χρεώγραφα Λονδίνου και Παρισίων;

Το άλλο που θέλω να σου γράψω είναι ότι δεν έχει και πολλές μέρες που τέλειωσε εδώ η Διεθνής Έκθεση, η δέκατη τρίτη στη σειρά. Είχε και φέτος αρκετές ατραξιόν, πολλή συζήτηση έγινε και για τον άνθρωπο-οβίδα που μπήκε στο κανόνι. Είχε ένα σωρό κόσμο· οι Γερμανοί, να ξέρεις, παρόντες και παντοδύναμοι μ' αυτές τις κόκκινες σημαίες τους με τα τσιγκέλια. Προκηρύχθηκαν και αρχιτεκτονικοί διαγωνισμοί, ενώ είχαμε και το περίπτερο του καθεστώτος που γιορτάζει δύο χρόνια στην εξουσία. Ακριβώς δίπλα του είχε περίπτερο άλλος υφαντουργός, ο Λαναράς. Δεν ήμασταν μακριά κι εμείς, η «Γόρτυς» Βορείου Ελλάδος. Αυτή η έκθεση όμως, άι στην ευχή, με ξεποδάριασε, γιατί δεν είμαι πια είκοσι χρονών να στέκομαι όρθιος όλη μέρα. Έπρεπε να είμαστε εκεί, δεν αντιλέγω, αλλά η υφαντουργία είναι κάτι πιο βαρύ και σίγουρο από τα μυρωδικά σαπούνια και τα σιγαρέτα πολυτελείας. Είναι κάτι σαν το νερό και το ψωμί, τα οποία δεν έχουν τόσο ανάγκη από ρεκλάμα· αρκεί μόνο να έχεις σταθερό χέρι στο τιμόνι και να 'σαι πίσω απ' τους εργάτες νύχτα μέρα.

Τώρα που είπα εργάτες, τι κάνει η Χρυσάννα, Βάσια; Από τότε που έμεινα μόνος, ξεκολλώ μία μία τις αναμνήσεις μου σαν γραμματόσημα τα βράδια και τις βάζω στη σειρά.

Θέλω να σε ρωτήσω και κάτι τελευταίο. Τι κάνει ο άνθρωπος που αντικατέστησα, ο Μιχάλης Καραμάνος, ο φίλος σου ο συγγραφέας που πάσχει ψυχικά; Πηγαίνεις να τον δεις; Δε θέλει πολύ η ψυχή του ανθρώπου να λυγίσει και να σπάσει. Κάποτε, να φανταστείς, είχα μανία να επιστρέψω εδώ, στη συνοικία των Εξοχών, ως εκδικητής, ως νέος κόμης Μοντεχρήστος, και να τιμωρήσω όσους έσπρωξαν τη ζωή μου να βγει απ' το κανάλι της. Ύστερα κατάλαβα ότι αυτό ήταν για τα μυθιστορήματα και το σινεμά. Τώρα πίνω κάθε απόγευμα τον καφέ μου και χαζεύω τη βίλα τους, έρημη και χορταριασμένη σαν να την έκαψαν οι παλιές μου κατάρες με θειάφι.

Σε ασπάζομαι, ο φίλος σου
Ευγένιος Ζιρντό

Ο χειμώνας τον βρήκε μόνο στο σπίτι να γυρνάει από κάμαρα σε κάμαρα φορώντας μάλλινες κάλτσες και μια καρό ρομπ ντε σαμπρ και να βάζει στις δυο της τσέπες κάθε τόσο τα χέρια του. Στη μία χάιδευε το πακέτο με τα τσιγάρα του, άφιλτρα Ματσάγγου, στην άλλη έκρυβε τα δάχτυλά του που καβαλούσαν το ένα το άλλο από νευρικότητα, πλήξη, και μια αναμονή αγνώστου περιεχομένου και αιτιολογίας. Κάθε τόσο τη σιωπή του σπιτιού έσπαζε η τσακμακόπετρα στον βαρύ αναπτήρα από όνυχα, που τον περιέφερε απ' το γραφείο του στο τραπέζι του σαλονιού κι απ' το κομοδίνο της κρεβατοκάμαρας στο υπόστεγο της μπροστινής αυλής, που έβλεπε στον κεντρικό δρόμο. Κάπνιζε πολύ, έτρωγε ελάχιστα και κοιμόταν με τη γεύση ακριβού κονιάκ στη γλώσσα, στον οισοφάγο και στα όνειρά του που μύριζαν φόβο. Ήταν φανερό ότι του έλειπε η καθημερινή εξιλέωση από τη Σάνε, η καθημερινή της άφεση αμαρτιών γι' αυτό που ήταν ο ίδιος.

Οι ώρες στο σπίτι, όσο περνούσε ο καιρός, γινόντουσαν από άχαρες ως μαρτυρικές, τις Κυριακές ειδικά. Όλη τη βδομάδα φρόντιζε να μένει στο εργοστάσιο ως αργά, κι όταν τύχαινε να φύγει νωρίς, επέστρεφε κατά τη διάρκεια της νύχτας για να δει, να προστάξει και να βάλει τις φωνές. Από τους εργάτες οι πιο πολλές ήταν γυναίκες, όμως τα βράδια οι περισσότεροι άντρες. Κυνηγημένοι οι πιο πολλοί από μιαν άγρια προσφυγιά, δεν του πολυέδιναν σημασία· άλλωστε δεν τον άκουγαν και καθαρά, γιατί οι μηχανές ήταν σκέτοι δεινόσαυροι· μούγκριζαν συνεχώς μέσα σε μια ζούγκλα από νήματα, χνούδια και χαμηλό φωτισμό, μια ζούγκλα που αντί να μυρίζει βρεγμένες φτέρες και φλούδες δέντρων, ανέδυε μια οσμή μηχανόλαδου με πετρέλαιο.

Ήταν ο πρώτος του χειμώνας δίχως τη Σάνε, οι πρώτες του Κυριακές χωρίς βαρκάδα, ήλιο και ψάρι. Τα λουλούδια της τα είχε παρατήσει σαν να ήταν τίποτε εξώγαμα, γιατί όχι μόνο δεν είχε φέρει άνθρωπο να τα περιποιείται μια στις τόσες, αλλά ακόμη και σ' αυτές τις κάψες του καλοκαιριού σπάνια θυμόταν να τους ρίξει λίγο νερό. Με τις πρώτες βροχές πέρασε κάποιες φορές από πάνω τους τσαλαπατώντας ό,τι είχε απομείνει τις ώρες που ζητούσε με αγωνία να βγει γρήγορα στη θάλασσα, γιατί στο σπίτι ένιωθε ότι δεν του έφτανε ο αέρας. Έπρεπε κανονικά να είχε φροντίσει τη μέρα της κηδείας της να βάλει ανθρώπους να τα ξεριζώσουν όλα και μ' αυτά να σκεπάσουν το φέρετρο και το σκαμμένο χώμα, και πάλι όμως κάποια θα περίσσευαν για να στολίσουν την αίθουσα των συλλυπητηρίων. Στα μέσα του Δεκέμβρη, ο πάλαι ποτέ κήπος ήταν ένα στέρφο οικόπεδο γεμάτο λάσπες και σκουπίδια, που τα έφερνε ο μπάτης μαζί με τα κύματα απ' τη μεριά της θάλασσας.

Η ζωή του είχε πια περιοριστεί στο μπροστινό μέρος του σπιτιού. Το κέντρο της καθημερινότητάς του ήταν ένα τραπέζι και μια καρέκλα κάτω απ' το υπόστεγο που έβλεπε στον δρόμο. Από εκεί έμπαινε στην κουζίνα, στο γραφείο, στην κρεβατοκάμαρα, και τέλος. Το υπόλοιπο σπίτι, απάτητο, στοίβαζε σκιές και σκόνες. Ξεχάστηκαν ως κι οι μυγοπαγίδες, που ήταν αλειμμένες με κόλλα και ζάχαρη κι είχαν ξεμείνει απ' το καλοκαίρι να κρέμονται απ' τα ταβάνια με ίχνη επάνω τους σαν μελανιές από τα πτώματα απρόσεχτων εντόμων που είχαν γίνει σκόνη. Σπίτι και κήπος θρηνούσαν με κάθε τρόπο τη Σάνε, εκείνος όμως πώς;

Κάποια στιγμή είχε γράψει σ' ένα γράμμα του στον Γιούγκερμαν ότι οι πόρνες της ζωής του ήταν πολλές αλλά ήταν ακόμη νωρίς να τις αξιολογήσει. Στα γεράματά μου, του έγραφε, τότε θα πάρει η καθεμιά τη θέση που της αρμόζει. Σ' εκείνο το γράμμα έμενε τελικά αδιευκρίνιστο αν προσμετρούσε τη Σάνε σ' αυτήν τη συλλογή.

Πολλά απογεύματα, και βράδια ακόμη, καθόταν έξω σκεπασμένος καλά για να μην τον πιάνει το κρύο και η υγρασία και ατένιζε το χορταριασμένο μαυσωλείο της γειτονιάς, το σκιάχτρο της μεγαλειώδους έπαυλης του Αλπερέν μπέη. Έβαζε τις σκέψεις του σε σειρά και προσπαθούσε να βρει μια εξήγηση. Η βίλα είχε πουληθεί πριν απ' την ανταλλαγή. Ήξερε ότι αυτό είχε ξανασυμβεί και σε άλλες περιπτώσεις, όταν άνθρωποι με πλούτο και κάποια έγκαιρη πληροφόρηση ή διορατικότητα πούλησαν από νωρίς περιουσίες μετατρέποντας ακίνητα σε χρυσές λίρες, που τις πήραν μαζί τους εκεί που τους οδηγούσε η μοίρα της προσφυγιάς. Οι υπόλοιποι απλά έφευγαν χάνοντας το καθετί είτε ήταν Έλληνες που έρχονταν απ' την Ανατολή είτε μουσουλμάνοι της Θεσσαλονίκης που έφευγαν για τα περίχωρα της Άγκυρας. Είχε μάθει ακόμη ότι το '22 οι ντονμέδες της πόλης είχαν ζητήσει απ' την ισραηλιτική κοινότητα να τους αναγνωρίσει ως Εβραίους για να μην αναγκαστούν να ξενιτευτούν, αλλά δεν τα κατάφεραν. Έτσι πήραν τον δρόμο της προσφυγιάς μαζί με τους άλλους μουσουλμάνους.

Ήταν φανερό πάντως ότι ο Αλπερέν μπέης είχε προνοήσει κι είχε πουλήσει την έπαυλη πριν γίνει ανταλλάξιμη κι εκποιηθεί. Αυτός που την είχε αγοράσει, όπως και οι κληρονόμοι του αργότερα, δε συζητούσαν την περίπτωση πώλησης ή ενοικίασης. Φευγάτοι από χρόνια στην Αμερική, αδιαφορούσαν αν το σπίτι ρήμαζε. Τότε ήταν που η φαντασία του Ζιρντό κάλπαζε και τα ερωτήματα ξεπρόβαλλαν το ένα μετά το άλλο. Μήπως ο πρώτος αγοραστής, που είχε πια πεθάνει, είχε όρκο να κρατήσει το σπίτι κλειστό; Για ποιον λόγο; Μήπως οι παλιοί του ιδιοκτήτες, κυρία Μίρζα πια και σύζυγος, λογάριαζαν να ξαναγυρίσουν με άλλη υπηκοότητα και να ξανακατοικήσουν; Θα ήταν βέβαια μια οικογένεια ευρωπαϊκή, με σύζυγο Βέλγο, Γάλλο ή Φλαμανδό, κι ένα τσούρμο παιδιά άριστης ανατροφής και εμφάνισης. Αν τα πράγματα ερχόντουσαν κάπως έτσι, ο παλιός τους κηπουρός θα τους καλημέριζε από απέναντι κάθε πρωί δείχνοντας, εκτός απ' τα σιδερωμένα του κασμίρια, τα άσπρα δόντια του – μια καθημερινή υπενθύμιση για εκείνες τις παλιές, ανήκεστες αμαρτίες.

Κάποια απ' τα πρωινά του Δεκεμβρίου στο εργοστάσιο τον ειδοποίησε η γραμματέας του ότι έπρεπε να επικυρώσει μερικές προσλήψεις για τις οποίες είχε μεριμνήσει ο προσωπάρχης. Ο Ζιρντό γκρίνιαξε λίγο, γιατί στο γραφείο του τον περίμενε ένας πύργος ολόκληρος από χαρτιά που έπρεπε να ελέγξει και να υπογράψει – κάτι που συνέβαινε συχνά, αφού δεν ήθελε με τίποτε να παραχωρήσει αρμοδιότητες στους υφισταμένους του. Δυο βδομάδες που έλειπε στην Αγγλία είχε συσσωρευτεί στο γραφείο ένας απίστευτος όγκος δουλειάς. Είχε ταξιδέψει ως εκεί για την ανανέωση του μηχανολογικού τους εξοπλισμού. Μόλις έφτιαχνε λίγο ο καιρός, έπρεπε να φύγει στην Αίγυπτο για την προμήθειά τους σε βαμβάκι και από κει να πάει στην Άγκυρα, όπου ήταν έτοιμο από καιρό ένα μακρύ πελατολόγιο.

Η «Γόρτυς» χρειαζόταν να παλέψει σκληρά για την επιβίωσή της. Στη Βόρεια Ελλάδα ανταγωνίζονταν μεταξύ τους πολλά εργοστάσια, η «ΥΦΑΝΕΤ», ο Λαναράς, η κλωστοϋφαντουργία του Τσίτση, του Τουρπάλη, ενώ καινούρια έκαναν την εμφάνισή τους, όπως η «ΣΙΖΑΛ», με πρωτοφανείς κατεργασίες της αγαύης,[84] έχοντας σκοπό να παράγουν ανταγωνιστικά νήματα που θ' αντικαθιστούσαν τα εισαγόμενα σχοινιά και τους σπάγκους. Η τεχνολογία προχωρούσε, όπως και οι νέες της εφαρμογές. Εδώ και κάποιες εβδομάδες είχε ξεκινήσει στη «ΣΙΖΑΛ» να λειτουργεί για πρώτη φορά στη Θεσσαλονίκη μηχανή παραγωγής εναλλασσόμενου ηλεκτρικού ρεύματος. Το εμπόριο έτρεχε, κι έπρεπε κι αυτός να ταξιδεύει πιο συχνά, να μαθαίνει και ν' ανανεώνει το οργανόγραμμά του συνεχώς. Όμως είχε περάσει πια τα σαράντα κι είχε αρχίσει στο ίδιο του το σπίτι να ζει σαν γέρος, να χρειάζεται όλο και λιγότερο χώρο και να καλεί τη γυναίκα που του καθάριζε όχι κάθε βδομάδα αλλά μια στις τόσες.

«Πες τού κυρίου Λογαράκη να περιμένει. Ας έχει συγκεντρωμένους τους καινούριους και σ' ένα κομμάτι χαρτί σημειωμένα ονόματα, ηλικία και προϋπηρεσία. Καταλάβατε;»

«Μάλιστα, κύριε Ζιρντό, θα του το διαβιβάσω».

«Σε μισή ώρα να του πεις!»

Κούνησε το κεφάλι της και βγήκε κλείνοντας αθόρυβα την πόρτα. Αυτός κράτησε στο χέρι το βαρύ μαύρο ακουστικό σαν να το ζύγιζε. Ήθελε να πει ένα «Καλημέρα» στον Βάσια κάτω στον Πειραιά και να τον ενημερώσει για την επιστροφή του. Κοίταξε πάλι τους φακέλους που τον περίμεναν στο γραφείο και κατέβασε το ακουστικό.

«Το βράδυ», σκέφτηκε, «να τα πούμε με την ησυχία μας».

Άνοιξε τους πρώτους φακέλους κι άρχισε να φυλλομετρά

84. Το φυτό αγαύη η σιζαλανή ή απλά σιζάλ παράγει μια πολύ σκληρή ίνα που χρησιμοποιείται στην παραγωγή διαφόρων προϊόντων.

τα χαρτιά. Κάποιες παραγγελίες ήταν τυπικές κι επαναλαμβανόμενες, κι έτσι άρχισε να τις υπογράφει χωρίς καθυστέρηση. Ό,τι χρειαζόταν να ξανακοιτάξει ή με κάποιον τρόπο να το διασταυρώσει, το έβαζε σε μια ξεχωριστή στοίβα. Το ραδιόφωνο δίπλα του έπαιζε χορευτικούς σκοπούς ευρωπαϊκούς, απ' αυτούς που ξετρέλαιναν τις κυρίες του καλού κόσμου στις πίστες. Κάθε τόσο η μουσική σταματούσε γιατί έπαιζαν ρεκλάμες. Ήταν όλες τους τοπικές: η «ΑΒΕΖ», η «ΖΑΝΑΕ», η «Πλινθοποιία Φιλίππου», τα λαστιχένια υποδήματα «Αλυσίδα», οι δαντέλες του Δαμπασίνα. Καθώς υπέγραφε κι άκουγε, του 'ρθε άλλη μια φορά στο μυαλό η σκέψη να κάνουν κι αυτοί μια γερή αντεπίθεση με ρεκλάμα στο ραδιόφωνο και στα περιοδικά – κάτι που τον έτρωγε εδώ και καιρό κι έπρεπε να το κουβεντιάσει το βράδυ με τον Βάσια. Κάπνιζε και υπέγραφε πιέζοντας την πένα σαν να ήθελε ν' αφήσει ανεξίτηλο τ' όνομά του σε κάθε εντολή παραγγελίας και σε κάθε φορτωτική.

Διέκοψε τις σκέψεις του το ραδιόφωνο, που ανακοίνωσε ότι η ώρα είχε πάει δώδεκα. Είχε κιόλας μεσημεριάσει κι ο προσωπάρχης με τους καινούριους εργάτες τον περίμεναν κάτω στις μηχανές. Σηκώθηκε, έφτιαξε το κουστούμι και τη γραβάτα με τη βοήθεια του ειδώλου του στην αντανάκλαση της τζαμαρίας και προχώρησε στο γραφείο του προσωπάρχη, που ήταν στον κάτω όροφο.

Ο χώρος όπου ήταν εγκατεστημένος ο κύριος Λογαράκης είχε μια μεγάλη τζαμαρία μέσα απ' την οποία παρακολουθούσε όλον τον χώρο παραγωγής. Ο Ζιρντό, πριν μπει, τον είδε να στέκεται όρθιος και να κουβεντιάζει με μια ομάδα από εργάτριες κι έναν άντρα με άσπρα μαλλιά. Η γραμματέας του στεκόταν έξω απ' την πόρτα του γραφείου του κυρίου Λογαράκη κρατώντας ένα μεγάλο ντοσιέ ακουμπισμένο στο στήθος της.

«Αυτός ο άντρας γιατί είναι ανάμεσά τους;» τη ρώτησε.

«Ζητήσαμε έμπειρο οδηγό, κύριε διευθυντά. Το καινούριο μας φορτηγό είναι εδώ και μέρες στο γκαράζ».

«Καλώς», της απάντησε και μπήκε στο γραφείο του προσωπάρχη.

Κατάλαβε ότι ο ερχομός του ήταν αυτό που επέβαλε τη σιωπή ανάμεσά τους. Οι γυναίκες, νέες όλες, κατέβασαν το κεφάλι από σεβασμό και φόβο.

«Βλέπω νεότητα, κύριε Λογαράκη. Πού θα βρούμε όμως την εμπειρία του προσωπικού που έχουμε ανάγκη;»

Ο κύριος Λογαράκης έσκυψε προς το μέρος του και του είπε χαμηλόφωνα:

«Όλες τους δουλεύουν από παιδιά, κύριε διευθυντά. Αντί για σχολείο, μπήκαν στα κλωστήρια, δεν τους λείπει η εμπειρία».

Τις κοίταξε μία μία προσεκτικά – είχαν όλες τους ακόμη τα μάτια κατεβασμένα.

«Προσφυγοπούλες είστε;» ρώτησε.

Ακούστηκαν κάποια «Μάλιστα» από δω κι από κει που έμοιαζαν πιο πολύ με ψίθυρο.

«Οι περισσότερες, κύριε διευθυντά, ήρθαν στην Ελλάδα βρέφη, άλλον τόπο δεν έχουν γνωρίσει».

«Πέρασες, κύριε Λογαράκη, τα ονόματά τους απ' την αστυνομική διεύθυνση για να τα ελέγξουν;»

«Μάλιστα. Όλες τους είναι καθαρές, δεν έχει σημειωθεί σε καμία τους συνδικαλιστική ή άλλη μολυσματική νόσος – πολιτική εννοώ».

«Αυτός εδώ πόσο χρονών είναι;»

«Κοντά στα πενήντα, αλλά κοιτάξτε: δε θέλουμε παιδαρέλια στο τιμόνι· τα φορτηγά είναι υπηρεσία με ευθύνες».

Ένιωσε τα μάτια του μεσήλικα οδηγού να τον περιεργάζονται. Ήταν η σειρά του να κατεβάσει τώρα το βλέμμα κι ας μην ήταν εργάτης ή πρόσφυγας· το χαμήλωσε μόνο από ένστικτο, από ένα «τσίμπημα αράχνης» – έτσι ονόμαζε τη δική του έκτη αίσθηση. Κάτι συνέβαινε, το ένιωθε, αλλά δεν μπορούσε να το προσδιορίσει.

«Έχουν ενημερωθεί για τις υποχρεώσεις τους και τις αποδοχές τους, κύριε Λογαράκη;»

«Με τον καλύτερο τρόπο, σας διαβεβαιώ».

«Καλώς! Να δοθούν τα στοιχεία τους στο λογιστήριο και να χωριστούν σε βάρδιες».

Έστρεψε τα μάτια στον οδηγό γι' άλλη μια φορά. Ο άντρας είχε παχύ μουστάκι, λίγα μαλλιά, πρόσωπο φαγωμένο απ' τον ήλιο και τον αέρα. Ίσως ήταν παλιός αμαξάς ή εργάτης στα φορτώματα των γερανών στο λιμάνι, εκεί που ο ήλιος όλους τούς γερνάει πρόωρα.

«Γνωριζόμαστε, κύριε διευθυντά, δε με θυμάστε;» είπε κάποια στιγμή ο οδηγός.

Η φωνή του ήταν γνωστή. Ένιωσε απαραίτητο να καθίσει κάπου, αλλιώς υπήρχε φόβος τα πόδια του να λυγίσουν.

«Να μείνει μόνο ο κύριος», είπε στη γραμματέα. «Συνοδέψτε τις εργάτριες στο λογιστήριο. Τον οδηγό πρέπει να τον ενημερώσω εγώ προσωπικά. Πηγαίνετε!»

Όταν έκλεισε πίσω τους η πόρτα, ο θόρυβος απ' το υφαντήριο μειώθηκε. Ο Ζιρντό και ο οδηγός κοιτάχτηκαν με αμοιβαία καχυποψία. Ο άντρας με τα ψαρά μαλλιά θα πλησίαζε τα πενήντα, φαινόταν όμως ταλαιπωρημένος απ' το κυνήγι του μεροκάματου.

«Κάθισε, Θόδωρε», του είπε βλοσυρός και του έδειξε μια καρέκλα μπροστά στο γραφείο του προσωπάρχη.

«Ευχαριστώ, Λευτέρη», του απάντησε εκείνος.

Φορούσε ένα κοντό τσόχινο πανωφόρι σαν αυτά που συνήθιζαν οι άνθρωποι του λιμανιού, ναυτικοί και φορτοεκφορτωτές. Στο χέρι κρατούσε ένα ναυτικό κασκέτο, στα πόδια του οι αρβύλες ήταν πολυφορεμένες, γεμάτες γδαρσίματα και ρωγμές.

«Από αμαξάς σοφέρ λοιπόν!»

«Ναι, κύριε Ζιρντό, σοφέρ».

Η φωνή του δεν μπορούσε να κρύψει έναν ελαφρύ τόνο ειρωνείας.

«Είπες σε κανέναν άλλον ότι με ξέρεις;»

«Έχω μάθει να κρατάω το στόμα μου κλειστό, ειδικά όταν δε μου πέφτει λόγος».

«Προηγουμένως όμως είπες μπροστά σε όλους ότι γνωριζόμαστε».

Χαμογέλασε – κάποια δόντια του 'λειπαν. Ο Λευτέρης Ζεύγος, δουλεύοντας από παιδί στο λιμάνι, είχε μάθει να ξεχωρίζει ποια στόματα έχαναν τα δόντια τους απ' τα γηρατειά και σε ποια οι μασέλες είχαν κατεδαφιστεί απότομα σε κάποιον άγριο ξυλοδαρμό. Ο Θόδωρος είχε χάσει τα δόντια του σε καβγά. Αυτό μαρτυρούσε και η μεγάλη χαρακιά στις παρειές, που δεν μπορούσε να κρυφτεί.

«Ήθελα λίγο, ας πούμε, να σε φοβίσω, να σε πειράξω, βρε αδερφέ! Μη νομίσεις κιόλας ότι δε σε γνώρισα. Πώς θα ήταν δυνατόν; Τόσους μήνες μείναμε στην ίδια κάμαρη».

«Ήθελες να σιγουρέψεις την πρόσληψη;»

«Έχω ανάγκη, Λευτέρη, να δουλέψω, και δε μου λείπει η πείρα. Είμαι στον δρόμο από μικρό παιδί· στην αρχή με το χαλινάρι στο χέρι, ύστερα με το τιμόνι».

«Πώς πέρασες τη διαλογή του κυρίου Λογαράκη, αναρωτιέμαι... Γιατί ήρθες τόσο κακοντυμένος;»

«Είμαι φτωχός, κύριε Ζιρντό. Έχω παντρευτεί χήρα γυναίκα με δυο μικρά...»

«Καλά, Θόδωρε, καλά, δεν έχω κάποιο πρόβλημα μαζί σου. Προσλαμβάνεσαι, κι από αύριο το πρωί παίρνεις το καινούριο φορτηγό. Σήμερα όμως, αφού βραδιάσει, θέλω να είσαι έξω απ' τα σφαγεία κατά τις οχτώ. Μην πεις σε κανέναν ότι θα βρεθούμε· δε δίνω, ξέρεις, πολύ θάρρος στους εργάτες. Κοίταξε να 'χεις και λίγο χρόνο μπροστά σου».

«Πού θα πάμε, κύριε διευθυντά;»

«Σ' ένα ταβερνάκι απόμερο να σου κάνω το τραπέζι, να πούμε για τα παλιά...»

«Μεγάλη μου τιμή!»

«Φύγε τώρα γιατί έχω δουλειά».

«Να πάω απ' το λογιστήριο να πάρω καμιά προκαταβολή;»

Τον κοίταξε συνοφρυωμένος, ο άλλος όμως παρέμενε ανέκφραστος.

«Βιάζεσαι, Θόδωρε!»

«Κι εσείς βιάζεστε, κύριε διευθυντά. Γεύμα απ' την πρώτη μέρα;»

«Να πάει στο διάολο, πήγαινε στο λογιστήριο· το κάνω για τη γυναίκα σου και τα κουτσούβελα».

Ο Θόδωρος σηκώθηκε.

«Στις εφτά θα είμαι έξω απ' τα σφαγεία, αφεντικό».

Φόρεσε το ναυτικό κασκέτο και χώθηκε ανάμεσα στις κλωστικές μηχανές που δούλευαν με θόρυβο.

Ήταν μέρα με συννεφιά, κι έτσι νύχτωσε πριν κι από τις πέντε ακόμη. Τηλεφώνησε στον Βάσια, τον ενημέρωσε για την επιστροφή του και συζήτησαν δυο τρία θέματα που δεν έπαιρναν αναβολή πριν ανανεώσουν το τηλεφωνικό τους ραντεβού για το βράδυ της επομένης. Βγήκε απ' τη μάντρα του εργοστασίου οδηγώντας τη Σεβρολέτ, πέρασε το Μπες Τσινάρ και πάρκαρε κάπου στην Πλατεία Ελευθερίας. Η πλατεία το καταχείμωνο ήταν έρημη, μόνο κάτι μαυροπούλια έστεκαν άυπνα στα γυμνά κλαριά με τον αέρα να τους αναδεύει τα πούπουλα. Τώρα φυσούσε βαρδάρης, που κατηφόριζε απ' την Ίωνος Δραγούμη και του ξύριζε το πρόσωπο. Χάζεψε για λίγο τα μεγάλα κτίρια των τραπεζών, της Εθνικής και της Ιονικής, και βάδισε προς την προκυμαία. Δεν κυκλοφορούσε ψυχή, είχε κρύο. Η πλατεία γέμιζε τα βράδια από την άνοιξη και μετά, όταν στρώνονταν στο πλακόστρωτο μεταλλικά τραπεζάκια όπου σερβίρονταν γρανίτες και παγωτά.

Στράφηκε προς τη θάλασσα κι άφησε τον άνεμο να τον σπρώχνει απαλά στην πλάτη, σαν παλιός γνωστός, σαν φίλος που τον παρότρυνε να περπατήσουν μαζί. Έξω στο πέλαγος ξεχώριζαν μόνο τα φώτα των καραβιών που περίμεναν να ξεφορτώσουν στο Λιμάνι· στο βάθος ο ορίζοντας πίσσα.

Η πρωινή ταραχή δεν είχε ακόμη κοπάσει μέσα του αν και είχε πιει το μεσημέρι δυο ούζα κι έκανε μια βόλτα ως τον σιδηροδρομικό σταθμό και την «Ελληνική Χαρτοποιία». Οι εργάτες της περιοχής, που τον ήξεραν, παραξενεύτηκαν που είδαν πεζό τον διευθυντή της «Γόρτυς» να χώνεται μες στις λάσπες ως τον αστράγαλο φορώντας το ακριβό καμηλό του παλτό και τα χειροποίητα σκαρπίνια. Δύο αλάνια τού κόλλησαν και του ζήτησαν τσιγάρο· τους έδωσε με τη χούφτα, χωρίς να πιάσει κουβέντα.

Όρθιος τώρα στην άκρη της πρώτης προβλήτας ατένιζε τα φώτα στα καινούρια κτίρια της πόλης, αυτά που χτίστηκαν μετά τη φωτιά. Ξεχώριζε το *Hôtel Méditerranée*, το ολύμπιο μέγαρο της Μεσογείου, αυτό που ξυπνούσε τους περισσότερους φόβους του. Στο εστιατόριό του, στους πολυτελείς χώρους υποδοχής, στον κλειστό εξώστη του πρώτου ορόφου, πάντα είχε την αίσθηση ότι τον κοίταζαν κι ότι κάποιος θα τον αναγνώριζε και θα 'ρχόταν να τον ρωτήσει για τα παλιά.

Ο αιφνιδιασμός ήρθε τελικά από έναν κακοντυμένο εργάτη. Όρθιος τώρα στην άκρη της προβλήτας με τον αέρα να του κοκκινίζει το πρόσωπο, ολοκλήρωσε ύστερα από είκοσι ένα χρόνια το πορτρέτο της παλιάς του αντιπάθειας. Ήταν η ελαιογραφία του προσώπου που μοιράστηκε μαζί του το ένα και μοναδικό δωμάτιο από τις ώρες της μεγάλης φωτιάς τον Αύγουστο του '17 ως τη μέρα που του ήρθε το χαρτί της κατάταξης στον στρατό. Συνειδητοποιούσε πια, με τη διαφάνεια της ώριμης σκέψης που χαρίζει ο χρόνος, ότι ο Θόδωρος ήταν άνθρωπος επικίνδυνος, γεννημένος λακές, ή μάλλον χαφιές, εν δυνάμει μπράβος κι εγκληματίας. Αυτό που παλιά ήταν μια μετέωρη αντιπάθεια, τώρα γινόταν απέχθεια. Ήταν παρ' όλ' αυτά ο μόνος κρίκος απ' το παρελθόν του, ο μόνος που μπορούσε να τον διαφωτίσει για εκείνα τα χρόνια, όμως δυστυχώς ήταν και στο παρόν, για το οποίο ήταν έτοιμος να τον εκβιάσει.

Γύρισε στην Πλατεία Ελευθερίας και μπήκε στο αυτοκίνητο. Έστριψε δυτικά και τράβηξε για το εργοστάσιο. Στον δρόμο τού γάβγιζαν σκυλιά απ' τις μάντρες και τις αποθήκες, ενώ αρουραίοι τρόμαζαν απ' τα φώτα του αυτοκινήτου· στην αρχή κοντοστέκονταν θορυβημένοι, κι ύστερα τους ρουφούσε πάλι το σκοτάδι, ενώ τα μάτια τους φωσφόριζαν.

Ο Θόδωρος τον περίμενε σ' ένα υπόστεγο έξω απ' τα σφαγεία καπνίζοντας.

«Μπες», του είπε, ενώ έγειρε στην πλαϊνή θέση και του άνοιξε την πόρτα.

Όταν τον αισθάνθηκε δίπλα του, μύρισε τα ρούχα του – ξυλόσομπα και ναφθαλίνη.

«Πού πάμε;» τον ρώτησε ο αμαξάς.

«Κάπου ήσυχα, θα δεις!»

Οδήγησε στους χωματόδρομους των αποθηκών και των εργοστασίων, ώσπου έφτασε στους παράδρομους του Λιμανιού. Μπήκαν σε μια λαϊκή ψαροταβέρνα με σανίδια στο πάτωμα που έτριζαν κι απλωμένα δίχτυα στους τοίχους. Το χρώμα γύρω γύρω στους τοίχους, αν εξαιρούσες τη σειρά με τα καφετιά βαρέλια, ήταν ένα ξεπλυμένο γαλάζιο με φουσκώματα από υγρασίες εδώ κι εκεί. Ο αέρας ήταν πνιγηρός και μύριζε τηγανητό ψάρι και χυμένη ρετσίνα.

Τα σώματά τους είχαν ανάγκη να συνηθίσουν το ένα το άλλο, να μάθουν να στέκονται εκ του σύνεγγυς χωρίς ταραχή, να αναγνωρίσουν και πάλι τον ζωικό μαγνητισμό του καθενός. Έφαγαν σαφρίδια με λαχανίδα σαλάτα παίρνοντας όση σιωπή τούς ήταν απαραίτητη. Έπιναν ρετσίνα απ' τα βαρέλια που ήταν κολλημένα στους τοίχους. Ο Θόδωρος φαινόταν γερό ποτήρι – τουλάχιστον όσο και ο Ζιρντό.

«Πίνει, καλό αυτό...», πρόλαβε να σκεφτεί ο διευθυντής της «Γόρτυς» την ώρα που έλυνε τον κόμπο της γραβάτας του. «Τουλάχιστον κάποια στιγμή θ' ανοίξει το στόμα του να τα πει».

«Χόρτασα, Λευτέρη. Τώρα μόνο να κουτσοπίνουμε», του είπε και ξαναγέμισε τα ποτήρια.

Εκείνο το βράδυ θα μπορούσε να συγχωρέσει τα πάντα στον παλιό αμαξά εκτός από ένα: να μιλάει με γεμάτο το στόμα.

«Στον στρατό σε είχανε πράγματι για σκοτωμένο, ή έτσι λέγανε για να μη μάθει ο κοσμάκης πόσοι από σας γίνατε λαγοί εκεί στην Ουκρανία».

«Εσύ γιατί δεν πήγες στρατό;»

«Είχα πέντε μικρότερα αδέρφια στο χωριό, ο πατέρας μου είχε χαθεί στο νταμάρι πριν ξεκινήσει ο πόλεμος, τον φέρανε στο τσουβάλι κομμάτι κομμάτι. Ήμουν προστάτης οικογενείας, κανονικός, ρε, όχι κουραφέξαλα!»

Το μάτι του Ζιρντό γυάλισε.

«Δε σ' έφερα εδώ για να μου πουλήσεις παραμύθια. Μια μάνα είχες μόνο, σε θυμάμαι τότε που ανέβηκες στο χωριό για να τη θάψεις. Ο πατέρας σου σ' έκανε στα εξήντα πέντε, ήταν γέρος πια και πέθανε ύστερα από τρία χρόνια. Πού τα είδες τα αδερφάκια, στον ύπνο σου; Άκου, Θόδωρε, αν νομίζεις ότι μπορείς να λες σε μένα αρλούμπες, είσαι γελασμένος. Απ' τον στρατό σε γλίτωσε ο Αλπερέν μπέης, γιατί δεν ήθελε να χάσει τον τζουτζέ του, τον ρουφιάνο του· δεν ήσουν μόνο αμαξάς αλλά και μεγάλο καρφί για τη μαγείρισσα, για την καμαριέρα, για τη γειτονιά, για τους πάντες».

Ο Θόδωρος είχε ανάψει τσιγάρο και μειδιούσε χαζεύοντας τα αθερινόδυχτα που ήταν απλωμένα στον γαλάζιο τοίχο.

«Ήρθαμε να πούμε αλήθειες, Θόδωρε, κατάλαβες;»

Όσην ώρα μιλούσε στον αμαξά, έσφιγγε ταυτόχρονα το λαδωμένο πιρούνι για να του περάσει η λύσσα.

«Μιλάς έτσι, μικρέ, γιατί εσύ φτιάχτηκες, έγινες κύριος. Το 'σκασες απ' τον στρατό, άλλαξες όνομα κι ήρθες πίσω στην τρίχα – κουστούμι, κούρσα Σεβρολέτ και τα τοιαύτα. Εμένα η ζωή με τάραξε στις κουτουλιές. Ο γερο-Αλπερέν έφυγε για την Τουρκία το '22, αφού προηγουμένως είχε προλάβει να πουλήσει σπίτι, άλογο, παϊτόνι. Έμεινα άνεργος μαζί με χιλιάδες πρόσφυγες σ' όλη την πόλη να ζητιανεύουν ψωμί και να μένουν σαν τα πρόβατα όλοι μαζί στις εκκλησιές. Ξέρεις πόσο πέσανε τα μεροκάματα το '22; Ξέρεις τι γινόταν σ' αυτούς τους δρόμους; Γαμούσες φρέσκα κορίτσια μ' ένα κομμάτι χαλβά. Δεν τα 'ζησες, μικρέ, αυτά. Δεν ξέρω πού πήγες, πώς πέρασες, αλλά εδώ, σ' αυτόν τον τόπο, εγώ και καμπόσοι άλλοι φτύσαμε το γάλα της μάνας μας».

Τον άκουγε αμίλητος, ενώ σιγά σιγά ο θυμός τον άφηνε. Καταλάβαινε ότι έπρεπε να κρατήσει την ψυχραιμία του. Ο Θόδωρος θα του 'λεγε πολλά αρκεί να πήγαινε λίγο με τα νερά του, αρκεί πού και πού να τον τάιζε, όπως τους πίθηκους στον ζωολογικό κήπο της Αμβέρσας όταν πήγαιναν βόλτα με τη Σάνε. Στο κάτω κάτω της γραφής, είχε κι ο αμαξάς δυστυχήσει κι ας ήταν κάλπικος. Ήξερε από χρόνια ότι η μιζέρια δαγκώνει τους καλούς ανθρώπους αλλά δεν αφήνει ήσυχους ούτε τους σκάρτους.

«Πήγα και δούλεψα δυο χρόνια στη Σερβία, εκεί έμαθα να σοφάρω, εκεί έμαθα και τις μηχανές. Σου ορκίζομαι στο μνήμα της μάνας μου ότι μπορώ να λύσω και να δέσω μόνος μου το φορτηγό που μου 'δωσες σήμερα το πρωί».

«Πες μου τι έγινε εκείνη τη μέρα».

«Ποια μέρα, αφεντικό;»

«Μη με λες "αφεντικό" όταν είμαστε οι δυο μας! Για κείνη τη μέρα που ήρθε ο στρατός και μου έδωσε το χαρτί, για κείνη τη μέρα ρωτάω».

«Τι τα σκαλίζεις τώρα;»

«Θέλω να ξέρω, ακούς; Όλα άλλαξαν από εκείνη τη μέρα. Θέλω να μάθω ποιος έσπρωξε τη ζωή μου να ντεραπάρει, κατάλαβες;»

«Ο γέρος ήταν εκείνος που τους ειδοποίησε. Έστειλε εμένα μ' ένα σημείωμα, έναν φάκελο σφραγισμένο, να τον πάω στο Φρουραρχείο. Δεν τον άνοιξα, φαντάζομαι ήταν αυτό που σε πρόδινε, που έλεγε την ηλικία σου και πού έμενες, που ζητούσε να έρθουν να σε πάρουν».

«Γιατί το 'κανε αυτό;»

«Είναι για να ρωτάς; Αφού καλόβλεπες την κόρη του, τι περίμενες, να σου τη χαρίσει;»

«Εκείνη πότε το 'μαθε;»

«Ποιο απ' όλα;»

«Ότι θα 'ρθουν να με πάρουν, ότι ο γέρος τα ήξερε όλα».

«Την προηγούμενη το απόγευμα. Εσύ έλειπες για δουλειές, έκανες εκείνα τα μεσιτικά με τα καμένα».

«Λοιπόν;»

«Μόλις νύχτωσε, με ξύπνησαν οι φωνές της που έφταναν ως το σπιτάκι – την έδερνε, Λευτέρη».

«Τι άκουγες;»

«Κλάματα και τσιρίδες. Τι έλεγαν δεν καταλάβαινα, μιλούσαν τη γλώσσα τη δικιά τους. Άκουγα όμως τ' όνομά σου πολλές φορές. Μισή ώρα μετά χτύπησε το κουδούνι στο σπιτάκι, με ζητούσε. Ντύθηκα και πήγα. Καθόταν στο γραφείο του χωρίς γραβάτα, με τα μαλλιά του ανάκατα. Φαινόταν συγχυσμένος. Μόλις μπήκα, μου ζήτησε να κλείσω την πόρτα».

«Τι ήθελε;»

«Να πάω κάτω στην πόλη και να βρω κάτι μαζέματα του σχοινιού και του παλουκιού, κάτι νταήδες της Μπάρας. Πλήρωνε καλά για να σε βγάλουν απ' τη μέση χωρίς ν' αφήσουν ίχνη, εκτός αν...»

«Εκτός αν;»

«Εκτός αν μπορούσα εγώ να κάνω τη δουλειά, για να μην μπλέκαμε τρίτους».

«Εσύ;»

«Ναι, εγώ. Έλεγε ότι με μένα βόλευε πιο πολύ, γιατί όλη μέρα ήμασταν μαζί, φίλοι, κανείς δε θα υποψιαζόταν. Τότε...»

«Τότε; Γιατί σταμάτησες;»

«Τότε είναι που μπήκε μέσα η δεσποινίς. Τα είχε ακούσει όλα. Είχε μαύρους κύκλους στα μάτια, κι αυτό ήταν το λιγότερο. Πρώτη φορά την έβλεπα έτσι. Μου είπε ατάραχη ότι ο πατέρας της την είχε δείρει με το λουρί, άνοιξε μάλιστα μπροστά μου το φόρεμά της και μου έδειξε την πλάτη. Το πρόσωπό της όμως δεν είχε σημάδια, ήξερε ο γέρος τι έκανε, μόνο που δεν μπορούσε να φανταστεί ότι η κόρη του θα γδυνόταν μπροστά στον αμαξά για να του δείξει τα σημάδια της».

«Τι έγινε μετά;»

«Είπε ότι αν απλώσουν χέρι επάνω σου θα τα έλεγε όλα στην αστυνομία – τα είχε μάθει όλα γιατί κρυφάκουγε, θα μαρτύραγε. Έτσι ο Αλπερέν μπέης άλλαξε βιολί και κάθισε κι έγραψε εκεί μπροστά μου το χαρτί για το Φρουραρχείο. Το πήγα εγώ ο ίδιος ύστερα από λίγο. Θυμήθηκα ότι δεν έζεψα τ' άλογα, για να μη δίνω στόχο με την άμαξα, και πήγα ως το Φρουραρχείο με τα πόδια. Έβρεχε, το θυμάμαι καλά σαν να 'γινε χθες».

Ο Λευτέρης ρουφούσε συνέχεια το τσιγάρο του. Ένιωθε σαν κάποιους που στο μέσον της ζωής τους μαθαίνουν ότι δεν είναι πραγματικά παιδιά του πατέρα τους αλλά η φύτρα τους είναι άλλη, και τότε αυτόματα αλλάζει η Γη όλη κι είναι σαν να βλέπουν τον κόσμο απ' την πίσω μεριά του καθρέφτη.

«Μου λες αλήθεια;»

«Τι λόγο έχω να σου πω ψέματα;»

«Γι' αυτό την άλλη μέρα ήταν παγωμένη και δε με πλησίαζε».

«Θυμάμαι ότι οι πληγές κάτω απ' τα ρούχα πρέπει να την πονούσαν πολύ. Η καμαριέρα, που την είχε ντύσει το πρωί, μου είπε πως έβαλε πάνω της το φόρεμα με πολλή προσοχή, χωρίς εσώρουχα, και το κούμπωσε από πίσω με τα μισά κουμπιά – κι ο αέρας ακόμη την πονούσε, έτσι μου είπε. Τι έπαθες, Λευτέρη;»

Τον πρόσεξε που είχε το κεφάλι του κατεβασμένο, τα μάτια του υγρά να βλέπουν κάτω, στα ψαροκόκαλα της πιατέλας, στους λεκέδες της ρετσίνας στο τραπεζομάντιλο, στο τασάκι που ήταν ξεχειλισμένο αποτσίγαρα και βρομούσε.

«Μ' αποχαιρέτησε μ' ένα κομμάτι στο πιάνο. Πού βρήκε το κουράγιο να παίξει με τέτοιους πόνους;»

«Από μένα δεν τρέχει τίποτε, κλάψε, δεν παρεξηγώ εγώ...»

Σκούπισε τα μάτια του με το μανίκι του πουκαμίσου.

«Είμαι εντάξει, Θόδωρε, εντάξει».

Ο παλιός αμαξάς τον παρατηρούσε με την άκρη του ματιού. Ο διευθυντής της «Γόρτυς» είχε πετάξει τα δάκρυά του μακριά και το βλέμμα του είχε σκληρύνει όπως στην αρχή της βραδιάς. Ο Θόδωρος δεν το μπορούσε αυτό το βλέμμα, ήταν σαν να του 'λεγε ότι από δω και πέρα η ζωή του θα 'ταν ένα υπάκουο πηγαινέλα στο εργοστάσιο κι αυτός εδώ μπροστά ο αφέντης του. Ξαναγέμισε το ποτήρι του και το ήπιε μονορούφι.

«Έχω, Θόδωρε, κάτι ακόμα να σε ρωτήσω», του είπε και του ξαναγέμισε αμέσως το ποτήρι μαζί με το δικό του – ήδη ήξερε ότι στο μπρα ντε φερ της ρετσίνας αυτός θα νικούσε.

«Σ' ακούω», του είπε και χαμογέλασε κάπως ηλίθια.

«Αν δεν έμπαινε η Μίρζα τότε στο γραφείο του γέρου, θα πήγαινες στους νταήδες που σου ζήτησε;»

Σήκωσε τους ώμους αδιάφορα.

«Ή θα έπαιρνες μόνος σου τη δουλειά;»

Άρχισε να χασκογελάει.

«Είπες ότι θέλεις την αλήθεια απόψε, Λευτεράκη. Το ’πες, έτσι δεν είναι;»

«Το ’πα».

«Θα ’παιρνα τις λίρες και θα τελειώναμε, δε θα σε είχα τώρα αφεντικό».

«Δε σε νοιάζει που μου το λες έτσι;»

Συνέχισε να χασκογελάει.

«Δεν είσαι κανένα άβγαλτο, το πεζοδρόμιο το ’χεις ζήσει, ξέρεις πώς είναι αυτά τα πράγματα. Λίγες είναι στη ζωή οι ευκαιρίες...»

«Μια που λέμε αλήθειες, να σου πω τι θυμάμαι εγώ από κείνες τις μέρες; Σε άκουσα με προσοχή, θα μ’ ακούσεις κι εσύ. Όλους εκείνους τους μήνες έστειλα στη Μίρζα πολλά γράμματα – όλα τα έδινα εγώ χέρι με χέρι. Ένα μόνο δεν το ’δωσα, σε παρακάλεσα να της το πας, ήταν το τελευταίο. Εσύ όμως το πήγες στον Αλπερέν, γαμημένε, ε γαμημένε! Εσύ τα πρόδωσες όλα στον γέρο!»

«Κύριε Ζιρντό, πρέπει να είστε πιο προσεκτικός. Ένα τέτοιο όνομα σαν το δικό σας κινδυνεύει από κακές φήμες, από σούσουρο. Πρέπει να προστατέψετε τη θέση σας».

«Το ξέρω, μην ανησυχείς, το κατάλαβα απ’ την πρώτη στιγμή που σε είδα. Ζήτησα από σένα την αλήθεια και θα την πληρώσω, να μην έχεις καμιά αμφιβολία γι’ αυτό. Έχω χρήματα και συ ξέρεις να φυλάς μυστικά. Σήμερα το πρωί, Θόδωρε, στο γραφείο του προσωπάρχη έκανες την τύχη σου! Λίγες είναι οι ευκαιρίες σ’ αυτήν τη ζωή, όπως είπες».

Σήκωσε το ποτήρι του και το τσούγκρισε μ’ αυτό του οδηγού. Την ίδια ώρα ο ταβερνιάρης άρχισε να ρίχνει πριονίδι στα σανίδια για να ρουφήξει το χυμένο κρασί και τα λάδια, καθώς η ώρα ήταν περασμένη.

«Μα είναι αργά!»

«Σου δίνω ρεπό γι' αύριο. Είμαι ή δεν είμαι ο διευθυντής της "Γόρτυς";»

«Είσαι!»

«Τότε πάμε!»

Βάδιζαν στον παραλιακό δρόμο ένα μέτρο δίπλα απ' το τέλος της προκυμαίας· από κάτω ροχάλιζε η θάλασσα. Ήταν περασμένες δώδεκα κι ο αέρας είχε εδώ και ώρα σταματήσει. Αυτός ήταν ο λόγος που το πούσι είχε αρχίσει να στεφανώνει τις κολόνες κατά μήκος της Λεωφόρου Νίκης και το φως τους γινόταν ολοένα και πιο αμυδρό, χωμένο σχεδόν στις μασχάλες της ομίχλης.

Μιλούσαν δυνατά, όπως όλοι ο άντρες που έχουν κατεβάσει μερικά ποτήρια κι έχουν τραβήξει την κουρτίνα αφήνοντας τον κόσμο έξω, μακριά, γοητευμένοι απ' τα ίδια τους τα λόγια. Ένας θεατής από κάποια απόσταση θα παρατηρούσε, μακριά απ' αυτούς, τη διαφορά – ότι ο Θόδωρος παραπατούσε ενώ ο άλλος κρατούσε ακόμη το βήμα ισιάδι παράλληλα με τις γραμμές του τραμ, που ξεχώριζαν κάτω απ' το πεζοδρόμιο.

«Πάμε στο *Μεντιτερανέ*!»

Ο σοφέρ κοντοστάθηκε κι έξυσε το κεφάλι του.

«Δε γίνεται, αφεντικό, δε με βάζουν».

«Είσαι μαζί μου, θα σε βάλουν»,.

Ο διευθυντής της «Γόρτυς» άνοιξε το βήμα του, πέρασε μπροστά και τον άφησε πίσω να ελέγχει ο ίδιος το κάθε του πάτημα μη σκουντουφλήσει. Στάθηκε στην πόρτα του ξενοδοχείου ίσα για να βάλει ένα φιλοδώρημα στο χέρι του θυρωρού και να κάνει νόημα στον Θόδωρο να τον ακολουθήσει.

Πέρασαν σ' έναν απ' τους χώρους υποδοχής με τις ταπετσαρίες στους τοίχους και τα παχιά χαλιά. Κάθισαν σε δυο δερμάτινες πολυθρόνες και βούλιαξαν. Ο Θόδωρος κοιτούσε ανήσυχος αριστερά δεξιά. Σ' αυτόν τον χώρο είχε ξανάρθει όταν χρειάστηκε να φέρει ένα μήνυμα στο παλιό του αφεντικό που σύχναζε εδώ, έναν Εβραίο καπνέμπορο που αργότερα τον είχε απολύσει. Τώρα μπορούσε να καθίσει, και μάλιστα να παραγγείλει ό,τι τραβούσε η ψυχή του – σαν ψέμα τού φαινόταν. Παρότι το κεφάλι του γύριζε, ψέλλισε τ' όνομα ενός ακριβού μπράντι, το ίδιο ακριβώς μ' αυτό που ζήτησε κι ο παλιός του συγκάτοικος, αυτός με τα δύο ονόματα που είχε γίνει τώρα μεγάλος και τρανός και κυκλοφορούσε εδώ μέσα σαν να 'ταν δεύτερό του σπίτι.

Ο Ζιρντό προσκάλεσε ύστερα από λίγο τον Θόδωρο να βγουν στον κλειστό εξώστη του πρώτου ορόφου για ν' απολαύσουν τη θέα και να τους ξεθολώσει λίγο το κεφάλι η θάλασσα. Ο σοφέρ τον ακολούθησε με βήματα προσεκτικά, σαν να είχε το πάτωμα σκαλοπάτια, σαν να προσπαθούσε να περάσει ένα χωράφι στρωμένο με νάρκες και φοβόταν. Τον ένοιαζε πολύ να μην ξαπλώσει κάποια στιγμή στο πάτωμα απ' τη ζαλάδα της ρετσίνας, καθότι ήταν η πρώτη φορά που έμπαινε σ' ένα τέτοιο μέρος και δεν ήξερε αν θα του ξανασυνέβαινε. Πόσο άντεχε, διάολε, το πιώμα εκείνος ο Ζιρντό, σκέφτηκε, που ήταν νηφάλιος λες κι είχαν περάσει τη νύχτα τους με τσάι!

Στον εξώστη οι μικρές κολόνες ξεκινούσαν απ' το ένα μέτρο ύψος και κατέληγαν σε μικρές αψίδες, οι οποίες χάραζαν τον αέρα κάνοντας ανοίγματα στον ορίζοντα, που έμοιαζαν αραβουργήματα. Κολόνες και αψίδες τεμάχιζαν τη θέα του Θερμαϊκού. Ο ημιυπαίθριος εξώστης, που θύμιζε εκκλησία ή βασιλικό κτίριο στη Γρανάδα όπως είχε κάποτε σκεφτεί ο Ζιρντό, ήταν τώρα έρημος, γιατί ήταν χειμώνας και η ώρα περασμένη.

Στάθηκαν σιωπηλοί ο καθένας κάτω από μιαν αψίδα, σαν να πόζαραν για ξεχωριστά πορτρέτα, κρατώντας στο χέρι το ποτήρι του μπράντι, που έμοιαζε με βεντούζα, κι έδειχναν να αναμένουν τις σειρήνες των καραβιών, να σπάσουν αυτές ως πιο θαρραλέες τη σιγή. Η ομίχλη κάλυπτε σιγά σιγά όλη την παραλιακή λεωφόρο, τους προβολείς απ' τους γερανούς στο βάθος κι εκείνη τη σπορά από φωτάκια στ' ανατολικά, στη συνοικία των Εξοχών, που τα τελευταία χρόνια είχε διπλασιαστεί και κόντευε να ενωθεί με τα έλη και τα προσφυγόσπιτα της Καλαμαριάς.

«Βρήκες σπίτι απέναντι απ' τη βίλα, έτσι μου είπες», μίλησε πρώτος ο σοφέρ, γιατί με τη σιωπή και τον ρεμβασμό δεν αισθανόταν άνετα· ήταν κι αυτή η ζάλη που του υπενθύμιζε ότι για να μένει ξύπνιος έπρεπε να μιλάει.

«Απέναντι και διαγώνια έμενε τότε ένας Βέλγος, αν θυμάσαι, που ήταν αρχιμηχανικός στον ηλεκτροφωτισμό κι είχε μια χοντρή γυναίκα που άλλαζε κάθε τόσο βεντάλιες».

«Τον θυμάμαι».

«Εκεί μένω. Νοικιάζω απ' το '33 βάζοντας το ενοίκιο σε μια τράπεζα. Δεν έχω δει κανέναν τους, μάλλον δε ζουν πια, και τα λεφτά τα παίρνουν κληρονόμοι».

«Ήθελες να είσαι κοντά, ε;»

«Πιες το μπράντι σου και μην τα σκαλίζεις, όπως λες κι εσύ».

«Όχι, σε καίει ακόμα, μη μου πεις...»

Ο Λευτέρης δε γύρισε να τον κοιτάξει, ήταν κι αυτό μέρος του παιχνιδιού. Εκείνο το βράδυ έπαιζε με τη μοίρα του ένα παιχνίδι στα χαρτιά, έπαιζε τριάντα μία και ήταν αποφασισμένος, για να κερδίσει, να τραβήξει φύλλο ακόμη κι απ' το είκοσι εννιά ή και το τριάντα.

«Άμα σε καίει όμως, έχω να σου πω κι άλλα...»

Ο διευθυντής της «Γόρτυς» ένιωσε να ιδρώνει κάτω απ' το κουστούμι του – ομίχλη και μνήμη μαζί τού έφερναν έξαψη.

«Χωρίς λεφτά;» τον ρώτησε με έκδηλη ειρωνεία.

«Χωρίς λεφτά, ρε, τι νομίζεις; Απόψε θα σ' τα πω όλα, θα ξεβρακωθώ. Ό,τι θέλεις θα το μάθεις από μένα χωρίς φράγκα. Εβραίοι είμαστε γαμώτο;»

Ο Λευτέρης προχώρησε ως την ανοιχτή μπαλκονόπορτα κι έκανε από κει νόημα στο μπαρ να επαναλάβουν τα ποτά.

«Λέγε λοιπόν γιατί με καίει. Όλα εκείνα τα παλιά με καίνε».

«Δε θα σου πω παλιά, καινούρια θα σου πω».

«Πόσο καινούρια;»

«Αυτού του καλοκαιριού, πριν πέντε μήνες».

«Λέγε λοιπόν!»

«Την είδα με τον άντρα της».

«Ποια, μωρέ;»

«Τη δεσποινίς, εδώ στη Σαλονίκη».

Ο Λευτέρης ακούμπησε το άδειο ποτήρι στο μαρμάρινο περβάζι ανάμεσα σε δυο κολόνες.

«Μέθυσες, Θόδωρε;»

«Την είδα σου λέω, της μίλησα έξω απ' το *Βιέννη*[85] στην Εγνατία».

«Πώς ήταν;»

«Πώς να 'ταν; Πάνω κάτω η ίδια, μόνο λίγο σπασμένη· μπορεί να είχε και καμιά άσπρη τρίχα, δεν είδα γιατί φορούσε καπέλο. Ο σύζυγος πολύ μεγαλύτερος, Τούρκος μάλλον αλλά έμοιαζε και μ' Ευρωπαίο».

«Πού βρήκες το θάρρος;»

«Είχε μήνες που ο καπνέμπορος, ο Εβραίος, με είχε διώξει απ' τη δουλειά. Κάποιος τού είχε σφυρίξει ότι πριν χρόνια ήμουν μπερδεμένος στις φασαρίες στο Κάμπελ, φαίνεται πάντως ότι μου είχε κι άλλα μαζεμένα. Το ποτήρι ξεχείλισε, μου δήλωσε, και μου 'δωσε μια μικρή αποζημίωση. Είχα ανάγκη και την πήρα, όμως πριν φύγω, έφτυσα μπροστά του κάτω στο πάτωμα. Περάσαμε μήνες που τρώγαμε με τη συμβία και τα ορφανά μόνο πλιγούρι με γάλα. Έτσι, μόλις την είδα, είπα να ζητήσω βοήθεια. Βάζω στοίχημα και τώρα ότι έχουν φράγκα, φαινόταν κι απ' τα ρούχα τους».

85. Ξενοδοχείο *Βιέννη* (1925) στην οδό Εγνατία.

«Και σου 'δωσε;»

«Έδωσε, ήταν πονόψυχη πάντα. Τη ρώτησα και για σένα, αν ζούσες και πού βρισκόσουν».

«Τι σου απάντησε;» τον ρώτησε προσπαθώντας να κρύψει την έξαψη.

«Είπε ότι είσαι καλά κι ότι ζεις με μια ξένη στην Ευρώπη. Είναι βαστημένος καλά, μου το τόνισε, να μην ανησυχείς. Από κείνη έμαθα για πρώτη φορά ότι τώρα σε λένε Ζιρντό».

«Ξέρεις πού ζει;»

Ο Θόδωρος σήκωσε τους ώμους αδιάφορα.

«Ο γέρος είναι ζωντανός;»

«Πέθανε στην Τουρκία πριν χρόνια. Αυτό μού το είπε ψυχρά, αδιάφορα, ούτε που βλεφάρισε το μάτι της».

«Τι θα σκεφτόταν αλήθεια η δεσποινίς όταν μάθαινε ύστερ' από χρόνια ότι εσύ έδωσες το γράμμα στον πατέρα της και γι' αυτό την έσπασε στο ξύλο;»

«Δε θα το μάθει ποτέ».

«Αν της το πω εγώ;»

«Πού θα τη βρεις; Δε νοιάζεται, μικρέ, δεν το καταλαβαίνεις; Πιο πολλή ώρα με ρωτούσε για τα μούλικα της γυναίκας που παντρεύτηκα παρά για σένα. Ξύπνα, κύριε διευθυντά, και ζήσε τη ζωή σου χωρίς τέτοιες έγνοιες. Πήγες και μου 'στησες δόκανο απέναντι απ' το σπίτι της – αέρα κυνηγάς, να ξέρεις! Κοίτα να μείνεις Ζιρντό, γιατί αν μάθουν ότι είσαι ο Λευτεράκης με τις γαζέτες, θα πέσουν πάνω σου να σε φάνε. Ξέρεις πόσα λιοντάρια με κουστούμια έχει αυτή η πόλη;»

«Άντε να σε δω», είπε ο Ζιρντό αλλάζοντας θέμα και χαμογέλασε σηκώνοντας ψηλά το ποτήρι του. «Άντε, οδηγέ, να δω το αντριλίκι σου! Πιάσ' τό ποτήρι, ρε, σαν να 'ναι φορτηγό, άσπρο πάτο!»

Μόλις είδε τον αμαξά να σηκώνει κι αυτός το ποτήρι, ο Ζιρντό έστρεψε το δικό του προς τη θάλασσα. Ο Λευτεράκης με τις γαζέτες έκανε πρόποση στην υγειά της μοίρας, αλλά και της ομίχλης που είχε κατακλύσει τα πάντα.

«Αύριο, Λευτέρη Ζεύγο», βροντοφώναξε ο αμαξάς, «θα με βοηθήσεις με φράγκα κι όχι με λόγια να φτιάξω τη ζωή μου» – και σκούπισε το στόμα του απ' τις σταγόνες που είχαν αποδράσει και κυλούσαν στο πιγούνι.

Περασμένες δύο η Σεβρολέτ του διευθυντή της «Γόρτυς» ξεκίνησε απ' την Πλατεία Ελευθερίας και τρέχοντας δίπλα στη θάλασσα πέρασε τον Πύργο και κατευθύνθηκε στη Λεωφόρο των Εξοχών. Ύστερα από δέκα λεπτά νευρικής οδήγησης, το αυτοκίνητο έκοψε ταχύτητα κι ήρθε και στάθμευσε αθόρυβα στο πίσω μέρος του σπιτιού του Ζιρντό, αυτό με τον αριθμό 72. Βγήκε μόνο αυτός κι έριξε πρώτα μια ματιά γύρω στη γειτονιά· κλειστά φώτα και παντζούρια, ησυχία απόλυτη. Μπήκε αθόρυβα στο σπίτι του και βγήκε ύστερ' από λίγο με κάτι να φουσκώνει κάτω από το καμηλό παλτό. Πλησίασε κι άνοιξε την άλλη πόρτα του αυτοκινήτου όσο πιο αθόρυβα μπορούσε, ύστερα άπλωσε μέσα τα χέρια του να τον τραβήξει.

«Να σταθώ μια», του είπε, «και μετά μη με φοβάσαι».

Περπάτησαν τα πρώτα μέτρα σχεδόν αγκαλιασμένοι. Στην αρχή νόμισε ότι ο σοφέρ δε θα τα κατάφερνε και θα σωριαζόταν καταμεσής στη λεωφόρο πάνω στις γραμμές του τραμ. Ύστερα από κάποια μέτρα όμως σαν να συνήλθε κάπως κι άρχισε να περπατάει χωρίς βοήθεια.

«Πάω τώρα, μικρέ, μη με πιάνεις», του είπε.

Είχαν διασχίσει τον δρόμο κι έκαναν τώρα τον γύρο της έπαυλης του Αλπερέν μπέη.

«Γιατί πάμε από κει;» τον ρώτησε, χάνοντας όμως και κάποιες λέξεις.

«Παραμέσα έχει τρύπα στα κάγκελα· αυτά σάπισαν με τα χρόνια και τα λυγίζεις με τα χέρια».

Πίσω απ' τα σάπια κάγκελα καραδοκούσε μια σκοτεινή ζούγκλα. Αν προλάβαιναν να μπουν χωρίς να τους δει κάποιο μάτι, από κει και πέρα δε θα μπορούσε να τους δει ούτε κι ο Θεός.

«Άμα μπλέξουμε με αστυνομίες, εσύ θα μπεις μπροστά, Ζιρντό. Εμένα μ' έχουν στο μάτι».

«Τι έκανες και σ' έχουν στο μάτι;» τον ρώτησε την ώρα που με τα χέρια στράβωνε τα σάπια κάγκελα και μεγάλωνε το άνοιγμά τους.

«Κάτι πορτοφόλια, καβγάδες, μια γριά με παράδες, τέτοια...»

Ο Λευτέρης είχε κιόλας μπει στα θεριεμένα χόρτα και στα γερμένα κλαδιά των δέντρων, που είχε να τα κλαδέψει άνθρωπος πάνω από είκοσι πέντε χρόνια. Άπλωσε το χέρι και τον τράβηξε μέσα απ' τα κάγκελα, αλλά εκείνος, πατώντας στα πρώτα ξερόκλαδα, ξαπλώθηκε κάτω φαρδύς πλατύς.

«Σήκω, ρε, να σε πάω να δεις το σπίτι μας. Κάνε λίγο κουράγιο και θα ξαναδείς πού έφαγες τα νιάτα σου».

Άρχισαν να προχωρούν σχεδόν στα τυφλά. Σκοτάδι κάλυπτε τη μεγάλη αυλή, την έρημη βίλα, όπως και το σπιτάκι του αμαξά που ήταν στην μπροστινή πλευρά του οικοπέδου. Μπροστά πήγαινε ο κηπουρός και πίσω ο αμαξάς. Είχαν περάσει μόλις δεκαέξι χρόνια, και στο μεταξύ οι τριανταφυλλιές είχαν ξεραθεί ενώ η υπάκουη φοράδα είχε ψοφήσει.

«Μικρέ, δε βλέπω τίποτα», του είπε κάποια στιγμή.

«Δώσ' μου το χέρι σου και μίλα πιο σιγά!»

Ένιωσε τη σκληρή παλάμη του αμαξά μέσα στη δική του. Ο ίδιος ήταν ιδρωμένος, αλλά ο Θόδωρος βάδιζε ασυγκίνητος. Αυτός αισθανόταν ότι πατούσε πάνω σε μια μεγάλη καταβόθρα, όπου κατέληγαν τα απόνερα απ' τα πιο φωτεινά του χρόνια. Ο αμαξάς περπατούσε τυφλός κι αμίλητος, σαν ένα ζώο ανυποψίαστο για την ύπαρξη της ομορφιάς του κόσμου, ένας χοίρος μεθυσμένος, που μόλις ξημέρωνε η αυριανή μέρα, θα ήταν έτοιμος για τον πιο σκληρό εκβιασμό στον διευθυντή της «Γόρτυς».

«Λευτέρη, κάτσε λίγο...», του είπε κι η φωνή του μόλις που ακουγόταν.

Εκείνος κοντοστάθηκε και τον περίμενε κυκλωμένος από κλαδιά, που του 'μπαιναν στα μάτια. Άκουσε πίσω του το κάτουρο του αμαξά, που χυνόταν και κόχλαζε ποτίζοντας τις ξεραμένες φτέρες και τις υπέργειες ρίζες. Κάποιο τραγούδι που πήγε να θυμηθεί ο μεθυσμένος το διέκοψε ένα ρέψιμο, και κάτι πιο χθόνιο απ' αυτό. Ο άνθρωπος που παραλίγο να τον σκότωνε πριν χρόνια, τώρα έκλανε ανέμελα δυο μέτρα πίσω του. Σε λίγο τον άκουσε να πλησιάζει· η ανάσα του ήταν βαριά.

«Αμαξά, το σπιτάκι μας!»

Στέκονταν μπροστά στην καρφωμένη πόρτα και στο πίσω παράθυρο. Ο Θόδωρος έδειχνε αμήχανος και μουδιασμένος. Στα μάτια του πάλευε το μπράντι με τις παλιές εκείνες εικόνες, όταν μπαινόβγαινε από τη διπλανή πύλη οδηγώντας τη μαύρη βικτώρια με το σκέπαστρο από καραβόπανο, που ανέβαινε και κατέβαινε καλολαδωμένο κι αθόρυβο. Γυαλισμένο ξύλο, άσπρες ακτίνες στους τροχούς, μαύρα ελαστικά από γνήσιο καουτσούκ των Ινδιών, το παρασόλι της δεσποινίς, η κολόνια στο λευκό κολάρο του Αλπερέν μπέη, ένα κουστούμι στο χρώμα της άμμου, όλ' αυτά που ήταν τώρα θραύσματα ενός άλλου πλανήτη που ταξίδευε πολλά έτη φωτός μακριά.

Ο Λευτέρης έβαλε το χέρι του μέσ' απ' το παλτό κι έβγαλε ένα μικρό σκαρπέλο. Άρχισε να ξηλώνει τις καρφωμένες σανίδες που έφραζαν χιαστί την πόρτα. Ύστερα από λίγο έβαλε το ακριβό παπούτσι του κάτω απ' την κλειδαριά και πίεσε μ' όλη του τη δύναμη. Η πόρτα άνοιξε χωρίς πολλά πολλά μ' έναν κούφιο ήχο.

«Άντε, γερο-Θόδωρε, κάνε ένα τελευταίο κουράγιο», του

είπε χαμογελώντας καθώς δυο σταγόνες ιδρώτα κατέβαιναν απ' το μέτωπό του.

Ήταν ένα χαμόγελο που πήγε στράφι, γιατί ήταν σκοτάδι κι ήταν και το τελευταίο της βραδιάς· άλλωστε απ' το μπράντι στο κεφάλι του αμαξά βούιζε ένα σμάρι μέλισσες.

Ο Ζιρντό μπήκε πρώτος κι αμέσως άναψε ένα σπίρτο, ύστερα ένα δεύτερο, που το κόλλησε στο σχοινί, στο φιτίλι απ' το κερί που 'χε φέρει απ' το σπίτι. Σήκωσε ψηλά το αναμμένο κερί για να φωτίζει καλύτερα. Ο αμαξάς στεκόταν αποσβολωμένος στο κατώφλι.

«Μπες και τράβα την πόρτα πίσω σου, να μη βλέπει φως η γειτονιά».

Ο αμαξάς μπήκε κι έκανε όπως του είπε, όμως η πόρτα δε στεκόταν.

«Είχε έναν γάντζο εκεί, τον θυμάσαι;»

Εκείνος έσκυψε στο κούφωμα και πρόσεξε ένα λεπτό σκουριασμένο σίδερο· ήταν αυτό που του έλεγε ο Λευτέρης.

«Το βρήκα, ρε, εδώ είναι».

«Βάλ' το να μην ανοίγει, μπορείς;»

Ο αμαξάς παιδεύτηκε λίγο μέχρι να περάσει τον γάντζο στο δαχτυλίδι που ήταν βιδωμένο στην πόρτα. Στο μεταξύ ο Λευτέρης εξερευνούσε το δωμάτιο με το κερί στο χέρι. Στο πορτοκαλί φως φανερώθηκε η καλαμωτή κάτω απ' την κεραμιδένια στέγη, με το ταβάνι γεμάτο τρύπες. Οι γωνιές του φιλοξενούσαν μια ετοιμόρροπη φωλιά πουλιών, ιστούς αράχνης τόσο πυκνούς που νόμιζες ότι είχαν πάχος, κι ένα άδειο κουκούλι που έμοιαζε μ' αυτό της κάμπιας. Κάτω στο πάτωμα τα παπούτσια τους ακούγονταν καθώς σέρνονταν στο χώμα που 'χε μαζευτεί με τα χρόνια στα σκεβρωμένα ξύλα. Ξύλα-φέρετρα με ξεραμένα πτώματα από σκαθάρια, από σκώληκες της γης που ξεψύχησαν τυλιγμένοι, από σαλιγκάρια που ύστερα από έναν άνυδρο θάνατο παράτησαν το κιβούρι τους για να θυμίζει τις αργές τους διαδρομές που δεν πρόλαβαν να ολοκληρώσουν.

Καταμεσής του σπιτιού εμπόδιζαν δυο σκουριασμένα ντιβάνια, που το ένα καβαλούσε το άλλο κι έκλειναν τον δρόμο. Αφημένα επάνω τους ήταν ένας τέντζερης, ένα τρύπιο γκιούμι, πήλινα πιάτα ραγισμένα, πιρούνια, ψαλίδια του κήπου, ένα λαδωτήρι, όλα σκεπασμένα μ' αυτήν την ανεμοβλογιά του χαλκού που αρρωσταίνει όλα τα μέταλλα.

«Θόδωρε, σ' έφερα στο βασίλειο της σκουριάς».

«Εκεί κοιμόμουν εγώ, μικρέ», του είπε δείχνοντας τη γωνιά κάτω απ' το παράθυρο. «Απ' το δικό μου ντιβάνι έβλεπα στον δρόμο μπροστά· το δικό σου ήταν στραμμένο στην αυλή. Α, ρε μικρέ, πόσες ώρες έχεις περιμένει για να τη δεις να περνάει...»

Τα λόγια του έκοψε ένας απρόσμενος λόξυγγας, ενώ φάνηκε να χάνει πάλι την ισορροπία του.

«Θα κάτσω κάτω, Λευτέρη, τα πόδια μου δε με βαστάνε».

Δεν του απάντησε, γιατί συνέχιζε να περιφέρει το κερί σε κάθε γωνιά. Έβγαλε απ' την αφάνεια του σκοταδιού ένα παλιό κάδρο με σπασμένο τζάμι, μια σάπια ψάθα τυλιγμένη κι έναν κουβά με υπολείμματα από γαλαζόπετρα και καστανόχωμα.

«Εδώ ντύθηκα, αμαξά», ύψωσε κάποια στιγμή τη φωνή του κι έδειξε σ' ένα σημείο. «Εδώ, με το χαρτί της επιστράτευσης στο χέρι. Στάθηκα εδώ στη μέση του δωματίου ζεματισμένος και ντύθηκα. Απ' αυτό εδώ το παράθυρο άκουσα το πιάνο της για τελευταία φορά. Μου έστειλε έναν αποχαιρετισμό που ταιριάζει στα μυθιστορήματα. Αν και πονούσε, όπως μου είπες, έπαιξε για το αντίο. Εγώ τότε δεν ήξερα, ήμουν χολωμένος μαζί της κι ήθελα να φύγω με τους φαντάρους εκείνη ακριβώς τη στιγμή, γιατί δεν άντεχα να σας βλέπω μπροστά μου. Προτιμούσα να φύγω ηττημένος παρά να έμενα άλλο σ' αυτό το καλύβι. Ήταν καλύτερα έτσι, γιατί απ' την προδοσία σου έμαθα τον κόσμο. Μ' ακούς, αμαξά; Χάρη στη σκατένια σου ψυχή έμαθα τον κόσμο. Αν δεν ήταν αυτή, μπορεί να με σκότωνες, να μου 'κοβες βράδυ το λαρύγγι και να με πετούσες στη θάλασσα να με φάνε τα ψάρια. Ξέρεις, πρώτα απ' τα μάτια ξεκινάνε· θα ήμουν με δυο τρύπες εδώ, να! Μ' ακούς;»

Πλησίασε με το κερί εκεί που ήταν καθισμένος ο Θόδωρος, εκεί στο πάτωμα με τα χώματα και τα πτώματα.

«Γιατί μ' έφερες εδώ; Πάμε να φύγουμε!»

«Μπορεί να μου 'ριχνες στο φαΐ τα δηλητήρια που είχα για τα ζιζάνια του κήπου, να πέσω κάτω με φριχτούς πόνους στην κοιλιά και να πεθάνω μ' αφρούς στο στόμα. Θα με σκότωνες, αμαξά, αν εκείνη δεν κρυφάκουγε και δε μ' αγάπαγε τόσο. Κι άντε, αυτό να σου το συγχωρήσω, πέρασαν χρόνια και μπορώ. Το άλλο όμως που είπες στο *Μεντιτερανέ* δεν μπορώ να το χωνέψω. Μου 'πες ότι κυνηγάω αέρα. Αυτό, αμαξά, δεν μπορώ να το καταπιώ. Ναι, έστησα δόκανο γι' αυτήν και για όποιον άλλον από εκείνη την παλιά ιστορία τύχει να περάσει. Έβαλα παγίδες κι έπεσες μέσα. Είσαι στην τρύπα τώρα· τα κλαδιά της φάκας έσπασαν και βρέθηκες στον λάκκο».

Ο Θόδωρος ανασήκωσε το κεφάλι του και τον κοίταξε με τα μάτια μισόκλειστα. Ήταν έτοιμος να καταρρεύσει.

«Πάμε να φύγουμε, ρε».

«Δόκανο, αμαξά. Σήμερα έπιασε εσένα, αύριο ποιος ξέρει...;»

Στάθηκε από πάνω του με ανοιγμένο το καμηλό παλτό. Στο αριστερό χέρι κρατούσε το αναμμένο κερί και στο δεξί το σκαρπέλο, αυτό με το οποίο είχε ξηλώσει τα σανίδια της πόρτας.

«Δεν κυνηγάω αέρα, αμαξά, θα μου το πληρώσεις αυτό που είπες!»

Σήκωσε το σκαρπέλο ψηλά και το κατέβασε μ' όλη του τη δύναμη στο κεφάλι του άντρα. Ακούστηκε ένας ήχος, όπως όταν πέφτει ένα αυγό στο μάρμαρο και σπάει. Σήκωσε το σκαρπέλο και το κατέβασε ξανά και ξανά...

Γύρω από ένα πηγάδι

Κυριακή 12 Ιουλίου 1942

Αγαπητέ μου Βάσια,

Θέλω πολύ να σε ρωτήσω, αν και ξέρω ότι οι απαντήσεις σε τέτοια ερωτήματα αργούν, πώς είναι κάποιος να μην είναι; Πώς είναι η ανυπαρξία; Πώς είναι να μην είσαι;

Τα νέα με πρόλαβαν χθες το βράδυ γύρω στις δέκα. Χτύπησε το τηλέφωνο και ήταν ο Σάββας Σκλαβογιάννης. Ακουγόταν συντετριμμένος. Μου είπε επί λέξει ότι ο Βασίλι Κάρλοβιτς Γιούγκερμαν βρέθηκε νεκρός στον πύργο του στη Φινλανδία έχοντας περάσει εκεί όλο τον προηγούμενο χειμώνα σε απόλυτη μοναξιά. Αν και σε είχαμε καιρό τώρα ξεγραμμένο απ' την επιχείρηση, το γεγονός ότι δεν είσαι πια ανάμεσα στους ζωντανούς, ακούγεται τρομακτικό.

Πώς είναι λοιπόν η ανυπαρξία, Βάσια; Αυτά συζητούσαμε κι από κοντά το καλοκαίρι του '39 στον εξώστη του *Μεντιτερανέ*. Θυμάσαι; Έκαιγα ολόκληρος απ' το πάθος να μιλήσουμε για τον θάνατο και τις κόρες του, τις οποίες μας προξενεύει με την πρώτη ευκαιρία. Είπες ότι θα παντρευόσουν την Ερημιά ή την Απελπισία κι εγώ θα φλέρταρα με την Ανάσταση και την Προσδοκία. Ωραία τα λέγαμε εκείνο το βράδυ, ποιητικά, συμβολικά. Δύο μεσόκοποι άντρες που δεν πήγαν κολέγια ή πανεπιστήμια, που έμαθαν να μελετάνε μόνοι τους κάτω από τις ευλογίες των περιστάσεων. Εσύ το χρωστούσες στον Μιχάλη Καραμάνο, που τον θαύμαζες απεριόριστα, κι εγώ αρχικά στις αϋπνίες μου, που με τυραννούν από τα νιάτα μου, αλλά και στη Μίρζα, καθώς χρόνια ολόκληρα προετοιμαζόμουν να γίνω αντάξιός της και στα γράμματα, για όταν θα ερχόταν η ώρα...

Ήταν, Βάσια, η τελευταία φορά που σ' έβλεπα ζωντανό, κανείς όμως δεν μπορούσε να το φανταστεί. Αν κι έδειχνες κάπως γερασμένος, δε θα πήγαινε κανενός το μυαλό ότι βάδιζες προς το τέλος. Τότε στο *Μεντιτερανέ* ήθελα να μιλήσουμε για τον θάνατο και την ανυπαρξία, γιατί είχα το ζόρι μου, που μέσες άκρες σ' το είχα εξομολογηθεί. «Την ύπαρξή μου σκιάζει ένας φόνος», έτσι σου είχα πει. Η απάντησή σου ήταν μνημειώδης: «Εμένα, Ευγένιε, τρεις αν θυμάμαι καλά». «Δεν εννοώ στον πόλεμο», πρόσθεσα εγώ. «Ούτε κι εγώ», συμπλήρωσες ατάραχος.

Ήταν κι αυτό ένα από τα πολλά που μας ένωναν: η εμπειρία να έχεις αφαιρέσει ζωή, το προνόμιο να έχεις ρίξει κάποιον άλλον στην ανυπαρξία πριν από σένα. Είχες πει τότε, κοιτώντας στον Θερμαϊκό, ότι ο φόνος είναι γνώση, απαραίτητη μάλιστα αν θέλεις να ξεφύγεις απ' το κοπάδι. Λάθος, Βάσια, ο φόνος είναι ο αρραβώνας της μνήμης μας μ' εκείνη την κόρη του Θανάτου που τη λένε Απόγνωση.

Ας γυρίσουμε όμως στην τωρινή σου απουσία. Είχε αρχίσει από τον Μάιο του '39 ακόμη να συζητιέται το θέμα σου στους κύκλους της «Γόρτυς» και της τράπεζας που είναι πίσω απ' τους ισολογισμούς της. Την πρώτη συζήτηση την κάναμε με τον Σάββα εδώ στη Θεσσαλονίκη. Τότε θεώρησε χρήσιμο να ζητήσει τη γνώμη μου για την πορεία σου στην εταιρεία, ανησυχούσε όμως και καθαρά φιλικά. Κανείς απ' τους Σκλαβογιάννηδες δε θα ξεχάσει ότι η ύπαρξη της «Γόρτυς» ως τα σήμερα οφείλεται στην Τράπεζα Εμπορικών Παροχών, και κυρίως σε μια εμπεριστατωμένη εισήγηση που είχε από κάτω την υπογραφή σου. Πίστευες ότι ο χρόνος θα σε δικαιώσει κι ότι ο κολοσσός που λέγεται «Γόρτυς» με τα τρία εργοστάσια κι όλο το δίκτυο διανομής μπορούσε να σωθεί απ' τη χρεοκοπία αρκεί να είχε η τράπεζα από τούδε και στο εξής τον έλεγχο. Είχες γράψει τότε ότι αυτή ήταν η μοναδική ελπίδα να πάρουν οι μέτοχοι της τράπεζας πίσω τα λεφτά τους ύστερα από μια σειρά ασύνετων δανείων που είχε χορηγήσει η παλιά διεύθυνση στους Σκλαβογιάννηδες.

Ο Σάββας μού το είπε τότε νέτα σκέτα: ο Βάσια ή γέρασε απελπιστικά γρήγορα ή σιγά σιγά τρελαίνεται. Χανόσουν για μέρες προφασιζόμενος κούραση, ενώ οι κακές γλώσσες έλεγαν ότι κουραζόσουν πολλαπλώς με μια νέα γυναίκα με την οποία είχες κολλήσει τον τελευταίο καιρό. Με άλλα λόγια, άρχισες να μας δείχνεις ότι αφήνεις πια το κουμάντο της «Γόρτυς» απ' τα χέρια σου. Κανονικά αυτό θα έπρεπε να γίνει ύστερα από πέντε χρόνια σύμφωνα με την προσχεδιασμένη εκκαθάριση της εταιρείας. Όλα όμως έδειχναν ότι δε θ' άντεχες ως τότε, ή, για να το πούμε αλλιώς, είχες ήδη βαρεθεί και θα τα παρατούσες. Γενικά η συμπεριφορά σου είχε αλλάξει· στα περισσότερα τηλεφωνήματα δεν απαντούσες, οι προσωπάρχες κι οι λογιστές μας γκρίνιαζαν ότι έδινες την εντύπωση πως δεν τους ακούς· στο γραφείο σου τα ανυπόγραφα έγγραφα είχαν αρχίσει να στοιβάζονται. Ξαφνικά μάθαμε ότι πούλησες ένα μεγάλο μέρος της ακίνητης περιουσίας σου, κράτησες πάνω σου πολλά μετρητά κι αγόρασες ένα μεγάλο γιοτ διαδίδοντας αριστερά και δεξιά ότι επιτέλους είχε έρθει η ώρα να κάνεις τον γύρο του κόσμου.

Μια μέρα όμως εξαφανίστηκες, έτσι απλά.

Αφού πέρασε ένας μήνας, έφτασε ένα τηλεγράφημα απ' τις ακτές της Αφρικής στο γραφείο μου στο εργοστάσιο. Έγραφες πως ήσουν ζωντανός αλλά από δω και πέρα δε θα ήσουν υποχρεωμένος να δίνεις το παρών. Έτσι έκανες τελικά. Στο τέλος του τηλεγραφήματος σημείωνες για μένα προσωπικά: Μην περιμένεις να πεθάνεις για να ταξιδέψεις. Μοίρα των ανθρώπων είναι ο θάνατος, αυτό έλεγε πάντα ο Καραμάνος, κι εσύ το είχες απόλυτα ενστερνιστεί. Φαίνεται όμως ότι στο ταξίδι είχες βρει ένα προσωρινό αντίδοτο στην τοξικότητα των γηρατειών και της φθοράς.

Μάθαμε να ζούμε χωρίς εσένα. Ύστερα ήρθε ο πόλεμος κι η επιχείρηση κούρνιασε σε μια γωνιά για να επιβιώσει, ενώ τα μεγάλα και τολμηρά σχέδια κλείστηκαν στα συρτάρια. Πέρασαν δεκατρείς ολόκληροι μήνες ώσπου να φτάσει ο πόλεμος στη γειτονιά μας. Σ' αυτό το διάστημα πολλές επιχειρήσεις έβαλαν λουκέτο, άλλες έκλειναν ισολογισμούς με ζημίες, διότι δημιουργούσαν αποθέματα, άλλες πάλι εκποιούσαν τα προϊόντα τους εμφανίζοντας κέρδη. Τίποτε απ' όλ' αυτά δεν είναι υγιές οικονομικά, και το ξέρεις.

Όταν μπήκε κι η Ελλάδα στον πόλεμο, τ' αεροπλάνα βούιζαν όλη μέρα πάνω απ' τα κεφάλια μας. Εσύ ήσουν εξαφανισμένος και πιθανώς ευτυχής σε κάποια γωνιά του κόσμου, ενώ η «Γόρτυς Α.Ε.» Βορείου Ελλάδος βομβαρδιζόταν μαζί με το λιμάνι, την ελευθέρα ζώνη και τόσες επιχειρήσεις στα δυτικά της πόλης.

Η ζωή του κόσμου έγινε πιο βασανιστική. Πριν ακόμη μπει το '41 –σου μιλάω για μήνα Δεκέμβρη, με τον πόλεμο στην Πίνδο να συνεχίζεται–, αγόραζες μια οκά ψωμί με δωδεκάμισι δραχμές και τα φασόλια είκοσι. Μια ανειδίκευτη εργάτρια στο δικό μας υφαντουργείο –ξέρεις ότι μόνο το μισό κτίριο δουλεύει, γιατί το υπόλοιπο έχει καταστραφεί απ' τους βομβαρδισμούς– έπαιρνε είκοσι δύο δραχμές, ενώ οι ειδικευμένες ράφτρες το πολύ τριάντα. Με άλλα λόγια, κόσμος δούλευε για δύο ή τρεις οκάδες ψωμί τη μέρα. Οι άντρες έλειπαν στον πόλεμο, τα μεταφορικά μας μέσα είχαν δεσμευτεί για τις ανάγκες του στρατού, κι ύστερα τον Απρίλη μπήκαν και οι Γερμανοί.

Όπως καταλαβαίνεις, από τότε η κατάσταση δεν έγινε απλά χειρότερη, έγινε τραγική. Σήμερα που σου γράφω, η πιο σωτήρια λέξη στην πόλη δεν είναι το «Χριστός» ή «Γιαχβέ» ή ξέρω εγώ τι, αλλά το «συσσίτιο». Μου έλεγε προχθές ένας απ' τη Μητρόπολη, που του πήγα μια παραγγελία, ότι πενήντα χιλιάδες άνθρωποι σιτίζονται κάθε μέρα με εξήντα δράμια ψωμί. Ευτυχώς, Βάσια, εσύ έχεις πεθάνει.

Ήθελα πολύ να μου έλεγες κι εμένα να 'ρθω μαζί σου σ' αυτό το μεγάλο ταξίδι απ' το να κάθομαι εδώ θλιμμένος και μόνος σε μια πόλη που πεινάει, που το βράδυ είναι σκοτεινή, που αφήνει τους Εβραίους δημότες της να εξευτελίζονται στη μέση της πλατείας.

Χθες το πρωί, ημέρα Σάββατο, πήγα στο Μέγαρο Στάιν μήπως και βρούμε κάποια ευκαιρία και βάλουμε λίγες απ' τις μηχανές μας να δουλέψουν. Το θυμάσαι το Μέγαρο Στάιν, αυτό που σου είχε κάνει εντύπωση, με τη γυάλινη σφαίρα στην ταράτσα; Το δικηγορικό γραφείο που συνεργάζεται η «Γόρτυς» μεσολάβησε για να συναντήσω τους διευθυντές δύο ιδρυμάτων για παραγγελίες, που τις επιθυμούσαμε διακαώς – σεντόνια και ασπρόρουχα. Ήταν μέρα πολύ ζεστή, με υγρασία, το καλοκαίρι της Σαλονίκης που πάντα αντιπαθούσες. Καθώς περίμενα να έρθει ο διαχειριστής του γηροκομείου, χάζευα απ' τον δεύτερο όροφο κάτω στην πλατεία. Οι Γερμανοί είχαν συγκεντρώσει όσους Εβραίους άντρες ήταν ως πενήντα χρονών και τους είχαν στήσει σε γραμμές να περιμένουν. Σχεδίαζαν να τους πάνε να δουλέψουν σε έργα οδοποιίας στην Κατερίνη, έτσι άκουσα. Οι ώρες όμως περνούσαν και κανείς δεν εμφανιζόταν να τους πει τι και πώς. Στο μεταξύ ο ήλιος έκαιγε, κι άρχισαν οι πιο αδύναμοι απ' αυτούς να καταρρέουν. Εκεί να δεις, Βάσια, τα ξανθά γουρούνια πώς τους έδερναν!

Κάποια στιγμή, κατά τις δώδεκα, αφού είχα τελειώσει την πρώτη συνάντηση και περίμενα το δεύτερο ραντεβού, κοίταξα και πάλι απ' το παράθυρο. Τίποτε δεν είχε αλλάξει τόσες ώρες. Τους είχαν απαγορεύσει τα καπέλα και το νερό. Ήταν πια φανερό ότι ο σκοπός που τους είχαν συγκεντρώσει εκεί ήταν για να τους εξευτελίσουν. Τους έβαζαν να κάνουν γυμναστική κι εκείνοι γελούσαν. Κάποιοι τούς έβγαζαν φωτογραφίες και κορόιδευαν. Τα γέλια των Γερμανών έφταναν ως εμάς, γιατί είχαμε ανοιχτά παράθυρα. Έπρεπε να 'βλεπες όλο αυτό το πλήθος από ψηλά – ήταν η πρώτη φορά, ομολογώ, που τους συμπόνεσα. Ξέρεις, ο ανταγωνισμός της αγοράς πολλές φορές μάς έφερε αντιμέτωπους· πιο παλιά τούς φοβόμασταν και για τις απεργίες, γιατί αρκετοί απ' αυτούς ήταν κομμουνιστές κι εργατοπατέρες. Δε σ' το κρύβω ότι επειδή ο Αλπερέν μπέης είχε μακρινό εβραϊκό αίμα, η αδιαφορία μου αρχικά γι' αυτούς έγινε στη συνέχεια αντιπάθεια.

Μη σ' τα πολυλέω όμως, όταν η μέρα τελείωσε, όλοι, και αυτοί που ήταν κάτω στην Πλατεία Ελευθερίας και εμείς που βλέπαμε από τα παράθυρα, λίγο πολύ είχαμε την ίδια γεύση. Ο ναζιστικός σταυρός είχε αρχίσει με τις άκρες του να γδέρνει ό,τι τον πλησίαζε· άλλωστε το κόκκινο χρώμα σε όλη τη σημαία προοικονομούσε το αίμα. Ήταν τόσο απλό, γιατί αργήσαμε να το καταλάβουμε;

Στην περίπτωση της δικής μου ζωής, φταις κι εσύ, Βάσια, τώρα μπορώ να σου το πω. Μ' έφερες σ' αυτήν την πόλη απ' όταν σου εξομολογήθηκα όλες της ζωής μου τις προδοσίες. Αν δε σε είχα συναντήσει εκείνο το βράδυ στην Αμβέρσα, δεν ξέρω πραγματικά πού θα βρισκόμουν τώρα. Όμως όπου κι αν ήμουν, ο πόλεμος τώρα έχει εξαπλωθεί παντού, ή σχεδόν... Εύχομαι εκείνη να βρίσκεται στην Τουρκία ασφαλής κι ευτυχισμένη.

Επανέρχομαι στα πρώτα λόγια αυτού του γράμματος: Πώς είναι να μην είσαι; Εύκολο, θ' απαντούσες. Το ίδιο όπως ήσουν πριν γεννηθείς. Ναι, Βάσια, όμως ήπιες, χάιδεψες σώματα, γέλασες, έζησες, κέρδισες μνήμη, δεν μπορεί όλο αυτό να είναι ίδιο με το σκοτάδι της μήτρας. Ο Θεός μήπως; Αν τον βλέπεις, γιατί δε σας αφήνει να μας πείτε έναν λόγο παρηγοριάς; Αυτός ο Εβραίος που άκουσα ότι πέθανε χθες το μεσημέρι στην Πλατεία Ελευθερίας από ηλίαση, αλήθεια, μήπως φάνηκε απ' τα μέρη σας; Μήπως ένας άλλος, ένας ασπρομάλλης, που ήταν σοφέρ και πιο παλιά αμαξάς...;

Δακρύζω, Βάσια, γιατί αυτό το γράμμα δε θα το πάω ποτέ στο ταχυδρομείο, μόνο θα το κλειδώσω βαθιά στο συρτάρι μου. Πού είναι άραγε ο τάφος σου; Υπάρχεις κάπου αυτήν την ώρα, ή δακρύζω μόνο προς δόξαν του καθρέφτη μου, που με χαζεύει πάνω απ' τον μπουφέ στο σαλόνι μου;

Δικός σου πάντα,
Λευτέρης

Εκείνο το Σάββατο του Οκτωβρίου άργησε ως συνήθως να κοιμηθεί. Κάθισε τυλιγμένος με τη ρόμπα του και μια κουβέρτα στην αρχή στο γραφείο κι ύστερα στον καναπέ ως τα ξημερώματα. Το σπίτι το ζέσταινε μία μόνο θερμάστρα, συνήθως αυτή του γραφείου. Είχε μια μικρότερη στην κουζίνα και μιαν άλλη από λευκή πορσελάνη στο σαλόνι, η οποία απ' όταν πέθανε η Σάνε έμενε σβηστή. Ο πόλεμος του είχε αλλάξει την καθημερινότητα. Ζούσε κυρίως στο μεγάλο δωμάτιο-γραφείο και συχνά ξάπλωνε στον δερμάτινο καναπέ, εκεί που κάποτε δεχόταν φίλους και συνεργάτες. Μπράντι έβρισκε σπάνια, όπως τον καφέ και τη ζάχαρη. Βέβαια δεν ήταν απ' αυτούς που πεινούσαν, αλλά η ζωή του είχε αλλάξει – πρώτα ο θάνατός της κι ύστερα ο πόλεμος.

Επιστρέφοντας στο σπίτι εκείνο το Σαββατόβραδο, άκουσε λίγη μουσική και πέρασε την περισσότερη ώρα του διαβάζοντας τις τοπικές εφημερίδες, και πιο πολύ ένα βιβλίο που το είχε βρει πριν λίγες μέρες στον «Μόλχο». Το είχε ανακαλύψει τυχαία στο μισόφωτο του υπογείου πίσω από μια στοίβα περιοδικά.

Εκείνο το βράδυ ξεκίνησε να το διαβάζει μ' ένα ελαφρύ μειδίαμα, γιατί ήταν σαν να ζούσε μια αναγνωστική φάρσα. Αυτός και το βιβλίο είχαν συναντηθεί με είκοσι τρία χρόνια καθυστέρηση. Διάβαζε αυτό το μυθιστόρημα για το οποίο κάποτε του είχαν πιπιλίσει το μυαλό· για την ακρίβεια, κρατούσε στα χέρια του το αγαπημένο βιβλίο εκείνου του πεθαμένου, που τον είχε ξεχάσει εδώ και χρόνια. Ήταν το *Σιδερένιο τακούνι* του Τζακ Λόντον σε γαλλική μετάφραση, έκδοση εικοσαετίας. Ξάπλωσε στον καναπέ και χάθηκε στον κόσμο του μέλλοντος, αυτόν που περιέγραφε ο Λόντον, κι έμεινε εκεί ασάλευτος για ώρες, γιατί ο κόσμος του δικού του παρόντος ήταν αμετάκλητα ανυπόφορος.

Όταν έκλεισε το βιβλίο, είδε ότι πλησίαζε τέσσερις. Θυμήθηκε πολλά, το Λιμάνι του Σταυρού όπου είχε πρωτομιλήσει με τον Μιχάλη, την Ουκρανία, ύστερα τη Χρυσάννα. Για το ίδιο το *Σιδερένιο τακούνι* αποφάσισε εξαρχής ότι ήταν πολύ μεγάλος πια για ν' αλλάξει τον τρόπο που σκεφτόταν. Ήταν σχεδόν γέρος για να λατρέψει τον σοσιαλισμό κι αρκετά μοναχικός για να μη δυστροπεί από κεφάλαιο σε κεφάλαιο. Για την ακρίβεια, του φάνηκε υπέρμετρα διδακτικό κι απωθητικά βέβαιο για τις αλήθειες που διακήρυττε.

Άφησε το βιβλίο στο πάτωμα, και παραδόξως τον πήρε γρήγορα ο ύπνος. Ονειρεύτηκε ότι χιόνιζε κι αυτός ήταν, λέει, παιδί, που έτρεχε εδώ κι εκεί μ' ανοιγμένο το στόμα και κατάπινε νιφάδες γιατί διψούσε.

Το πρωί τον ξύπνησαν φωνές και θόρυβος από μηχανές. Καθώς είχε τα παντζούρια γειρτά, το φως του πρωινού ήταν λιγοστό. Ο θόρυβος ερχόταν απ' τον μεγάλο δρόμο. Στήνοντας αυτί, ξεχώριζε γερμανικές φράσεις, προσταγές, κι ύστερα πάλι μαρσαρίσματα από μεγάλα οχήματα.

«Φορτηγά», σκέφτηκε κι ανακάθισε στον καναπέ.

Κρύωνε. Η σόμπα είχε σβήσει απ' τα μέσα της νύχτας και τώρα μύριζε η χωνεμένη στάχτη της, που είχε μαζευτεί στη θήκη της βάσης. Η φασαρία έξω δυνάμωνε· στον δρόμο συνέβαινε κάτι αλλιώτικο.

Άνοιξε τα παντζούρια απ' το παράθυρο εκείνο που έβλεπε στη λεωφόρο. Είδε μια μπουλντόζα και τρία φορτηγά να έχουν κλείσει όλον τον δρόμο. Η μεγάλη καγκελόπορτα της έπαυλης του Αλπερέν μπέη ήταν ορθάνοιχτη και η μπουλντόζα μπαινόβγαινε ξερνώντας μαύρο καπνό. Ένας αξιωματικός στεκόταν με τα χέρια στη μέση καταμεσής του δρόμου κι επιθεωρούσε τα φορτηγά που έμπαιναν στη σειρά το ένα πίσω από το άλλο και περίμεναν να φορτώσουν αυτά που θα τους έριχνε στην καρότσα η μπουλντόζα. Τρεις Γερμανοί στρατιώτες στέκονταν παράμερα έτοιμοι να δεχτούν διαταγές από τον αξιωματικό.

Ένιωσε ταραχή. Ήταν κάτι που δεν είχε περάσει ποτέ απ' το μυαλό του – μηχανές όλο σίδερα να εισβάλλουν σαν άρματα στο μαυσωλείο του, κι όλ' αυτά ένα αθώο πρωινό Κυριακής, πριν ακόμη σιγήσουν κι αυτές ακόμη οι καμπάνες της εκκλησίας. Έτσι καθώς στεκόταν στο παράθυρο άνιφτος, αξύριστος, με τα μαλλιά του να πετάνε εδώ κι εκεί, προσπαθούσε να κατανοήσει όλον αυτόν τον βιασμό που συνέβαινε μπροστά στα μάτια του. Κι όμως, τίποτε απ' όλα αυτά δεν ήταν πραγματικά παράξενο. Δεν ήταν παρά μια αναμενόμενη εξέλιξη, γιατί η βίλα της δεν ήταν ούτε το πρώτο ούτε το τελευταίο σπίτι των Εξοχών που περνούσε στην επίταξη απ' τις δυνάμεις κατοχής. Η ίδια η παλιά Σχολή Κωνσταντινίδη στέγαζε εδώ και μήνες την Γκεστάπο.

Στο μεταξύ η μπουλντόζα είχε μπει στη μεγάλη αυλή και ξερίζωνε βάτα, μπάζα αφημένα για χρόνια που είχαν πετρώσει, και τα δέντρα εκείνα που 'χαν ξεπεταχτεί άναρχα κι είχαν μεγαλώσει στραβά μες στα σκουπίδια. Τα φόρτωνε όλα στις καρότσες που περίμεναν στη σειρά. Την ίδια ώρα, από κάποιο άλλο φορτηγό κατέβηκαν κάποιοι δυστυχισμένοι· ήταν αξύριστοι και κακοντυμένοι, με τσάπες και αξίνες στα χέρια. Ό,τι άφηναν τα δόντια της μπουλντόζας, θα το μάζευαν οι εργάτες της καταναγκαστικής εργασίας που επέβαλε το Ράιχ απ' τον πρώτο καιρό της παρουσίας του. Ίσως κάποιοι απ' αυτούς να ήταν στην Πλατεία Ελευθερίας εκείνο το Σάββατο και να περίμεναν στον καυτό ήλιο την καταγραφή τους στους καταλόγους.

Ντύθηκε και ξυρίστηκε στα γρήγορα. Φορώντας ένα κυριακάτικο φθινοπωρινό κουστούμι ψαροκόκαλο, βγήκε στον δρόμο και συναντήθηκε με τους άλλους γείτονες, που χάζευαν εδώ και ώρα όλη την επιχείρηση.

«Αμήν, Παναγιά μου, καιρός ήταν!» ακούστηκε μια γυναικεία φωνή από δίπλα. «Μας έφαγαν τόσα χρόνια τα φίδια και τα ποντίκια!»

Ο επικεφαλής αξιωματικός τον είχε προσέξει που είχε βγει απ' το απέναντι σπίτι και τον πλησίασε ρωτώντας τον αν τυχόν μιλάει γερμανικά ή γαλλικά. Ήταν μια συνηθισμένη ερώτηση που έκαναν οι αξιωματικοί των δυνάμεων κατοχής σε όποιον καλοντυμένο αστό ήθελαν να του πιάσουν κουβέντα. Του απάντησε στα γαλλικά, κάτι που φάνηκε να ικανοποιεί τον υπολοχαγό. Χωρίς καθυστέρηση, τον ρώτησε ευγενικά αν μπορούν οι άντρες του να δανειστούν ηλεκτρικό ρεύμα απ' το σπίτι του για λίγες ώρες. Ο Ζιρντό κούνησε το κεφάλι κι έδειξε την πόρτα του υπογείου του.

Ύστερα απ' αυτό, επέστρεψε σπίτι και τους περίμενε, ενώ σκεφτόταν ότι ήταν μια άριστη ευκαιρία να πιάσει συζήτηση με τον αξιωματικό για την τύχη της έπαυλης· ίσως θα μπορούσε μάλιστα κάποια στιγμή να μπει και μέσα. Ένιωσε την καρδιά του να χτυπάει δυνατά. Εκείνη η Κυριακή δεν έμοιαζε με τις άλλες.

Λίγη ώρα αργότερα, τα πρωινά σύννεφα σκόρπισαν κι

ένας ήλιος του φθινοπώρου, ευπρόσδεκτος, πρόσφερε θέρμη και θαλπωρή στη βεράντα του Ζιρντό που έβλεπε στη λεωφόρο. Ο Γερμανός στεκόταν στην αυλόπορτα επιτηρώντας έναν απ' τους άντρες του που κανόνιζε τα καλώδια για τη σύνδεση.

«Θα πιείτε μαζί μου ένα τσάι;» ρώτησε τον υπολοχαγό δείχνοντάς του το τραπέζι με τις καρέκλες που ήταν πάντα κάτω απ' το στέγαστρο. «Από δω άλλωστε μπορείτε να επιβλέπετε όλον τον δρόμο».

«Είστε πολύ ευγενικός, μεσιέ...»

«Ζιρντό, Ευγένιος Ζιρντό, Γάλλος υπήκοος. Παρακαλώ καθίστε. Πριν τον πόλεμο, ξέρετε, υπήρχε πάντα μια γυναίκα στην υπηρεσία αυτού του σπιτιού. Τώρα θα μου επιτρέψετε ν' απουσιάσω δυο λεπτά για να ετοιμάσω μόνος μου το τσάι».

Ο Γερμανός φάνηκε ότι δεν ήθελε να ενοχλήσει· οι άντρες του είχαν ήδη συνδέσει τα καλώδια, οπότε θα μπορούσε ν' αποχωρήσει. Η ευγένεια όμως του κυρίου Ζιρντό τον ανάγκασε να καθίσει κάτω απ' το υπόστεγο, ν' ανάψει τσιγάρο και να παρακολουθεί από κει τα μηχανήματα να δουλεύουν. Ο υπαξιωματικός του είχε ήδη τοποθετήσει δυο στρατιώτες με κόκκινες σημαίες στον δρόμο να ρυθμίζουν την κυκλοφορία για την αποφυγή ατυχήματος. Ήταν όμως πρωί Κυριακής κι η λεωφόρος έδειχνε έρημη.

«Ποιος θα είναι ο καινούριος μας γείτονας, κύριε υπολοχαγέ;» τον ρώτησε αφού ακούμπησε στο τραπέζι το σερβίτσιο του τσαγιού.

Το είχε βγάλει βιαστικά απ' τον μπουφέ και τώρα γέμιζε την τσαγιέρα αρωματικό τσάι Κεϋλάνης, που το είχε κρατημένο απ' τις παλιές καλές μέρες.

«Ελπίζω να μην είναι στρατιωτικό μυστικό και σας φέρνω σε δύσκολη θέση».

«Σε λίγες μέρες, κύριε Ζιρντό, μια μεγάλη πινακίδα θα τοποθετηθεί δίπλα στην καγκελόπορτα: Transport Kommandantur.[86] Διοικητής ο συνταγματάρχης Μάισνερ, κάτω από τις διαταγές του οποίου τυγχάνει να βρίσκομαι κι εγώ».

Ο Ζιρντό χαμογέλασε ευγενικά.

«Θα βλεπόμαστε λοιπόν!»

«Ελπίζω τις επόμενες βδομάδες να μπορέσω ν' ανταποδώσω το μυρωδάτο τσάι που μου προσφέρετε. Θα μένω, ξέρετε, πολλές ώρες στην υπηρεσία – τα καθήκοντά μου απαιτούν παραμονή ακόμη και βράδια. Δεν παραπονιέμαι· άλλωστε αυτή η βίλα δε συγκρίνεται με τον στρατώνα. Το τμήμα συντήρησης και κατασκευών της Βέρμαχτ θα φροντίσει να την ευπρεπίσει. Πείτε μου, κύριε Ζιρντό, ζείτε χρόνια εδώ στη γειτονιά;»

«Αρκετά».

«Εκείνο εκεί το μικρό ερείπιο δίπλα στην καγκελόπορτα», είχε ήδη σηκώσει το χέρι και του έδειχνε προς το σπιτάκι του κήπου, «τι ήταν, στάβλος;»

Ο Ζιρντό ακούμπησε το φλιτζάνι στο πιάτο κάνοντας θόρυβο.

«Γιατί ρωτάτε;»

«Αν ήταν στάβλος, ίσως κρύβει πέτρινα θεμέλια και μας δυσκολέψει. Πάντως, όπως και να 'χει, θα το γκρεμίσουμε».

«Θα το γκρεμίσετε; Γιατί;»

«Ενοχλεί. Αν θέλουμε να βάζουμε μεγάλα φορτηγά, δεν μπορούν να στρίψουν, κι ίσως χρειαστεί να ρίξουμε και την παλιά καγκελόπορτα. Δε μου είπατε όμως, στάβλος ήταν;»

«Δε γνωρίζω, κύριε υπολοχαγέ. Όταν νοίκιασα αυτό εδώ το σπίτι, η βίλα ήταν ήδη εγκαταλειμμένη».

«Δίπλα ακριβώς υπάρχει ένα πηγάδι, ξερό πια. Δεν ξέρω τι να κάνουμε μ' αυτό, θα πρέπει να πάρω έγγραφη εντολή».

«Πηγάδι είπατε; Δε γνωρίζω. Από δω δε φαίνεται κάτι, το κρύβει μάλλον το σπιτάκι».

---

86. Transport Kommandantur: Διοίκηση Μεταφορών.

«Και σε ποιο εργοστάσιο είστε διευθυντής, κύριε Ζιρντό;»

«Στην κλωστοϋφαντουργία "Γόρτυς", που είναι στην άλλη πλευρά της πόλης, στα δυτικά».

«Πόσους εργάτες απασχολείτε τώρα;»

«Ίσως θα έπρεπε να ξεκινήσω με το πόσους εργάτες απασχολούσαμε πριν τον πόλεμο. Τώρα το μισό και παραπάνω υφαντουργείο έχει ερημώσει. Καταστράφηκε η στέγη του απ' τους ιταλικούς βομβαρδισμούς. Το λιμάνι, βλέπετε, είναι επικίνδυνος γείτονας».

«Είναι θλιβερό πράγμα ο πόλεμος, μεσιέ. Εγώ και οι φίλοι μου γραφτήκαμε στη νεολαία από έφηβοι και ξεκινήσαμε με σημαίες και τύμπανα σαν να ήταν όλο αυτό ένα πανηγύρι. Η επιστράτευση με βρήκε λίγους μήνες αφότου πήρα το πτυχίο μου – είμαι αρχιτέκτονας. Σας έλεγα λοιπόν ότι ξεκινήσαμε μ' ενθουσιασμό· η πατρίδα, το γερμανικό αίμα, το Ράιχ... Μη σας κουράζω όμως. Πάνε τρία χρόνια τώρα που πολεμάμε, κι ομολογώ ότι η πραγματικότητα του πολέμου είναι διαφορετική. Μα θα μου πείτε πως έχουμε νικήσει, όμως σ' έναν πόλεμο που συνεχίζεται, τι ακριβώς είναι αυτή η νίκη;»

Πρόσεξαν ότι από τη μεριά του δρόμου πλησίαζε ένας λοχίας, ο οποίος στάθηκε μπροστά στη βεράντα και χαιρέτισε τον υπολοχαγό.

«Τι συμβαίνει;»

«Ήρθε η έγγραφη διαταγή, κύριε υπολοχαγέ, για το γκρέμισμα της καλύβας».

«Για το πηγάδι τι λένε;»

«Γράφουν να το καθαρίσουμε και να το συντηρούμε. Μάλιστα παραξενεύτηκαν που τους ρωτήσαμε, γιατί, όπως λένε, υπάρχει η πάγια διαταγή για τις εφεδρείες ύδατος».

«Μα είναι ξερό, έτσι δεν τους γράψαμε;»

«Φαίνεται ότι αυτό δεν το αξιολόγησαν, κύριε».

«Πες στον οδηγό της μπουλντόζας να κάνει διάλειμμα. Όταν ξεκινήσει με το σπίτι, θέλω να είμαι μπροστά».

Ο Ευγένιος Ζιρντό καθόταν στην άλλη καρέκλα και κάπνιζε, ενώ προσπαθούσε να καταλάβει τι έλεγαν.

«Συγνώμη, υπολοχαγέ, έχω ζήσει πολλά χρόνια στην Ευρώπη και το αυτί μου είναι εκπαιδευμένο σε πολλές γλώσσες. Ήρθε τελικά η διαταγή για το πηγάδι, έτσι κατάλαβα».

«Ναι, κύριε Ζιρντό, το σπιτάκι θα γκρεμιστεί, όπως σας είπα, και το πηγάδι θα καθαριστεί και θα συντηρηθεί».

Ο υπολοχαγός είχε ήδη σηκωθεί κι άπλωνε το χέρι του για να τον χαιρετήσει.

«Το τσάι σας ήταν ό,τι έπρεπε. Σε δύο εβδομάδες πιστεύω ότι θα μπορώ ν' ανταποδώσω την πρόσκληση. Οι άντρες μου φαντάζομαι ότι μπορούν σήμερα για λίγο ακόμη να κλέβουν απ' το ηλεκτρικό σας ρεύμα».

Ο Ζιρντό χαμογέλασε με αβροφροσύνη.

«Αύριο όμως θα έχουν αποκαταστήσει την ηλεκτροδότηση μέσα στη βίλα. Αν μου επιτρέπετε, δείχνετε κάπως χλωμός, ίσως πρέπει να ξεκουραστείτε λίγο κλείνοντας τα παντζούρια, γιατί όλες αυτές οι χωματουργικές εργασίες θα σας ταράξουν αρκετά».

«Είμαι λίγο άυπνος, κύριε υπολοχαγέ, αλλά μην ανησυχείτε. Γι' αυτό τουλάχιστον δε φταίει ο πόλεμος, έτσι ήμουν πάντα».

Ο λοχαγός χαιρέτισε με το χαρακτηριστικό χτύπημα της μπότας και βάδισε με γρήγορο βήμα προς την απέναντι πλευρά του δρόμου.

Το σπιτάκι ξεψύχησε μέσα στον κονιορτό του μεσημεριού κάτω απ' τα χτυπήματα του σιδερένιου θηρίου – μια ψυχούλα από σκόνη που διαλύθηκε σαν σύννεφο. Τα δόντια της μπουλντόζας μπήγονταν στα χαλάσματα, ύστερα η σκάφη γυρνούσε προς τα πάνω παίρνοντας ένα γερό φόρτωμα, και το βαρύ όχημα, με σηκωμένα τα μπράτσα και τη σκάφη ψηλά, πλησίαζε στο πιο κοντινό φορτηγό και άδειαζε ό,τι κρατούσε στην καρότσα. Σε λίγη ώρα ένα άδειο οικόπεδο χωρίς μπάζα και χόρτα είχε αντικαταστήσει αυτό που για χρόνια έβλεπε απ' το σπίτι του ο Ζιρντό.

Καθισμένος με τα κυριακάτικά του ρούχα, παρακολουθούσε λεπτό προς λεπτό το τελετουργικό της εξαφάνισης. Το «βασίλειο της σκουριάς», όπως το είχε αποκαλέσει στον Θόδωρο πριν από τέσσερα χρόνια, είχε σκορπιστεί σαν αμμόλοφος στις καρότσες τριών φορτηγών.

Οι γείτονες πάντως, δίχως αυτός να τους ακούει, σχολίαζαν την εμμονή του να κάθεται με τις ώρες και να παρακολουθεί τις χωματουργικές φιλοδοξίες της Βέρμαχτ. Οι πιο πολλοί νόμιζαν ότι τα γεροντοπαλίκαρα, όταν μάλιστα τύχαινε να 'ναι και διευθυντές, είχαν μια διαφορετική αίσθηση του χρόνου από αυτούς που είχαν γυναίκα, παιδιά, συγγενικές υποχρεώσεις, εκκλησιασμό και αποδράσεις στην εξοχή με μπάλες και αυτοσχέδιες κούνιες στα δέντρα.

Ο Ζιρντό, εν κατακλείδι, χαράμιζε την Κυριακή του καπνίζοντας και χαζεύοντας μόνος, χλωμός και κάπως ανήσυχος. Ήταν άραγε γιατί είχε αρχίσει να γερνάει, ή κάτι άλλο;

Το μεσημέρι ο χώρος μέσα κι έξω απ' την έπαυλη είχε ησυχάσει. Η μπουλντόζα είχε ξεμείνει από πετρέλαιο και είχε πάει στην άκρη με σβησμένη τη μηχανή. Τα φορτηγά ήταν άφαντα, και οι εργάτες, σκορπισμένοι ανάμεσα στα γέρικα δέντρα της αυλής, ξεχορτάριαζαν και ίσιωναν το χώμα με αξίνες και τσάπες. Κάπου κάπου περνούσε και το τραμ, πιο αραιά είναι η αλήθεια απ' το συνηθισμένο γιατί ήταν Κυριακή. Αρκετά συχνά μικρά φορτηγά με ξύλινη καρότσα περνούσαν με κατεύθυνση τους μπαξέδες στο Σέδες ή στο Αρσακλί για να φορτώσουν ό,τι μπορούσε να φαγωθεί και να το μεταφέρουν μόλις πέσει το φως στα υπόγεια της μαύρης αγοράς.

Ο Ζιρντό όμως τι περίμενε μες στο καταμεσήμερο;

Στην αρχή ήταν μια φωνή από έναν εργάτη που μιλούσε

τα ελληνικά με σπασμένη προφορά. Κατόπιν οι φωνές έγιναν δύο, λαντίνο ανάμεικτα με ελληνικά· ακούγονταν λέξεις αλειμμένες με κάποια απέχθεια, ίσως και φόβο.

Ο υπαξιωματικός ήταν ο πρώτος που πλησίασε εκεί που του 'δειχναν οι εργάτες. Ήταν ένα σημείο πέρα από το σπιτάκι του κήπου – το γκρεμισμένο ερείπιο όπου χρόνια πριν κοιμόντουσαν δίπλα δίπλα ο αμαξάς κι ο κηπουρός της έπαυλης. Ο Γερμανός λοχίας με δύο εργάτες είχαν σκύψει και κάτι έλεγαν πάνω από μια μεγάλη τρύπα στο χώμα. Εδώ και πολλή ώρα η εργασία τους ήταν να ρίχνουν στην τρύπα κουβάδες με σχοινί κι ένας κάτω στον πάτο να τους γεμίζει πέτρες και χώμα κι αυτοί να τους τραβούν ξέχειλους επάνω. Οι οδηγίες που είχε δώσει ο υπεύθυνος μηχανικός ήταν ν' αδειάσουν απ' το πηγάδι μια μεγάλη ποσότητα χώματος για να ξαναβρεί μ' αυτόν τον τρόπο το παλιό του βάθος κι ας ήταν στεγνό. Τα πέτρινα τοιχώματα θα τους έδειχναν πού περίπου βρισκόταν η παλιά στάθμη.

Παρακολουθούσε από απέναντι, όταν κάποια στιγμή είδε έναν εργάτη ν' αδειάζει έναν κουβά με χώμα κι ύστερα κάτι να δείχνει. Ο υπαξιωματικός απομακρύνθηκε με γρήγορο βήμα και μπήκε στην έπαυλη, όπου βρισκόταν εδώ και ώρα ο υπολοχαγός.

Ο Ζιρντό χαμογέλασε, γιατί όσο περνούσαν τα χρόνια, τόσο βεβαιωνόταν για το πόσο ήταν η ζωή αστεία και απρόβλεπτη. Ίσως να ήταν κάπου γραμμένο, σε κάποιο τεφτέρι της ζωής, ότι τα κόκαλα του Θόδωρου του αμαξά θ' ανασυρθούν απ' τον εχέμυθο τάφο τους, το πηγάδι της βίλας, και θα ξαναδούν το φως του ήλιου μια ηλιόλουστη Κυριακή.

Απ' τη στιγμή που ο Γερμανός αξιωματικός τού είχε ανακοινώσει ότι το πηγάδι θα καθαριζόταν και θα 'μενε συντηρημένο, καταλάβαινε ότι η ώρα της εκταφής είχε φτάσει. Καθισμένος απ' το πρωί στην καρέκλα, θυμήθηκε πολλές φορές τις λεπτομέρειες εκείνης της βραδιάς αλλά και των ημερών που ακολούθησαν. Τελικά ο αμαξάς, όσο και να τον είχε παιδέψει όσο ζούσε, στον θάνατο αποδείχτηκε καλόβολος, γιατί ξεψύχησε γρήγορα, χωρίς κραυγές και βογκητά. Ο Λευτέρης θυμήθηκε τον εαυτό του σκυμμένο από πάνω του να παρατάει το σκαρπέλο και να πιάνει το μαντίλι του στο χέρι για να του βουλώσει το στόμα αν θα άρχιζε να βογκάει· δε χρειάστηκε. Πέθανε σύντομα και ήσυχα χωρίς πόνους και επιθανάτια αγωνία. Έμοιαζε σαν να του είχαν ήδη συγχωρεθεί οι αμαρτίες, σαν να ήταν καλόγερος που έσβηνε αθόρυβα στο κελί των προσευχών του, όπως η φλόγα του λυχναριού του.

Τον έσυρε, αφού πρώτα έσβησε το κερί που κρατούσε στο χέρι. Ο Ζιρντό θυμόταν ακόμη εκείνη την αίσθηση στην παλάμη του απ' την τριχωτή γάμπα και την κάλτσα. Είχε γίνει για κάποια μέτρα το υποζύγιό του, καθώς του είχε γυρίσει την πλάτη βάζοντας το δικό του σώμα ανάμεσα στα πόδια του πεθαμένου. Κράτησε από ένα πόδι σε κάθε χέρι κι άρχισε να τον σέρνει στο σκοτάδι. Κάθε τόσο καταλάβαινε ότι το κουφάρι κάπου έβρισκε – στο σιδερένιο κρεβάτι, στο κούφωμα της πόρτας, στο σκαλοπάτι, στο κατώφλι. Έξω στα χόρτα ήταν πιο εύκολο να τον σύρει, αρκεί να μπορούσε να θυμηθεί πού βρισκόταν το πηγάδι.

Τον άφησε λίγα μέτρα μακριά απ' το σπιτάκι κι άρχισε να το ψάχνει στο σκοτάδι. Όταν έχασε τον προσανατολισμό του, χρειάστηκε να ξανανάψει για πολύ λίγο το κερί και να το ξανασβήσει. Τελικά το στόμιο του πηγαδιού ήταν σκεπασμένο από μια χοντρή λαμαρίνα, που είχε κρυφτεί κάτω από βάτα κι αγριόχορτα. Έβαλε τα χέρια του ανάμεσά τους, τα παραμέρισε και τράβηξε το σκέπαστρο χωρίς να τον νοιάζουν τα γδαρσίματα. Γύρισε πίσω κι άρχισε να ψάχνει στα χαμόκλαδα το πτώμα σαν αγρίμι. Το βρήκε να κείτεται στο σημείο που το είχε αφήσει, πιο κρύο τώρα αλλά το ίδιο σιωπηλό.

Όταν είχε πάρει την οριστική απόφαση –αυτό είχε γίνει στον σκεπασμένο εξώστη του *Μεντιτερανέ*–, δε θα μπορούσε να έχει προλάβει όλον τον σχεδιασμό με λεπτομέρειες. Ποτέ δεν είχε σχεδιάσει στη ζωή του λεπτομέρειες, ούτε όταν έφευγε μόνος του στην παγωμένη στέπα της Ουκρανίας, ούτε όταν εγκατέλειψε τη Χρυσάννα στον Πειραιά, ούτε όταν πούλησε ό,τι είχε και δεν είχε στη Μασσαλία αφήνοντας πίσω την Κατρίν μ' ένα μωρό στην κοιλιά.

Όταν κατάλαβε ότι το νεκρό σώμα που άφηναν τα χέρια του έπεφτε από μεγάλο ύψος, ένιωσε ανακούφιση. Βάλθηκε ύστερα να ρίχνει στο κενό όσο χώμα μπορούσε να κουβαλήσει. Κάποια στιγμή, την ώρα που σκούπιζε τον ιδρώτα απ' το μέτωπό του, κατάλαβε ότι έπρεπε να ξανάρθει το γρηγορότερο δυνατό. Καλύτερα όμως αυτή η ταλαιπωρία, ψιθύρισε στον εαυτό του, παρά ο εκβιασμός που του ετοίμαζε ο παλιός φίλος. Γύρισε σπίτι προσέχοντας την κάθε του κίνηση.

Εκείνο το πρωινό της Κυριακής τού ήρθαν στον νου και τα γεγονότα μετά τον φόνο. Πώς έκανε τον οργισμένο το επόμενο πρωί στο εργοστάσιο γιατί ο καινούριος οδηγός τούς είχε στήσει. Θυμήθηκε ακόμα ότι ξαναμπήκε αργά το βράδυ στον κήπο της έπαυλης κρύβοντας ένα κοντό φτυάρι κάτω από την τρενς κόουτ. Αυτήν τη φορά βρήκε το πηγάδι πιο εύκολα, γιατί τον οδηγούσε η μυρωδιά. Άρχισε να μαζεύει χώμα από παντού και να το ρίχνει για ώρα στον ξερό βυθό. Το πρωί ξαναγύρισε για λίγο, καθώς με το φως της μέρας ήταν επικίνδυνο να τον δουν, αλλά έπρεπε να βεβαιωθεί. Μπήκε και βγήκε και πάλι με χίλιες προφυλάξεις. Το πηγάδι είχε πια γίνει ο αόρατος τάφος του Θόδωρου του αμαξά, που το φθινόπωρο του 1917 παραλίγο να προλάβει εκείνος ν' ανοίξει τον λάκκο του Λευτέρη Ζεύγου για λίγες χρυσές λίρες. Αυτή η τελευταία σκέψη τού έδωσε δύναμη για τις επόμενες μέρες, καθώς η υπόθεση δεν είχε ακόμα τελειώσει.

Η αστυνομία τον κάλεσε για ανάκριση, τυπική είναι η αλήθεια, γιατί εκείνο το βράδυ είχαν εμφανιστεί μαζί στο *Μεντιτερανέ*. Ένας περιθωριακός είχε εξαφανιστεί, δεν είχε βρεθεί πτώμα, άρα δεν υπήρχε και φόνος· άσε που μπορεί και να την είχε κοπανήσει για οπουδήποτε αν ήταν μπλεγμένος σε καμιά βρομοδουλειά. Κάποια στιγμή ο Ζιρντό αντίκρισε και τη γυναίκα του, που είχε κλαμένα μάτια. Κανείς δεν μπορούσε από τις Αρχές να τη διαβεβαιώσει αν ο άντρας της είχε πάθει κάτι ή απλά τούς εγκατέλειψε. Δίνοντας εντολή στον λογιστή της «Γόρτυς» ν' ανακουφίσει τη γυναίκα μ' ένα ποσό, έκλεισε το ακανθώδες θέμα του καινούριου σοφέρ με τον καλύτερο τρόπο. Ίσως τα επόμενα χρόνια το θέμα να επανερχόταν, θα ήταν όμως και πάλι άτονο, γιατί ο πόλεμος στρώνει στον κόσμο καινούριους τάφους και κανείς δε θυμάται τους παλιούς.

Ήταν έτοιμος να σηκωθεί και να ζεστάνει το χθεσινό φαγητό, όταν πρόσεξε ότι ο Γερμανός υπολοχαγός πλησίαζε και πάλι στο σπίτι. Όταν τον είδε να στέκεται έξω απ' την καγκελόπορτα, του έκανε νόημα να περάσει. Εκείνος φάνηκε σαν να περίμενε ακριβώς αυτό το νεύμα. Άνοιξε την πόρτα που έτριζε και πλησίασε στο υπόστεγο.

«Ετοιμάζεστε να ξαπλώσετε, κύριε Ζιρντό;»

«Για την ακρίβεια, ετοιμαζόμουν να ζεστάνω το φαγητό μου. Θέλετε να μου κάνετε παρέα; Αν και φοβάμαι ότι δεν πρόκειται για κάτι ιδιαίτερο».

«Όχι, αγαπητέ μου, σας ευχαριστώ. Πρέπει να γυρίσω πίσω στις εργασίες μας καθώς έχουμε και μικροαπρόοπτα».

«Όπως;»

«Βρέθηκε ένας ανθρώπινος σκελετός στο πηγάδι».

«Σκελετός; Τι μου λέτε; Ακούγεται λίγο τρομακτικό».

Ο υπολοχαγός χαμογέλασε.

«Δεν έχετε πάει στον πόλεμο, κύριε Ζιρντό, έτσι δεν είναι;»

«Όχι. Ομολογώ πως είμαι ευγνώμων σε μια ιατρική έκθεση που αφορούσε την υγεία μου κατά τον πρώτο πόλεμο. Μπορείτε να φανταστείτε ως Γάλλος πολίτης από τι έχω γλιτώσει – Δυτικό Μέτωπο, καταλαβαίνετε... Όσο γι' αυτόν τώρα, είμαι αρκετά μεγάλος πια».

«Αν ήσασταν μαζί μου στην προέλασή μας στην Πολωνία, και όχι μόνο εκεί, ένα τέτοιο περιστατικό θα σας φαινόταν ασήμαντη λεπτομέρεια. Να υποθέσω ότι και στην Ελλάδα οι αριστοκράτες, όπως οι ιδιοκτήτες αυτής της βίλας, φρόντιζαν να εξαφανίζουν τους εχθρούς τους όμοια με τους παλιούς φεουδάρχες στην Ευρώπη. Η διαφορά είναι ότι εκείνοι τούς έθαβαν στους τοίχους ενώ αυτοί, οι νεότεροι, στα πηγάδια».

«Οι εποχές αλλάξανε, κύριε υπολοχαγέ, κι όλο αυτό ακούγεται σαν κάτι πολύ παλιό· θα το έλεγα σκηνικό για όπερα...»

«Έχετε δίκιο. Ο κόσμος που ονειρευόμαστε και που γι' αυτόν πολεμάμε, κύριε Ζιρντό, θέλει να σβήσει άπαξ διά παντός όλ' αυτά τα υπολείμματα του φεουδαρχικού κόσμου».

«Μου ακούγεται λίγο σοσιαλιστικό αυτό...», πρόσθεσε με κάποια λεπτή ειρωνεία, χαϊδεύοντας με τα δυο δάχτυλα το μουστάκι πάνω απ' το χείλος του.

«Μα ο εθνικοσοσιαλισμός είναι σοσιαλισμός και μέλλει να εγκαθιδρύσει παντού τις συνθήκες αυτές για τη γέννηση του νέου ανθρώπου».

«Θα ήθελα κάποια στιγμή να μου το αναλύατε αυτό. Η ευχέρειά σας στα γαλλικά μάς προσφέρει αυτήν την πολυτέλεια».

«Μα φυσικά. Συγχωρέστε όμως τη φλυαρία μου, γι' άλλο ήρθα...»

«Γιατί δεν κάθεστε;»

«Δε χρειάζεται· δεν έχω στη διάθεσή μου πάνω από ένα λεπτό. Ακούστε, Ζιρντό, καταρχήν θέλω να σας δηλώσω ότι μου είστε αρκετά συμπαθής, γι' αυτό έχω να σας κάνω μία πρόταση. Το κύμα των επιτάξεων εκ μέρους της Βέρμαχτ να ξέρετε ότι θα επεκταθεί τον επόμενο καιρό όχι μόνο σε μεγάλες κατοικίες, όπως η έπαυλη απέναντί σας, αλλά και σε μικρότερη κλίμακα».

«Τι εννοείτε ακριβώς;»

«Επίταξη δωματίων σε σπίτια που κατοικούνται κι έχουν τη δυνατότητα φιλοξενίας. Έχοντας μάτι αρχιτέκτονα, μπορώ να σας βεβαιώσω πως στην επόμενη σελεξιόν θα χρειαστεί να προσφέρετε τουλάχιστον ένα δωμάτιο του σπιτιού σας σε κάποιον Γερμανό αξιωματικό. Σας προλαβαίνω, και δηλώνω ότι εκ προοιμίου κατανοώ τη δυσφορία σας, αλλά πιστέψτε με: σ' έναν πόλεμο, μακάρι να 'ταν αυτά τα προβλήματα των ανθρώπων».

«Πού θέλετε να καταλήξετε;»

«Είμαι στις επόμενες λίστες φιλοξενίας ύστερα από την επίταξη κάποιων χώρων σε σπίτια της Θεσσαλονίκης. Θα με βόλευε εξαιρετικά να με τοποθετήσουν στο σπίτι σας. Είναι απέναντι απ' την υπηρεσία μου, και εκτιμώ ότι θα ήταν ευτυχής συγκυρία να έχω συγκάτοικο έναν κύριο όπως εσείς με τον οποίο μπορώ να συνεννοηθώ. Μπορείτε να φανταστείτε μια βουβή συγκατοίκηση ανάμεσα σε Έλληνες και Γερμανούς χωρίς γλωσσική γέφυρα; Je pense que ce serait odieux.[87] Αν συμφωνείτε κι εσείς, έχω τη δυνατότητα να το τακτοποιήσω».

Ο διευθυντής της «Γόρτυς», όσην ώρα τον άκουγε, προσπαθούσε να ταξινομήσει τα πιθανά οφέλη από μια φιλία με τον Γερμανό αρχιτέκτονα. Αν δεν μπορούσε ν' αποφύγει να μοιραστεί το σπίτι του, θα ήταν προτιμότερο να ήταν αυτός παρά οποιοσδήποτε άλλος. Είχε κι ο ίδιος ακούσει κάτω στην αγορά ότι έρχεται δεύτερος γύρος επιτάξεων, γιατί οι κατοχικές δυνάμεις είχαν αυξηθεί και υπήρχε μεγάλο πρόβλημα στέγασης των αξιωματικών.

«Νομίζω ότι μπορώ να σας πω το "Καλώς ήρθατε" από τώρα!»

Ο υπολοχαγός χαμογέλασε με ικανοποίηση.

---

87. Je pense que ce serait odieux: νομίζω ότι θα ήταν απεχθές.

«Πιστεύω ότι μπορώ να ταχτοποιήσω και το θέμα της οικιακής βοηθού. Στην αρχή σε μια περιστασιακή βάση, και βλέπουμε...»

«Καλοδεχούμενο κι αυτό, κύριε υπολοχαγέ».

«Το όνομά μου είναι Ράινερ Κράουζε. Σας ευχαριστώ πολύ, όμως πρέπει να πηγαίνω. Τις λεπτομέρειες θα τις μάθετε από τον λοχία που είδατε προηγουμένως. Είναι, ας πούμε, κάτι σαν υπασπιστής μου· αυτός θα φροντίσει τις επόμενες μέρες για όλα τα διαδικαστικά».

Αυτήν τη φορά τον χαιρέτησε με μια χειραψία σαν καλός γνωστός, και με γρήγορο βήμα κατέβηκε τα σκαλοπάτια και πέρασε τον δρόμο απέναντι.

Όσο πλησίαζε ο χειμώνας, η ανησυχία άρχισε να φαίνεται στα πρόσωπα των ανθρώπων με ρυτίδες και σμίξιμο των φρυδιών. Αυτός θα ήταν ο δεύτερος χειμώνας συγκατοίκησης με τους Γερμανούς. Ο προηγούμενος άφησε πίσω του χιλιάδες κόκαλα σαν αυτά που ανακάλυψε ο υπολοχαγός Κράουζε στον κήπο της έπαυλης. Μια παγωνιά πρωτόγνωρη, πείνα, φόβος σαν άνεμος που τράνταζε κάθε βράδυ τα παράθυρα.

Στο εργοστάσιο δούλευαν μετρημένοι αργαλειοί, κι αυτοί ως το μεσημέρι. Οι άνεργοι εργάτες τους ζούσαν απ' τα συσσίτια και με ό,τι κατάφερναν να βρίσκουν στα σκουπίδια και τη μαύρη αγορά. Όσοι δεν ήταν πρόσφυγες και είχαν καταγωγή από κάποιο χωριό, είχαν επιστρέψει εκεί, για να μπορούν τουλάχιστον ν' αλέθουν βελανίδια και να παρασκευάζουν κάτι που έμοιαζε με αλεύρι.

Ο Ζιρντό κάθε τόσο χαλούσε μερικές χρυσές λίρες για να ψωνίζει τα στοιχειώδη, κι έτσι πορευόταν. Μισθός από τη «Γόρτυς» δεν υπήρχε πια, ενώ οι Σκλαβογιάννηδες είχαν σκορπιστεί κι είχε πολύ καιρό να λάβει νέα τους. Στο εργοστάσιο κρατούσαν μόνο μία γραμμή τηλεφώνου κι ένα φορτηγό για να κρατάει λίγη βενζίνη απ' το δελτίο καυσίμων, μήπως και μεταφέρει κάποια παραγγελία.

Η Σεβρολέτ του διευθυντή, παρκαρισμένη πίσω απ' το σπίτι του, έκανε διακοπές. Εκείνος κάθε πρωί περπατούσε ως κάτω στο Κέντρο κι από κει στο εργοστάσιο. Όταν έβρεχε, έπαιρνε το τραμ. Ο Ζιρντό ξαναζούσε μέρες νοσταλγίας και δόξας, όπως τότε που διέσχιζε τη Λεωφόρο των Εξοχών με τις γαζέτες φορτωμένες στον ώμο. Πατούσε στις ίδιες πλάκες, πιο αργά είναι η αλήθεια, περνούσε μπροστά απ' τα ίδια σπίτια και χάζευε τις ίδιες καγκελόπορτες. Δε διαλαλούσε πια τα πρωτοσέλιδα σε πολλές γλώσσες ούτε διατυμπάνιζε τις ιδιοτροπίες του Αβδούλ Χαμίτ στην καινούρια του κατοικία. Η γλώσσα των εφημερίδων ήταν μία, όπως και η ειδησεογραφία, ίδια και μονότονη καθώς μιλούσε σε κάθε φύλλο για την ευταξία της νέας εποχής και για τον διακαή πόθο να συντριβεί ο μπολσεβικισμός και ο παγκόσμιος σιωνισμός. Οι φυλλάδες ενημέρωναν όμως και για την ψυχαγωγία στην πόλη – θέατρα, κινηματογράφους, χοροεσπερίδες, χαρτοπαιχτικές λέσχες... Σουλτάνος πάντως δεν υπήρχε, ούτε πολλά τσιγάρα για να καπνίζει ούτε γιαούρτι που το αγαπούσε, και δυστυχώς ούτε και παραμύθια. Υπήρχαν μόνο τα ψέματα της *Νέας Ευρώπης* και της *Απογευματινής*.[88]

Τα βήματά του δεν τον πήγαιναν πια στο τέρμα της συνοικίας, ως το Ντεπό και τη Βίλα Αλλατίνι, αλλά σταματούσε στην έπαυλη με την πινακίδα «Transport Kommandantur» – ως εκεί. Τότε έριχνε μια ματιά στην αυλή και στον κήπο, όπου μπαινόβγαιναν στρατιώτες και αξιωματικοί, όλοι βιαστικοί με χαρτοφύλακες στα χέρια. Έβγαζε το κλειδί, το κρατούσε στο χέρι, κι ύστερα αυτός, ο Λευτέρης, ο παλιός κηπουρός, έστριβε αργά προς το σπίτι του, κι αφού καλη-

88. *Νέα Ευρώπη* και *Απογευματινή* της Θεσσαλονίκης ήταν οι δύο εφημερίδες που κυκλοφορούσαν στην κατοχική Θεσσαλονίκη.

σπέριζε όποιον γείτονα συναντούσε, έκλεινε πίσω του την πόρτα.

Αρχές Δεκεμβρίου τον επισκέφτηκε ο υπολοχαγός Κράουζε. Ζήτησε και πήρε τα δύο πίσω δωμάτια, που έβλεπαν στο οικόπεδο που ήταν παλιά ο κήπος της Σάνε. Ο Λευτέρης περνούσε τον περισσότερο χρόνο του στο γραφείο μπροστά· δίπλα ήταν το μικρό του υπνοδωμάτιο και η κουζίνα. Τους χώριζε ένα ευρύχωρο σαλόνι, πάντα κρύο κι ακατοίκητο. Η άσπρη πορσελάνινη θερμάστρα του έμενε σβηστή εδώ και χρόνια. Οι πολυθρόνες και οι καναπέδες τον τελευταίο καιρό ήταν πρόχειρα σκεπασμένα με παλιά σεντόνια. Ο αέρας, ως ψηλά στο ταβάνι με τα γύψινα, μύριζε υγρασία και παλιό βερνικωμένο ξύλο. Πάνω απ' τον δρύινο μπουφέ έστεκε ένας μεγάλος καθρέφτης με μια στομφώδη χρυσή κορνίζα. Επάνω του ήταν αραδιασμένα μερικά μπιμπελό, ενώ στον διπλανό τοίχο κρέμονταν δύο παλιές λιθογραφίες της Αμβέρσας. Όλ' αυτά ήταν ελάχιστα μικρά κομμάτια που χωρούσαν σε δυο βαλίτσες, όλα δικά της, πριν την προδώσει το ίδιο της το αίμα και τη στείλει χλωμό μπιμπελό στον κάτω κόσμο.

Το πρώτο βράδυ της άφιξής του, ο υπολοχαγός Κράουζε χτύπησε διστακτικά την πόρτα του γραφείου του. Μπήκε μέσα φορώντας κι αυτός μια ρόμπα σπιτιού το ίδιο ακριβή μ' αυτήν του Ζιρντό, όμως καινούρια. Στο χέρι κρατούσε με ευλάβεια ένα μπουκάλι μπράντι.

«Θα ήθελα, αν δεν έχετε δουλειά, να ξεκινήσουμε με τους καλύτερους οιωνούς. Νομίζω ότι αυτό το μπουκάλι μπορεί να βοηθήσει. Δε βρίσκεται, κύριε Ζιρντό, κάθε μέρα τέτοιο μπράντι· είναι δύσκολο ακόμη και για τους αξιωματικούς της Βέρμαχτ».

Σηκώθηκε απ' το γραφείο σφίγγοντας τη ζώνη της ρόμπας του.

«Ναι, βέβαια, απόψε είναι η πρώτη σας βραδιά στο σπίτι, κύριε υπολοχαγέ. Είστε τόσο αθόρυβος και διακριτικός, που κόντεψα να λησμονήσω την παρουσία σας».

Άνοιξε ένα ντουλάπι κι έβγαλε τα κατάλληλα ποτήρια. Καθισμένοι σε αντικριστές πολυθρόνες, φλυαρούσαν για τη γαλλική παράδοση του οινοπνεύματος – κρασιά, μπράντι, δρύινα βαρέλια, ό,τι θα μπορούσε να φέρει πιο κοντά δυο άντρες μια βροχερή νύχτα.

«Ελπίζω να μην περιμένετε, κύριε υπολοχαγέ, μ' αυτό το κέρασμα να εξασφαλίστε την αποδοχή μου σε όποια τυχόν κρίση ή γνώμη εκφέρετε».

«Με παρεξηγήσατε, κύριε Ζιρντό. Η γνώμη ενός ευυπόληπτου ανθρώπου μ' ενδιαφέρει με την προϋπόθεση της ειλικρίνειας και με στόχευση στην ουσία της συζήτησης».

«Σας πειράζω, αγαπητέ Ράινερ· η διαφορά ηλικίας μας μου δίνει αυτό το θάρρος. Είστε κοντά στα τριάντα, έτσι δεν είναι;»

«Είκοσι οχτώ για την ακρίβεια».

«Βλέπετε λοιπόν; Λέγαμε για τη γνώμη μου, η οποία φαίνεται ότι σας ενδιαφέρει εξ ορισμού, άρα να υποθέσω ότι υπάρχουν άλλες που τις απορρίπτετε εξαρχής».

«Έτσι είναι, γιατί θεωρώ περιττό κόπο και ξόδεμα χρόνου να ακούσω αναμενόμενες απόψεις, οι οποίες προέρχονται από συγκεκριμένους χώρους σκέψης. Άλλωστε...»

«Άλλωστε...;»

«Η αποστολή μας στην Ευρώπη δεν έχει να κάνει με τη συμφωνία ή τη διαφωνία με κάποιες απόψεις αλλά με την ορμή».

«Την ορμή;»

«Την ορμή της επιβίωσης και της επιβολής. Αυτό που ζητούμε είναι ζωτικός χώρος για όλους τούς φυλετικά υπέρτερους, αυτόν διεκδικούμε».

«Μιλάτε πιο πολύ σαν ανθρωπολόγος παρά ως αρχιτέκτονας».

«Μιλάω πρωτίστως ως αξιωματικός της Βέρμαχτ».

«Εμένα, κύριε υπολοχαγέ, να σας πω την αλήθεια, όλες αυτές οι συζητήσεις μού φέρνουν πονοκέφαλο. Προτιμώ τα καθημερινά θέματα – παραγωγή, οικονομία, πρόσοδοι, μπράντι... Είμαι εξάλλου σαράντα τεσσάρων χρόνων και η ορμή μου, αγαπητέ Ράινερ, έχει αρχίσει κάπως να ατονεί. Ας πούμε όμως κάτι άλλο, αρχιτεκτονικό αν θέλετε· μου αρέσει ν' ακούω γι' αυτά. Πώς σας φάνηκε η έπαυλη απέναντί μας; Απ' έξω δείχνει να έχει αρχιτεκτονικό ενδιαφέρον».

«Μα δεν έχετε μπει ποτέ μέσα;»

«Σας είπα, όταν μετακόμισα σ' αυτό το σπίτι, η έπαυλη ήταν ήδη ακατοίκητη από χρόνια. Ό,τι γνωρίζω γι' αυτήν, είναι από κουβέντες εδώ κι εκεί. Να φανταστείτε ούτε καν η γειτονιά είναι η ίδια· όταν το σπίτι ήταν ανοιχτό, έμεναν εδώ γύρω άλλοι άνθρωποι. Ίσως να το έχετε ακούσει ότι αυτή η πόλη άλλαζε πάντα τις ανθρώπινες φυλές σαν τα πουκάμισα».

«Μα τότε το επόμενο μπράντι θα το πιούμε στο γραφείο μου μια ήσυχη βραδιά. Μπορώ και να σας ξεναγήσω αν το επιθυμείτε· οι χώροι του σπιτιού είναι εξαίρετοι, παρότι είναι αναγκαίο ένα σοβαρό ποσό για τη συντήρησή του. Η τεχνική μας υπηρεσία έκανε πασαλείμματα· δεν παραπονιέμαι όμως, πόλεμο έχουμε...»

«Δέχομαι την πρόσκλησή σας με μεγάλη χαρά. Είναι η ανθρώπινη περιέργεια, ξέρετε, όταν βλέπει κανείς επί χρόνια την εξωτερική μόνο πλευρά ενός κτιρίου, κάποια στιγμή αρχίζει και φαντάζεσαι τι άραγε να κρύβεται πίσω απ' τους τοίχους. Είμαι περίεργος, πραγματικά, και δε σας το κρύβω ότι αδημονώ. Έτσι κι αλλιώς, αυτός ο χειμώνας για μένα προβλέπεται βαρετός».

Ο υπολοχαγός Κράουζε ξαναγέμισε τα ποτήρια τους και σήκωσε το δικό του στο ύψος του προσώπου.

«Δεν έχω την απαίτηση να πιείτε μαζί μου στην υγεία του

Ράιχ, θα ήταν νομίζω άκομψο. Ας πιούμε σε κάτι άλλο... ίσως στη γυναίκα, στην ομορφιά της...»

«Δε θα με βρείτε διόλου αντίθετο. Στη γυναίκα λοιπόν!»

Ο υπολοχαγός είχε αρχίσει να τον περιεργάζεται με μεγαλύτερη επιμονή. Βοηθούσε και το μπράντι φυσικά ώστε οι ερωτήσεις του να μην έχουν τόσες στροφές αλλά να ταξιδεύουν ευθεία.

«Η γυναίκα που είδα στη φωτογραφία του μπουφέ ήταν η σύζυγός σας;»

Ο Ζιρντό κούνησε το κεφάλι του σιωπηλός.

«Πού βρίσκεται τώρα; Γιατί είστε μόνος;»

«Πέθανε, υπολοχαγέ!»

«Τόσο νέα!...»

«Δεν τρώει νιάτα μόνο ο πόλεμος· καμιά φορά και η ζωή η ίδια κανιβαλίζει και τρώει τα παιδιά της. Άλλωστε το λέτε κι εσείς στο Βερολίνο εδώ και χρόνια πως η ζωή είναι έτσι κι αλλιώς πόλεμος. Η Σάνε πέθανε πυροβολημένη από έναν καρκίνο του αίματος».

«Λυπάμαι, πιστέψτε με...»

Άναψε ένα τσιγάρο απ' αυτά που έβρισκε απ' τους μαυραγορίτες του λιμανιού – οι πιο πολλοί γύρω του στη δουλειά φούμαραν καπνό κομμένο με το μαχαίρι απ' τα γύρω χωριά του κάμπου.

«Νομίζω ότι τώρα μπορώ να εξηγήσω αυτήν την αξιοπρεπή θλίψη που σας περιβάλλει».

Ο Ζιρντό δεν τον κοίταζε, μόνο μειδίασε και τίναξε τη στάχτη του.

«Είχα την ελπίδα ότι μπορούσα να το κρύβω», του απάντησε.

«Δεν είστε δύσκολος άνθρωπος, κύριε Ζιρντό, γιατί δεν μπορείτε να κρυφτείτε. Το πρόσωπό σας τα φανερώνει όλα θέλοντας και μη».

Την ώρα που τελείωνε το τσιγάρο του, είχε σιγουρευτεί

ότι ο υπολοχαγός ήταν απλώς ένα ψηλό παιδί με γυαλιστερές μπότες. Ήταν καλό που έμενε στο σπίτι του, γιατί εκτός απ' τις προμήθειες που φαίνεται ότι θα κουβαλούσε, θα του ξαναθύμιζε την αφέλεια της νεότητας και τα ζωηρά της μάτια, που βλέπουν τον κόσμο με τη διαύγεια που χαρίζουν οι ψευδαισθήσεις. Η δικιά του διαύγεια πάντως τον βεβαίωνε ότι μπορούσε να έχει τον Ράινερ του χεριού του. Είχε ακόμη σιγουρέψει ότι η έπαυλη του Αλπερέν μπέη από αύριο θα είχε μόνο για εκείνον την πόρτα της ανοιχτή. Ίσως, αν έβλεπε σε κάποια γωνιά μια ακόμη φορά το πιάνο της, να ησύχαζε. Από τι όμως; Μα από τον φόβο να έρθει πρόσωπο με πρόσωπο με τη βεβαιότητα της παντοτινής απώλειας, καθώς το πιάνο θα ήταν η απτή απόδειξη ότι εκείνα που μένουν πίσω δεν είναι οι άνθρωποι. Αυτοί ξοδεύονται από νωρίς, όπως το καλό μπράντι μια βροχερή νύχτα.

Τις επόμενες μέρες κατάφερε ύστερα από καιρό να πετύχει έναν απ' τους Σκλαβογιάννηδες στο τηλέφωνο της Καλαμάτας. Τα ίδια και χειρότερα κι εκεί – φτώχεια και φόβος. Δεν ήταν βέβαια τόσο μεγάλη η πείνα όσο στις πόλεις, αλλά τα στρατεύματα κατοχής ήταν σαν τον δάκο που τους ρήμαζε τις ελιές. Είπανε τα νέα τους, όλα απογοητευτικά· τρώγανε κι εκείνοι από τα έτοιμα. Ο ένας απ' τους αδερφούς μπλέχτηκε με τη μαύρη αγορά στην Αθήνα, αλλά τον έκαναν πέρα άνθρωποι του υποκόσμου κι έτσι φοβήθηκε και τα παράτησε.

«Μόνο εσύ την έχεις καλά», του είπε κάποια στιγμή.

«Τι εννοείς;» τον ρώτησε ο Ζιρντό. «Δε σου είπα ότι δουλεύουν μόνο δύο μηχανές κι αυτές όχι κάθε μέρα;»

«Δε λέω για το εργοστάσιο, για τη Θεσσαλονίκη μιλάω. Εκεί πάνω έχετε ευκαιρίες...»

«Δε σε καταλαβαίνω πραγματικά...»

«Μην κάνεις τον χαζό. Τόσα ακούγονται για τους Εβραίους

τους δικούς σας. Λένε θα τους μαζέψουν για την Πολωνία κι έτσι θα μείνουν σπίτια, μαγαζιά... Κοιμάσαι μου φαίνεται, Ζιρντό».

«Τι θέλεις να κάνω; Μην τα πιστεύεις όμως και πολύ αυτά. Υπάρχουν κρατικά χαρτιά, εγγυήσεις».

«Κουραφέξαλα, Ζιρντό! Είναι δικό σου θέμα βέβαια, αλλά κοίτα και λίγο γύρω σου, καθότι είσαι άνθρωπος της πιάτσας και δε συγχωρείσαι, γιατί μετά από καιρό θα το χτυπάς το κεφάλι σου».

Ο Λευτέρης άλλαξε θέμα και του είπε κι άλλα νέα σχετικά με το εργοστάσιο. Έκανε υπομονή, γιατί δεν είχε καμιά όρεξη ν' ακούει τον Σκλαβογιάννη στο τηλέφωνο. Αν ζούσε ο Γιούγκερμαν, όλα θα ήταν αλλιώς· θα είχε βρει τις άκρες και τα εργοστάσια θα δούλευαν. Σε διαφορετική περίπτωση θα τα είχαν πουλήσει εδώ και καιρό και θα ήταν τώρα στα σπίτια τους.

Όταν έκλεισε το τηλέφωνο, έβαλε ένα ούζο και βάλθηκε να κοιτάζει απ' το παράθυρο τους γερανούς πέρα στο Λιμάνι. Εδώ και κάποιες μέρες οι Γερμανοί είχαν περιφράξει μια μεγάλη έκταση γύρω απ' τον σταθμό των τρένων. Ακούγονταν πράγματι πολλά για τους Εβραίους, ότι ίσως να τους έδιναν χωράφια να πάνε να ζήσουν στην Πολωνία. Τα βάσανά τους, που είχαν ξεκινήσει από κείνο το Σάββατο στην Πλατεία Ελευθερίας, τότε που τους έβλεπε απ' το ψηλό παράθυρο του Μεγάρου Στάιν, δεν είχαν σταματήσει. Είχε αρχίσει κάπως να τους συμπαθεί· στο κάτω κάτω της γραφής, δεν έβρισκε κανέναν σοβαρό λόγο και καμιά χρησιμότητα να γίνονται όλ' αυτά. Άλλο, όπως έλεγε στον προσωπάρχη του, ο ανταγωνισμός των επιχειρήσεων που υπήρχε εδώ και δεκαετίες, κι άλλο να τους βάζεις και γέρους και παιδιά να γυρνάνε με τ' αστέρια στο πέτο. Ήξερε ότι ο Σκλαβογιάννης από τις πληροφορίες που συγκέντρωνε δε μιλούσε άστοχα, καθώς ακούγονταν πολλά στην αγορά για τις περιουσίες και είχαν πραγματικά ανοίξει δουλειές πρωτόγνωρες με συμβόλαια να υπογράφονται σε μία νύχτα κι εγγυήσεις με σφραγίδες. Οι Εβραίοι θα έφευγαν, και ήθελαν με κάθε τρόπο να εξασφαλίσουν τις περιουσίες τους.

«Μην ανακατεύεσαι μ' αυτά, Λευτεράκη», είπε μέσα του και ρούφηξε το υπόλοιπο ούζο απ' το ποτήρι, «γιατί θα 'ρθει ο καιρός που ο πόλεμος θα τελειώσει και θα ξαναπλουτίσεις με τρόπο άλλο χωρίς να ντρέπεσαι γι' αυτό».

Ο λάρυγγάς του καιγόταν, γιατί το έπινε σκέτο, αλλά ήδη ένιωθε το επιθυμητό μούδιασμα στα πόδια και στα χέρια. Αυτήν την ηρεμία απ' το ούζο τη χρειαζόταν, γιατί ο Ράινερ του είχε πει το πρωί όταν έφευγε ότι είχε υπηρεσία ως το βράδυ κι ότι ίσως να ξημέρωνε κι εκεί. Όταν θα ήταν εύκαιρος, θα έστελνε τον λοχία του να τον φέρει στη βίλα για να περάσει την πύλη χωρίς πρόβλημα.

Είχε νευρικότητα από το μεσημέρι. Ήταν Δεκέμβρης μήνας και νύχτωνε νωρίς, έτσι έφυγε κατά τις τρεις με τα πόδια από το εργοστάσιο και πήρε τον δρόμο της επιστροφής. Το τραμ λειτουργούσε, αλλά προτιμούσε να περπατήσει· οι μεγάλες βόλτες ήταν σαν το ούζο: του μούδιαζαν τα πόδια και τον ηρεμούσαν.

Είχε ψύχρα χωρίς καθόλου σύννεφα, έτσι μπορούσε να αισθάνεται ήσυχος ότι η βροχή δε θα του χαλούσε την επιστροφή. Πέρασε μπροστά απ' τον Λευκό Πύργο, που τον είχανε ζωγραφίσει για καμουφλάζ απ' τον φόβο των βομβαρδισμών, και μπήκε στη Λεωφόρο των Εξοχών. Είχε ακόμη φως. Κάθε τόσο στρατιωτικά καμιόνια περνούσαν από μπροστά του πηγαίνοντας προς το Κέντρο κι από κει για το παγοποιείο και το Φιξ, όπου στεγάζονταν αρκετές μονάδες. Άλλα ίσως είχαν ξεκινήσει απ' την παλιά Σχολή του Κωνσταντινίδη, την έπαυλη που τώρα είχε καταλάβει η Γκεστάπο, όμως μπορούσαν να έρχονται απ' οπουδήποτε καθώς η Βέρμαχτ υπήρχε παντού όλες τις ώρες.

Βάδιζε ακόμη όταν άρχισε να πέφτει η νύχτα. Πήγαινε απ' το κάτω πεζοδρόμιο πατώντας αργά χωρίς να βιάζεται με το παλτό ξεκούμπωτο, αφού τα ούζα στο εργοστάσιο τον είχαν ζεστάνει. Στάθηκε μπροστά στους κόκκινους πύργους στην Ανάληψη. Έριξε μια ματιά στα δύο τούβλινα κτίρια που θύμιζαν μεσαιωνικές επάλξεις ή ενετικό κάστρο. Θυμήθηκε ότι όταν ήταν μικρός και μοίραζε τις γαζέτες, εδώ στεκόταν περισσότερο για να χαζέψει το κάστρο των παραμυθιών και να διαβάσει την επιγραφή στην έξω θύρα: Château mon Bonheur, ο Πύργος της Ευτυχίας μου. Τώρα μόνο χαμόγελα μπορούσαν να γεννήσουν εκείνες οι παλιές βεβαιότητες.

Συνέχισε τον δρόμο του θέλοντας να παρατείνει τη βόλτα και προσπέρασε τη γειτονιά του συνεχίζοντας για το Ντεπό. Πέρασε έξω απ' την Casa Bianca, όπου έμεναν για χρόνια η Αλίν Φερνάντεζ και ο Σπύρος Αλιμπέρτης. Αναρωτήθηκε γιατί όλον αυτόν τον καιρό δε βρήκε το θάρρος να τους χτυπήσει την πόρτα και να τους ρωτήσει πώς τα κατάφεραν και ζούσαν μαζί εδώ και χρόνια ενώ αυτός ακόμα τριγυρνούσε μόνος, να μυρίζει ούζο όλο το μέσα του και να περιμένει έναν ξένο να έρθει και να τον οδηγήσει για να δει άδεια δωμάτια και ξαναβαμμένα ντουβάρια.

Όσο ήταν ακόμη νωρίς, δεν κινδύνευε από τα περίπολα να του ζητήσουν χαρτιά και να τον ρωτάνε πώς και τι. Όταν έφτασε στη Βίλα Αλλατίνι, στάθηκε να τη χαζεύει κάτω από το τελευταίο φως. Τα δέντρα της ήταν εκεί και την έζωναν, τα κόκκινα τούβλα, τα μαρμάρινα σκαλιά, τα ψηλά παράθυρα, ένα σωστό παλάτι που ζούσε πια στην αφάνεια. Πριν από καιρό είχαν προσθέσει δύο πτέρυγες στο πλάι, δύο μεγάλους όγκους καλυμμένους από το ίδιο τούβλο, κι έμοιαζε το παλάτι να έχει παχύνει με τα χρόνια, να έχει αυξήσει τον όγκο του, όπως συμβαίνει με τους πλούσιους όταν γερνάνε. Έστριψε το κεφάλι και κοίταξε έξω απ' τα κάγκελα για να βρει τη μουριά στην οποία τότε σκαρφάλωνε για να κρυφοκοιτάξει τον σουλτάνο στον δεύτερο όροφο. Ζούσε άραγε ακόμη η μουριά; – πόσα χρόνια ζούνε οι μουριές; Αυτά των κήπων τα είχε ξεχάσει.

Είχε δει με τα ίδια του τα μάτια αυτήν τη βίλα στη διάρκεια του Ελληνοϊταλικού Πολέμου να χρησιμοποιείται ως νοσοκομείο. Θυμόταν καθαρά νέους άντρες να περπατάνε ανάμεσα στα γέρικα πεύκα και στις σημύδες βαστώντας πατερίτσες. Εκεί που κάποτε φύτευε τριαντάφυλλα, τώρα έσβηναν γόπες από τσιγάρα που τις πατούσαν με πόδια χτισμένα στον γύψο. Οι μέρες του πολέμου με τους Ιταλούς είχαν περάσει κι αυτές, και τώρα το κτίριο φαινόταν κλειστό και έρημο. Είχε ακούσει ότι στέγαζε αυτόν τον χειμώνα κάτι αφανείς υπηρεσίες του στρατού. Πρόσεξε έναν Γερμανό φρουρό που έκανε βόλτες μπροστά στη μεγάλη καγκελόπορτα, που ήταν κλειδωμένη με λουκέτο και αλυσίδα.

Στην επιστροφή ένιωθε κάθε τόσο στην πλάτη του φώτα από καμιόνια – το φως τους τον φαγούριζε. Πιο πολύ ήταν οχήματα που έρχονταν απ' το Σέδες και κουβαλούσαν την καθημερινή ρουτίνα της Βέρμαχτ, πότε σε τσουβάλια, πότε σε κιβώτια και πότε σε ανθρώπους συσκευασμένους. Ένα φορτηγό με στρατιώτες τον προσπέρασε απελπιστικά αργά, ώστε προς στιγμήν ανησύχησε ότι πιο πέρα θα τον σταματούσε και θα ξεκινούσε τον έλεγχο. Είδε στο άνοιγμα της τέντας τούς στρατιώτες με τα γυαλισμένα κράνη και την γκριζοπράσινη στολή τους στο χρώμα της ελιάς. Τον κοίταζαν αδιάφορα, σαν να 'ταν λαγός στα χωράφια που τον είχαν τυφλώσει τα φανάρια του φορτηγού κι είχε μείνει απ' τη σαστιμάρα ακίνητος.

Ξεκλείδωσε και μπήκε βιαστικά στο κρύο σπίτι – κατουριόταν. Την ώρα που έστεκε πάνω απ' την τρύπα κι έβλεπε το υγρό χρυσάφι να ξεχύνεται από μέσα του και ν' αχνίζει στην παγωνιά, σκέφτηκε ότι δεν ήταν πολύ νέος πια κι ότι η φούσκα του θα τον ενοχλούσε όλο και πιο συχνά. Δε θ' αργούσε μάλλον η εποχή που θα πήγαινε κι αυτός με ένοχο πρόσωπο στις απόμερες γωνιές και στα πάρκα να κάνει αυτό που συνηθίζουν οι γέροι.

«Μη λες βλακείες, αυτά τα χρόνια αργούν!» είπε δυνατά, γιατί είχε ανάγκη ν' ακούσει το σφρίγος της φωνής του.

Έβαλε ένα ούζο ακόμη, κάθισε στο γραφείο και προσπάθησε να διώξει τις δυσάρεστες σκέψεις. Ύστερ' από λίγο θυμήθηκε ότι δεν είχε ανάψει φωτιά. Σηκώθηκε όπως ήταν, ακόμη με τα πρωινά ρούχα, και πήγε στο πίσω μέρος του σπιτιού όπου είχε στοιβαγμένα τα ξύλα. Μύριζε η θάλασσα, ενώ πέρα στο Λιμάνι μεγάλοι προβολείς έψαχναν στον ουρανό απ' τον φόβο μιας αεροπορικής επιδρομής των συμμάχων. Πήρε μια αγκαλιά κούτσουρα και μπήκε μέσα. Αφού ο Ράινερ ήταν στην υπηρεσία του, ήταν στο σπίτι ολομόναχος, κι ήταν αυτό μια παρηγοριά.

Από μικρό παιδί τού άρεσε να χαζεύει τις φλόγες, ιδιαίτερα τη στιγμή που ψήλωναν και γίνονταν παντοδύναμες. Στη θερμάστρα τους στο πατρικό σπίτι ξάπλωνε κάτω κι είχε το πρόσωπο μπροστά στο πορτάκι. Η μάνα του από δίπλα, σκυφτή, του 'λεγε κάθε τόσο να το ανοίγει για να ταΐζει τις φλόγες οξυγόνο. Τη φωτιά την αγαπούσε πολύ. Στο μεγάλο τζάκι της βίλας, στο μαγκάλι στα χαρακώματα του Στρυμόνα, στην τρύπα της Αγίας Γριάς στην Ουκρανία, τη λάτρευε ως ένθεος πυροβάτης που απ' την κάψα της έπαιρναν ζωή τα πέλματά του και κόχλαζε γεμάτο σφρίγος το αίμα του.

Βάλθηκε να διαβάζει, πιάνοντας κάθε τόσο ένα βιβλίο από μια στοίβα που την είχε αγοράσει προχθές σ' ένα παζάρι. Κάποιος πουλούσε ντάνες βιβλία και παρακαλούσε. Εκείνη τη μέρα είχε τύχει να εξοικονομήσει λίγη βενζίνη και κατέβασε τη Σεβρολέτ στο Κέντρο. Τα πήρε όλα για μια οκά αλεύρι. Περιμένοντας τώρα τον Γερμανό λοχία να τον ειδοποιήσει, τσαλαβουτούσε χωρίς σειρά και τάξη στις σελίδες. Κάποια στιγμή έπιασε ένα βιβλίο με μαλακά εξώφυλλα που κάποτε ήταν λευκά. Το κράτησε στα χέρια του και πλησίασε κάτω από τη λάμπα του γραφείου για να δει καλύτερα: Γιωσέφ Ελιγιά, *Ποιήματα*, Θεσσαλονίκη 1938. Άνοιξε στην πρώτη σελίδα και διάβασε πάνω πάνω: Βιβλιοθήκη «Μπενέ Μπερίθ» αρ. 2, Συγκεντρωμένα από τον Γ.Κ. Ζωγραφάκη.

Πλησίασε στη σόμπα κι έσιαξε λίγο τα κούτσουρα. Έφερε ένα τσίγκινο τάσι απ' την κουζίνα, που είχε μέσα λίγα ρεβίθια, και το έβαλε πάνω στο καυτό σίδερο. Το έκανε συχνά αυτό όταν ξενυχτούσε, για να έχει να μασάει στραγάλια στη μέση της νύχτας.

Έριξε το υπόλοιπο ούζο στο ποτήρι και κάθισε με τα ποιήματα του Ελιγιά στο γραφείο. Στην αρχή διάβασε την Εισαγωγή. Ο ποιητής ήταν πεθαμένος εδώ κι έντεκα χρόνια· είχε χαθεί νέος, νεότατος, από τύφο. Άρχισε να ξεφυλλίζει και να διαβάζει στην τύχη:

Μούσα αδερφή

Σαν το ερμοπούλι ολονυχτίς που ξαγρυπνά και κλαίει
Μοιάζεις ψυχή μου. Πάει και πάει το γέλοιο τ' απριλίσιο
Τραγούδι θλιβερό αγροικώ, το δάκρυ σου να ρέη
Κι' η μοίρα σου, σε μια γωνιά να σου κρατάει τον ίσο.

[...]

Ανάθεμα στον που θα πη ω Ζωή πως δε σ' αγάπησα
Ροδόσταμα της Ηδονής, των τέρψεων βρυσομάνα.
Κατάρα σ' όποιον θε να πη πως άγρια δεν επόθησα
Της γλύκας σου τ' ανάβλεμμα, του κόρφου σου το μάνα.

[...]

Κάθε τόσο άκουγε έξω απ' τον δρόμο να περνούν φορτηγά. Ήταν κάποια βράδια που οι Γερμανοί έδειχναν ανήσυχοι, ίσως γιατί είχε ο στρατός νυχτερινές ασκήσεις, ίσως πάλι να προετοίμαζαν κάτι μεγαλειώδες που οι Θεσσαλονικείς θα το μάθαιναν απ' τη *Νέα Ευρώπη* πληρώνοντας μόνο εκατό δραχμές.

Περασμένα μεσάνυχτα και ποτισμένος από τη διαπεραστική θλίψη του Ελιγιά, άκουσε βήματα έξω απ' την πόρτα. Σηκώθηκε χωρίς να περιμένει το κουδούνι και κοίταξε απ' το παράθυρο στην μπροστινή είσοδο. Ο λοχίας του υπολοχαγού Κράουζε ήταν εκεί έξω κι ετοιμαζόταν να χτυπήσει. Άνοιξε το παράθυρο και τον ρώτησε στα γαλλικά αν ο υπολοχαγός ήταν έτοιμος να τον δεχτεί. Εκείνος, ως απάντηση, του έδειξε τη βίλα. Ο Ζιρντό κατάλαβε ότι μπορούσε να πάει.

Σε τρία λεπτά ήταν έξω. Κρύωνε λίγο, σαν να επρόκειτο ν' αρρωστήσει. Το σπίτι της ήταν εκατό μέτρα μακριά του· κάποια δωμάτια ήταν φωτισμένα, κάποια όχι, όπως τότε. Το έδαφος ανάμεσα στα δέντρα ήταν πατημένο χώμα, σκληρό, ενώ όπου έπεφτε φως ξεχώριζαν ακόμη τα γδαρσίματα της γης απ' τα δόντια της μπουλντόζας. Είχαν αφήσει πίσω τους το άδειο πλάτωμα, όπου ήταν κάποτε το σπιτάκι και το ξερό πηγάδι, που του είχαν κάνει τώρα περίφραξη με πέτρες για να ξεχωρίζει. Φυσούσε λίγο απ' τον Κόλπο και τάραζε τα φύλλα των δέντρων, που σαν κάτι να 'λεγαν μέσ' απ' τις συγχορδίες του θαλασσινού αέρα, που επέμενε να θέλει να σκορπίσει τις ομίχλες της νύχτας. Ήταν πράγματι αυτή η ώρα που συνήθως φυσούσε απ' την παραλία κι έκανε τα φύλλα να σαλεύουν, όπως τότε.

Στην είσοδο ήταν τώρα στερεωμένη η κόκκινη σημαία με τη σβάστικα. Κοντοστάθηκε περιμένοντας εντολές απ' τον λοχία που προπορευόταν. Εκείνος τού έκανε νόημα να περιμένει στο κατώφλι. Όσην ώρα στεκόταν όρθιος, βάλθηκε να παρατηρεί το ανάγλυφο της ξύλινης πόρτας. Το κούφωμα ήταν στο ίδιο χρώμα· οι Γερμανοί τεχνίτες, όπως φαίνεται, είχαν αλλάξει μόνο τα σπασμένα τζάμια.

Τέντωσε κάπως τον λαιμό του και προσπάθησε ν' αναζητήσει τη μυρωδιά απ' τα μέσα του σπιτιού, απ' τα ίδια του τα εντόσθια – ήταν περίεργος αν θα ήταν η ίδια. Κάποιο απόγευμα, εκείνα τα χρόνια, σε κάποια μεγάλη τους βόλτα στο

Καραμπουρνού, της είχε πει ότι κάθε σπίτι έχει τη δική του μυρωδιά, κι αυτή είναι πάντα διαφορετική. Δεν είναι εύκολο να περιγράψει κανείς με λέξεις αυτό που μυρίζει σε κάθε σπίτι. Την αναγνωρίζεις ανάμεσα σε άλλες, αν βέβαια σου είναι οικεία, αν την έχει αποθηκεύσει η μνήμη. Το σπίτι σου, της είχε πει τότε, μυρίζει λωτούς στη φρουτιέρα ενόσω περιμένουν να ωριμάσουν μαζί με σιδερωμένη δαντέλα όσο ακόμη κρατάει τη ζέστη απ' το σιδέρωμα. Η Μίρζα είχε βάλει τότε τα γέλια και σφίγγοντάς τον στο μπράτσο έγειρε πάνω του.

Ο λοχίας εμφανίστηκε στην πόρτα και του έκανε νόημα να τον ακολουθήσει. Ο Λευτέρης πέρασε μέσα με την ελπίδα της ανεύρεσης εκείνης της μυρωδιάς, αλλά συνάντησε μόνο το καταλυτικό νέφτι και το παρκέ για τα ξύλα. Το σπίτι της μύριζε τις συνηθισμένες μυρωδιές μετά από κάθε αρπαγή και βιασμό: μπογιά, σοβά και βερνίκι. Δεν ήταν πια το σπίτι της, ήταν μια υπηρεσία του στρατού. Όταν έμπαινες σε κάθε γραφείο, μπορούσες να μυρίσεις τα μάλλινα στρωσίδια και τ' απορρυπαντικά απ' τα πλυμένα και σιδερωμένα χιτώνια των αξιωματικών.

Όλ' αυτά τα μύριζε γιατί, όπως θα μάθαινε λίγο αργότερα, ο συνταγματάρχης Μάισνερ ήταν φανατικός αντικαπνιστής και απαγόρευε τον καπνό σε οποιονδήποτε χώρο μέσα στη βίλα. Αν οι Γερμανοί άναβαν εκεί μέσα τα τσιγάρα τους, το σπίτι της θα μύριζε αλλιώς, όπως τότε το γραφείο του Αλπερέν μπέη κι όπως το χνότο του αμαξά καθώς ροχάλιζε δίπλα του κάθε βράδυ.

«Αγαπητέ κύριε Ζιρντό, πόσο χαίρομαι που σας βλέπω!»

Ο υπολοχαγός Κράουζε στεκόταν στο τέλος του διαδρόμου στο ισόγειο μπροστά απ' το παράθυρο, που τώρα ήταν κλειστό με σφαλισμένα παντζούρια. Ήταν όρθιος εκεί όπου παλιά τις ηλιόλουστες μέρες η καμαριέρα έβγαζε έξω το χέρι με το πούπουλο και το τίναζε απ' τις σκόνες, που χόρευαν σαν τρελές στο φως.

«Υπολοχαγέ Κράουζε, ήρθα λοιπόν!»

Έδειχνε χαρούμενος, ευδιάθετος, και κυρίως ξέγνοιαστος.

«Θα μου επιτρέψετε, κύριε Ζιρντό, ν' αρχίσω αμέσως την ξενάγηση».

«Απορώ γιατί το έχουμε ήδη καθυστερήσει», του απάντησε χαμογελώντας.

Την ίδια στιγμή τον τύλιγαν μαύρες σκέψεις και θρηνούσε μέσα του, γιατί σπρωγμένος από μια σκοτεινή μοίρα, είχε αφήσει στην άκρη όχι μόνο το πραγματικό του όνομα, την καταγωγή του, τη χώρα του, αλλά κι ένα σωρό μνήμες. Ήταν υποχρεωμένος να δείχνει έκπληκτος κι ενθουσιασμένος την ώρα που ένας ξένος επιχειρούσε να του συστήσει το ίδιο του το παρελθόν.

«Ας ξεκινήσουμε από επάνω καλύτερα», του είπε και κατευθύνθηκε προς την ελικοειδή ξύλινη σκάλα, η οποία έτριξε αμέσως μόλις πάτησαν οι μπότες του.

Ανέβηκε κι αυτός στον επάνω όροφο, στον οποίο είναι η αλήθεια είχε ζήσει πολύ λιγότερο, καθότι οι βασικές του συναντήσεις τελείωναν κάτω, στο γραφείο του μπέη και στην κουζίνα. Ο επάνω όροφος είχε απλωμένο γύρω του ένα δίχτυ δυσκολίας, που δεν ήταν εύκολο να το περάσει κανείς. Βρισκόταν μες στον απόηχο της θρησκείας τους, στον φλοίσβο της μουσουλμανικής παράδοσης, που επανερχόταν όπως το κύμα που τον γεννούσε. Επάνω ήταν γυναικωνίτης – ένας τόπος απροσπέλαστος. Ήταν ο όροφος που είχε το δωμάτιο όπου είχε πεθάνει η μάνα της, το μικρό δώμα του πυργίσκου που έκανε τη βίλα ξεχωριστή. Είχε το δωμάτιο της καμαριέρας κι ένα ακόμη δωμάτιο υπηρεσίας, κι αυτό το μεγάλο το δικό της, που έβλεπε στο σπιτάκι κι είχε μέσα του το πιάνο της, μια πρωτοτυπία που την είχε μόνο το αρχοντικό του Αλπερέν μπέη.

«Οι πιο πολλές πόρτες είναι κλειδωμένες. Όπως καταλαβαίνετε, δεν μπορούμε να τις παραβιάσουμε γιατί είναι γεμάτες φακέλους και έγγραφα. Μην ξεχνάτε ότι από δω συντονίζουμε ένα μεγάλο μέρος των δρομολογίων του σιδηροδρόμου σ' όλα τα Βαλκάνια. Δείτε όμως μέσα σ' εκείνες τις δυο ανοιχτές πόρτες, και πιο πολύ σηκώστε το κεφάλι και δείτε ψηλά τα ζωγραφισμένα ταβάνια».

Σήκωσε το κεφάλι του κι έδωσε στο πρόσωπό του όλη την προσποιητή έκπληξη κι έναν καινουργή θαυμασμό για όσα έβλεπε. Στην πραγματικότητα ήταν πλημμυρισμένος από συγκίνηση, γιατί ξανασυναντούσε εκείνη την ομορφιά που την είχε εδώ και είκοσι πέντε χρόνια χαμένη.

«Δεν μπορούσα να φανταστώ κάτι τέτοιο, κύριε υπολοχαγέ, ομολογώ. Η φαντασία μου αποδεικνύεται πολύ κατώτερη της πραγματικότητας».

Προχώρησε προς τα κει που ήταν σίγουρος ότι βρισκόταν το δωμάτιό της· η πόρτα του ήταν μισάνοιχτη και μέσα υπήρχε φως αναμμένο. Μπήκε με το μάτι του γεμάτο πάθος να ξαναδεί το πιάνο της, ενώ πίσω του ένιωθε την ανάσα του υπολοχαγού Κράουζε.

«Επιτρέψτε μου», του είπε ο υπολοχαγός και τον έσπρωξε απαλά στην άκρη, «εδώ πρέπει ν' ανάψω όλα τα φώτα. Είναι το καλύτερο δωμάτιο του ορόφου και ως προς τον προσανατολισμό και ως προς τις ζωγραφιές πάνω απ' τα κεφάλια μας. Μόνο μην ακουμπήσετε τίποτε σας παρακαλώ. Είναι το γραφείο του διοικητή μας, του συνταγματάρχη Μάισνερ».

Το είδε να στέκεται στην ίδια γωνιά, εκεί όπου το θυμόταν, ανάμεσα στα δυο μεγάλα παράθυρα. Το ξύλο του στο χρώμα του μελιού, όπως τότε, το σκαμπό του με το ίδιο δέρμα, μόνο που τώρα επάνω του καμάρωνε σ' ένα λευκό καρέ ένας κακόγουστος αϊτός του Ράιχ από μπρούντζο.

«Παίζει πιάνο ο διοικητής σας, υπολοχαγέ;»

Ο Κράουζε τον πλησίασε, έσκυψε συνωμοτικά στο αυτί του και του ψιθύρισε:

«Ένας άξεστος είναι. Μόνη του ικανότητα είναι να επιβάλλεται, και το μοναδικό του προσόν η απευθείας σχέση του με την Καγκελαρία. Είναι Αυστριακός με καταγωγή απ' την περιοχή όπου γεννήθηκε ο φύρερ, και για καλή του τύχη τον πίστεψε από νωρίς κι ήταν κοντά του απ' την πρώτη εποχή, τότε που πήγαιναν και μιλούσαν στις μπιραρίες του Μονάχου. Πολλές φορές έχει κορδωθεί λέγοντας ότι ο φύρερ τον έχει επαινέσει δημόσια γιατί είναι ένας απ' τους ελάχιστους αξιωματικούς που απεχθάνονται το τσιγάρο. Γι' αυτό, όπως θα παρατηρήσατε, δεν υπάρχει ίχνος μυρωδιάς καπνού σ' όλο το κτίριο, και θα σας παρακαλούσα αυτό να μην το ξεχάσετε όσο θα απολαμβάνουμε το μπράντι που σας έχω υποσχεθεί».

Άρχισε να κατεβαίνει πρώτος τη στριφογυριστή σκάλα, και ο Ζιρντό τον ακολούθησε έχοντας ως μοναδική θέα τον ψηλά κουρεμένο σβέρκο του, που είχε κοκκινίσει στις υπαίθριες εργασίες απ' τον ήλιο του φθινοπώρου.

Κατά σύμπτωση ο Κράουζε δούλευε σ' εκείνο το δωμάτιο όπου ήταν το γραφείο του Αλπερέν μπέη, εκεί που συζητούσε με τον Λευτέρη για χρόνια, εκεί που σχεδίαζαν επιχειρηματικά σχέδια κι αγοραπωλησίες.

«Βρήκαμε και κάποια έπιπλα και τα κρατήσαμε: το γραφείο, εκείνες τις δυο πολυθρόνες, την αρχειοθήκη με το τζάμι που βλέπετε απέναντι. Δε βρήκαμε καθόλου φωτιστικά, μικροέπιπλα, είδη γραφής, τίποτα τέτοιο. Είναι φανερό ότι πήραν ό,τι μπορούσαν να κουβαλήσουν ως τα πλοία και να το φορτώσουν. Όπως όμως διάβασα σε κάτι παλιά έγγραφα, η Τουρκία είχε βάλει όριο βάρους στους επαναπατρισθέντες. Αλήθεια, πού κατευθύνθηκαν οι περισσότεροι απ' αυτούς, κύριε Ζιρντό;»

«Ξέρω γω, υπολοχαγέ; Ίσως στη Σμύρνη, ύστερ' απ' τον εμπρησμό της ελληνικής και της αρμενικής συνοικίας. Πιθανόν στην Κωνσταντινούπολη ή στην Άγκυρα – στα περίχωρά της πήγαν πολλοί μουσουλμάνοι. Τι τα σκαλίζετε, υπολοχαγέ; Θλιβερές ιστορίες».

Ο Λευτέρης κάθισε στη μία πολυθρόνα κι απέναντί του στο γραφείο ο Κράουζε. Ο υπολοχαγός δεν είχε γένια, ήταν νέος, και σε αντίθεση με τον γερο-Αλπερέν, μιλούσε χωρίς υπεκφυγές ενώ τα γαλανά του μάτια είχαν μια τευτονική καθαρότητα. Ο άλλος, ο παλιός ένοικος, είχε έναν σύνθετο νου γεμάτο γαλαρίες και κρύπτες. Είχε ζήσει με τον καλό κόσμο, γνώριζε απογόνους από βασιλικούς οίκους, όμως έτρεφε και μια βία κρυφή, υπόγεια, η οποία ήξερε ν' αλλάζει χρώματα όπως η ράχη της σαύρας και να κρύβεται.

Όσην ώρα ο Κράουζε έβαζε το μπράντι στα κρυστάλλινα ποτήρια, του 'λεγε για το πόση δουλειά είχαν στην υπηρεσία, για τη μεγάλη σημασία που είχε ο τομέας των μεταφορών σ' έναν πόλεμο αλλά και για το ότι δυστυχώς στο Βερολίνο δεν κατανοούσαν επακριβώς το πρόβλημα. Έκανε και μια αναφορά στο Ανατολικό Μέτωπο, εκεί όπου κατά τη γνώμη του θα φαινόταν ξεκάθαρα το έλλειμμά τους στην οργάνωση των μεταφορών στις απέραντες πεδιάδες. Ξαφνικά σταμάτησε, γιατί μάλλον κατάλαβε ότι είχε επεκταθεί αρκετά σε στρατιωτικά ζητήματα, και γι' αυτό προτίμησε ν' ακούσει απ' τον Ζιρντό τις εντυπώσεις του από τη βίλα.

«Βρήκατε άκρη, υπολοχαγέ, με τον σκελετό;»

«Καμία σάς πληροφορώ, αλλά μη νομίζετε ότι είχαμε και τον χρόνο ν' ασχοληθούμε επισταμένως. Κανείς απ' τους γείτονες δεν έδειξε να γνωρίζει κάτι, κι έτσι η υπόθεση μπαίνει στο αρχείο. Όταν περιμένει κανείς σημαίνουσες αποστολές μες στις επόμενες βδομάδες κατευθείαν απ' την καρδιά του Ράιχ, δεν έχει και πολύ χρόνο ν' ασχοληθεί μ' ένα τσουβάλι κόκαλα. Δεν ξέρω τι θρήσκευμα είχε ο νεκρός, ή μάλλον ο δολοφονημένος άντρας, καθώς τα σημάδια στο κρανίο το αποδεικνύουν χωρίς αμφιβολία. Εμείς φροντίσαμε να φωνάξουμε τον ορθόδοξο ιερέα από την Ανάληψη να διαβάσει δυο ευχές πριν παραδώσουμε τα κόκαλα».

«Είστε υποδειγματικοί, αγαπητέ μου Ράινερ, το πιστεύω πραγματικά».

Εκείνη την ώρα που του μιλούσε θυμήθηκε ότι ο Αλπερέν μπέης καθόταν σε κείνη τη θέση όταν αυτός, ο Λευτέρης Ζεύγος, είχε μπει κατάκοπος στο δωμάτιο με εμφανή επάνω του τα σημάδια απ' τη μεγάλη πυρκαγιά. Ο μπέης τον είχε περιθάλψει κι είχε ζητήσει απ' την υπηρέτρια να του φέρουν ρούχα και φαγητό. Τι πήγε στραβά και ο μπέης δεν έγινε ποτέ ο στοργικός πεθερός του, όπως θα ήθελε ο ίδιος να συμβεί;

«Σας έλεγα ότι ενώ πνιγόμαστε στη δουλειά και χρειάζεται πολλές φορές, όπως σήμερα, ακόμα και να ξενυχτάμε, έχουμε κι άλλους μπελάδες στο κεφάλι μας».

«Σαν τι δηλαδή;»

«Ο συνταγματάρχης, για να κάνει στους ανωτέρους του τον καλό, πολλές φορές ξεχνάει τις ανάγκες της υπηρεσίας. Μου φόρτωσε εδώ και μέρες μια υπόθεση για την οποία έχω άγνοια παρ' όλο που έχει προγραμματιστεί συνάντηση. Κάποιοι απ' τη Διοίκηση, μεγαλόσχημοι προφανώς, του τηλεφώνησαν και του ζήτησαν να δώσουμε τη δέουσα προσοχή στα αιτήματα μιας κυρίας, η οποία θέλει να μας απασχολήσει με θέματα που χρειάζονται λεπτούς χειρισμούς. Σας κουράζω μήπως με τα δικά μου;»

«Μα σας παρακαλώ, συνεχίστε».

«Μια κυρία, λέει, που έχει άκρες με διπλωμάτες, διεκδικεί το σπίτι όπου βρισκόμαστε και πρέπει να την ακούσουμε προσεχτικά, γιατί δεν πρέπει να δώσουμε την εντύπωση στις Αρχές ουδετέρων χωρών ότι αρπάζουμε περιουσίες».

Ο ήχος μιας γραφομηχανής ήταν το μόνο που ακουγόταν απ' το διπλανό γραφείο. Έβλεπε τον υπολοχαγό ν' ανοιγοκλείνει το στόμα του, αλλά ο ίδιος δεν τον άκουγε. Ένιωθε να τον πλησιάζει μια σκοτοδίνη, αλλά κατάφερε να αρθρώσει λίγες λέξεις:

«Πείτε μου γι' αυτήν την κυρία».

«Μη σας κουράζω όμως με τα δικά μου, δεν το θέλω. Τέλος πάντων, η εν λόγω κυρία ισχυρίζεται ότι γεννήθηκε και μεγάλωσε σ' αυτό το σπίτι. Ορφανή από μάνα, ζούσε εδώ μόνο με τον πατέρα της, ο οποίος δεν ήταν κανένας τυχαίος αλλά σύμβουλος του σουλτάνου. Ήρθε πριν λίγες μέρες απ' την Κωνσταντινούπολη με δύο δικηγόρους κι έχει απευθείας τηλεφωνικές συνομιλίες με την πρεσβεία τους στην Αθήνα. Ζητάει απ' τις Αρχές να της παραχωρηθεί το σπίτι· λέει ότι παρανόμως κι αυθαιρέτως το επιτάξαμε».

«Έχετε μαζί της προγραμματισμένη συνάντηση;»

«Μεθαύριο σ' αυτό το γραφείο. Ξέρετε, Ζιρντό, τα νομικά θέματα είναι ο εφιάλτης μου. Θα πρέπει να κανονίσω δυο τρεις συνάδελφοι πιο ενημερωμένοι να κάθονται δίπλα μου, για να μπορέσει η συζήτηση κάπου να μας βγάλει».

«Τι ώρα είναι το ραντεβού σας;»

«Στις εφτά το απόγευμα. Γιατί ρωτάτε;»

Χαμογέλασε και σήκωσε το ποτήρι ρουφώντας το υπόλοιπο μπράντι.

«Για να βρίσκομαι στο σπίτι απέναντι, αγαπητέ, να σας δίνω νοερώς κουράγιο. Τι είναι η Βέρμαχτ μπροστά σε μια γυναίκα; Ένα τίποτα είναι», πρόσθεσε και γέλασε και πάλι τόσο ξέγνοιαστα.

«Ας είχα λίγη απ' τη φρεσκάδα σας, αγαπητέ Ζιρντό», είπε ο λοχαγός Κράουζε κι αναστέναξε.

Λίγη ώρα αργότερα, στο σπίτι, στον καναπέ του γραφείου, σκεπασμένος με δυο κουβέρτες, μιλούσε μόνος του προσπαθώντας να ανακρίνει το πεπρωμένο του.

Ρετιρέ

Έκτο στάσιμο

ΣΤΑΜΑΤΗΣΕ ΚΑΙ ΠΑΛΙ για να βρει τον ρυθμό της αναπνοής του, όταν προς στιγμήν, στην ησυχία της νύχτας, του φάνηκε πως άκουσε το ασανσέρ. Ήπιε μια γουλιά νερό κι αφουγκράστηκε. Το ρολόι του με το μπρασελέ υγρό απ' τον ιδρώτα έδειχνε τέσσερις και δέκα. Ο Ζιρντό απέναντί του βρισκόταν κάπου μεταξύ ύπνου και ξύπνου. Απ' την κουζίνα ακουγόταν μια βρύση που έσταζε· οι σταγόνες της έπεφταν πάνω σε κάποιο ταψί ή σε πιάτα στοιβαγμένα.

Θα τα έπλενε όλα το πρωί η Κορίνα, η οποία στο μεταξύ είχε πάει να ξαπλώσει. Ο Ορέστης την είχε για λίγο κρυφοκοιτάξει όταν είχε σηκωθεί για να πάει στην τουαλέτα. Το σεντόνι της, γεμάτο χρωματιστά λουλούδια, είχε γλιστρήσει απ' το κορμί της, κι αυτό σχηματιζόταν σε όγκους ποθητούς στο μισόφωτο του υπνοδωματίου. Ο αέρας μύριζε σαπούνι αλλά και την έντονη οσμή από το φιδάκι για τα κουνούπια, που κάπνιζε έξω απ' την μπαλκονόπορτα. Στάθηκε λίγο και την εξέτασε με λαχτάρα – ένα φρούτο του καλοκαιριού που ωρίμαζε μέρα με τη μέρα στη φρουτιέρα του μεγάλου αυτού σπιτιού και τον περίμενε. Σε μια από τις επόμενες επισκέψεις του θα της ζητούσε να βγουν. Ίσως να πήγαιναν και για μπάνιο κάποια μέρα που η Κορίνα θα είχε ρεπό.

Το ασανσέρ σταμάτησε στον όροφό τους, κάτι που έκανε το πρόσωπο του Ζιρντό ν' αλλάξει έκφραση. Άκουσαν το κλειδί στην κλειδαριά κι ύστερα το σύρσιμο του πλαστικού αεροστόπ της εξώπορτας στο μωσαϊκό.

«Τον έχετε ακόμη ξύπνιο, τρελαθήκατε;»

Ο Ζιρντό ανακάθισε στον καναπέ.

«Πριν από τη φωνή σας, αναγνώρισα το άρωμά σας, κυρία Τζένη», της είπε με στόμφο.

«Δεν είναι ώρα γι' αστεία. Τι ώρα είναι αυτή;»

Έριξε μια άγρια ματιά στον Ορέστη, σαν να ήταν αυτός ο υπεύθυνος.

«Καλησπέρα, κυρία Τζένη», της απάντησε εκείνος γέρνοντας ελαφρά το κεφάλι του.

«Τι καλησπέρα και τέτοια μού λες, Ορέστη; Γιατί δεν κοιμάται; Πιστεύει ότι είναι ακόμη είκοσι χρονών;»

Η αλήθεια είναι ότι κανείς δεν είχε ως τώρα καταλάβει γιατί ο Ζιρντό είχε προσλάβει μια Γαλλίδα για οικονόμο – κανείς βέβαια δεν είχε πρώτ' απ' όλα δώσει μια ικανοποιητική εξήγηση γιατί να έχει οικονόμο. Η κυρία Τζένη ζούσε χρόνια στην Ελλάδα, αλλά η προφορά της την πρόδιδε.

«Έχετε νεύρα, αγαπητή Τζένη», σχολίασε ο Ζιρντό.

«Έβλεπα εδώ και ώρα το φως από απέναντι κι έλεγα τώρα θα σβήσει, ύστερα θα σβήσει...»

«Τι κάνει ο εγγονός σας;»

Δεν του απάντησε παρά μόνο τον πλησίασε και του 'φτιαξε τα μαξιλάρια στην πλάτη.

«Πού είναι η Κορίνα;»

«Κοιμήθηκε», της απάντησε ο Ορέστης, που δεν ήθελε να παριστάνει το βουβό άγαλμα.

«Πώς να μην κοιμηθεί το κορίτσι απ' το πρωί στο πόδι; Εσείς γιατί δεν πάτε για ύπνο;»

«Αγαπητή Τζένη, η Ελλάδα απαλλάχτηκε από τη δικτατορία πριν από πέντε χρόνια. Γιατί επιμένετε να μας τη θυμίζετε;»

«Από εξυπνάδες, Ευγένιε, άλλο τίποτα. Πόσα τσιγάρα καπνίσατε; Βρομάει εδώ μέσα!»

«Καπνίζω από το 1914, μου είναι αδύνατον να το στερηθώ».

«Ορέστη, τι του διαβάζεις;»

«Το δικό μου βιβλίο αυτή τη φορά, εκείνο που ο ίδιος μού έχει παραγγείλει να το γράψω εδώ και μήνες. Γνωρίζετε σε τι αναφέρομαι γιατί μας έχετε ξανακούσει να μιλάμε γι' αυτό».

«Το 'γραψες τελικά; Η ζωή του σε μυθιστόρημα... Δεν ξέρω πώς να το πω στα ελληνικά, ένα roman d'aventures,[89] κάτι τέτοιο... Είναι η ώρα λοιπόν; Και γιατί δεν ήρθες το πρωί με το φως της μέρας;»

«Επέμενε πολύ από το απόγευμα», της απάντησε, και ταυτόχρονα της έκανε νοήματα απολογούμενος ότι δεν μπόρεσε να το αποφύγει.

«Γιατί επέμενες, Ευγένιε, να έρθει το παιδί βραδιάτικα;»

Ο Ζιρντό είχε βγάλει ένα τσιγάρο απ' την ταμπακιέρα, που την έκρυβε ανάμεσα στα δυο μαξιλάρια του καναπέ. Ξεχώρισε ένα με την αφή και το άναψε γρήγορα γρήγορα πριν προλάβει κάποιος να του γκρινιάξει.

«Γιατί...», απάντησε ενώ ξεφυσούσε τον καπνό, «γιατί φοβόμουν ότι απόψε θα πεθάνω, γι' αυτό... Πριν δύο μέρες μού είπε στο τηλέφωνο ότι το βιβλίο το 'χει τελειώσει και μετά πήγε στη Χαλκιδική, θαρρείς κι οι παραλίες δεν μπορούσαν να ζήσουν χωρίς τα μούτρα του. Σήμερα το μεσημέρι επέστρεψε ο άσωτος υιός...»

«Πώς σου 'ρθε ότι θα πεθάνεις;» τον ρώτησε, ενώ έβαζε ένα ακόμη μαξιλάρι πίσω στη μέση του.

Εκείνος, αφού έγειρε πάλι πίσω, σήκωσε τους ώμους και ξαναρούφηξε τον ποθητό καπνό.

«Απλώς το αισθάνθηκα, γλυκιά μου!»

---

89. Roman d'aventures: μυθιστόρημα περιπέτειας.

«Πάψε, είναι κι ο Ορέστης μπροστά!»

«Σαν ν' άκουσα μια φωνή που μου έλεγε: "Λευτέρη, απόψε τέρμα, παραδίδεις στον αρχάγγελο δελτίο ταυτότητας κι ύστερα πετάς!"».

«Ανοησίες», του απάντησε και του σήκωσε με αποφασιστικές κινήσεις τα πόδια για να τα βάλει πάνω σ' ένα σκαμνί.

«Ήμουν ανυπόμονος, Τζένη γλυκιά μου, ν' ακούσω τι σόι βιβλίο έκανε την πουτάνα τη ζωή μου».

«Μου είχες πει ότι θέλεις ν' ακούω κι εγώ».

«Το θυμάμαι αυτό, αλλά δεν άντεχα, δεν μπορούσα να σε περιμένω. Έπρεπε να γίνει απόψε, κι εσύ είχες να πας στον γιο σου και στον εγγονό σου. Εγώ μόνο στον αρχάγγελο έχω να πάω...»

«Μην αρχίζεις πάλι, Ευγένιε, να χαρείς!»

Ο Ορέστης την παρατηρούσε βυθισμένος στην πολυθρόνα του. Η κυρία Τζένη ήταν ένα φαινόμενο σ' ό,τι είχε να κάνει με το σώμα και την κίνησή της. Υπολόγιζε από κάτι παλαιότερες συζητήσεις ότι είχε πάνω κάτω την ηλικία του Ζιρντό, όμως αν την έβλεπες να περπατάει στο σπίτι και να κάνει δουλειές, με το ζόρι την έκανες πάνω από εξήντα πέντε χρονών. Είχε προφανώς πίσω της μια υγιεινή ζωή, αυτό άλλωστε φαινόταν καθαρά: λεπτή κορμοστασιά, ζυγισμένο βήμα και μυϊκή δύναμη υπολογίσιμη. Ήταν η τελευταία οικονόμος της Λεωφόρου των Εξοχών και η πρώτη και μοναδική της οδού Βασιλίσσης Όλγας σ' ένα ρετιρέ που η μια του βεράντα αντίκριζε κάθε πρωί τη θάλασσα.

Η κυρία Τζένη κρατούσε διαμέρισμα στην ίδια πολυκατοικία, και βρέθηκε πολλές νύχτες στο ρετιρέ του Ζιρντό όταν χρειαζόταν να βοηθάει την υπηρεσία. Σ' αυτό το αχανές σπίτι με τις δεκάδες γλάστρες και τα βαρέλια με τα κοντοστούπικα δέντρα ξόδευε τις περισσότερες ώρες της μέρας της, ενώ οι υπόλοιπες ήταν αφιερωμένες στον εγγονό της απέναντι. Η νύφη της ήταν νοσοκόμα και αρκετές φορές τον μήνα είχε νυχτερινή βάρδια. Η κυρία Τζένη ήταν υποδειγματική γιαγιά, οικονόμος και νοικοκυρά, μα πιο πολύ έμοιαζε με ρεπλίκα της κυρίας Ζιρντό, με το ομοίωμα μιας γυναίκας ανύπαρκτης, ενός φαντάσματος κάποιας συζύγου που δεν είχε υπάρξει ποτέ. Ήταν κάτι παραπάνω από βέβαιο ότι όταν ο αρχάγγελος, αυτόν που περίμενε ο Ζιρντό όλο και πιο συχνά, θα έπιανε στο χέρι την ταυτότητά του, αυτή θα έγραφε «άγαμος».

«Έχετε σκοπό να το ξημερώσετε, Ευγένιε;» τον ρώτησε αυστηρά.

«Γιατί όχι, αγαπητή Τζένη; Άλλωστε εδώ και πολλά χρόνια δεν αντιλαμβάνομαι τη διαφορά μέρας και νύχτας».

«Μη μου γίνεσαι μελοδραματικός, mon chéri, δε σου ταιριάζει».

«Σκληρή γυναίκα, γιατί δεν κάθεσαι κι εσύ ν' ακούσεις; Αυτή είναι η νύχτα που περίμενα! Θα το νιώσεις καμιά φορά; Δε θέλεις να μάθεις τι λέει ο Ζιρντό με τους Γερμανούς και πώς χτυπάει η καρδιά του όσο πλησιάζει το τέλος εκείνης της χρονιάς; – μπαίνουμε στο 1943. Όπως και να 'ναι, ma chérie, κάθισε. Αυτή είναι η νύχτα, πίστεψέ με! Το ζητάω εγώ απ' τον Ορέστη να σ' αφήσει να καθίσεις. Πού βρισκόσουν εκείνη τη χρονιά, Τζένη; Πρέπει να μου το ξαναθυμίσεις κάποια στιγμή, γιατί πια ξεχνώ».

Γόρτινες νύχτες

ΤΑ ΧΕΡΙΑ ΤΗΣ... πώς να ήταν τώρα τα χέρια της; αναρωτιόταν ο Λευτέρης. Είχε ακούσει πως καθώς οι άνθρωποι γερνάνε, οι μύτες τους μεγαλώνουν. Να συνέβαινε το ίδιο άραγε και με τα δάχτυλα; Μα τα δικά της ήταν ήδη μακριά και λεπτά. Τα έβλεπες κι αναρωτιόσουν: τις ώρες που δεν έπαιζαν πιάνο, τι να 'καναν άραγε, πώς ζούσαν, πού να ήταν η φωλιά τους; Πώς να ήταν τα δάχτυλα της Μίρζας είκοσι πέντε χρόνια μετά; Έραβαν καθόλου, κεντούσαν; Είχαν κάνει μήπως παιδιά, μικρά δαχτυλάκια που τα κρατούσαν σφιχτά στους πολύβουους δρόμους ή τα έσφιγγαν με αγωνία πριν τ' αφήσουν για πρώτη φορά στο σχολείο, εκεί, στον άλλον τόπο που τον λέγανε Τουρκία;

Πώς να ήταν το πρόσωπό της, το κεφάλι της; Τα πόδια θα είχαν σίγουρα ελευθερωθεί απ' τα μποτίνια εκείνης της εποχής, θα φορούσαν παπούτσια με τακούνια κάτω από μακριές φούστες ή μπαρέτες. Τα μάτια της θα ήταν ασφαλώς τα ίδια, γιατί αυτά ποτέ δεν αλλάζουν. Θα παρέμεναν ακόμη όμοια με ελιές, μάτια του Χριστού, μελανά κελύφη, οψιδιανός σταγονόσχημος, μαύρα δάκρυα, έβενος υγραμένος, τα μάτια της πάντα τα ίδια. Ο λαιμός ίσως είχε τώρα ζάρες, κλειστός όπως παλιά κι απόρθητος μ' ένα κουμπί για φρουρό. Τ' αυτιά της θα ήταν κρυμμένα κάτω απ' τα μαλλιά, ίσως κι απ' τη μαντίλα. Η φωνή της...

Το απόγευμα θα πατούσε και πάλι τα σκαλιά της βίλας. Ξημέρωνε η μέρα της. Ο Λευτέρης δυο μέρες τώρα δε σκεφτόταν τίποτε άλλο, ίσως και γι' αυτό έβαλε κάποια στιγμή τα κλάματα κάνοντας χρήση της πολυτέλειας που χαρίζει η μοναξιά και τα δωμάτια με τις κλειστές πόρτες.

Χθες δεν πήγε στο εργοστάσιο, μόνο περπατούσε στις ερημιές για να μην τον βλέπουν. Βάδιζε ώρες στους χωματόδρομους πέρα από του Αλλατίνι και στους προσφυγικούς συνοικισμούς. Τα παπούτσια του γέμισαν λάσπη κι έμοιαζαν μωρά γουρούνια, έτσι του φάνηκε, γι' αυτό και γρύλιζε με θυμό στον πόλεμο που τον ταλάνιζε και στη μοίρα του τη χαρτορίχτρα.

Κατά το απόγευμα, όταν έπιασε ψιχάλα, πήγε σπίτι κι άλλαξε ρούχα. Στη Σεβρολέτ είχε φυλαγμένη βενζίνη – θα την κινούσε ύστερα από πολλές μέρες. Προτίμησε να πάει από την Οδό Νοσοκομείων για ν' αποφύγει τα βλέμματα των Γερμανών στα πάρκα του Λευκού Πύργου. Πλησιάζοντας στην Πλατεία Σιντριβανίου, πρόσεξε ότι δεξιά του δρόμου γίνονταν έργα. Είδε φορτηγά και φαγάνες που κατέσκαβαν τον τόπο και σήκωναν εδώ κι εκεί βουνά από χώμα. Πέρα, ως εκεί που έφτανε το μάτι του, όλος ο τόπος ήταν σπαρμένος με χοντρές πλάκες από μάρμαρο. Γρήγορα κατάλαβε ότι είχε ξεκινήσει το ξήλωμα του Εβραϊκού Νεκροταφείου. Σταυροκοπήθηκε χωρίς να το καλοσκεφτεί.

Χρόνια μετά θα θυμόταν εκείνο το ανίερο σούρουπο και θ' ανατρίχιαζε από το άχθος της μνήμης. Εμφανίζονταν στα μάτια του χιλιάδες κόκαλα, μικρά και μεγάλα, να βγαίνουν ξανά στο φως κρατημένα στα δόντια μιας φαγάνας. Έβλεπε και τα κόκαλα του δικού του φονικού, που ξαναβγήκαν στο φως απ' την κοιλιά του πηγαδιού. Τι είχε πιάσει εκείνον τον χειμώνα τους νεκρούς κι ανέβαιναν από τη σκάλα τού κάτω κόσμου; Τι είχε ενοχλήσει τις ψυχές κι ανηφόριζαν;

Πάρκαρε κοντά στην Αγια-Σοφιά και χώθηκε στα στενά

του Κέντρου και της παραλίας. Αναζητούσε τα ακριβά ξενοδοχεία, *Εξέλσιορ, Ματζέστικ, Λουξεμβούργο*... Στεκόταν κάτω από υπόστεγα, γιατί ψιχάλιζε, και κάπνιζε παρατηρώντας τον κόσμο που έμπαινε κι έβγαινε.

Στο *Μεντιτερανέ* είχε το θάρρος και πήγε στη ρεσεψιόν να ρωτήσει. Έσπρωξε φιλοδωρήματα και ζήτησε να δει τη λίστα με τους πελάτες εκείνων των ημερών. Το όνομά της δεν υπήρχε πουθενά και η περιγραφή που τους έκανε δεν τους θύμιζε καμιά τέτοια γυναίκα. Από δύο υπαλλήλους, που τους γνώριζε χρόνια, ζήτησε, αν έχουν κάποιο νέο, να τον ειδοποιήσουν.

Περασμένη η ώρα και η απαγόρευση της κυκλοφορίας τον βρήκε μακριά απ' το σπίτι. Κρατούσε επάνω του όλα τα νόμιμα χαρτιά και δεν ανησυχούσε. Το παρουσιαστικό του ήταν τέτοιο, που δύσκολα τα περίπολα θα τον υποψιάζονταν για ανατρεπτική δράση. Σε περίπτωση ανάγκης, θα τηλεφωνούσε στον Κράουζε.

Οδήγησε σε όλη τη Λεωφόρο των Εξοχών ως το σπίτι του χωρίς να τον σταματήσει κανείς. Γι' άλλη μια φορά δεν την είχε εντοπίσει, δεν ήξερε πού έμενε. Το μόνο που κατάλαβε διασχίζοντας τη λεωφόρο ήταν πως είχε πια μιαν ανάσα αλλιώτικη, ραγισμένη, που κάποιες στιγμές νόμιζε ότι θα γίνει συννεφάκι και θα τον εγκαταλείψει, θ' ανέβει ψηλά αφήνοντάς τον άχθος αρούρης, βάρος της Γης, έναν άχρηστο άνθρωπο, ένα κουφάρι μες στο αυτοκίνητο με το κεφάλι γερμένο στο τιμόνι ν' αλληθωρίζει στα σκοτάδια του Άδη.

Έτσι πέρασε τη χθεσινή του μέρα, να τριγυρνάει μονάχος, με τις σκέψεις του να τον ακολουθούν, ένα μαύρο σμάρι μέλισσες. Σήμερα ήταν η μέρα που ο Κράουζε θα είχε μαζί της συνάντηση για το θέμα της βίλας. Κατάλαβε ότι ο υπολοχαγός είχε σηκωθεί ενώ ήταν ακόμα νύχτα. Στην αρχή άκουσε τους ήχους της κοιλιάς του κι ύστερα το νερό να τρέχει επί ώρα – το σπίτι πλημμύρισε ευωδιά από αρωματικό σαπούνι. Από τότε που είχε εγκατασταθεί στο σπίτι του, η εταζέρα μπρος στον καθρέφτη του μπάνιου είχε γεμίσει με καλλυντικά και σαπούνια.

Ο Ζιρντό έκανε τον κοιμισμένο και δε βγήκε στο σαλόνι να τον καλημερίσει. Άνοιξε την πόρτα του γραφείου του, αφού πρώτα τον είδε πίσω απ' την κουρτίνα να διασχίζει τον δρόμο και να μπαίνει στη βίλα. Έδειχνε πολύ βιαστικός· η μέρα του προοιωνιζόταν γεμάτη υπογραφές και χαρτιά: δρομολόγια τρένων, συντήρηση των γραμμών και των βαγονιών, φορτηγά, εφοδιασμός, συντήρηση σταθμών, ένας κόσμος ολόκληρος, κι επάνω στον τρούλο αυτής της οικουμένης, ο συνταγματάρχης Μάισνερ, αυτός που χρησιμοποιούσε το παλιό της πιάνο για ν' ακουμπάει επάνω του πιάτα με αποφάγια.

Πήρε τη Σεβρολέτ και κατέβηκε στο Κέντρο, για να περάσουν κάπως οι ώρες και να μη σκέφτεται. Κάποιες βιτρίνες, ενόψει των Χριστουγέννων, προσπαθούσαν να κρύψουν την έλλειψη αγαθών επιστρατεύοντας άχαρο στοκ και παλιά στολίδια των γιορτών απ' τις μέρες εκείνες που δεν υπήρχε πόλεμος. Στην απέλπιδα προσπάθεια για δημιουργία εορταστικής ατμόσφαιρας, άναψαν μερικά φώτα παραπάνω και κρέμασαν αγγέλους κομμένους σε χρωματιστά χαρτόνια, ενώ δίπλα τους στερέωσαν κλαδιά δέντρων στολισμένα με γιρλάντες και φιόγκους. Ο Λευτέρης έκανε μια αργόσυρτη βόλτα και τα χάζευε· δε βιαζόταν να πάει στο εργοστάσιο. Άλλωστε ούτε κι εκεί είχε δουλειά· οι μηχανές έστεκαν βουβές εδώ και βδομάδες.

Αυτός ήταν ο δεύτερος χειμώνας που έβλεπαν τη σβάστικα να κυματίζει στον Λευκό Πύργο. Τουλάχιστον ο καιρός έδειχνε πως δε θα έφερνε τόση παγωνιά όπως πέρυσι, τότε που η πόλη ήταν φυλακισμένη στους πάγους ως τον Μάρτη. Και η ίδια η πείνα φαινόταν να έχει κάπως μετριαστεί, γιατί δεν έβλεπες το ξημέρωμα πτώματα στους δρόμους.

Κοντοστάθηκε σ' ένα μαγαζί της Ερμού και πρόσεξε έναν

μεγάλο κούκο σε περίοπτη θέση στη βιτρίνα. Δεν είχε επάνω του τιμή, ένδειξη ότι ήταν όλα διαπραγματεύσιμα. Αυτό το σπιτάκι με το κόκκινο κεραμίδι και την επικλινή στέγη τού θύμισε τις μέρες του στην Ευρώπη, στο Παρίσι, στην Αμβέρσα. Πρόσεξε ότι σε κάποιο σημείο της βιτρίνας ήταν κολλημένο το κίτρινο αστέρι του Δαβίδ. Έσπρωξε την πόρτα και άκουσε το κουδουνάκι να ειδοποιεί για την άφιξή του. Εμφανίστηκε μπροστά του ένας χλωμός μαγαζάτορας με άσπρο γένι και πουκάμισο στο ίδιο χρώμα. Τη μέση του έσφιγγε ένα χοντρό μαύρο γιλέκο. Στο κατάστημα δεν υπήρχε θέρμανση, κι αυτό το καταλάβαινες αμέσως απ' τη χοντροκομμένη υγρασία που σου έπιανε τα ρουθούνια – την ίδια που είχε πρασινίσει τους τοίχους.

Έπιασε κουβέντα για να σκοτώσει την ώρα του. Ο γέρος στην αρχή ήταν λίγο ανόρεχτος, αλλά καθώς η παράδοση αρκετών αιώνων εμπορίου είχε περάσει στο αίμα του, δεν του χάλασε τελικά χατίρι. Είπαν διάφορα, αλλά και για τον κούκο της βιτρίνας, που τον είχαν φέρει πριν από πέντε χρόνια απ' τη Βαυαρία και τον είχαν κρεμάσει σ' ένα αρχοντόσπιτο της παραλίας. Είχε πουληθεί τον περσινό χειμώνα για έναν κουβά καλαμπόκι. Στα χέρια του έφτασε απ' τον ίδιο τον μαυραγορίτη, που τον πλήρωσε πέντε χρυσές λίρες μετρητοίς.

«Λάθος κίνηση, κύριε, τα 'χει αυτά όμως το εμπόριο, κι έτσι τον έχω εδώ και σκονίζεται. Ποιος θέλει ν' ακούει την ώρα κάθε τόσο; Εδώ όλοι προσπαθούμε να ξεχαστούμε. Εμάς μας διώχνουν στην Πολωνία, κι ένας θεός ξέρει αν θα έρθουμε ξανά. Πάρτε τον για μία λίρα, αλλιώς θα τον φάει το υπόγειο κι η υγρασία. Οι κατσαρίδες δεν ξέρουν την ώρα, κύριε, κι έτσι ο κούκος στο τέλος θα βουβαθεί».

Ο Ζιρντό χαμογέλασε θλιμμένα. Ο γερο-Εβραίος ήταν παραιτημένος, φορτωμένος απογοήτευση. Τον ρώτησε και για τα εβραϊκά μνήματα.

«Ήθελα να 'ξερα, εμάς που ζούμε ακόμα, πού θα μας θάψουν; Φοβάμαι, ευγενικέ κύριε. Όταν θα 'ρθει η ώρα μας, ο αέρας που θα σκορπίζει τα φύλλα πάνω απ' τον τάφο μας θα είναι ο αέρας της Πολωνίας; Πάει το Σαλόνικο! Τώρα γκρεμίζουν το νεκροταφείο σαν να 'ναι στάβλοι και το σκάβουν. Αιώνες προσευχών και γραμμάτων, γλυπτά κι επιγραφές, όλο το Ταλμούδ γραμμένο στίχο στίχο στα μάρμαρα. Σήμερα, ευγενικέ κύριε, γιορτάζουν οι φαγάνες και τα φορτηγά».

«Τύλιξέ το», του είπε κι έβαλε το χέρι στον κόρφο του, όπου είχε κρεμασμένο απ' τον λαιμό ένα μικρό πουγκί, και ξεχώρισε μια λίρα.

Βγήκε με τον κούκο τυλιγμένο σε σκληρό χαρτί και δεμένο με χοντρό σπάγκο. Αν ήταν άλλα χρόνια, θα γελούσε, γιατί πριν τον πόλεμο σε τέτοιο χαρτί τύλιγαν τα τρόφιμα που άφηναν λαδιές. Έριξε τον κούκο στην πίσω θέση του αυτοκινήτου και ξεκίνησε για το εργοστάσιο.

Η εξώπορτα ήταν κλειδωμένη, και παρ' όλο που είχε το κλειδί της, χτύπησε δυο φορές δυνατά το ροζιασμένο ξύλο για να δει αν ο φύλακας ήταν στη θέση του. Πέρασε ένα λεπτό ώσπου να του ανοίξει, αφού πρώτα ρώτησε δύο φορές. Ήταν ένας γέρος πρόσφυγας απ' την Καππαδοκία, που όταν πρωτοπάτησε το πόδι του στη Σαλονίκη, τα ελληνικά του ήταν λιγοστά. Άκληρος και χήρος εδώ κι αρκετά χρόνια, ζούσε στο εργοστάσιο στο σπιτάκι της αυλής κι είχε τον νου του στο υφαντουργείο νυχθημερόν για λίγο ψωμοτύρι και μια μποτίλια ρακή. Η «Γόρτυς» και το πετσί του είχαν γίνει ένα. Οι εργάτες τον έπαιρναν στο ψιλό και του λέγανε ότι ήταν καιρός να σταματήσει να μιλάει τα δικά του, τα τουρκομερίτικα, και ν' αρχίζει να γαβγίζει.

«Τι νέα, Γιορδάνη;»

«Τίποτα, αφεντικό».

«Ρημάξαμε για τα καλά».

«Γιαζίκ, αφεντικό».

«Τι πάει να πει αυτό, μωρέ;»

«Κρίμας, πώς το λένε...»

«Γιαζίκ, καλά το λες», του είπε. «Έχε τον νου σου στ' αμάξι, πάω στο γραφείο».

Όλος ο μεγάλος αυλόγυρος της «Γόρτυς» που κάποτε βούιζε απ' την κίνηση, ήταν τώρα ένα άδειο χωράφι στρωμένο με αγριόχορτα καμένα απ' την πάχνη του χειμώνα. Η άσφαλτος που οδηγούσε στο μεγάλο σκέπαστρο, έτσι που έμενε απάτητη για μήνες, είχε αρχίσει λίγο λίγο να εκπίπτει σε χωματόδρομο εξαιτίας των βροχών. Ξεχώρισε ένα κλειδί απ' την αρμαθιά που κουβαλούσε στην τσέπη του κι άνοιξε το μεγάλο λουκέτο.

Όταν μπήκε μέσα, άκουσε φτερουγίσματα. Τα βήματά του, που αντηχούσαν στο τσιμέντο, τρόμαξαν κάτι πουλιά, που πέταξαν ως τους φεγγίτες. Περνούσε δίπλα απ' τις βουβές μηχανές· κάποιες απ' αυτές ανέδυαν ακόμη τη βαριά μυρωδιά απ' το τελευταίο λάδωμα. Ο αέρας όλος μύριζε υγρό νήμα και σίδερο. Προχώρησε κι άλλο. Η ανάσα του ξεχώριζε κάτω απ' το φως που έφερναν οι μεγάλοι φεγγίτες από τη στέγη ψηλά. Ανέβηκε με αργό βήμα τα σκαλιά ακούγοντας την ηχώ απ' τα τακούνια του.

Εκείνο το μεσημέρι καταλάβαινε πιο έντονα από κάθε άλλη φορά ότι αν δεν έπαιρνε συγκεκριμένες πρωτοβουλίες, αν δεν έκανε κάποια κίνηση έστω και ριψοκίνδυνη, ήταν η σειρά του μετά τον Γιούγκερμαν να γίνει το επόμενο φάντασμα της «Γόρτυς». Στο περιβάλλον του εργοστασίου τον θυμόταν πιο συχνά· εκεί ήταν πιο καθαρή η εικόνα του Βάσια να σταματάει σε κάθε μηχανή και να μιλάει στις εργάτριες με κείνο το εωσφορικό βλέμμα, το γεμάτο επιθυμία για έρωτα.

Μπήκε στο γραφείο του με μια παράξενη αίσθηση, μ' ένα βούισμα στ' αυτιά και μια μικρή αστάθεια, ενώ ερχόταν στα ρουθούνια του η μυρωδιά από εκείνη τη βαριά κολόνια και τα αιγυπτιακά τσιγάρα. Στάθηκε στη μεγάλη τζαμαρία που έβλεπε στα χωράφια, όταν του φάνηκε πως άκουσε τη φωνή του. Οι λέξεις του μύριζαν μπράντι... Ο Βάσια ερχόταν απ' τον κάτω κόσμο κάτι να του πει.

«Δεν είσαι Εβραίος, Βάσια!» φώναξε. «Αυτοί ανεβαίνουν τούτες τις μέρες εδώ πάνω γιατί τους χαλούν τα μνήματα. Ακούς, Βάσια; Αυτοί κι ο δικός μου ο πεθαμένος, γιατί του έσκαψαν το μνήμα, γιατί τάραξαν το πηγάδι. Εσύ γιατί;»

Τότε σαν ν' άκουσε κι άλλο μουρμουρητό· ένα σύρσιμο από φθόγγους πιασμένους χέρι χέρι σε κυκλικό χορό στο παγωμένο του γραφείο απ' άκρη σ' άκρη. Η φωνή του νεκρού ήταν τώρα πιο καθαρή και του έλεγε ότι κι εκείνος είχε κάποτε σκοτώσει έναν Εβραίο στη Χερσώνα – για χρήματα...

«Τι θέλεις εδώ, Βάσια; Δεν είν' εδώ η θέση σου! Όλα ρημάζουν. Γιατί ήρθες;»

Μιλούσε μόνος του δυνατά και ταυτόχρονα έψαχνε με βλέμμα αγωνίας κάθε κόγχη και γωνιά του γραφείου. Δεν το ήθελε να δει κάπου το κρανίο του να του μιλάει ανοιγοκλείνοντας το στόμα χωρίς ούλα, χωρίς χείλη· ήθελε να τον θυμάται με σάρκα κόκκινη απ' το πιοτό, ζεστό απ' τις φλόγες του έρωτα με τη Χρυσάννα...

«Φύγε, Ζιρντό!»

Κοντοστάθηκε γιατί δεν ήταν σίγουρος αν είχε ακούσει καλά.

«Φύγε, Ζιρντό! Φύγε! Φύγε!»

Ανατρίχιασε, όμως δίχως φόβο, γιατί τον Γιούγκερμαν τον αγαπούσε. Ρίγησε σαν να 'ταν από μια απλή ψύχρα, χωρίς απειλή, μόνο ρίγος του ανοίκειου, του επέκεινα.

Κράτησε το καπέλο στο χέρι και κάτωχρος έκλεισε πίσω του την πόρτα του γραφείου. Κατέβηκε γρήγορα τα σκαλιά κι άρχισε να βαδίζει προς την έξοδο. Του φάνηκε τώρα πως άκουσε τις μηχανές να δουλεύουν. Η ανάσα του έγινε δύσκολη σαν να 'χε γεμίσει η μύτη και το στόμα του χνούδια απ' το βαμβάκι. Τα πουλιά συνέχιζαν να κροταλίζουν τα φτερά τους ψηλά στους φεγγίτες.

«Φύγε, Ζιρντό!»

Βγήκε στην αυλή με γρήγορη ανάσα και κατευθύνθηκε στην εξώπορτα. Ο Ιορδάνης τον έβλεπε να έρχεται προς το μέρος του συνοφρυωμένος. Ξαφνικά ο διευθυντής της «Γόρτυς Α.Ε.» του πέταξε όλα τα κλειδιά του εργοστασίου που είχε στη χούφτα. Ο θυρωρός τα έπιασε στον αέρα και τον πήρε στο κατόπι ανήσυχος. Ο Ζιρντό άνοιξε την πόρτα της Σεβρολέτ και μπήκε μέσα.

«Πού να τ' αφήσω αυτά, αφεντικό;» τον ρώτησε σκύβοντας στο παράθυρο.

«Στις νυχτερίδες!» του απάντησε καθώς το αυτοκίνητο μάρσαρε στη λάσπη.

Οδηγούσε στην πόλη κι αισθανόταν τον ιδρώτα στο δέρμα του. Ένα κομμάτι της ζωής του έκλεινε κι ένα άλλο θα άνοιγε όταν ο κούκος θα ξεπρόβαλλε αναγγέλλοντας εκείνη την ώρα του απογεύματος: εφτά!

Μπήκε στο σπίτι του φορτωμένος με το πακέτο απ' το μαγαζί του Εβραίου. Σκέφτηκε πως θα μπορούσε να είναι ένα δώρο γι' αυτήν και ταυτόχρονα ένα σύμβολο, μια υπενθύμιση του χαμένου τους χρόνου. Ο κούκος είναι ένα πουλί μοναχικό, που δεν κουράζεται να στέλνει τις τρίλιες του στην ερημιά. Αυτός ο ίδιος ήταν ένας κούκος, ένας μοναχικός άντρας της αποδημίας ρυθμισμένος σε κείνο το παλιό του όνειρο να βγαίνει κάθε τόσο και να το διαλαλεί – ότι πάντα σκόπευε να πλουτίσει, να γίνει νοικοκύρης της συνοικίας των Εξοχών και να γεράσει μαζί της δίπλα σε αποξηραμένα άνθη, δαντέλες και γαλλικά μυθιστορήματα.

Μπήκε στο λουτρό και πλύθηκε με κρύο νερό για να συνέλθει. Κατόπιν άνοιξε το μικρό υπνοδωμάτιο όπου κοιμόταν αραιά και πού, όταν άφηνε τον καναπέ του γραφείου του. Σήκωσε τα σεντόνια κι έστρωσε καθαρά απ' την ντουλάπα. Ύστερα ξετύλιξε τον κούκο και τον έβαλε να στηρίζεται πάνω σε δυο μαξιλάρια με λευκές σιδερωμένες μαξιλαροθήκες.

Ήξερε ότι παραλογιζόταν, αλλά ήθελε το δωμάτιο αυτό να είναι έτοιμο για κάποιον μουσαφίρη, αν χρειαστεί, αν ποτέ εκείνη τον καταδεχόταν.

Άναψε τη σόμπα του γραφείου του αφήνοντας την πόρτα ανοιχτή για να γλυκάνει με τη ζέστη της το διπλανό υπνοδωμάτιο, το μεγάλο σαλόνι, ακόμη κι αυτή τη μαύρη χαραμάδα στο πάτωμα απ' την κλειστή πόρτα του υπολοχαγού.

Στις έξι και μισή άναψε τσιγάρο και στήθηκε στο παράθυρο της κουζίνας που έβλεπε απέναντι στη βίλα. Ένα κίτρινο φως έλουζε το φυλάκιο κι έκανε το κράνος του στρατιώτη να γυαλίζει. Έπεφτε ομίχλη, κίτρινη κι αυτή εξαιτίας της λάμπας που είχαν κρεμάσει στο πρώτο πεύκο της αυλής. Έκλεισε τα δικά του φώτα για να μη φαίνεται απ' έξω κι έσυρε μια καρέκλα στο τζάμι. Έξω ήταν ο κόσμος της λάμπας και της ακινησίας του σκοπού στην ψηλή καγκελόπορτα και μέσα εκείνος μονάχος, καθιστός φρουρός του πεπρωμένου του. Αραιά και πού κάποιο αυτοκίνητο περνούσε κι έσπαγε την ηρεμία του δρόμου.

Γύρω στις εφτά ένα ταξί σταμάτησε μπροστά στην καγκελόπορτα κι ο οδηγός του κατέβηκε κρατώντας ένα χαρτί στο χέρι. Ο φρουρός το πήρε στα χέρια του κι ύστερα σήκωσε το τηλέφωνο κι άρχισε να γυρίζει τη μικρή μανιβέλα. Έτσι όπως ήταν καθισμένος ο Ζιρντό, έβλεπε στο πίσω μέρος του ταξί έναν μόνο επιβάτη – γυναίκα ήταν, φορούσε μαντίλα. Ο οδηγός του ταξί τής έκανε κάποιο νόημα για να την καθησυχάσει όσο περίμενε να τελειώσει ο φρουρός τη συνομιλία του στο τηλέφωνο. Κατόπιν πήρε πίσω το χαρτί και γύρισε στη θέση του στο τιμόνι. Η μπάρα σηκώθηκε και το ταξί χάθηκε στα πεύκα.

Έσβησε το τσιγάρο του στον νεροχύτη και σηκώθηκε. Ένα κομμάτι αγωνίας το αισθανόταν πάνω στο σώμα του· το υπόλοιπο είχε φαγωθεί με τα χρόνια.

Βγήκε απ' την μπροστινή εξώπορτα και προχώρησε προς

τον φρουρό. Φρόντισε να του κάνει νόημα από μακριά, για να του δείξει από πού έβγαινε και να του ξαναθυμίσει ότι ήταν αυτός, που τον έβλεπε κάθε τόσο, ο γείτονας, ο συγκάτοικος του Κράουζε, ότι ήταν άνθρωπός τους. Όταν πήγε κοντά του, του χαμογέλασε και ζήτησε να δει τον υπολοχαγό. Ο φρουρός, ένα ψηλό χωριατόπαιδο, κούνησε το κεφάλι του – σημάδι άρνησης. Μετά απ' αυτό τού είπε το όνομα του λοχία και του έδειξε το τηλέφωνο στη σκοπιά για να του μιλήσει. Ο φρουρός πήρε μια βαριεστημένη ανάσα και σήκωσε το ακουστικό. Ο Ζιρντό τον άκουσε που μίλησε για μισό λεπτό και ανέφερε μια δυο φορές το όνομα του Κράουζε. Πίστευε ότι ο λοχίας, το δεξί χέρι του υπολοχαγού, θα ρύθμιζε το θέμα. Ο σκοπός, κατεβάζοντας το τηλέφωνο, του έκανε νόημα να περάσει από το πλάι για να μην ξανασηκώνει την μπάρα.

Αφήνοντας πίσω του την πύλη, βρέθηκε στο αραιό σκοτάδι της μεγάλης αυλής. Περπατούσε τώρα κάτω απ' τα δέντρα του, που κάποτε τα γνώριζε ένα προς ένα, που θυμόταν ποιανού ο κορμός λίγο στράβωνε, ποιο είχε βγάλει ρίζες πάνω απ' το χώμα, ποιο χάριζε τον πιο παχύ ίσκιο το καλοκαίρι και ποιο αγαπούσαν πιο πολύ τα πουλιά. Άπλωσε το χέρι του και χάιδεψε ένα στην τύχη· ήταν πεύκο, κι οι βελόνες τού τσίμπησαν τη χούφτα – μια πίκα, ένας ακκισμός σαν τρυφερή εκδίκηση γιατί δεν τα φρόντιζε αυτός πια. Οι φίλες του οι πευκοβελόνες, υγρές απ' τον χειμώνα, του έκαναν μια βιαστική χειραψία και τον άφησαν να περάσει.

Όταν πλησίασε στην είσοδο, είδε το ταξί σταματημένο και τον οδηγό να κάθεται μέσα και να περιμένει. Τον προσπέρασε χωρίς να τον κοιτάξει και πλησίασε στην πόρτα, που τη μισοέκρυβε η ναζιστική σημαία. Ανέβηκε τα σκαλιά αθόρυβα και βρέθηκε στον διάδρομο του ισογείου. Το φως ήταν χαμηλό· τα πιο πολλά γραφεία εκείνη την ώρα ήταν κλειστά και οι πόρτες τους κλειδωμένες. Στον διάδρομο έκαιγε μόνο μια πολύ ασθενική λάμπα – λιτότητα του πολέμου. Απ' το βάθος ακούγονταν ομιλίες, κάποιοι συζητούσαν. Η χαραμάδα εκείνου του γραφείου απ' όπου έρχονταν οι φωνές είχε φως.

Περπάτησε πάνω στο μακρόστενο χαλί που είχαν στρώσει κατά μήκος του διαδρόμου. Βάδιζε και δεν ακουγόταν τίποτε απολύτως, όπως γίνεται συχνά στα όνειρα. Τον ήχο απ' τα βήματά του τον απορροφούσε ένα παχύ πέλος ενόσω αυτός βούλιαζε ολόκληρος στους κόμπους του χαλιού και στην αγωνία του.

Στάθηκε μπροστά στην πόρτα και αφουγκράστηκε. Οι φωνές που είχαν για λίγο σταματήσει, ξανάρχισαν. Αυτοί που μιλούσαν ήταν άντρες, ενώ κάθε τόσο τους διέκοπτε μια γυναικεία φωνή. Η συζήτηση γινόταν στα γαλλικά – αυτό τον πληροφορούσε το αυτί του, που το είχε ακουμπήσει στο ξύλο της πόρτας για ν' ακούει καλύτερα. Αυτή η φωνή, η γυναικεία, ήταν η φωνή της...

Άκουσε τον Κράουζε να λέει κάτι επιτακτικά πρώτα στα γερμανικά κι ύστερα στα γαλλικά. Κατόπιν έφτασε στ' αυτιά του τρίξιμο ξύλου –κάποιος περπατούσε στο πάτωμα– κι ύστερα ένα νευρικό ξεφύλλισμα σε χαρτιά· μετά σιωπή. Αν δεν είχε κλάψει μόνος του χθες το πρωί, ίσως τώρα να δάκρυζε. Ήταν η φωνή της. Θα την αναγνώριζε ανάμεσα σε χιλιάδες άλλες πίσω απ' όλες τις κλειστές πόρτες.

Δεν το είχε προσχεδιασμένο, το έκανε όμως σαν να ήταν το 1909, σαν να έσκυβε ξανά πίσω από κείνες τις θεόρατες πόρτες της Βίλας Αλλατίνι. Τον Δεκέμβριο του 1942 ο Λευτέρης Ζεύγος έσκυψε και πάλι και την αναζήτησε με αγωνία κρυφοκοιτάζοντας μέσα από μια κλειδαρότρυπα. Ήταν σαράντα πέντε χρόνων, τα γόνατά του καμιά φορά τον χειμώνα πονούσαν, το σώμα του ήταν πια δύσκαμπτο. Σκύβοντας, ξεχώρισε την πλάτη της και το πίσω μέρος του κεφαλιού, που ήταν καλυμμένο απ' τη μαντίλα. Προσπάθησε να εντοπίσει τα χέρια της, ας ήταν το ένα τουλάχιστον... Στο τέλος κάτι κατάφερε. Ήταν η μια της παλάμη που έσφιγγε το μπράτσο της πολυθρόνας, ήταν η Μίρζα που είχε αγωνία, που πολεμούσε γι' αυτό το σπίτι, για την παλιά ζωή της και τις μνήμες, που το είχε βάλει σκοπό να σώσει την κιβωτό της, αυτή που πάλευε με τα ναζιστικά κύματα.

Ανασηκώθηκε γιατί του πόνεσαν τα γόνατα και τραβήχτηκε στο πλάι κολλώντας την πλάτη του στον τοίχο. Η φωνή του υπολοχαγού ακουγόταν τώρα γεμάτη θυμό· τον άκουγε καθαρά που την απειλούσε. Μιλούσε για το θράσος της να απασχολεί τη Βέρμαχτ για ένα θέμα που ήταν λήξαν, για την αναστάτωση που είχε προκαλέσει μέσω της Τουρκικής Πρεσβείας. Εκείνη δεν ακουγόταν φοβισμένη, γιατί του απαντούσε στον ίδιο τόνο. Όταν ο υπολοχαγός Κράουζε αναφέρθηκε στην εβραϊκή καταγωγή της, ακούστηκαν καρέκλες να σέρνονται στο πάτωμα. Η καρδιά του άρχισε να χτυπάει δυνατά, γιατί σκέφτηκε ότι ίσως κάποιοι απ' τους Γερμανούς, εκνευρισμένοι, να έβγαιναν στον διάδρομο ή στην αυλή για να καπνίσουν.

Αποφάσισε να μην το ρισκάρει περισσότερο και βγήκε απ' τη βίλα αθόρυβα, όπως είχε μπει. Σταμάτησε στην πύλη και είπε στον φρουρό, μισά γαλλικά μισά γερμανικά, ότι ο υπολοχαγός είχε δουλειά και θα περνούσε άλλη ώρα. Ο φρουρός κούνησε το κεφάλι και του έκανε νόημα να φύγει.

Πέρασε απέναντι χωρίς να φανερώσει βιασύνη ή ταραχή, καθώς ήξερε ότι από τη σκοπιά του ο Γερμανός τον έβλεπε. Έπαιξε αργά και τεμπέλικα τα κλειδιά στο χέρι του κι άνοιξε την μπροστινή είσοδο. Απ' την κουζίνα πέρασε στο σαλόνι κι από κει στην πίσω πόρτα, εκεί που ήταν παλιά ο κήπος της Σάνε και τώρα ερωτεύονταν οι γάτες της γειτονιάς.

Μπήκε στη Σεβρολέτ κι άναψε τη μηχανή. Οδήγησε αργά χωρίς φώτα στον πίσω χωματόδρομο και πήγε κι έστησε καρτέρι πέρα απ' τη βίλα. Υπολόγιζε ότι άνευ απροόπτου το ταξί θα κατευθυνόταν στο Κέντρο. Έσβησε τη μηχανή και κάθισε να παραφυλάει στον παράδρομο. Κάθε τόσο περνούσαν φορτηγά και μαύρες Μερσεντές με κόκκινα σημαιάκια να γυαλίζουν πλυμένες κάτω απ' τα φώτα της λεωφόρου. Άναψε τσιγάρο και θυμήθηκε τη φωνή που άκουσε το μεσημέρι στο εργοστάσιο: «Φύγε, Ζιρντό». Άραγε ερχόταν από τα μέσα του, ή ήταν πράγματι η ηχώ μιας ψυχής που τον νοιαζόταν και τον συμβούλευε από εκεί, από τα δώματα του κάτω κόσμου; Τι ήταν ακόμη εκείνα τα πουλιά τα εγκλωβισμένα στο εργοστάσιο, αυτά που έπεφταν πανικόβλητα πάνω στα τζάμια και στους φεγγίτες;

Οι σκέψεις του κόπηκαν μαχαίρι όταν είδε το ταξί να κατεβαίνει από τη βίλα. Άναψε τη μηχανή και περίμενε. Δεν υπήρχε λόγος βιασύνης, γιατί πήγαινε αργά και ο οδηγός μιλούσε με την πελάτισσά του, που καθόταν στις πίσω θέσεις. Άφησε να τον περάσουν και τους ακολούθησε καθώς η Λεωφόρος των Εξοχών, όσο προχωρούσε η ώρα, τόσο κι αγκάλιαζε την ομίχλη.

Το Κέντρο ως συνήθως είχε περισσότερη κίνηση· όσα μαγαζιά είχαν ανοίξει το πρωί, είχαν αρχίσει τώρα να κατεβάζουν τα ρολά. Το ταξί σταμάτησε κάτω απ' το Μέγαρο Στάιν. Ο Ζιρντό τραβήχτηκε στην άκρη του δρόμου κι έσβησε τη μηχανή. Βγήκε χωρίς να την αφήσει απ' τα μάτια του. Εκείνη φορούσε καφέ παλτό και κρεμ μαντίλα. Στο χέρι κρατούσε μια τσάντα στις ίδιες αποχρώσεις, κοντινή αρμονία με τα παπούτσια της, που τώρα έστεκαν ακίνητα στο πεζοδρόμιο, ταιριασμένα το ένα δίπλα στο άλλο σαν ένα ζευγάρι μάτια. Φαινόταν χαμένη κι έδειχνε σαν να μην ήξερε πού ήθελε να πάει ακριβώς. Την παρατηρούσε που έσφιγγε την τσάντα της με αγωνία. Μια κυρία του κόσμου μόνη σε μια πόλη άγνωστη, σε μια πλατεία με κόκκινες πιτσιλιές στις στέγες και στα μπαλκόνια απ' τις ναζιστικές σημαίες.

Έσφιξε την τρενς κόουτ και κατέβασε το καπέλο. Ήθελε για λίγο να την παρατηρήσει με την ησυχία του, να την παρακολουθήσει όπως έκανε εκείνη χρόνια πριν στο ποστάλι που ταξίδευε για την Αμβέρσα. Ήθελε να γίνει στο ελάχιστο η σκιά της στην ομίχλη, να παρακολουθήσει το βήμα της, το κεφάλι της καθώς χάζευε τις άθλιες βιτρίνες, την τσάντα της που άνοιγε κι έκλεινε δίνοντας χρήματα στους ρακένδυτους που την πλεύριζαν. Κάποτε εδώ ήταν η πόλη της, κι αυτός με την τρενς κόουτ που τώρα την ακολουθούσε, ήταν ο συγκάτοικος στα όνειρά της.

Βγήκε στην παραλία και περπατούσε στο πεζοδρόμιο. Πέρασε μπροστά από το *Όλυμπος Νάουσα* και την είδε να στρίβει μέσα στο στενό αριστερά κι ύστερ' από λίγο να κοντοστέκεται στην είσοδο του *Λουξεμβούργου* έτοιμη να μπει μέσα. Άνοιξε τότε το βήμα του, και καθώς του είχε γυρισμένη την πλάτη, την έπιασε απ' το μπράτσο.

«Θέλετε να περπατήσουμε λίγο μαζί;» τη ρώτησε ευγενικά κι έβγαλε το καπέλο.

Στην αρχή τράβηξε το χέρι της απότομα, γιατί προφανώς φοβήθηκε ότι κάποιος πήγαινε να της αρπάξει την τσάντα.

«Μίρζα, εγώ είμαι, ο Λευτέρης...»

Τον κοίταξε με τρομαγμένα μάτια. Το άφθονο ρουζ που φορούσε δεν μπορούσε να κρύψει τη χλωμάδα που είχε απλωθεί ακαριαία στο πρόσωπό της. Τώρα δεν έκανε καμιά κίνηση να τραβήξει το μπράτσο της, μόνο τον κοίταζε. Τα χείλη της, βαμμένα ακόμη απ' το κραγιόν του απογεύματος, άρχισαν να σιγοτρέμουν, τα μάτια της τον περιεργάζονταν συνέχεια – τα μάτια της...

«Έλα, ας μη στεκόμαστε μες στον δρόμο».

Την έπιασε απ' το μπράτσο και την έσπρωξε απαλά. Εκείνη τη στιγμή τούς έκλεισε τον δρόμο μια οικογένεια που 'ταν φορτωμένοι όλοι τους βαλίτσες και μπόγους ενώ ξεχώριζαν πάνω στα ρούχα τους τα κίτρινα αστέρια. Παραμέρισαν χαμηλώνοντας τα μάτια και λίγο περίμεναν. Ύστερα άρχισαν να περπατάνε μαζί, πολύ σιγά. Φαινόταν ότι δεν την πήγαιναν και πολύ τα πόδια της.

«Θα μου επιτρέψεις να σου προσφέρω ένα τσάι;»

Κούνησε βουβά το κεφάλι της. Την πήγαινε πια όπου ήθελε, μπορούσε να τη γυρίσει έτσι ή αλλιώς, να τη βάλει να τρέξει, να την καθίσει κάτω στον δρόμο, να την ξαπλώσει. Την έσπρωξε απαλά στην κατηφόρα του δρόμου, στην πλάγια είσοδο του *Μεντιτερανέ*, γιατί ήξερε ότι εκεί οι περιορισμοί της ώρας δεν ισχύουν. Έπρεπε όμως να βρει το γρηγορότερο την πιο ήσυχη από τις αίθουσες για να μη διασύρεται η τιμή της, καθώς στο χέρι της, που έτρεμε, ξεχώριζε το νυφιάτικο δαχτυλίδι της.

Ανέβηκαν στον πρώτο όροφο και κάθισαν σ' ένα απόμερο σαλόνι κοντά στο παράθυρο. Τη βοήθησε να βγάλει το παλτό της και να ταχτοποιήσει την τσάντα, τα γάντια και τη μαντίλα της. Ήταν κάτι παραπάνω από φανερό ότι τα πόδια της έτρεμαν, το ίδιο και τα χέρια της, που ήταν κρύα όταν της τα έπιασε την ώρα που τη βοηθούσε να καθίσει.

Το πρώτο άλλο που παρατήρησε ήταν λίγες άσπρες τρίχες πάνω απ' το μέτωπό της. Το ημερολόγιο του σώματος, που δεν κάνει ποτέ λάθος, μαρτυρούσε πως η Μίρζα ήταν πια σαράντα ενός χρόνων.

«Είσαι καλά;» τη ρώτησε τρυφερά.

Ο τόνος της φωνής του, το βλέμμα του, η προσοχή με την οποία την έβαλε να καθίσει, όλα έδειχναν μια μελετημένη φροντίδα, μια δικιά του ισόρροπη γαλήνη. Η αλήθεια ήταν ότι μέσα του το λυγμικό τραγούδι σπάραζε στίχο στίχο.

«Θέλω λίγη ώρα ακόμη, καταλαβαίνεις...»

«Ναι, καταλαβαίνω... Τσάι;»

Κούνησε το κεφάλι της και κάθισε πιο αναπαυτικά.

«Πώς βρέθηκες εδώ, Λευτέρη;» τον ρώτησε ύστερα από λίγο.

«Εδώ ζω, και μάλλον η ερώτηση γυρνάει σε σένα. Εσύ πώς βρέθηκες εδώ. Ή μάλλον ξέρω, το σπίτι... Βλέπεις, κρυφακούω ακόμη...»

Σήκωσε τα μάτια του επάνω της και χαμογέλασε θλιμμένα.

«Κρυφακούς ακόμη; Μα ο σουλτάνος πέθανε, αγάπη μου».

Το είπε πρόωρα, δίχως αυτός να το περιμένει. Λόγος συγκλονιστικός, η λατρεμένη λέξη είχε βιαστεί να βγει απ' το στόμα της. Ήθελε να της πιάσει το χέρι, ν' αρχίσει να το φιλάει, να το δαγκώνει τρυφερά, να το βάλει μέσα απ' το πουκάμισο πάνω στο στήθος του.

«Με είπες "αγάπη μου";»

«Για λόγους νοσταλγίας, γλυκιέ μου, ήθελα ν' ακούσω πάλι τη φωνή μου να το λέει. Όμως...»

«Όμως...;»

«Πέρασαν τόσα χρόνια αλλά το θυμάμαι πώς είναι να σ' αγαπώ δίχως λόγο – ένστικτο. Πεινούσα για σένα... τώρα όλα εκείνα τα παλιά επιστρέφουν...»

«Λάθος, αγάπη μου».

Τον κοίταξε προσπαθώντας να χαμογελάσει.

«Δηλαδή;»

«Τα παλιά χρόνια δεν έφυγαν ποτέ, μείναν εδώ και μας περιμένουν. Στις Εξοχές υπάρχει ένα ρολόι που σταμάτησε και περιμένει να πάει κάποιος να το κουρδίσει».

«Έχω άντρα και παιδί, Λευτέρη...»

Ο σερβιτόρος στάθηκε πάνω απ' το τραπέζι τους και περίμενε παραγγελία. Αυτός τού ζήτησε να ρίξουν στο δικό του τσάι κονιάκ· αν δεν είχαν, ό,τι άλλο σπίρτο τούς ήταν διαθέσιμο.

«Πριν πούμε για τα παλιά, θέλω να σε ρωτήσω, γιατί επείγει, τι σου είπε ο υπολοχαγός. Τον έχω μάθει πια, η φωνή του σε απειλούσε».

«Πάτησε εκεί που το σανίδι μπορεί να σπάσει, αυτό έκανε. Οι μαμίν[90] είναι παλιοί Ισραηλίτες που έγιναν μουσουλμάνοι».

90. Μαμίν: άλλη ονομασία για τους ντονμέδες.

«Μα αυτό έγινε πριν τρεις αιώνες!»

«Αυτό τού είπα κι εγώ, αλλά απάντησε ότι μια τέτοια κηλίδα δε φεύγει ποτέ. Είπε ακόμη ότι σύμφωνα με τους νόμους της Νυρεμβέργης είμαι μιαρή και ύποπτη, γι' αυτό...»

«Όλα είναι θέμα καταγγελίας, Μίρζα· πιο απλά, καρφώματος. Να σου το πω αλλιώς: αν σε καρφώσουν ότι έχεις εβραϊκή ρίζα και το κρύβεις, δύσκολα ξεμπλέκεις. Προτιμάνε να στριμώξουν κάποιους αθώους παρά να τους ξεφύγουν μερικοί Εβραίοι – τρέφουν μίσος απύθμενο. Κάποιοι δικοί μας χριστιανοί πήγαν και ξεντύθηκαν μπροστά τους για να τους δείξουν ότι είναι απερίτμητοι κι ότι είχαν πέσει θύματα συκοφαντίας. Μη νομίζεις ότι ξέμπλεξαν... ειδικά αν υπάρχει περιουσία στη μέση».

«Γι' αυτό, μου είπε ο υπολοχαγός και το τόνισε, καλά θα κάνω να μην επιμένω για το σπίτι μου, αλλιώς...»

«Αλλιώς;»

Την είδε που είχε βγάλει το μαντίλι απ' την τσάντα της και το κρατούσε στο χέρι.

«Αλλιώς..., είπε, κι έβγαλε απ' το συρτάρι του ένα κίτρινο αστέρι και μου το έδειξε».

«Ξέρουν πού μένεις;»

«Φυσικά. Μέχρι σήμερα το απόγευμα δεν είχα λόγο να κρύβομαι».

Άναψε τσιγάρο και προσπάθησε να τα βάλει όλα σε μια σειρά. Τα γεγονότα είχαν πάρει απρόσμενη τροπή.

«Δεν ξέρεις τι γίνεται στις υποτελείς χώρες του Ράιχ. Η Τουρκία είναι έξω απ' τον πόλεμο, όμως εμείς τα ζούμε και τα βλέπουμε κάθε μέρα».

«Τι θα κάνουν δηλαδή;»

«Θα τους στείλουν όλους στην Πολωνία, έτσι λένε. Μίρζα, κινδυνεύεις!»

«Δεν είμαι Εβραία, Λευτέρη, και συν τοις άλλοις, έχω τουρκική υπηκοότητα. Τι είναι αυτά που λες;»

«Όταν θα ξεσπάσει η μπόρα, νομίζεις ότι θα καθίσει κάποιος να τα δει αυτά; Είναι και κάτι άλλο...»

«Τι άλλο;»

«Ο υπολοχαγός που σου μιλούσε, είμαι σε θέση να το ξέρω αυτό, θέλει να μπει στο μάτι του Μάισνερ, του προϊσταμένου του. Αν σε τυλίξει με τους φυλετικούς νόμους, ο Μάισνερ βγαίνει εκτεθειμένος στα ίδια τα μάτια του Μέρτεν,[91] γιατί προσπάθησε να υποστηρίξει το αίτημα μιας κρυφοεβραίας. Είναι μια τρέλα όλ' αυτά, αλλά δεν μπορείς να φανταστείς πόσο πραγματικά είναι. Είδες τους Εβραίους εκεί έξω με το άστρο στο πέτο. Πες μου, έχει κάποια λογική αυτό; Μπορούσες ποτέ να το φανταστείς;»

«Θα τηλεφωνήσω στον άντρα μου, έχει γνωστούς στις Αρχές της Πόλης...»

«Πρέπει να φυλαχτείς, Μίρζα. Δεν το έχεις καταλάβει ακόμη, αλλά στην πόλη αυτά τα χρόνια κάνουν κουμάντο οι σκιές».

«Και το σπίτι μου;»

«Το σπίτι σου να το ξεχάσεις. Έτσι κι αλλιώς, το αίτημά σου εξαρχής δεν είχε και πολλές ελπίδες».

«Μα η επίταξη είναι παράνομη!»

«Άκουσέ με, Μίρζα, σε παρακαλώ! Τώρα πια σ' αυτήν την πόλη το δίκιο και η λογική είναι στην παρανομία. Αυτήν τη στιγμή που μιλάμε γίνεται ένα όργιο με αγοραπωλησίες και καταχρήσεις, ενώ κάθε πρωί έξω απ' τις φυλακές γίνονται εκτελέσεις. Τι σου ήρθε, διάολε, κι ήρθες; Λιώνω που σε βλέπω μετά από τόσα χρόνια, όμως είναι λάθος που είσαι εδώ!»

Τον πρόσεξε που πασπάτευε τις μέσα τσέπες στο κου-

91. Max Merten (1911-1971): ανώτερος δικαστικός σύμβουλος των γερμανικών διοικήσεων, επόπτης της δίωξης των Εβραίων της Μακεδονίας· η «υπόθεση Μέρτεν» απασχόλησε στα τέλη της δεκαετίας του '50 την επικαιρότητα.

στούμι του, ίσως γιατί ήθελε να κρατάει καλού κακού ένα μαντίλι.

«Ήρθα για να σώσω αυτό που ήμασταν κάποτε».

«Γιατί δεν ερχόσουν μετά τον πόλεμο;»

«Γιατί τότε θα ήταν αργά για το σπίτι... γιατί δεν υπάρχει πάντα ξεκάθαρος λόγος για όλα. Εσύ γιατί πήγες στην Αμβέρσα; Γιατί γύρισες πάλι εδώ; Η μοίρα, mon amour, αυτή κάνει κουμάντο. Έχω την εντύπωση πως μόνο οι μουσουλμάνοι τής δίνουν τη σημασία που της αξίζει».

«Τι λέει ο άντρας σου ο μουσουλμάνος για τη μοίρα;»

«Είναι Έλληνας, αγαπητέ μου, Κωνσταντινοπολίτης. Έγινα χριστιανή και ζω πια δίπλα σε Φραγκολεβαντίνους και Ρωμιούς. Βλέπεις, το αίμα σας με τραβούσε από τότε...»

«Και πώς μπορείς να διαβάζεις τη μοίρα που λες αφού είναι γραμμένη σε άγνωστη γλώσσα;»

«Δεν τη διαβάζεις ποτέ, Λευτέρη, δεν μπορείς. Σκύβεις το κεφάλι και την αποδέχεσαι».

«Δεν μπορώ να δεχτώ ότι η μοίρα σου είναι ο Κράουζε. Κοίταξε να δεις, αν θελήσει να κλείσει το θέμα σου απόψε, θα έχει μόνο μια επιλογή και θα το κάνει γρήγορα: να σε καταγγείλει στο αρμόδιο γραφείο ως Εβραία και ταυτόχρονα να ενημερώσει τη Διοίκηση για την γκάφα του Μάισνερ. Τότε θα σε συλλάβουν κι εσύ θ' αρχίσεις να διαμαρτύρεσαι ότι δεν έχουν το δικαίωμα γιατί είσαι πολίτης της τουρκικής δημοκρατίας και θα συνεχίσεις να διαμαρτύρεσαι, κι εγώ θα τρέχω, ίσως μάταια, να χτυπάω πόρτες και να παρακαλάω. Ο άντρας σου θα πιέσει για κάποιο διάβημα εκ μέρους της Πρεσβείας, κι ώσπου να εξεταστεί η υπόθεση απ' τη στρατιωτική γραφειοκρατία, εσύ μάλλον θα βρίσκεσαι ήδη στην Πολωνία. Φέρνουν επιπλέον βαγόνια, το καταλαβαίνεις αυτό που σου λέω; Το κανονίζουν από κει που πήγες το απόγευμα: Transport Kommandantur. Είναι στο χέρι του Κράουζε να μπεις απ' τους πρώτους στο βαγόνι, πίστεψέ με!»

Κράτησε το φλιτζάνι με το τσάι που άχνιζε και συνέχισε να τον ακούει προσεχτικά.

«Όπως μου τα λες, έμπλεξα», του είπε ύστερα από λίγο.

«Κατά τη γνώμη μου, ναι! Όσο ξέρω τον Κράουζε, συνήθως διεκπεραιώνει τις δουλειές του δίχως να χάνει χρόνο. Η υπόθεσή σου θα τον απασχολήσει όσο ένα πρωινό ξύρισμα».

«Εσύ πώς τον ξέρεις τόσο καλά;»

«Μπορώ να σε βεβαιώσω για όλ' αυτά, κι επιπλέον ότι στον ύπνο του ροχαλίζει».

«Σε παρακαλώ, Λευτέρη, όχι αστεία αυτήν την ώρα...»

«Δεν αστειεύομαι καθόλου· ο Κράουζε μένει στο σπίτι μου. Δεν επιτάσσουν μόνο βίλες αλλά και περισσευούμενα δωμάτια. Με τον υπολοχαγό έχουμε περάσει κάποια βράδια μαζί, ίσως και να τον συμπαθούσα αν δεν ήταν ναζί. Μας ένωσαν η γαλλική γλώσσα και το μπράντι που φέρνει στο σπίτι».

Προς στιγμήν έδειχνε ότι δεν τον πολυάκουγε· σκεφτόταν. Μέσα σε λίγες ώρες το πρόγραμμά της είχε πάει περίπατο και η ζωή της έπαιρνε μια κλειστή κι επικίνδυνη στροφή.

«Τι σκέφτεσαι;»

«Δεν μπορώ να σκεφτώ, άρχισα να φοβάμαι...»

«Θα σου πρότεινα να φύγεις από το ξενοδοχείο. Για την ακρίβεια, να μείνεις μακριά από κάθε ξενοδοχείο τουλάχιστον μέχρι να ψαρέψω τον Κράουζε. Έχεις πολλά πράγματα;»

«Δύο βαλίτσες, μεγάλες. Θέλω πράγματι να σε ξαναρωτήσω, όμως δε θέλω να μουτρώσεις».

«Τι είναι; Πες μου».

«Είσαι σίγουρος ότι δεν υπερβάλλουμε; Μήπως θα 'πρεπε να πάω στο ξενοδοχείο να κοιμηθώ κι αύριο το πρωί τα λέμε πάλι με το φως της μέρας;»

«Αν σ' έχω αναστατώσει χωρίς λόγο, σου ζητάω προκαταβολικά συγνώμη, όμως δεν μπορώ να σου κρύψω ότι ανησυχώ. Δεν μπορούμε να είμαστε σίγουροι για τίποτε αν πρώτα δε μιλήσω με τον Κράουζε. Ελπίζω μόνο να μην τον πετύχω σε αυστηρά υπηρεσιακή διάθεση· τότε κλειδώνει το στόμα του και δε βγάζει μιλιά· τότε ξέρω ότι έχει έρθει η ώρα του μπράντι. Θα φροντίσω καλού κακού να εφοδιαστώ με καμιά μποτίλια απ' τη μαύρη αγορά. Τώρα όμως θα πρέπει να πάω κάτω στη ρεσεψιόν και ν' αναζητήσω έναν υπάλληλο που τον ξέρω χρόνια. Θα τον ρωτήσω αν μπορεί να μας βρει δωμάτιο σε καμιά ξεχασμένη πανσιόν».

«Εκτός των γνωστών ξενοδοχείων;»

«Κάπου στα αδήλωτα, ώστε αν χρειαστεί, να μπορείς να κρυφτείς εκεί για κάποιες μέρες. Όλα τα ξενοδοχεία τα ελέγχουν, γι' αυτό να είσαι σίγουρη. Ξέρουν με κάθε λεπτομέρεια ποιος μπαίνει και ποιος βγαίνει».

«Κάνε ό,τι νομίζεις», του απάντησε κι έβγαλε έναν στεναγμό.

«Να με περιμένεις εδώ, μην το κουνήσεις, δε θ' αργήσω», της κούνησε το δάχτυλο και σηκώθηκε.

Κατέβηκε με αργά βήματα τα σκαλιά του πρώτου ορόφου και κατευθύνθηκε στη ρεσεψιόν.

«Ο Στέλιος δε δουλεύει απόψε;» ρώτησε τον άντρα που ταχτοποιούσε κάτι κλειδιά στις θυρίδες.

«Κάπου εδώ είναι, κύριε. Ρίξτε μια ματιά στην πίσω έξοδο, γιατί νομίζω ότι εκεί κάποιον εξυπηρετεί».

Τον ευχαρίστησε μ' ένα κούνημα του κεφαλιού και κατευθύνθηκε στην πίσω έξοδο, που έβγαζε στον κάθετο δρόμο για τη θάλασσα. Άνοιξε την ξύλινη εξώπορτα με το βιτρό τζάμι και τον είδε να στέκεται έξω και να καπνίζει.

«Δεν κρυώνεις, ρε μπαγάσα;»

«Καλώς τον κύριο Ευγένιο», του απάντησε ένας κοντός άντρας με παπιγιόν και γιλέκο.

«Πού είναι, μωρέ, το πανωφόρι σου;»

«Το άφησα μέσα, γιατί μου είπαν ότι με θέλουν μόνο για δυο λεπτά να κουβαλήσω κάτι βαλίτσες. Ακόμη περιμένω· όσο τους είδες εσύ, τους είδα κι εγώ».

Ξαφνικά ο Λευτέρης μαρμάρωσε. Από αυτήν την έξοδο του *Μεντιτερανέ* έβλεπε το μεγαλύτερο μέρος απ' το *Λουξεμβούργο*. Στη γωνία του ακριβώς ήταν σταθμευμένο ένα στρατιωτικό όχημα απ' τα συνηθισμένα της Βέρμαχτ, ενώ δύο αξιωματικοί της Γκεστάπο συζητούσαν στην είσοδο κρατώντας στο χέρι δερμάτινα γάντια.

«Τι γίνεται εκεί, ρε Στέλιο;»

«Κάποιον ψάχνουν· ήρθαν και σε μένα και με ρώτησε ο διερμηνέας. Μια γυναίκα, λέει, του καλού κόσμου που μένει στο ξενοδοχείο. Είναι Εβραία κι έχουν εντολή να την πάνε στην Γκεστάπο κι από κει έχει ο Θεός...»

«Ο διάβολος θέλεις να πεις...»

«Εμ, ο διάβολος βέβαια, κύριε Ευγένιε. Τι δουλειά έχει ο Θεός μ' αυτούς; Πες μου όμως, με ήθελες κάτι;»

Ο Ζιρντό χάζεψε για λίγο την ανάσα του, που έβγαινε σαν καπνός στην υγρασία της νύχτας. Ήταν σημαντικό να μη δείχνει καμιά ιδιαίτερη ανησυχία.

«Δωμάτιο θέλω, μωρέ, αθέατο απ' τον κόσμο. Μπορείς να μου βρεις;»

Ο Στέλιος χαμογέλασε και τράβηξε μια τελευταία ρουφηξιά απ' το τσιγάρο πριν το πετάξει στον δρόμο.

«Παντρεμένη, κύριε Ευγένιε;»

Ήταν η σειρά του Ζιρντό να χαμογελάσει.

«Όλα τα πιάνεις, αλεπού! Και πού είσαι, δε θα σ' αφήσω έτσι, θα 'χεις καλό μπαξίσι».

«Θα σε στενοχωρήσω όμως, κύριε Ευγένιε. Για τις επόμενες μέρες δεν υπάρχει τίποτα».

«Εδώ στο ξενοδοχείο; στα αδήλωτα μήπως;»

«Ούτε να το σκέφτεσαι. Εδώ και οι τοίχοι έχουν αυτιά».

«Εγώ νομίζω ότι κάτι μπορείς να βρεις».

«Μη με στενοχωρείς, κύριε Ευγένιε, να χαρείς. Πραγματικά δεν έχω. Αν περάσουν κάποιες μέρες, ίσως... Μπορείς να βολευτείς όμως αν την πας σε κανένα απ' τα εβραίικα».

«Τι εννοείς;»

«Έχουν αδειάσει τόσα σπίτια, σπάζεις ένα βράδυ το λουκέτο και μπαίνεις. Πολλά τα έχουν αφήσει έτσι όπως ήταν με τα έπιπλα και τα στρωσίδια· έχω μερικά μαρκαρισμένα άμα θέλεις...»

«Δε γίνονται αυτά, βρε Στέλιο, μιλάμε για κυρία, δεν μπορώ να τη σέρνω όπου να 'ναι».

«Τότε κράτα την κάψα σου λίγες μέρες, κι όταν βρω κάτι το φυλάω για σένα. Τι λες;»

«Ίσως να το κάνουμε κι έτσι», του απάντησε και μπήκε πάλι μέσα.

Κάτω στο μπαρ παρήγγειλε ένα ποτό, ό,τι τους βρισκόταν, κι άρχισε ν' ανεβαίνει με αργά βήματα τα σκαλιά. Τη βρήκε να κοιτάζει έξω απ' το παράθυρο τη θάλασσα. Κρατούσε στο χέρι ακόμη το φλιτζάνι με το τσάι· ίσως να της κρατούσε ακόμη ζεστή τη χούφτα, γι' αυτό δεν έλεγε να το ακουμπήσει στο τραπέζι. Φορούσε ένα λευκό πουκάμισο λιτό, έως και αυστηρό· η φούστα της, από μια χοντρή καφέ τσόχα, άπλωνε προς τα κάτω σαν ομπρέλα και μισοέκρυβε τα παπούτσια.

«Φαίνεσαι ταραγμένος, κάτι έγινε...»

Κάθισε απέναντί της και ξεκούμπωσε το σακάκι του.

«Φανταζόμουν αυτήν τη συνάντηση εδώ και χρόνια. Έλεγα πάντα ότι κάθε τρεις και λίγο θα θυμόμασταν αυτό, εκείνο, θα λύναμε παρεξηγήσεις, θα προσπαθούσαμε να εντοπίσουμε εκείνες τις καταιγίδες που μας χώρισαν. Η ζωή όμως τρέχει, και δεν πρόλαβα ακόμη να σε ρωτήσω το πιο σημαντικό...»

«Ρώτα με».

«Έζησες ως τώρα ευτυχισμένη;»

«Ας πούμε πρώτα για σένα. Εσύ νομίζω πως όχι!»

«Πώς έβγαλες αυτό το συμπέρασμα;»

«Κανείς ευτυχισμένος άνθρωπος δεν αλλάζει τ' όνομά του».

Τον κατάλαβε πως της χαμογελούσε αμυνόμενος.

«Είναι δύσκολο να το παραδεχτείς, Λευτέρη, είναι ο εγωισμός μας. Κι εγώ στη θέση σου έτσι θα ένιωθα».

«Όμως τώρα πρέπει, ma chérie, να σε φέρω στο σήμερα».

«Δίκιο έχεις, υπάρχει και το σήμερα, αυτό κυρίως. Ήρθες ταραγμένος κάτι να μου πεις, κι εγώ αντί να σ' ακούσω φλυαρώ».

«Δεν μπόρεσα ακόμα να σου βρω δωμάτιο γι' απόψε. Η Γκεστάπο είναι έξω απ' το *Λουξεμβούργο* και σε ψάχνει!»

Κουνήθηκε στην πολυθρόνα της κι άφησε το φλιτζάνι στο τραπέζι. Η έκφρασή της είχε αλλάξει.

«Τους είδες εσύ ο ίδιος;»

«Με τα ίδια μου τα μάτια. Ρώτησα κιόλας και μου είπαν ότι ψάχνουν μια πλούσια Εβραία. Αρχίζω από το πιο σημαντικό: πού είναι τα ταξιδιωτικά σου έγγραφα;»

«Εδώ στην τσάντα, μαζί μου».

«Αυτή είναι η πρώτη καλή είδηση της ημέρας. Θα πρέπει βέβαια να ξεχάσεις τα πράγματά σου. Αυτήν τη στιγμή θα είναι πάνω στο δωμάτιο και θα τα έχουν κάνει όλα φύλλο και φτερό. Σε ψάχνουν για να σε συλλάβουν, Μίρζα, κι εσύ δεν έχεις απόψε πού να κοιμηθείς. Δεν μπορώ να σε πάω σπίτι μου γιατί μου έχει φορτωθεί ένας ναζί στον σβέρκο που γεμίζει όλο το σπίτι με σαπούνια κι αρωματισμένους αφρούς. Βλέπεις, αγάπη μου, είμαι πάλι εκτός ονείρου αφού δεν μπορώ ούτε στο σπίτι μου να σε καλέσω. Αυτό πώς σου φαίνεται;»

Εκείνη έβαλε ξαφνικά τα γέλια, ενώ αυτός την κοίταζε εμβρόντητος.

«Συγνώμη, mon amour, αλλά η ζωή είναι τόσο αστεία κι εσύ την περιγράφεις τόσο συναρπαστικά!»

«Αν με λες "αγάπη σου", δε φοβάμαι τίποτα, να το ξέρεις!» της σιγομίλησε και της έπιασε το χέρι.

«Με συγχωρείς», είπε και τραβήχτηκε. «Παρ' όλα τα βάσανά μου, ξεχνάω συνεχώς ότι δεν είμαι πια δεκαεφτά χρονών. Σ' αποκαλώ έτσι για να ελαφρώσω τη στιγμή, πίστεψέ με. Είμαστε τώρα οι δυο μας σ' ένα αερόστατο και πρέπει να πετάξουμε όλες τις βαριές πέτρες για να υψωθούμε μήπως και γλιτώσουμε. Κατάλαβες γιατί σε λέω "mon amour"; Για να πετάω βάρη και να πάρουμε ύψος».

«Στα λόγια ήσουν πάντα η καλύτερη. Εγώ έσκαβα κι εσύ μου διάβαζες γαλλικά ποιήματα· κλάδευα κι έγραφες σελίδες ολόκληρες στο ημερολόγιό σου. Έμαθες τις λέξεις να τις πηγαίνεις με το καμτσίκι, όπως ο Θόδωρος ο αμαξάς – τον θυμάσαι τον Θόδωρο; Παίρνεις τις λέξεις και τις γυρνάς τα μέσα έξω σαν τη σαμπρέλα στα ποδήλατα. Όπως τώρα μου λες ότι το "αγάπη μου" σημαίνει αερόστατα...»

Έδειχνε εκνευρισμένος και δεν είχε ακόμη τελειώσει.

«Έμαθα όμως κι εγώ, ma chérie, να μιλάω όμορφα κι ας μην είμαι μορφωμένος· έμαθα κι εγώ να γοητεύω με τα λόγια...»

«Όμορφες γυναίκες, όπως ας πούμε στην Αμβέρσα...»

Την κοίταξε φουντωμένος από έρωτα και άχτι.

«Ήσουν εκεί τελικά; Πες μου, ήσουν πίσω μου, πλάι μου; Ναι, ήμουν με τη Σάνε, τη γλυκιά μου Σάνε, που το μόνο που κατάφερε για μένα όσο έζησε ήταν να φτάσει να γίνει μια τοσηδά μικρή Μίρζα...»

«Σε παρακαλώ, μη μιλάς έτσι!»

Ο σερβιτόρος στάθηκε πάνω απ' το τραπέζι κρατώντας ένα μπουκάλι κρασί και το άφησε ανάμεσά τους.

«Δύο ποτήρια ν' αφήσεις».

«Ένα», πετάχτηκε εκείνη.

«Δύο, Νίκο, εμένα άκου. Δύο ν' αφήσεις!»

Η Μίρζα γύρισε προς το παράθυρο κι έκανε πως κοίταζε τη θάλασσα – πείσματα παιδικά, κόλπα και παιχνίδια. Η κόρη του Αλπερέν μπέη έκανε σαν κορίτσι, σαν να μην τον είχε χορτάσει τον έρωτα.

«Δεν είσαι πια μουσουλμάνα, μπορείς να πίνεις. Θα πρέπει να μείνουμε σ' αυτήν εδώ τη γωνιά για ώρες, μέχρι να φύγει η Γκεστάπο απ' το *Λουξεμβούργο*. Θα ήθελα να σου κάνω το τραπέζι, αλλά κάτω στο εστιατόριο έχει πάντα Γερμανούς. Θα καθίσουμε λοιπόν εδώ και θα περιμένουμε».

«Να περιμένουμε τι;»

«Να γίνει η νύχτα πιο ήσυχη και πιο σκοτεινή».

«Κι ύστερα, Λευτέρη; Τι θα γίνει ύστερα;»

«Είχα δώσει τότε στα νιάτα μου έναν όρκο· ξέρεις, παιδιάστικα πράγματα, πολύ ανθεκτικά δηλαδή κι ανεξίτηλα. Είχα δώσει υπόσχεση στον Αβδούλ Χαμίτ να σε προστατεύω πάντα. Οι νύχτες μπορεί, ma chérie, να έγιναν πιο σκληρές κι επικίνδυνες, όμως είναι πάντα μαγικές. Σήκωσε το ποτήρι σου, σε ξαναβρήκα!»

Τα φώτα της Σεβρολέτ έπεσαν πάνω στη δίφυλλη πόρτα. Σήκωσε το χειρόφρενο και την κοίταξε.

«Λίγη υπομονή», της φιθύρισε.

Βγήκε στο αγιάζι κι έσφιξε την τρενς κόουτ με τη ζώνη. Πέρα μακριά ακούγονταν σκυλιά. Έριχνε ένα ψιλόβροχο τόσο λεπτό, λες κι είχε η νύχτα κάτω απ' τα σύννεφα κόσκινο κι άφηνε να πέφτουν εκείνες μόνο οι σταγόνες που ήταν σαν το κεφαλάκι της καρφίτσας. Προχώρησε πάνω στην κοκαλωμένη λάσπη που του 'γδερνε τις σόλες των παπουτσιών. Όλη η γη τριγύρω ήταν σγουρή απ' τις βροχές και πετρωμένη απ' τους αέρηδες του κάμπου, που κατέβαιναν απ' τον Βορρά κάνοντας σκαλομαρία στις κοίτες του Αξιού και του Γαλλικού, ενώ ξύριζαν ό,τι έβρισκαν μπροστά τους – απ' τα πατατοχώραφα του κάμπου ως τις προβλήτες του λιμανιού.

Σήκωσε τη γροθιά του κι άρχισε να χτυπάει την πόρτα μ' όλη του τη δύναμη. Ύστερα από κάμποσα χτυπήματα σταμάτησε να πάρει ανάσα και ν' αφουγκραστεί τι γινόταν πίσω απ' τον μαντρότοιχο. Η επιγραφή «Γόρτυς Α.Ε.» είχε αρχίσει να ξεβάφει καθώς ήταν βαλμένη εκεί από τα χρόνια που το εργοστάσιο δούλευε τρεις βάρδιες και τα φορτηγά ξεκινούσαν να φορτώνουν σεντόνια κι ασπρόρουχα πριν ακόμη χαράξει η μέρα. Μια νυχτερίδα, ενοχλημένη απ' τα φώτα του αυτοκινήτου, πέταξε πάνω απ' το κεφάλι του και χάθηκε πίσω απ' την ψηλή μάντρα.

«Ιορδάνη! Πού είσαι, μωρέ; Ιορδάνη, εγώ είμαι, άνοιξε!»

Γύρισε το κεφάλι και προσπάθησε να τη δει, αλλά τον τύφλωναν τα φώτα. Δεν μπορούσε ακόμη να πιστέψει ότι όσην ώρα οδηγούσε εκείνη ήταν πλάι του. Έτσι όπως έστεκε στην κλειστή πόρτα, ένιωσε να του κόβονται τα πόδια, γιατί του πέρασε απ' το μυαλό ότι ο έλεγχος της κατάστασης θα χανόταν απ' τα χέρια του και θ' απόμενε, αντί για τιμόνι, να κρατάει χαλινάρια, που κι αυτά θα τα έχανε, γιατί θα του τ' άρπαζε ένας ίσκιος, ένα φάντασμα αμαξά που είχε μάθει να σεριανάει την κόρη του μπέη από παιδί.

«Αφεντικό, εσύ είσαι;» άκουσε πίσω απ' την πόρτα τη φωνή του φύλακα.

«Εγώ, που να σε πάρει και να σε σηκώσει! Άνοιξε πριν μας ακούσουν όλες οι μάντρες».

Γύρισε πίσω στο αυτοκίνητο με νευρικό βήμα. Μόλις άνοιξε η πόρτα, οδήγησε τη Σεβρολέτ στο εργοστάσιο, και με το παράθυρο κατεβασμένο τού φώναξε να κλειδώσει πίσω του καλά και να μην ανοίξει σε κανέναν.

«Σαν στοιχειωμένο μοιάζει, Λευτέρη», άκουσε τη φωνή της.

«Δε μοιάζει, *είναι* στοιχειωμένο!»

Γύρισε και την είδε που κοίταζε γύρω της ανήσυχη, σαν να περίμενε τις πρώτες κολασμένες ψυχές που θα τους περικύκλωναν.

«Αστειεύομαι. Είναι ένα υφαντουργείο που το έκλεισε ο πόλεμος, τίποτε λιγότερο και τίποτε περισσότερο. Δεν έχουμε άλλη επιλογή, Μίρζα, εδώ θα είναι το παλάτι σου για όσο χρειαστεί. Ο Ιορδάνης είναι καλός άνθρωπος και πιστός σαν σκυλί.

Η ζωή του η ίδια είναι η "Γόρτυς", το ψωμί του, η κάθε του μέρα. Ο γιος του, που δεν έκανε ποτέ, είμαι εγώ, κατάλαβες;»

Κούνησε το κεφάλι της. Δεν του πολυμιλούσε, μόνο προσπαθούσε να χωρέσει όσες περισσότερες εικόνες μπορούσε.

«Απόψε μπορώ να μείνω ως τα ξημερώματα, να σε βοηθήσω να τακτοποιηθείς μη σε τρομάξει η ερημιά. Ο Κράουζε έχει υπηρεσία ως το πρωί και δε θα είναι σπίτι για να παραξενευτεί που θα λείπω. Ως αύριο το μεσημέρι θα σου έχω φέρει ρούχα και ό,τι άλλο μού ζητήσεις».

Έκαναν δυο τρία βήματα στο μισοσκόταδο, ώσπου ανέβασε έναν μικρό λεβιέ και μια σειρά από φώτα άναψαν ως τις τελευταίες μηχανές πέρα στο βάθος.

«Έχει κρύο εδώ», του είπε και τον έπιασε απ' το μπράτσο.

«Εδώ ναι, πάνω στο γραφείο όμως θα 'ναι καλά, θ' ανάψουμε τη σόμπα».

Βάδιζαν κι άκουγαν τον αντίλαλο απ' τα παπούτσια τους στο τσιμέντο. Εκείνη τον βαστούσε αγκαζέ, όπως τα μεσήλικα ζευγάρια στην παραλία τα απογεύματα της Κυριακής. Θύμιζαν τους Σαλονικιούς την ώρα που πήγαιναν να βγουν φωτογραφία γύρω απ' τον Λευκό Πύργο, που στήνονταν μπροστά στους άντρες με τις άσπρες ποδιές και τους κίτρινους τρίποδες. Ο Λευτέρης κρατούσε στο χέρι έναν φακό. Όταν λοξοδρόμησαν απ' τον φαρδύ διάδρομο που περνούσε ανάμεσα απ' τις μηχανές, τους περίμενε στα σκαλοπάτια το σκοτάδι, όπως και στους πάνω διαδρόμους.

«Ιορδάνη, κλείσε όλα τα φώτα!» έβγαλε μια φωνή που αντήχησε σ' όλο το κλωστήριο. «Τα άναψα γιατί ήθελα μόνο να δεις πού βρίσκεσαι», της εξήγησε. «Δεν πρέπει να φαίνονται φώτα στο εργοστάσιο. Υπάρχει απαγόρευση, έχουμε συσκότιση για τον φόβο των βομβαρδισμών».

Βρέθηκαν στο σκοτάδι με μόνο οδηγό το φωτεινό ραβδάκι που προεξείχε απ' τον φακό.

«Έχει σκαλιά τώρα, πρόσεχε», τη συμβούλεψε και την

έσπρωξε τρυφερά ν' ανέβει πρώτη εκείνη, ενώ της φώτιζε ένα ένα τα σκαλοπάτια.

«Μη φοβάσαι, σ' ακολουθώ. Προχώρα!»

«Πού πήγε ο Ιορδάνης;» τον ρώτησε.

«Στο σπιτάκι του δίπλα στην εξώπορτα. Θα είναι στη διάθεσή μας αν κάτι τον χρειαστούμε».

«Δε σε ρώτησε για μένα;»

«Είναι πρόσφυγας, ma chérie, και γέρος. Τα μάτια του έχουν δει πολλά και δεν τον εκπλήσσει τίποτε».

«Μη μου πεις ότι έχει και ποντίκια εδώ;» τον ρώτησε κάποια στιγμή με τσιριχτή φωνή την ώρα που πατούσε στο τελευταίο σκαλοπάτι.

«Όχι, ma chérie, τα φάγαμε όλα τον περσινό χειμώνα».

Το γέλιο της μες στο σκοτάδι, η γέννηση της αυγής. Της έσφιξε λίγο το χέρι με το πρόσχημα ότι είχε μπροστά της εμπόδια.

«Βλέπω, καλέ, μη φοβάσαι!» του είπε.

Η ξενοιασιά της μες στο σκοτάδι... Ο ερχομός της που έκανε τη νιότη παλίρροια, να νομίζεις στην αρχή πως τάχα είναι ρυάκι που κυλάει και χάνεται, αλλά αίφνης αυτή η νιότη να γίνεται παλίρροια για χάρη της και να ξανάρχεται.

Ψαχούλεψε την κλειδαριά του γραφείου του κι έβαλε το κλειδί.

«Υπάρχει φως, αλλά δε θα είναι αναμμένο για πολύ. Είμαστε στον πύργο του κτιρίου και φαινόμαστε από παντού».

Γύρισε με τα δυο δάχτυλα τον μαύρο κοκάλινο διακόπτη και μια λάμπα κρεμασμένη από ένα βρόμικο καλώδιο έριξε ασθενικό φως.

«Αν ήμασταν αεροδρόμιο, εδώ θα ήταν ο πύργος ελέγχου. Όλα θα τα καταλάβεις καλύτερα αύριο το πρωί».

«Μυρίζει κλεισούρα και τσιγάρο».

«Έτσι είναι οι κρυψώνες, ma chérie, σε λίγο θα μυρίσει και παραφίνη».

Έβγαλε ένα χοντρό κερί απ' το γραφείο και το άναψε.

«Σβήσε το φως!»

«Σκηνοθετείς μια νύχτα μαγική», σχολίασε, κι ύστερα τον υπάκουσε κλείνοντας τον διακόπτη.

«Δώσ' μου το χέρι σου», τη διέταξε τρυφερά.

Κρατώντας τη μουδιασμένη χούφτα της, την έφερε μπροστά στις δυο μεγάλες τζαμαρίες. Η μία έβλεπε σ' όλον τον τεράστιο χώρο με τα κλωστήρια και η άλλη στον μεγάλο κάμπο με τις αποθήκες, τα βυρσοδεψεία, τα ψυγεία, τα μηχανουργεία, που έφτανε ως κάτω στο Λιμάνι.

«Τι είναι αυτά εκεί;» τον ρώτησε για κάτι μακριά μπαστούνια που έξυναν τα άστρα.

«Οι προβολείς των Γερμανών απ' το Λιμάνι. Έτσι οργώνουν κάθε βράδυ τον ουρανό, γιατί κι αυτοί φοβούνται το σκοτάδι. Αυτό είναι ο πόλεμος, Μίρζα: να φοβάται ο ένας τον άλλον και οι δυο μαζί το σκοτάδι».

«Εγώ που δε φοβάμαι το σκοτάδι, πού ακριβώς θα βολευτώ;»

«Κοίτα, αρχόντισσά μου, αυτό θα 'ναι τώρα το δωμάτιό σου. Αύριο θα έχει στρωσίδια και κουβέρτες. Τώρα θ' ανάψουμε τη σόμπα και θα καθίσουμε κοντά της σε καρέκλες. Η ώρα κοντεύει τρεις κι εγώ θα φύγω πριν ξημερώσει. Έχεις δυο ώρες να μου πεις τη ζωή σου από τότε που με πήραν στον πόλεμο ως τα τώρα. Αν μου το αρνηθείς, τότε θα τη συμπληρώσω με τη φαντασία μου καπνίζοντας στην αυλή ως το πρωί».

Μόλις έβγαλε τα ρούχα, άναψε τη θερμάστρα κι έβαλε πάνω της το τσαγιερό με νερό και μια χούφτα φλαμούρι. Ύστερα έσυρε τα πόδια του ως την κουζίνα, έριξε λίγο λάδι με ρίγανη σ' ένα ξεροκόμματο και κάθισε στο τραπέζι για το πρωινό του. Έξω η μέρα ήταν ψυχρή, φυσούσε βοριάς και κάθε τόσο έκλεινε τα παντζούρια. Σηκώθηκε, και την ώρα που άνοιγε το παράθυρο για να το στερεώσει με τον γάντζο, τον είδε που περνούσε τον δρόμο κι ερχόταν με κουρασμένο βήμα στο σπίτι. Κοίταξε το ρολόι του· ο υπολοχαγός ήταν ακριβής σαν γερμανικό τρένο. Η βραδινή του υπηρεσία είχε λάβει τέλος την καθορισμένη ώρα και τώρα επέστρεφε. Στο μεταξύ το νερό στο τσαγιερό είχε αρχίσει να βράζει κι η μυρωδιά απ' το ξερό άνθος της φλαμουριάς γέμισε όλο το σπίτι.

Κάθισε πάλι στο τραπέζι κι άρχισε να μασουλάει αργά και ανέκφραστα. Τον άκουσε που μπήκε, όπως και το ξεκλείδωμα της πόρτας του δωματίου του. Ο Κράουζε κλείδωνε πάντα λες κι είχε φυλαγμένα στην κάμαρή του όλα τα ένδοξα ενθύμια της Δυναστείας των Χοεντσόλερν.[92] Ο Λευτέρης σηκώθηκε και πήγε στο γραφείο του για να επιθεωρήσει τη σόμπα. Το τσαγιερό ξεφυσούσε σαν παλιό τρένο αφήνοντας παντού την ευωδιά απ' το φλαμούρι. Τον άκουσε που πλησίαζε κι έστρεψε το κεφάλι του.

«Bonjour, υπολοχαγέ».

«Bonjour, μεσιέ Ζιρντό».

«Πώς πήγε η υπηρεσίας σας, αγαπητέ; Θα πιείτε μαζί μου ένα φλαμούρι; Σας πληροφορώ ότι είναι από τα πιο γευστικά ροφήματα· θα σας χαρίσει γαλήνιο ύπνο».

«Ωραία θα ήταν, αγαπητέ Ζιρντό, αλλά θα πρέπει να πλυθώ, ν' αλλάξω στολή και να επιστρέψω στο γραφείο. Για την ακρίβεια, υπολογίζω ότι εγώ και το κρεβάτι μου θα συναντηθούμε αργά το βράδυ».

«Τι κρίμα!»

«Όμως δε θα ήταν άσχημη η ιδέα να πιω κάτι ζεστό πριν φύγω. Σε λίγη ώρα, αν ευκολύνεστε...»

«Μόλις μου πείτε, σας το έχω κιόλας έτοιμο. Θα το πιούμε με μέλι, συνδυασμός ασυναγώνιστος».

---

92. Ο γερμανικός Οίκος των Χοεντσόλερν υπήρξε ένας από τους σημαντικότερους ηγεμονικούς οίκους της Ευρώπης.

Κάθισε πάλι στο τραπέζι και συνέχισε να τρώει αργά το λιτό του πρωινό. Οι ήχοι απ' το μπάνιο έφταναν ως την κουζίνα. Περίμενε ότι από στιγμή σε στιγμή θα μύριζε τα σαπούνια του. Σηκώθηκε, έκλεισε την πόρτα και ξανακάθισε. Το μυαλό του προσπαθούσε να βάλει σε μια σειρά όλες τις δουλειές που είχε να κάνει εκείνη τη μέρα. Η κούραση και η αγωνία της νύχτας τον εμπόδιζαν ν' ανακαλύψει τι αισθανόταν πραγματικά ύστερα από τη συνάντηση με το πρόσωπο της ζωής του, μια συνάντηση που άργησε είκοσι πέντε ολόκληρα χρόνια. Να την αγαπούσε άραγε ακόμη ύστερα από τόσον καιρό; Μπορούσε να αγαπάει το ίδιο μια γυναίκα που δεν ήταν στον πρώτο ανθό της νιότης της, που 'χε κιόλας βγάλει τις πρώτες άσπρες τρίχες;

Ναι, την αγαπούσε, κατέληξε ύστερα από λίγο. Είχε βέβαια την κούραση μιας χαράς που άργησε πολύ, τόσο που τα γόνατα δεν ήταν πια τόσο ευλύγιστα για να τον εκτινάξουν στα ψηλά πανηγυρίζοντας τον ερχομό της. Τι άλλο όμως από αγάπη θα μπορούσε να ήταν εκείνο το σκίρτημα, και πιο πολύ η ανομολόγητη λαχτάρα του να φιλήσει τις ανεξίτηλες ουλές της στην πλάτη; Φεύγουν άραγε τέτοιες πληγές, ή αφήνουν τα σημάδια τους για πάντα; Αν αφήνουν, θα ήθελε μ' ένα φιλί να τις προσκυνήσει. Ναι, αγαπούσε τη φωνή της στο σκοτάδι, τις αθώες υπεκφυγές της, τα μάτια της που κάθε τόσο χαμήλωναν, τον αγίνωτο ακόμη ερωτισμό της, το γέλιο της.

Όλη αυτήν την ώρα στην κουζίνα περίμενε τη στιγμή που ο Κράουζε θα του άδειαζε τη γωνιά, για να μπορέσει να ξεκινήσει. Πρώτα θα 'ρχιζε απ' το μπαούλο στο κλειστό δωμάτιο και θα έβγαζε έξω όλα τα ρούχα της Σάνε, που από μια ιδιοτροπία δεν τα είχε μέχρι τώρα δώσει στη φτωχολογιά. Απ' ό,τι μπορούσε να καταλάβει, ταίριαζαν στο σώμα της Μίρζας, που βέβαια δεν το είχε πραγματικά γνωρίσει, που ήταν όπως η βίλα της απόρθητο, ενώ αυτός χρόνια τώρα έκανε γύρους έξω απ' τον φράχτη. Θα μάζευε κι ό,τι άλλο της Σάνε είχε απομείνει – κολόνιες, εσώρουχα, μια πούδρα, ένα κοκάλινο χτένι, η κουβέρτα της που αγαπούσε. Θα ήταν μια σύγχυση ζωής και θανάτου, ρούχα από ένα σώμα σ' ένα άλλο, μια παράξενη μεταβίβαση από ένα δέρμα που είχε γίνει πια αστερόσκονη σ' ένα άλλο που κρύωνε, η ανάγκη, οι συμπτώσεις, το αρχέτυπο της ειρωνείας, όλο αυτό που η Μίρζα κάθε τόσο το βάφτιζε «μοίρα». Κατόπιν θα πήγαινε στην αποθήκη και θα διάλεγε τρόφιμα, ύστερα θα άνοιγε τις δυο μεγάλες ντουλάπες και θα έχωνε το πρόσωπό του στη ναφθαλίνη για να διαλέξει στρωσίδια και μαξιλάρια.

Όλ' αυτά θα έπρεπε να τα φορτώνει λίγα λίγα στη Σεβρολέτ χωρίς να τον πιάσει το μάτι της γειτονιάς και η φιλοθηρία του υπολοχαγού, οι κυνηγητικές του ξόβεργες που έστηνε σ' όλα τα δέντρα της πόλης για να παγιδεύσει το γένος του Ισραήλ. Τον άκουγε τώρα που τραγουδούσε καθώς ντυνόταν. Είχε άραγε ποτέ του συναναστραφεί Εβραίο; Τι ώρα, διάολε, να πήρε τηλέφωνο στη Γκεστάπο; Αν τον ρωτούσε τι πραγματικά πίστευε ότι ήταν ο ευρωπαϊκός πολιτισμός, τι θα του απαντούσε, τ' αρωματικά σαπούνια;

Σε λίγο ακούστηκαν οι μπότες του στα σανίδια του σαλονιού που τα έκαναν να τρίζουν, να βογκάνε κάτω απ' τα τακούνια του, έτοιμα κι αυτά να μαρτυρήσουν τα κρίματά τους.

«Αγαπητέ Ζιρντό, ήρθε η ώρα για το ρόφημα».

«Ελάτε στο γραφείο μου, υπολοχαγέ, είναι πιο ζεστά εκεί».

Κάθισε στη μία απ' τις δύο πολυθρόνες δίπλα στη σόμπα. Τα φρεσκοξυρισμένα του μάγουλα είχαν το χρώμα του πλυμένου γουρουνιού, μύριζε ολόκληρος όπως το ράφι του μπάνιου και κάτι περισσότερο. Θα το έλεγες καλύτερα «μυρωδιά Κράουζε», μια εκδοχή του τριαντάφυλλου συνταιριασμένου με τη διαπεραστική οσμή απ' το βερνίκι της μπότας του.

Έριξε μια κουταλιά μέλι στο φλιτζάνι και του το πρόσφερε.

«Δεν ξέρω το όνομα του φυτού στα γαλλικά έτσι όπως μου το είπατε. Είναι μόνο τα άνθη του που γίνονται αφέψημα;»

«Και τα φύλλα επίσης. Επειδή κατάλαβα ότι στο όνομά του αναρωτηθήκατε, σας έχω ανοιχτή μια ελληνική εγκυκλοπαίδεια στο γραφείο να δείτε μια ζωγραφιά του δέντρου. Νομίζω πως έτσι θα το αναγνωρίσετε. Πιείτε όμως πρώτα. Σας αναφέρω συμπληρωματικά ότι ο κορμός αυτού του δέντρου σκαλίζεται πολύ εύκολα, γι' αυτό το ξύλο του χρησιμοποιείται στην ξυλογλυπτική».

Μια γουλιά ήταν αρκετή για να καταλάβει ο Κράουζε.

«Linde! Μα βέβαια, η φιλύρα, αυτό το δέντρο το αγαπάμε στη Γερμανία. Αγαπητέ Ζιρντό, μαζί σας δεν πλήττει κανείς ποτέ! Ό,τι μου λέτε, έχει πάντα ενδιαφέρον. Στην υγειά σας λοιπόν!»

«Στην υγειά σας, υπολοχαγέ!»

Από μέσα του απαριθμούσε τι θα κουβαλούσε με τη Σεβρολέτ σε λίγο που ο Γερμανός θα έφευγε: πρώτα ρούχα, σίγουρα δυο κουβέρτες, τρόφιμα...

«Εξαιρετικό το ρόφημα, θα ήθελα όμως να μην το πίναμε τόσο βιαστικά. Δυστυχώς θα πρέπει τώρα να σας αφήσω».

«Πριν αναχωρήσετε, θα ήθελα να σας ζητήσω κάτι, αν δε σας φέρνω σε δύσκολη θέση...»

«Μα τι λέτε, πείτε μου! Ζούμε κάτω απ' την ίδια στέγη βδομάδες τώρα και δε μου έχετε ζητήσει το παραμικρό».

«Θα ήθελα βενζίνη, υπολοχαγέ. Το εργοστάσιο, όπως ξέρετε, δεν είναι κοντά. Δεν μπορώ να μετακινούμαι άλλο με το τραμ και τα πόδια μου έχουν αρχίσει να με πονάνε...»

«Σας παρακαλώ μη συνεχίζετε. Ένας κύριος σαν κι εσάς, δικαιούται αυτό που μου ζητάτε. Είστε φίλος της γερμανικής Διοίκησης, άνθρωπος της παραγωγής, γι' αυτό μην το συζητάτε».

«Επιπλέον, υπάρχει η πρόθεση να σπρώξουμε λίγο τις πωλήσεις και θα χρειαστεί να μετακινούμαι στην επαρχία...»

«Μην το συζητάτε άλλο. Η Βέρμαχτ έχει, όπως ξέρετε, καλές προθέσεις και κατανόηση. Σήμερα κιόλας θα έχω αφήσει ως το μεσημέρι στον φρουρό της πύλης κουπόνια βενζίνης, κι εκτιμώ ότι θα 'ταν χρήσιμη και μια άδεια διέλευσης για όλες τις περιοχές της γερμανικής Διοίκησης. Ένα τέτοιο χαρτί θα σας διευκολύνει σε κάθε πιθανό έλεγχο. Μόνο αν χρειαστεί να μετακινηθείτε ανατολικά –μιλάω για την περιοχή της Καβάλας και πέρα, εκεί που αρχίζει το βουλγαρικό κράτος– ίσως δυσκολευτείτε. Εκεί η δικαιοδοσία μας μπερδεύεται ελαφρώς με την κρίση τού εκάστοτε Βούλγαρου αξιωματικού. Στις περιοχές όμως του δικού μας ελέγχου, δε θ' αντιμετωπίσετε κανένα πρόβλημα».

«Υπολοχαγέ, με σκλαβώνετε».

«Είναι το ελάχιστο που μπορώ να κάνω για τη φιλοξενία σας. Παίρνετε νομίζω μία γεύση απ' τη συνύπαρξη που ονειρεύεται να εγκαθιδρύσει το Ράιχ για όλους τους υπέρτερους φυλετικά πληθυσμούς, και οφείλω να σας τονίσω ότι οι Έλληνες της αρχαίας Σπάρτης και του Παρθενώνα ανήκουν αξιωματικά σ' αυτούς».

Είχε ήδη σηκωθεί και κρατούσε το καπέλο του στο χέρι.

«Και πάλι σας ευχαριστώ, υπολοχαγέ».

«Θα τα πούμε το βράδυ...»

«Είμαι καλεσμένος σε μια βεγκέρα κι είναι πιθανόν ν' αργήσω. Υπάρχει, ξέρετε, ενδιαφέρον από μια παλιά οικογένεια της πόλης για το άτομό μου. Μια μεγαλοκοπέλα... ίσως πρέπει να το πάρω πια απόφαση, καταλαβαίνετε...»

«Με τις ευχές μου, Ζιρντό!» σχολίασε χαμογελώντας, και με τη χλαίνη ριγμένη στο αριστερό χέρι βγήκε και πέρασε τον δρόμο.

Τον παρατηρούσε ως την ώρα που πέρασε την πύλη και χάθηκε στα δέντρα της βίλας. Ήταν ο πιο καθαρός δήμιος που είχε γνωρίσει.

Ο κάτω κόσμος του μέλιτος

ΣΤΗ ΜΕΣΗ ΤΗΣ ΠΡΩΤΗΣ ΣΕΛΙΔΑΣ υπήρχε το σκίτσο ενός χεριού που κρατούσε ένα ποτήρι κι από κάτω με μεγάλα γράμματα «Ευτυχισμένο το 1943». Αριστερά, ένα μονόστηλο με την επικεφαλίδα «Έτος αγώνος». Το κύριο άρθρο στη μέση της σελίδας έγραφε: «Ο απολογισμός ενός πολεμικού έτους – υψούνται νικητήριοι αι σημαίαι του άξονος». Επάνω δεξιά η ημερομηνία: «Παρασκευή 1 Ιανουαρίου 1943, δρχ. 100». Κάτω αριστερά δημοσιευμένο το ποίημα του Ιωάννη Πολέμη *Η βασιλόπιτα*, και στο τέλος της σελίδας μια φωτογραφία απ' το Μέτωπο.

Κρατούσε στα χέρια του το πρωτοχρονιάτικο φύλλο της τοπικής εφημερίδας *Νέα Ευρώπη*. Έκανε πως τη διάβαζε προσηλωμένος, ενώ στην πραγματικότητα την κρατούσε μόνο για να τον βλέπει ο Κράουζε απ' το σαλόνι όπου καθόταν με ξεκουμπωμένο το παντελόνι της στολής του. Αν και είχε βραδιάσει, η δυσπεψία που τον τυραννούσε από νωρίς το απόγευμα επέμενε. Η αιτία ήταν το πρωτοχρονιάτικο γεύμα στη Λέσχη των Αξιωματικών της Βέρμαχτ. Ο Ζιρντό έκανε πως μελετούσε την εφημερίδα καθισμένος σε μια πολυθρόνα του γραφείου, ενώ έριχνε κλεφτές ματιές απ' τη μισάνοιχτη πόρτα στον υπολοχαγό, που ξεφυσούσε κάθε τόσο από δυσφορία.

«Μπορώ να κάνω κάτι για σας, υπολοχαγέ;» ρώτησε χωρίς να καταφέρει να εξαλείψει απ' τον χρωματισμό της φωνής του μια λεπτή υπόμνηση ειρωνείας.

Την απάντηση του Κράουζε πρόλαβε ο κούκος, που εδώ και μέρες ήταν κρεμασμένος στον μεγάλο τοίχο του σαλονιού και τώρα τους υπενθύμιζε ότι η ώρα εκείνης της πρώτης μέρας του χρόνου ήταν η εβδόμη του απογεύματος. Το λάλημα του κούκου επέτεινε τη γελοία εικόνα των δύο αντρών να κάθονται σε ξεχωριστά δωμάτια, όπου ο ένας κάνει πως διαβάζει ενώ ο άλλος υποφέρει από δυσπεψία εξαιτίας της λαιμαργίας του. Όλα αυτά την πρώτη ημέρα του χρόνου σε μια πόλη που τη μάστιζε ο πιο άγριος υποσιτισμός, ή καλύτερα λιμός.

«Θα σας ετοιμάσω έναν δυόσμο, υπολοχαγέ, είναι πολύ χωνευτικός. Άμα τον πιείτε, θα με θυμηθείτε».

«Πρώτα θα σας παρακαλούσα ν' απομακρύνετε αυτό το άθλιο πουλί απ' το σπίτι. Θέλω να σας το ζητήσω εδώ και μέρες αλλά διστάζω. Κάποιες νύχτες αυτό το διαπεραστικό "κούκου" με ξυπνάει κι ύστερα δυσκολεύομαι να κοιμηθώ. Δεν καταλαβαίνω πραγματικά τι σας ήρθε και το αγοράσατε...»

«Για λόγους συμβολικούς, υπολοχαγέ, όμως μου είναι δύσκολο να σας εξηγήσω», του απάντησε μέσα απ' την κουζίνα την ώρα που άνοιγε το ντουλάπι κι έψαχνε το βότανο που θα του ηρεμούσε το στομάχι.

«Μιαν άλλη φορά, μεσιέ Ζιρντό, αυτά τα σχετικά με τα σύμβολά σας. Προέχει τώρα η πέψη, πιστέψτε με».

Βρήκε μόνο λίγη μαντζουράνα σ' ένα μεταλλικό κουτί ξεχασμένη απ' τα χρόνια πριν τον πόλεμο. Τότε είχε κάθε μέρα στην υπηρεσία του μια γυναίκα που του καθάριζε το σπίτι και του μαγείρευε και η οποία, με δική της πρωτοβουλία, του γέμιζε κάθε τρεις και λίγο τα ντουλάπια μ' όλα τα ιαματικά χόρτα που φύτρωναν στις πλαγιές του χωριού της.

Όσην ώρα έριχνε την ξεραμένη μαντζουράνα στο βραστό νερό, τον παρατηρούσε έτσι όπως καθόταν ξεκούμπωτος και κοίταγε στο πουθενά.

«Δεν είναι μόνο η βαρυστομαχιά, αγαπητέ Κράουζε, που σας χαλάει τη διάθεση. Επιτρέψτε μου να γίνω λίγο αδιάκριτος, από εκτίμηση μόνο και συμπάθεια, σας διαβεβαιώ».

Γύρισε και τον κοίταξε. Το πρόσωπό του ήταν ακόμη κόκκινο απ' το μεσημεριανό κρασί.

«Τι άλλο παρατηρείτε δηλαδή;» τον ρώτησε.

«Έγνοιες, υπολοχαγέ, και σκέψεις πιο βαριές κι απ' τις σάλτσες του σημερινού σας γεύματος».

«Σας διαβεβαιώ πως σταθήκατε πολύ τυχερός που μείνατε μόνος στο σπίτι το μεσημέρι και φάγατε λιτά», σχολίασε ενώ ταυτόχρονα έπιανε το στομάχι του.

«Κι ακόμα πιο τυχερός που αλλάξαμε χρόνο μαζί χθες το βράδυ».

«Σας άκουσα που μου είπατε ότι από πλήξη και μόνο είχατε σκοπό να πάτε στο εργοστάσιο και να κάνετε έλεγχο. Τι σας ήρθε νυχτιάτικα;»

«Κίνηση απελπισίας, υπολοχαγέ, απ' αυτές που συνηθίζουν οι μοναχικοί μεσήλικες. Ευτυχώς που ήρθε η πρότασή σας και μείναμε τελικά εδώ στο σαλόνι – μπράντι, τράπουλα και ιστορίες με φιλήδονες γυναίκες».

«Ήμουν πολύ κουρασμένος χθες το βράδυ για να παρευρεθώ στον χορό της Λέσχης μας, γι' αυτό και σας ζήτησα να μη φύγετε και να καθίσουμε παρέα».

«Αυτή μας η εγκαρδιότητα, όπως και η σεβαστή διαφορά μας στην ηλικία, μου δίνει το θάρρος να παρατηρήσω ότι εκτός απ' τη δυσπεψία, Ράινερ, σας βασανίζει και κάτι άλλο, δε με γελάτε. Ας πούμε ότι είμαι πατέρας σας, ή έστω ο μεγάλος σας αδερφός».

«Δε χρειάζεται, μεσιέ Ζιρντό, να επαναλαμβάνετε τα διαπιστευτήριά σας. Απολαμβάνετε της εμπιστοσύνης μου».

«Λοιπόν;» τον ξαναρώτησε την ώρα που έριχνε τη μαντζουράνα απ' το τσαγιερό σ' ένα μεγάλο φλιτζάνι.

Ο Κράουζε έπαιξε λίγο τα χείλη του νευρικά και ξεκούμπωσε ένα ακόμη κουμπί απ' το χιτώνιο.

«Προχθές μάθαμε από έγκυρη πηγή για δύο κυρίους που θα μας έρθουν σύντομα απ' το Βερολίνο».

«Κυρίους; Τι κυρίους;» τον ρώτησε ενώ ακουμπούσε το φλιτζάνι κάτω απ' το φωτισμένο αμπαζούρ, που τώρα το έδειχνε να βγάζει όλους τους αχνούς του.

«Περιμένουμε δύο μέλη της Επιτροπής Ρόζενμπεργκ. Δεν έχει νόημα να σας κουράσω τι είναι αυτή η επιτροπή ακριβώς. Ξέρουμε και τα ονόματά τους: Αλόις Μπρούνερ και Ντήτερ Βισλιτσένι.[93] Έρχονται στη Θεσσαλονίκη με αυξημένες αρμοδιότητες και εξουσίες προφανώς απ' τον ίδιο τον Άιχμαν. Φαντάζεστε βέβαια πώς θα είναι αυτοί οι κύριοι: αξιωματικοί των Ες Ες με τη μύτη ψηλά που θα μας δίνουν κοφτές διαταγές ή, στην καλύτερη περίπτωση, επιτακτικές συμβουλές για το πώς να κάνουμε τη δουλειά μας».

«Αδυνατώ όμως εξαρχής να καταλάβω τον σκοπό της αποστολής...»

«Πρόκειται για το εβραϊκό ζήτημα, αυτό μόνο μπορώ να σας πω».

«Μα δεν έχει λυθεί το εβραϊκό ζήτημα; Δεν ετοιμάζεστε να τους προωθήσετε σε περιφραγμένα στρατόπεδα της πόλης για να φύγουν από κει στην Πολωνία; Από το εργοστάσιο, όταν παίρνω στα χέρια μου ένα ζευγάρι κιάλια που μου έχει κληροδοτήσει ο προηγούμενος διευθυντής, βλέπω πέρα καθαρά στον Σταθμό τη μεγάλη περίφραξη. Εκεί κάτι ετοιμάζετε...»

93. Αλόις Μπρούνερ (1912-;) και Ντήτερ Βισλιτσένι (1911-1948): οι βασικοί εκτελεστές και συντονιστές του σχεδίου για το ολοκαύτωμα των Εβραίων της Θεσσαλονίκης.

«Το εβραϊκό ζήτημα βρίσκεται ακόμη σε εξέλιξη».

«Εγώ πάντως έχω την αίσθηση ότι στη βίλα απέναντι κανονίζετε πράγματι μια χαρά όλες τις υποθέσεις και δε χρειάζεστε υποδείξεις».

«Έτσι νομίζουμε κι εμείς, όμως να που έρχονται δυο εξυπνάκηδες απ' το Βερολίνο μ' ένας θεός ξέρει τι καινούριες διαταγές, οι οποίοι και θα μας θρονιαστούν. Φυσικά είμαι αναγκασμένος και εγώ και ο Μάισνερ να τους καλοδεχτούμε στα γραφεία μας απέναντι».

«Αλλάζω βέβαια λίγο θέμα, όμως τώρα που αναφέρθηκε η βίλα, εκείνο το θέμα που μου λέγατε, η διεκδίκηση απ' την προηγούμενη ιδιοκτήτρια, πώς κατέληξε;»

«Ω, μα είναι τρελή η γυναίκα! Ήρθε κι έκανε τον κόσμο άνω κάτω ψάχνοντας παλιού καιρού χαλάσματα. Δεν αναγνώριζε, λέει, την επίταξη, και να τα τηλέφωνα απ' την Τουρκική Πρεσβεία στον Μάισνερ».

«Πώς διευθετήθηκε τελικά;»

«Όταν πηγαίνεις προετοιμασμένος στις συνομιλίες, μεσιέ Ζιρντό, δε χάνεις ποτέ. Πριν τη συναντήσουμε, είχα ψάξει την οικογένειά της με τη βοήθεια της SD – έτσι ονομάζουμε την αντικατασκοπία μας. Αυτοί έχουν έδρα σε μια βίλα πολύ πιο εντυπωσιακή απ' τη δική μας, εδώ στις Εξοχές, όπως λέτε κι εσείς».

«Ξέρω, στη βίλα του Αχμέτ Καπαντζή».

«Μη σας τα πολυλογώ, τελικά βεβαιωθήκαμε ότι η κυρία έχει πάππου προς πάππου σταγόνες εβραϊκό αίμα».

«Μα τότε πρόκειται περί θράσους!» αναφώνησε.

«Ναι, μεσιέ Ζιρντό, θράσος, όπως το λέτε!»

«Τη συλλάβατε φαντάζομαι...»

«Η τύχη δεν ήταν με το μέρος μας».

«Δηλαδή;»

«Διέφυγε. Κάποιος θα τη βοήθησε και διέφυγε. Εκτιμώ ότι είναι πολύ δύσκολο να κρύβεται στην πόλη· οι άντρες μας βέβαια καλού κακού κρατάνε στα χέρια τους την ακριβή περιγραφή. Νομίζω ότι θα δραπέτευσε από εκεί που είναι η αχίλλειος πτέρνα μας».

«Πού δηλαδή;»

«Στα ανατολικά σύνορα, γιατί το βουλγαρικό κράτος, που αρχίζει πριν απ' την Καβάλα όπως γνωρίζετε, το μόνο που ξέρει να κάνει είναι να βαφτίζει τους Έλληνες "Βούλγαρους". Κατά τ' άλλα η φύλαξη των συνόρων είναι ανεπαρκής, και ουσιαστικά η πρόσβαση στην Τουρκία για όποιον το επιδιώξει δεν είναι ακατόρθωτη».

«Τι μου λέτε;»

«Αυτοί μας οι σύμμαχοι έχουν βαλκανική νοοτροπία, μεσιέ Ζιρντό. Συγνώμη που το αναφέρω έτσι, αλλά εκτιμώ ότι εσείς προσωπικά είστε άνθρωπος της Δυτικής Ευρώπης...»

«Πώς να διέφυγε από εκεί;»

«Πληρώνοντας φυσικά. Μαθαίνουμε ότι υπάρχουν ένα σωρό αξιωματούχοι που χρηματίζονται. Άλλωστε η συγκεκριμένη κυρία έχει τουρκική υπηκοότητα· αυτό κάνει τη φυγή πιο εύκολη. Έχουμε όμως μία αδιάσειστη απόδειξη ότι δεν έχει επιστρέψει ακόμη στην Κωνσταντινούπολη. Ίσως να βρίσκεται καθ' οδόν».

«Από πού βγάζετε αυτό το συμπέρασμα;»

«Στη ρεσεψιόν του ξενοδοχείου έχουν ήδη φτάσει δύο γράμματα από τον σύζυγό της. Μας μένει παρ' όλ' αυτά η ικανοποίηση της νίκης, αυτό είναι που έχει σημασία – ότι η βίλα ανήκει εξολοκλήρου στη γερμανική δικαιοδοσία. Είναι καλό να παίρνουν το μήνυμα οι τουρκικές διπλωματικές Αρχές για να πάψουν να εγείρονται ανάλογα ζητήματα στο μέλλον».

«Αγαπητέ μου Ράινερ, υπάρχει όμως και κάτι άλλο που βαραίνει το βλέμμα σας. Αφήστε με να πιστεύω ότι δεν είναι δυνατό να σας προβληματίζουν τόσο πολύ μόνο δύο απεσταλμένοι που θα καταφθάσουν στην πόλη και θα μπερδευτούν στα πόδια σας...»

«Είστε πολύ έξυπνος άνθρωπος, μεσιέ Ζιρντό, όμως ξέρω ότι σκοπεύετε να βγείτε απόψε...»

«Κρατώντας μάλιστα στο χέρι την άδεια κυκλοφορίας που εσείς ο ίδιος μού προμηθεύσατε».

«Να μη σας καθυστερώ άλλο...»

«Θα πάω στη μνηστή μου, που σας έλεγα. Τυπική επίσκεψη ενόψει του καινούριου έτους. Δε βιάζομαι, πείτε μου».

«Αφού επιμένετε...», είπε ο Κράουζε χαμηλόφωνα κι ακούμπησε το φλιτζάνι στο τραπεζάκι.

«Λοιπόν;»

«Ανησυχώ...»

Έγινε σιωπή. Ο Ζιρντό τον παρατηρούσε πώς κοιτούσε σε μια γωνιά της μεγάλης σάλας ανέκφραστος.

«Η κατάσταση στο Ανατολικό Μέτωπο φαίνεται πως δεν εξελίσσεται ακριβώς όπως το υπολογίζαμε».

«Δεν έχω ενημέρωση και δυσκολεύομαι να σας παρακολουθήσω».

«Η νίκη μας είναι σίγουρη, όμως ακούγεται ότι θα χρειαστούν ακόμα πιο πολλοί άντρες. Σήμερα το μεσημέρι, πριν καθίσουμε στο πρωτοχρονιάτικο τραπέζι κι ενόσω όρθιοι παίρναμε ένα απεριτίφ, αυτό ήταν μόνο το θέμα στις συζητήσεις. Λέγεται ότι θα φύγουν πολλοί απ' όλα τα στρατόπεδα στα Βαλκάνια για να ενισχυθεί ο αγώνας στο Ανατολικό Μέτωπο. Η Θεσσαλονίκη είναι μια απ' τις πόλεις που θα στείλει αξιωματικούς κυρίως. Κάποια στιγμή ειπώθηκε, ανεπίσημα βέβαια, και τ' όνομά μου...»

Ο Ζιρντό άναψε τσιγάρο και βάλθηκε να κοιτάζει αλλού. Είχε καταλάβει εδώ και καιρό ότι σε στιγμές εξομολόγησης ή αδυναμίας δεν άρεσε στον υπολοχαγό να τον πολυκοιτάνε.

«Ας ελπίσουμε, Ράινερ, ότι δε θα συμβεί...»

«Ας ελπίσουμε...»

Σε όλη την πόλη πλανιόταν διάχυτη η αμηχανία μιας Πρωτοχρονιάς που δε γιορτάστηκε, που πέρασε μέσ' απ' τις στερήσεις περιφρονημένη, ξεχασμένη απ' τα λιγοστά ξύλα στα σπίτια, τα παλιά ρούχα, τα χαμηλά φώτα, τις μερίδες απ' τα συσσίτια. Ήταν μια Πρωτοχρονιά που 'μοιαζε με σαλιωμένο δάχτυλο, που απλώς γύρισε τη σελίδα του ημερολογίου, ανεόρταστη, γεμάτη πένθος για τον χρόνο που έφυγε και φόβο για τον καινούριο που μόλις είχε έρθει.

Αυτός ήταν ένας μοναχικός άντρας που οδηγούσε ένα αυτοκίνητο, ο διευθυντής παραγωγής ενός κλειστού εργοστασίου με μοναδικά προνόμια μια άδεια κυκλοφορίας και μερικά μπιτόνια βενζίνης. Δε συνεργαζόταν μ' αυτούς που είχαν τη δύναμη στα χέρια τους, απλώς επιβίωνε με την άδειά τους, και κυρίως τους παρατηρούσε με μια νωχελική περιέργεια για να βρει μια εξήγηση στον όλεθρο του πολέμου, μιαν απάντηση. Δεν την είχε βρει τότε, στα χιόνια της Ουκρανίας, γιατί πάλευε να κρατηθεί ζωντανός· τώρα πάλευε να κατανοήσει τις αφρισμένες κοίτες που είχαν παρασύρει τα πάντα, κι αυτό τού φαινόταν πιο δύσκολο, γιατί δεν ήξερε προς τα πού να λιποτακτήσει αν θα ερχόταν ποτέ μια τέτοια ώρα.

Ήταν ένας άντρας με τα μυστικά του, που κινδύνευε να βρεθεί στο απόσπασμα για μία γυναίκα. Αν κάτι δεν πήγαινε καλά, πρώτα θα τον φυλάκιζαν, και θα έμενε εκεί ως ένας ερωτευμένος τυχοδιώκτης δίπλα σε πατριώτες, ένας άντρας της ατομικής ευδαιμονίας δίπλα σε ανιδιοτελείς ήρωες. Όταν θα τον έστηναν στο απόσπασμα μαζί με τους άλλους, δε θα φώναζε «Ζήτω η ελευθερία», αλλά θα σιωπούσε, για να κρατήσει αναλλοίωτο το θρόισμα της φωνής της πριν απ' τον κρότο του όπλου.

Άφησε τη Σεβρολέτ στην αυλή της «Γόρτυς» και βγήκε φορτωμένος με τον κούκο και μερικά πακέτα. Μέρες τώρα ερχόταν στο εργοστάσιο με βήμα ελαφρύ, με καρδιά σαν βαρκούλα χάρτινη που επιπλέει. Εμφανιζόταν μπροστά της φωτεινός μες στην αμφιβολία του, σίγουρος στην κάθε διακινδύνευση, για χάρη της. Ήταν άλλος άνθρωπος από τότε που είδε την πλάτη της όταν γυμνώθηκε μπροστά του στο κίτρινο φως του κεριού.

Εκείνη τη νύχτα τού ήρθε να βάλει τα κλάματα, γιατί τα σημάδια υπήρχαν ακόμα – ελικοειδή γδαρσίματα, νότες της μουσικής, ψυχές παλιών φιδιών, μαστιγώματα που 'χαν νικήσει τον χρόνο κι έγιναν δέρμα της. Ο Θόδωρος, εκείνος που τον εκβίαζε και είχε σβήσει κάτω απ' το μανιασμένο σκαρπέλο του, είχε πει τότε την αλήθεια. Ο Αλπερέν μπέης εκείνη τη νύχτα ξέχασε ό,τι επίχρισμα ευρωπαϊκού πολιτισμού είχε γνωρίσει και μεταμορφώθηκε σ' έναν άγριο φύλαρχο της στέπας μ' ένα κνούτο στο χέρι.

Ο Λευτέρης τόλμησε από το πρώτο βράδυ να τη ρωτήσει για τα γεγονότα εκείνης της μέρας της επιστράτευσης. «Θέλω αποδείξεις», της είπε υψώνοντας το δάχτυλο, κι έκανε η φωνή του αντίλαλο στο παγωμένο υφαντουργείο. Όταν γύμνωσε την πλάτη της, εκείνος κρατούσε στο χέρι ένα αναμμένο κερί. Στη θέα της μαρμάρωσε κι ύστερα ανατρίχιασε, σαν να έστεκε μπροστά σε μια βραχογραφία ξεχασμένη από αιώνες. Ένιωσε τότε ότι κατά βάθος ήταν ένα σκουλήκι σιχαμερό που αναζητούσε αποδείξεις, ένα ζώο φοβισμένο μην το ξεγελάσουν, μια σαύρα που της έκοψαν γι' άλλη μια φορά την ουρά, και τώρα έβαλε τα κλάματα. Άρχισε να της φιλάει τα χέρια.

Αυτή ήταν η πρώτη απ' τις γόρτινες νύχτες της ζωής του. Μέχρι τότε, σ' εκείνο το εργοστάσιο, είχε αξιωθεί μόνο ημέρες, αλλά ο πόλεμος άλλαξε όλο τον γαλαξία και το φεγγάρι έγινε ήλιος κι ο ήλιος φεγγάρι. Ζούσε πια τα βράδια στο υφαντουργείο, σαν να ήταν η ψυχή του Γιούγκερμαν που περιφερόταν πέρα δώθε, σαν εκείνη την κουκουβάγια που γέννησε την προηγούμενη άνοιξη στην τρύπα της στέγης.

Δεν ήταν μόνο μία η νύχτα τους, ήταν αρκετές· ώσπου να

γεννηθεί αθόρυβα το θείο βρέφος και ν' αλλάξει ο χρόνος. Να τώρα που ξαναερχόταν να την επισκεφτεί μ' έναν κούκο για δώρο, που λίγοι τον συμπαθούσαν, που τον έκρυβε τυλιγμένον στο χαρτί σαν να τον έψαχνε κι αυτόν ο Ηρώδης μαζί με τα νεογέννητα. Να που ερχόταν να την προσκυνήσει και με άλλα πρόσφορα, μ' ένα σιδερωμένο λευκό φόρεμα, ένα γούνινο παλτό κι ένα δαχτυλίδι! Ήταν τελικά μάγος, και το δώρο δαχτυλίδι μια υπερβολή της ψυχής του. Ήταν ένας άντρας χείμαρρος του χειμώνα, που την έκανε να κοκκινίζει, που την παρότρυνε να το φορέσει στο δάχτυλο, κι αυτή, ταραγμένη, χάθηκε απ' τα μάτια του για ώρα, δραπέτευσε κάπου στις κρύες μηχανές και στις άδειες αποθήκες. Χάθηκε φιλώντας το έτσι όπως το είχε περασμένο στο δάχτυλό της, χαϊδεύοντάς το μακριά απ' τα μάτια του, αποτραβηγμένη στο έρημό της βασίλειο υφάντρα ούσα κι αυτή, η Αράχνη[94] της ζωής του.

Πρώτη μέρα της καινούριας χρονιάς κι είπε να βάλει ένα δεύτερο κερί εορταστικό στο τραπέζι, καθώς η μέρα ήταν ιδιαίτερη. Εκείνη, συγκινημένη απ' τα δώρα που της είχε προσφέρει, είχε εξαφανιστεί από μπροστά του και τώρα περιπλανιόταν κάπου στο εργοστάσιο, που το ήξερε πια καλύτερα κι απ' τη χούφτα της.

Ο Λευτέρης έβαλε δυο δάχτυλα ούζο απ' το μπουκάλι που είχε φυλαγμένο ανάμεσα στους φακέλους της «Γόρτυς» και κάθισε στο τραπέζι να την περιμένει. Δεν τον ξένιζε πια τίποτε δικό της, γιατί τις τελευταίες δέκα μέρες είχε αποκτήσει τη βεβαιότητα ότι ήταν τελικά μια παράξενη γυναίκα η οποία μπορούσε να σ' αιφνιδιάσει ανά πάσα στιγμή.

Κάθε τόσο νόμιζε πως άκουγε τα βήματά της ν' αντηχούν

94. Η Αράχνη της ελληνικής μυθολογίας ήταν σπουδαία υφάντρα της Λυδίας η οποία επαιρόταν για την τέχνη της και γι' αυτό τιμωρήθηκε από τη θεά Αθηνά να μεταμορφωθεί και να ζήσει στο ζωικό βασίλειο συνεχίζοντας να υφαίνει.

στις άδειες αίθουσες και στους παγωμένους διαδρόμους. Αυτές τις δέκα μέρες η Μίρζα είχε καταφέρει να περπατά νύχτα στο υφαντουργείο δίχως να χρειάζεται φως, γιατί είχε μάθει απ' τις πρώτες ώρες να κινείται στο μισοσκόταδο. Ιδιαίτερα τις νύχτες που είχε φεγγάρι ούτε που έπιανε στα χέρια της τον φακό που της είχε δώσει ο Ιορδάνης. Το επάργυρο φως της σελήνης χυνόταν απ' τους μεγάλους φεγγίτες της οροφής και της έδειχνε τον δρόμο ανάμεσα στις μηχανές.

Ο γιος του κηπουρού άκουγε τώρα βήματα άλλοτε να πλησιάζουν στο γραφείο του κι άλλοτε να ξεμακραίνουν. Αντιλήφθηκε τα παπούτσια της καθώς ανέβαινε τις σκάλες κι έφτασε ως την πόρτα του γραφείου· μάλιστα άκουσε και το θρόισμα απ' το φουστάνι της. Στεκόταν έξω απ' το γραφείο αναποφάσιστη.

Ο Λευτέρης, ερχόμενος απόψε, είχε αμέσως διακρίνει πως η Μίρζα ήταν ιδιαίτερα νευρική, αφού τον είχε παρατήσει σύξυλο και χάθηκε στο σκοτάδι φορώντας το δαχτυλίδι που μόλις της είχε κάνει δώρο. Δεν είχε προλάβει να της εξηγήσει ότι από αναποδιά δεν είχε έρθει το προηγούμενο βράδυ κι ότι λυπόταν που έκανε αλλαγή του χρόνου μόνη της στο σκοτάδι. Καταλάβαινε επίσης ότι της έλειπε κι ο γιος της, που ήταν μωρό ακόμα κι όπως του είχε πει τον φρόντιζαν στην Κωνσταντινούπολη η πεθερά της και η αδερφή του άντρα της. Εκείνη πάλι, αντί να καθίσει στην οικογένεια και στη γαλήνη της, γιατί πήρε τους δρόμους και ήρθε εδώ; Επειδή φοβήθηκε για το πατρικό της, που με τόσα νομικά κόλπα και τερτίπια το είχε γλιτώσει ο Αλπερέν μπέης το '23 εξαιρώντας το από τις ανταλλάξιμες περιουσίες.

Συνέχιζε να κάθεται μόνος στο τραπέζι χαζεύοντας τη φλόγα του κεριού και ν' αφουγκράζεται τη νευρικότητά της. Είχε φροντίσει απ' τις πρώτες μέρες, με τη βοήθεια του Ιορδάνη, να καλύψει τη μεγάλη τζαμαρία του γραφείου με πρόχειρες κουρτίνες. Είχαν βρει ψάχνοντας οι δυο τους κάποια τόπια ύφασμα στις αποθήκες που είχαν βγει ελαττωματικά πριν από χρόνια, κι έτσι όπως ήταν μισοφαγωμένα απ' τον σκόρο, τα γάζωσαν και τα έκαναν κουρτίνες, που τις κρέμασαν γύρω γύρω για να μη φαίνονται οι σκιές τους.

Την είδε που εμφανίστηκε σιωπηλή και κάθισε στην καρέκλα απέναντί του. Μπορούσε να διακρίνει ακόμη και στην αδύναμη φλόγα του κεριού πως τα μάτια της ήταν κλαμένα.

«Πεινάς;» τη ρώτησε.

Κούνησε το κεφάλι αρνητικά.

«Δεν μπόρεσα να 'ρθω χθες το βράδυ, συγνώμη! Ο Γερμανός με κράτησε για παρέα και δεν έβρισκα δικαιολογία να φύγω. Πρέπει σ' αυτά να 'μαι προσεκτικός...»

«Σε περίμενα».

Άπλωσε τη μια του παλάμη προς το μέρος της και πιάνοντας τα δάχτυλά της τα ένιωσε κρύα.

«Ήρθα σήμερα όμως... Μίρζα, πρέπει να μιλήσουμε».

Έβλεπε ότι δεν τράβηξε το χέρι της, όπως το περίμενε, παρά μόνο τον κοίταζε, τον έσκαβε με το βλέμμα. Φαινόταν πως κάτι μέσα της την έτρωγε, ένα σκουλήκι που έβγαινε στον αέρα και μεταμορφωνόταν σε άξενη χρυσαλλίδα κι ύστερα σε μια κόρη σκυθρωπή με κρύο κι απόκοσμο βλέμμα.

«Τι έχεις να μου πεις;»

«Πρέπει να φύγεις απ' το εργοστάσιο, δεν είσαι ασφαλής».

«Πού θα ήμουν ασφαλής;»

Γύρισε το κεφάλι του προς την τραβηγμένη κουρτίνα, γιατί φοβήθηκε ότι το βλέμμα του θα φανέρωνε όλη του τη θλίψη.

«Στην Κωνσταντινούπολη, στο σπίτι σου!»

«Με διώχνεις;»

«Τρελάθηκες;»

«Δεν έχω και πολλά εκεί, μη νομίζεις· έναν γιο μόνο που είναι ακόμη πολύ μικρός και τον φροντίζουν άλλα χέρια».

«Εκεί έχεις ένα σπίτι ενώ εδώ δεν έχεις τίποτα. Η βίλα σας είναι πια λημέρι της Kommandantur κι έτσι θα παραμείνει. Σήμερα το απόγευμα έμαθα το πώς τα μεθόδευσε όλα ο Κράουζε. Είχε, ξέρεις, ετοιμάσει την παγίδα πριν ακόμη σε συναντήσει. Είσαι μαμίν και φρόντισε έγκαιρα να το μάθει».

«Είμαι αυτή που είμαι και τίποτε άλλο».

Άπλωσε και το άλλο του χέρι και τώρα της κρατούσε αιχμάλωτα όλα τα δάχτυλα.

«Ούτε κι εγώ έχω κάτι να με κρατάει σ' αυτήν την πόλη. Αν είναι να φύγεις, θα φύγουμε μαζί. Θα σε πάω ως την πόρτα του σπιτιού σου κι ύστερα...»

«Κι ύστερα;»

«Έχει ο Θεός! Εδώ και μέρες σκέφτομαι πολλά. Κάτω απ' την Κωνσταντινούπολη θα βρω τον δρόμο για την Παλαιστίνη. Θα πάω εκεί με τους Εβραίους που δραπετεύουν με τα καΐκια».

«Έχεις σχέδιο λοιπόν;»

«Σήμερα έκανα το πρώτο πλάνο στο μυαλό μου ενώ από χθες ψαρεύω συνεχώς τον Κράουζε. Κάνω ότι ακούω συνεπαρμένος τις ιστορίες του για τις πόρνες της Πράγας και της Βαρσοβίας κι ενδιάμεσα μαθαίνω κι άλλα».

Κάτι φάνηκε ν' αλλάζει στο βλέμμα της.

«Πες μου λοιπόν το σχέδιο αφού το έχεις».

«Φεύγουμε μια νύχτα ανατολικά, πάμε ως κάποιο σημείο με το αυτοκίνητο. Πριν τον Στρυμόνα και τα τελευταία γερμανικά φυλάκια το παρατάμε, κι εκεί συναντάμε τους οδηγούς που θα μας πάνε μέσ' απ' τα βουνά στη Βουλγαρία. Ετοιμάζουμε καινούρια μπαξίσια για τελωνειακούς και μουλαράδες, ενώ εσύ μπορείς πια να δείχνεις ξένοιαστη τα τούρκικα ταξιδιωτικά χαρτιά σου. Θεωρώ ότι είναι αδύνατον να έχουν δώσει οι Γερμανοί τ' όνομά σου στις βουλγαρικές Αρχές. Δεν είσαι πια και τόσο σημαντική γι' αυτούς, ma chérie, και να με συγχωρείς!»

Ήθελε πειράζοντάς την να της αλλάξει τη διάθεση, ήθελε να τον κοιτάζει αλλιώς. Το βλέμμα της ήταν ακόμη παγωμένο όπως και τα δάχτυλά της. Φαινόταν να υποφέρει από σκέψεις στις οποίες είχαν φυτρώσει δόντια και νύχια που την έκαναν να ματώνει.

«Ευχαριστώ για το compliment, αγάπη μου. Μπορείς τώρα να συνεχίσεις;»

«Το πέρασμα μέσ' απ' τη Θράκη δεν είναι τόσο δύσκολο. Τα ρώτησα όλ' αυτά πριν μια βδομάδα, και σήμερα μου τα επιβεβαίωσε αφελώς και ο Κράουζε. Το ποτάμι, τον Έβρο εννοώ, για τον χειμώνα πρέπει να τον ξεχάσουμε, είναι αδιάβατος. Υπάρχει όμως...»

«Τι;»

«Υπάρχει ένα λιμανάκι έξω απ' την Αλεξανδρούπολη σ' έναν μικρό κόλπο που το λένε Μάκρη. Από κει φεύγουν συχνά τις νύχτες καΐκια, λίγοι Εγγλέζοι και οι πιο πολλοί Εβραίοι – ο δρόμος για την Παλαιστίνη. Αν ήμασταν στην Αθήνα, θα φεύγαμε από την Εύβοια, εκεί είναι η πόρτα διαφυγής. Όμως αν οδηγούσα τη Σεβρολέτ από εδώ, θα μέναμε από βενζίνη στον δρόμο. Σκέφτηκα μήπως παίρναμε το τρένο για Κατερίνη κι ύστερα Λάρισα, όμως είναι ριψοκίνδυνο γιατί περνάμε συνέχεια από γερμανικούς ελέγχους και θα έχουν τα στοιχεία σου. Έτσι κατέληξα ότι η λύση μας είναι η Μάκρη· από κει θα βγούμε στην Τουρκία».

«Ένα ολόκληρο σχέδιο αφιερωμένο σε μένα;» τον ρώτησε και του χαμογέλασε.

«Έτσι μπράβο, γλύκανε λίγο».

«Η απόδραση όμως θα θέλει λεφτά, δωροδοκίες, πλαστές ταυτότητες...»

«Δεν έχεις;»

«Τα πιο πολλά ήταν στο ξενοδοχείο – εγγλέζικες λίρες».

Τράβηξε τα χέρια του και σηκώθηκε απ' το τραπέζι ξεφυσώντας.

«Αυτό ήταν ατυχία, διάολε! Μου είπαν ότι τα καΐκια παίρνουν ως τριακόσιες λίρες το κεφάλι».

«Λευτέρη, συγνώμη, πού να το φανταστώ; Ήρθα με πάνω από χίλιες λίρες· κάποιες ραμμένες στη φόδρα στο παλτό, μα οι πιο πολλές ήταν στις δυο βαλίτσες. Ό,τι σώθηκε απ' τα λεφτά, τα κρατάω σφιχτά, αφού τώρα εσύ με τρέφεις και με ντύνεις».

«Αν ζυγίσεις τον κίνδυνο και το πάρεις απόφαση να φύγουμε, τις λίρες θα τις βάλω εγώ».

«Θα τις πάρεις όλες πίσω μία προς μία· ο Πρόδρομος δε θα τσιγκουνευτεί».

«Μπορείς αλήθεια να το φανταστείς αυτό; Να στέκομαι όρθιος μπροστά στον άντρα σου κι εκείνος να βγάζει μασούρια απ' το συρτάρι του γραφείου του και να με πληρώνει;»

Τώρα ήταν εκείνη που άπλωσε το χέρι και του έπιασε το δικό του, ενώ την παλάμη της τη στόλιζε το δαχτυλίδι του.

«Έχουμε δύο θέματα να λύσουμε, mon amour. Το πρώτο είναι ο λεπτομερής σχεδιασμός της φυγής: διαδρομή, λεφτά, ταξιδιωτικά έγγραφα...»

«Και το άλλο;» τη ρώτησε καθώς ανίχνευε τα μάτια της μέσ' απ' το μισόφωτο του κεριού.

«Εμάς!»

Ένιωσε την καρδιά του να χτυπάει δυνατά.

«Το καταλαβαίνεις ότι φοβάμαι να μιλήσω, ότι σκιάζομαι να μη νομίσεις ότι πάω να εκμεταλλευτώ καταστάσεις...»

Ένιωσε να του σφίγγει πιο πολύ το χέρι.

«Τη θυμάμαι, Λευτέρη, εκείνη τη γυναίκα που συνόδευες στην Αμβέρσα. Πέρασα δίπλα σας χωρίς να με καταλάβεις. Ήταν στον ζωολογικό κήπο σ' ένα κατάφυτο πέρασμα ανάμεσα στα κλουβιά. Είχε αρχίσει να ψιλοβρέχει κι όλοι οι επισκέπτες είχαν ταχύνει το βήμα τους για να προφυλαχτούν στα υπόστεγα· κάποιοι μάλιστα το διασκέδαζαν και γελούσαν. Στον αέρα ακούγονταν κραυγές από χιμπατζήδες και κρωξίματα από τροπικά πουλιά. Άκουγα χοντρές σταγόνες να πέφτουν στην ομπρέλα μου με ορμή – ο Πρόδρομος με κρατούσε σφιχτά για να μη γλιστρήσω. Εσύ είχες κατεβάσει το καπέλο ως τα μάτια και γελούσες με το απρόσμενο της βροχής. Εκείνη νέα, όμορφη, με κάτι πολύ θηλυκό που εγώ ποτέ μου δεν κατάφερα ν' αποκτήσω».

Της έσφιξε κι άλλο το χέρι.

«Μην αδικείς τον εαυτό σου, σε παρακαλώ!»

«Εγώ σε παρακαλώ να με ακούσεις. Πέρασα από δίπλα της, κι αν θέλεις το πιστεύεις, το άρωμά της είναι ακόμη εδώ στη μύτη μου. Πες το ζήλια, πες το γυναικεία ματαιοδοξία, καθώς από την άλλη ήσουν κι εσύ τόσο καλοντυμένος, τόσο του κόσμου. Το ίδιο βράδυ κλειδώθηκα στην τουαλέτα του ξενοδοχείου και βάλθηκα να παρατηρώ τα σημάδια μου στην πλάτη, αυτά που έγιναν για του ερωτά σου τη χάρη. Πριν χρόνια είχα την ελπίδα ότι ο Πρόδρομος θα τ' αγαπήσει. Γελάστηκα».

«Μάρτυς μου ο Θεός, στην Αμβέρσα ένιωθα συνεχώς την παρουσία σου».

«Ποιο τ' όφελος, mon amour; Περάσαμε σαν δυο ξένοι ο ένας δίπλα στον άλλον με τις μαϊμούδες να μας περιγελάνε. Από κείνο το βράδυ στο ξενοδοχείο στην Αμβέρσα άρχισα να δίνομαι στον Πρόδρομο αραιά και πού. Είναι κάποιες φορές που δεν ανεχόμαστε ούτε και τα δικά μας ψέματα. Ήταν γι' αυτόν άδικο, το ξέρω, δεν μπορούσα όμως. Ξαναγίναμε κανονικό ζευγάρι λίγα χρόνια μετά, παιδί όμως άργησα να κάνω, είχα δυσκολίες. Αν ήταν άλλος, ίσως και να με είχε χωρίσει...»

«Πώς και σε άφησε να έρθεις εδώ; Είναι, όπως το φαντάζομαι, άνθρωπος του κόσμου και ξέρει τι γίνεται».

«Δεν του είπα τίποτε, μόνο πήρα κρυφά ένα πρωί το τρένο απ' τον σταθμό του Σιρκετζί. Πριν αποβιβαστώ, του ταχυδρόμησα ένα γράμμα που του τα 'λεγα όλα – πού πάω και γιατί, πού θα μείνω, και φυσικά οδηγίες για τη φροντίδα του παιδιού».

«Ήταν τρέλα αυτό, σου το 'χω ξαναπεί!»

«Ήταν μια τρέλα που την είχα ανάγκη».

«Βρέθηκα όμως εγώ μπροστά σου...»

«Ούτε τη δίωξη περίμενα απ' τους Γερμανούς ούτε κι εσένα φυσικά».

«Και να 'σαι τώρα μοναχική βασίλισσα σ' ένα ολόκληρο εργοστάσιο».

«Μην υπερβάλλεις, mon amour, υπάρχει κι ο Ιορδάνης».

Ο Λευτέρης χαμογέλασε.

«Ο Ιορδάνης κοιμάται νωρίς. Είδες ότι χτες έκανες μόνη σου την αλλαγή του χρόνου. Άσε που μένει στο σπιτάκι στην πύλη που είναι μακριά. Στο εργοστάσιο είμαστε ουσιαστικά μόνο εσύ κι εγώ».

«Να σε φοβάμαι, γιε του κηπουρού; Μήπως δε θέλεις να σε λέω έτσι; Το "Ζιρντό" μού κάθεται στο στομάχι σαν κακοχωνεμένο κρέας».

«Ξανάγινες κορίτσι και με πειράζεις, όπως τότε. Σε παρακαλώ να γελάς, γιατί πρέπει να ομορφύνεις τη νύχτα μας, που θα είναι μεγάλη».

«Θα μείνεις εδώ απόψε;»

«Ώσπου να ξημερώσει, ώσπου να λαλήσει ο πετεινός».

«Δεν έχει αυτή η πόλη πετεινούς, mon amour, τους φάγατε όλους...»

Πήρε τα χέρια της και τα οδήγησε μπροστά στα χείλη του να τα φιλήσει.

«Τι θέλεις άραγε να μου πεις μ' αυτόν τον κούκο που μου έφερες, γιε του κηπουρού;»

«Την υπενθύμιση ότι κάθε ώρα ο χρόνος τρέχει κι ότι πρέπει να βιαστούμε, Μίρζα. Η ζωή η ίδια τρέχει είτε μας το θυμίζει ο κούκος είτε όχι».

Κράτησε τα χέρια του και τα φίλησε.

«Θέλω σε λίγο να ξεχάσεις τα σημάδια μου στην πλάτη, να ξεχάσεις για ποιον λόγο έγιναν. Δεν είναι πια τόσο άσχημα, όπως είδες, όμως δεν τα θέλω ανάμεσά μας να θυμίζουν χρεώγραφο. Θέλω να μου υποσχεθείς ότι θα τα ξεχάσεις!»

«Τι θα γίνει σε λίγο και θέλεις να τα ξεχάσω;»

Ανασηκώθηκε απ' την καρέκλα και πλησίασε το πρόσωπό της στη φλόγα του κεριού. Ύστερα φούσκωσε τα μάγουλά της κι έγινε παντού σκοτάδι.

Είχαν ήδη κλείσει σαράντα μέρες που κοιμόντουσαν μαζί – όσο περιμένουν οι ψυχές των νεκρών για τη μετεγκατάσταση, όσο για ν' ακούσουν ως κατευόδιο ιδιόμελα της ψαλτικής και να φάνε οι άλλοι, οι ζωντανοί, σιτάρι με ζάχαρη. Οι νεκροί που μετεωρίζονταν γύρω τους δεν ήταν μόνον εκείνοι οι παλιοί τού κάτω κόσμου, ο Αλπερέν μπέης, ο Θόδωρος ο αμαξάς, ο Βασίλι Κάρλοβιτς Γιούγκερμαν, αλλά και οι άλλοι, οι μέλλοντες νεκροί, οι μαρκαρισμένοι κατά χιλιάδες, που τους έβλεπαν να συγκεντρώνονται στη μεγάλη περίφραξη του Χιρς δίπλα στον Σταθμό. Αυτοί δεν ήταν ακόμη νεκροί όμως κρατούσαν στο χέρι το εισιτήριο, κίτρινο στο χρώμα της λίρας και σε σχήμα άστρου του Δαβίδ – το άστρο της μοίρας τους.

Ο άντρας και η γυναίκα είχαν κιόλας ζήσει σαράντα μέρες με τις ανάσες τους ενωμένες ο ένας απ' το οξυγόνο του άλλου, αλλάζοντας γούνινα λόγια και σπιτικές παντόφλες, κοινωνώντας υγρά ζεστά, δάκρυα, δειλές υποσχέσεις. Έζησαν σαράντα μέρες που τους τις χρωστούσαν τα χρόνια της δροσιάς, μέρες που ήταν σημειωμένες με γράμματα ευανάγνωστα και στο τετράδιο της μοίρας, αυτό που ήταν χαμένο για χρόνια και τώρα ξαναβρέθηκε.

Εκείνος έφευγε πριν το ξημέρωμα κι έφτανε σπίτι του προσποιούμενος καμιά φορά τον μεθυσμένο, για να τον βλέπει ο Κράουζε και να χαμογελάει με νόημα, γιατί κάτι ήξερε κι εκείνος από μεθύσια και πουτάνες. Άλλες φορές έμπαινε όπως ο κλέφτης και χωνόταν γρήγορα στα σκεπάσματα, σαν να είχε τάχα επιστρέψει νωρίς και τώρα κοιμόταν. Ήταν οι μέρες τέτοιες που έκανε συλλογή από γελοιότητες αυτού του είδους, σαν να είχε παντρευτεί τον καταραμένο τον Γερμανό κι έπρεπε να του δίνει κάθε μέρα αναφορά.

Εκείνη χτένιζε κάθε πρωί τα μαλλιά της στο πρωινό φως και συμμάζευε τα στρωσίδια, που ήταν ακόμη ζεστά απ' τα κορμιά τους. Άναβε τη σόμπα και πάλευε κάτι να χαζομαγειρέψει, πιο πολύ για να μοσχοβολήσει το γραφείο του διευθυντή της «Γόρτυς», να θυμίσει για λίγο σπίτι.

Πιο αργά κατέβαινε στο σπιτάκι του Ιορδάνη να πιει μαζί του έναν ρεβιθοκαφέ. Τα ελληνικά της ήταν από πάντα λιγοστά, μα ο πρόσφυγας είχε πρόσωπο ήρεμου θηλαστικού, έτσι τα λόγια που χρειάζονταν ήταν μετρημένα.

Ο γέρος, δίπλα στη σόμπα του, της χάιδευε συχνά το χέρι, και καμιά φορά, αφού σήκωνε ψηλά το κεφάλι στον χαμηλό τρούλο της καλύβας του, της έψελνε με τη φωνή του που άντεχε και στα πιο απαιτητικά ισοκρατήματα. Άλλες φορές την κοίταζε λίγο πονηρά και της τραγουδούσε εκείνο το αξέχαστο από την πατρίδα *Μπεκλεντίμ ντε γκελμεντίν*.[95] Συχνά τη φίλευε χαρούπια και μισόξινες κομπόστες, γιατί η ζάχαρη ήταν δυσεύρετη.

Η Μίρζα τις πρώτες μέρες μόνο τον παρατηρούσε, μάλιστα με καχυποψία, σαν αλεπού αιχμάλωτη, γιατί γνώριζε πως καμιά φορά οι γέροι παίρνουν αίφνης στο χέρι το κνούτο κι αρχίζουν. Σιγά σιγά όμως την ημέρεψε κι άρχισε να παίρνει δίπλα στη σόμπα το πλεκτό της. Της άρεσε να τον ακούει να γελάει –κι ας μην ήξερε τον λόγο– μέσα στους τριγμούς που 'βγαζαν τα πυρπολημένα κούτσουρα της σόμπας. Ύστερα από λίγες μέρες πήρε το θάρρος κι άρχισε να τον χτε-

95. *Bekledim de gelmedin*: *Σε περίμενα και δεν ήρθες*: γνωστό ερωτικό τραγούδι από τις χαμένες πατρίδες.

νίζει και να του ψαλιδίζει τα γένια και το μουστάκι. Κάποιες μέρες τον έβαζε με λυγισμένα τα δυο του χέρια αντικριστά να βαστάει την μπούκλα του μαλλιού ενόσω αυτή απέναντί του τύλιγε το κουβάρι.

Εκείνη κατά το μεσημέρι ξανανέβαινε στο γραφείο, έπαιρνε τα κιάλια κι έβλεπε απέναντι στου Χιρς δίπλα στον σιδηροδρομικό σταθμό. Ήξερε ότι αν δε βρισκόταν ο Λευτέρης, θα ήταν τώρα ανάμεσά τους μ' ένα κίτρινο άστρο στο πέτο ακούγοντας μια γλώσσα που δεν καταλάβαινε. Θα ήταν εκεί στου Χιρς και θα κρατούσε ένα λιγνό αγόρι απ' το χέρι, για να βοηθήσει μια μάνα άγνωστη, που έσερνε μαζί της ένα σωρό παιδιά και είχε το ερώτημα στο βλέμμα αν στα αγροκτήματα της Πολωνίας θα ήταν το γάλα αρκετό για να ψηλώσουν όλα τα παιδιά.

Εκείνος κάποια μεσημέρια επέστρεφε στο εργοστάσιο – το ήθελε πολύ αλλά και βόλευε να τον βλέπουν απ' τις διπλανές μάντρες· τους θύμιζε έτσι ότι η «Γόρτυς» υπάρχει ακόμα, ότι έχει φύλακα και διευθυντή και να μην τους περάσει απ' το μυαλό να μπουν μέσα κάποιο βράδυ για να κάνουν πλιάτσικο.

Στο μεταξύ, στις συζητήσεις τους, καινούρια σχέδια αντικαθιστούσαν τα παλιά. Λεπτομερειακοί χάρτες που έδειχναν ως και τα περάσματα των μουλαριών μέσ' απ' τον Νέστο και τον Στρυμόνα, φράσεις στα βουλγάρικα αντιγραμμένες σ' ένα τετράδιο για μια πρώτη συνεννόηση, χοντρά ρούχα και τρόφιμα που θα τα είχαν πάνω τους δίχως τον φόβο να χαλάσουν, όπως παξιμάδια, ξερά σύκα και σταφίδες. Μελέτησαν και πάλι το σχέδιο της απόδρασης απ' τον Νότο, απ' τις έρημες ακτές της Εύβοιας, και το απέρριψαν γι' άλλη μια φορά. Ακουγόταν ότι στα τρένα για τη Λάρισα και την Αθήνα έκαναν συνεχείς ελέγχους, γιατί ήταν πολλοί αυτοί που ήθελαν να ξεφύγουν απ' τη φάκα της Σαλονίκης. Η Μάκρη, το λιμάνι δίπλα στην Αλεξανδρούπολη, έδειχνε να είναι η καλύτερη λύση. Έπρεπε όμως να περιμένουν να περάσει λίγος χειμώνας ακόμη, γιατί οι πάγοι στο βουνό μπορούσαν και να τους σκοτώσουν.

Ο Λευτέρης δεν έτρεφε ψευδαισθήσεις ότι κάποιος από την ευρύτερη περιοχή δε θα είχε καταλάβει ότι στη «Γόρτυς», εκτός απ' τον γέρο φύλακα, ζούσε και μια γυναίκα. Η ελπίδα του ήταν να τη βλέπουν σαν μια γυναίκα σπιτωμένη, μια μορόζα της ηδονής, τραβηγμένη μακριά απ' τα μάτια του κόσμου μόνο για χάρη του κυρίου Ζιρντό. Στο μεταξύ, μέσα στην ανησυχία του της είχε ζητήσει, όσο ο κόσμος στο Χιρς πλήθαινε και χιλιάδες βλέμματα ανίχνευαν τον ορίζοντα πίσω απ' τα συρματοπλέγματα, να μην ανάβει πια κανένα κερί το βράδυ και οι κουρτίνες να είναι μόνιμα τραβηγμένες. Όταν οδηγούσε νύχτα το αυτοκίνητο, έφτανε πάντα δίχως φώτα. Ο Ιορδάνης, με το που άκουγε τον θόρυβο της μηχανής, άνοιγε βιαστικά την πύλη και κλείδωνε αμέσως πίσω του.

Τις βαρετές ώρες που ήταν μακριά της, όταν έμενε στο σπίτι, έπιανε στο χέρι, για να σκοτώσει την ώρα του, κάτι ξυλομπογιές και ζωγράφιζε. Έφτιαχνε πάντα τον εαυτό του, έτσι όπως τον αισθανόταν. Σχεδίαζε μια καρικατούρα του προσώπου του πάνω στο λιανό κορμί μιας πεταλούδας και το καθένα της φτερό να έχει άλλο χρώμα, ένα φτερό για τη μέρα κι ένα για τη νύχτα, ένα για τον Ζιρντό κι ένα για τον Λευτέρη.

Στα μέσα του Φλεβάρη όμως κάτι ήρθε και άλλαξε τη ρουτίνα. Ένα απόγευμα που ξεφύλλιζε έναν τόμο της Μεγάλης Ελληνικής Εγκυκλοπαίδειας *Πυρσός* ώσπου να βραδιάσει και να τη συναντήσει, ακούστηκε χτύπημα στην πόρτα του γραφείου του. Είδε τον Κράουζε να μπαίνει βλοσυρός με το τσιγάρο αναμμένο στο χέρι. Σφίχτηκε, γιατί ο Γερμανός δε συνήθιζε να μπαίνει μ' αυτόν τον τρόπο. Το πρόσωπό του ήταν κόκκινο, έδειχνε πιωμένος.

«Μη στέκεσαι όρθιος, Ράινερ», του είπε και του έδειξε την πολυθρόνα όπου συνήθιζε να κάθεται.

Του έβαλε μπροστά του ένα σταχτοδοχείο και προσπάθησε να δείχνει ήρεμος. Πολλές φορές είχε σκεφτεί ότι η πιο μεγάλη ευεργεσία από την εμπειρία ενός φόνου είναι ότι σε κάθε κίνδυνο που θα συναντάς, το πρόσωπό σου, αυτό που μύρισε το χνότο του ίδιου του διαβόλου, σπάνια πια φανερώνει ταραχή. Εφόσον είχε καταφέρει κι είχε κρύψει ένα πτώμα κι ύστερα από χρόνια περιφρόνησε ακόμη και τα ίδια τα κόκαλα, τίποτε δε θα μπορούσε να ταράξει την εξωτερική του γαλήνη. Έτσι σκεφτόταν για χρόνια, τώρα όμως ήταν αλλιώς· τώρα φοβόταν για το κορμί της, για την ψυχή της, για το γέλιο της, για τα σημάδια της στην πλάτη μην τα δει κάποιος και την περιγελάσει.

«Ράινερ, έχεις κάτι να μου πεις;» τον ρώτησε ενώ έκανε ότι χάζευε την ανοιγμένη εγκυκλοπαίδεια.

«Αγαπητέ Ζιρντό, όλοι τελικά είμαστε πιόνια σ' ένα σκάκι. Κάποια δάχτυλα μας παίρνουν από κει που είμαστε και μας αφήνουν στην τελευταία γωνία της σκακιέρας, μακριά, πολύ μακριά».

«Εσύ, Ράινερ, στης ζωής το σκάκι είσαι βασιλιάς».

«Βασιλιάς είναι μόνο ο παίκτης που κουνάει τα πιόνια».

«Είναι αυτό μια αλληγορία του Θεού, υπολοχαγέ;»

«Στον καινούριο κόσμο που χτίζουμε, ο Θεός δεν πολυασχολείται μαζί μας ούτε κι εμείς μ' αυτόν. Σε σας τους Έλληνες υπήρχε κάτι που ήταν πιο δυνατό κι απ' τους θεούς: η μοίρα».

Σήκωσε τα μάτια του απ' την εγκυκλοπαίδεια και τον κοίταξε.

«Για κάποιους στο μεγάλο σκάκι, υπολοχαγέ, η μοίρα τους τους έγραψε ότι τα επόμενα τετράγωνα θα είναι στην Πολωνία. Θα ήθελα να μου ξεκαθαρίσετε αν μιλάτε αποκλειστικά για τη δική σας μοίρα ή ν' αρχίσω να φαντάζομαι ότι είναι και η δική μου πάνω στη σκακιέρα».

«Μιλάω μόνο για τη δική μου μοίρα. Ο αξιωματικός, ή αλλιώς fou,[96] υψώθηκε απ' το κουτάκι του και μετακινείται. Φεύγω αύριο το πρωί για το Ανατολικό Μέτωπο».

«Είναι σίγουρο αυτό;»

«Μου κοινοποιήθηκε εγγράφως».

«Δεν ξέρω τι να πω, υπολοχαγέ, λυπάμαι πραγματικά...»

«Κι εγώ, Ευγένιε, καθότι συγκατοικήσαμε με αξιοπρέπεια».

«Και κάτι παραπάνω, Ράινερ, και κάτι παραπάνω...»

«Φεύγοντας για το Ρωσικό Μέτωπο, θα ήθελα να σου κάνω ένα δώρο. Μην πάει το μυαλό σου σε κάποιο αναμνηστικό ή τρόφιμα· σκέφτομαι απλώς να σου κάνω δώρο την ηρεμία σου».

«Δεν καταλαβαίνω».

«Μπορώ να σου κάνω δώρο μια μολυβιά, ένα σβήσιμο μιας φράσης πάνω σ' ένα κομμάτι χαρτί».

Ο Λευτέρης κουνήθηκε στην καρέκλα του.

«Εξακολουθώ να...»

«Μπορώ να επέμβω στη λίστα των σπιτιών που πρόκειται να χρησιμοποιηθούν από τη Βέρμαχτ και να σβήσω το δικό σου με κάποια δικαιολογία. Κανείς δεν τα ψάχνει αυτά».

Αυτό που άκουγε εκείνη τη στιγμή ήταν πράγματι ένα δώρο απρόσμενο. Έφευγε από πάνω του ένας βραχνάς.

«Υπολοχαγέ, ένα μεγάλο ευχαριστώ!»

«Βάλε να πιούμε ένα τελευταίο μπράντι, Ζιρντό, για να μου ευχηθείς καλή τύχη».

«Μετά χαράς, Ράινερ, μετά χαράς!»

Την ώρα που έβαζε το μπράντι στα ποτήρια, το χέρι του σαν να έτρεμε. Δεν ήταν τρέμουλο του φόβου αλλά του ονείρου. Ίσως τώρα να μπορούσε... ίσως να τα κατάφερνε... Οι εξελίξεις τον είχαν αιφνιδιάσει και τον είχαν γεμίσει ταραχή,

---

96. Fou (γαλλ.): ο τρελός· η δεύτερη ονομασία για το πιόνι *αξιωματικός* στο σκάκι.

όμως πριν χρόνια είχε σκοτώσει άνθρωπο χωρίς να έχει ούτε τη μισή απ' την αγωνία αυτής της στιγμής. Σχεδίαζε και σκεφτόταν ότι ίσως οι μέρες του εργοστασίου να πλησίαζαν στο τέλος τους.

Ο υπολοχαγός κατέβασε το μπράντι με δυο βαθιές γουλιές και τώρα τον παρατηρούσε με μάτια κατακόκκινα. Έσκυψε προς το μέρος του κι άρχισε να του μιλάει χαμηλόφωνα:

«Ζιρντό, εμένα οι γυναίκες μού αρέσουν. Να φανταστείς, τις έχω αγαπήσει όλες! Τη μάνα μου, τις αδερφές μου, τη δασκάλα μου στο σχολείο, τις καθωσπρέπει κοπέλες που μου προξένευαν κάποτε στο Βερολίνο, τις πόρνες... Γι' αυτό δε θα γίνω ποτέ αξιωματικός καριέρας· τις αγαπάω και τις νοιάζομαι, γίνομαι βούτυρο – λάθος ασυγχώρητο. Το μέλλον του Ράιχ ανήκει σε κάτι τύπους σαν τον Αλόις Μπρούνερ, αν με καταλαβαίνεις...»

Τον άκουγε κουνώντας νευρικά το ποτήρι στο χέρι.

«Πού θέλεις να καταλήξεις;»

«Στο σπίτι εδώ, όπως σου είπα, δε θα έρθει κανείς, το έχω ήδη φροντίσει. Να τη φέρεις εδώ, Ζιρντό, να την κρύψεις στο υπόγειο. Τα τρένα σε λίγες μέρες θ' αρχίσουν να φεύγουν για την Πολωνία. Να τη φέρεις εδώ, γιατί μάλλον την αγαπάς ή τη νοιάζεσαι, κάποιες φορές είναι το ίδιο. Μην την αφήνεις στο εργοστάσιο, θα έχει ποντίκια εκεί και είναι κοντά και το Χιρς...»

Είχε να χλωμιάσει χρόνια.

«Για ποιον μιλάς;» ψέλλισε.

«Για την Εβραία που ψάχνουμε, Ζιρντό, γι' αυτήν μιλάω».

«Ήξερες, Ράινερ;»

«Το κατάλαβα πριν λίγες μέρες, κι ένα βράδυ σ' ακολούθησα».

«Γιατί την κυνήγησες με τόση μανία απ' την πρώτη στιγμή;»

«Η επιμονή στο αίτημά της προσέβαλε την τιμή της Βέρμαχτ. Μας προκάλεσε».

«Και τώρα τι έχεις σκοπό να κάνεις;»

Ο υπολοχαγός έφερε το χοντρό του δάχτυλο μπροστά στα χείλη κάνοντας τη γνωστή χειρονομία που σε όλους τους λαούς σημαίνει ότι εκλιπαρώ τη σιωπή. Πήρε μια βαθιά ανάσα κι ακούμπησε το άδειο ποτήρι στο γραφείο.

«Έχω ακούσει ότι εκεί πάνω στη στέπα είναι ένας άλλος κόσμος. Λένε ότι αυτόν τον χειμώνα οι άντρες μας, καθώς κατουρούσαν έξω στο χιόνι, το κάτουρο πάγωνε πριν προλάβει να πέσει κάτω. Οι άντρες μας, Ζιρντό, έξω απ' το Στάλινγκραντ, κατουράνε κρύσταλλα».

Πού τις έκρυβε μέσα της τόσα χρόνια αυτές τις κραυγές; Σε ποια πτυχή του φορέματός της φώλιαζε αυτός ο πόθος; Μήπως αιτία αυτού του ερωτικού παροξυσμού ήταν η απουσία του Ιορδάνη στην πόλη, που την ελευθέρωσε απ' τις αλυσίδες της ευπρέπειας και γι' αυτό τού δόθηκε με τρόπο πρωτόγονο; Εκτός από βόγκους ηδονής, οι φωνές της έμοιαζαν και με ιαχές θριάμβου, γιατί ο Γερμανός είχε φύγει, κι αυτή, η βασίλισσα του στοιχειωμένου ανακτόρου, θα μάζευε απόψε τα πράγματά της και θα μετακόμιζε στη γενέθλια συνοικία των Εξοχών.

Μεσολάβησε κάποια ώρα κι ύστερα έβγαλε μέσα απ' τον σάκο του μια καθαρή πετσέτα και της έδωσε να σκουπίσει πρώτα τον ιδρώτα απ' το μέτωπο κι ύστερα απ' την κοιλιά της το νέκταρ του κηπουρού, που είχε αφήσει επάνω της με τόση γαλαντομία. Είχανε μέρες να κάνουν έρωτα, κι αυτό γινόταν πάντα στο σκοτάδι, στα μουγγά, εκεί που η όσφρηση είναι η επιτελική αίσθηση και τα χάδια καμιά φορά ξαστοχούν. Κατόπιν της έδωσε ένα πεταχτό φιλί ως τρυφερό ευχαριστώ για το άγριο πάθος που μόλις είχαν μοιραστεί. Η αλήθεια ήταν ότι διακριτικά την κοίταζε λίγο παραξενεμένος, γιατί δεν είχε συνηθίσει ακόμη ότι αυτή η γυναίκα γεννούσε εκπλήξεις με μιαν απρόσμενη ευκολία.

«Τι με κοιτάς;» τον ρώτησε με αυστηρό ύφος.

«Να σου πω τι μου θύμισε αυτό που ζήσαμε πριν από λίγο. Θέλεις;»

«Εξαρτάται...»

«Είναι μόνο μια παρατήρηση και μαζί της μια ανάμνηση».

«Ας την ακούσω».

«Όλο αυτό μού θύμισε μια μέρα στον κήπο της Αμβέρσας που έκανα μόνος μου βόλτα και χάζευα. Πέτυχα να ζευγαρώνουν σκίουροι· οι κραυγές της θηλυκιάς θα μου μείνουν αξέχαστες. Ένα τοσοδά ζωάκι και να καλεί έτσι όλους τους θεούς της γονιμότητας!»

Πρόσεξε ότι τώρα είχε κοκκινίσει.

«Εγώ ξέρω, mon amour, ότι αυτό είναι πόθος και φυσικά ελευθερία. Απόψε φεύγω απ' τη φυλακή μου και μπορώ να το φωνάξω σαν τη σκιουρίνα. Τι καλύτερη ευκαιρία να το κάνω την ώρα που σε νιώθω μέσα μου!»

«Στα όνειρά μου τα τελευταία είκοσι πέντε χρόνια έτσι το φανταζόμουν...»

«Αν αυτό το είχα ζήσει με τον Πρόδρομο, μάλλον την επομένη θα βρισκόμουν με τα πράγματα στον δρόμο. Ξέρεις τι σκληρό πράγμα είναι η ηθική; Όμως κάτι σκέφτεσαι τώρα. Πάει ο νους σου, ξεστράτισε. Συνέχεια αφαιρείσαι, το ξέρεις;»

«Φυλάω τα νώτα μας, αυτό κάνω. Έξω από δω υπάρχει ένας ύπουλος κόσμος γεμάτος παγίδες. Θα πρέπει το βράδυ, όταν μπούμε στη Σεβρολέτ, όλοι οι δρόμοι να είναι καθαροί».

«Τι σε απασχολεί; Πες μου».

«Κοίταξε να δεις, από χθες κάποιος μ' ακολουθεί».

Σταμάτησε να ντύνεται και τον κοίταξε.

«Πρέπει ν' ανησυχήσω;»

«Δεν μπορώ να σε καθησυχάσω, γιατί δεν μπορώ ακόμη να ξέρω».

«Πώς είναι αυτός;»

«Κακομοίρης, γύρω στα σαράντα, κακοντυμένος, μ' ένα παλτό που όλο το κρατούσε κλειστό ως τον λαιμό με το ένα χέρι».

«Τι υποψιάζεσαι, όπλο;»

«Το πρώτο που σκέφτηκα ήταν αυτό, όμως σαν να ξεχώρισα κάτι άλλο από μέσα, δεν είμαι σίγουρος. Το πιο ανησυχητικό είναι όμως ότι αφού με ακολούθησε στο Κέντρο και στο Λιμάνι, με σταμάτησε στην προκυμαία πριν φτάσω στο Soldatenheim».

«Στο ποιο;»

«Είναι το στρατιωτικό αναψυκτήριο, εκεί που συναντάει η 4ης Αυγούστου την Παραλιακή. Τέλος πάντων...»

«Τι σου είπε;»

«Ελάχιστα, γιατί τον παράτησα κι έφυγα».

«Έφυγες;»

«Ναι, μ' έπιασε φόβος κι έτρεξα να φύγω μέσ' απ' τα στενά».

«Τι σου είπε, σε απείλησε;»

Εκείνος χαμογέλασε κι άρχισε να κουμπώνει το πουκάμισο.

«Λέγε λοιπόν!»

«Μου είπε, "Κύριε Λευτέρη, θέλω να σας μιλήσω, είναι επείγον". Έχουν να με αποκαλέσουν μ' αυτό το όνομα στην πόλη από τότε που έφυγα, απ' το '17. Στην αρχή κοκάλωσα και στάθηκα να τον κοιτάζω – ένα πρόσωπο ταλαιπωρημένο, που κάτι μου θύμιζε αλλά δεν έπαιρνα κι όρκο. "Θέλω να σας μιλήσω", μου ξαναείπε και μ' ακούμπησε στο χέρι. Τότε δεν ξέρω τι μ' έπιασε, μάλλον ήταν πανικός».

«Γιατί τόσο πολύ;»

«Τραβήχτηκα απότομα και χάθηκα στο πρώτο στενό που βρήκα. Κοντοστάθηκα ύστερα από καμιά εκατοσταριά μέτρα και γύρισα να δω αν με ακολουθεί, ενώ ένιωθα να με περιλούζει κρύος ιδρώτας. Αντίδραση υπερβολική, δε νομίζεις;»

«Μάλλον».

«Έχουν δει τόσα τα μάτια μου τα τελευταία δυο χρόνια – εκβιασμούς και μαχαιρώματα, καρφώματα στους Γερμανούς... Φοβάμαι για σένα... Ευτυχώς ήρθε χθες το απόγευμα ο Κράουζε και με λύτρωσε – αυτά που σου είπα νωρίτερα. Ποιος να το φανταζόταν; Τα γνώριζε όλα και παρ' όλ' αυτά κράτησε το στόμα του κλειστό».

«Χθες όμως γιατί δεν ήρθες;» τον ρώτησε και του γύρισε την πλάτη για να της κουμπώσει τα πίσω κουμπιά.

Αυτός, αυτή και η πλάτη της ζούσαν καλά οι τρεις τους τον τελευταίο μήνα. Τα σημάδια ίσα που διακρίνονταν, πιο πολύ έμοιαζαν με την παλιά επιγραφή της «Γόρτυς» στην εξωτερική πύλη, που την εξαΰλωνε ο χρόνος και οι δικοί του άνεμοι. Η Μίρζα είχε εξαρχής αρνηθεί να περιφέρει την πλάτη της ως απόδειξη της αγάπης της. Αν καταλάβαινε ότι αυτός κάποια στιγμή θα την εκλάμβανε ως τεκμήριο αφοσίωσης, θα ήταν απέναντί του αμείλικτη.

«Χθες καθάριζα το υπόγειο όλο το απόγευμα, το ίδιο και σήμερα το πρωί. Ο Κράουζε με άφησε ευτυχώς να δουλεύω χωρίς έγνοια και φόβο. Πέταξα σαβούρα, σκούπισα, σφουγγάρισα, σε κάποιες μεριές ασβέστωσα κιόλας. Κάτω απ' το επίπεδο τη γης υπάρχει, ξέρεις, σχεδόν ένα σπίτι ακόμη, το υπόγειο. Είναι στεγνό και παίρνει φως από τέσσερα μικρά παράθυρα, τα δυο κοιτάνε πίσω στον κήπο και τ' άλλα δυο μπροστά στον δρόμο, στη βίλα σας. Όλα τα παράθυρα έχουν κάγκελα, έτσι τα είχαμε βρει όταν το νοικιάσαμε πριν χρόνια».

«"Νοικιάσατε";»

«Έμεινα σ' αυτό το σπίτι με τη Σάνε απ' την πρώτη στιγμή, από τότε που ήρθαμε μαζί απ' την Αμβέρσα».

Είχε φορέσει και τα παπούτσια της και τώρα συμμάζευε νευρικά τα στρωσίδια απ' το πάτωμα.

«Εμένα μ' αρέσουν τα φαντάσματα, mon amour. Αν δεν ήμουν κόρη ενός μπέη και σύζυγος φαρμακοποιού, θα ήμουν μια Οθωμανή Μαίρη Σέλλεϋ που θα έγραφε αλλόκοτες ιστορίες».

«Η Σάνε δεν είναι φάντασμα, είναι αγαθή μνήμη».

Γύρισε και τον είδε που έστεκε απέναντί της βλοσυρός.

«Αν έχει μείνει καθόλου από εκείνο το άρωμα που φορούσε τότε στον ζωολογικό κήπο, θα της κλέψω λίγο. Είναι μνήμη κι αυτό, αγάπη μου, δική μου όμως μνήμη».

«Προτιμώ να κουβεντιάσουμε γι' αυτόν τον άγνωστο που ήρθε και μου μίλησε».

«Νομίζω ότι είσαι υπερβολικός. Θα είναι κάποιος που σε ήξερε απ' τα παλιά. Μη μου πεις πως είναι απίθανο, γυρνούσες τότε πάνω κάτω σ' όλη την πόλη. Είμαι σίγουρη ότι είναι κάποιος φουκαράς που σε αναγνώρισε· σε είδε καλοντυμένο κι ήρθε να σου ζητήσει βοήθεια. Εσύ τρόμαξες βέβαια και το 'βαλες στα πόδια, γιατί το παλιό σου όνομα το αρνήθηκες».

«Ξέρεις, τον είδα και δύο ώρες αργότερα».

Σταμάτησε να διπλώνει την κουβέρτα.

«Την ίδια μέρα;»

«Ναι, χθες το μεσημέρι. Με περίμενε δίπλα στη Σεβρολέτ, ήξερε ότι αυτό το αυτοκίνητο είναι δικό μου. Μίρζα, αυτός ο άνθρωπος είναι σίγουρο ότι με παρακολουθεί!»

Έβγαλε έναν στεναγμό και συνέχισε να διπλώνει.

«Μην το σκέφτεσαι. Είναι καλύτερα να μου πεις τι πράγματα θα χωρέσει το αυτοκίνητο. Θέλω όμως να σε ρωτήσω αν το υπόγειο έχει ηλεκτρικό».

«Μη βιάζεσαι, είναι ακόμη νωρίς. Θα πρέπει να φτάσουμε αργά, η γειτονιά έχει αυτιά και μάτια».

«Δε μου είπες, το υπόγειο έχει ηλεκτρικό;»

«Και ηλεκτρικό, και βρύση, και μια σκάλα εσωτερική σιδερένια που οδηγεί στο σπίτι για ν' ανεβοκατεβαίνεις χωρίς να σε βλέπουν απ' έξω.

Τον πλησίασε. Άνοιξε τα χέρια της και τον αγκάλιασε.

«Θα ζήσουμε μαζί κάτω απ' την ίδια στέγη. Παράξενη που είναι η ζωή!»

«Πλην όμως θα είναι για λίγο, ma chérie, ώσπου να λιώσουν τα χιόνια στα βουνά πέρα απ' τον Στρυμόνα. Θα είναι μια περίληψη ζωής, ένα σύντομο σκίτσο της. Καθώς θα περνάς πολλές ώρες στο υπόγειο, θα είναι μια ζωή στον κάτω κόσμο, όμως χωρίς έρεβος».

«Θα κατεβαίνεις κάτω να με βλέπεις;» τον ρώτησε χαϊδεύοντάς του τα μαλλιά.

«Όπως σου είπα, ο Γερμανός έφυγε και δεν έχω να δώσω σε κανέναν λογαριασμό. Σήμερα το πρωί χαιρετηθήκαμε σαν καλοί γνωστοί, κάτι σαν φίλοι. Ναι, θα κατεβαίνω να σε βλέπω. Τη νύχτα, όταν θα σβήνω τα φώτα και θα τραβάω τις κουρτίνες, θ' ανεβαίνεις για να κοιμόμαστε μαζί. Πρέπει να το ξαναπείς: Παράξενη που είναι η ζωή!»

Οδηγούσε πολύ αργά χωρίς φώτα, ενώ κάθε τόσο κάποια λακκούβα αθέατη στο σκοτάδι τράνταζε τη Σεβρολέτ. Μόλις έστριψαν ανατολικά, φάνηκαν πιο καθαρά τα φώτα της πόλης. Ήταν βραδιές που υπήρχαν διαταγές για πλήρη συσκότιση, απόψε όμως η ζωή φαινόταν να κυλάει στους γνωστούς της ρυθμούς. Τα περισσότερα φώτα ήταν συγκεντρωμένα στο Κέντρο, εκεί που μερικά καφενεία και κάποιες λέσχες ήταν ακόμη ανοιχτά.

Η Μίρζα κοιτούσε έξω απ' το παράθυρο σιωπηλή. Στις πίσω θέσεις στοιβάζονταν τα πράγματα της κοινής τους ζωής στο εργοστάσιο τους τελευταίους δύο μήνες: δυο βαλίτσες με ρούχα, στρωσίδια, ένα μικρό καλάθι με ψιλοπράγματα και μια στοίβα βιβλία. Στα δεξιά τους φάνηκαν ο Σταθμός και το συρματόπλεγμα σε μια μεγάλη έκταση, αυτό που το είχαν στήσει οι Γερμανοί τις τελευταίες βδομάδες. Φως υπήρχε μόνο κατά μήκος της αγκαθωτής περίφραξης, ενώ πιο μέσα τα ομοιόμορφα ξύλινα σπίτια, που έμοιαζαν με αποθήκες, χάνονταν στο σκοτάδι.

«Πόσον καιρό έμεινες τελικά κλεισμένη στη "Γόρτυς";»

«Από τις 15 Δεκεμβρίου, ενώ σήμερα έχουμε 19 Φεβρουαρίου, σωστά;»

«Γι' αυτό κοιτάς αχόρταγα έξω;»

«Θα μου πεις τώρα γιατί μ' έβαλες με το στανιό να βαφτώ έτσι και να μοιάζω με κοκότα της νύχτας;»

«Γι' αυτό ακριβώς, ma chérie, για να μοιάζεις με κοκότα».

«Δε μου 'πες όμως το γιατί» – ο τόνος της φωνής της είχε κάτι το εριστικό.

«Σου το εξήγησα, αλλά ο νους σου έτρεχε αλλού εκείνη την ώρα. Μάζευες τα πράγματα και φοβόσουν μην κάτι ξεχάσεις», της απάντησε, και πατώντας τον διακόπτη άναψε τα φώτα.

Ο δρόμος φωτίστηκε κι ένας αρουραίος τραβήχτηκε στην άκρη για να περάσουν.

«Κι αυτό τώρα γιατί το έκανες; Υποτίθεται ότι θέλουμε να περάσουμε χωρίς να μας δουν».

«Ο δρόμος αυτός είναι ο κεντρικός και πρέπει να τον περάσουμε, δεν έχουμε άλλη επιλογή. Αν μας σταματήσουν, δύσκολα θα μπορούσα να δικαιολογηθώ γιατί βαθιά μέσα στη νύχτα οδηγούσα χωρίς φώτα».

«Και γιατί μ' έβαλες να βαφτώ έτσι;»

«Γιατί εγώ έχω άδεια κυκλοφορίας σφραγισμένη από τον Κράουζε. Εσύ μόνο ως πόρνη θα μπορούσες ν' αποφύγεις τις περιττές ερωτήσεις».

«Και το μισό νοικοκυριό που έχουμε φορτωμένο πίσω μας;»

«Πλημμύρισε το σπίτι σου και πάμε στις Εξοχές να σε φιλοξενήσω γι' απόψε».

«Κι όσο πλημμύριζε δηλαδή εγώ βαφόμουν;»

«Μίρζα, σταμάτα να είσαι πνεύμα αντιλογίας! Μια πουτάνα είναι πάντα πουτάνα, και πρέπει έτσι να δείχνει όταν κυκλοφορεί, το κατάλαβες; Κατά φωνή όμως...»

Πλησίαζαν προς το εργοστάσιο του Φιξ, όταν είδαν φώτα στην άκρη από δυο μοτοσυκλέτες κι έναν στρατιώτη τυλιγμένο στην πρασινωπή χλαίνη να κάνει σινιάλο κουνώντας ένα φανάρι στη μέση του δρόμου. Ο Λευτέρης έκοψε ταχύτητα και πήγε δεξιά, ενώ αμέσως τους πλησίασε ολόκληρη περίπολος με τα αυτόματα κρεμασμένα μπροστά στην κοιλιά τους. Κατέβασε το τζάμι κι έβγαλε έξω το χέρι δίνοντας την άδεια κυκλοφορίας. Δύο μεγάλοι φακοί κόλλησαν στα τζάμια της Σεβρολέτ και οι στρατιώτες άρχισαν να ερευνούν το εσωτερικό της.

Ο Λευτέρης έδειχνε ήρεμος και κάτι περισσότερο: άνθρωπος του καθεστώτος και κάπως βαριεστημένος από τους συνεχείς ελέγχους. Ο επικεφαλής λοχίας τού επέστρεψε το χαρτί κι έριξε μια πονηρή ματιά στη Μίρζα, ύστερα έσκυψε και του ψιθύρισε κάτι στ' αυτί. Ο Λευτέρης κάτι του απάντησε χαμογελώντας και του 'κλεισε το μάτι. Με μια κίνηση του φαναριού που κρατούσε στο χέρι, ο επικεφαλής τούς έκανε νόημα να περάσουν.

«Τι σου είπε;» τον ρώτησε ενώ άφηναν πίσω τους την περίπολο.

«Δεν έχει σημασία».

«Όχι, επιμένω να μου πεις. Και κατ' αρχήν, εσύ πού τα 'μαθες τα γερμανικά;»

«Έμαθα φλαμανδικά πριν από χρόνια. Μοιάζουν αρκετά, κι έτσι μπορώ τώρα να καταλαβαίνω τι μου λένε – τα βασικά δηλαδή».

«Τι σου είπε λοιπόν;»

Έβαλε τα γέλια και ψαχούλεψε την τσέπη στο σακάκι του για τσιγάρο.

«Κάτι για μένα σου είπε...»

«Ρώτησε αν είσαι καλή στο κρεβάτι».

Γύρισε και τον κοίταξε με μάτια που άστραφταν.

«Δεν το πιστεύω, το γουρούνι! Κι εσύ τι του απάντησες;»

«Την αλήθεια φυσικά».

«Και ποια είναι αυτή;» τσίριξε.

«Ότι είσαι η καλύτερη».

«Κι εσύ γουρούνι είσαι!» φώναξε κι άρχισε να τον χτυπάει στον δεξιό ώμο.

«Σταμάτα, ma chérie, θα σκοτωθούμε!»

«Γουρούνι, ε γουρούνι!»

Έκοψε και πάλι ταχύτητα, σταμάτησε στην άκρη του δρόμου κι έσβησε τα φώτα. Την πήρε στην αγκαλιά του και της βούλωσε το στόμα μ' ένα παθιασμένο φιλί. Από την απέναντι πλευρά του δρόμου φάνηκε μια φάλαγγα. Καθώς τα οχήματα περνούσαν από δίπλα, τα φώτα πρόδιδαν τα κεφάλια τους που είχαν ενωθεί.

«Έφυγαν;» τον ρώτησε αφού ξεκόλλησε από πάνω του για να πάρει μιαν ανάσα.

«Έφυγαν».

«Τώρα τι κάνουμε;» τον ρώτησε με μια καινούρια ανησυχία στο βλέμμα.

«Τώρα πάμε στο σπίτι μας», της απάντησε.

Ξανάνοιξε τα φώτα και πήρε τον δρόμο για τον Λευκό Πύργο. Όταν περάσανε το Στρατηγείο και μπήκαν στις Εξοχές, παρατήρησε με την άκρη του ματιού το πόσο αχόρταγα κοιτούσε έξω απ' το παράθυρο.

«Η λεωφόρος», της είπε, «δεν άλλαξε και πολύ, όμως πολλές βίλες τις επιτάξανε οι Γερμανοί. Τα εβραϊκά σπίτια βέβαια ρημάζουν, μπαίνει ο καθένας τα βράδια κι αρπάζει ό,τι βρει· αυτά που έχουν απομείνει δηλαδή, γιατί οι Γερμανοί συνήθως μαζί με τους ενοίκους φορτώνουν στα φορτηγά και τα έπιπλα. Είναι η πιο καλή εποχή για ν' αγοράσει κανείς πιάνο, καλή μου!»

«Μην είσαι κυνικός, σε παρακαλώ!»

«Είναι ένας τρόπος κι αυτός για να επιβιώσεις».

«Είσαι τρυφερός άντρας κι αυτά δε σου ταιριάζουν».

«Πάλι μου κάνεις παρατήρηση, αρχόντισσα».

«Απλώς γκρινιάζω».

«Ξέρεις τι λέει σχετικά με την γκρίνια ο Ιορδάνης; Γυναίκα που δεν γκρινιάζει, πάει να πει ότι σε κερατώνει».

«Δεν είμαι η γυναίκα σου, mon chéri».

«Σ' αυτήν την πόλη ναι, είσαι! Όταν θα φύγουμε από δω, τότε θα είσαι του...»

«Μόνο του εαυτού μου, γιε του κηπουρού».

«Μου θυμίζεις τις σουφραζέτες».

«Μια σουφραζέτα μαστιγωμένη...», σχολίασε.

«Δεν είπαμε πως την πλάτη την ξεχνάμε;»

«Απόψε είναι η πρώτη φορά που είπες μια κουβέντα της προκοπής».

«Απόψε θα 'μαστε στο σπίτι μας, μόνοι μας, το κατάλαβες;»

Δεν του απάντησε, μόνο συνέχιζε να κοιτάζει έξω απ' το παράθυρο τους δεινόσαυρους της κοιμισμένης συνοικίας, τις θεόρατες βίλες της Εστέρ ντε Μποτόν, του Χατζημήσεφ, του Τελτζή μπέη, του Οσμάν Αλή μπέη, του Γιάκο Μοδιάνο, του Περικλή Χατζηλαζάρου... Ύστερα από το Château mon Bonheur και τη Βίλα Σεϊχουλάχ πασά έκοψαν ταχύτητα. Έστριψε πολύ προσεκτικά σ' έναν χωματόδρομο κι έριξε δεξιά κι αριστερά ματιές στα παράθυρα των σπιτιών. Την είδε που είχε σκύψει το κεφάλι και τώρα σκούπιζε τα μάτια με το μαντίλι της.

«Κλαις για τις Εξοχές;» τη ρώτησε. «Κλαις για τα σπίτια, τους κήπους, για όλα νομίζω, έτσι δεν είναι;»

Κούνησε το κεφάλι της σιωπηλή.

«Όταν ήρθες με το ταξί για να συναντήσεις τον Κράουζε, έτσι συγκινήθηκες και τότε;»

«Τότε είχα στον νου μου να πετύχω, τώρα είναι αλλιώς», του απάντησε και του έπιασε το χέρι.

«Σ' έφερα πίσω στις Εξοχές, έγινε αυτό που ονειρευόμουν. Απέναντι, στην άλλη πλευρά του δρόμου, είναι η βίλα που γεννήθηκες, κι αυτό εδώ είναι το σπίτι μου. Θα μένεις τις πιο πολλές ώρες στο υπόγειο, αλλά απ' τα μπροστινά παράθυρα, που είναι ίσαμε τον δρόμο, θα μπορείς να βλέπεις λίγο απ' το σπίτι και τον κήπο σας. Αυτό μπόρεσα μόνο να καταφέρω και να με συγχωρείς».

Έγειρε στην αγκαλιά του, αλλά κατάλαβε ότι το σώμα του ήταν σφιγμένο· σαν να υπήρχε κάτι που το απειλούσε.

«Μη βγεις απ' το αυτοκίνητο», της ζήτησε χαμηλόφωνα.

«Τι συμβαίνει;»

«Κοίτα έξω απ' το σπίτι στα σκαλιά», της απάντησε χαμηλόφωνα.

«Κάποιος κάθεται. Ποιος είναι όμως μες στη μαύρη νύχτα;»

«Είναι αυτός που σου 'λεγα, αυτός που με πλησίασε χθες το μεσημέρι στην παραλία. Μη βγεις!» της είπε κοφτά.

«Πού πας, δε φοβάσαι;»

«Δεν μπορώ να κρύβομαι, αυτή ή υπόθεση πρέπει να ξεκαθαρίσει τώρα. Εσύ μείνε εδώ!»

Στάθηκε όρθιος έξω απ' το αυτοκίνητο και φρόντισε να δείξει ότι δε βιάζεται. Κούμπωσε το παλτό του με αργές κινήσεις. Η πρώτη σκέψη που έκανε τώρα ήταν ότι μετάνιωσε που είχε αμελήσει ν' αγοράσει ένα όπλο απ' τη μαύρη αγορά· ίσως τώρα να το πλήρωνε ακριβά. Ταίριαξε το κασκόλ στον λαιμό και φόρεσε το καβουράκι. Άναψε ένα τσιγάρο με αργές κινήσεις, ενώ την ίδια ώρα τον παρακολουθούσε με την άκρη του ματιού. Στεκόταν κι αυτός όρθιος και τον κοίταζε. Στο φως της κολόνας ξεχώριζαν τα ρούχα του. Ήταν τα ίδια μ' εκείνα που φορούσε χθες που τον είχε πλησιάσει.

Ο Ζιρντό πήρε μια βαθιά ανάσα και με σίγουρο βήμα κίνησε προς στο μέρος του. Πριν ακόμα ανοίξει το βήμα του, έριξε μια ματιά στο ρολόι· η ώρα ήταν δύο και μισή.

Ο άγνωστος μετακινήθηκε δυο βήματα παραδίπλα κι ακούμπησε την πλάτη του στην κολόνα του δρόμου. Αυτό κάπως τον ησύχασε, γιατί έγινε φανερό ότι ήθελε να του μιλήσει κάτω από φώτα – ίσως για να μην τον τρομάξει. Σιγουρεύοντας το βήμα και καπνίζοντας, έφτασε κι αυτός κάτω απ' την κολόνα. Κοίταξαν ο ένας τον άλλον χωρίς να χαιρετηθούν.

«Κάπου σε ξέρω», μίλησε πρώτος ο Ζιρντό για να πάρει το πάνω χέρι – άλλωστε αυτός ήταν ο καλοστεκούμενος, ενώ ο άγνωστος ήταν περίπτωση φουκαρά σαν τους χιλιάδες που κυκλοφορούσαν στην πόλη.

«Ναι, κύριε Λευτέρη, πάνε όμως χρόνια».

«Ποιος είσαι;»

«Είστε καλός άνθρωπος, κύριε Λευτέρη, έτσι σας θυμάμαι εγώ».

«Τ' όνομά μου είναι Ευγένιος Ζιρντό, κύριε, και δεν ξέρω κανέναν Λευτέρη».

«Και το δικό μου Σαούλ Μοδιάνο[97]», του απάντησε και χαμογέλασε δείχνοντάς του ένα στόμα με ελάχιστα δόντια.

«Αυτό καταντάει γελοίο! Άσε που είναι και πρόκληση και δε θα περάσει έτσι», του απάντησε. «Λέγε τι θέλεις και γιατί μ' έχεις πάρει από πίσω».

«Δεν ήθελα να σας προσβάλω, κύριε Λευτέρη, ένα αστείο είπα και να με συμπαθάτε· για να βάλω μόνο μια γέφυρα στην απόσταση που μας χωρίζει. Δεν ήθελα να σας προσβάλω, το αντίθετο: ήρθα να πέσω στα πόδια σας».

«Ποιος είσαι, μωρέ αδερφέ μου; Αυτό το πρόσωπο... σπάω το κεφάλι μου από χθες το μεσημέρι».

«Είμαι ο Φερντινάντ Τιάνο, κύριε Λευτέρη. Δούλευα παιδί ακόμη στο πρακτορείο των εφημερίδων που είχατε πριν απ' την πυρκαγιά εκεί κοντά στην Οθωμανική Τράπεζα. Μοίραζα γαζέτες σ' όλη την πόλη, με θυμάστε;»

---

97. Σαούλ Μοδιάνο (1924): από τη μεγάλη οικογένεια των Μοδιάνο, η οποία μεσουρανούσε οικονομικά στη Θεσσαλονίκη για δεκαετίες.

Ο Λευτέρης ένιωσε μέσα του να ξεσφίγγεται. Ο άντρας απέναντί του έλεγε την αλήθεια. Τον θυμήθηκε τώρα που του φανέρωσε τ' όνομά του. Ο Φερντινάντ ήταν ο πιο μικρός απ' τους πωλητές του, που όργωνε με τα πόδια, όπως κι ο ίδιος ο Λευτέρης κάποια χρόνια νωρίτερα, όλη τη συνοικία των Εξοχών διαλαλώντας τις ειδήσεις του πολέμου και των συμμάχων.

Του χαμογέλασε με μιαν ανακούφιση που δεν μπορούσε να κρυφτεί.

«Πού να σε γνωρίσω, μικρέ σατανά, ύστερα από τόσα χρόνια; Τι ώρα είναι όμως αυτή; Εδώ κάτι τρέχει...»

«Θέλω να μιλήσουμε, κύριε Λευτέρη».

«Δεν είναι η ώρα».

«Αύριο θα είναι αργά».

Τον κοίταξε άλλη μια φορά. Το πρόσωπό του είχε στεγνώσει από την αγωνία.

«Αν σε πιάσουν χωρίς αστέρι, θα σε στήσουν στον τοίχο, το ξέρεις αυτό βέβαια...»

Ο Φερντινάντ έκανε μια κίνηση ανοίγοντας το παλτό του στο στήθος, όπου φάνηκε καρφιτσωμένο το αστέρι.

«Γι' αυτό σε θέλω, κύριε Λευτέρη. Πες σε παρακαλώ στη γυναίκα σου να μπει στο σπίτι και στάσου λίγο να μ' ακούσεις».

«Θα τα πούμε αύριο, Φερντινάντ».

Άπλωσε το χέρι και του έσφιξε το μπράτσο.

«Αύριο θα είναι αργά, αφεντικό».

«Το παράκανες, το ξέρεις;» του είπε κοφτά και τράβηξε το μπράτσο του.

«Να πέσω στα πόδια σου αν θέλεις. Αύριο θα είναι αργά. Πες στην κυρία σου να μπει στο σπίτι κι εγώ θα περιμένω εδώ. Σε παρακαλώ, κύριε Λευτέρη, δεν έχω άλλη ελπίδα εκτός από σένα».

Το φως της κολόνας βοήθησε να τον παρατηρήσει καλύτερα. Ήταν προφανώς άνιφτος κι αξύριστος για μέρες. Το σακάκι κι από μέσα το λερό πουκάμισο έδειχναν ότι αυτά τα ρούχα τα φορούσε μέρες. Σίγουρα κρυβόταν.

«Σε ψάχνουν;»

«Εδώ και μέρες μ' έχουν στο κατόπι. Κρατάνε βλέπεις το όνομα το δικό μου και της κόρης μου. Αν θέλεις το πιστεύεις, ο ίδιος ο ραβίνος τούς έχει δώσει όλα τα ονόματα».

«Εδώ μπορεί να μας δει κάποιο μάτι απ' τη γειτονιά, Φερντινάντ».

«Πάμε όπου θέλεις εσύ, αφεντικό, όπου θέλεις».

«Περίμενέ με εδώ».

Του γύρισε τις πλάτες και κατευθύνθηκε στο αυτοκίνητο. Η Μίρζα παρακολουθούσε απ' το κατεβασμένο παράθυρο όλη τη σκηνή, χωρίς να φτάνουν όμως ως αυτήν οι φωνές τους.

«Τι συμβαίνει τελικά;»

«Μου 'γινε τσιμπούρι, θέλω πέντε λεπτά».

«Κινδυνεύεις;»

«Όχι. Και όπλο να κρατάει, δεν έχει κουράγιο ούτε τη σκανδάλη να πατήσει. Άσε που τον ξέρω από παλιά, από παιδί. Φαίνεται άκακος».

«Να σε περιμένω εδώ;»

«Κάτι με θέλει, δε θ' αργήσω. Θα τον κατεβάσω στο υπόγειο μη μας δει κανένα μάτι. Κι άλλος Εβραίος, Μίρζα, αυτή τη φορά κανονικός, όχι σαν κι εσένα. Η ανάσα του από την πείνα μυρίζει όπως το τρένο που θα τον πάρει».

«Μην αργήσεις!»

«Κλείσε την πόρτα κι ανέβασε το παράθυρο. Έρχομαι σε λίγο».

Περπάτησε ως τα σκαλιά του υπογείου και του έκανε νόημα να τον ακολουθήσει. Ευτυχώς βρίσκονταν στην πίσω πλευρά του σπιτιού και τουλάχιστον ήταν αθέατοι απ' τον σκοπό της Kommandantur πάνω στον δρόμο. Κατέβηκε τα σκαλιά και ξεκλείδωσε την εξωτερική πόρτα. Του ξανάκανε νόημα να τον ακολουθήσει κι άναψε το χαμηλό φως στο πρώτο χώρισμα δίπλα στο ρολόι της ύδρευσης. Ο αέρας μύριζε κλεισούρα και νωπό ασβέστη.

Άκουσε πίσω τα βήματα του Φερντινάντ που κατέβαιναν κι αυτά τις σκάλες. Προχώρησε και στάθηκε στη μέση του άδειου υπογείου, κατόπιν σταύρωσε τα χέρια του έτοιμος να τον ακούσει. Ο Φερντινάντ, αντί ν' αρχίσει να μιλάει, τον αιφνιδίασε, γιατί αφού τον πλησίασε, έπεσε κάτω να του φιλήσει τα πόδια.

«Τι συμβαίνει, ρε;» του φώναξε.

«Πρέπει να με βοηθήσεις! Δεν έχω άλλη ελπίδα, είναι οχτώ χρονών, κύριε Λευτέρη. Πρέπει να με βοηθήσεις, δεν έχω άλλη στον κόσμο...»

Ο Λευτέρης τον έπιασε με το χέρι του, που ήταν ακόμη γεροδεμένο, και τον σήκωσε με το στανιό. Κοιτάζονταν τώρα πρόσωπο με πρόσωπο.

«Εξηγήσου, Φερντινάντ, δεν έχω χρόνο, κατάλαβέ το!»

«Θέλει θράσος να πέφτω στα πόδια σου ύστερα από τόσα χρόνια».

«Μίλα!»

«Μας φορτώνουν στα τρένα».

«Αυτό το ξέρω».

«Μας φορτώνουν με το στανιό· κάτι λένε για αγροκτήματα στην Πολωνία. Το κορίτσι μου είναι ασθενικό, ο γιατρός μού το είπε καθαρά: αν δε καθίσει σε κρεβάτι, δεν έχει ελπίδα, θα πεθάνει στο τρένο. Θέλω να την πάρεις εσύ, αν πιστεύεις σε Θεό, κύριε Λευτέρη, αν έχεις μέσα σου αισθήματα».

«Μου πετάς έτσι το παιδί σου;»

«Δεν το πετάω, μη μου το λες αυτό να χαρείς. Αν το κρατήσεις εσύ, μόνο τότε το σώζω. Αν δε δεχτείς, στην καλύτερη περίπτωση θα το θάψω στην Πολωνία, γιατί μπορεί να συμβεί και κάτι χειρότερο: να μου το πετάξουν έξω απ' το τρένο και να το φάνε τα κουνάβια».

«Είναι παράνομο αυτό που μου ζητάς».

«Ας μην κοροϊδευόμαστε, κύριε Λευτέρη, εσύ μπορείς. Είσαι πλούσιος, είσαι χριστιανός και δε θα σε πειράξουν. Είδα ότι έχεις και γυναίκα δίπλα σου – η δικιά μου έχει πεθάνει. Μπορεί κι αυτή να σε βοηθήσει με το κορίτσι μου. Έχεις λεφτά εσύ, μπορείς να της πάρεις γάλα, μπορείς να της φέρεις γιατρό. Αν πιστεύεις σε Θεό...»

«Κι αν δεν πιστεύω, Φερντινάντ;»

Ο Εβραίος κατέβασε το κεφάλι δείχνοντας να έχει χάσει και το τελευταίο επιχείρημα.

«Πού την έχεις τώρα;»

«Τη φιλοξενούν εδώ και δέκα μέρες μια οικογένεια χριστιανοί. Φεύγουν όμως αύριο. Πεινάνε κι αυτοί και θα πάρουν σβάρνα τα χωριά, δεν μπορούν να την κρατήσουν».

Ξαφνικά ένιωσε τον εγκλωβισμό, γιατί κατάλαβε ότι κάθε φωτεινό παράθυρο που είχε ονειρευτεί είχε τώρα κάθετες σκούρες γραμμές – κάγκελα.

«Κάποια στιγμή θα φύγουμε κι εμείς, Φερντινάντ, με τη γυναίκα μου. Δεν μπορούμε να την πάρουμε».

«Απ' ό,τι βλέπω, θα πεθάνει στα χέρια μου στο τρένο».

Ο Λευτέρης άναψε φουρκισμένος κι άλλο τσιγάρο.

«Έλα τα ξημερώματα να σου πω, δεν μπορώ ν' αποφασίσω τώρα μόνος μου. Θέλω όμως να μου πεις κάτι πριν φύγεις».

«Τι πράγμα;» τον ρώτησε και σήκωσε το κεφάλι, που ήταν εδώ και ώρα κατεβασμένο.

«Πώς με βρήκες;»

«Δούλευα εδώ και χρόνια κάτω στα ξενοδοχεία – *Ματζέστικ*, *Μεντιτερανέ*, στα πιο πολλά απ' αυτά. Μεροκάματα μόνο, μη φανταστείς· λάντζα, βαλίτσες, ό,τι μου ζητούσαν. Εκεί άκουσα πριν χρόνια για κάποιον Λευτέρη που έγινε Γάλλος ξαφνικά κι άλλαξε τ' όνομά του. Μου έλεγαν πως έχει ένα εργοστάσιο δικό του, κλωστήριο κι υφαντουργείο μαζί. Η αλήθεια είναι ότι παραφύλαξα μερικές φορές και σε αναγνώρισα, γιατί πάντα ήθελα μια καλύτερη δουλειά. Στο εργοστάσιό σου, καθώς μου λέγανε, εκεί πλήρωναν καλά. Ντρεπόμουν όμως να σε πλησιάσω. Τι να σου 'λεγα σάματις; Εσύ απ' τις γαζέτες έφτασες στα εργοστάσια, εγώ πήγα στη λάντζα και στα φορτώματα».

«Εντάξει, Φερντινάντ, κατάλαβα. Να έρθεις πριν φέξει στην πόρτα του υπογείου. Θα είμαι εκεί για να σου δώσω την απάντηση· πριν φέξει όμως, γιατί τη γειτονιά τη φοβάμαι».

Ο δύστυχος Εβραίος κατέβασε πάλι το κεφάλι και του γύρισε την πλάτη χωρίς δεύτερη κουβέντα. Την ώρα που ανέβαινε τα σκαλοπάτια, του φώναξε ο Ζιρντό:

«Πού το έχεις το παιδί;»

«Η οικογένεια μένει πάνω απ' το Ντεπό, αφεντικό».

«Καλά, Φερντινάντ, πήγαινε».

Κοίταξε γύρω του το άδειο υπόγειο. Δεν είχε ούτε ένα σκαμνάκι να καθίσει, όμως τώρα ένιωθε τα πόδια του να μουδιάζουν. Η μελίρρυτος ζωή μαζί της κινδύνευε από μιαν απρόσμενη εισβολή.

Άρχισε ν' ανεβαίνει με αργά βήματα τα σκαλοπάτια για να πάει στο αυτοκίνητο να κουβαλήσουν τα πράγματα. Τον πρόλαβε η σκιά της, που στεκόταν στην κορυφή της σκάλας. Είχε κουμπωμένο το παλτό της ως τον λαιμό κι ήταν έτοιμη να κατεβεί.

«Σταμάτα», της φώναξε και σήκωσε το χέρι ψηλά. «Σταμάτα, όχι μόνη σου!»

«Τι παιχνίδι παίζεις, κύριε Ζιρντό;»

Ανέβηκε τα σκαλοπάτια κι έφτασε στο πλατύσκαλο.

«Περίμενα αυτήν τη στιγμή είκοσι πέντε χρόνια», της απάντησε, κι έκανε αμέσως μιαν απρόσμενη κίνηση.

Η Μίρζα στην αρχή έβγαλε μια φοβισμένη κραυγή κι ύστερα ξέσπασε σε γέλια.

«Δε μου είπες, τι ήθελε αυτός ο άνθρωπος, αγάπη μου;» τον ρώτησε ενώ δεν πατούσε στη γη.

«Είκοσι πέντε χρόνια, με πιστεύεις;»

Την κρατούσε γερά στα χέρια του ενώ το ένα της παπούτσι είχε κιόλας αποχωριστεί τη φτέρνα της έτοιμο να πέσει.

«Μόνο που τη σκάλα, mon amour, την ονειρευόμουν πιο πλατιά μ' ένα χαλί κόκκινο».

Άρχισε να κατεβαίνει έχοντάς την στην αγκαλιά του. Στο τρίτο σκαλοπάτι το ένα παπούτσι της έπεσε και τα δάχτυλά της έπαιξαν ξένοιαστα στον αέρα, σαν να ήταν ακόμη κορίτσι, σαν να την περίμενε ακόμη ο αμαξάς τους έξω στον δρόμο για να την πάει στον γέρο σουλτάνο ν' ακούσει τις ιστορίες της ζωής του, που φάνταζαν παραμύθια.

Ρετιρέ

Έβδομο στάσιμο

«ΚΟΙΜΑΤΑΙ;» ρώτησε χαμηλώνοντας τη φωνή του.

Η κυρία Τζένη σήκωσε τους ώμους της, δεν ήξερε. Η αλήθεια είναι πως έμοιαζε να κοιμάται, όμως πώς μπορεί κάποιος να είναι σίγουρος με τους τυφλούς; Τα βλέφαρά τους, έτσι που 'ναι μόνιμα κατεβασμένα, μπορεί να κρύβουν λογισμούς, όμως μπορεί να είναι μόνο οι κουρτίνες του Μορφέα. Στα σκοτάδια η αυτοσυνείδηση δεν είναι η ίδια όπως στο φως· αφήνεται να γλιστρήσει στο γυαλισμένο ξύλο των ονείρων, εκεί που τα βαλς παίζουν χωρίς σταματημό κι ο χορός διακόπτεται μόνο απ' τους φελλούς των μπουκαλιών, αυτών που γέρασαν μέσα σε ανήλιαγες κάβες.

«Κύριε Ευγένιε, με ακούτε;»

Η κυρία Τζένη, που όλη αυτήν την ώρα καθόταν δίπλα του στον καναπέ, άπλωσε το χέρι της και του χάιδεψε το μέτωπο.

«Τι θέλεις, οφιούσα, και με ταράζεις;» ακούστηκε η φωνή του με τη γνωστή βραχνάδα.

Εκείνη χαμογέλασε και τον φίλησε τρυφερά στο μάγουλο. Ο Ορέστης ξανάβλεπε μπροστά του αυτόν τον περίεργο θίασο των δύο ηλικιωμένων, αυτήν την αδιευκρίνιστη μεταξύ τους σχέση την οποία δεν μπορούσε εδώ και δυο χρόνια που μπαινόβγαινε στο σπίτι να την κατανοήσει. Η κυρία Τζένη, εκτός από οικονόμος, έμοιαζε και με πολλά άλλα. Θα μπορούσε για παράδειγμα να είναι η αδερφή της γυναίκας του, που είχε πεθάνει πρόσφατα αφήνοντάς τον χήρο. Θα μπορούσε να είναι μια έμπειρη γιατρός ή μια νοσοκόμα, επίσης μια τέως σύζυγος στην οποία το διαζύγιο δεν είχε καταφέρει να εξαλείψει τα παλιά αισθήματα. Θα μπορούσε να είναι ακόμα και μια παλιά του ερωμένη, αστεφάνωτη για δεκαετίες, που η δυσκολία του χαρακτήρα του δεν την είχε ποτέ αναβαθμίσει σε σύζυγο.

«Βλέπεις τι άνθρωπος είναι, Ορέστη; Είναι ικανός να σε ταλαιπωρεί απ' το πρωί ως το βράδυ. Θέλει όλος ο κόσμος να ασχολείται μαζί του».

«Κύριε Ευγένιε, να συνεχίσω;»

«Ακούς το παιδί που σου διαβάζει ναι ή όχι; Για τη ζωή σου λέει. Αν δεν άντεχες το ξενύχτι, να τον έφερνες πρωί, κι όχι που τον κουβάλησες νυχτιάτικα».

«Ό,τι καλύτερο έχεις γράψει, νεαρέ, είναι αυτό με τον κούκο» – είχε γυρίσει τώρα το κεφάλι προς το μέρος του Ορέστη. «Ο χρόνος δε φτάνει ποτέ, η ζωή είναι μικρή. Από την άλλη, φοβόμουν, αγαπητή κυρία Τζένη», εδώ είχε τώρα στρέψει σ' αυτήν το κεφάλι, «ότι δε θα ξημερωθώ. Κακό είναι που φοβόμουν; Κακό είναι που ήθελα ν' ακούσω τη ζωή μου, ή τουλάχιστον αυτό που έχει φτιάξει η αρρωστημένη φαντασία ενός γραφιά;»

Στράφηκε πάλι στη μεριά του Ορέστη, προς τα κει που άκουγε όλη τη νύχτα να του διαβάζουν τις μέρες και τις νύχτες του Λευτέρη Ζεύγου.

«Μήπως θα 'πρεπε να πω συγγραφέα κι όχι γραφιά;»

«Είμαι πια συγγραφέας, κύριε Ευγένιε, χάρη σε εσάς, τ' ομολογώ».

«Χάρη στις πλαστογραφίες της δικής μου ζωής· το παραδέχεσαι αυτό, έτσι δεν είναι;»

«Το παραδέχομαι, αλλά δε θα μπορούσε να γίνει αλλιώς».

«Και η πραγματική, η ακριβής ζωή του Ευγένιου Ζιρντό, πού θα πάει αυτή όταν πεθάνω; Στο χαρτί θα μείνει ο δικός σου Ζιρντό, αυτός νικάει πάντα, έτσι δε μου έχεις πει;»

«Έτσι είναι, κύριε Ευγένιε. Αυτός του χαρτιού νικάει πάντα».

Όσο πλησίαζε το ξημέρωμα, το μυαλό του γέρου φαινόταν να επανακτά μια διαύγεια που άλλες ώρες έμοιαζε ολότελα χαμένη. Καταλάβαινε τα πάντα κι ανταπαντούσε χωρίς ν' αφήνει τίποτε στο κενό. Εκτός απ' τους σύνθετους συλλογισμούς του, κάποια στιγμή είχε πιάσει το χέρι της κυρίας Τζένης και το χάιδευε. Ο Ορέστης το πρόσεξε και δεν κρατήθηκε· δεν μπορούσε να το αφήσει ασχολίαστο. Αφού έριξε μια ματιά εξοικείωσης στην οικονόμο, ένα βλέμμα που έμοιαζε να της ζητάει την άδεια, αποφάσισε να μην του χαριστεί του Ζιρντό. Η κυρία Τζένη τον συμπαθούσε, αυτό ήταν σίγουρο, και τώρα, μ' ένα συνένοχο χαμόγελο, τον παρότρυνε να μη σκύβει το κεφάλι στις ιδιοτροπίες του.

«Θα προτιμούσα στα τελευταία κεφάλαια να έχω όλη την προσοχή σας. Αν καταλάβω, κύριε Ευγένιε, ότι σας έχει πιάσει ο ύπνος ή ότι με ακούτε από υποχρέωση, να ξέρετε θα σταματήσω».

«Τι είναι πάλι αυτό, άλλη μια όψη της φιλαυτίας των συγγραφέων;»

«Όσο κι αν συμπαθώ την κυρία Τζένη και τη σέβομαι, θέλω να σας τονίσω ότι δεν είναι η κατάλληλη ώρα να προχωρήσετε σε μια σύσφιξη σχέσεων με την οικονόμο σας!»

«Είσαι τσογλάνι, αυτό είσαι!»

Η κυρία Τζένη πήγε να βάλει τα γέλια αλλά κρατήθηκε.

«Έχει δίκιο το παιδί, Ευγένιε, τα αυτιά σου να είναι εκεί προσηλωμένα», του είπε αυστηρά και τράβηξε το χέρι της από τη χούφτα του.

«Αυτό που λες "παιδί" είναι ένα καθίκι και μισό, ένας επηρμένος μπάσταρδος είναι που νομίζει ότι ως το ξημέρωμα από γραφιάς θα γίνει συγγραφέας. Τι σχέση έχεις εσύ, ρε, με τον Μωριάκ, με τον Δουμά, με τον Ρολλάν;»

«Μπορώ να συνεχίσω αμέσως μόλις τελειώσετε μ' όλους αυτούς τους χαρακτηρισμούς».

«Πες μου, Τζένη, σε παρακαλώ, αργεί να ξημερώσει;»

«Χαράζει σιγά σιγά, όμως σε παρακαλώ να ηρεμήσεις. Έχεις πολύ ακόμη, Ορέστη;»

«Δε νομίζω ότι θα χρειαστώ πιο πολύ από μισή ώρα».

«Ακούς, Ευγένιε; Μόλις ξημερώσει, το βιβλίο θα τελειώσει. Ύστερα μπορείς να πας να ξαπλώσεις».

«Ας τελειώνει ο μπάσταρδος μια ώρ' αρχύτερα, ο γραφιάς ας τελειώνει. Τι έζησε πραγματικά ο Ζιρντό δε θα το μάθει ποτέ κανείς!»

«Μπορώ;» ρώτησε ο Ορέστης ρίχνοντας ένα ακόμη συνένοχο βλέμμα στην κυρία Τζένη.

«Συνέχισε, αγόρι μου, περιμένει να σε ακούσει, μην τον ακούς που γκρινιάζει».

«Κυρία Τζένη, πριν αρχίσω να διαβάζω κι αυτό το κεφάλαιο, θα ήθελα να θυμάστε ότι σας συμπαθώ ιδιαίτερα. Θα 'θελα ακόμη να σας πω ότι αυτά τα δύο χρόνια που έρχομαι εδώ, χάρη σε σας κρατάω τη συναισθηματική μου ισορροπία».

Ρίβκα

Εξοχές, Μάιος 1945

Αγαπημένε μου Βάσια,

Καμιά φορά το σκέφτομαι και γελάω. Γερνούν αλήθεια οι πεθαμένοι; Αν αποφάσιζες απόψε να έρθεις εδώ στο σπίτι να μιλήσουμε, θα είχες άραγε κάτασπρα μαλλιά και κρεμασμένο προγούλι; Μήπως αυτά που λένε τα βιβλία παρηγοριάς, αυτά που κάποιοι τα λένε θεολογικά, ότι μόνο στην ύστατη κρίση οι άνθρωποι θα πάρουν τη μορφή της αιώνιας νεότητας, μήπως αυτά, λέω, έχουν κάποια δόση αλήθειας; Μα θα μου πεις, η ύστατη κρίση δεν έχει έρθει ακόμα, δεν ξαναείδαμε τον Σωτήρα να κατέρχεται εν πλήρει δόξη, είμαστε ακόμη στη στάση και περιμένουμε· όρθιοι.

Αν ερχόσουν σπίτι μου απόψε, το πιο πιθανό θα ήταν να ήσουν ένα σακί κόκαλα. Ακόμη κι αυτό θα το προτιμούσα, παρά να γράφω ολομόναχος ένα γράμμα που δε θα λάβεις ποτέ. Παρ' όλ' αυτά σέρνω την πένα στο χαρτί, κι ας μου θύμισε ο κούκος μου ότι είναι μία τα ξημερώματα, κι ας είναι ακόμη το παράθυρο του γραφείου ανοιχτό και φέρνει ευωδιές απ' τους γύρω κήπους.

Άνοιξη προχωρημένη, Βάσια, τόσο ώστε στα λιβάδια οι στάχτες απ' τα ψητά της Πρωτομαγιάς έχουν κι αυτές σκορπίσει. Το ημερολόγιο δείχνει 12 Μαΐου και φάγαμε ήδη τις πρώτες φράουλες, που έφερε σήμερα ένας απ' την Έδεσσα και τις πουλούσε γυρνώντας με τη σούστα του όλη τη συνοικία.

Μπορώ εκ προοιμίου να φανταστώ το παράπονό σου. Θέλεις να μου γκρινιάξεις, να με ρωτήσεις γεμάτος θυμό κι αγανάκτηση γιατί σε θυμάμαι μόνο στην πιο άγρια μοναξιά. Το παράπονό σου εστιάζεται στο γιατί σε ξεχνάω όταν ζω δραστήριος κι ευτυχισμένος, όταν στήνω δουλειές και βγάζω παράδες, όταν κοιμάμαι κάθε βράδυ δίπλα στα ζεστά σώματα που έχω αγαπήσει. Έτσι είναι φτιαγμένος ο άνθρωπος, Βάσια. Να πιστεύει ότι είναι αθάνατος και η ευτυχία του συνεχής, κι όταν αυτή η βεβαιότητα γκρεμίζεται και πέφτει, να ζητιανεύει στοργή και να παραπονιέται για την ερημιά του. Απέμεινα μόνος, αδερφέ μου, αυτό το σπίτι δεν ακούει πια τις φωνές τους, δεν έχει φορέματα ριγμένα εδώ κι εκεί ούτε και λεπτές άσπρες κάλτσες διπλωμένες σαν μικρές γροθιές. Δεν ήσουν βέβαια ποτέ νοσταλγός της οικογενειακής θαλπωρής, το θυμάμαι αυτό, αλλά τα σώματα, Βάσια, πολύ τα αγάπησες. Απόψε θα σου πω για τα σώματα που αγκάλιαζα και τώρα δεν είναι πια εδώ.

Βέβαια τώρα είσαι μόνο ψυχή και τη μυρωδιά του πλυμένου δέρματος ίσως την έχεις ξεχάσει, μπορείς όμως να φανταστείς τρία σώματα που αγαπιούνται να ζουν σ' ένα σπίτι, να μαντέψεις τις αγκαλιές, τα γέλια. Σίγουρα μπορείς να κινηθείς μπρος πίσω στον χρόνο, πάνω κάτω στον χώρο, εδώ κι εκεί, μέσα μου κι έξω μου· με άλλα λόγια, μπορείς να έρθεις κι εσύ στο κάτω μας σπίτι και θα καταλάβεις.

Στην αρχή ήταν ένα υπόγειο χωρίς θέρμανση με τέσσερα παράθυρα. Μια ελικοειδής σκάλα ένωνε τον πάνω κόσμο της ναζιστικής νομιμότητας με τον κάτω, εκεί που η μυρωδιά του νωπού ασβέστη σ' έπιανε απ' τα ρουθούνια και κάθε τόσο οι σωλήνες που περνούσαν πάνω απ' το κεφάλι σου βορβόρυζαν παροχετεύοντας τ' απόνερα του επάνω κόσμου. Με τη Μίρζα καλύψαμε εξαρχής όλο το κρύο πάτωμα με στρωσίδια: βελέντζες, χαλιά, κιλίμια, κουρελούδες, υφαντά, οτιδήποτε μπορούσε να ζεστάνει και να εμποδίσει την υγρασία να φτάσει στα κόκαλα. Είχε γούστο, Βάσια, να το βλέπεις, χρώματα αταίριαστα, σχέδια επί σχεδίων, χνούδια και κρόσσια, ένα μεγάλο πολύχρωμο μπάλωμα κι επάνω του να πατάνε και να τρίβονται δυο ζευγάρια πόδια ντυμένα με χοντρές κάλτσες.

Πριν καλά καλά ξημερώσει, ο Φερντινάντ Τιάνο έφερε την κόρη του τη Ρίβκα και μου την άφησε έξω απ' την πόρτα του υπογείου. Ο παλιός μου βοηθός στις γαζέτες τα έπαιξε όλα για όλα. Έφερε μπροστά μου το παιδί πριν προλάβω να του ανακοινώσω την απόφαση που είχαμε πάρει με τη Μίρζα, πριν ακόμη ακούσει ότι την κόρη του την περιμέναμε, ότι μπορούσε να φύγει ήσυχος καθώς τα τρένα δε θα έπαιρναν ποτέ το κορμάκι της να το πάνε στις ομίχλες της Πολωνίας.

Όταν ύστερα από λίγο ήρθε η ώρα να την αποχαιρετήσει, εγώ και η Μίρζα αποτραβηχτήκαμε στο υπόγειο και περιμέναμε. Το παιδί ήταν σωστά δασκαλεμένο, αποχαιρέτησε υπάκουα τον πατέρα της χωρίς φωνές και κλάματα. Εκείνος έφυγε στο τέλειωμα της νύχτας με το ίδιο βρομοπαλτό κουμπωμένο ως τον λαιμό να του φωτίζει τον δρόμο ο Αυγερινός. Εμείς καθόμασταν πάνω στις βαλίτσες που είχαμε φέρει απ' το εργοστάσιο· δεν είχαμε προλάβει ακόμη να τις ανοίξουμε. Έτσι όπως περιμέναμε ο ένας δίπλα στον άλλο στο μέσον ενός άδειου υπογείου, που ήταν έτοιμο να γεννήσει από στιγμή σε στιγμή τον πιο βροντώδη αντίλαλο, ακούσαμε τα βήματα της μικρής στη σκάλα. Η Ρίβκα Τιάνο στεκόταν εκεί με τις δυο μαύρες της πλεξούδες να πέφτουν μπροστά στο στήθος της κρατώντας στο χέρι μια πάνινη κούκλα. Τι κρίμα, Βάσια, που η μικρή είχε όνομα, γιατί πολύ θα θέλαμε να τη φωνάζαμε Κοζέτ.[98]

Παραμύθι παραμύθι το κουκί και το ρεβίθι, δώσ' του κλότσο να γυρίσει παραμύθι ν' αρχινίσει... Δεν ξέρω πώς αρχίζουν τα φινλανδικά παραμύθια, στα δικά μας όμως έχουμε απ' την αρχή μια αίσθηση περιδίνησης, ένα χρωματιστό καρουζέλ που λικνίζεται στις σελίδες τους και τρυπώνει στα λόγια των γιαγιάδων που τα αφηγούνται στο παραγώνι. Η Ρίβκα, μετά τη Μίρζα ήταν το δεύτερο πιο γλυκό παραμύθι της ζωής μου. Τώρα που έχει τελειώσει, βλέπω ότι η γριά Μοίρα που το έλεγε έχει πια πεθάνει και το τζάκι όπου καθόταν γνέθοντας έχει πια παγώσει. Όμως προτρέχω και με συγχωρείς.

Έζησα με δυο φτερά πεταλούδας κοντά στα δύο χρόνια, ισόγειο και υπόγειο. Ο άνω κόσμος και ο κάτω· ο πάνω ήταν τυπικός κι άχαρος, μόνο για μου εξασφαλίζει το ζην, ο κάτω έγινε το γάλα και η θερμάστρα στα δυο παραμύθια της ζωής μου. Το μεγάλο μου παραμύθι είχε ξεκινήσει από έναν φλύαρο σουλτάνο κάποιο βράδυ στα πρώτα χρόνια αυτού του αιώνα, ενώ το μικρό χρόνια αργότερα από έναν άνθρωπο κατατρεγμένο, που ήταν έτοιμος να φιλήσει λασπωμένα παπούτσια για να κρατήσει τη Ρίβκα κάτω απ' τον ήλιο.

Νομίζω ότι είναι περιττό να σου ξεκαθαρίσω ότι τα σχέδια της κοινής μας απόδρασης στην Τουρκία και ο εφιάλτης μου να την αποχωριστώ έξω απ' το σπίτι της στην Πόλη και να πάρω τον δρόμο για την Παλαιστίνη είχαν τελειώσει. Η Ρίβκα ήταν μάλλον το πρόσχημα για να παρατήσει τον άντρα και το παιδί της και να μείνει μαζί μου, ώσπου να περάσει το κακό, όπως έλεγε. Ακόμη και σήμερα, ύστερα από δύο χρόνια, θέλω να πιστεύω ότι ήταν ο

98. Cossete: γυναικείος μυθιστορηματικός χαρακτήρας στο γνωστό έργο του Βίκτορα Ουγκό *Οι Άθλιοι* (*Les Misérables*)· στις περισσότερες ελληνικές μεταφράσεις το όνομα αποδόθηκε ως «Τιτίκα».

έρωτάς της που την έκανε να περάσει μαζί μου εκείνες τις μέρες. Είχε αφήσει πίσω της άντρα και παιδί, και με μια αριστοτεχνική κίνηση τους είχε αντικαταστήσει με δύο άλλα πρόσωπα σε μιαν άλλη πόλη.

Όταν ξεκινήσαμε να οργανώνουμε τη ζωή μας κάτω στο υπόγειο, φοβόμουν ένας θεός ξέρει πόσο τη γειτονιά. Η πρώτη μας έγνοια ήταν το παιδί, να έχει τουλάχιστον ζέστη, αλλά στο υπόγειο μπορούσαμε να έχουμε μόνο μαγκάλι. Αν βάζαμε σόμπα, θα ήταν σαν να τα λέγαμε όλα χαρτί και καλαμάρι στους καλοθελητές της γειτονιάς κι απέναντι, στην ίδια την Kommandantur. Πολλά κρύα βράδια, μόλις νύχτωνε, έπαιρνα τη Ρίβκα στην αγκαλιά μου και την ανέβαζα επάνω στην πορσελάνινη σόμπα του σαλονιού, που εδέησα να την ανάψω ύστερα από πολλά χρόνια. Η μικρή περνούσε τις περισσότερες νύχτες ακούγοντας τον βήχα της μαζί με τα ξύλα που τριζοβολούσαν. Καθώς οι βδομάδες περνούσαν, αυτός ο βήχας, που στις πρώτες νύχτες του υπογείου έμοιαζε γδούπος και δε μας άφηνε να κοιμηθούμε, τώρα εξαφανίστηκε. Η αρρώστια της αποδήμησε πρόπερσι τέτοια εποχή, κι από τότε τα μάγουλα της μικρής πήραν το χρώμα που έχουν τα ρόδια του Οκτώβρη.

Συνέχισα να πηγαίνω κάθε πρωί στο εργοστάσιο, γιατί ήθελα να με βλέπει η γειτονιά να ζω στη ρουτίνα που με είχαν συνηθίσει. Αυτές ήταν και οι πιο δύσκολες ώρες για τη Μίρζα και τη Ρίβκα, γιατί το σπίτι έπρεπε να φαίνεται χωρίς κανέναν ένοικο. Απαγορεύσαμε στη μικρή να πλησιάζει στα παράθυρα του υπογείου, να τρέχει, να μιλάει δυνατά και να γελάει. Πιο δύσκολα ήταν τις πρώτες βδομάδες, τότε που η Ρίβκα έβηχε πολλές ώρες τη μέρα, όμως ευτυχώς ήταν παιδί με κατανόηση και γρήγορα έμαθε να σβήνει τον θόρυβο σ' ένα μαντίλι.

Φρόντιζα να γυρνώ νωρίς· άλλωστε η παρουσία μου στο έρημο εργοστάσιο είχε να κάνει μόνο με το να βλέπω αν ο Ιορδάνης ήταν ακόμη ζωντανός και αν οι πόρτες είχαν παραβιαστεί στη διάρκεια της νύχτας. Άναβα κάθε πρωί τη σόμπα του γραφείου, για να βλέπουν οι γείτονες λίγο μαύρο καπνό να βγαίνει απ' το εργοστάσιο, έναν καπνό λιγνό κι αδύναμο, αυτόν που μπορούσαν να βγάλουν δυο τρία υγρά κούτσουρα.

Η όλη περιοχή όμως ειδικά εκείνους τους μήνες είχε χορτάσει μαύρο καπνό, καθώς οι συρμοί έφευγαν κάθε μέρα απ' τον σταθμό και δεκάδες σφραγισμένα βαγόνια έπαιρναν τον δρόμο για την Κρακοβία. Έπαιρνα τα κιάλια του Καραμάνου και τα πρωινά στεκόμουν στην τζαμαρία και κοίταζα κατά τον σταθμό. Οι αιχμάλωτοι Εβραίοι ήταν χιλιάδες – τόσα πολλά άστρα μαζεμένα θα τα ζήλευαν και οι πιο ανεφέλωτες νύχτες. Κάποιο απ' αυτά τα τρένα θα πήρε μαζί του και τον Φερντινάντ, που βάζω στοίχημα θα φορούσε το ίδιο παλτό ακόμη. Έφυγε όμως τελικά με το τρένο; Το επιβεβαίωσα δύο χρόνια μετά, όταν μια μέρα χτύπησε η πόρτα του σπιτιού μου... Όμως προτρέχω ξανά.

Σου έγραφα πιο πάνω ότι γυρνούσα στο σπίτι πριν το μεσημέρι. Έβαζα κάτι πλάκες στο γραμμόφωνο για να μπορέσει η Ρίβκα με κάποιον τρόπο να γελάσει, ή, κι αν ακόμη της έβγαινε, και να κλάψει. Τώρα που το σκέφτομαι, γελάω με το πόσοι γείτονες θ' άκουγαν με πρόσωπο γεμάτο απορία μεσημεριάτικα τη μουσική στη διαπασών, τα ταγκό του Eduardo Bianco,[99] τη φωνή της Κάκιας Μένδρη[100] και της Δανάης Στρατηγοπούλου.[101] Πώς μεταμορφώθηκε, θα σχολίαζαν, ο μουντρούχος διευθυντής της «Γόρτυς» στον γλεντζέ της συνοικίας;

---

99. Eduardo Vicente Bianco (1892-1959): φημισμένος Αργεντινός μαέστρος παραδοσιακής ορχήστρας ταγκό· συνθέτης, βιολιστής, διασκευαστής, ενορχηστρωτής, στιχουργός και τραγουδιστής.

100. Κάκια Μένδρη (1912-1994): σημαντική τραγουδίστρια του Μεσοπολέμου.

101. Δανάη Στρατηγοπούλου (1913-2009): τραγουδίστρια, μουσικός, συγγραφέας, μεταφράστρια και καθηγήτρια της Ελληνικής Λαογραφίας στο Πανεπιστήμιο Σαντιάγο της Χιλής καθώς και φωνητικής μουσικής σε πολλά ωδεία.

Τα μεσημέρια τρώγαμε στο υπόγειο ό,τι είχαμε μαγειρέψει το προηγούμενο βράδυ. Καταμεσής στα ετερόκλητα στρωσίδια είχαμε βάλει έναν σοφρά και γύρω γύρω μαξιλάρια. Η Μίρζα είχε μαζεμένα ψηλά τα μαλλιά της και φορούσε κάποιο παλιό φουστάνι της Σάνε, ενώ η Ρίβκα ήταν ντυμένη μ' ένα απ' τα ρούχα που είχα αγοράσει μόνος μου από κάποιο μαγαζί της Εγνατία ή της Βενιζέλου. Η αλήθεια είναι ότι πολλές φορές απέτυχα να πάρω το σωστό νούμερο, ενώ η Μίρζα γκρίνιαζε κι όλο μού σημείωνε στο χαρτί τα νούμερα που έβγαζε η μεζούρα της. Ξέρεις, σ' εκείνα τα σιωπηλά τους πρωινά, ενόσω η ώρα δεν κυλούσε, μετρούσε και ξαναμετρούσε το ύψος και την περιφέρεια της μικρής για να μου τα δώσει γραμμένα να τα δείχνω στα μαγαζιά. Σου έλεγα λοιπόν ότι στη διάρκεια του μεσημεριανού φαγητού μιλούσαμε ελάχιστα, καθώς ο αντίλαλος στο υπόγειο ήταν ακόμη επίφοβος να μας προδώσει. Η Ρίβκα είχε μάθει εύκολα να λέει αυτό που ήθελε ψιθυριστά, η γυναίκα μου όχι. Ύστερα απ' τις πρώτες μέρες, είχα πια συντονιστεί με τη μικρή να μαλώνουμε την αρχόντισσα αρκούντως τρυφερά όταν αθέλητα ύψωνε τη φωνή της.

Τα βράδια μας όμως ήταν γιορτή. Η μεγάλη και η μικρή μου γυναίκα, μόλις έπεφτε το φως, αναθάρρευαν σαν τα νυχτοπούλια και ανέβαιναν τη στριφογυριστή σκάλα για τον επάνω κόσμο. Συνηθισμένες στη διάρκεια της ημέρας, όταν ανέβαιναν για την τουαλέτα, να περπατάνε σκυφτές, τώρα καμάρωναν πίσω απ' τις τραβηγμένες κουρτίνες και σκορπίζονταν στο σαλόνι, στο γραφείο μου, στη μικρή κρεβατοκάμαρα και στο άλλοτε υπνοδωμάτιο του υπολοχαγού Κράουζε. Το γραμμόφωνο ξανάπαιζε δυνατά, όπως τα μεσημέρια, *Cavalleria Rusticana*,[102] τους ουγγρικούς χορούς του Μπραμς, τι άλλο δε θυμάμαι, γιατί η ερωμένη

102. *Cavalleria Rusticana* (1889): η γνωστή όπερα σε μουσική του Pietro Mascagni.

μου και η ψυχοκόρη μου ξεσάλωναν στο μισοσκόταδο και κυνηγιόντουσαν με γέλια και πετούσαν μαξιλάρια ενώ εγώ κάθε τόσο άλλαζα δίσκους. Mon Dieu, πόση αγωνία είχα τελικά και στις ώρες της χαράς μας ακόμα!

Όταν, Βάσια, καλοκαίριασε, τα πράγματα δυσκόλεψαν· μπορείς βέβαια να το φανταστείς – ανοιχτά παράθυρα, γείτονες που κουβεντιάζουν στους κήπους ως αργά, κι εμείς να περνάμε ώρες στην αναγκαστική σιωπή, σαν να μην είχα χορτάσει από τέτοιες ώρες αργόσυρτες στα αμπριά του πρώτου πολέμου.

Το δεύτερο καλοκαίρι, πέρσι δηλαδή, πήρα τη μεγάλη απόφαση, γιατί η καθημερινότητά μας είχε γίνει εφιάλτης. Έβγαλα από την κρυψώνα κάποιες λίρες, που ήταν πράγματι κι οι τελευταίες, και οδήγησα ως πάνω στο Αρσακλί να βρω να νοικιάσω ένα σπίτι, μια καλύβα, οτιδήποτε μακριά απ' τον κόσμο. Βρήκα μια πέτρινη μονοκατοικία στην άκρη τού πουθενά που γειτόνευε μόνο με μια στάνη και τον Θεό. Την είχε χτίσει πριν από χρόνια ένας Εβραίος ζωγράφος με τη γυναίκα του, κι ήταν ένας χρόνος πια που έμενε ερημωμένη. Τη νοίκιασα από κάποιον ντόπιο που την είχε καταπατήσει. Αφού μου αράδιασε ένα σωρό μυθεύματα για το πώς είχε φτάσει το κλειδί στα χέρια του, κλείσαμε συμφωνία μετά από παζάρια. Στα ψέματα ήμουν καλύτερος, γιατί του μίλησα για τη φυματική μας κόρη που είχε ανάγκη από ήλιο και καθαρό αέρα και του πλήρωσα προκαταβολικά τους δυο μήνες που θα μέναμε έχοντας την ελπίδα ότι δε θα τον ξανάβλεπα μπροστά μου ως τα πρωτοβρόχια.

Φύγαμε για την εξοχή βαθιά νύχτα. Έκανα σκληρή οικονομία στη βενζίνη εδώ και μήνες και φύλαγα την κάθε σταγόνα σαν το αγιασμένο νερό. Στις πλαγιές του Αρσακλί κατάφερα κι έπαιξα για πρώτη φορά κυνηγητό με την κόρη μου...

Με συγχωρείς, εδώ θα πρέπει να κλείσω...

Εξοχές, Ιούνιος 1945

Αγαπητέ μου Βάσια,

Το να προσπαθώ να μη σου γράφω γιατί είναι τάχα παρανοϊκό κι ανώφελο, μου είναι τόσο δύσκολο όσο το να κόψω το τσιγάρο. Πέρασαν πάνω από τρεις βδομάδες από κείνο το βράδυ που σκυμμένος πάνω στο χαρτί σού έλεγα την ιστορία της οικογένειάς μου στα τελευταία δύο χρόνια του πολέμου. Δεν ξέρω αν φτάνουν όλα τα νέα στον άλλο κόσμο, αλλά να ξέρεις ότι η Γερμανία πριν από λίγες μέρες συνθηκολόγησε – ο πόλεμος στην Ευρώπη τελείωσε. Σε μας είχε λήξει οχτώ μήνες νωρίτερα, τον προηγούμενο Οκτώβριο, όταν οι πόλεις και τα χωριά γέμισαν πλήθη που κρατούσαν σημαίες και πανηγύριζαν. Για μας τους τρεις στο σπίτι όμως αποδείχτηκε ότι ήταν δύσκολο να χαρούμε με την ψυχή μας και να πανηγυρίσουμε.

Βάσια, έτσι όπως κάθεσαι στην αιώρα της αιωνιότητας, έχεις καθόλου χρόνο να σου πω τι έγινε;

Ήμασταν κι εμείς εκεί με το πλήθος, οι τρεις μας έξω στον κόσμο για πρώτη φορά. Ήμασταν στην Πλατεία Αγίας Σοφίας και στο Λιμάνι και είδαμε να περνάνε μπροστά μας οι αντάρτες με τα ψηλά άλογα, τα μακριά γένια και τα φυσεκλίκια. Οι άνθρωποι έδειχναν κάποιον συνταγματάρχη που τον έλεγαν Μπακιρτζή και σχολίαζαν. Ακούγονταν από παντού συνθήματα, φωνές, γέλια, σαν να είχε συντριβεί το σιδερένιο τακούνι μια για πάντα και η κοινωνική δικαιοσύνη να ήταν έτοιμη να στήσει τη σημαία της στο πιο κεντρικό κτίριο της πόλης.

Γυρίσαμε πίσω με το καραβάκι, που εκείνες τις μέρες είχε αρχίσει και πάλι τα δρομολόγια. Είχα τη Ρίβκα μπροστά μου και στήριζα τα δυο μου χέρια στους ώμους της. Ήταν μια μέρα ηλιόλουστη και το ημερολόγιο έγραφε 30 Οκτωβρίου του 1944. Το καραβάκι έκανε αρκετές στάσεις ξεφορτώνοντας κόσμο ακόμη και σ' αυτές τις ξύλινες προκυμαίες που ήταν και λίγο επίφοβες, γιατί είχαν χρόνια να συντηρηθούν.

Οι Εξοχές, ιδωμένες από τη θάλασσα, είναι εξίσου μαγευτικές, αν και ξέρω ότι εσύ διαφωνείς, γιατί τότε που ζούσες κι ανέβαινες για δουλειές του εργοστασίου, όταν βγαίναμε βόλτα εδώ στη θάλασσα, γκρίνιαζες για τους δικούς μας αρχιτέκτονες, που μπέρδευαν το ένα στιλ με το άλλο. Τις βίλες εδώ δεν τις έβαζες καν σε σύγκριση με τα αρχοντικά της Αθήνας· είναι σύμμεικτες κατασκευές, έλεγες, κρεολές. Αυτές σου τις κουβέντες πέρασε καιρός να τις ξεχάσω και να σε συγχωρήσω.

Κατεβήκαμε λοιπόν σε μιαν απ' αυτές τις αποβάθρες που έβλεπαν στις πλάτες των μεγάλων αρχοντικών της λεωφόρου. Επιστρέψαμε στο σπίτι με αργό βήμα αργοκίνητοι εξαιτίας της κούρασης και της παρατεταμένης συγκίνησης· μην ξεχνάς, ήταν μια μέρα που κάποτε η ιστορία θα σταθεί και θα την καταγράψει. Η Ρίβκα συνέχιζε να κοιτάζει αχόρταγα τα πάντα γύρω της. Της αγόρασα έναν χαρταετό από κάποιον πλανόδιο που είχε φορτώσει την πραμάτεια του σ' ένα ξύλινο καρότσι και το έσπρωχνε κατά το Κέντρο, να πάει εκεί στον συνωστισμό για να ξεπουλήσει μες στη χαρά των ανθρώπων. Όλοι εκείνοι ήθελαν να γίνουν αετοί και να πετάξουν, αφήνοντας κάτω στα χώματα τα μαύρα χρόνια.

Φτάσαμε μπροστά στην πόρτα του σπιτιού· κρατούσα τα κλειδιά στο χέρι, δε βιαζόμουν. Κάποιοι γείτονες κάθονταν στ' ανοιχτά παράθυρα ενώ άλλοι πότιζαν τους κήπους. Μπήκαμε μέρα μεσημέρι από την μπροστινή πόρτα και οι τρεις μαζί. Κανείς μας δεν έσκυψε το κεφάλι από φόβο μήπως τον δουν, ήμασταν ελεύθεροι. Ήταν η πρώτη και η τελευταία φορά που ήμασταν όλοι μαζί κι ελεύθεροι.

Απ' το πρωί ακόμη εκείνης της μέρας που ξεκινήσαμε για το Κέντρο παρατήρησα πως απέφευγε το βλέμμα μου. Κάποια στιγμή, καθώς κάναμε βόλτα στους κεντρικούς δρόμους, μας άφησε για λίγη ώρα. Ήξερα, ή μάλλον μπορούσα να φανταστώ, το γιατί: ήθελε να πάει στο τηλεγραφείο. Όλες εκείνες οι συγκεντρώσεις και οι γύρω μας πανηγυρισμοί μάς είχαν έρθει γάντι τελικά, γιατί μας έδωσαν τη δικαιολογία ν' αποφεύγουμε ο ένας τα μάτια του άλλου. Ύστερα ήταν και η θάλασσα, που μαγνήτιζε τα βλέμματα, ήταν και οι ερωτήσεις της μικρής, που έρχονταν η μια μετά την άλλη – τι είν' εκεί, γιατί αυτό, ποιος είν' εκείνος...

Στο σπίτι το παιδί αποκοιμήθηκε στην αγκαλιά της νωρίς γιατί ήταν κουρασμένο. Το σήκωσα και το μετέφερα προσεχτικά στο κρεβάτι, εκεί όπου κάποτε φώλιαζε κι ονειρευόταν το σαπουνισμένο κορμί του υπολοχαγού Κράουζε. Λίγο αργότερα οι δυο μας στο σαλόνι, εκεί στην επικράτεια του μεγάλου κούκου που τον είχα επανατοποθετήσει στον τοίχο, ξαναμοιράσαμε την τράπουλα.

«Δε χρειάζεται να μου πεις», την πρόλαβα.

«Σ' ευχαριστώ», σχολίασε. «Μ' ευκολύνεις και μ' ανακουφίζεις όπως δεν μπορείς να το φανταστείς».

Ένα πράγμα μόνο τη ρώτησα, Βάσια, πριν αρχίσει να ετοιμάζει τα πράγματά της. Τη ρώτησα αν έφευγε σπρωγμένη από την αίσθηση του μητρικού καθήκοντος ή πήγαινε να ξανασυναντήσει την ευτυχία. Ήξερα ότι είχα το σθένος ν' ακούσω την οποιαδήποτε απάντηση, όμως δεν αξιώθηκα καμιά από αυτές. Ήθελα πικραμένος να της πω τέτοια λόγια, που θα ήταν δεύτερο μαστίγιο στην πλάτη της – ευτυχώς δεν το έκανα. Η σιωπή δεν είναι μόνο χρυσός αλλά και η πιο κερδοφόρα υπεκφυγή.

Έφυγε με το τρένο σε τρεις μέρες για την Κομοτηνή. Εκεί θα την περίμενε πλημμυρισμένος από ευτυχία ο Πρόδρομος Μυσίρογλου με τον γιο τους, γιατί εκείνη, η μάνα του παιδιού του, είχε γλιτώσει απ' του χάρου τα δόντια.

Στις επόμενες βδομάδες μάς πρόλαβαν οι εξελίξεις της Αθήνας· ο πόλεμος στη χώρα δεν είχε ακόμη τελειώσει.

Για μένα όμως, που ήμουν πια σαράντα εφτά χρονών, ακουγόταν ως κάτι πολύ μακρινό, αποτρόπαιο βέβαια, αλλά υπόθεση πιο πολύ των Εγγλέζων και της νεολαίας που βράζει το αίμα της. Ο δικός μου πόλεμος λεγόταν «Γόρτυς», ή, για να μη χρυσώνω το χάπι, λεγόταν απλώς «επιβίωση». Οι λίρες που μας συντηρούσαν αυτά τα χρόνια είχαν τελειώσει. Οι μοναδικές μου ελπίδες πριν ένα χρόνο στον κατεστραμμένο οικονομικό ορίζοντα ήταν να τελειώσει γρήγορα ο πόλεμος και στην υπόλοιπη Ευρώπη για να μπορέσω να κάνω ανάληψη απ' την Ελβετία, αν υπάρχουν βέβαια ακόμη εκεί κάποια υπόλοιπα απ' τα χρήματα που είχα καταθέσει ύστερα απ' τη βιαστική εκποίηση της περιουσίας μου στη Μασσαλία. Θυμήσου ότι το μεγαλύτερο μέρος από αυτά το είχα φέρει εδώ στην Ελλάδα, τότε που ο πόλεμος δεν υπήρχε ούτε ως υποψία.

Με το τέλος του πολέμου, υπήρχε πάντα και η ελπίδα να νεκραναστηθεί η «Γόρτυς», όταν η ζωή θα ξανάμπαινε στον κανονικό της ρυθμό – αν στο μεταξύ δε μεγάλωνε κι άλλο αυτή η φαγωμάρα που ξεκίνησε τον Δεκέμβρη στην Αθήνα. Ποιος πιστεύει ότι το σιδερένιο τακούνι έχει όντως ηττηθεί; Οι κομμουνιστές αυτή τη φορά δείχνουν έτοιμοι να μην αφήσουν να τους ξαναπατήσει.

Η καινούρια χρονιά με βρήκε στην απέλπιδα προσπάθεια να βάλω μπρος σε κάποιες απ' τις μηχανές του εργοστασίου, να πάρω μερικές προκαταβολές και ν' αρχίσω να δίνω τα πρώτα μεροκάματα σε εργάτες υφαντουργούς. Με τους Σκλαβογιάννηδες δεν μπορούσα να βγάλω άκρη. Απ' το τηλέφωνο μου μίλησαν για κάποια καινούρια κεφάλαια από ομογενείς της Αλεξάνδρειας – μόνο λόγια φυσικά, γιατί κανένα έμβασμα δε χτύπησε την πόρτα της «Γόρτυς». Το μόνο έμβασμα που έφτασε ήταν απ' την Κωνσταντινούπολη μαζί μ' ένα τηλεγράφημα: «Αυτά τα χρήματα δεν είναι για σένα, γι' αυτό μη βιαστείς να μου τα γυρίσεις πίσω. Είναι για τη Ρίβκα, για να σπουδάσει όπως πρέπει, για να γίνει δεσποινίδα των Εξοχών. Σου το ξαναγράφω: μη διανοηθείς να μου τα γυρίσεις πίσω· για την ακρίβεια, σε εκλιπαρώ».

Πήγα μ' αυτά τα λεφτά κι έγραψα τη Ρίβκα στα Εκπαιδευτήρια Σχοινά πληρώνοντας ακόμη και για έξτρα ιδιαίτερα μαθήματα. Η Ρίβκα δε μιλούσε τα ελληνικά όπως τ' άλλα παιδιά της τάξης της, δεν ήξερε καθόλου γαλλικά και δεν είχε ποτέ ακουμπήσει πλήκτρα του πιάνου στη ζωή της. Το έμβασμα εκ Κωνσταντινουπόλεως της κυρίας Μυσίρογλου κάλυψε όλες αυτές τις ανάγκες.

Κατά τ' άλλα η ζωή μας κυλούσε χωρίς πολλές κοινωνικές επαφές. Εγώ είχα αρχίσει να σκαλίζω και τον κήπο θυμούμενος την τέχνη μου, σαν να ήμουν ένας άλλος Γιάννης Αγιάννης, τότε που ζούσε στο μοναστήρι με την Τιτίκα· άλλωστε είχε κι εκείνος διάφορα ονόματα στη ζωή: κύριος Μαγδαληνής, κύριος Θερσανέμης, όπως λέμε κύριος Ζιρντό. Ένας Γιάννης Αγιάννης που ονειρευόταν για το δικό του ορφανό να γίνει η Κοζέτ των Εξοχών, καλλιεργημένη, ευγενική και με κάποια σημαντική προίκα, κάτι που έπρεπε να το φροντίσω στα επόμενα χρόνια με κάθε θυσία.

Τα πρωινά της Κυριακής, που δεν είχε σχολείο, την έπαιρνα στο εργοστάσιο για να φάει σιμιγδαλένιο χαλβά απ' τα χέρια του Ιορδάνη, που της έκανε όλα τα χατίρια κι ανησυχούσα μην την κακομάθει. Τα περισσότερα βράδια κάναμε μαζί τα μαθήματα του σχολείου, καθώς της κρατούσα το βιβλίο, της διόρθωνα τα λάθη στο τετράδιο, της μιλούσα ελληνικά και γαλλικά ταυτόχρονα. Στο μόνο που δεν μπορούσα να της απαντήσω ήταν για όλους αυτούς που είχαν φύγει απ' τη ζωή της. Τη μάνα της δεν την καλοθυμόταν, τον πατέρα της κάποιες φυρές τον αναζητούσε στα τραγούδια της ή τον ζωγράφιζε με τα κραγιόν στο σχολείο – κάτι άτεχνα σκίτσα ενός άντρα με μακρύ παλτό. Τα πιο πολλά της δάκρυα όμως ήταν για τη Μίρζα. Έκλαιγα κι εγώ μερικές φορές, Βάσια, όταν ήμουν μονάχος μου στο γραφείο ή όταν διέσχιζα τους διαδρόμους στο εργοστάσιο με τις μηχανές που παρέμεναν βουβές.

Πριν από λίγες βδομάδες βρέθηκα στο σχολείο της για την αποχαιρετιστήρια γιορτή ενόψει του καλοκαιριού. Κάθισα στην μπροστινή σειρά φορώντας ένα απ' τα παλιά λευκά μου κουστούμια. Έχω αρχίσει πια να παχαίνω, κι ευτυχώς το χέρι μιας μοδίστρας με είχε βγάλει από το ενδυματολογικό αδιέξοδο. Όσο περίμενα ν' αρχίσει η γιορτή, κάπνιζα και σκεφτόμουν αυτό που είχε συμβεί το πρωί της ίδιας μέρας. Αρχικά είχε χτυπήσει το τηλέφωνο –ναι, η «Γόρτυς» είχε αποκτήσει και πάλι τηλέφωνο– και λίγη ώρα αργότερα ήρθαν δύο απανωτά τηλεγραφήματα που επιβεβαίωναν τις εξελίξεις.

Στο τηλέφωνο ήταν ο Σάββας Σκλαβογιάννης. Κόμπιαζε και δεν ακουγόταν πολύ καθαρά, ήταν και οι γραμμές ακόμα σε μαύρο χάλι. Αυτός λοιπόν από τους Σκλαβογιάννηδες είχε επιφορτιστεί με το καθήκον να μου αναγγείλει το τέλος. Η «Γόρτυς Α.Ε.» είχε πουληθεί εξολοκλήρου σε μια οικογένεια ομογενών της Αλεξάνδρειας που γνώριζαν όσο λίγοι άνθρωποι στη Μεσόγειο εδώ και χρόνια το βαμβάκι όχι μόνο ως πρώτη ύλη αλλά και τις εφαρμογές του. Ευχαριστούν, μου είπε, τον κύριο Ευγένιο Ζιρντό που διαφύλαξε την ακεραιότητα των εγκαταστάσεων σε δύσκολες εποχές και τον απαλλάσσουν των καθηκόντων του αποστέλλοντάς του μιαν αμοιβή για το σύνολο των ως τώρα υπηρεσιών του.

Όσο κρατούσε η γιορτή του σχολείου, συνειδητοποίησα ότι έπρεπε στη ζωή μου να ξεκινήσω πάλι απ' την αρχή. Είχα ήδη εκταμιεύσει το ίδιο μεσημέρι το ποσό που είχαν καταθέσει οι καινούριοι ιδιοκτήτες, κι αφού φίλησα τον Ιορδάνη σταυρωτά με την υπόσχεση να 'ρχομαι να τον βλέπω, ανέβηκα στη Σεβρολέτ μου, αυτό το μεγαλιθικό μνημείο μιας περασμένης εποχής, κι επέστρεψα στο σπίτι μου στη συνοικία των Εξοχών.

Το απόγευμα, φορώντας το παλιό κουστούμι που μου το είχαν φαρδύνει με λίγες μόνο δραχμές, καθόμουν στην πρώτη σειρά της εκδήλωσης των Εκπαιδευτηρίων Σχοινά περιμένοντας τη Ρίβκα μου να βγει στη σκηνή χορεύοντας με άσπρο φόρεμα κι ένα στεφάνι από λουλούδια στο κεφάλι. Αν τότε ήξερα τι επρόκειτο να συμβεί την επόμενη βδομάδα, δε θα ήμουν τόσο χολωμένος με τα επαγγελματικά μου και με τη γραπτή απάντηση, που αργούσε να έρθει, απ' την ελβετική τράπεζα. Αν ήξερα τι ερχόταν την επόμενη εβδομάδα, δε θα έτρωγα την ψυχή μου με τα επενδυτικά σχέδια που κατάστρωνα. Ο λόγος που με είχε πιάσει επιχειρηματική μανία εκείνες τις μέρες ήταν γιατί είχα να χαράξω το μέλλον αυτού του κοριτσιού, που σε λίγο θα έβγαινε στη σκηνή μ' ένα στεφάνι στα μαλλιά – το μέλλον της δικής μου Κοζέτ, της Τιτίκας των Εξοχών.

Πριν σου πω για κείνο το χτύπημα στην πόρτα την ώρα της απογευματινής αντηλιάς, θέλω, Βάσια, να σου πω ότι η πόλη εκείνον τον καιρό είχε αρχίσει σιγά σιγά να καταλαβαίνει ότι τα γεμάτα με Εβραίους τρένα δεν ταξίδευαν για να μεταμορφώσουν τους συμπολίτες μας σε αγρότες αλλά σε μαύρο καπνό που θα ταξίδευε στα σύννεφα βγαλμένος από ψηλά φουγάρα. Ο ίδιος ο Φερντινάντ Τιάνο έγινε κάρβουνο κι ύστερα καπνός, έγινε ψυχή μαύρη που ανέβηκε να συναντήσει τα σύννεφα της Κρακοβίας κι ύστερα να γίνει μαζί τους βροχή για να ξεπλύνει τα ανομήματα χιλιάδων Κράουζε, που απλώς εκτελούσαν διαταγές.

Να έρθω όμως και σε κείνο το απόγευμα της αντηλιάς, όταν ακούστηκαν χτυπήματα στην μπροστινή πόρτα που βλέπει στον δρόμο. Η επίσκεψή τους με βρήκε να κάνω λογαριασμούς στο τραπέζι της κουζίνας. Η Ρίβκα έπαιζε πίσω στον κήπο· είχε πλύνει γι' άλλη μια φορά τα φορέματα της κούκλας της και τα είχε απλώσει στα κλαδιά της κυδωνιάς, που είχε φυτέψει πριν χρόνια μια θλιμμένη γυναίκα απ' την Αμβέρσα.

Στο άνοιγμα της πόρτας είδα να στέκονται ένας άντρας και μια γυναίκα. Θα έλεγα πως ήταν σχετικά καλοντυμένοι· κρατούσαν και οι δυο στα χέρια τους χαρτοφύλακες. Μου συστήθηκαν ως αντιπρόσωποι του Ιδρύματος Μετανάστευσης Παιδιών και Νέων που έχει την έδρα του στην Παλαιστίνη. Η γυναίκα μάλιστα, η μόνη που μιλούσε ελληνικά, φρόντισε να μου τονίσει εξαρχής πως η επίσκεψή τους στο σπίτι μου ήταν σε γνώση της UNRRA όπως και του εκπροσώπου της Άρι Γκρινστάιν. Ο άλλος δίπλα της μου μίλησε στα γαλλικά και μου συστήθηκε ως Τσέρνοβιτς, ή κάτι τέτοιο. Τους πέρασα στο σαλόνι, ενώ απ' το πίσω παράθυρο είδαν τη Ρίβκα, που συνέχιζε ν' απλώνει τα ρούχα της κούκλας της στα κλαδιά της κυδωνιάς. Πρόσεξα αυτόν τον Τσέρνοβιτς να σκουντάει με τρόπο τη γυναίκα και να της δείχνει το παιδί.

Όλα τα ήξεραν! Πού, διάολε, τα είχαν μάθει, δεν έχω ιδέα. Ο Φερντινάντ ήταν επισήμως νεκρός στο στρατόπεδο Μπέργκεν Μπέλσεν. Ο άντρας και η γυναίκα είχαν την εξουσιοδότηση με όλα τα επίσημα χαρτιά να οδηγήσουν την κόρη του στην Παλαιστίνη για ν' αρχίσει εκεί μια καινούρια ζωή. Φυσικά οι ευχαριστίες προς το πρόσωπό μου δε θα ήταν μόνο προφορικές, αλλά θα συνοδεύονταν κι από μια επίσημη επιστολή υπογεγραμμένη από ανθρώπους με κάποια θέση.

Στην αρχή νόμισα ότι ονειρεύομαι, ότι ήμουν βυθισμένος σ' έναν ύπνο γεμάτο απ' τον φόβο του αποχωρισμού, ενώ μια ενοχλητική αντηλιά μ' έσπρωχνε να σμίγω κάθε τόσο τα φρύδια μου για να λυτρωθώ απ' το φως. Ήταν όμως η πραγματικότητα που μου έλεγε ότι η κόρη μου θα έφευγε μια για πάντα στην Παλαιστίνη.

Κάθομαι σήμερα, δυο εβδομάδες μετά, και οικτίρω τον εαυτό μου· μάλλον τον βάζω στο σκαμνί και τον κατηγορώ για την αδράνεια που επέδειξε. Έπραξα σαν να μην ήμουν ο ίδιος άνθρωπος που κάποτε λιποτάκτησα από έναν βρόμικο πόλεμο όταν το μόνο καθαρό πράγμα γύρω μου ήταν το χιόνι, σαν να μην ήμουν για χρόνια άνθρωπος του μεγαλύτερου εμπόρου όπλων που έκανα αλισβερίσι με τους μαφιόζους της Μασσαλίας, που...

Γιατί δεν άρπαξα το παιδί να φύγω μακριά; Γιατί δεν άλλαξα ξανά τ' όνομά μου για να την έχω μαζί μου, γιατί; Τώρα, αγαπητέ μου Βάσια, που τα σκέφτομαι, μου βρίσκω μια δικαιολογία κι αρχίζω να συντάσσω το απαλλακτικό βούλευμα. Είμαι μεγάλος πια να ξαναφύγω, πολύ σώφρων για να σέρνω πίσω μου με παράνομες δοσοληψίες ένα παιδί σε ξένους τόπους. Ήμουν τελικά κατάλληλος μόνο για μεσήλικας πατέρας, συμβατικός, αυτό που πιπιλίζουν οι κομμουνιστές «μικροαστός», που κάθεται και καμαρώνει χαμογελαστός στην πρώτη σειρά την κόρη του στις γυμναστικές επιδείξεις του σχολείου. Δεν μπορώ πια να είμαι τίποτε περισσότερο παρά ένας Ζιρντό, που λίγο πάχυνε, που κουράστηκε και δεν μπορεί ν' αλλάζει ονόματα και χώρες σαν τα πουκάμισα.

Η Ρίβκα έφυγε από κοντά μου ύστερα από μια βδομάδα, αφού πέρασε όλες τις ιατρικές εξετάσεις που απαιτούσε αυτή η εβραϊκή έδρα μετανάστευσης. Ξέρω ότι λίγες μέρες έμεινε στην Κηφισιά, σε μια βίλα με άλλα ορφανά του πολέμου, μαθαίνοντας εβραϊκά παιχνίδια και τραγούδια. Επιβιβάστηκε στο πλοίο που είχε ναυλώσει η UNRRA, το *Empire Petrol*, κι έφτασε ύστερα από λίγες μέρες στο Τελ Αβίβ. Πάνω στην πορσελάνινη θερμάστρα, που είναι τώρα σβηστή, είναι αφημένο το πρώτο της γράμμα, που το έλαβα σήμερα το πρωί.

Είναι ώρα τώρα να σ' αφήσω, Βασίλι Κάρλοβιτς Γιούγκερμαν. Έτσι όπως κάθομαι τώρα στο σαλόνι ενώ γύρω μου βουίζουν δυο μύγες του καλοκαιριού, κοιτάζω πίσω στον κήπο. Φεύγοντας, ξέχασε να μαζέψει τα πλυμένα φορέματα της κούκλας της, γι' αυτό κι είναι πεσμένα εδώ και μέρες στο χώμα. Δε θα φυτρώσει, Βάσια, τίποτε απ' αυτά· το πολύ πολύ κάποιο να το αρπάξει μια κίσσα για να στολίσει τη φωλιά της.

Ο φίλος σου
Λευτέρης

Στις αρχές της καινούριας δεκαετίας όλοι οι ένοικοι που έμεναν στα σπίτια πάνω και κάτω απ' τη Λεωφόρο των Εξοχών είχαν πεισθεί ότι οι καθημερινές εικόνες που θα συνέχιζαν να τους περιβάλλουν στο μέλλον θα έμεναν ίδιες κι απαράλλαχτες. Για παράδειγμα, πίστευαν ότι η βίλα που στέγαζε την Transport Kommandantur στην Κατοχή θα έμενε κλειστή για πάντα.

Ένας μεσόκοπος άντρας είχε καρφώσει ένα πρωί σανίδες έξω απ' τις πόρτες και τα παράθυρα για να εμποδίζει τα χαμίνια όπως και κάθε λογής μπουκαδόρους να μπουν και ν' αρπάξουν οτιδήποτε μπορούσε να πουληθεί στις μάντρες με τα οικοδομικά υλικά πέρα στο Σέδες. Οι παλιοί γείτονες δεν άργησαν ν' αναγνωρίσουν στο πρόσωπό του τον λιγομίλητο γείτονα που ζούσε δίπλα τους κοντά είκοσι χρόνια τώρα. Ήξεραν ότι παλαιότερα ήταν διευθυντής της «Γόρτυς», τώρα, όπως λέγανε, εργολάβος στα νεόχτιστα και εισαγωγέας μεταχειρισμένων οχημάτων. Ήταν αυτός λοιπόν, ο αντικοινωνικός Ελληνογάλλος, που εκτός από τις σανίδες, είχε περάσει δύο καινούρια λουκέτα στη σιδερένια καγκελόπορτα της βίλας χωρίς να δώσει λογαριασμό σε κανέναν.

Κανείς απ' τη γειτονιά δεν έπαιρνε όρκο ποιανού ήταν τώρα αυτό το μεγάλο σπίτι. Οι πιο πολλοί μιλούσαν για μια πλούσια Κωνσταντινοπολίτισσα που είχε γεννηθεί εδώ πριν ακόμη φύγουν οι Τούρκοι. Οι γέροι της συνοικίας μιλούσαν για κάποιον μπέη, ντονμέ, παράγοντα της τότε διοίκησης, που το είχε χτίσει από έναν μεγάλο έρωτα για τη γυναίκα του, την οποία κι έχασε τραγικά νωρίς. Κανείς όμως δεν μπορούσε να βρει δεσμό ανάμεσα σε κείνους τους παλιούς ιδιοκτήτες και στον μουντρούχο διευθυντή, που τσιγκουνευόταν και την καλημέρα ακόμα. Πολλές φορές μέχρι και τα παιδιά, όταν τον συναντούσαν στον δρόμο, παραμέριζαν από φόβο πιο πολύ παρά από σεβασμό, ενώ συνέχιζαν να τον περιεργάζονται ώσπου να χαθεί απ' τα μάτια τους.

Ο κύριος Ζιρντό οδηγούσε μια παλιά προπολεμική Σεβρολέτ, φορούσε σκούρα μπλε ή γκρι κουστούμια τον χειμώνα και λευκά ή ανοιχτό κρεμ το καλοκαίρι. Δεν ήταν πολύ μεγάλος, όμως του ήταν αδύνατον να μπορέσει να κρύψει ένα βάρος, που δεν ήταν τόσο από τα κιλά αλλά από τα χρόνια και από θλιβερές αναμνήσεις, που αν και αόρατες, ήταν φανερό ότι τις έσερνε ξοπίσω του, όπως μια σιδερένια μπάλα στο κάτεργο.

Τα πρωινά, αφού είχε φύγει για τις δουλειές του, η οικιακή βοηθός, την ώρα που έβγαζε τα σεντόνια να τ' αερίσει, έπιανε την κουβέντα στις διπλανές αυλές, αλλά και με τους πλανόδιους που έσερναν έναν γάιδαρο ή κανένα κοντοπίθαρο άλογο φορτωμένο καλάθια και τελάρα και πουλούσαν ζαρζαβατικά απ' τα αξημέρωτα. Η υπηρέτριά του ήταν και η μόνη πηγή πληροφόρησης για τη ζωή του μεσόκοπου μπεκιάρη, όμως κι εκείνη βέβαια έμοιαζε πως ήταν δασκαλεμένη στη σιωπή. Κάποιες φορές έδειχνε ότι έσκαγε μες στην αλαλία, καθώς είχε για αφεντικό τον πιο λιγομίλητο άνθρωπο. Η παραδουλεύτρα έφευγε αργά το απόγευμα κι ερχόταν πάλι το πρωί. Ο Ζιρντό, αφ' όταν έδυε ο ήλιος, έδειχνε να μη θέλει να μοιράζεται το χνότο του με κανέναν. Άκουγε μόνο πλάκες στο γραμμόφωνο, πολύ δυνατά είναι η αλήθεια, μια συνήθεια που, όπως ήξερε η γειτονιά, την είχε απ' την Κατοχή ακόμη.

Το σπίτι όπου έμενε γερνούσε μαζί του. Κάποια μέρα μετά τον πόλεμο είχε έρθει ένας Βέλγος γεμάτος περιέργεια να το δει και να συνομιλήσει με τον κόσμο της γειτονιάς. Ήταν ο ιδιοκτήτης που είχε γεννηθεί εδώ, ο γιος ενός μηχανικού που δούλευε για την Εταιρεία Τροχιοδρόμων πριν από τον πρώτο πόλεμο. Είχαν κλείσει αρκετά χρόνια που ο Ζιρντό τού πλήρωνε ένα ετήσιο ενοίκιο στην τράπεζα. Στη γειτονιά η επίσκεψή του αυτή σχολιάστηκε, γιατί ο Βέλγος έδειχνε σαν να 'θελε να το πουλήσει. Καμιά φορά, να εξαργυρώνει κανείς το παρελθόν είναι μεγάλη ανακούφιση.

Πήγαν και τον βρήκαν ένας στρατοδίκης, που έμενε εκεί κοντά, κι ένας άλλος της γειτονιάς, που ήταν καινούριος και για τον οποίον ψιθυριζόταν ότι τον είχε άνθρωπο η μαύρη αγορά κι έτσι ο χωριάταρος τους κουβαλήθηκε στις Εξοχές. Ο Βέλγος πάντως τους απογοήτευσε, καθώς τους ενημέρωσε ότι το σπίτι του πατέρα του είχε πια πουληθεί στον κύριο Ζιρντό κι ότι η επίσκεψή του στη Θεσσαλονίκη, εκτός από έναν χαρακτήρα νοσταλγίας, είχε να κάνει και με μια επίσκεψή του σ' έναν συμβολαιογράφο.

Από κείνη τη μέρα στη γειτονιά το πήραν απόφαση ότι θα ζούσαν μαζί του ως το τέλος. Ο Γάλλος που τους μαύριζε την ψυχή κάθε μέρα με τη σιωπή του, θα ζούσε ανάμεσά τους ως τα βαθιά γεράματα, ομιχλώδης, παντοτινός μαγνήτης σε φήμες και διαδόσεις. Η απόφασή τους πως αυτόν κανείς τους δε θα μπορούσε ποτέ να τον συμπαθήσει ήταν τελεσίδικη, αυτόν που είχε γυρίσει πίσω τρία προξενιά, που είχε τον πιο εντυπωσιακό κήπο φτιαγμένο με τα χέρια του, δίχως μάλιστα να ζητάει βοήθεια από άλλους κηπουρούς. Ίσως αυτό που τους εκνεύριζε περισσότερο ήταν η συνήθειά του να κάθεται στην μπροστινή πλευρά του σπιτιού με θέα στον δρόμο και στην απέναντι βίλα του μπέη. Όλες οι συντροφιές, τα ούζα, τα χάχανα, οι καφέδες, τα κεντήματα, ελάμβαναν χώρα στην πίσω πλευρά, εκεί που ο κήπος του συναντούσε άλλους κήπους κι απ' τα ανοιχτά παράθυρα μπορούσες ν' ακούσεις το ραδιόφωνο απ' το διπλανό σπίτι. Ο Ζιρντό τις καλές μέρες καθόταν πάντα μπροστά και κάπνιζε πότε βαστώντας μια εφημερίδα πότε ένα βιβλίο και διάβαζε κάτω από μια τροφαντή κληματαριά, που σκέπαζε σαν γούνα το μεγάλο υπόστεγο.

Θα ζούσαν μαζί του ως το τέλος, θα τον καλούσαν στους αρραβώνες των παιδιών τους και δε θα πήγαινε. Θα τον καλημέριζαν κι αυτός απλά θα κουνούσε το κεφάλι. Θα ζήλευαν τον κήπο του περνώντας απ' έξω κι εκείνος δε θα 'κανε ποτέ του ένα «Ορίστε», ο Γάλλος, ο ψηλομύτης, ο ακοινώνητος. Θα ζούσαν μαζί του κι η συννεφιά του θα τους σκοτείνιαζε τις μέρες, και μάλιστα σε μια εποχή που μόνο χαρές έδινε, καθώς ο πόλεμος με τους κατσαπλιάδες στα βουνά είχε τελειώσει και όλοι οι συμμορίτες ήταν πια στο χώμα ή στα νησιά, ενώ ο βασιλιάς, έφιππος, παρακολουθούσε κάθε χρόνο του Ευαγγελισμού στην Εγνατία τη μεγάλη παρέλαση. Θα ζούσαν δίπλα του χωρίς να βεβαιωθούν ποτέ αν είναι ή όχι «τοιούτος», γιατί κι αυτά ψιθυρίζονταν· αλλιώς γιατί να πετάξει στα σκουπίδια τα προξενιά με τις πιο καλοστεκούμενες μεγαλοκοπέλες της συνοικίας;

Εκείνο το πρωινό η ζέστη είχε πιάσει από νωρίς. Το φανέρωνε ο θερμός αέρας που έμπαινε μέσα απ' τις γρίλιες στα κλειστά παντζούρια, όπως και η ιδρωμένη μασχάλη του ταχυδρόμου όταν άπλωσε το χέρι του κι έριξε στο γραμματοκιβώτιο έναν φάκελο. Την ώρα που γύρισε ο Ζιρντό, το απόγευμα, ήταν ιδρωμένος και σκονισμένος, γιατί είχε φάει τη μέρα του παζαρεύοντας στις μάντρες και στα γιαπιά. Έβαλε δύο δάχτυλα στη σχισμή και τράβηξε έξω τον φάκελο που προεξείχε. Όταν πρόσεξε κολλημένα επάνω γραμματόσημα της γαλλικής δημοκρατίας, η καρδιά του άρχισε να χτυπάει δυνατά. Μπήκε στο σπίτι κι άφησε τον φάκελο πάνω στο γραφείο για να πάει να πλυθεί.

Λίγη ώρα αργότερα έκοβε με προσοχή τον φάκελο στο πλάι με το ψαλίδι, ενώ ένιωθε τον ιδρώτα να επιμένει παρότι δούλευε ο ανεμιστήρας στο ταβάνι. Το όνομα του αποστολέα ήταν αρκετό για να τον κάνει να σκουπίζει κάθε τόσο το μέτωπο με το μαντίλι: Κατρίν Γκαγιάρ. Η Μασσαλία, ύστερα από τις απανωτές κρούσεις του, φαινόταν ότι άρχιζε ν' ανταποκρίνεται.

Κύριε Ζιρντό,

Πριν πιάσω στο χέρι μου το μολύβι για να σου γράψω, επιδόθηκα πρώτα σε αριθμητικές πράξεις, κι απ' αυτές κατέληξα στο συμπέρασμα ότι κοντεύουν περίπου είκοσι χρόνια που έχεις εξαφανιστεί και ξάφνου αναστήθηκες, βγήκες μέσ' απ' την τρύπα σου πάλι στο φως. Πού ήσουν, Ευγένιε, χαμένος για είκοσι χρόνια και τώρα με θυμήθηκες; Αναρωτήθηκες ποτέ αν ζω ή πέθανα, αν έκαψαν το γραφείο του πατέρα μου οι βόμβες τότε που η μισή πόλη έγινε ερείπια απ' τους βομβαρδισμούς των ναζί; Πέρασαν από πάνω μας εποχές που μας στέρησαν πολλά – ας πούμε το μετάξι, που το έπαιρνε όλο ο στρατός για να το κάνει αλεξίπτωτα. Ευτυχώς που δεν ήσουν εδώ να δεις τις φιλήδονες Μαρσεγιέζες χωρίς μεταξωτά καλσόν και γι' αυτό να ζωγραφίζουν τα πόδια τους για να ξεγελούν τους άντρες. Ζήσαμε και τέτοια φαιδρά, Ευγένιε, όμως εσύ νομίζω ότι πάντα ήσουν ένας άντρας που δεν μπορούσε καμιά μας να τον ξεγελάσει.

Ας πιάσουμε όμως τα πράγματα απ' την αρχή. Πάνε λίγες βδομάδες που μου τηλεφώνησαν απ' το δικηγορικό γραφείο «Υμπέρ Γκαγιάρ & Συνεργάτες». Όπως θυμάσαι, αυτή ήταν μία από τις γνωστές φίρμες που προσέφεραν νομικές υπηρεσίες στη Μασσαλία. Ο Υμπέρ Γκαγιάρ, που τον γνώριζες πολύ καλά, ο άνθρωπος με τον οποίον συνεργαζόσασταν για χρόνια, αυτός που έγινε η αφορμή να γνωριστούμε, δηλαδή ο πατέρας μου, δε ζει πια. Από το «& Συνεργάτες» του γραφείου δεν έχουν απομείνει παρά οι παλιοί του βοηθοί· κάποιους απ' αυτούς ίσως και να τους είχες προλάβει πριν φύγεις άρον άρον προς άγνωστη κατεύθυνση. Πριν λίγο καιρό τούς έστειλες δύο ή τρία γράμματα, αν δεν απατώμαι, κι έτσι αποφάσισαν μετά από πολύ καιρό να έρθουν σ' επαφή μαζί μου. Σε ψάχνει ένας παλιός φίλος από την Ελλάδα, μου είπαν. Βλέπεις, mon chéri, τη βελούδινη γλώσσα των δικηγόρων;

Νομίζω ότι μπορώ να φανταστώ για ποιον λόγο με αναζητάς. Είμαι σίγουρη ξέροντας τόσο καλά την ψυχή σου, τουλάχιστον το ίδιο καλά με το κορμί σου, γι' αυτό και μπορώ ν' αφουγκραστώ την αγωνία σου.

Ο άνθρωπος δεν αλλάζει, Ευγένιε. Να ξέρεις ότι ζούμε και πολιτευόμαστε με την ανεξίτηλη σφραγίδα του χαρακτήρα μας. Κάτι λοιπόν στη ζωή σου πρέπει να στράβωσε και βάλθηκες να ψάξεις πίσω στο παρελθόν να βρεις απομεινάρια, να βρεις τυχόν χρυσά δόντια σε γυμνά κρανία.

Σε φοβίζω, Ζιρντό; Πάντα μου 'λεγες πως σε φόβιζαν οι εκρήξεις μου, ο πυρετός των αισθημάτων μου, το λεξιλόγιό μου που δεν ταίριαζε με το περιβάλλον που γεννήθηκα και μεγάλωσα. Μαντεύω, Ζιρντό, γιατί με αναζητάς. Βάζω στοίχημα ότι μαγκούφιασες και μες στις άδειες σου ώρες σκέφτηκες: Μήπως τότε η Κατρίν δεν έριξε το παιδί; Μήπως, παρ' όλο που έφυγα σαν τον κλέφτη, το κράτησε; Λες, θεά Τύχη, να υπάρχει ένας νέος ή μια κοπέλα εκεί πέρα στη Μασσαλία που να μου μοιάζει και να φλέγεται να με γνωρίσει;

Μήπως είναι άλλος ο λόγος που μ' έψαξες; – ας πούμε από άδολη νοσταλγία; Μήπως έχεις σκοπό να ξανάρθεις στη Μασσαλία και χρειάζεσαι μια παλιά μετρέσα, γιατί στο καλό κρεβάτι έχει σημασία να τον ξέρεις τον άλλον και να μην τ' αρχίζεις όλα απ' την αρχή; Πες μου, Ζιρντό, γιατί με ψάχνεις; Δεν ψάχνεις το παρελθόν σου, ψάχνεις εμένα, αλλά σε πληροφορώ ότι διόλου δεν κολακεύομαι απ' αυτό. Αν σου βεβαιώσω ότι το μωρό μας τότε πράγματι το έριξα, όπως ακριβώς ήθελες, θα ησυχάσεις; Θα γλιστρήσεις όπως και τότε σε μια χαραμάδα και θα χαθείς για πάντα;

Πώς μου μπαίνει ο πειρασμός να σε βασανίσω, δεν μπορείς να το φανταστείς! Να σου γράψω μια αληθοφανή ιστορία για το παιδί μας τάχα, που ζει και βασιλεύει και θα 'ρθει κάποτε να σου χτυπήσει την πόρτα. Δυστυχώς, παλιά και τραγική μου αγάπη, εκτός από μια παχιά γυναίκα που ζει καθημερινά με Veronal,[103] που σπαταλάει το μηνιαίο της εισόδημα μες στην πρώτη βδομάδα, δεν υπάρχει παιδί· για την ακρίβεια, δεν υπάρχει κανείς άλλος δίπλα μου. Μια έκτρωση, ένα διαζύγιο κι ένα πιστοποιητικό νευρικής κατάρρευσης, αυτά είναι όλα κι όλα τα παράσημα της ζωής μου.

Είσαι σίγουρος ακόμη ότι θέλεις να με συναντήσεις; Θέλεις να στείλεις μήπως κι άλλο γράμμα στο «Υμπέρ Γκαγιάρ & Συνεργάτες» αναζητώντας κάποια Κατρίν Γκαγιάρ, κόρη γνωστού δικηγόρου, άλλοτε καλλονή, κοσμική και φιλότεχνη; Το πήρα απόφαση, γλυκέ μου Ευγένιε, ότι δε θα σε τυραννήσω και δε θα χρεώσω επάνω σου την αποτυχία της ζωής μου. Σε βεβαιώνω απερίφραστα ότι το παιδί μας το πήραν τα νερά των υπονόμων σύμφωνα με κείνη την παλιά σου επιθυμία. Επίσης σου ανακοινώνω χωρίς καμιά ενοχή ότι δεν έχω την παραμικρή διάθεση να σε συναντήσω. Άσε με, σε παρακαλώ, ν' αρχίζω να μπαίνω σιγά σιγά στον λάκκο μου χωρίς επιπλέον σκοτούρες.

Κατρίν Γκαγιάρ ή αλλιώς Κατρίν Βερονάλ

103. Veronal: το πρώτο ψυχοτρόπο φάρμακο με λαϊκή ευρεία απήχηση επί πενήντα χρόνια, πρόγονος των σημερινών ηρεμιστικών.

Επόμενη στάση... σκοτάδι

Θεσσαλονίκη, Σεπτέμβριος 1955

ΣΥΧΝΑΖΕ Σ' ΕΝΑ ΚΑΦΕΝΕΙΟ στο Φάληρο, πιο πολύ τα καλοκαίρια, γιατί είχε μεγάλη αυλή με σκέπαστρο και τις πιο πολλές ώρες έπιανε ο θαλασσινός, που έδιωχνε τη λάβρα του ήλιου. Σ' αυτό το καφενείο, εκτός απ' τον καφέ και το ούζο με τα παστά, του άρεσε ν' ακουμπάει όλη την παλάμη του στο μάρμαρο, που είχαν πάνω τα τραπέζια, και να δροσίζεται. Πολλές φορές είχε την αίσθηση ότι η κρυάδα απ' το μάρμαρο του καθάριζε τον νου, ενώ άλλοτε του δημιουργούσε μια παιγνιώδη διάθεση αταίριαστη στο ύφος και την ηλικία του.

Στο μεταξύ είχε καταλάβει ότι κάποιοι απ' τους θαμώνες ήταν ιδιαίτερα φοβικοί, κι όταν τον ρωτούσαν γι' αυτή του τη μανία να χαϊδεύει τα μάρμαρα, τους απαντούσε ότι του θύμιζαν τάφο, την παγωνιά του, όμως και τη λευκότητα του παραδείσου που έπεται, κι άλλα τέτοια. Οι πιο πολλοί ξίνιζαν τα μούτρα και κατσούφιαζαν. Ποιος ήθελε να θυμάται τάφους στο τραπέζι του καφενείου; Τι σχέση είχε η ανατριχίλα απ' τα κοιμητήρια με τον ζεστό καφέ και το μυρωδάτο ούζο που γιάτρευε όλες τις λύπες; Αν κάποιος τούς ρωτούσε έναν έναν ξεχωριστά τι γνώμη είχαν τελικά για τον κύριο Ζιρντό, η απάντηση λίγο πολύ θα ήταν η ίδια: ο κύριος Ευγένιος, ο εργολάβος, ήταν άνθρωπος απότομος και παράξενος.

Οι σερβιτόροι στο καφενείο, ξέροντας τη μανία του να πιάνει συνεχώς το μάρμαρο στο κάθε τραπέζι που καθόταν, μόλις τον έβλεπαν, φρόντιζαν αμέσως να καθαρίζουν υστερικά. Εκείνος έδειχνε ν' απολαμβάνει ακόμη και τους υποτονικούς ήχους που έκαναν τα πράγματά του όταν τ' ακουμπούσε: μεταλλική ταμπακιέρα κι αναπτήρα, γυαλιά, ένα κομπολόι από κεχριμπάρι που οι βαθυκίτρινες χάντρες του έμοιαζαν με τον κρόκο του αυγού. Δεν ξεχνούσε ν' αφήνει κι ένα μικρό πορτοφόλι, που το είχε μόνο για τα κέρματα κι ήταν βαρύ σαν μπρούντζινο χερούλι. Αυτό το είχε μπροστά του, γιατί κάθε τόσο το άνοιγε καθώς δε χαλούσε χατίρι στους μικροπωλητές που έπαιρναν σβάρνα όλα τα καφενεία της πόλης πουλώντας λαχεία, τσιγάρα, εφημερίδες, κουλούρια...

Τις πιο πολλές φορές διάβαζε μόνος την εφημερίδα πίνοντας καφέ και καπνίζοντας. Αν πλησίαζε μεσημέρι, παράγγελνε ούζο, ένα ή δυο πενηνταράκια απ' το ψυγείο. Συνήθως προτιμούσε κάποιο απ' τα τραπέζια που έβλεπαν στη λεωφόρο, και κάθε τόσο σήκωνε τα μάτια πάνω απ' το ανοιγμένο φύλλο της γαζέτας και χάζευε τ' αυτοκίνητα που πήγαιναν κι έρχονταν το ένα μετά το άλλο, το ένα διαφορετικό από το άλλο, όπως τα κύματα. Οι Εξοχές είχαν γεμίσει από δαύτα, κι αν η Σεβρολέτ του δεν ήταν τόσο γριά, θα την πάρκαρε επίτηδες δίπλα σ' αυτά τα καινούρια Φορντ ή στους σκαραβαίους Φολκσβάγκεν για να 'χει συντροφιά. Όταν σκεφτόταν κάτι τέτοια, χαμογελούσε μόνος του χωρίς να τον νοιάζει αν τον βλέπουν· τις σκέψεις του μπορεί να τις κράταγε κρυφές, αλλά το χαμόγελό του έβγαινε ανεμπόδιστο.

Καμιά φορά έρχονταν θαμώνες και τον ρωτούσαν αν μπορούσαν να καθίσουν για λίγο στο τραπέζι του. Παρ' όλη τη φήμη του ως ανθρώπου απότομου και δύστροπου, πολλοί ζητούσαν τη συμβουλή του για ένα σωρό θέματα. Οι πιο πολλές τους απορίες είχαν να κάνουν με τις κατασκευές διαμερισμάτων και τις αγοραπωλησίες οικοπέδων. Ήταν ήδη γνωστό ότι ο Ζιρντό είχε σηκώσει ένα εξαώροφο κτίριο κοντά στην Εγνατία με τη συνεργασία ενός νεαρού μηχανικού για τον οποίο οι φήμες έλεγαν ότι ήταν ο πιο υπομονετικός άνθρωπος στον κόσμο. Οι εντολές που μοίραζε δώθε κείθε ο Ζιρντό έμοιαζαν πιο πολύ με διαταγές στρατηγείου. Οι χτίστες τον έτρεμαν, οι εργοδηγοί το ίδιο, ενώ οι κυρίες που ενδιαφέρονταν για τα διαμερίσματα που πουλούσε φρόντιζαν πρώτα με κάτι να τον κολακέψουν και πρόσεχαν την κάθε τους κουβέντα.

Ο ιδιοκτήτης του καφενείου όπου σύχναζε, ο οποίος τον ήξερε από χρόνια, θα σου έλεγε αν τον ρωτούσες ότι ο Ζιρντό είχε καταφέρει να κάνει όλους τους ανθρώπους γύρω του να νιώθουν ότι τον έχουν ανάγκη, ότι φεύγοντας από κοντά του θα συναντούσαν μιαν αγορά γεμάτη απατεώνες που ευκαιρία περίμεναν να μασήσουν χρήματα απ' τους ευκολόπιστους. Αν ήταν λίγο πιο κοινωνικός, υποστήριζε ο καφετζής, αυτός ο άνθρωπος θα μπορούσε να γίνει εκατομμυριούχος.

Ήταν τότε, εκείνες οι μέρες του Σεπτεμβρίου, που οι μεγάλοι τίτλοι των εφημερίδων έμοιαζαν μεταξύ τους ως προς τον τρόμο και τον πανικό που διαλαλούσαν.

> Τουρκικός όχλος επιτίθεται κατά των Ελλήνων. –Ένοχος «ουδετερότης» των τουρκικών αρχών.[104]

> Πρωτοφανείς εις αγριότητα δηλώσεις εις Κωνσταντινούπολιν και Σμύρνην. – Μαινόμενος και αχαλίνωτος ο τουρκικός όχλος επυρπόλει και ελεηλάτει κάθε τι το ελληνικόν.[105]

---

104. Εφημ. *Ελευθερία*, 7.9.1955.
105. Εφημ. *Μακεδονία*, 8.9.1955.

Τούρκοι κατέστρεψαν εκατοντάδας ελληνικών καταστημάτων εις την πόλιν. – Εχθροί της Ελλάδος οι δυναμιτισταί του Τουρκικού Προξενείου.[106]

Καθώς οι ζέστες του Αυγούστου δεν τους είχαν ακόμη αφήσει, έβλεπε κανείς στις αυλές των καφενείων και στις ανοιχτές τους τζαμαρίες τούς άντρες να αλλάζουν τις εφημερίδες χέρι με χέρι, να κάνουν μ' αυτές αέρα κι ύστερα να κάθονται πολλοί μαζί στο ίδιο τραπέζι και να κουβεντιάζουν. Στις προσφυγικές συνοικίες η αγωνία ήταν μεγαλύτερη, γιατί εκείνοι είχαν νιώσει από κοντά τι σημαίνει να βγαίνει απ' τη θήκη το τούρκικο μαχαίρι.

Οι Έλληνες της Κωνσταντινούπολης περνούσαν δύσκολες ώρες. Από τη μια μέρα στην άλλη, αγριεμένος όχλος είχε ορμήσει στα σπίτια και στα μαγαζιά τους κι έσπαγε, κατέστρεφε, τραυμάτιζε, βίαζε. Ο Ζιρντό, παρακολουθώντας στενά κάθε μέρα την επικαιρότητα, είχε αμέσως συνδέσει αυτά τα γεγονότα αφ' ενός με το Κυπριακό, που ερχόταν πάλι στην επικαιρότητα, κι αφ' ετέρου μ' αυτό το περίεργο γεγονός της έκρηξης μιας βόμβας στην αυλή του Τούρκικου Προξενείου στην οδό Αγίου Δημητρίου.

Εκείνες τις μέρες αποφάσισε ν' αλλάζει στέκια, γιατί ήθελε να μαθαίνει τι ακουγόταν σ' όλη την πόλη. Κρατώντας δυο τρεις εφημερίδες στο χέρι, όπου πήγαινε έπιανε αμέσως κουβέντα επιδιώκοντας ν' ακούσει οτιδήποτε, κι ας ήταν μόνο φήμες και λόγια αστόχαστα. Όλη αυτή η κινητικότητα του θύμιζε μια απ' τις πολλές δουλειές που είχε κάνει στη ζωή του: πληροφοριοδότης του Βασίλι Ζαχάρωφ στον Πειραιά και στην Αθήνα, τότε που γύριζε από στέκι σε στέκι και ψάρευε γνώμες και πληροφορίες για τις επερχόμενες εκλογές και τη Μικρά Ασία. Τότε αυτή ήταν η δουλειά του, ενώ τώ-

106. Εφημ. *Ελληνικός Βορράς*, 7.9.1955.

ρα αγωνιούσε οικειοθελώς, καθώς όλη του η ζωή είχε κυλήσει έτσι – να νοιάζεται γι' αυτήν και πιο πολύ να τη σκέφτεται από μακριά παρά να ζει κοντά της.

Προσπάθησε να μάθει από παλιούς Πολίτες για το όνομα Μυσίρογλου, για τον φαρμακοποιό Πρόδρομο Μυσίρογλου, που είχε ένα μεγάλο φαρμακείο στο Πέραν. Όταν άρχισαν να δημοσιεύονται μαρτυρίες θυμάτων η μια μετά την άλλη κι άρχισε να συνειδητοποιεί το μέγεθος της καταστροφής, το πήρε απόφαση κι έστειλε ένα τηλεγράφημα στη διεύθυνση που του είχε αφήσει φεύγοντας. Ας το έπαιρνε όπως ήθελε ο Μυσίρογλου, ας της έκανε σκηνή, αρκεί να του απαντούσε ότι ήταν καλά αυτή και το παιδί της.

Στις επόμενες μέρες γράφτηκε στις εφημερίδες ότι η ελληνική κυβέρνηση προχώρησε σε επίσημα διαβήματα διαμαρτυρίας.

«Γέρος και άρρωστος ο Παπάγος. Τι περιμένεις, δυναμική αντίδραση;» σχολίασε ένας παλιός πολιτευτής που σύχναζε στο ίδιο καφενείο.

«Ο κόσμος θέλει καινούρια πρόσωπα», του απάντησε ο Ζιρντό.

«Ναι, κύριε Ευγένιε, καινούρια πριν οι γείτονες μας καβαλήσουν. Και ξέρεις, ετούτοι είναι ξεκούραστοι και χορτάτοι, γιατί πόλεμο με τους Γερμανούς δεν έζησαν. Αλίμονο στο ρωμαίικο!»

Δεν ήταν του χαρακτήρα του ν' ακούει μοιρολόγια, δεν του άρεσαν, όμως αυτή ήταν η αλήθεια, ότι στην Πόλη είχε γίνει μεγάλο κακό κι αυτός καθόταν με σταυρωμένα χέρια.

Εκείνες τις μέρες ξανάρχισε να περπατάει, κάτι που με τις δουλειές το είχε τα τελευταία χρόνια παραμελήσει. Όταν αισθανόταν μ' όλ' αυτά που άκουγε και διάβαζε ότι δεν τον χωρούσε ο τόπος, έφευγε απ' το γραφείο του στην Τσιμισκή, κι όταν ο καιρός τού έκανε νεύμα, βάδιζε ως το σπίτι του στις Εξοχές. Κάποιες φορές, όταν έφευγε απ' το γραφείο, έπαιρνε το αυτοκίνητο και πήγαινε αντίθετα, στα δυτικά της πόλης, σαν να τον τραβούσε το παρελθόν απ' το μανίκι, σαν να είχε στόμα η «Γόρτυς» και του φώναζε: Έλα να με δεις που ξαναγεννήθηκα!

Πήγαινε και πιο πέρα απ' το παλιό εργοστάσιο, στον σταθμό των τρένων, και καθόταν σε μία απ' τις αίθουσες αναμονής σαν κάποιον να περίμενε. Χάζευε το πλήθος που ανέβαινε και κατέβαινε στις ταχείες, άλλες που τραβούσαν για το Διδυμότειχο κι άλλες για την Αθήνα. Ήταν κι εκείνες που πήγαιναν ακόμη πιο μακριά κουβαλώντας εργάτες: στο Μόναχο. Κάποιες άλλες αμαξοστοιχίες έρχονταν απ' την Ανατολή, απ' τον τόπο του μαρτυρίου. Οικογένειες ολόκληρες άφηναν την Πόλη άρον άρον. Οι άντρες συχνά καθυστερούσαν να έρθουν, γιατί έμεναν για λίγες μέρες πίσω να περισώσουν ό,τι μπορούσαν. Στον Σταθμό έβλεπες πιο πολύ γυναίκες και παιδιά, με τα χείλη τους ακόμη πανιασμένα και τα ίδια άγρυπνα για μέρες.

Ένα βράδυ που ο Σταθμός ήταν ήσυχος, έπιασε κουβέντα μ' έναν σιδηροδρομικό που καθόταν σ' ένα ξύλινο παγκάκι στην αποβάθρα και κρατούσε αμήχανος στο χέρι του το κουμπί που μόλις είχε κοπεί απ' τη σιδερωμένη του στολή. Ήταν ώρα απραξίας, και ο Ζιρντό αρκετά καλοντυμένος για να μην του δώσει κάποιος σημασία.

«Έχει πρόσφυγες βλέπω».

«Έρχονται πολλοί κάθε μέρα απ' την Κωνσταντινούπολη, τρομαγμένοι. Τι τα θες, μέσα σε μια νύχτα έχασαν ό,τι είχαν και δεν είχαν».

«Με τα πράγματά τους τι γίνεται;» τον ρώτησε έτσι, για να συνεχίσει την κουβέντα.

«Κρατάνε πολλά στα χέρια κι άλλα τα κάνουν φορτωτική. Απ' την προηγούμενη Τετάρτη τα τρένα έρχονται απ' την Πόλη γεμάτα και ξεφορτώνουν στον νέο σταθμό».

Ο Ζιρντό κούνησε το κεφάλι, κι αφού τον καληνύχτισε,

απομακρύνθηκε απ' την αποβάθρα και βγήκε στην πλατεία του Σταθμού. Πριν απ' τον πόλεμο, τέτοιες ώρες βραδινές όλη η γύρω περιοχή, κατάφωτη, ξεχείλιζε από ταβέρνες και μουσικά κέντρα. Κόσμος πολύς πηγαινοερχόταν, ζευγαράκια, αντρόγυνα, παρέες που μιλούσαν και γελούσαν δυνατά ως τα ξημερώματα. Στην Κατοχή ο τόπος μεταμορφώθηκε. Οι Εβραίοι φορτώθηκαν όπως όπως στα βαγόνια κατά χιλιάδες και η γύρω περιοχή ερήμωσε. Στα πρώτα χρόνια ύστερα απ' την Απελευθέρωση φάνηκε καθαρά ότι οι πιάτσες είχαν αλλάξει. Το Μπες Τσινάρ, που ήταν κάτω απ' τον Σταθμό δίπλα στη θάλασσα, παραγκωνίστηκε, ενώ άρχισαν να του κόβουν δέντρα και να χτίζονται καινούριες αποθήκες και δεξαμενές για τα πετρέλαια. Το λιμάνι μεγάλωνε και κατάπινε ό,τι βρισκόταν κοντά του. Στην περιοχή γύρω απ' τον Σταθμό οι σκιές των χιλιάδων εκτοπισμένων του Χιρς έσβησαν τα πιο πολλά φώτα, κλείδωσαν τις πόρτες και κατέβασαν τα κεπέγκια. Ο σφυγμός της πόλης χτυπούσε πια αλλού, ενώ κι αυτός ο ίδιος ο Σταθμός είχε γίνει παρελθόν, γιατί ήδη λειτουργούσε ο νέος.

Ανέβηκε στη γριά Σεβρολέτ και πήρε τον δρόμο για τ' ανατολικά, αφού έριξε μια τελευταία ματιά στη φωτισμένη είσοδο του εργοστασίου. Μια άλλη «Γόρτυς» είχε γεννηθεί μέσα από τις αράχνες της προηγούμενης, με άλλο όνομα αυτήν τη φορά, που έκρυψε σαν τον Λευτέρη Ζεύγο το παρελθόν της, με καινούριες μηχανές, άλλους εργάτες και φύλακες. Το σπιτάκι όπου έζησε τα τελευταία του χρόνια ο Ιορδάνης δεν υπήρχε πια, είχε κατεδαφιστεί για να μεγαλώσει η πύλη και να χωράει πιο μεγάλα φορτηγά. Έψαξε με τα μάτια του για τον πύργο με τη μεγάλη τζαμαρία, αυτόν που έκαναν σπίτι τους για πέντε βδομάδες με τη Μίρζα. Ήταν σκοτεινά παρότι κάτω στο ισόγειο οι μηχανές δούλευαν.

Διέσχισε την Τσιμισκή, κι αφού άφησε πίσω το Μέγαρο Βαλαούρη και το κτίριο του Μοσκώφ, βγήκε στον Λευκό Πύργο και πήρε τον δρόμο για τις Εξοχές. Ένιωθε ότι εκείνο το βράδυ ο ύπνος δύσκολα θα του χτυπούσε την πόρτα. Ήταν ίσως και μια ευκαιρία να κάνει αυτό που σχεδίαζε εδώ και καιρό, αλλά για να το αποφασίσει, χρειαζόταν η φουσκονεριά μιας νύχτας κι ένα ποτήρι μπράντι.

Αδελφικέ μου φίλε Νατόν,

Πέρασα πολλά πρωινά στη γραμματεία του Γαλλικού Προξενείου ρωτώντας και ξεφυλλίζοντας πόσους καταλόγους δεν μπορείς να φανταστείς. Όσο πιο εύκολα αφήνεις τη νεότητά σου, τόσο πιο δύσκολα την ανακτάς. Είσαι κι εσύ η νεότητά μου, τουλάχιστον ένα μεγάλο της κομμάτι.

Να μη σ' τα πολυλογώ, το Προξενείο με βοήθησε και βρήκα την άκρη· για την ακρίβεια, βρήκα τα ίχνη σου. Είσαι δημότης της Vaison la Romaine, της ειδυλλιακής κωμόπολης όπου γεννήθηκες. Το εδώ Προξενείο με πληροφόρησε ότι μετά τις τελευταίες εκλογές είσαι μάλιστα και δημοτικός σύμβουλος. Πώς τα κατάφερες και γύρισες πάλι στο πραγματικό σου όνομα, θα ήθελα να ξέρω. Είναι σημαντικό ότι δεν κρύβεσαι πια, ότι είσαι ο εαυτός σου, Νατόν, κι όπως φαντάζομαι σταθερά σοσιαλιστής και υπέρμαχος της ήρεμης οικογενειακής ζωής. Είσαι άραγε κηπουρός; Μάλλον όχι, γιατί καθώς ξαναγύρισες στο πραγματικό σου όνομα, φαντάζομαι θα δουλεύεις κάπου ως αρχαιολόγος. Στα χαρτιά τού εδώ Προξενείου σε βρήκαν ως δημοτικό υπάλληλο· να φανταστώ ότι εργάζεσαι στο τοπικό μουσείο;

Έζησα, ξέρεις, πολλά χρόνια στην πατρίδα σου· για την ακρίβεια στον Νότο, στη Μασσαλία, απ' όπου έφυγα το 1933. Δε ζούσαμε τελικά τόσο μακριά όλ' αυτά τα χρόνια, οι καρδιές μας όμως απείχαν, κι ίσως γι' αυτό να φταίει ο Ζαχάρωφ. Όταν εσύ πήρες τον δρόμο για να δουλέψεις στον πύργο του στο Μπαλανκούρ, στους αχανείς του κήπους, εγώ έφευγα για την Ελλάδα· δουλειές σκοτεινές, πλαστά ονόματα και χαρτιά, καινούριοι πόλεμοι και καταστροφές, κι εγώ στην κάθε καινούρια μέρα που ξημέρωνε να είμαι απ' όλ' αυτά συνέχεια λιποτάκτης. Η Ουκρανία ήταν ένα καλό σχολείο για το πώς μπορεί να φεύγει κανείς χωρίς ν' αφήνει ίχνη στο χιόνι, να μη δένεται με τίποτε και κανέναν, ν' αλλάζει συνήθειες, ν' αντέχει τη μοναξιά και να μην πιστεύει στα μεγάλα λόγια.

Έτσι έζησα, Νατόν αδερφέ μου, ως τα σήμερα, αποδρώντας κάθε φορά που ένας κύκλος ανθρώπων πήγαινε στη ζωή μου να παγιωθεί. Υποταγμένος στο όνειρο του πλουτισμού, μεταμφιεσμένος σε πολλές εκδοχές του εαυτού μου, ήμουν πότε παγερός τυχοδιώκτης και πότε ένας δειλός, ένας φοβισμένος άνθρωπος να προχωρήσω σ' αυτά που για τους άλλους ήταν εύκολα.

Πες μου, αλήθεια, έχεις παιδιά; Εγώ όχι, γιατί κι αυτό το φοβήθηκα. Μου έτυχε στα χρόνια του πολέμου να μου αφήσουν μια ορφανή Εβραιοπούλα για να την κρύψω. Είπα τότε πως αυτή ήταν η τελευταία μου ευκαιρία. Το παιδί το κράτησα δύο χρόνια και το αγάπησα, αλλά το καλοκαίρι του '45 μου την πήραν μέσ' απ' τα ίδια μου τα χέρια. Ακούγεται μελό και δακρύβρεχτο, αλλά έγινε έτσι ακριβώς.

Θέλω πριν από οτιδήποτε άλλο να μου δηλώσεις με ειλικρίνεια αν θέλεις να έχουμε αλληλογραφία. Επειδή δεν έχω τη διεύθυνση του σπιτιού σου, σου στέλνω αυτό το γράμμα στο Δημαρχείο σας, γιατί θεώρησα ότι έτσι είναι πιο πιθανό εκεί κάποιος να σε ξέρει και να σου το δώσει. Σκέφτηκα προς στιγμήν να στείλω ένα αντίγραφο και στην τοπική Επισκοπή, αλλά μετά σκέφτηκα ότι θα είσαι ακόμα με τους Κόκκινους και δε θα έχεις με τους ρασοφόρους πολλά πάρε δώσε.

Εδώ στην Ελλάδα, όπως θα έχεις μάθει, σφαζόμασταν μεταξύ μας για χρόνια. Αν ρωτάς τη δική μου γνώμη γι' αυτό που συνέβη, πραγματικά ούτε κρύο ούτε ζέστη. Γερνάω, Νατόν, που πάει να πει πως γίνομαι μέρα με τη μέρα όλο και πιο αναίσθητος. Ξέρεις ότι τους Κόκκινους δεν τους συμπαθώ, ούτε βέβαια και τους βασιλιάδες. Δεν μπορεί, διάολε, να μην υπάρχει κάτι ενδιάμεσο! Όμως αυτό που έχει βαρύνουσα σημασία είναι ότι γερνάω. Αυτή η απόσταση από ιδεολογίες και διαμάχες, αυτό το ούτε κρύο ούτε ζέστη, συμβαίνει γιατί τους ανθρώπους και τις μονομανίες τους τα έχω βαρεθεί.

Πιο πολύ με νοιάζει τώρα ν' αντιμετωπίζω τη σωματική μου φθορά, που τη ζω μέρα τη μέρα. Πάρε παράδειγμα τα μάτια μου, τα οποία τον τελευταίο καιρό μού παίζουν διάφορα παιχνίδια. Είναι μέρες τώρα που στραβώνουν οι γραμμές, μπορείς να το φανταστείς αυτό; Βλέπω για παράδειγμα το παράθυρο και οι κάθετες γραμμές του μου φαίνονται στραβές, κι αυτό δεν είναι το μόνο. Θα μπορούσα να σου εξομολογηθώ ότι τον τελευταίο καιρό χάνω την ευκρίνεια στο κέντρο των πραγμάτων και μου μένει πιο πολύ η περιφερειακή τους αίσθηση.

Δε θα σου γράψω περισσότερα, γιατί πρώτ' απ' όλα δεν ξέρω αν έχεις πραγματικά όρεξη να με ακούσεις. Πριν από καιρό πήρα ένα γράμμα από τη Μασσαλία, που μου το έστειλε μια παλιά μου αγάπη η οποία δε θέλει να με δει ποτέ ξανά στα μάτια της. Αναρωτιέμαι, εσύ γιατί άραγε να θέλεις; Δε μου χρωστάς τίποτε. Αν αποφασίσεις ποτέ να μου γράψεις, αυτό να το έχεις σε παρακαλώ στον νου σου. Αν τελικά μού απαντήσεις με κάποιο γράμμα, φρόντισε να μου δείξεις τις προθέσεις σου.

Σε ασπάζομαι, Λευτέρης,
ο παλιός σου σύντροφος στην τρύπα της γριάς,
αλλιώς Ευγένιος Ζιρντό, όπως θα το δεις
γραμμένο στον φάκελο.

Οι μέρες και οι νύχτες εκείνου του Σεπτέμβρη τού φάνηκαν αργόσυρτες εξαιτίας των γεγονότων στην Πόλη. Δεν είχε πάρει κάποια απάντηση στο τηλεγράφημά του, ενώ συνέχιζε να διαβάζει καθημερινά εφημερίδες – για την ακρίβεια να τις ξεκοκαλίζει. Αυτές ήταν κι οι μοναδικές ώρες της μέρας που δεν ασχολούνταν με τις οικοδομές. Στο σπίτι του είχε προσλάβει υπηρεσία, ένα κορίτσι απ' τα ορεινά της Χαλκιδικής, τη Σταματία. Ήταν σχετικά ολιγόλογη, στην αρχή τουλάχιστον, κι αυτό τού ήταν αρκετό να τη συμπαθήσει και να της παραχωρήσει χωρίς δεύτερη κουβέντα το δωμάτιο που κάποτε έμενε ο Κράουζε. Η Σταματία την πρώτη Κυριακή κάθε μήνα έφευγε για δυο μέρες στο χωριό της κι επέστρεφε χαρούμενη, γιατί με τον μισθό της έβγαζε την οικογένειά της απ' την ανέχεια κι επιπρόσθετα είχε μολυνθεί απ' τον ιό της μεγάλης πολιτείας και το χωριό τής φαινόταν τώρα στενόχωρο και πληκτικό.

Ο Λευτέρης καμιά φορά θυμόταν τις ιστορίες του φίλου του του Γιούγκερμαν με κείνη την υπηρέτρια που είχε στο σπίτι του στον Πειραιά, την οποία μέσα στον πρώτο μήνα την είχε βάλει κιόλας στο κρεβάτι του. Θυμόταν όλα τα χούγια του συγχωρεμένου και χαμογελούσε και πάλι μόνος του, μια συνήθεια που δεν την εγκατέλειπε ακόμα κι αν καθόταν χωρίς παρέα στο καφενείο και τον κοιτούσαν δεκάδες μάτια. Κανείς δεν έπαιρνε όρκο με τι χαμογελούσε ο κύριος Ζιρντό. Κάποιοι έλεγαν ότι χλεύαζε νοερά τους πελάτες του, απ' τους οποίους είχε τόσο αριστοτεχνικά αφαιρέσει τις χρυσές τους λίρες, ενώ άλλοι θεωρούσαν πως τίποτε τέτοιο δε συνέβαινε, απλώς ειρωνευόταν τον ίδιο του τον εαυτό.

Αραιά και πού πήγαινε στα σπίτια με τα κόκκινα φανάρια, σε κείνα που ήταν πιο πολύ για γερομπαμπαλήδες, κάτι αξιωματικούς ασπρομάλληδες που ακόμα περπατούσαν κορδωμένοι, κάτι παλιούς μαυραγορίτες, κάτι πολιτευτές ξοφλημένους που έβαζαν πολλή κολόνια για να προλάβουν να ξοδέψουν πριν πεθάνουν όσα μπουκάλια είχαν. Σ' αυτά τα σπίτια σύχναζαν και κάποιοι απ' τους τελευταίους αριστοκράτες, που ξόδευαν ό,τι απέμεινε από τις μεγάλες περιουσίες και είχαν τη συναίσθηση ότι η εποχή τούς είχε ξεπεράσει κι ότι το μέλλον της χώρας ανήκε πια σε καπάτσους επαρχιώτες.

Εκεί μέσα ο Λευτέρης αισθανόταν νεότερος απ' όλους αυτούς· άλλωστε η μαντάμ τον συμπαθούσε ιδιαίτερα, όπως και τα κορίτσια της, που έπαιρναν πάντα και τα δώρα τους. Οι επισκέψεις του δεν ήταν και τόσο συχνές, γιατί τις περισσότερες μέρες δούλευε ως αργά, ήταν όμως που είχε χαθεί κι εκείνος ο παλιός χείμαρρος και είχε γίνει ξεροπόταμος.

Τα πιο πολλά βράδια τα περνούσε διαβάζοντας, ενώ το ραδιόφωνο το έκλεινε γύρω στις δέκα, γιατί ήξερε ότι ενοχλούσε τη Σταματία, η οποία ήταν στο πόδι απ' τ' αξημέρωτα. Η αλήθεια είναι ότι περίμενε με αγωνία, εκτός από κάποιο τηλεγράφημα απ' τη Μίρζα, κι ένα γράμμα απ' τον Νατόν, αλλά δεν τ' ομολογούσε ούτε στον ίδιο του τον εαυτό. Προσπαθούσε να τον πείσει ότι δεν είχε ανάγκη το παρελθόν, ότι δε χρειαζόταν τις μνήμες του ούτε την καταξίωσή του απ' αυτές. Ήθελε να πιστεύει ότι προχωρούσε πιο ελεύθερος από ποτέ, ένας άντρας που κέρδιζε χρήματα με τους ελιγμούς τής κάθε μέρας, σκληρός, όπως τον λέγανε· κι ας μην ξεχνάμε, ο εκλεκτός κάποτε του Βασίλι Ζαχάρωφ.

Ήταν φορές που ήθελε να νιώθει σάν διευθυντής ορχήστρας, που συντονίζει όλα της ζωής του τα κρουστά και τα έγχορδα, χρήματα, φιλίες, έρωτες, ευυπόληπτη μοναξιά, ώρες ιδρώτα στα κόκκινα φώτα. Επιζητούσε τη Μίρζα να είναι η μέτζο σοπράνο της δικής του όπερας, η μεσόφωνος του λυρικού του πεπρωμένου. Ήθελε τον Νατόν να είναι μέσα στα πρώτα βιολιά της ορχήστρας του, γι' αυτό ήθελε το γράμμα του, για να τον έχει στις πρόβες, καθώς στο μελόδραμα της ζωής του είχε αρχίσει να διακρίνει στο βάθος την τελευταία παράσταση.

Στις 14 Σεπτεμβρίου του 1955, ανήμερα της Υψώσεως του Σταυρού, η Σταματία γύρισε από την εκκλησία κρατώντας στο χέρι αντίδωρο για το αφεντικό της, τον κυρ-Ευγένη τον αλιβάνιστο, που ξενυχτούσε διαβάζοντας μες στο ντουμάνι και δεν μπορούσε τάχα να ξυπνήσει το πρωί και να πάει ως τον Αϊ-Λευτέρη ή την Ανάληψη ν' ακούσει λόγια θεοτικά, ν' ανοίξει λίγο το χειλάκι του και να ξεφορτώσει τις κοτρώνες που κουβάλαγε το μέσα του. Αυτή ήταν η γνώμη της Σταματίας για τον Ζιρντό, νέας γυναίκας της παντρειάς απ' τη Γαλάτιστα Χαλκιδικής, που στην Κατοχή ήταν παιδί και εξαιτίας του πολέμου είχε μάθει μόνο να συλλαβίζει και τώρα έκανε καριέρα υπηρέτριας στο σπίτι ενός γερο-αμίλητου κάπου στη Βασιλίσσης Όλγας.

Πρόσεξε ότι η πόρτα του δωματίου του ήταν μισάνοιχτη και τα παντζούρια του γερμένα. Ο κούκος στο σαλόνι έδειχνε ότι η ώρα κόντευε έντεκα.

«Χριστός κι Απόστολος!» ψιθύρισε, κι ο νους της πήγε προς στιγμήν στο κακό. «Ακόμα κοιμάται!»

Δεν ήταν τόσο γιατί η ώρα ήταν περασμένη ούτε γιατί το αντίδωρο περίμενε σ' ένα πιάτο στο τραπέζι της κουζίνας· ήταν γιατί ήθελε να του πει εκείνη πρώτη τα νέα. Στον μικρόκοσμο της γειτονιάς, αυτό που είδαν το πρωί τα μάτια της επιστρέφοντας από την εκκλησία, ήταν μια σημαντική εξέλιξη. Σε λίγες ώρες από παράθυρο σε παράθυρο δε θα υπήρχε άλλο θέμα συζήτησης.

«Κύριε! Κύριε!»

Έτσι συνήθιζε να τον ξυπνάει όποτε έκρινε ότι έπρεπε ν' αφήσει το κρεβάτι και να ασχοληθεί με τα τρέχοντα της ημέρας. Ήξερε από αυτά τα δύο χρόνια που ήταν στην υπηρεσία του ότι πολλά βράδια τον τυραννούσαν αϋπνίες. Εκείνη, έχοντας την καθημερινή ζωντάνια των είκοσι πέντε της χρόνων, του ξυπνήματος απ' τα χαράματα και της σωματικής κούρασης απ' τις δουλειές του σπιτιού, έβλεπε την αϋπνία πιο πολύ ως πρόφαση, μη σου πω και παραμύθι βγαλμένο απ' το σκαμνί μιας γριάς δίπλα στο τζάκι. Τα δικά της βλέφαρα έκλειναν αμέσως μόλις έπεφτε στο κρεβάτι.

«Κύριε, ξυπνάτε, καλέ, σας κατούρησε ο ήλιος!»

Άνοιξε τα μάτια και την είδε να στέκεται πάνω απ' το κεφάλι του φορώντας το καινούριο της ταγιέρ με το σημαιάκι στο αριστερό πέτο που της το έβαζαν κάθε Κυριακή στην εκκλησία. Δίπλα στο σημαιάκι γυάλιζε η ασημένια καρφίτσα που της είχε πάρει δώρο πέρυσι στη γιορτή της, των Ταξιαρχών.

«Σταματία, τι σ' έπιασε πρωινιάτικα;»

«Ξυπνάτε, καλέ κύριε, εδώ γίνονται πράματα, ξυπνάτε!»

Πέταξε το σεντόνι από πάνω του και κάθισε στο κρεβάτι με τις πιτζάμες. Παρά τη θολούρα του πρωινού ξυπνήματος, πρόσεξε και πάλι τα νύχια στα μεγάλα δάχτυλα των ποδιών: είχαν αρχίσει με τα χρόνια να θυμίζουν πέτρες. Αυτό γινόταν απ' τους μύκητες, έτσι είχε ακούσει. Καθώς πήγε να πάρει μια βαθιά ανάσα για να σηκωθεί απ' το κρεβάτι, τον έπιασε ο συνηθισμένος πρωινός βήχας.

«Πάω να σας φέρω ένα ποτήρι νερό», του είπε κι απομακρύνθηκε ενώ ακούγονταν τα τακούνια της στο ξύλινο πάτωμα και η φωνή της που δεν έλεγε να σταματήσει.

«Πάφα πούφα όλη μέρα κι ύστερα σου λέει βήχας· τι άλλο σάματις με τέτοιο τσιγάρο όλη μέρα;»

Ήταν συνηθισμένος στη μουρμούρα της. Ίσως κατά βάθος και να του άρεσε, γιατί καταλάβαινε ότι αυτό το απλοϊκό κορίτσι τον νοιαζόταν με τον τρόπο της και τον πονούσε.

Κράτησε στο χέρι το ποτήρι που του έφερε και ήπιε μερικές γουλιές.

«Είστε καλύτερα τώρα, κύριε;»

Κούνησε το κεφάλι και της επέστρεψε το ποτήρι.

«Πες μου τώρα τι τόσο σημαντικό συμβαίνει. Ποια είν' αυτά τα πράματα και θάματα;»

«Ήρθαν οι απέναντι, κύριε».

Ανασήκωσε το κεφάλι και την κοίταξε. Ειδικά το πρωί δεν έβλεπε πολύ καθαρά τα πρόσωπα που του μιλούσαν.

«Ποιοι απέναντι; Τι εννοείς;»

«Δεν τους ξέρω εγώ, κύριε, πρώτη φορά τούς βλέπω. Μου τα πρόλαβε η Λεμόνα, η παρακόρη του κυρίου Δεμερτζή από δίπλα. Αυτήν τη δύστυχη, κύριε, ούτε στην εκκλησία την αφήνουν να πάει. Θέλουν ακόμα και τις Κυριακές να τη βλέπουν με το ξεσκονόπανο στο χέρι...»

«Σταματία, για το Θεό, μείνε στο θέμα! Ποιους εννοείς "απέναντι";»

«Τη βίλα, καλέ, που έχει τα παράθυρα καρφωμένα. Ο σοφέρ τους έβγαλε κοτζάμ ψαλίδα κι έκοψε τις αλυσίδες με τα λουκέτα στις πόρτες».

Σηκώθηκε, φόρεσε τις παντόφλες και πήγε στο παράθυρο της κουζίνας. Όταν παραμέρισε την κουρτίνα, είδε ένα φορτηγό και μια κούρσα σταματημένα έξω απ' την ανοιγμένη καγκελόπορτα. Κάποιοι έστεκαν απ' έξω και συζητούσαν, ενώ δυο χαμάληδες με τραγιάσκες, μάλλινη φανέλα και χοντρό ζωνάρι κάθονταν στους προφυλακτήρες του φορτηγού και περίμεναν εντολές.

Είχε χρόνια η καρδιά του να χτυπήσει έτσι δυνατά, μόνο που τώρα δεν ήταν τόσο σίγουρος για την αντοχή της σε τέτοιες κωδωνοκρουσίες. Αναγνώρισε τη Μίρζα απ' τον τρόπο που στεκόταν. Ήταν μία από τις δύο γυναίκες που είχαν κατέβει απ' την εντυπωσιακή κούρσα που είχε ακολουθήσει το φορτηγό. Φορούσε σκούρο ταγιέρ και καπέλο, ενώ έπιανε απ' τον ώμο ένα αγόρι.

«Τι άλλο σού είπε η Λεμόνα;» τη ρώτησε, ενώ την άκουγε λίγα μέτρα δίπλα του να του ετοιμάζει τον πρωινό καφέ.

«Ήρθαν, λέει, απ' την Πόλη, γιατί εκεί έγιναν φασαρίες, έτσι μού είπε. Δεν είναι νοικάρηδες, λέει, νοικοκυραίοι είναι. Θα μείνουν εδώ, έτσι πρόλαβε κι έμαθε η Λεμόνα. Εσείς, κύριε, τους ξέρετε;»

«Σταματία, μην καθυστερείς τον καφέ, πρέπει να φύγω».

«Τώρα, κύριε, έτοιμος είναι και με φουσκάλες, όμως μη τον πιείτε αμέσως, ζεματάει!»

Συνέχιζε να τους παρακολουθεί κρατώντας στο πλάι τη μισή κουρτίνα. Δεν μπορούσε να ξεχωρίσει καθαρά τα πρόσωπα στο κέντρο του μεγάλου κάδρου όπου έστεκαν όλοι εκείνοι. Έπρεπε να πάει στον οφθαλμίατρο χωρίς δεύτερη κουβέντα, κι ύστερα από μέρες, όταν οι καινουριοφερμένοι θα είχαν τακτοποιηθεί, ν' αγοράσει έναν δίσκο γλυκά και να τους επισκεφτεί για το καλωσόρισμα, να του πουν για τα βάσανα που τους είχαν βρει και τους ξεσπίτωσαν. Έπρεπε, αλλά μάλλον δε θα το έκανε. Με μια νευρική κίνηση, τράβηξε την κουρτίνα του παραθύρου κι έπιασε το φλιτζάνι με τον καφέ.

Πέρασε τις επόμενες μέρες μέσα σε ταραχή. Κατ' αρχήν ήταν ο οφθαλμίατρος, ο οποίος φορούσε ένα σιδερένιο στεφάνι στο κεφάλι και είχε στο μέτωπο στερεωμένο ένα φως. Ο γιατρός έμεινε σκυμμένος πάνω του αρκετή ώρα εξετάζοντας τα ανοιγμένα του μάτια, που κοίταζαν πιο αμήχανα από ποτέ το φως που τα διαπερνούσε και υπάκουαν στις κοφτές εντολές: άνοιξε, πάνω, κάτω, ακίνητα...

Κι όμως, ήταν τα ίδια μάτια που δεν τρεμόπαιξαν λεπτό στις νιφάδες της χιονοθύελλας στη στέπα της Ουκρανίας ούτε και στις οβίδες της. Ήταν τα ίδια μάτια που δάκρυσαν κάποιο βράδυ στην αγκαλιά της Χρυσάννας, που έσκυψαν με περιέργεια πάνω από τα κοπίδια των διαμαντιών στην Αμβέρσα. Ήταν αυτά που έμειναν στεγνά κι ασυγκίνητα όταν έσερνε πριν χρόνια το πτώμα του αμαξά στα χλωρά χορτάρια. Ήταν τα μάτια που είχαν μάθει απ' την αρχή της ζωής τους να κρυφοκοιτάνε, να διαπερνούν τις κλειδαρότρυπες και να ζυμώνουν τη μαγιά του ονείρου.

«Λοιπόν;» ρώτησε ύστερα από αρκετή ώρα.

«Είμαστε στην αρχή ενός προβλήματος», του απάντησε ο γιατρός κι απελευθέρωσε το κεφάλι του απ' το στεφάνι που συγκρατούσε τη λάμπα της εξέτασης.

«Ποια είναι η διάγνωσή σας, γιατρέ;» – η φωνή του ακουγόταν πιο κρύα κι απ' το μάρμαρο στα τραπέζια του καφενείου.

«Ωχροπάθεια, που σημαίνει αλλοίωση της ωχράς κηλίδος. Μου το είπατε και μόνος σας όταν ήρθατε: χάνετε τις λεπτομέρειες στο κέντρο, βλέπετε τις γραμμές παραμορφωμένες, και την ώρα που διαβάζετε, τα γράμματα χορεύουν. Αυτά είναι κάποια από τα βασικά συμπτώματα της ασθένειας».

«Πρόκειται κάποια στιγμή να χάσω το φως μου;»

«Τέτοιος κίνδυνος υπάρχει εφόσον μακροημερεύσετε. Βέβαια, όπως καταλαβαίνετε, κάθε πρόβλεψη είναι σχετική. Η εξέλιξη της ασθένειας δεν μπορεί να είναι απολύτως προβλέψιμη».

«Ποιες θα είναι οι επόμενες δυσκολίες;»

«Πιο πολύ στο διάβασμα, όμως η αίσθηση θα γίνει γενικότερη. Θα χάνετε σταδιακά την κεντρική όραση και θα μάθετε να λειτουργείτε με την περιφέρεια...»

Άκουγε τον γιατρό που μονολογούσε· η φωνή του ήταν νεανική, με σφρίγος, έβγαινε από έναν θώρακα ευρύστερνο κι ακουγόταν ατυράννιστη από άλλα βάσανα της ζωής, έμοιαζε ταγμένη στην ιατρική όπως μια άδολη ψυχή σε μοναστήρι. Αναρωτήθηκε πώς έγινε αυτό, πώς εμπιστεύτηκε έναν νεαρό γιατρό. Όταν είσαι ασθενής, έχεις την ψυχολογία του μικρού παιδιού: θέλεις κάποιον μεγαλύτερό σου για να στηριχτείς, για να νιώσεις ασφαλής. Πώς αφέθηκε έτσι σ' ένα παιδαρέλι όσο κι αν του είχαν δώσει τις καλύτερες συστάσεις;

«Είστε, κύριε Ζιρντό, όπως μου είπατε, πενήντα εφτά χρόνων, σωστά;»

«Σωστά».

«Θα πρέπει να είστε υπό παρακολούθηση, νομίζω ότι αυτό μπορείτε να το καταλάβετε. Έχετε αργήσει πάντως· θα έπρεπε να σας είχα δει εδώ και καιρό. Θα έλεγα πως αντιμετωπίσατε το πρόβλημα μάλλον επιπόλαια. Αν συνεχίσετε την ίδια τακτική, δε θα βοηθηθείτε διόλου, πιστέψτε με! Η επιστήμη...»

«Στο διάολο η επιστήμη, γιατρέ!»

Ο Ζιρντό, παρά την ωχροπάθεια, αντιλήφθηκε το πώς ακριβώς έσμιξαν τα φρύδια του γιατρού από δυσαρέσκεια, ίσως και με μια δόση θυμού. Είχε μέσα του αίμα λοιπόν, δεν ήταν μόνο άσπρη μπλούζα.

«Δε βοηθάτε έτσι τον εαυτό σας, κύριε Ζιρντό».

«Δεν το έχω κάνει ποτέ, πιστέψτε με! Απλώς συνήθιζα να τον αφήνω μπροστά στα κύματα. Τι σας χρωστάω, παρακαλώ;»

«Έξω, στη βοηθό μου. Όμως σας επαναλαμβάνω...»

«Αντίο σας, γιατρέ, και χαιρετισμούς σ' αυτήν τη μετρέσα σας, την επιστήμη».

Βάδιζε τώρα στην Τσιμισκή ανάμεσα στο πλήθος. Δεν τον ένοιαζαν και τόσο τα πρόσωπά τους, που δεν μπορούσε να τα διακρίνει με κάθε λεπτομέρεια· η βίλα τον ένοιαζε απέναντι, που δε θα μπορούσε να τη βλέπει όπως έκανε εδώ και χρόνια. Στενοχωριόταν και για τα βιβλία του, που τα διάβαζε τα βράδια, πιο πολύ όμως για το πρόσωπό της, που η εκφύλιση της ωχράς κηλίδας σιγά σιγά θα το έτρωγε, που θα 'μοιαζε με ροκανισμένη πανσέληνο όταν θα τη συναντούσε τυχαία στη γειτονιά σε βιαστικές καλημέρες.

Βάδιζε στην Τσιμισκή και κατευθυνόταν στο γραφείο του. Θα έπρεπε να προγραμματίσει μια επίσκεψη και σ' έναν άλλο γιατρό, για να πάρει μια επιπλέον γνώμη και μερικές συμβουλές που θα έκαναν την κάθε του μέρα λιγότερο δύσκολη. Θα έπρεπε να πάρει κι άλλους δίσκους, ν' ακούει πιο πολύ μουσική, γιατί ο έρωτάς του για τις νότες θα φούντωνε αναπόφευκτα στα επόμενα χρόνια. Έτσι έπρεπε να κάνει: ν' ακούει πολύ μουσική για να μάθει ν' αξιολογεί τις πολύ λεπτές αποχρώσεις των ήχων, καθώς οι οπτικές λεπτομέρειες του έξω κόσμου θα έσβηναν σιγά σιγά κι όλα τα πρόσωπα εξαιτίας της ασάφειας θα έδειχναν ίδια. Το ήξερε ότι τα επόμενα χρόνια θα είχε να κάνει πιο πολύ με ομιλούντα περιγράμματα κι όχι με πρόσωπα· θα τ' αναγνώριζε πιο πολύ απ' τη φωνή τους και θα σιγουρευόταν, όταν τον πλησίαζαν, από τη μυρωδιά τους. Θα ήταν ένα νοήμον ζώο, δέσμιο στην ανάγκη της αφής, της όσφρησης, θα ήταν παρ' όλ' αυτά νους που καλπάζει σε σκοτεινά τούνελ, και τα πέταλά του τ' ακούει τώρα που αντηχούν δυνατά, πολύ δυνατά...

Γονάτισε στη μέση της Τσιμισκή κλείνοντας τ' αυτιά του. Δύο μικροί πρόσκοποι κοντοστάθηκαν και τον κοίταξαν με περιέργεια. Ύστερα από λίγο ανασήκωσε το κεφάλι και κατέβασε τις παλάμες. Πρόσεξε τα δυο παιδιά που τον χάζευαν και κατάλαβε ότι είχε γίνει θέαμα. Έκανε ένα κουράγιο και σηκώθηκε – άλλωστε ο καλπασμός στο τούνελ δεν ακουγόταν πια. Μπορούσε να συνεχίσει με αργό βήμα ως το γραφείο, δεν ήταν μακριά.

Στην είσοδο του μεγάρου υπήρχε σε μια περίοπτη θέση η επιγραφή της εταιρείας με το όνομα του αρχιτέκτονα, ενώ ο ίδιος δε φαινόταν σε καμιά πινακίδα ούτε πάνω στο γραφείο ούτε κάτω. Ήταν όρος απαράβατος όταν είχαν σφίξει τα χέρια με τον Άλκη πριν χρόνια και ξεκινούσαν τη συνεργασία. Άλλο στα χαρτιά και στα συμβόλαια· εκεί όλα θα ήταν αναλυτικά και νομότυπα. Όμως στις ταμπέλες, ακόμη και σ' αυτήν τη μεγάλη στο μπαλκόνι τους, είχε δηλώσει ότι δεν ήθελε να είναι γραμμένο τ' όνομά του.

«Γιατί όμως, κύριε Ευγένιε;» είχε τότε επιμείνει ο Άλκης ρωτώντας τον κάποιες φορές.

Ο γιος του κηπουρού δεν μπορούσε να του εξηγήσει πόσο απεχθή είναι αυτά τα ψέματα που γράφονται με κεφαλαία γράμματα και μάλιστα αναρτώνται. Η «περίπτωση Ζιρντό» ήταν όλη ένα ψέμα, γεγονός όμως που δεν μπορούσε να του το αναλύσει.

«Προσωπική ιδιοτροπία», του είχε απαντήσει τότε, «αλλά σας πληροφορώ ότι δε θα είναι η μοναδική. Οφείλετε να είστε προετοιμασμένος».

Έτσι είχε συμφωνηθεί μεταξύ τους εξαρχής. Ο Άλκης με δυο βοηθούς σχεδίαζε κι επέβλεπε την κατασκευή στο γιαπί. Ο Ζιρντό πουλούσε τα διαμερίσματα, παζάρευε τους τεχνίτες και τα υλικά και ήταν άγρυπνο μάτι για κάθε εργάτη στην οικοδομή. Όταν πήγαινε ο Άλκης στο γιαπί, μοίραζε πιο πολύ χαμόγελα και τεχνικές συμβουλές, γιατί συνήθως ο συνέταιρός του είχε προηγηθεί και είχε καταστείλει κάθε αίτημα και παράπονο.

Είχαν κλείσει πια τρία χρόνια συνέταιροι. Οι δουλειές δε θα μπορούσαν να πηγαίνουν καλύτερα, το όνομα της εταιρείας τους ακουγόταν όλο και πιο συχνά στα περισσότερα σπίτια. Ο Άλκης είχε συνηθίσει πια τους απότομους τρόπους του Ζιρντό, όπως και τα μελένια μάτια του, τα οποία, στις στιγμές που ηρεμούσε, εξέπεμπαν μια μελαγχολία.

Όταν ο Άλκης, στην αρχή της συνεργασίας τους, του πρότεινε για γραμματέα τους μια ξαδέρφη του που ήταν ορφανή, όπως του είχε πει, ο Ζιρντό, πριν του απαντήσει, ανασήκωσε τους ώμους.

«Να έχεις στον νου σου όμως ότι μπορεί να βρεθείς υπόλογος για αβλεψίες τρίτων. Δεν είμαι εργατοπατέρας και το ξέρεις, κι ούτε πρόκειται να χαριστώ σε κανέναν. Θα ήθελα αυτό να έχει γίνει εξαρχής κατανοητό».

Πολύ γρήγορα ο Άλκης πρώτα κι αργότερα η Ξένια κατάλαβαν ότι ο Ζιρντό δεν ήταν τόσο επιθετικός όσο φοβόντουσαν οι άλλοι γύρω του. Έμοιαζε μ' εκείνα τα παλτά που έκρυβαν από μέσα μια εξαίρετη φόδρα, λεία και ζεστή σαν ανθρώπινο δέρμα, μια πλευρά της ψυχής αθέατη, που γυαλίζει χωρίς να το δείχνει και σε κάνει να νιώθεις μαζί της αλλιώτικα. Πολύ γρήγορα ο Άλκης κατάλαβε και κάτι άλλο: ότι ο «γέρος» δεν έχαβε εύκολα τα παραμύθια ότι η δεσποινίς Ξένια ήταν τάχα ξαδέρφη του.

«Αφού, ρε, την αγαπάς, γιατί κρύβεσαι;» τον στρίμωξε ένα βράδυ που έφευγαν μαζί απ' το γραφείο.

«Θέλουμε χρόνο να ξεπεράσουμε την κοινωνική μας διαφορά. Οι δικοί μου βασικά...»

«Κατούρα τους, ρε! Κι αυτό σ' το λέω σαλονάτα, ως Γάλλος κι αριστοκράτης», του είπε γελώντας και του 'ριξε ένα τρυφερό σκαμπίλι στο μάγουλο πριν ανοίξει την πόρτα του ασανσέρ.

«Εσείς, κύριε Ευγένιε, τη συμπαθείτε;»

Του έριξε μια τελευταία ματιά.

«Έχεις αγωνία, έτσι δεν είναι; Να την πάρεις πριν σου την αρπάξει με προξενιό κανένας γερομπαμπαλής, κατάλαβες;»

Έκλεισε πίσω του την πόρτα του ασανσέρ κι έριξε μια ματιά στο πρόσωπό του στον καθρέφτη και σε κείνα τα μάτια που τώρα πια μόνο σύγχυση του έφερναν. Όταν έδινε συμβουλές στους νέους άντρες για τα ερωτικά, δεν μπορούσε να μη θυμηθεί τα δικά του, που αποτελούσαν παρελθόν. Μοναδικό παρόν ήταν το πορνείο· κι αυτό ως πότε;

Εκείνο το μεσημέρι που γονάτισε καταμεσής στην Τσιμισκή, κατάφερε ν' αφήσει πίσω του τις σκέψεις απ' το οφθαλμιατρείο και μπήκε στο γραφείο τους. Η Ξένια καθόταν στην καρέκλα της και δακτυλογραφούσε, ενώ στο σαλόνι κάποιος τον περίμενε. Ήξερε να ζυγίζει τους πελάτες με την πρώτη ματιά, παρ' όλο που η όρασή του τελευταία λογόκρινε τις λεπτομέρειες. Ο πελάτης στον καναπέ έδειχνε καλοστεκούμενος, κι ο Ζιρντό είχε ήδη υποθέσει, λαμβάνοντας υπόψη και την ηλικία του, ότι θα έψαχνε κάποιο ρετιρέ για την κόρη του. Θα του έλεγε την αλήθεια: ότι πριν αρχίσει ακόμη να χτίζει ο Άλκης σε κείνο το οικόπεδο στο Διοικητήριο, όλα τα διαμερίσματα ήταν ήδη πουλημένα.

«Κύριε Ζιρντό, σας περιμένει ένας κύριος», είπε η Ξένια αφού πρώτα στάθηκε όρθια.

Ο Ευγένιος Ζιρντό έδειξε στον άγνωστο μ' ένα επαγγελματικό χαμόγελο τη δίφυλλη πόρτα του γραφείου του κι έκανε νόημα στην Ξένια να φέρει αναψυκτικά.

Είχε περασμένα τα εξήντα, κουστούμι ελαφρύ του φθινοπώρου, γκρι μουστάκι, πλατύ μέτωπο και λίγα μαλλιά. Στην άκρη από το μάγουλό του δέσποζε μια ελιά που έμοιαζε με χοντρή τελεία, άκρη και τέλος του προσώπου, τελεία. Έδειχνε ταλαιπωρημένος· κάτω απ' τα μάτια είχε μαύρους κύκλους τόσο έντονους, που γίνονταν διακριτοί κι απ' τον Ζιρντό ακόμη. Ο άγνωστος έδειχνε να τον παρατηρεί με μεγάλη περιέργεια. Δε φαινόταν ανυπόμονος να τον ακούσει, σαν να μην περίμενε κάτι ενδιαφέρον απ' τη φωνή του, σαν να αρεσκόταν μόνο να τον παρατηρεί, σαν να ήθελε να μάθει απ' αυτόν κάτι.

«Ελπίζω να μην περιμένατε ώρα».

«Μη σας απασχολεί. Στον καναπέ σας θα έλεγα ότι ξεκουράστηκα».

«Έρχεστε από μακριά;»

«Όσο δε φαντάζεστε».

«Δηλαδή εκτός πόλης;»

«Για την ακρίβεια, εκτός χώρας».

Αισθάνθηκε ένα μέρος του εαυτού του να μπαίνει από μόνο του σ' επιφυλακή – ένας αυτοματισμός ετοιμότητας που τον είχε από μικρός.

«Ενδιαφέρεστε για διαμέρισμα; Μικρό ή μεγάλο; για να ξεκινήσουμε απ' τα βασικά».

«Έχω στη διάθεσή μου τόσον χώρο όσο δεν μπορείτε να φανταστείτε».

«Ούτε οικόπεδα σας ενδιαφέρουν;»

«Εσείς μ' ενδιαφέρετε», είπε και του έδειξε το πρώτο χαμόγελο.

«Δεν είμαι για πούλημα, αγαπητέ μου», του απάντησε κι επιστράτευσε κι αυτός ένα χαμόγελο της στιγμής, άχαρο.

«Ξέχασα ότι εσείς μόνο χαρίζεστε».

Ήθελε να έχει την παλιά του όραση να βυθομετρήσει τις κόρες αυτών των ματιών απέναντι, την αδιόρατη σύσπαση του χείλους, το σκίρτημα της φλέβας του στον κρόταφο, να δει τις πτυχές στο ύφασμα του ρούχου του, το σχήμα της πέτρας στο χοντρό δαχτυλίδι του.

«Είστε ευφυολόγος, κύριε... κύριε...»

«Συγνώμη, παράλειψίς μου! Μυσίρογλου, Πρόδρομος Μυσίρογλου εκ Κωνσταντινουπόλεως».

Χαμογέλασε χωρίς να ταραχτεί, χωρίς να σκιρτήσει ούτε μια ρυτίδα στο πρόσωπό του και στον λαιμό – ένστικτο. Είχε βοηθήσει σ' αυτό ο συναγερμός του προαισθήματος και η όλη εμπειρία απ' της ζωής του το κάτεργο.

«Ο καινούριος μας γείτονας, όπως έχω ακούσει από το υπηρετικό μου προσωπικό».

«Ναι, πράγματι, αφιχθείς προ ολίγων ημερών, και σύζυγος της κυρίας που τη γνωρίζετε από παιδί!»

«Χαίρω πολύ, κύριε Μυσίρογλου», είπε και σηκώθηκε.

Θεωρούσε ότι τα χοντρά ιδρωμένα δάχτυλα ήταν στη ζωή του κακός οιωνός – η περίπτωση Μυσίρογλου. Στάθηκαν για λίγο όρθιοι πολύ κοντά, πρόσωπο με πρόσωπο· η αναπνοή του μύριζε καφέ.

Η εμφάνιση της Ξένιας μ' έναν δίσκο πορτοκαλάδες έγινε την κατάλληλη στιγμή. Ο εργολάβος γύρισε πίσω στην πολυθρόνα του κι ο Μυσίρογλου ξανακάθισε απέναντί του σηκώνοντας πρώτα λίγο τα μπατζάκια – κίνηση ανθρώπου του κόσμου που ενδιαφέρεται να μη χαλάσει η τσάκιση στο σιδερωμένο παντελόνι.

«Σε τι οφείλω την τιμή της επισκέψεώς σας, κύριε Μυσίρογλου;» τον ρώτησε ύστερα από λίγο, ενώ τον άφησε να χαλαρώσει τον κόμπο της γραβάτας του και να πιει μια γουλιά απ' την πορτοκαλάδα που άφριζε στο ποτήρι.

«Ήρθα να σας γνωρίσω και να σας εκφράσω τις ευχαριστίες μου».

«Πολύ καλά κάνατε, αλλά προς τι οι ευχαριστίες σας;»

«Πρώτ' απ' όλα βοηθήσατε τη σύζυγό μου σ' αυτή την αδιανόητη περιπέτεια που έζησε εδώ στη διάρκεια του πολέμου».

«Υπήρξα υπάλληλος του πατέρα της, ευεργετημένος μάλιστα, άνθρωπος του σπιτιού τους. Ο πατέρας μου, ξέρετε, δούλευε εκεί ως κηπουρός κι εγώ τον βοηθούσα...»

«Τα ξέρω όλα αυτά, κύριε Ζιρντό, μου τα έχει διηγηθεί πολλές φορές η σύζυγός μου, και με συγκίνηση μάλιστα. Θέλω όμως επιπλέον να σας ευχαριστήσω και για τη μέριμνά σας για το σπίτι της. Από τη γειτονιά μ' ενημέρωσαν πως όταν έφυγαν οι Γερμανοί, εσείς καρφώσατε τις σανίδες στις πόρτες και στα παράθυρα, και μάλιστα βάλατε και λουκέτα στην καγκελόπορτα για να μη μπαίνει ο κάθε αλήτης».

«Πράγματι, εγώ τα έκανα αυτά».

«Είστε υπέροχος άνθρωπος, κύριε Ζιρντό!»

Ο Λευτέρης τον κοίταζε και προσπαθούσε να διακρίνει κάποιον υπαινιγμό ειρωνείας, μια αφορμή για να γκρεμίσει όλο αυτό το γεμάτο σάλια σκηνικό τής μεταξύ τους συμπάθειας. Μήπως όμως ο φαρμακοποιός πραγματικά δεν είχε ποτέ του τίποτε υποψιαστεί; Είναι δυνατόν;

«Ένα μέρος απ' τα παιδικά μου χρόνια τα έζησα σ' αυτό το σπίτι· όχι μέσα βέβαια, αλλά έξω στον κήπο».

«Αυτή πάντως η συνοικία, οι Εξοχές, είναι υπέροχη, και απ' ό,τι μπορώ να διακρίνω, έχει ζήσει και πολύ καλύτερες μέρες. Τώρα μάλλον κατηφορίζει», σχολίασε και σηκώθηκε.

«Φοβάμαι πως έχετε δίκιο. Μα μη μου πείτε ότι φεύγετε κιόλας. Έχω τόσα να ρωτήσω για την περιπέτειά σας στην Πόλη. Θα εγκατασταθείτε τελικά εδώ στη βίλα;»

«Δε θέλω να ξαναζήσει η οικογένειά μου άλλη φορά τέτοιες μέρες. Ήρθαμε μαζί με την αδερφή μου – ο γιος μου την έχει σαν δεύτερη μάνα. Έχουμε έρθει, ξέρετε, χιλιάδες ομογενείς από εκεί· εδώ θα είναι πια η πατρίδα μας. Δυστυχώς ο Ελληνισμός συρρικνώνεται. Μήπως όμως τα ελληνικά δίκαια δε σας πολυενδιαφέρουν; Είστε νομίζω Γάλλος, ή κάνω λάθος;»

«Κοπρόσκυλο!» είπε από μέσα του.

«Γιατί το λέτε αυτό;» τον ρώτησε με προσποιητή περιέργεια.

«Μα έχετε γαλλικό επώνυμο, Λευτέρης Ζιρντό», συνέχισε το ίδιο προκλητικό τροπάρι, που το έληξε κι αυτήν τη φορά μ' ένα ψυχρό χαμόγελο.

Στον αποχαιρετισμό τού έσφιξε το χοντρό του χέρι με όλη του τη δύναμη. Θα ήθελε πολύ να έχει, ειδικά εκείνη τη στιγμή, τα παλιά του μάτια, για να δει στο βλέμμα του Μυσίρογλου πραγματικό πόνο, ακόμη και πανικό.

«Σας περιμένουμε από το σπίτι», είπε και τράβηξε επιδέξια το χέρι του μέσα από την παλάμη του Λευτέρη.

«Ταχτοποιηθείτε πρώτα και δε χανόμαστε».

Ο Μυσίρογλου κράτησε το καπέλο του στο χέρι και βάδισε προς το γραφείο της Ξένιας, η οποία βλέποντάς τους είχε ξανασηκωθεί.

«Κάτι τελευταίο: Μήπως, κύριε Λευτέρη, έχετε κάποιον κηπουρό να μας συστήσετε; Με περιμένουν ένα σωρό δουλειές. Je suis vraiment débordé![107]»

«Στις εφημερίδες, Πρόδρομε, υπάρχουν αγγελίες για τα πάντα», του απάντησε και τον χτύπησε απαλά στην πλάτη, συντομεύοντας έτσι την αναχώρησή του.

Το ασανσέρ ήταν στον ίδιο όροφο· άνοιξε την πόρτα και μπήκε. Πόσο θα 'θελε ο Λευτέρης το ασανσέρ αυτό να τον κατέβαζε στον Άδη!

107. Je suis vraiment débordé (γαλλ.): είμαι πνιγμένος.

«Πουτάνας γιε!» φώναξε λίγο μετά.

Η Ξένια τον κοίταξε τρομοκρατημένη.

«Στη δουλειά σας, δεσποινίς!» της είπε αυστηρά και μπήκε στο γραφείο βροντώντας πίσω του την πόρτα.

Στα χρόνια που ακολούθησαν, οι εργολάβοι έκαναν χρυσές δουλειές. Οι πολυκατοικίες άρχισαν να σκιάζουν με το ύψος τους όλους τους δρόμους της πόλης. Αρχοντικές μονοκατοικίες και μέγαρα του πρώτου πολέμου τα πυροβολούσαν στον αυχένα κι αυτά έπεφταν σαν άλογα χτυπημένα, χλιμίντριζαν για μια στιγμή κι ύστερα χάνονταν μες στη σκόνη και στη χλαπαταγή των τοίχων που κατέρρεαν. Διώροφα με σφυρήλατες μαρκίζες και γύψινα αετώματα, μέγαρα με τρούλους και πυργίσκους στην κορυφή, τουρκόσπιτα με αυλές και γεράνια, όλα κάτω να σφαδάζουν μες στα αίματα.

Ύστερα απ' τον αφανισμό τους, γεννήθηκαν τέρατα. Έξι όροφοι, εφτά, οχτώ, μπαλκόνια κάγκελα, μπαλκόνια κάγκελα, μπαλκόνια... Εκεί ψηλά στα σύννεφα, που τέλειωναν οι πολυκατοικίες, χτίστηκαν μικρά πλυσταριά· ταράτσες, θέα στη θάλασσα, κάποιοι φωτογραφίζονταν με θέα τον Χορτιάτη, στα σύρματα απλωμένα ρούχα, λευκά σεντόνια που τα κυμάτιζε ο αέρας, τα σάβανα των παλιών σπιτιών, αυτών που εκτελέστηκαν κι έγιναν χώμα στην άκρη αχάραγων δρόμων.

Ο Λευτέρης δεν ήταν πια εργολάβος. Δεν ξέρουμε αν το ήθελε ακόμα, σίγουρα πάντως δεν μπορούσε. Πριν βγει ο Γκαγκάριν για την πρώτη του βόλτα στο Διάστημα, ο Λευτέρης κόντεψε να πάει πρώτος αυτός στο φεγγάρι κι από εκεί στα άστρα. Είχε γκρεμιστεί απ' το κλιμακοστάσιο σ' ένα νεόχτιστο, γιατί δεν καλοέβλεπε, κι έσπασε δυο πλευρά. Μέχρι τότε είχε κερδίσει πολλά χρήματα, αλλά και το πρώτο σκοτάδι. Ο τελευταίος του γιατρός είχε φροντίσει να τον προειδοποιήσει:

«Είστε άτυχος, αγαπητέ, οι παθήσεις σας είναι πια δύο. Εκτός από την ωχροπάθεια που τη γνωρίζουμε εδώ και έξι χρόνια, παρουσιάσατε και γλαύκωμα. Οι τελευταίες σας μετρήσεις στα μάτια μάς δείχνουν μία αφύσικα υψηλή πίεση. Αυτό δε γίνεται συχνά, και νομίζω ότι δεν μπορούμε να το αντιμετωπίσουμε. Λυπάμαι».

«Γίνετε πιο σαφής, γιατρέ».

«Με τον εκφυλισμό της ωχράς κηλίδας, χάνεται, όπως ήδη το γνωρίζετε, ένα μεγάλο μέρος της κεντρικής όρασης, γι' αυτό και λειτουργείτε περισσότερο με την περιφέρεια του οπτικού πεδίου. Το γλαύκωμα έχει το χαρακτηριστικό ότι κυριολεκτικά τρώει την περιφερειακή όραση. Είναι τραγικό, αν το καλοσκεφτούμε, γιατί ό,τι υπολείμματα όρασης αφήνει ως παρηγοριά η μία πάθηση, τα κατατρώει η άλλη. Αυτή η σύμπτωση δεν είναι συνηθισμένη στα ιατρικά χρονικά. Λυπάμαι πραγματικά. Θα πολεμήσουμε όμως μέχρις εσχάτων με ό,τι όπλα μάς δίνει η επιστήμη, ως την ελάχιστη ακτίνα φωτός».

«Είναι καλός άνθρωπος αυτός ο γιατρός», ήταν η πρώτη του σκέψη.

Τα πλευρά του τον πονούσαν ακόμη ύστερα από δυο μήνες κατάκλισης και νάρθηκα στον θώρακα. Καθισμένος τώρα στο λυκόφως του οφθαλμιατρείου, άκουγε μια αρσενική Πυθία με λευκή μπλούζα που έναντι μιας αμοιβής τού περιέγραφε το μέλλον, το δικό του σκοτάδι κι έναν οδηγό επιβίωσης.

Βγήκε στην πόλη κι άρχισε να περπατάει χωρίς προορισμό. Σουρούπωνε μ' ένα γλυκό αεράκι απ' τη θάλασσα – ήταν Μάιος του 1961. Περπατούσε αργά, γιατί δεν ήταν σίγουρος για το κάθε βήμα. Αραιά και πού άκουγε τις μύτες των παπουτσιών του να κλοτσάνε άθελά τους χαλίκια. Οι δρόμοι φτιάχνονταν, η πόλη άλλαζε.

Πλησίασε στη θάλασσα μ' έναν μικρό φόβο, γιατί το κόκκινο χρώμα της δύσης τού μπέρδευε κάπως τον γύρω χώρο.

Τα τελευταία χρόνια φρόντιζε τα αντικείμενα που ήταν μπροστά του να τα βλέπει με την περιφέρεια της όρασης στρέφοντας κάπως το κεφάλι δεξιά κι αριστερά, για να τα φέρνει εκεί όπου μπορούσε να τα δει πιο καθαρά και να τα αναγνωρίσει. Εδώ και κάποιες βδομάδες ένιωθε όμως κι αυτό το κομμάτι της όρασης να τον προδίδει. Ήταν απ' το γλαύκωμα, που του έτρωγε το οπτικό νεύρο και τον οδηγούσε σε μια όραση της κλειδαρότρυπας. Ο εκφυλισμός της ωχράς κηλίδας απ' τον οποίο έπασχε εδώ και χρόνια ήταν όμως το κλειδί που έμπαινε αργά στην κλειδαρότρυπα και θα του έκρυβε το φως.

Έφτασε με πολύ αργό βάδισμα στην άκρη της προκυμαίας κι έπιασε δειλά το κάγκελο. Το ήξερε καλά εκείνο το μέρος· είχε μείνει ίδιο και απαράλλαχτο. Ένιωσε το κρύο μέταλλο στην παλάμη του και η μυρωδιά της θάλασσας, η οποία βρόμιζε χρόνο με τον χρόνο, έφτασε στη μύτη του. Σ' αυτόν τον περίπατο κατάλαβε ότι ήταν πια επίφοβο να βγαίνει τη νύχτα χωρίς συνοδό. Τα πλευρά του, εξαιτίας της πτώσης απ' τη σκάλα, τον πονούσαν ακόμα, ιδίως όταν έπαιρνε βαθιές ανάσες ή όταν άλλαζε ο καιρός.

Άκουγε το κύμα που έφτανε ως το μπετόν της προκυμαίας και γύριζε πίσω. Η σκέψη υπήρχε εδώ και ώρα μέσα του, μόνο που εκκρεμούσε η απόφαση· άλλωστε στη ζωή του είχε κάνει πράγματα πολύ πιο τολμηρά απ' το ν' αφήσει τον εαυτό του απλά να πέσει στο νερό με ανοιχτό το στόμα και να υποδεχτεί το άλλο σκοτάδι, που ήταν ακριβοδίκαιο και δεν έκανε διακρίσεις, αφού κάποια στιγμή θα τύλιγε τους πάντες.

Το μυαλό του έτρεξε στη Ρίβκα, που η αλήθεια είναι ότι όλ' αυτά τα χρόνια δεν τον ξεχνούσε. Του είχε μάλιστα στείλει και φωτογραφίες του άντρα της και των παιδιών της, χωρίς να υποψιάζεται τις δυσκολίες που είχε με τα μάτια του. Θα ήθελε πολύ, αντί για φωτογραφίες, να του είχε στείλει μια μπομπίνα όπου θα ήταν γραμμένη η φωνή της, ντρεπόταν όμως να της το ζητήσει, και πιο πολύ δίσταζε να της εξηγήσει το γιατί, καθώς η Ρίβκα παρέμενε ανυποψίαστη για τη νίκη του σκοταδιού.

Κούμπωσε το κουμπί στο σακάκι του κι έμεινε εκεί όρθιος να σκέφτεται κυκλωμένος απ' το ακαθόριστο κόκκινο του δειλινού. Δεν έστεκε μακριά από τους μεγάλους γερανούς στο Λιμάνι, τους οποίους δεν πολυξεχώριζε, αλλά ήξερε ότι βρίσκονταν εκεί, σύμβολα της καινούριας εποχής, όπως κι αυτά τα τσιμεντένια κουτιά που έχτιζαν με τον Άλκη και γίνονταν ανάρπαστα. Ποτέ δεν είχε φανταστεί ότι σ' αυτά τα χρόνια της ζωής του τα χρήματα θα έρχονταν στα χέρια του χωρίς πολύ κόπο. Μάλιστα του είχε περάσει απ' το μυαλό πως αυτή η ευκολία ήταν η αποζημίωση της μοίρας για το αναίτιο σκοτάδι που τον τύλιξε. Είχε καταθέσεις σε δύο μεγάλες τράπεζες της πόλης και σε άλλες στο εξωτερικό σε συνάλλαγμα, και φυσικά λίρες σε τραπεζική θυρίδα. Όμως το φως ήταν πανάκριβο, κι όλ' αυτά δεν του έφταναν να το αγοράσει.

Θα ήταν τελικά μια πολύ καλή ιδέα να αφηνόταν τώρα δα να τον σαβανώσει το βρόμικο νερό του λιμανιού, να πάει να τους βρει όλους και να ξανακοιταχτούν στα μάτια – τον Αλπερέν μπέη, τον Μιχάλη που τη γυναίκα του την ερωτεύτηκε, τη Σάνε με τον καινούριο κήπο της στον ουρανό, τον Θόδωρο τον αμαξά...

Ήταν πολλές οι φορές που για να ερμηνεύσει την τύφλωση ξαναθυμόταν τον φόνο που είχε διαπράξει. Η τύφλωση ίσως ήταν η επίγειος τιμωρία χωρίς ελπίδα συγχώρεσης και καθαρμού. Το χειρότερο ήταν ότι όσο το φως θα λιγόστευε, όσο ο έξω κόσμος θα έκλεινε την κουρτίνα και θα τον ξεχνούσε, τόσο το πρόσωπο του Θόδωρου του αμαξά θα δέσποζε στο κάδρο, βαρύθυμο, κι ο πεθαμένος να τον κοιτά ακόμη πιωμένος απ' τα κερασμένα ποτά εκείνης της νύχτας.

Άναψε τσιγάρο. Τον τελευταίο καιρό τον ενθουσίαζε η φλόγα, το άναμμα μπροστά στα μάτια του. Ήταν σαν να ξεκινούσε εκείνη τη στιγμή ένα θαύμα και η κτίση ολόκληρη να έβρισκε την παλιά της φωτεινότητα. Όταν το σπίρτο έσβηνε, έμενε η καύτρα και ο καπνός παρηγοριά του στο ημίφως.

Κάπνιζε και τη σκεφτόταν. Είχαν ήδη περάσει έξι ολόκληρα χρόνια που έμεναν αντικριστά ο ένας απ' τον άλλον σαν δύο ξένοι. Ήταν ευτύχημα που τα παράθυρά τους ήταν το ένα μακριά από το άλλο, και πιο μεγάλο ευτύχημα που αυτός δεν κοίταζε πια έξω απ' το παράθυρο γιατί ήταν ανώφελο. Ήξερε ότι τον κατήφορό του εκείνη τον είχε μάθει σχετικά πρόσφατα· έτσι τού είχε η ίδια ομολογήσει μια Κυριακή πρωί στην αυλή της εκκλησίας στην Ανάληψη. Δεν ήξερα, Λευτέρη, του είπε, ότι τυραννιέσαι τόσον καιρό. Πόσο λυπάμαι, να ξέρεις! Εκείνος τής απάντησε ότι της όφειλε μια επίσκεψη στο σπίτι αλλά την ανέβαλλε εδώ και χρόνια. Τη ρώτησε και γι' άλλα: για τη βίλα της και τους σοβάδες αν ακόμα κρατούσαν, για την αδερφή του άντρα της που έλεγαν στη γειτονιά ότι παντρεύτηκε με προξενιό, για τον γιο της που πήγαινε στο Κολέγιο Δελασάλ και για τα οικονομικά τους – αν μετά την καταστροφή του '55 είχαν ορθοποδήσει. Τότε άκουσε για πρώτη φορά ότι ο Πρόδρομος δεν είχε ακόμη πολλή ζωή μέσα του. Ήταν μάλλον απ' αυτούς τους άντρες που μια οικονομική καταστροφή στέκεται μοιραία, απ' αυτούς που όταν συμβεί ο παράς να λιγοστεύει, αυτό τούς λιανίζει τα κόκαλα.

Ο Πρόδρομος Μυσίρογλου τελικά πέθανε όσο ο Λευτέρης ήταν στο κρεβάτι με τα πλευρά του σπασμένα. Λεπτομέρειες της κηδείας τού διηγήθηκε η Σταματία ενόσω εκείνος ξάπλωνε στον καναπέ του σαλονιού κι άκουγε ραδιόφωνο.

Πήρε μία ακόμα ρουφηξιά απ' το τσιγάρο κι έστρεψε το κεφάλι στην αντίθετη μεριά της θάλασσας, στην πόλη. Έβλεπε φώτα αταξινόμητα γύρω από ένα μελανό κέντρο. Ήξερε ότι ύστερα από καιρό, αν ξαναστεκόταν στην ίδια ακριβώς θέση, τα περιμετρικά φώτα που τώρα τα διέκρινε, θα τα είχε καταπιεί ένα απροσδιόριστο γκρι. Ο γιατρός τον είχε διαβεβαιώσει ότι η κορύφωση και ο απόλυτος θρίαμβος του σκοταδιού θα αργούσαν κάποια χρόνια.

Ο Λευτέρης Ζεύγος εκείνο το βράδυ του Μαΐου του 1961 τελικά δεν αυτοκτόνησε διά της μεθόδου του πνιγμού. Είχε φτάσει πολύ κοντά στην ιδέα του θανάτου, αλλά κάτι τον απώθησε. Ο ίδιος ήξερε τι ήταν αυτό και το έλεγε αρκετές φορές από μέσα του και χαμογελούσε μονάχος μ' αυτήν του την εξωστρέφεια. Δεν αυτοκτόνησε γιατί δεν είχε καμιά διάθεση να συναντήσει τον Μυσίρογλου στον άλλο κόσμο. Ο Λευτέρης ήταν ένας γέρος που ακόμα ζήλευε, που το επόμενο πρωί αγόρασε ένα μπαστούνι, έστειλε τη Σταματία σ' ένα καλό ζαχαροπλαστείο, και κρατώντας έναν δίσκο γλυκά, διέσχισε με προσεκτικά βήματα τον κήπο της βίλας και πάτησε επίμονα το κουδούνι στην πόρτα της χήρας.

Άντρας του κόσμου και τυπικός, είχε από την προηγουμένη στείλει ένα σημείωμα με την υπηρεσία. Τα είχε όλα μετρημένα, όλα σύμφωνα με τα έθιμα αλλά και την κοινωνική εθιμοτυπία, που ανέκαθεν κρατούσαν οι κάτοικοι των Εξοχών. Τα σαράντα είχαν περάσει, το πένθος είχε παραμερίσει για χάρη της ζωής, που είχε αρχίσει να επελαύνει ακάθεκτη.

Η ζωή είναι η συνισταμένη των αισθήσεων, ή μάλλον είναι εκείνη η μάνα με τις πέντε κόρες. Αφότου η όραση τον είχε εγκαταλείψει, πρωτότοκη ήταν τώρα η όσφρηση. Ο Λευτέρης περπατάει αργά και μυρίζει το πεύκο που το έχει ζεστάνει όλη μέρα ο ήλιος, μυρίζει το μελισσόχορτο, τα ζοχιά που αλητεύουν δώθε κείθε, το τριφύλλι το κοντοπίθαρο. Μοσχομυρίζει ακόμη και το χώμα που το τρυπάνε τα μυρμήγκια κι ως το καλοκαίρι θα το έχουν κάνει να μοιάζει με σφουγγάρι.

Η ακοή είναι η δευτερότοκη. Τα καινούρια του παπούτσια πατάνε στο έδαφος κι αυτός ακούει το χώμα που τα καλησπερίζει. Αυτό γινόταν από πάντα: τα παπούτσια τα λένε με το χώμα, αρκεί να έχεις αυτιά ν' ακούσεις. Από τότε που έχασε τα μάτια του, μπορεί κι ακούει τα πάντα – το πώς τρίζει ο βλαστός του ηλιοτρόπιου καθώς ακολουθεί τον ήλιο και πώς χασμουριούνται τα ποντίκια στις τρύπες τους. Διασχίζει τον κήπο που κάποτε τον φύτευε με τα χέρια του αλλά τώρα είναι αφρόντιστος, τώρα που έχει αγριόχορτα και η ζωή κουτσοϋπάρχει μόνο στα βουίσματα των εντόμων και στων πουλιών τα νεογέννητα.

Η αφή, στη διακριτικότητα μοιάζει της όσφρησης. Απλώνει το χέρι κάπως μυστικά και χαϊδεύει τους κορμούς, που σγούρυναν απ' τα γηρατειά· πιάνει τις πληγές τους. Τα χαράγματα με το μαχαίρι παραμένουν για χρόνια, από τότε που κάποιοι άντρες της Βέρμαχτ χάραζαν στους κορμούς τα ονόματα μιας Λότε, μιας Χέλγκα... Απλώνει το χέρι πριν χτυπήσει το κουδούνι και χαϊδεύει την πόρτα, τις ραγάδες της, τη σκασμένη λαδομπογιά, όλ' αυτά που χάραξαν τα νύχια του χρόνου.

Στέκεται μπροστά στην πόρτα κρατώντας λίγα μωρά ζουμπούλια που τα έφερε απ' τον κήπο του. Είναι ο ίδιος άντρας, ο γιος του κηπουρού, που έστρεψε τ' όνομά του σαν νόμισμα που πέφτει στη γη με άλλη όψη. Ήταν κι αυτός κάποτε κηπουρός και τώρα βάζει στο στόμα του έναν υάκινθο απ' αυτούς που κρατάει στα χέρια· τον δοκιμάζει. Είναι η αίσθηση της γεύσης, η αδερφή της αφής. Καταπίνει το εύοσμο σάλιο και πλαταγίζει τη γλώσσα. Βάζει μετά στο στόμα του μια καραμέλα μέντα για τη δυσοσμία του τσιγάρου και χαίρεται την αψάδα της – των αισθήσεων παιχνίδια.

Χτυπάει το κουδούνι – ακοή και πάλι. Η πόρτα ανοίγει, στο κέντρο μαύρος κύκλος. Το σπίτι όμως μυρίζει όπως παλιά· το νιώθει ότι το σπίτι τον γνώρισε, ότι κουνάει την ουρά του. Μπαίνει χτυπώντας απαλά στο πάτωμα το μπαστούνι, ίσα για να φοβίσει λίγο τα πνεύματα και την κακοτυχιά.

«Καλώς ήρθες, mon amour! Σε περιμέναμε».

Τα μάτια του κοκκινίζουν – ακράτεια των δακρύων, σύμπτωμα κι αυτό του επερχόμενου γήρατος. Νιώθει τα νύχια του χρόνου στον διάδρομο, στις κουρτίνες, παντού.

«Καλώς σας βρήκα. Τα χρόνια πέρασαν κι εμείς αργήσαμε πολύ, ma chérie. Βάλε με, αν θέλεις, να καθίσω δίπλα στο πιάνο, να κρατήσω τα χέρια σου πριν παίξεις, να τα ζεστάνω. Εκείνο το κομμάτι, τότε που έφευγα, δεν πρόλαβα να το ακούσω ολόκληρο».

Μία νύχτα

ΑΦΗΣΕ ΤΗΝ ΤΕΛΕΥΤΑΙΑ ΣΕΛΙΔΑ πάνω στις προηγούμενες στο τραπεζάκι του σαλονιού. Τα χέρια του ήταν άδεια, το βλέμμα του επίσης. Αν ο Ζιρντό είχε τα μάτια του, θα διέκρινε αμέσως την αμηχανία στο βλέμμα του συγγραφέα, εκείνον τον μικρό φόβο πριν απ' το χειροκρότημα, πριν η αυλαία πέσει και κλείσει την παράσταση. Η κυρία Τζένη πάντως έβλεπε πολύ καλά, κι όπως πίστευε ο Ορέστης, ήταν τετραπέρατη. Τώρα κρατούσε ακόμη το χέρι του γερο-Ζιρντό, ενώ το βλέμμα της έφυγε απ' τον Ορέστη και βγήκε έξω στη βεράντα· σκεφτόταν.

«Ξημερώνει, Ορέστη», του είπε χωρίς να στρέψει την προσοχή της απ' τη βεράντα. «Άλλη μια νύχτα της ζωής μας πέρασε, απόψε όμως ακούσαμε τόσα πολλά. Σ' ευχαριστούμε από καρδιάς. Ευγένιε, δε μιλάς;»

«Δεν τελειώνουν έτσι τα βιβλία, νεαρέ. Υπάρχουν κενά, δεν τα βλέπεις;»

«Τι εννοείτε;»

«Υπάρχουν τόσα πολλά ακόμη που έχουν συμβεί στη ζωή μου ως τώρα που μιλάμε... Μπορεί να τυφλώθηκα, αλλά τα χρόνια που πέρασαν απ' το '61 κρύβουν γεγονότα, δε γίνεται να το σταματάς έτσι».

«Μπορεί να έχετε δίκιο, όμως δηλώνω αδυναμία, τουλάχιστον μέχρι στιγμής. Στο μέλλον ίσως καταφέρω να ξανακαθίσω στη γραφομηχανή και να συνεχίσω. Ξέρετε...»

«Τι να ξέρω; Πες μου γιατί σταμάτησες;»

«Ο κόσμος της τυφλότητας βρίθει από εικόνες, είμαι σίγουρος γι' αυτό, όμως...»

«Όμως τι;»

«Εγώ δεν μπορώ να μπω εκεί, διστάζω, φοβάμαι... Νομίζω ότι αυτά που θα γράψω θα είναι εντελώς άστοχα. Τι μπορείς να πεις γι' αυτόν τον κόσμο που είναι βυθισμένος στο σκοτάδι; Ξέρετε, πριν λίγο καιρό έκανα ένα πείραμα...»

Ο Ζιρντό ανακάθισε στον καναπέ. Έπιασε ένα τσιγάρο και το έδωσε στην κυρία Τζένη.

«Το τελευταίο, εντάξει;» του ψιθύρισε εκείνη.

Ο Ορέστης περίμενε να τελειώσει η μεταξύ τους συμφωνία. Είδε την οικονόμο να το βάζει στα χείλη της και να το ανάβει. Ύστερα το κράτησε στα χέρια και του το έδωσε μαζί με το ποτήρι του, που είχε ακόμα λίγο μπράντι.

«Έλεγες για κάποιο πείραμα...», μίλησε πάλι ο Ζιρντό.

«Ναι, έλεγα για κάτι που αποπειράθηκα. Οι συγγραφείς οφείλουν να πειραματίζονται με νέους τρόπους και τεχνικές. Οφείλουν ακόμη να αναζητούν εμπειρίες, το καταλαβαίνετε...»

«Δεν είσαι ακόμη συγγραφέας και να με συγχωρείς!» τον έκοψε γι' άλλη μια φορά.

«Θα γίνω όμως, κύριε Ευγένιε, αυτό να το θυμάστε!»

Η κυρία Τζένη έκανε νόημα στον Ορέστη να μη δώσει πολλή σημασία σ' αυτό που του είπε και να συνεχίσει.

«Έλεγα λοιπόν για το πείραμα. Έβαλα ένα μαύρο πανί στα μάτια μου και προσπάθησα να ζήσω έτσι είκοσι τέσσερις ώρες. Αφού ήθελα να γράψω και για το υπόλοιπο μέρος της ζωής σας, θα έπρεπε να έχω αυτήν την ελάχιστη εμπειρία, να ζήσω έστω και λίγο πώς είναι να περνάς τις ώρες σου στον σκοτεινό πάτο ενός πηγαδιού».

Ο Ζιρντό φάνηκε κάπως να συγκινείται. Ήταν μία απ' τις λίγες φορές εκείνη τη νύχτα που άφησε να διαρρεύσουν τα συναισθήματα από μέσα του.

«Το ’κανες αυτό; Πες μου αλήθεια, το ’κανες;»

«Το ’κανα, σας ορκίζομαι. Άντεξα ως το απόγευμα. Μόλις που πρόλαβα τον ήλιο που είχε πάρει την κατηφόρα κι έγερνε προς τη δύση· για να είμαι ειλικρινής, κάποια στιγμή έκλαψα. Ευτυχώς είχα προβλέψει και ήμουν μόνος στο σπίτι απ’ το πρωί και δε με είδε η μάνα μου σ’ αυτό το χάλι να την πιάσει πανικός. Τότε ήταν που κατάλαβα ότι αυτό, αφού δεν μπορούσα να το ζήσω, δεν μπορούσα ούτε να το γράψω. Η γραφή μου σταματάει εδώ, κύριε Ευγένιε, αυτά είναι τα όριά μου και το δηλώνω καθαρά εδώ μπροστά σας. Εάν είναι απαραίτητο να υπάρξει κι άλλο κεφάλαιο στο βιβλίο, ας το γράψει η φαντασία του αναγνώστη».

Ο Ζιρντό πήρε μια βαθιά ανάσα κι αναζήτησε το χέρι της κυρίας Τζένης. Φαινόταν ότι ήθελε να μιλήσει, είχε να του πει.

«Υπάρχουν όμως γεγονότα, Ορέστη, τα οποία σου τα έχω αφηγηθεί και θα μπορούσες να τ’ αναφέρεις. Τη βίλα της, ας πούμε, που την γκρέμισα εγώ με τον Άλκη και το συνεργείο μας το ’63. Η εξήγηση είναι απλή: η οικογένεια του άντρα της ήταν απολύτως χρεοκοπημένη και η ίδια αδέκαρη, οπότε η αντιπαροχή ήταν ένας τρόπος να εξασφαλιστεί. Εμείς πήραμε τη δουλειά γιατί η ίδια με παρακαλούσε για καιρό. Δέχτηκα γιατί νόμιζα ότι αν το έκανα εγώ, η βίλα δε θα πονούσε, θα έσβηνε ανώδυνα, αν με καταλαβαίνεις...

»Θυμάμαι εκείνες τις δυο μέρες που οι μπουλντόζες γκρεμίζανε και τα πριόνια έκοβαν τα δέντρα. Πήγα μόνο δυο τρεις φορές να δώσω οδηγίες στον Άλκη κι ύστερα κλείστηκα στο σπίτι μου και μπεκρόπινα για να μην ακούω τις φαγάνες. Ήταν γραφτό, βλέπεις, το σπίτι να πέσει με τη δική μας υπογραφή. Μάρτυς μου ο Θεός για το αν προσπάθησα να τη μεταπείσω. Είχε πάντως δίκιο, γιατί το σπίτι κόστιζε πολλά για να συντηρηθεί, ο δε άντρας της, πριν πεθάνει, είχε δώσει τις τελευταίες του οικονομίες στον γάμο της αδερφής του. Το παιδί περίμενε να σπουδάσει και οι δυο τους έπρεπε κάπως να ζήσουν. Κλείσαμε την αντιπαροχή στο τριάντα τοις εκατό, τόσο συνηθιζόταν εκείνη την εποχή. Τα κατοπινά χρόνια, είναι η αλήθεια, ανέβηκε κοντά στο πενήντα, τέλος πάντων. Κράτησα όλο το ρετιρέ, αυτό που είμαστε τώρα, αλλά της παραχώρησα κάτω τα μαγαζιά για να έχει πάντα εισόδημα, όπως κι ένα διαμέρισμα στον τρίτο για να μένει με τον γιο της. Ο Άλκης μού γκρίνιαξε που ήμουν τόσο γαλαντόμος».

«Τα θυμάμαι όλα αυτά, κύριε Ευγένιε, μου τα έχετε αφηγηθεί παλαιότερα. Όμως νομίζω ότι δε θα ενδιέφεραν τον αναγνώστη σε καμιά περίπτωση. Αυτό που μένει είναι η τελευταία σκηνή, εκεί που ο ήρωας –όχι εσείς, ο άλλος, ο Ζιρντό– του βιβλίου χτυπάει την πόρτα μ' ένα μπουκέτο υάκινθους στο χέρι που τους έχει μαζέψει απ' τον δικό του κήπο».

«Δύο χρόνια αργότερα γκρέμισα και το σπίτι όπου έμενα με τη Σάνε απ' το '33 και σηκώσαμε κι εκεί πολυκατοικία. Όταν μετακόμισα εδώ που είμαστε τώρα, τα συνεργεία μας άρχισαν να δουλεύουν απέναντι. Να ξεχάσουμε όμως τα παλιά σημάδια· αυτό που παλιά λέγαμε "απέναντι", τώρα είναι αλλιώς. Η συνοικία των Εξοχών είναι πια μια ανάμνηση· παλιοί δρόμοι έσβησαν ενώ φτιάχτηκαν καινούριοι, τα παλιά σπίτια τα ρίξαμε. Με άλλα λόγια, αγαπητέ Ορέστη, τα γαμήσαμε όλα!»

«Λευτέρη, σε παρακαλώ!» τον έκοψε η κυρία Τζένη ενοχλημένη.

«Αυτή είναι η αλήθεια, ma chérie, γιατί εξανίστασαι; Αυτό κάναμε. Αυτό τότε μας ζητούσαν όλοι κι αυτό κάναμε: ρίξαμε μπετόν σ' όλο το σύμπαν. Δεν υπάρχουν πια Εξοχές παρά ένας μεγάλος δρόμος πάνω από έναν άλλον που περνάει δίπλα απ' τη θάλασσα. Καλά που έμεινε όρθια η Σχολή Τυφλών για να μας θυμίζει ποιοι είμαστε πραγματικά. Δεν είμαι μόνο εγώ, Ορέστη, ο τυφλός· όλοι ήμασταν θεόστραβοι. Θα έρθουν χρόνια, θα δεις, που θα μαζέψουμε όλου του κόσμου το ανάθεμα...»

Είχε τώρα τη φωνή του υψωμένη και κουνούσε τα χέρια νευρικά.

«Κάνε μου τη χάρη να γράψεις ακόμα ένα κεφάλαιο για όλους εμάς τους τυφλούς!»

«Λευτέρη, σε παρακαλώ, μη φωνάζεις κι άφησε κι εμένα να πω κάτι».

Στο άκουσμα της φωνής της, ακούμπησε την πλάτη πίσω στον καναπέ κι έμεινε ανέκφραστος προσπαθώντας να βρει πάλι την ανάσα του. Η κυρία Τζένη ήταν η μόνη που κατάφερνε να τον δαμάζει κάποιες φορές.

«Ορέστη, άκουσέ τον και μην κάνεις τίποτε απ' όσα θα σου πει. Θέλει αυτός να τελειώσει το βιβλίο. Άκουσέ τον κι ας μην τα γράψεις ποτέ».

«Τον ακούω πρόθυμα, κυρία Τζένη, πιστέψτε με!»

«Ο Άλκης», ξανάρχισε ο Ζιρντό, «παντρεύτηκε μία που τον ξελόγιασε στο πιτς φιτίλι. Πέθαινε βλέπεις στη δουλειά και ήθελε λίγες μέρες τον μήνα να ξεδίνει, να νομίζει ότι ζει τα νιάτα του κι ότι δεν πάνε στράφι στα γιαπιά. Η Ξένια έκανε το λάθος να είναι υπερβολικά συγκρατημένη και σεμνή. Ήθελε τα λεφτά του να τα μαζεύει για τις δύσκολες ώρες και για τον γάμο τους, έτσι είχε μάθει απ' το σπίτι της. Εκείνος ήθελε γλέντια κι εξαλλοσύνες· έτσι χωρίσανε και το καημένο το κορίτσι έκλαιγε μερόνυχτα. Μέχρι που τον απείλησα κιόλας τον μπάσταρδο ν' αλλάξει απόφαση κι ας μην είχα το δικαίωμα, επέμενε όμως, τι να πεις; Όταν διακόψαμε τον μεταξύ μας συνεταιρισμό, είχε ένα μικρό παιδί και είχε κιόλας χωρίσει μ' εκείνη την άσωτη. Η λεγάμενη που είχε πάρει τη θέση της Ξένιας ήταν μια τεμπέλα, μια φαντασμένη, ανιψιά ενός βουλευτή, δεν έκανε για σπίτι. Φοβάμαι ότι δεν έκανε για τίποτα.

»Η Σταματία, που την αναφέρεις στο βιβλίο με τ' όνομά της το πραγματικό, άφησε την τελευταία της πνοή σ' αυτό εδώ το σπίτι, εσύ δεν την πρόλαβες. Δούλευε εδώ πριν απ' την Κορίνα κι έμενε σ' αυτό το δωμάτιο που βλέπει πίσω στην πρασιά, το πιο ήσυχο. Κανείς δεν ξέρει γιατί ποτέ δεν παντρεύτηκε. Η κυρία Τζένη από δω έχει τη γνώμη ότι δεν μπορούσε να ζήσει μακριά μου. Θ' αρχίσω σιγά σιγά να το πιστεύω κι εγώ, γιατί με κολακεύει. Βλέπεις η σκατοζωή; Η Σταματία πεθαμένη κι εγώ ο γέρος ζω ακόμα».

«Πήρατε ποτέ γράμμα από τον Νατόν; Αυτό με απασχόλησε πολύ, τ' ομολογώ. Αποφάσισα να μη γράψω τίποτα, άφησα μόνο να αιωρείται μια αναμονή εις το διηνεκές. Θέλω ο Ζιρντό του βιβλίου να μη λάβει ποτέ δικαίωση από τη φιλία του».

Ο Ζιρντό χαμογέλασε.

«Δεν πήρα γράμμα γιατί ποτέ δεν έστειλα· αυτά είναι δικές σου φαντασίες».

«Αν είχατε στείλει θα το ομολογούσατε, ή θα φοβόσασταν την απόρριψη;»

«Στο σκοτάδι μαθαίνεις να μη φοβάσαι τίποτα, κατάλαβες, έξυπνε;»

Ήταν η σειρά του Ορέστη να χαμογελάσει, καθώς ο εργοδότης του είχε ξαναγίνει ζωηρός κι επιθετικός, σαν να μην είχε ξενυχτήσει ούτε ώρα».

«Έχω όμως να επισημάνω μια παράλειψη».

«Να αναφέρω πρώτα εγώ τη δική σας παράλειψη κι ύστερα μου λέτε ό,τι θέλετε. Είναι σημαντικό αυτό που έχω τώρα να σας πω».

«Ας προηγηθείτε λοιπόν, κύριε Ορέστη!»

«Ποτέ δε μου είπατε για το τέλος της Μίρζας. Υποθέτω ότι έχει πεθάνει με τρόπο που σας πληγώνει και μόνο που το θυμάστε. Είχατε έναν πολύ μεγάλο έρωτα που κράτησε μισόν αιώνα και δεν ξέρουμε τίποτε για το τέλος της. Πού είναι θαμμένη η Μίρζα, κύριε Ευγένιε; Νομίζω ότι έχει έρθει η ώρα να μου πείτε. Για χάρη της και μόνο ίσως μπορέσω να προσθέσω ένα τελευταίο κεφάλαιο στο βιβλίο· γι' αυτήν αξίζει να το κάνω».

«Θα σου απαντήσω σύντομα. Μέχρι να ξημερώσει, σου ορκίζομαι πως δε θα έχει μείνει κανένα σκοτεινό σημείο στην ιστορία. Άσε όμως να σου πω πρώτα για τη δική σου παράλειψη. Γράφεις ότι η Μίρζα έγινε χριστιανή – παραδόθηκε στη μοίρα της λοιπόν και παντρεύτηκε έναν Ρωμιό με προξενιό. Δε γράφεις πουθενά ποιο ήταν το καινούριο της όνομα, το χριστιανικό της».

Ο Ορέστης τον κοίταξε παραξενεμένος. Το μόνο που δεν περίμενε καθώς ξημέρωνε, ήταν να σταθεί ο γέρος σε μια τέτοια λεπτομέρεια. «Πού το εντόπισε ο διαβολάνθρωπος;» αναρωτήθηκε προς στιγμήν.

«Αλήθεια είναι αυτό, όμως το θεωρώ δευτερεύον. Δεν ασχολήθηκα καν, τι μου λέτε τώρα;»

«Ε, σου το λέω τώρα για να το μάθεις. Ευγενία βαφτίστηκε!»

Ο Ορέστης ανασήκωσε τα μάτια του και παρατήρησε καλύτερα τον Ζιρντό και την οικονόμο του. Η κυρία Τζένη είχε κατεβάσει το κεφάλι και ασχολιόταν με τα χέρια της, ίσως από αμηχανία.

«Το θηλυκό τού “Ευγένιος”. Πήρε σαν εμένα δεύτερο όνομα· το ζήτησε η ίδια στο Πατριαρχείο, εκεί που τη βαφτίσανε, να την πουν Ευγενία».

«Πολύ ενδιαφέρον ομολογουμένως, και παράξενο...», ψέλλισε ο Ορέστης καθώς το μυαλό του είχε αρχίσει να στροβιλίζεται.

«Ήθελε να είμαστε νοερά μαζί στο κοινό μας ψέμα, στην ίδια μας την αδυναμία να μείνουμε αυτοί που είχαμε γεννηθεί».

«Ομολογώ ότι ακούγεται εντυπωσιακό και δεν μπορώ αυτήν τη στιγμή να...»

«Και φυσικά, Ορέστη, για να ολοκληρώσω...»

«Λευτέρη, σε παρακαλώ!» είπε η οικονόμος του και του ’πιασε το χέρι. «Σε παρακαλώ!»

«Και φυσικά το υποκοριστικό της Ευγενίας είναι Τζένη».

Ο Ορέστης ένιωσε να του κόβεται η αναπνοή.

«Λευτέρη, ας παίρνει τέλος όλο αυτό. Σήκω να πας στο κρεβάτι σε παρακαλώ!»

«Να μη νομίζει, ma chérie, ο νεαρός από δω ότι ο συγγραφέας έχει το πάνω χέρι. Μάθε το, ρε, μια και καλή ότι η ζωή είναι πάνω απ' τα βιβλία!»

«Κυρία Τζένη, δεν ξέρω τι να πω...», ψέλλισε ο Ορέστης φανερά ταραγμένος.

«Τίποτε να μην πεις, Ορέστη. Λυπάμαι που δεν ήξερα εξαρχής ότι απόψε θα του διάβαζες το βιβλίο σου, και γι' αυτό άργησα να έρθω. Θα μου το αφήσεις όμως να το διαβάσω απ' την αρχή, έτσι δεν είναι;»

«Φυσικά, είναι και για τους δυο σας. Συγχωρέστε μου την ταραχή. Όταν επινοούσα για σας περιγραφές στο μυθιστόρημα, σας νόμιζα πεθαμένη. Δε θα μπορούσα ποτέ να φανταστώ ότι θα μιλούσα κάποτε με την πραγματική κόρη του Αλπερέν μπέη».

«Ο μπαμπάς δεν ήταν τόσο κακός όσο σου τον έχει περιγράψει ο Λευτέρης. Βλέπετε, ο άντρας της ζωής μου δεν έχει γίνει ποτέ του πατέρας και δεν μπορεί να μπει στη θέση ενός γονιού, που για το παιδί του θέλει το καλύτερο κι αγωνιά κάθε μέρα».

«Σηκώστε με σας παρακαλώ!»

Η φωνή του Λευτέρη Ζεύγου τούς διέκοψε, καθώς είχε απλώσει τα χέρια του και περίμενε να τον κρατήσουν.

«Δε θα ξυπνήσουμε την Κορίνα απ' τα χαράματα».

«Εσάς τους δύο θέλω», της απάντησε και συνέχισε να έχει τα χέρια απλωμένα.

Ο Ορέστης σηκώθηκε απ' την πολυθρόνα και πήγε να φέρει το αναπηρικό καρότσι που ήταν αφημένο σε μιαν άκρη στο μεγάλο σαλόνι. Το φως του πρωινού είχε τώρα φωτίσει όλες τις μπαλκονόπορτες. Η κυρία Τζένη έσβησε τα φώτα και τράβηξε τις κουρτίνες. Ξημέρωνε Κυριακή.

«Αφήστε τον σε μένα», την παρακάλεσε και τον έπιασε από τη μέση.

Το είχε κάνει κι άλλες φορές αυτά τα δύο χρόνια που μπαινόβγαινε στο σπίτι. Ήταν ελαφρύς ο Λευτέρης Ζεύγος, γιατί το σώμα του είχε μαζέψει με τα χρόνια και η μόνη του κατάχρηση ήταν τα τσιγάρα, τα οποία του έκοβαν εκτός από μέρες ζωής κι αρκετό από το βάρος του.

«Πάμε στη βεράντα;» πρότεινε η κυρία Τζένη.

«Γιατί όχι; Θα είναι όμορφα έξω», συμφώνησε ο Ορέστης κι άρχισε να σπρώχνει το αμαξίδιο.

Επάνω απ' τα κεφάλια τους απλωνόταν ο καθαρός ουρανός του καλοκαιριού.

«Ψάξτε», είπε ο Λευτέρης, «κάπου θα φαίνεται η Αφροδίτη. Φέγγει ως την τελευταία στιγμή».

Ακινητοποίησαν το αμαξίδιο στη μέση της βεράντας και σήκωσαν ψηλά τα κεφάλι.

«Να τη, mon amour, τη βρήκαμε!» πετάχτηκε η Μίρζα κι έπλεξε τα χέρια της γύρω απ' τον λαιμό του.

Ο Ορέστης, την ώρα που χάζευε τον Αυγερινό στον ουρανό, τον παρατηρούσε αχόρταγα καθώς σήκωνε κι αυτός ψηλά το κεφάλι –αναίτια βέβαια– και χαμογελούσε στο λυκαυγές. Ακόμα δεν μπορούσε να πιστέψει ότι αυτή η ηλικιωμένη γυναίκα δίπλα του ήταν η Μίρζα· αυτή που για να την αναστήσει στο χαρτί, για να την απεικονίσει με τη φαντασία του, είχε ξοδέψει τόσες νύχτες συγγραφής. Αυτός ο διαβολάνθρωπος ο Ζιρντό τον είχε επίτηδες αφήσει στην άγνοια, τον είχε παρατήσει για να τη σχηματίσει μέσα σ' ένα μυθιστόρημα από το τίποτε. Τα λουλούδια της τεράστιας βεράντας μοσχομύριζαν. Κάτω απ' τα πόδια τους η Βασιλίσσης Όλγας ήταν ήσυχη, αραιά και πού μόνο ακουγόταν κάποιο αυτοκίνητο που έσπαγε τη σιωπή.

«Ma chérie, θέλω να με πάει μια βόλτα ο συγγραφέας. Μας αφήνεις;»

Ο Ορέστης τον άκουγε προσεκτικά πώς της μιλούσε, γιατί παρ' όλο που είχαν περάσει τόσα χρόνια, η τρυφερότητα ανάμεσά τους τον συγκινούσε.

«Όχι έτσι, να του βάλεις ζακέτα. Ορέστη, σε μισή ώρα θα είστε πίσω, ούτε λεπτό παραπάνω. Απόψε ήταν όντως μια άλλη νύχτα, αλλά δε θέλω να είναι η τελευταία. Συνεννοηθήκαμε;»

«Έχετε τον λόγο μου, κυρία Τζένη».

Ασανσέρ. Ο Ορέστης, όρθιος με την πλάτη στην πόρτα, πιάνει με τα δυο του χέρια το αναπηρικό καρότσι. Ο Ζιρντό φαίνεται κεφάτος και φρέσκος, σαν να 'χει μόλις ξυπνήσει από έναν αναζωογονητικό ύπνο.

«Πολύ μου άρεσε αυτό που έγραφες για τον Μυσίρογλου, που την ώρα που έπαιρνε το ασανσέρ εγώ ευχόμουν να τον κατέβαζε στον Άδη».

«Ποιο ήταν το πραγματικό όνομα του Μυσίρογλου, κύριε Ευγένιε;»

«Ανδρεάδης, και δεν ήταν χοντρός· μάλλον στεγνό θα τον έλεγα. Νομίζω ότι ήταν πιο αποκρουστικός απ' ό,τι τον περιγράφεις».

«Οι συγγραφείς τελικά δε θέλουν να ξέρουν την αλήθεια του αυτόπτη μάρτυρα. Μη μου λέτε τίποτε άλλο, κύριε Ευγένιε. Πού θέλετε να πάμε;»

«Να πάρουμε την Όλγας ανατολικά για του Αλλατίνι».

«Δεν είναι κακή ιδέα γιατί δεν έχει θόρυβο ούτε καυσαέρια. Ιούλιος, βλέπετε, και πρωί Κυριακής· δε θα μπορούσαμε να βρούμε καλύτερη ώρα».

Έσπρωξε την πόρτα του ασανσέρ με την πλάτη κι έσυρε έξω το αμαξίδιο. Η είσοδος της πολυκατοικίας ήταν σχεδόν μεγαλοπρεπής: ένας μεγάλος καθρέφτης, θυρωρείο, γυαλισμένα μωσαϊκά, γλάστρες με φίκους.

Βγήκαν στο πεζοδρόμιο, ενώ είχε ξημερώσει για τα καλά και μύριζε η άσφαλτος και λίγο η θάλασσα, που δεν ήταν μακριά.

«Θέλετε μήπως να βγούμε στην παραλία;»

«Όχι, εδώ στην Όλγας, το προτιμώ. Θυμάμαι τότε η θάλασσα ήταν απρόσιτη. Δεν είχε δρόμο, μόνο βράχια και ξύλινες αποβάθρες. Εμείς τη λεωφόρο ξέραμε και τα σπίτια που έβλεπαν σ' αυτήν. Σε κάθε μία καγκελόπορτα έκανα κι από μια στάση. Έχεις πουλήσει ποτέ γαζέτες, Ορέστη;»

«Πάει καιρός που δεν τις πουλάνε στον δρόμο, κύριε Ευγένιε, μόνο στα περίπτερα».

«Έχεις δίκιο, αγόρι μου, έτσι είναι».

«Πάμε καλά έτσι ή σας τραντάζουν οι πλάκες;»

«Καλά είμαι, μην ανησυχείς, μ' αρέσει ο δρόμος. Στάσου όμως σ' ένα δέντρο, όποιο να 'ναι».

Ο Ορέστης έφερε το αμαξίδιο κολλητά στο πρώτο δέντρο. Ο Ζιρντό άπλωσε το χέρι, κι αφού το εξερεύνησε με την παλάμη, άρχισε να το χαϊδεύει.

«Είναι αρρωστιάρικο».

«Όλα τέτοια είναι, καχεκτικά απ' τα καυσαέρια».

Ο Ζιρντό δε σχολίασε περισσότερο. Σταύρωσε τα χέρια πάνω στην κοιλιά του και σταθεροποίησε το κεφάλι μπροστά. Σε όποιον τον έβλεπε, έδινε την εντύπωση ότι τα μάτια του λειτουργούσαν, όμως αυτό δεν ήταν αλήθεια.

«Περνάμε τώρα από κάτι παλιό, γιατί το νιώθω έντονα».

«Είναι το ΙΚΑ, διασταύρωση με Μαρτίου».

«Η βίλα που έχτισε ο Σεϊφουλάχ πασάς· ύστερα την πήραν οι αδελφοί Σαλώμ. Είχαν τρεις υπηρέτριες. Έπαιρναν γαζέτες γαλλικές κι εβραϊκές, το θυμάμαι αυτό».

«Μήπως μπορείτε να θυμηθείτε τι συναντάμε πιο πέρα;»

«Casa Bianca, έτσι δεν είναι;»

«Σωστά. Μόνο που τώρα είναι εγκαταλειμμένη».

«Άκουσα ότι ο Αλιμπέρτης και η Φερνάντεζ έχουν πεθάνει πριν από λίγα χρόνια».

«Δεν το ξέρω αυτό, όμως πιο πέρα βλέπω το σπίτι του Λιχόβνικ».

«Ορέστη, έχω κάτι να σου πω...»

«Σας ακούω».

«Πριν από λίγη ώρα η Τζένη είπε πως επειδή δεν έχω παιδί, κάποια πράγματα δεν τα καταλαβαίνω. Είναι λάθος αυτό. Έχω εσένα, Ορέστη. Ποιο δικό μου παιδί θα ήξερε την ιστορία μου καλύτερα από σένα;»

«Σας ευχαριστώ πολύ!»

«Μη μ' ευχαριστείς, δώσε μου μόνο το χέρι σου να το σφίξω».

«Έχω και κάτι ακόμα να σας ρωτήσω».

«Ρώτα με ό,τι θες».

«Με την κυρία Τζένη, τη Μίρζα, γιατί δεν παντρευτήκατε μετά το '61;»

«Δεν είναι για να ρωτάς, εσύ ειδικά».

«Γιατί το λέτε αυτό;»

«Τι παραπάνω θα πρόσθετε ένας γάμος; Μόνο την υποψία του γιου της ότι πάω να της φάω ό,τι πήρε στην αντιπαροχή. Είχα μάθει άλλωστε να ζω μόνος έχοντας υπηρέτριες. Μην ξεχνάς ακόμη ότι τότε μέρα με τη μέρα τυφλωνόμουν. Ένας γάμος θα την υποχρέωνε, ενώ τώρα έρχεται κοντά μου γιατί το θέλει. Εγώ θα σου τα λέω αυτά; Τι συγγραφέας είσαι τότε;»

Ο Ορέστης χαμογελούσε χωρίς να ενοχλείται, γιατί ήξερε ότι έτσι ήταν πάντα ο γέρος του: εκεί που σε γλύκαινε, σε δάγκωνε.

«Δε μιλάς. Θα σου λέω εγώ τότε. Πηγαίνουμε προς του Αλλατίνι, και κάνε μου μια χάρη να με κατεβάσεις κάτω στον δρόμο. Δεν ακούω αυτοκίνητα, είναι ερημιά, μη φοβάσαι. Κατέβασέ με σου λέω!»

Δεν ήθελε παραπάνω σκέψη. Ο Ορέστης κατέβασε το αμαξίδιο στον δρόμο και ο γέρος τού έσφιξε το χέρι μ' ενθουσιασμό.

«Έτρεχα πολύ γρήγορα τότε, να ξέρεις. Τα μαλλιά μου

απ' την ταχύτητα ανέμιζαν. Πάμε τώρα, μη φοβάσαι, κρατιέμαι».

«Νομίζω ότι είναι τρέλα, κύριε Ευγένιε, αυτό που μου ζητάτε – ν' αρχίσουμε να τρέχουμε στα καλά καθούμενα».

«Είναι, αλλά γιατί να μου το αρνηθείς; Κρατιέμαι σου λέω. Αν σε δει κάποιος να τρέχεις έτσι μ' έναν γέρο στο καρότσι, δε θα πιστεύει στα μάτια του. Πλάκα δε θα 'χει; Θέλω να νιώσω τον αέρα στο πρόσωπό μου. Δεν είναι όμως όλα αστεία, έχω και υποχρεώσεις: πρέπει να πουλήσω τις γαζέτες πριν μεσημεριάσει. Άκουσες;»

Ο Ορέστης ανατρίχιασε με τον ίδιο τρόπο όπως στη μέση της νύχτας. Το μυαλό του Ζιρντό ξανάπεφτε σε λακκούβα.

«Πρέπει να βιαστούμε, μ' ακούς; Ο πατέρας έχει ανοίξει τρύπες στου Αλλατίνι και περιμένει τους σπόρους. Θα βάλουμε τουλίπες, έτσι του ζήτησε ο πατισάχ».

Δεν το σκέφτηκε περισσότερο. Η άσφαλτος ήταν πολύ πιο λεία απ' το πεζοδρόμιο και στον δρόμο δεν κυκλοφορούσε ψυχή. Στην αρχή άνοιξε απλώς το βήμα, για να βεβαιωθεί ότι οι ρόδες αντέχουν.

«Πιο γρήγορα, ο πατέρας περιμένει!» τον άκουσε να λέει.

Άνοιξε κι άλλο το βήμα κι αισθάνθηκε κι αυτός τον αέρα στο πρόσωπό του. Αυτός ο ανήμπορος γέρος κάτι του μάθαινε που θα έπρεπε να το προσέξει.

«Πιο δυνατά, αγόρι μου, ο πατέρας περιμένει, πιο γρήγορα! Έξω απ' τη βίλα θα δεις κόσμο, φωτογράφους, περίεργους, μη σταματήσεις. Αν σε ρωτήσουν στην πύλη, πες ότι είμαι ο γιος του κηπουρού, με ξέρουν!»

Ο Ζιρντό κραύγαζε τώρα από χαρά με όλη του τη δύναμη, με ό,τι πνευμόνια τού είχε αφήσει το ταμπάκο ύστερα από τόσες δεκαετίες. Ο Ορέστης πίσω του έτρεχε κι έσπρωχνε μ' όλη του τη δύναμη.

«Πιο δυνατά, αγόρι μου! Να πεις ο γιος του κηπουρού, με ξέρουν!»

Έσπρωχνε το καρότσι με όλη του τη δύναμη κι έτρεχε σαν να τον κυνηγούσαν. Τα πνευμόνια του φούσκωναν, ίδρωνε, καθώς ο αέρας του δρόμου τού ανακάτευε τα μαλλιά. Λύτρωση. Ο γέρος ήταν ένας μύστης, ένας μάγιστρος της ελευθερίας.

«Μη δίνεις σημασία σε κανέναν, αγόρι μου, τρέξε!»

Ύστερα από λίγο έκοψε ταχύτητα γιατί η ανάσα τού έκαιγε το στήθος. Προσπέρασαν τη Βίλα Αλλατίνι και κοντοστάθηκαν. Ο Ορέστης ακινητοποίησε το αμαξίδιο και στάθηκε μπροστά στον Ζιρντό. Γονάτισε μπροστά του και του έπιασε τα χέρια. Εκείνος ανταποκρίθηκε αμέσως κι άρχισε να τον χαϊδεύει με τον τρόπο που έχουν οι τυφλοί – το χέρι του ταξίδευε στο πρόσωπό του, στον λαιμό.

«Αγόρι μου, ίδρωσες;»

«Λευτέρη, ο σουλτάνος έφυγε, δεν είναι πια εκεί. Είναι ώρα να γυρίσουμε σπίτι».

«Το ξέρω, αγόρι μου, μη νομίζεις...»

«Λευτέρη, σ' ευχαριστώ για όλα...»

Ο γερο-Ζιρντό συνέχισε να τον χαϊδεύει στο πρόσωπο,

«Για ποιο πράγμα; Εσείς οι συγγραφείς έχετε τα λόγια εύκολα. Άκουσε όμως κι αυτό».

«Τι, Λευτέρη;»

«Ότι την αγαπάω ακόμη. Κι σένα σ' αγαπάω!»

«Κι εγώ, Λευτέρη».

Θεσσαλονίκη, Απρίλιος-Δεκέμβριος 2016

ΠΗΓΕΣ - ΟΦΕΙΛΕΣ

ΑΥΓΗΤΙΔΗΣ ΚΩΣΤΑΣ, *Η στρατιωτική επέμβαση των καπιταλιστικών χωρών ενάντια στη Σοβιετική Ρωσία και η Ελλάδα (1918-1920)*, εκδ. Σύγχρονη Εποχή, 1999.

ΒΑΦΟΠΟΥΛΟΣ Θ.Γ., *Σελίδες αυτοβιογραφίας*, τόμος πρώτος, *Το πάθος*, εκδ. Βιβλιοπωλείον της «Εστίας», Αθήναι 1970.

ΘΕΟΔΩΡΙΔΗΣ ΠΑΝΟΣ, *Θεσσαλονίκη, διήγηση ενός αιώνα – Ο νόμος ανατολικά του Πέκος*, εκδ. Θύραθεν, 2013.

ΚΑΝΔΥΛΑΚΗΣ ΜΑΝΩΛΗΣ, *Η Θεσσαλονίκη στον Α΄ Παγκόσμιο Πόλεμο – Ο Τύπος της Θεσσαλονίκης στον Α΄ Παγκόσμιο Πόλεμο*, εκδ. University Studio Press, Θεσσαλονίκη 2015.

ΚΑΡΑΓΙΑΝΝΗΣ ΧΡΗΣΤΟΣ, *Η Ιστορία ενός στρατιώτη (1918-1922) – Μια συγκλονιστική μαρτυρία για τις ελληνικές εκστρατείες*, επιμέλεια-σχολιασμός Φίλιππος Δ. Δρακονταειδής, εκδ. Κέδρος, 2013.

ΚΑΡΑΔΗΜΟΥ ΓΕΡΟΛΥΜΠΟΥ ΑΛΕΚΑ, *Το χρονικό της μεγάλης πυρκαγιάς – Θεσσαλονίκη, Αύγουστος 1917*, εκδ. University Studio Press, Θεσσαλονίκη 2002.

ΚΟΛΩΝΑΣ ΒΑΣΙΛΗΣ, ΤΡΑΓΑΝΟΥ-ΔΕΛΗΓΙΑΝΝΗ ΟΛΓΑ, *Θεσσαλονίκη 1912-1940, Βιομηχανία και πόλη*, κατάλογος της ομώνυμης έκθεσης, εκδ. Ελληνική Τράπεζα Βιομηχανικής Αναπτύξεως, Θεσσαλονίκη 1989.

ΚΟΛΩΝΑΣ ΒΑΣΙΛΗΣ, *Η Θεσσαλονίκη εκτός των τειχών – Εικονογραφία της συνοικίας των Εξοχών (1885-1912)*, εκδ. University Studio Press, Θεσσαλονίκη 2014.

ΚΟΛΩΝΑΣ ΒΑΣΙΛΗΣ, *Εκατό χρόνια φιλοξενίας – Τα ξενοδοχεία της Θεσσαλονίκης (1914-2014)*, εκδ. University Studio Press, Θεσσαλονίκη 2015.

ΚΟΥΖΙΝΟΠΟΥΛΟΣ ΣΠΥΡΟΣ, *Υπόθεση Αλόις Μπρούνερ – Ο δήμιος των 50.000 Εβραίων της Θεσσαλονίκης*, εκδ. Ιανός, Θεσσαλονίκη 2005.

ΛΑΜΨΑ ΚΑΡΙΝΑ, ΙΑΚΩΒ ΣΙΜΠΗ, *Η διάσωση – Η σιωπή του κόσμου, η αντίσταση στα γκέτο και τα στρατόπεδα, οι Έλληνες Εβραίοι στα χρόνια της Κατοχής*, εκδ. Καπόν, Αθήνα 2012.

ΛΑΜΨΑ ΚΑΡΙΝΑ, ΙΑΚΩΒ ΣΙΜΠΗ, *Η ζωή απ' την αρχή – Η μετανάστευση των Ελλήνων Εβραίων στην Παλαιστίνη (1945-1948)*, εκδ. Αλεξάνδρεια, Αθήνα 2010.

ΜΑΥΡΟΓΟΡΔΑΤΟΣ Θ. ΓΙΩΡΓΟΣ, *1915 – Ο εθνικός διχασμός*, εκδ. Πατάκη, Αθήνα 2015.

ΜΕΓΑΣ ΓΙΑΝΝΗΣ, *Η Θεσσαλονίκη στον Α΄ Παγκόσμιο Πόλεμο – Τα συμμαχικά στρατεύματα: Η Βαβέλ των φυλών*, εκδ. University Studio Press, Θεσσαλονίκη 2015.

ΜΙΧΑΗΛΙΔΗΣ Δ. ΙΑΚΩΒΟΣ, *Η Θεσσαλονίκη στον Α΄ Παγκόσμιο Πόλεμο – Το κίνημα της Εθνικής Άμυνας*, εκδ. University Studio Press, Θεσσαλονίκη 2015.

ΝΙΔΕΡ Ξ. ΚΩΝΣΤΑΝΤΙΝΟΣ, *Η εκστρατεία της Ουκρανίας (Ιανουάριος-Μάιος 1919)*, επιμέλεια-σχολιασμός Φίλιππος Δ. Δρακονταειδής, εκδ. Κέδρος, 2015.

ROBSON STUART, *Ο Πρώτος Παγκόσμιος Πόλεμος*, μτφ. Σπυρίδων Γ. Πλουμίδης, εκδ. Πατάκη, 2009.

ΡΟΥΠΑ ΕΥΦΡΟΣΥΝΗ & ΧΕΚΙΜΟΓΛΟΥ ΕΥΑΓΓΕΛΟΣ, *Ιστορία της επιχειρηματικότητας στη Θεσσαλονίκη*, τόμος 3ος, *Η επιχειρηματικότητα στην περίοδο 1900-1940*, εκδ. Π.Ε.Ε.Β.Ε., Θεσσαλονίκη 2004.

ΣΑΤΡΑΖΑΝΗΣ Δ. ΑΝΤΩΝΗΣ, *Η γαλλική στρατιά στη Θεσσαλονίκη – Το ειρηνικό έργο της στη Μακεδονία (1915-1918)*, εκδ. University Studio Press, Θεσσαλονίκη 2012.

ΣΕΡΕΦΑΣ ΣΑΚΗΣ, *Η Θεσσαλονίκη στον Α΄ Παγκόσμιο Πόλεμο – «Δεν υπήρξαν ήρωες εδώ...» (Λογοτεχνικά κείμενα και μαρτυρίες)*, εκδ. University Studio Press, Θεσσαλονίκη 2015.

ΣΜΠΑΡΟΥΝΗΣ-ΤΡΙΚΟΡΦΟΣ ΝΙΚΟΛΑΟΣ, *Ημερολόγιον της εν Ρωσίαν εκστρατείας*, εκδ. Βιβλιόραμα, 1913.

TINAYRE MARCELLE, *Ένα καλοκαίρι στη Θεσσαλονίκη, Απρίλιος-Σεπτέμβριος 1916*, μτφ. Αλεξάνδρα Νεστοροπούλου - Λάμπρος Φλιτούρης, εκδ. Ασίνη, 2008.

ΤΖΑΝΑΚΑΡΗΣ Ι. ΒΑΣΙΛΗΣ, *Ο «κόκκινος σουλτάνος» – Ο Αβδούλ Χαμίτ και η άγνωστη Θεσσαλονίκη*, εκδ. Μεταίχμιο, 2011.

ΤΟΜΑΝΑΣ ΚΩΣΤΑΣ, *Χρονικό της Θεσσαλονίκης 1875-1920*, εκδ. Νησίδες, Ιούνιος 1995.

ΓΕΡΜΑΝΟΣ ΦΡΕΝΤΥ, *Τερέζα*, εκδ. Καστανιώτη, 1997.

ΕΛΙΓΙΑ ΓΙΩΣΕΦ, *Ποιήματα*, εισαγωγή, ανάλυση, βιογραφικό σημείωμα Γ.Κ. Ζωγραφάκη, Βιβλιοθήκη «Μπενέ Μπερίθ» αρ. 2, Θεσσαλονίκη 1938.

ΕΛΙΓΙΑ ΓΙΩΣΕΦ, *Άπαντα*, εισαγωγή, επιμέλεια, σημειώσεις Λέων Α. Ναρ, τόμ. Α΄-Β΄, εκδόσεις Γαβριηλίδη.

ΘΕΜΕΛΗΣ ΝΙΚΟΣ, *Η ανατροπή*, εκδ. Κέδρος, 2000.

ΚΑΡΑΓΑΤΣΗΣ Μ., *Ο Γιούγκερμαν και τα στερνά του*, τόμ. Α΄, Β΄, εκδ. Βιβλιοπωλείον της «Εστίας», έκδοση 12η, Μάρτιος 1990.

ΣΤΕΦΑΝΑΚΗΣ ΔΗΜΗΤΡΗΣ, *Φιλμ νουάρ*, εκδ. Ψυχογιός, 2012.